지상에 숟가락 하나

지상에 숟가락 하나

초판 1쇄 발행 • 2018년 4월 20일
초판 4쇄 발행 • 2022년 11월 10일

지은이 / 현기영
펴낸이 / 강일우
책임편집 / 김선영 박지영
조판 / 박지현
펴낸곳 / (주)창비
등록 / 1986년 8월 5일 제85호
주소 / 10881 경기도 파주시 회동길 184
전화 / 031-955-3333
팩시밀리 / 영업 031-955-3399 · 편집 031-955-3400
홈페이지 / www.changbi.com
전자우편 / lit@changbi.com

ⓒ 현기영 2018
ISBN 978-89-364-3430-4 03810

지상에 숟가락 하나

현기영
장편소설

창비

차 례

지상에 숟가락 하나

7

/

작가의 말

아버지

　살아서 박복했던 아버지는 그래도 죽음만큼은 유순하게 길들일 줄 알았나보다. 이렇다 할 병색도 없이 갑자기 식욕을 잃더니 보름 만에 숟갈을 아주 놓아버린 것이었다. 마지막 삼일은 계속 혼수상태였다. 의사는 폐가 나빠서 노환이 좀 빨리 온 것이라고 했다. 미음을 입안에 흘려넣어봤지만, 이미 소화기관은 기능을 잃고 항문의 괄약근은 맥없이 풀려 번번이 설사였다. 결벽증이다시피 유난히 깔끔했던 아버지는 혼수상태에 빠져 있다가도 설사가 나올 기미이면 소스라치게 놀라 깨면서 좌변기를 찾곤 했는데, 그렇게 서너번 시달리고 난 후로는 미음도 거절하고 차분히 죽음을 맞이할 차비를 하던 것이다.

가쁜 숨 속에 신음 소리가 낮게 실려 있었지만 당신의 얼굴은 평온했다. 낮은 신음 소리는 마치 모닥불이 꺼지면서 재가 조금씩 조금씩 가라앉는 소리처럼 들렸다. 너무도 자연스러운 죽음의 진행을 지켜보면서 나는 육년 전 아버지가 당한 그 끔찍한 교통사고를 떠올렸다. 과다한 출혈로 죽음 직전까지 갔던 아버지, 대퇴부와 오른쪽 허벅지 뼈의 심한 골절로 영영 앉은뱅이의 비참한 몰골로 오그라붙을 때까지 당신이 겪었던 고통은 참으로 끔찍한 것이었다. 죽음의 고통은 이미 그때 치러버렸기에 그래서 저렇게 평온한 것일까? 생과 늘 불화를 일으켰던 당신은 이제 죽음과는 더없이 화해로운 모습이었다. 이것은 실패자가 최후로 쟁취한 승리가 아닌가.

감사와 회환의 감정에 젖어 있던 나는 자신도 모르는 사이에 시트 속으로 손이 들어가 아버지의 발바닥을 주무르며 안마하고 있었다. 중학생 때 나는 아버지가 잠자리에 들면 그렇게 조몰락조몰락 발을 안마해드리곤 했다. 그러나 즐거운 마음으로 시작한 그 일이 나중에는 지겨운 나의 의무가 되어버렸고, 순종적이던 중학생이 반항적인 고교생이 되어 제 아비를 무분별한 투쟁의 대상으로 삼고 말지 않았던가! 그러니까 아버지가 겪은 생과의 불화 가운데에서 내가 저지른 불효의 몫도 있었던 것이다.

아버지가 숨을 거두시던 날, 나는 두 아우와 함께 수의를 입히기 앞서 향 삶은 물로 시신을 깨끗이 정화시켰다. 영혼을 벗어버린 시신은 뻣뻣하게 굳어, 한토막의 마른 등걸처럼 이미 물질로 돌아가 있음을 실감케 했다. 바싹 말라 뼈가래는 앙상하고 피부는 마른

명태 껍질처럼 광택을 잃고, 골절상을 입었던 아랫도리는 몹시 뒤틀려 있었다. 그 서러운 몸을 향물로 정성껏 닦던 나는 마지막으로 두 가랑이 사이로 손이 갔을 때, 그만 격정에 못 이겨 후둑 눈물을 떨구고 말았다.

난생처음 보는 아버지의 성기, 그 부위를 닦을 때의 감촉과 긴장감은 삼년이 지난 지금에도 생생한 느낌으로 남아 있다. 나의 존재가 거기에서 비롯되었다는 사실, 너무 자명하여 오히려 추상적으로 느껴졌던 그것이 그 순간 엄청난 무게의 실감으로 나를 압도했던 것이다. 존재의 한점 씨앗, 나라는 존재의 우연을 발생시킨 그곳, 그러나 그 생명의 원천은 이제 폐허로 돌아가 있었다. 그 폐허가 아버지의 죽음, 그의 영원한 부재를 예리한 통증으로 나에게 확인시켜주었다. 그리고 그 죽음은 조만간에 찾아올 내 죽음의 실체도 함께 느끼게 했다.

그동안 허다한 죽음들을 보고 들어왔지만, 그때처럼 죽음의 실체를 생생하게 느껴본 적은 없었다. 막연한 추상으로 먼 곳에 머뭇거리던 죽음이 어느날 급습하여 아버지의 몸을 관통해서, 나와 정면으로 맞닥뜨렸을 때의 그 예리한 통증은 지금도 생생하게 느껴진다. 그러므로 부친의 영전에서 맏상제로서 내가 흘린 눈물 속에는 필경 자신의 죽음을 미리 보아버린 자의 두려움과 슬픔도 함께 있었을 것이다. 이제 아버지가 가셨으니 다음은 내 차례로구나, 하는 각성이 나의 폐부를 아프게 찔렀던 것이다. 탄생은 우연일지라도 죽음은 누구도 피할 수 없는 필연이라는 것.

그러나 죽음이 곧 완전한 소멸을 의미하는 것은 아니지 않은가.

죽음이 인간 개체를 완전히 파괴하지는 못한다. 죽어서도 내 마음속에 뚜렷이 살아 있는 아버지 모습이 그것을 증거한다. 돌아가신 후로 아버지는 내 의식에 자주 출몰하고 있는데 마치 당신이 내 마음속으로 이사해와 거주하고 있는 느낌이다. 아니, 그보다 아버지는 다름 아닌 나 자신이 아닌가. 나의 얼굴 모습도 점점 아버지와 닮은 꼴이 되어간다. 아버지의 목숨은 단절된 것이 아니다. 자식인 나에게 이어진 것이다. 종말은 단절이 아니라 그 속에 시작이 있다는 것, 따라서 나의 존재는 단독의 개체가 아니라 혈족이라는 집단적 생명의 한 연결 고리로서 의미가 있는 것이다.

아버지는 한라산 기슭의 가족 묘지에 안장되었다. 사촌들과 함께 어렵사리 마련한 그 묘역에는 백부가 먼저 들어와 누워 있었는데, 그 옆으로 한 자리 떼어놓고 두번째 봉분이 생긴 것이다. 나는 아버지의 봉분으로부터 발걸음으로 거리를 재어 장차 내가 묻힐 자리에 서보았다. 그러자 내 눈길이 자연스럽게 대학 1학년짜리 큰아들 쪽으로 가는 게 아닌가! 나는 야릇한 감회에 훅, 하고 웃음을 날렸다.

묘역은 전망이 좋았다. 산록의 고지대인지라 구름은 흰 명주필처럼 낮게 흐르고 질펀한 푸른 들판과 부드러운 능선의 오름들, 그리고 드넓은 하늘과 바다가 멀리 수평선에서 만나 서로 푸른빛을 다투는 정경이 한눈에 들어왔다. 아무리 보아도 물리지 않는 대자연의 풍광에 어느덧 슬픔은 증발해버려 마음이 가벼워졌다. 망자의 유택이 이렇게 호사스러울진대, 죽음을 슬퍼할 까닭이 어디 있겠는가. 육신을 떠난 아버지의 영혼이 흰 만장처럼 가벼이 떠 있는 저 구름 속에 실려 있겠거니 생각하면서, 나는 아버지의 죽음뿐만 아니라 나의 죽음도 매우 임의로운 것으로 받아들였다. 길 건너에 높다랗게 자란 삼나무 한그루가 가족 묘지 앞의 탁 트인 전망을 그르치고 있길래 타고 올라가 나무의 상단부를 톱질로 잘라봤는데, 그 별것 아닌 일이 어쩌나 힘들던지 헛구역이 다 나왔다. 과연 나이는 속일 수 없었다. 내 나이 오십, 살아온 날들보다 살아갈 날들이 훨씬 적어졌다는 냉엄한 사실을 나는 그날 온몸으로 수락하기로 한 것이다.

이렇게 아버지의 죽음은 알게 모르게 영향을 끼쳐 내 심경에 일정한 변화가 왔다. 종종 방심 상태에 빠져들어 지나온 날들을 더듬어보는 버릇이 생기고, 고향을 찾는 발길도 전보다 더 잦아졌다. 물론 갇힌 섬 땅, 그 수평선을 뚫고 세계로 나아갈 꿈을 키우던 소년, 그 문턱에 장애물로 서 있는 제 아비를 박차고 나아갔던 그 소년이 이제 심신이 피로한 중늙은이가 되어 다시 모태로의 회귀를 시험해보고 있는 것이다. 그러니까 이 글을 쓰는 목적은 다른 데 있지 않고 다만 잊혀진 어린 시절을 글 속에서 다시 한번 살아보자는 것이다.

지금의 나에게 과거란 오직 고향 땅에서 보낸 유소년 시절만이 광휘를 발할 뿐, 나머지 세월은 무의미한 일상의 연속처럼 여겨진다. 이왕 말이 나온 김에 객담 하나 섞어보자. 우리는 매일매일이 단 하루의 경험과 별로 다를 것이 없는 천편일률적인 삶을 살아가고 있는 셈인데, 이렇게 살고서 과연 일생의 시간을 다 살았다고 말할 수 있을까 하는 것이다. 그것은 단 하루의 삶이 아닐까? 기억에 남아 있는 시간만이 진정으로 살아 있는 과거이므로. 우리가 비교적 온전히 기억하고 있는 것은 오늘이란 시간뿐이다. 과거는 눈부신 오늘의 양광에 바래어, 어제는 오늘의 절반밖에 기억 안되고, 그제는 어제의 절반, 또 *그끄제*는 그제의 절반⋯⋯ 이런 식으로밖에 기억이 안된다면, 무한등비수열의 합의 공식에 의해, 살아 있는 과거, 즉 우리가 살아 있던 시간은 기껏해야 하루 반분을 조금 상회할 뿐이라는 계산이 나온다. 독자들이여, 제발 내가 엉뚱한 궤변을 늘어놓는다고 욕하지 마시기를. 이 궤변을, 무한대의 시간 속에서 다만 오늘의 태양만이 중요할 뿐이라는 뜻으로도 해석할 수 있지 않은가.

그러나 지금 나에게는 오늘의 밝은 태양보다 망각된 과거가 더 중요하다.

나는 요즘 고향에 내려가면 망각의 어둠속에 묻힌 과거의 단편들을 건져보려고 들판과 바닷가를 이러저리 헤매다닌다. 지금은 행인의 발자취가 끊긴 용연못으로 가는 오솔길을 풀숲 속에서 찾아내 걸어보고, 그 근처 가스락당(堂)의 해묵은 팽나무 뒤에서 붉은 열매들이 다닥다닥 붙은 보리수를 다시 찾아내 쾌재를 부른다. 나의 유년과 소년이 투영된 자연 속의 사물들, 나는 거기에서 잊혀진 나의 어린 자아를 되찾아보는 것이다. 내 심신의 성분 구조 내에는 자연 속의 숱한 사물들과 풍광이 용해되어 있을 것이다. 사람들만이 나를 키운 것이 아니다. 말하자면 어미의 젖은 생후 몇개월만에 뗐지만, 그 대신 나는 자연에 젖줄 대고 성장한 셈이다. 어미

몸에서 갓 나온 송아지가 땅에 닿자마자 곧 와들랑 몸을 일으켜 서는 것을 보고 마치 대지의 분출로 송아지가 탄생하는 듯한 느낌을 받은 적이 있지만, 아무튼 고향 땅의 자연은 내 자아 형성에 매우 중요한 몫을 했음이 분명하다. 자연의 일부였으므로 부끄럼 없고 죄 없이 무구한 시절, 그리하여 나에게 그 시절만이 진실이고 나머지 세월은 모두 거짓처럼 느껴지는 것이다.

그런데 그 섬 땅에서 정작, 내가 태어나 그 탯줄을 묻은 함박이굴 마을은 지금 지도상에 존재하지 않는다. 내가 메타포를 통해서 세상 보는 일에 익숙한 글쟁이여서 그런지, 1948년 토벌대의 방화로 소진된 이래 그 부락은 오직 검은 재의 폐허로만 내 의식에 각인되어 있다. 물론 중간에 그곳을 찾아가 검은 재의 폐허가 푸른 곡식밭으로 변해 있음을 확인한 바 있기는 하다. 그러나 내 눈에 익은 것이라곤 남의 보리밭이 되어버린 집터 한쪽에 서 있는 신우대 숲과 골목 어귀의 배롱나무뿐이었다. 무슨 말을 웅얼거리는 듯 바람에 휘적이는 대숲 소리와 저 홀로 피어 부질없이 화사한 배롱나무의 붉은 꽃무더기는 오히려 그곳이 초토임을 더욱 강조하고 있지 않았던가.

그래서 나는 아직도 그 무서운 1948년의 초토의 불길과 함께 내 존재의 일부도 불타버린 듯한 상실감을 어쩌지 못한다. 막막한 어둠뿐인 장소, 거기에서 보낸 내 생애의 최초 육년도 먹칠로 지워져버린 듯한 느낌인 것이다. 물론 이 어둠의 고정관념은 진실이긴 하지만, 생리적인 망각 작용에 의해 다분히 과장된 것이 틀림없다. 태어난 지 얼마 안되는 시기인지라 사고 또한 미발달 상태에 있었다.

아무튼 나는 지금 검게 탄 폐허의 어둠과 망각의 어둠을 동시에 뚫고 들어가 죽어 있는 그 부락을 되살리고 잊혀진 나의 유년을 다시 만나봐야겠다.

함박이굴, 시원

고향의 그 막막한 어둠, 그것은 달리 생각해보면 원초와 맞닿아 있는 어둠이기도 할 것이다. 광대무변의 그 암흑을 수백년 거슬러 올라간 어느 한 시점에 거대한 별똥별이 떨어졌다. 운석의 불덩어리는 어둠을 대낮같이 밝히면서 어마어마한 굉음과 함께 땅과 충돌하여 그 자리에 커다란 웅덩이를 파놓았다. 그후 그 웅덩이는 물이 모여들어 벼락구릉이란 못이 되고 그 물을 좇아 한 사내가 그 근처에 살기 시작했으니, 그가 바로 내 조상이었다. 그리하여 존재의 근원인 벼락구릉, 거기에서 시작된 종족의 생명들은 저마다 잠깐씩 반딧불을 밝혔다가 덧없이 그 암흑 속으로 소멸해갔던 것이다.

이제 고향의 그 막막한 어둠속에서 한점 생명이 꼼지락거리는 것이 느껴진다. 그것은 나다. 나는 그 어둠의 소산으로 태어난다. 그러나 어미의 몸 밖으로 나온 나는 고고지성도 못 지른 채 거멓게 죽어간다. 볼기를 때리고 몸을 흔들어도 막무가내로 죽어간다. 나는 다시 어둠으로 돌아가고 싶었던 것이었을까? 탄생은 전혀 우연의 소치였다. 하기는 한점 반딧불 같은 것이 인생인데 탐날 것도 없었으리라. 그런데 생사 경각에서 황망히 내 뱃구레를 내리쓸던 할머니의 손에 문득 밤톨만 한 딱딱한 응어리가 만져졌다. 혹시나 하고 그것을 꾹 눌러본다. 마치 버튼 눌린 자동인형처럼, 바로 그 대목에서 나는 막혔던 숨통을 트면서 귀청 따갑게 고고지성을 내질렀던 것이다.

이렇게 나의 생존은 전적으로 우연이었던 셈인데, 식구들은 내가 위태로워 과연 사람이 될지 어쩔지 미심쩍어했다. 대략 생후 삼 년간의 나는 아직 인간이라기보다는 젖살 말랑말랑한 한덩어리의 반죽에 불과했으리라. 암흑에서 태어난 지 얼마 안된 까닭에 암흑의 영향을 아직도 강하게 받고 있는 위태로운 존재, 자식 농사 반타작이라고 마마, 홍역에도 죽고 심지어 고뿔에도 시들기 일쑤인 시절이라 자칫하면 다시 저 암흑으로 돌아가버릴 위험이 상존해 있었다. 내 위로 형이 하나 있을 뻔했는데, 그 역시 생후 일년 만에 시들고 말았던 것이다.

이렇게 존재 여부가 불확실한 반죽 상태에서 어둠과 연통하면서 홍역도 앓고 마마도 앓고, 깨어 있는 시간보다 잠들어 있는 시간이 많던 나는 어느날, 얼굴에 닿는 뭔가 선뜻한 느낌에 눈을 떴다. 사 년 넘는 긴 시간의 잠 끝에 비로소 눈을 뜬 듯, 그 선뜻한 감촉이 마치 나의 최초 기억인 듯 아직도 뇌리에 생생하다. 그것은 증조할아버지의 입에서 흘러내린 침이었다. 노인은 나를 무릎 위에 안고서 자울자울 졸고 있었는데, 입에서 비어져나온 침 줄기가 긴 구레나룻을 타고 내려와 끈끈한 거미줄처럼 내 얼굴에 닿고 있었던 것이다. 그때 그분은 노환을 앓는 중이었고 아마 내 나이 만 네살이었을 것이다.

젖을 떼긴 했지만 아직 사고의 저능 상태에 머물러 있던 터라, 그 시기에 대한 기억은 침방울의 선뜻한 감촉처럼 감각기관에 새겨진 몇몇 단편적 인상들뿐이다. 해방되기 몇달 전 마을에서 그닥 멀지 않은 매물동산에 일본 전투기가 격추되었는데, 그때의 엄청난 폭발음만 생각날 뿐, 타다 남은 낙하산 천에서 치마 다섯벌이 나와 어머니도 한벌 해 입었고, 나보다 나이 많은 동네 아이들이 기체의 파편들을 주워다가 잔디밭에서 미끄럼 타며 놀았던 일은 전혀 기억에 없다.

돼지 코

그런데 돼지 코는 생각난다. 내 목에 브로치처럼 걸려 있던 돼지 코 말이다.

들건대, 나는 만 네살이 되도록 침을 질질 흘리는 덜떨어진 미숙아였던 모양이다. 소처럼 입에서 끈끈한 침 줄기가 줄창 흘러내렸는데, 턱받이를 해주어도 소용없어서 금방 물걸레처럼 흥건하게 젖어버리곤 했다. 그래서 침 줄기가 흘러내리는 한쪽 입귀와 턱 밑의 목살은 늘 짓물러 있었다.

어머니와 할머니가 틈틈이 개구리, 메뚜기를 잡아다 불에 구워 먹였다. 심지어 곤충의 번데기도 구워 먹였는데, 마른 푸싶새로 불을 때다가 이파리에 붙은 쐬기번데기를 보면 어김없이 나를 부엌으로 불러들이곤 했다. 흉년이라 단백질이 부족해서 그랬던가. 그러나 그렇게 오랫동안 침 흘린 걸 생각하면, 단순히 영양부족만이 아니고 무슨 액이 끼지 않았나 싶기도 하다.

침 흘리는 게 오죽 고질이었으면 돼지 코를 잘라다 내 목에 매달았을까. 소나 말, 개와 달리 돼지가 침을 잘 흘리지 않는 짐승이어서 그것을 부적 삼아 내 목에 매달아놓았던 모양이다. 돼지 송곳니나 발톱이었더라도 보기에 나았을 텐데, 바싹 말라 쪼글쪼글 오므라든 돼지 코, 그 흉측한 것의 두 콧구멍에 노끈을 꿰어 목에 매단 채, 허구한 날 침을 질질 흘리는 어린애를 상상해보라. 꼴이 그 지경이고 보니, 집안 식구들은 내가 과연 사람이 될지 어쩔지 근심스러웠을 것이다.

만 네살, 해방을 맞이한 그해를 기준 해서 그 이전의 기억은 지우개로 지워진 듯 흐릿하지만 그후부터 고향을 떠날 때까지 삼년 동안의 일들은 더러 생각난다.

아버지는 병들어 밖으로만 돌고, 어머니는 아기를 데리고 외가에 가버리고, 할아버지와 할머니는 불화로 싸움이 잦은 그 집에서 자라던 어린 나의 몸속에는 외로움도 함께 자라고 있었다.

집

해방과 더불어 탄광, 노동판 같은 데서 지옥생활을 보내던 사람들이 돌아왔다. 죽어서 콩가루처럼 빻인 유골로 돌아온 사람들도 있었다. 그래서 우리 마을은 생환의 기쁨과 죽은 자에 대한 슬픔으로 한동안 격정의 분위기에 휩쓸렸던 모양인데, 그러나 내가 기억하고 있는 것이라곤 다만, 처음 보는 할아버지의 낯선 얼굴뿐이다. 오오사까에서 여러해 노동 품 팔다가 돌아온 할아버지는 단도를 갖고 덤비는 왜놈 인부를 맨손으로 때려눕힌 무용담을 훈장처럼 달고 있었다.

해방은 되었지만 기쁨은 잠시일 뿐, 곡식 공출이 여전한데다 흉년까지 겹쳐 도처에 원성이 물 끓듯 하기 시작했다. 당시의 곤궁한 생활을 나는 나의 미각에 남아 있는 기억으로 미루어 짐작한다. 오랫동안 비린 것을 못 먹어서 그랬으리라. 보릿짚 불에 구워 재티가 까맣게 붙은 갈치 한토막, 그것이 어찌나 맛깔스럽던지, 그 강렬한 자극을 내 혀는 아직도 잊지 못한다. 그 무렵 내 주변에 출몰했던 사물·사건들에 대한 기억은 별로 없는 데 반해, 잠깐 혀를 자극하고 사라진 그 갈치 맛만은 유독 기억에 생생하다.

현실적으로는 가장 빨리 사라지기 쉬운 맛이나 냄새가 다른 사물·사건들이 모두 기억 속에서 사라진 다음에도 계속 살아남는다는 것은 얼마나 희한한 일인가. 곤궁한 살림에 돈이나 곡식 주고 갈치를 샀을 리는 없고, 아마도 식은 밥 한덩이와 맞바꿨을 것이다. 흉년을 심하게 앓고 있는 형편이라 좁쌀 한줌도 아까웠을 것이다. 해변 여자가 대구덕을 짊어지고 와서 마을 구석구석 고샅길을 돌며 "갈치 삽서, 갈치 삽서어" 하고 목 아프게 외쳐보았지만 팔아주는 사람 별반 없어 허기지고 지친 나머지 어느 집 대문을 밀고 들어가 "먹다 남은 식은 밥이나 좀 줍서" 하고 청하여 먹고 그 대신 갈치 한마리 내놓았을 것이다.

여름철 하루 놀았다간 겨울에 열흘 굶게 마련인지라 어머니는 할머니와 함께 늘 밭일, 들일에 바빠서 나를 돌볼 겨를이 없었다. 게다가 어머니에게는 나보다 두살 아래인 갓난쟁이가 딸려 있었다. 일하랴 아기 보랴, 밭에 가도 밭머리 그늘에 아기를 눕혀놓고 일을 해야 했으니 어느 겨를에 그 손길이 나에게 닿겠는가. 훗날 어머니가 할머니를 흉보면서 들려준 말인데, 내가 젖을 석달도 못 먹고 만 것은 순전히 할머니의 성화 때문이라고 했다. 젖을 오래 먹이면 버릇이 나빠진다, 머리가 나빠진다, 바다 물질하는 잠녀 아기는 이레 만에 밥 먹인다, 하면서 부득부득 우겨대더란다. 하기는 죽은 송장도 꿈지럭거리게 일손 바쁜 농사철에 아기를 업고 다니면서 젖 먹이는 일이 보통 불편하지 않았으리라.

아무튼 우리 모자는 젖 물리고 젖 빠는 수유의 기쁨, 그 관능의 기쁨을 일찌감치 포기할 수밖에 없었고, 그렇게 농사일에 바쁘다 보니 나를 돌볼 사람은 다 늙어 일손 놓아버린 증조할아버지뿐이었다. 그래서 나의 최초 기억에 증조부의 영상이 등장하게 된 것이다. 그러나 그 기억 역시 즉물적으로 감각되어진 몇몇 단편들뿐이다. 모싯발처럼 허연 구레나룻과 거기에 절어붙은 담뱃진 냄새, 그리고 방구석에 놓인 사기 요강에서 풍기는 지린내. 그러나 그런 냄새에도 불구하고 지금도 손에 잡힐 듯 따스하게 전해오는 그분의 체온이 애틋하게 느껴진다.

그랬다. 그 무렵 광기와 불화로 심란했던 그 집에서 그나마 어린 내가 안심할 수 있었던 곳은 오직 그분의 품 안뿐이었다. 아버지는 정신병을 앓고 있었다. 첫 발작이 일어난 것은 내가 만 세살 나던

해, 그러니까 해방 바로 전해였다. 태평양전쟁이 막바지를 향해 치닫던 그 위험한 시기에 그 병은 오히려 전화위복이 되었는데, 농업학교 졸업반인 아버지가 징집 대상에서 면제된 것은 순전히 그 병 덕분이었다. 병의 원인이 될 만한 무슨 충격적인 일을 당한 것도 아니었다. 끊임없이 중얼거리면서 정처 없이 헤매다니는 것이 그 병의 특징이었다. 꾀병이라고 의심받아 일본 헌병대에 끌려가 고문까지 당했다고 했다. 덕분에 전쟁터에 끌려가지는 않았지만, 그 병은 해방 이듬해까지 삼년 가까이 아버지를 괴롭혔다. 멀쩡하게 지나가다도 갑자기 발작했고 일단 발작하면 여러날 집을 나가 정처 없이 쏘다녔다. 길 가다가 지치면 아무 데나 쓰러져 잤는데, 그 때문에 한쪽 뺨은 멀쩡한데 다른 쪽 뺨은 햇볕에 타 까맣게 되어 있곤 했다.

나중에 정신이 돌아와도 그동안 어디를 다니고 무엇을 했는지, 아버지는 기억하지 못했다. 나를 자전거에 태우고 다니다가 다른 마을의 어느 친척 집에다가 놓고 사라져버려 식구들이 나를 찾느라 애를 먹기도 했다. 그 광기에 어머니가 제일 많이 시달림을 받았던 모양인데, 오죽하면 견디다 못해 젖먹이 동생을 데리고 외갓집으로 도망가버리는 일까지 생겼을까. 지금 생각하면, 아버지의 병은 아무래도 선천적 소질에 의한 것이 아니었나 싶다. 조상 적부터 흘러온 피가 문제를 일으킨 것이 아닐까? 완고하고 격정적인 것이 내 혈족의 기질적 특성인데, 그 격정적인 피가 아버지의 경우에는 광기로 불거진 것 같다. 싸움꾼으로 소문난 할아버지도 성미가 불같았다. 나 자신도 젊었을 때, 파괴적 정열에 사로잡혀 일을 저

질렀던 적이 몇번 있었다. 성깔이 치받쳐 머릿속 의식이 하얗게 바래지면서 저돌적 충동에 사로잡히던 그 순간들을 생각하면 지금도 나는 오싹해진다.

증조할아버지

증조할아버지는 노환으로 드러누워 있을 때가 많았는데, 목에서 가르릉가르릉 대통의 담뱃진 끓는 듯한 소리가 그치지 않고 들려왔다. 할아버지, 할머니가 일하러 밖에 나가버리면 집 안은 온종일 적막 속에 가라앉아 나의 외로움을 더욱 짙게 했다. 밖에 나가 놀고 싶었지만 내 동무 계성이는 마마를 앓고 있었다. 그래서 마당 바닥에 뿔뿔 기어다니는 벌레들이 내 동무가 되었다. 개미떼의 행렬을 넋 놓고 바라보기도 하고, 유자나무 밑동에 붙어 있는 매미 허물이나 날개 있어도 날지 못하는 땅강아지와 놀기도 하고, 구멍에 든 도롱이를 보리가스라기로 유인해내기도 하고, 밖에다 흙을 토해놓고 구멍으로 들어가는 지렁이를 잡아당겨 허리를 끊어놓기도 했다. 그러한 장난은 미물들에게는 생사의 문제가 달려 있는 것이었지만, 그럴수록 나는 재미있었다. 풍뎅이를 잡아 네 발을 뚝뚝 분질러 뒤집어놓고 그놈이 맹렬한 날갯짓으로 마당 바닥을 쓸면서 빙빙 도는 모양을 보며 좋아했고, 늙은 감나무 썩은 둥치 속에 바글대는 개미 유충에 오줌을 갈겨대고 호박꽃 속에 든 벌을 잡아 꽁무니의 침을 빼내 죽이기도 했다. 그러나 한뼘 넘는 청지네와 흰 점액을 끌면서 기어다니는 흐물흐물한 달팽이는 무섭고 징그러웠다.

그 집에는 그러한 벌레들뿐만 아니라 어른 팔로 한 팔이 넘는 누런 능구렁이도 한마리 있었다. 집 천장 속에 살고 있었는데, 그놈이 마루 위 대들보를 타고 유유히 기어가는 것이 눈에 띄기도 했다. 어느날 그 구렁이가 처마 끝에 매달려 길게 늘어진 것이 보였다. 그렇게 얼마 동안 대롱대롱 매달려 있더니 제 몸무게를 못 이겨 아래로 철버덕 떨어졌다. 땅에 떨어진 구렁이는 그 충격에 일순 정신을 잃었는지 꼼짝도 않고 있다가 천천히 고개를 쳐들었다. 나는 두려움에 헐떡거리며 바깥채에 누워 계신 증조할아버지한테로 달려갔다.

"할아부지, 저기 또 그 구렁이 나와수다! 지붕에서 찰부닥 떨어져수다!"

할아버지는 누운 몸을 반쯤 일으켜, 집 모퉁이를 돌아가는 구렁이를 보면서 혀를 찼다.

"허어, 저 영감이 참새 알 먹어보려고 처마를 돌다가 떨어진 모양이구나. 참새들이 처마 이엉에 구멍 파고 사는데, 하여간 거기까지도 못 가고 떨어지는 걸 보니 저 영감도 이젠 늙었어."

증조부는 그 징그러운 뱀을 그렇게 영감이라고 불렀다. 집구렁이를 재산을 지켜주는 업신으로 신성시하는 이러한 관념은, 무릇 신의 존재가 그렇듯이 고마움과 두려움의 혼합된 감정에서 빚어진 것이리라. 집구렁이는 곡식을 축내는 쥐들을 없애주는 고마운 존재이면서 범접할 수 없는 두려움의 대상이었다.

밤

나에게 구렁이보다 더 무서운 것은 살쾡이였다. 뒤란의 대숲에 무심코 들어갔다가 바닥의 마른 댓잎 위에 앙상하게 널린 닭 뼈를 보고 얼마나 놀랐던지! 들에 사는 그 짐승은 밤이면 마을로 내려와 닭장 안을 노린다고 했다. 아니, 닭만 아니라 우는 아이도 채간다고 할머니가 말하지 않았던가. 내가 태어나기 전 일인데, 한밤중에 살쾡이가 방 안에까지 들어온 적이 있었다. 사람은 물론 짐승도 몹시 놀랐단다. 살쾡이는 깜깜한 어둠속에서 이 벽에 달라붙었다, 저 벽에 달라붙었다 하면서 날뛰다가 간신히 문을 찾고 내빼더라고 했다. 그래서 나는 밤만 되면 뒤란의 대숲에 살쾡이가 내려와 숨어 있는 것만 같아 무서웠다. 밤은 한낮에도 있었다. 햇빛 밝은 마당에 있다가 방 안으로 들어갔을 때 갑자기 눈앞이 안 보여 와락 울음을 터뜨리기도 했는데, 그래서 나는 한낮의 짙은 그늘 속에 밤이 도사리고 있다고 생각했다.

저녁이 가까워 햇빛이 마당을 떠나기 시작하면 집 내부는 더욱 어두워지고 내 몸에 오슬오슬 오한기 같은 외로움이 다시 돋아나곤 했다. 울적해진 나는 마당 가에 있는 따뜻한 장독대로 간다. 등을 비비며 온기를 찾아 그 속을 파고든다. 종일 햇볕을 쏘인 항아리들이라 기대고 있는 등과 가슴이 따스해진다. 잘 익어 구수한 간장 냄새, 멸치젓 냄새가 코끝을 스친다. 어렴풋한 어머니의 체온…… 어머니는 외갓집에 간 지 오래이고…… 마당이 점점 어두워진다. 낮 동안 집의 짙은 그늘 속으로 물러가 있던 밤이 다시 제

터전을 찾아 기어나오고 있다. 천장 안 어둠속에서는 구렁배암이 기어나오고, 어두워지는 대숲으로 살쾡이가 기어든다. 두려움에 가슴이 오싹 오그라붙는다. 어머니는 아기 데리고 외가에 가 있고, 아버지는 어디로 갔는지 소식이 없고…… 눈물이 소리 없이 볼을 타고 흘러내린다.

고향의 그 막막한 어둠, 이제 그 어둠속에 한점 불이 켜진다. 석유 등잔불, 콩알만 한 불방울, 저물어서야 일터에서 돌아와 늦은 저녁상을 받은 조부모와 어린 나의 모습이 그 불빛에 드러난다. 밥상 위의 보리밥도, 그것을 먹는 사람들도 모두 그림자로 얼룩져 있다. 나는 할아버지의 눈총을 느끼며 고개 숙인 채 어둠 섞인 밥을 입안에 떠넣는다. 내 뺨에 눈물 자국이 남아 있었나보다.

"요녀러 자석, 또 울었어? 쯧쯧, 저렇게 눈물이 오줌 싸듯 헤프니 원, 저것이 커서 사람 구실이나 제대로 할지…… 어서 건너가서 자거라" 하면서 할아버지는 입김을 날려 불을 끈다.

저녁 밥상만 잠시 비추다 꺼져버리는 그 등잔불, 집은 다시 깜깜한 암흑 속에 파묻히고 나는 고단한 잠을 자는 할머니의 등 뒤에 누워 꼼지락거린다. 바깥채서 들려오는 증조할아버지의 가래 끓는 숨소리, 살쾡이가 들어 있는 대숲에 바람 이는 소리…… 어머니는 아기 데리고 외가에 가버리고, 아버지는…… 다시 눈에서 밍근한 눈물이 비어져나온다.

조부모

어머니 대신 할머니의 사랑이라도 제대로 받았더라면 덜 외로웠을 텐데, 할머니 역시 늘 일이 바빠 나를 돌볼 여가가 없었다. 정말 일밖에 모르는 분이었다. 바쁜 농사철이 지나면 숨 돌릴 겨를 없이 곧바로 곡물 장사로 나섰는데, 멀리 한라산 동쪽 화전촌인 무등이왓이나 멍굴에 암소를 끌고 가서 메밀을 받아다가 읍내 장에 내다 팔고는 했다. 낟알 하나라도 못 버리는 까다로운 성미인 할머니는 그래서 대범하고 좀 느린 편인 어머니와는 상극일 수밖에 없었다. 길 가다가도 혹시 보리 이삭 흘린 게 없나 하고 늘 땅바닥을 두리번거렸고, 아무짝에도 못 쓸 손톱만 한 헝겊 조각이라도 그냥 지나치지 못했다. 그러니까 큰아버지와 아버지가 도내 유일의 상급 학교인 농업학교를 나올 수 있었던 것은 순전히 할머니의 부지런한 공덕이었다. 그러나 할아버지는 그러한 할머니를 두고 소처럼 일밖에 모르는 여편네라고, 여우는 데리고 살아도 소하고는 못 산다고 여간 타박이 심하지 않았다.

나는 할아버지가 무서웠다. 일본 오오사까의 거친 노동판에 몸을 담았다가 돌아온 지 얼마 안되어서 그런지 언사가 사뭇 거칠었다. 사소한 일에도 불같이 성을 내어 할머니한테 손찌검까지 해댔는데, 그때마다 나는 부엌 구석에 틀어박혀 소리 없는 눈물을 흘려야 했다. 그러니까 나의 창피한 울보 경력은 이 무렵부터 시작된 것이다.

중학생이 될 때까지 울보였던 나는 별것 아닌 일에도 걸핏하면 눈물이 나오곤 해서 여간 창피스럽지 않았다. 아무리 참으려 해도 막무가내로 솟는 눈물을 막을 도리가 없었다. 별 까닭 없이 흘린 눈물이 그 얼마였던가. 소금기 없이 싱거운 그 눈물들. 지금도 소설이나 영화를 보다가 조금이라도 슬픈 장면이 나오면 할아버지의 말마따나 그야말로 말 오줌 싸듯 눈물이 줄줄 헤프게 흘러내려 스스로 당혹스러워질 때가 많다. 그것은 일종의 기계적인 관성이나 조건반사 같은 게 아닐까? 자주 운 까닭에 누선이 남보다 더 발달되었을 테고 그래서 사소한 자극에도 조건반사가 일어나 눈물이 분비되었던 것은 아닌지.

아버지

아버지는 어디서 무얼 하는지 여전히 종적이 묘연했다. 어쩌다 들러도 하루 넘게 머무는 일이 없었다. 할아버지 몰래 할머니와 내가 들어 있는 방에만 불쑥 몸을 들이밀었다간 횡하니 사라지곤 했다. 아버지는 이렇게 불가사의한 존재여서 모처럼 만나도 반갑기는커녕 두려운 마음이 앞섰다.

한번은 연을 들고 나타났는데, 반색해서 받아보니 웬걸, 어디서 연싸움하다가 실 끊겨 떨어진 남의 연이 분명했다. 그 연을 밖에 나가 띄우다가 연 임자가 나타나면 그 무슨 낭패일까. 나는 정말 아버지가 실망스러웠다. 아버지란 집에 머물면서 어린 자식에게 연도 만들어주고 팽이도 깎아주는 사람이 아닌가. 왜 이제는 집

에 머물기를 작정하고 친정에 가 있는 어머니를 데려올 생각을 못
하는 걸까?

나의 기억에 그때의 아버지가 홀연 일어났다 스러지는 한줄기
낯선 바람 같은 인상으로 남아 있는 것은 아마도 자전거의 속도감
때문이었으리라. 자전거를 탄 아버지가 웃자란 보리밭 사잇길로
상체만 드러낸 채 빠르게 사라지는 모습이 지금도 눈에 선하다.

그 무렵 한번은 아버지가 밤중에 나를 자전거 뒤에 태우고 읍내
에 데리고 간 적이 있었다. 자전거를 타본 것도, 읍내에 가본 것도
그때가 처음이었다. 그러나 읍내 구경은커녕 잠시 큰아버지 댁에
들렀다가 그 밤으로 돌아오고 말았으니, 오고 가며 내가 경험한 것
은 어둠뿐이었다. 어둠속에서 자전거가 돌짝길을 달리느라 연방
튀어오르는 통에 궁둥이도 아팠지만, 몸이 밖으로 튕겨나갈까봐
제정신이 아니었다. 그런데도 아버지는 맞바람 때문에 하나도 들
리지 않는 말을 뭐라고 자꾸만 하고 있었다. 이러한 아버지의 이상
행동이 정신병에 의한 것임을 안 것은 나중에 철이 든 다음이었다.
아버지는 모처럼 취직한 군청의 축산기사 자리도 놓고 있었다.

외갓집

이렇게 여러달 동안 나는 늘 외로움에 몸살 앓고 있었는데, 그
무서운 할아버지도 보기에 안쓰러웠던지 마침내 나의 외갓집 출입
을 허락해주었다. 그러나 무상출입은 안되고 열흘에 한번꼴로 외

가에 가서 하룻밤 자고 오는 것만이 허락되었다.

어둠과 외로움에 오래 시달렸던 나에게 외갓집은 그야말로 딴 세상이었다. 명랑한 웃음, 쾌활한 몸짓과 다정한 음성, 그곳은 정말 햇빛 밝은 양지였다. 외가에 가던 첫날, 나는 그 밝고 푸근한 분위기가 너무 놀랍고 신기하여 관청 마당에 갖다놓은 촌닭처럼 멍하니 눈알만 굴리지 않았던가.

딸만 셋 낳은 외조부모는 비록 외편이긴 하지만 첫 손자인 내가 여간 귀엽지 않았던 모양이다. 외가에 가기만 하면 외조부모 두분이 서로 앞다퉈 나를 안아보려고 덤비는 통에 어머니는 늘 뒷전으로 밀려나 있곤 했다.

외조부모는 오누이처럼 서로 닮아서 퍽 어진 분들이었다. 흉년이라 먹거리가 변변치 못한 형편에 뭔가 맛있는 것, 예쁜 것을 주지 못해 안달이었고, 나의 어린 짓 하나하나가 그분들에게는 신기한 구경거리였다. 나는 외가에 가기만 하면 억눌렸던 어린애 본성이 그대로 살아나 집 안팎 여기저기 휘젓고 다니면서 맘껏 뛰어놀곤 했다. 어찌나 몸이 쟀던지 이리 호록, 저리 호록 내달리다가 돌부리에 채어 넘어지기도 하고, 지나가는 어른들의 발에 걸려 넘어지기도 했다. 손주한테 뭔가 맛있는 것 못 주어 안달이던 외할아버지가 한번은 당신이 반주로 들던 좁쌀 청주를 맛보게 했는데, 어린 나는 그 한방울 술에 그만 취하여 이리 비틀 저리 비틀 온 마당을 휘젓고 다니다가 보리 짚가리 밑에 쓰러져 잠이 든 적도 있었다.

저녁만 먹으면 으레 불을 끄고 잠자리에 들어버리는 우리 집과 달리 외가에서는 밤늦게까지 불을 밝히고 있었다. 그것도 콩알만

한 등잔불이 아니라 그것과는 비교 안되게 훨씬 밝은 남폿불이었다. 외가가 구장댁답게 좀 넉넉한 살림이긴 해도 무슨 호사로 석유 남포를 쓰는 것은 아니었다. 저녁밥 먹고 나면 외할머니와 어머니는 이웃 아낙 서너명과 함께 남폿불 주위에 모여 앉아 말총갓을 짜는 일을 했던 것이다. 기름을 많이 먹는 등인지라 이웃 아낙들도 각자 얼마큼씩 기름을 가져와 모자란 것을 충당했다.

나는 그 등불이 좋았다. 그을음이 코로 빨려들어 냄새 역하고 불빛 침침한 등잔불만 보던 나에게 남포의 밝은 불빛은 내 마음속까지 환하고 따뜻하게 비춰주는 것 같았다. 그리고 어머니의 등에서 전해오는 따스한 체온. 나는 그 밝고 푸근함이 아쉬워 졸음 가득한 눈두덩을 말총 적시는 물로 적시면서 늦게까지 앉아 있곤 했다. 그러나 나방의 날개처럼 파닥이는 불꽃을 망연히 바라보고 있노라면, 문득 눈물이 주르륵 흘러내리는 순간이 온다. 밤이 새면 다시 윗마을 내 집으로 돌아가야 하는 것이다. 어머니가 금방 눈치채고 나를 돌아다본다. "너 또……" 애처로워하는 그 눈길. 나는 그 순간 어머니의 눈물을 볼까봐 오히려 두려워진다. "아니, 아니라니까. 졸려서 그냥 물 찍어 바른 건데 뭐."

이렇게 나는 집에 돌아가기 싫어 전전긍긍하다가 하루 더 묵새긴 적인 몇번 있었는데, 그때마다 친할머니가 나를 데리러 나타나서는 외할머니한테 왜 애를 제때에 보내지 않고 붙잡아두느냐고 화를 내는 것이었다.

호열자

그렇게 외갓집을 오고 가며 한 반년쯤 별 탈 없이 지내고 있었는데, 내가 만 다섯살 되던 여름에 돌연 그 길이 차단되어버렸다. 흉년에 역병이라더니 온 섬에 호열자(콜레라)가 창궐하기 시작한 것이었다. 전염이 빠르고 치사율이 높은 병이었다. 마을과 마을을 잇는 길들이 차단되고, 환자가 발생하면 그 집 대문에 금줄을 쳐서 사람 출입을 막았다. 병이 점점 크게 번져감에 따라 마을이 마을을, 동네가 동네를, 사람이 사람을 의심하면서 화해롭던 민심 또한 걷잡을 수 없이 흉흉해져갔다. 육지에 나갔다 들어온 사람이나 오래 출타 중이었던 사람도 마을 안에 못 들어와 밭 구석에 움막을 치고 살아야 했다.

우리 마을에서도 동구 밖 한길 네거리에 돌담 쌓아 길을 차단하고 청년들이 감시하고 있었다. 외가가 있는 너븐드르는 지척임에도 부득이한 일이 아니면 통행이 허락되지 않았다. 마을 안에서는 그런대로 생활이 자유로워 서로 간에 왕래가 여전했고, 아이들이 서로 뒤엉켜 흙고물이 되도록 뒹굴며 놀아도 질색하고 내달아 제 아이를 떼어가는 사람이 없었다. 그렇게 호열자가 먼 데 소문일 뿐이더니, 돌연 마을에 환자가 발생하고 말았다.

그 시절의 함박이굴 하늘에 가끔 나타나 커다란 원을 그리며 천천히 선회하던 솔개가 생각난다. 하늘 높이 떠서 빙빙 도는 것만이 제 할 일이라는 듯이, 그렇게 한가롭게 보이고 무해하게 조그맣게 보이던 그 솔개가 어느날 돌연 아래로 내리꽂히면서 커다란 날개

와 함께 순식간에 그 무서운 실체를 보여주지 않았던가. 그 솔개가
덮친 것은 바로 이웃집 마당에서 놀고 있는 병아리떼였다. 그렇게,
높이 뜬 솔개처럼 막연하게만 느껴지던 호열자에 대한 공포가 첫
환자가 발생함으로써 생생한 실감으로 마을 사람들을 사로잡았던
것이다.

이웃 간에 왕래가 드물어지고 밖에서 놀던 아이들은 죄다 집 안
으로 불러들여졌다. 특히 어린이의 사망률이 높은 병이라, 어린것
데린 집에서는 여간 불안한 것이 아니었다. 내가 걱정스러운 할머
니는 "관세음보살"을 늘 입에 달고 있었다. 한번은 뭘 잘못 먹었던
지 종일 설사하여 할머니를 놀라게 한 적이 있었다. 혹시 그 병이
아닌가 하고 질겁한 할머니는 내 항문을 까서 묵은 간장 끓인 것을
집어넣고 미주알이 빠져나올까봐 불에 구운 짚신짝으로 꾹꾹 지져
댔다. 어찌나 뜨겁던지 아직도 그 일을 생각하면 미주알이 뻐근해
진다. 호열자에 걸리면 미주알이 빠져나오고 고름 같은 똥이 줄줄
샌다고 했다.

역병은 빠르게 번져 잠깐 사이에 여남은 집이 감염되었고, 일단
환자가 발생하면 그 집의 거의 모든 식구가 그 병을 앓았다. 환자
가 든 집마다 대문 앞에 돌담을 쌓아 사람 못 나오게 막았는데, 먹
을 물은 이웃에서 길어다 주었다. 우리 집 골목 안에도 호열자가
무서운 호랑이처럼 기어들어 내 동무 영재네 다섯 식구를 물어뜯
고 있었다. 영재는 곱상하게 생긴 여자아이였다. 호열자 든 집이 생
기자 골목 안 사람들은 마치 범 아가리에 앉아 있기라도 한 듯이
두려움에 애가 마를 지경이었다. 할아버지도 그 집 앞을 지나기가

께름칙하다고 대문을 잠가버리고 대신 뒤편 돌담 울타리를 조금 허물어 바깥출입을 하고 있었다. 골목 안은 이따금씩 순찰 도는 청년들의 발소리가 들려올 뿐, 낮에도 괴괴한 침묵이 도사렸다. 한번은 그 집에서 "물, 물!" 하고 물 찾는 여자의 애절한 목소리가 들려와 할머니가 관세음보살, 하면서 물허벅(동이) 지고 급히 밖으로 내달린 적도 있었다.

그러던 어느날, 내가 마당에서 놀고 있을 때 별안간 골목길에 여러 사람이 다급히 몰려가는 발소리가 났다. 얼른 달려가 돌담 구멍에 눈을 댔는데, 아, 그때의 놀라움이라니! 귀신인지 사람인지, 넷 모두가 눈만 내놓고 얼굴을 온통 헝겊으로 싸맨 무시무시한 형상들이었고, 역시 헝겊으로 싸맨 손에 쇠스랑과 거적때기 같은 것이 들려 있었던 것이다.

내 비명 소리에 할머니가 급히 달려왔다. 나를 방 안에 몰아넣고 난 할머니는 내가 금방 눈을 댔던 담 구멍 근처에 침을 퉤퉤 뱉으면서 소금 한줌 뿌리고는 다시 나한테 달려와 물을 먹이고 그 물로 내 머리 정수리를 적시면서 "어, 넋 들라, 어, 넋 들라!" 하고 주문을 외우는 것이었다. 아이가 놀라면 혹시 넋이 다치지나 않았을까 해서 그런 주문을 외우는 것이고 소금은 귀신 쫓는 데 쓴다는 것쯤은 어린 나도 잘 알고 있었다. 그러면 아까 본 것이 사람이 아니라 귀신인가?

"아이야, 하마 놀라지 말라이. 그 집 소독하러 가는 사람들이니까. 혹시 병을 옮을까봐서 얼굴을 싸맨 거쥬."

그러나 그들은 소독이 아니라 시체 치우러 가는 사람들이었다.

그것을 알기는 벌써 여러날이 지난 후였는데 할머니가 담 너머로 이웃집 아주머니와 주고받는 이야기 중에서 그 말이 나왔다. 영재네 집에서 사람이 둘 죽었다는 말에 깜짝 놀란 내가 대들듯이 "영잰? 영잰 아니지예?" 하고 물었을 때 할머니의 대답은 좀 엉뚱했다.

"오냐, 오냐, 영재 그 아이? 참 착한 아이였쥬. 얼굴도 고왔고. 아암 그렇구말구!"

죽음에 대한 그런 식의 표현은 어린 나에게 퍽 생소한 것이어서, 어쩐지 어리둥절해지면서 터질 것 같던 격정이 묘하게 누그러들었던 것이다. 그래서 나는 울음을 터뜨리는 대신에 눈물 몇방울만 떨어뜨렸다.

"그앤 손 다쳤는디…… 나하고 돌로 복숭아씨 까다가 손 다쳤는디……"

그래서 그런지 그후에도 영재의 죽음은 실감으로 느껴지지 않고, 호열자로 못 만나고 있는 다른 아이들처럼 집에 살아 있을 것 같이 생각되었다. 나는 아직 죽음이 무엇인지 모르는 어린 나이였다. 아무 뜻도 없이 그냥 재미로 벌레를 죽이는 어린애가 어찌 인간의 죽음을 이해하겠는가.

그해 여름, 거의 석달 동안 계속된 그 역병은 쉰남은 가구밖에 안되는 그 작은 마을에서 열명이 넘는 목숨들을 앗아갔고 그것도 대개가 어린아이들이었다. 분명 내 옆에도 죽음의 그림자가 어른거렸을 것이다. 그러나 철부지인 나는 그러한 공포에는 둔감하여 다만, 집 안에 오래 갇혀 있어서 갑갑하고 외로운 마음뿐이었다. 그래서 할아버지가 없는 틈을 타서 돌담 터진 데로 살그머니 밖에 나가보곤 했는데 그러다가 뜻밖에 큰 봉변을 당하고 말았다. 늑대를 피해놓고 호랑이를 만난 격으로 호열자 대신 엉뚱하게 낙상 사고를 당해 하마터면 비명에 죽을 뻔했다.

말굽쇠 낙인

우리 집 뒤는 밭이었는데, 밭담 중간에 먹구슬나무 한그루가 서 있었다. 나는 다른 어른들한테 들킬까봐서 동네 안으로 못 들어가고 그 나무 밑에 가서 놀곤 했다. 나뭇진을 빨고 있는 노랑등에를 잡기도 하고 나뭇진을 뭉쳐 구슬을 만들기도 했다. 매미들도 많아 소나기같이 쏟아지는 울음소리에 귀가 먹먹할 지경이었다. 매미를 꼭 한번 잡고 싶었으나 너무 높은 데 붙어 있어 엄두가 나지 않았는데, 하루는 그만 그 유혹에 걸려들고 말았다.

나무타기는 난생처음이어서 나에게 대단한 모험이었다. 밭담 위를 딛고 나무줄기에 옮아붙자 오싹 겁이 났다. 도로 내려갈까 하다가 머리 위의 나뭇가지를 잡아당겨보니 의외로 쉽게 몸이 떠올랐다. 바싹 긴장한 채 두번째 가지 위로 기어오른 나는 매미를 향해 떨리는 손을 조심스럽게 뻗는다. 매미는 손이 간신히 닿는 자리에 붙어 있다. 숨을 멈추고 손바닥으로 매미를 덮친다. 그 순간 내 손에 불붙는 듯한 맹렬한 감촉, 그 엄청난 몸부림과 울음소리라니! 그 서슬에 놀란 나는 그만 발을 헛딛고 아래로 곤두박질치고 말았다. 돌담에 머리를 박고 큰 상처를 입은 채 조밭 안으로 굴러떨어져 까무러쳐버렸던 것인데, 마침 그 밭에 김매던 사람이 있어 금방 달려왔으니 망정이지 하마터면 큰일 날 뻔했다.

두개골이 까져 허연 골이 내비칠 정도로 상처는 치명적이었다. 도로 차단으로 읍내 병원에 갈 수도 없어 죽고 살기는 운수소관에 맡길 수밖에 없었다. 소독약도 얼른 구할 수 없었다. 우선 응급조치로 상처 부위를 불솜으로 지져 머리털을 없애고, 찢겨져 붉은 살점과 함께 너덜거리는 머리 가죽을 들추고 피와 흙이 범벅된 상처를 생오줌으로 씻어냈는데, 해진 붉은 살 깊은 데서 시퍼런 조 이파리가 나오고, 뇌수까지 허옇게 내비치더라고 했다. 아니, 그 흰 뇌수를 나 자신이 직접 보기라도 한 듯 생생하게 느껴진다.

아무래도 나는 명줄이 질긴 아이였나보다. 그후 병원 약이라곤 간신히 구한 소독약밖에 쓰지 않았는데도 상처는 다행히 덧나지 않고 아물어주었다. 이 사고로 나는 어머니를 다시 만나게 된 것이 무엇보다 기뻤다. 어머니가 옆에 지켜 앉아 있는 것이 어찌나 위안이 되던지, 상처가 너무 빨리 아물지 말았으면 하고 바랄 지경이었다. 어머니는 상처에 파리가 앉아 구더기가 슬까봐서 부채를 흔들며 근심스럽게 나를 내려다보고 있었다.

상처가 아물자 어머니는 다시 친정으로 돌아가버렸다. 나를 데리고 가겠다고 우겨봐야 나의 조부모가 허락할 리 만무였고, 어머니 또한 아버지가 제정신이 돌아오기 전에는 다시 시집살이할 의향이 없었다. 그래서 나는 다시 전처럼, 어머니는 아기 데리고 외가에 가버리고 아버지는 어디 가 있는지 모르는 외톨이가 되어버렸다.

훗날 할머니가 실토한 말인데, 낙상 사고로 크게 놀란 나머지 나를 무당집에 양자로 주었다가 일년 후에 데려올 생각도 했단다. 태어날 때도 다 죽다 산 걸 보면 타고난 팔자가 아무래도 심상치 않아 보였던 모양이다.

바늘로 꿰매지 못한 채 그대로 아물린 머리의 상처는 거울에 비쳐 보면 내가 보기에도 여간 볼썽사납지 않았다. 크기나 모양이 꼭 젖은 땅에 찍힌 말 발자국과 비슷했다. 그래서 '땜통'이 내 별명이 되었다. 그런 끔찍한 상처를 빡빡 깎은 알대가리에 이고서 유소년 시절을 보내야 했으니 내 성격 형성에 그것이 미친 영향도 더러 있을 것이다. 아이들은 내 별명을 부를 때면 박자 맞춰 "쌤통, 땜통"이라고 했고, 그 흉터가 초생달 비슷하다고 "영도 다리 난간 위에 초생달만 외로이 떴다" 하고 노래 부르면서 짓궂게 놀려대곤 했다. 사춘기 시절의 나에게 콤플렉스가 둘 있었는데, 하나는 수학 과목이고 다른 하나는 머리의 흉터였다. 그래서 나는 어서 빨리 학교를 졸업해서 수학을 안해도 되고 머리를 길러 흉터를 가릴 때가 왔으면 하고 바랐다.

나이 오십 줄에 들어 머리털이 헤실헤실 벗어지고 있는 지금, 나는 그동안 잊고 지냈던 그 흉측한 흉터가 다시 드러남을 본다. 그와 함께 그 옛날 땜통 시절의 소심증도 되살아나 얼마 남지 않은 머리칼로 흉터를 가려보려고 자꾸만 머리에 손이 올라간다. 그렇다. 어릴 적 흉터가 늙어서 다시 드러나고 그 흉터를 통해서 잊혔던 그 시절이 다시 되살아나는 것이다.

그해 여름, 무더위와 함께 석달 동안 기승을 부리던 호열자는 아침저녁으로 서늘해지는 백중 절기 무렵에야 물러났다. 사망자 수는 전도적으로 삼백오십여명에 이르렀다. 역병이 훑고 간 마을들은 말할 수 없이 쇠잔해져 있었는데, 그해 조 농사도 가뭄으로 또 흉작이었다. 그래서 사람들은 병에 시달린 심신을 수습할 겨를도 없이 다시 흉년의 고통 속으로 빠져들지 않으면 안되었다.

그렇게 해방 삼년은 흉년, 역병, 흉년의 악순환이었다. 왜정 말기를 혹독한 고통 속에 보내고 해방을 맞았으나, 그 역시 진구렁 속의 삶이었다. 그러므로 섬사람들에게 해방은 진정한 의미의 해방이 아니었다. 왜정 때의 그 악명 높던 곡식 공출이 여전히 존속되어 부족한 식량을 수탈해가는데 어찌 해방이며, 이민족들이 나라를 두동강 내고 점령하고 있는데 어찌 해방이라고 할 수 있으랴. 그러므로 그 이듬해인 1947년 3월 1일, 읍내에 이만 군중이 모여든 대시위는 이렇게 극한상황에 몰린 민생의 피맺힌 절규였다. 그러나 미군정은 슬픔과 억울함을 토로하는 그 집회에 무차별 총격으로 응답했으니, 여섯명의 무고한 인명이 희생되고 말았다.

학교

아버지는 그 무렵 집에 돌아와 있었다. 정신이 온전하게 돌아와 악몽에서 깨어난 듯 표정이 밝았다. 읍내에 대집회가 있던 날 아침, 동구 밖 한길은 이 마을 저 마을에서 집회 참가차 읍내로 몰려가는 사람으로 한창 붐볐는데, 거기에 아버지도 끼어 있었다. 그렇게 많은 사람들을 보기는 난생처음이었고 떼몰려 가는 사람들 머리 위에 군데군데 떠 있는 거적때기 현수막들도 볼만한 구경거리였다. 그 놀라운 광경에 나도 덩달아 들떠 있었는데, 무엇보다도 아버지가 거기 있는 것이 마음 흐뭇했다.

저물녘에 집회에서 돌아온 아버지는 싱글벙글 웃으면서 내 앞에서 조그만 보따리를 풀었다. 거기에서 놀랍게도 연필과 공책, 그리고 고무신 한켤레가 나왔다. 너무 기쁜 나머지 아마도 나는 버릇처럼 눈물을 주르륵 흘렸을 것이다. 참으로 난생처음 아버지로부터 받아보는 선물다운 선물이었다. 아마 아버지는 더 큰 선물로 외가에 가 있는 어머니를 곧 데려올 생각도 하고 있었으리라.

바로 이튿날 나는 그 고무신을 신고 그 연필과 공책을 갖고서 마을의 간이학교인 함박학교에 입학했다. 갑자기 다른 세상으로 나온 것처럼 나날이 흥분의 연속이었다. 나는 이제 연필과 공책을 가지고 미지의 문자 세계에 첫발을 내디딘 어엿한 학생이었다. 고무신은 또 얼마나 내 발걸음을 보람차게 했던가! 맨발을 매끄럽게 감싸주는 그 야들야들한 감촉이라니! 잡아 비틀면 볼품없이 오그라들었다가도 놓으면 당장 꾸불텅거리며 제 모습으로 돌아가는 것이 마치 살아 있는 동물 같았다. 그래서 심심하면 고무신 두짝을 마주놓고서 번갈아 비틀었다 놓으면서 닭싸움을 시키곤 했다.

그러나 나의 벅찬 기대감은 너무도 빨리 끝나고 말았다. 내가 학교에 다닌 지 일주일 만에 3월 1일의 학살사건에 항의하는 총파업이 전도에 걸쳐 일어남에 따라 그 학교도 무기한 휴업에 들어가고만 것이었다.

총파업을 깨기 위해 육지부에서 경찰대, 청년단들이 대거 입도했다. 대 검거 선풍 속에 오백여명이 체포되어 혹독한 고문을 받고 그중 반수가 재판에 회부되었는데, 매질이 어찌나 모질었던지 두 명의 고문치사자가 발생했다. 이렇게 총파업을 박살낸 미군정은 그 무도한 폭력을 다시 휘둘러 흉년의 백성을 울렸으니, 그것이 바로 보리 공출이었다. 온 섬이 울분과 저주의 기운으로 가득했다. 마을마다 직장마다 비밀 집회가 열리고 삐라가 뿌려졌다.

횃불

이러한 물정을 알 리 없는 어린 나로서는 그것을 호열자 내습 비슷한 것으로 이해할 수밖에 없었다. 보리 추수 무렵이었으리라. 마을 청년들은 저번 호열자 때처럼 동구 앞 한길을 돌담 쌓아 차단해 놓았다. 물론 경찰차의 진입을 방해하기 위한 것인데, 일반인의 통행은 자유로웠다. 청년들은 멀리서 망보다가 경찰차가 나타나면 "호열자다! 호열자!" 하고 소리쳐 서로에게 알리면서 마을 위 들판으로 피신하곤 했다. 나같이 어린아이들에게도 낯선 사람이 보이면 "호열자!" 하고 외치라고 했다. 청년들은 그냥 맥없이 쫓기는 것이 아니라, 피신한 김에 땔감 같은 걸 한짐씩 해서 돌아왔고, 그런 날일수록 초저녁에 반드시 횃불시위를 벌여 기세를 돋우곤 했다.

그러나 사태는 좀처럼 결판나지 않고 오히려 점점 악화되고 있었다. 내가 사나흘밖에 못 다녀보고 휴교에 들어간 함박학교는 여러달이 지나도 개학할 기미가 전혀 보이지 않았다. 누구누구가 밭에서 일하다가 혹은 마실 가다가 경찰한테 잡혀갔다는 소문이 내 귀에도 들려왔다. 집에 있기가 불안하다고 종적을 감춰버리는 청년들도 있었다. 아버지도 다시 집을 나갔다. 동구 앞 한길에 눈에 띄게 사람 통행이 적어지자, 할아버지는 나에게 외갓집 못 가게 다시 금족령을 내렸다. 마을은 호열자 때처럼 늘 불안한 기운이 감돌았다.

내 목에 난데없이 혹처럼 멍울이 툭 불거진 것은 그 무렵이었다. 그것은 연주창이었는데 좀처럼 멍울이 삭지 않는 질긴 병이었다. 오랫동안 고름이 차야 파종한다는 말을 할머니는 "익어야 딴다"라고 했다. 그 멍울은 점점 자라나 나중에는 혹처럼 커졌다. 가뜩이나 우울한 형편에 연주창까지 겹치고 만 나는 걸핏하면 비감해져서 눈물을 찔끔거리곤 했다. 목이 아프게 당겨 늘 고개를 외로 꼬고 있었고, 말하는 것도 괴로워 숫제 말을 잃고 지냈다. 아이들과 같이 있어도 놀이에 끼어들지 못하고 우울한 눈길로 바라보기만 할 뿐이었다. 나와 단짝이던 계성이도 다른 애들과 어울려버려 나는 여름내 외톨이였다. 연주창을 앓느라고 더위 속에서도 간헐적으로 오싹오싹 끼쳐오던 그 오한기. 동네 어귀에 화사하게 붉은 꽃 무더기를 머리에 이고 서 있는 배롱나무. 아이들은 그 주위를 돌며 즐겁게 뛰어놀고 계성이네 꿀벌들이 부산하게 잉잉거리는데, 나는 그 붉은 꽃을 바라보기가 괴로울 정도로 마음이 심약해 있었던 것이다.

그래서 나를 바라보는 할아버지의 눈길은 여전히 미심쩍은 것이다. 저것이 과연 사람이 될지 귀신이 될지, 두번이나 죽을 고비를 넘긴 터에 또 연주창이라는 고질병이 붙어 비루 오른 망아지처럼 추레한 몰골이었으니 그런 생각을 할 만도 했다. 이렇게 영 미덥지 못한 존재인 내가 또 한번 일을 일으켜 할아버지에게 큰 실망을 주고 말았다.

연주창 때문에 우울증이 더 깊어진 나에게 그래도 한가지 신나는 일이 있었다. 그것은 이따금씩 벌어지는 횃불시위였는데, 초저녁에 "왓샤, 왓샤!" 하는 소리가 들려오면 참을 수 없는 충동심에 할아버지 몰래 밖으로 빠져나가곤 했다. 발을 구르며 토해내는 우렁찬 외침 소리, 일렁거리며 어둠을 핥는 붉은 횃불들, 그 광경을 보면 나의 어린 피도 함께 끓어올라 나도 모르게 시위대의 꽁무니에 따라붙어 있곤 하지 않았던가. 목 아픈 것도 잊은 채. 횃불은 나를 송두리째 사로잡아버리는 야릇한 힘이 있었다. 그 어둡던 시절, 불이라면 부지깽이 불에도 쉽게 매혹되던 나였지만, 횃불은 느낌이 사뭇 달랐다. 뭐라고 힘차게 외치는 듯한 그 불꽃, 그것을 나는 갖고 싶었다.

그래서 어느날 저녁, 밖에서 왓샤 소리가 들려오자 나는 횃불을 만들 요량으로 몰래 부엌에 숨어들었다. 미리 구해두었던 대통에 석유를 담고 솜 마개에 성냥을 그어댔는데, 아뿔사! 솜에 붙은 불이 확 부풀어오르면서 손에 쥔 대통을 순식간에 휩싸버리는 게 아닌가! 대통 밖에 기름이 묻어 있었던 것이다. 나는 얼결에 대통을 떨어뜨리고 뒤로 엉덩방아를 찧었다. 불은 금방 보릿짚에 옮아붙어 벌겋게 커지면서 흙벽을 타고 오르는데, 그때 할아버지가 뛰어들었다. 아마 내 입에서 비명이 터졌던 모양이다. 빗자루를 휘둘러 불길을 때려잡고 난 할아버지는 그 억센 손으로 내 뒷고대를 잡아 부엌 밖으로 내팽개쳤다. 병을 앓는 아이인지라 더이상 매를 때리진 않았지만 할아버지는 보통 화난 게 아니었다. 혹시 사람이 될까 하고 다 죽은 걸 두번이나 살려놨더니 도리어 집 망해먹을 짓을 한다고 했다.

그 실화가 다름 아닌 횃불을 만들다가 저질러진 것이어서 더욱 할아버지의 심화를 돋우었던 것 같다. 그 무렵이 경찰에 쫓기던 청년들 중에 입산자들이 생기고 횃불시위가 더욱 빈번해져 어른들이 몹시 불안해할 때였다. 그래서 할아버지는 청년들의 횃불시위를 위험천만의 불장난으로 여겼던 것이다.

나는 불낼 뻔한 죄로 아예 집 밖에도 못 나가게 발이 묶였다. 아버지의 거취 문제를 놓고 조부모 사이에 다툼이 자주 벌어졌다. 집 버리고 마을을 떠날 수 없는 노릇이라면 두 아들 중 하나는 산 쪽에 붙어야 한다는 것이 할머니의 주장이었다고 한다. 나의 백부는 그 당시 도청의 공무원이었다. 계성의 큰형이 나의 둘째 이모부와 함께 찾아와 아버지의 행방을 묻고 같이 투쟁해야 할 사람이 피해 다니면 어떻게 하느냐고 역정 낸 것도 그 무렵 일이었다.

조부모 사이에 다툼이 벌어져 욕설과 울부짖음이 터져나올 때마다 나는 부엌에 틀어박혀 몰래 울곤 했다. 증조부는 노환이 깊어 늘 혼수상태였다. 어찌해볼 도리가 없는 그 막막한 슬픔, 때마침 장마철이어서 나의 슬픈 어린 혼은 궂은비 속에 푹 잠겨 있었던 것이다. 비가 오면 좀 크게 소리 내어 울어도 안방의 할아버지 귀에 들리지 않아서 좋았다.

탈향(脫鄕)

드디어 증조할아버지가 돌아가셨다. 어떻게 기별이 되었던지 아버지가 때맞춰 다시 나타났다. 혹시 경찰이 들이닥쳐 조문객들에게 무슨 까탈을 잡을까봐 장례는 시종 긴장된 분위기 속에서 치러졌다. 입산한 청년들은 마을에 못 내려오고 장지에서 조문했는데 산역일도 그들이 도맡아해주었다. 그러나 아버지는 장례 후 다시 종적을 감추고 말았다. 장지에서 아버지는 그들과 무슨 말을 나눴을까? 아직도 정신이 온전치 못하다고 변명했을지도 모른다.

아버지는 늘 출타 중이고 어머니는 외가에 가버려 무서운 할아버지 밑에서 잔뜩 기죽어 눈물 짜던 그 아이, 나는 지금도 궂은 장맛비를 만나면, 주룩주룩 내리는 빗줄기를 하염없이 바라보며 눈물짓던 그 아이의 막막한 슬픔이 생각나곤 한다.

그런데 그해 가을, 내 일신상에 뜻밖의 변화가 생겼다. 궂은비만 내리던 내 어린 가슴에 뜻밖에도 따뜻한 햇빛이 비쳐들었다. 둘째 사위는 소문난 좌익인 터에 화물차 운전수이던 막냇사위가 경찰에 들어가버리자 좌우 양단간에서 전전긍긍하던 외할아버지가 결국 읍내로 이사해 갔는데, 그때 어머니가 나를 빼돌려 함께 데리고 갔던 것이다. 그런데 그것이 고향과 영원한 이별이 될 줄이야! 함박이굴은 그 이듬해 초토화의 불길에 잿더미가 된 채 지도상에서 영영 사라지고 말았다. 사태 당시 노형리는 함박이굴까지 포함하여 그 피해가 실로 막심했다.

흉조

내가 고향을 떠나던 그해 5월, 음료수로 쓰는 벼락구릉 근처에 이변이 생겼었다. 그 못에 난데없이 물뱀 여러마리가 나타났다. 물론 전에도 있긴 했지만 어쩌다 한마리쯤 보였을 뿐이었다. 아이들과 놀다가 목마르면 물뱀이 헤엄치고 있어도 별로 두려운 생각 없이 그냥 물 위에 엎드려 말처럼 주둥이를 박고 들이마시곤 했다. 너무 급히 마시면 바닥에 있는 뱀 알이 입안으로 따라 들어온다고 해서 좀 께름칙하기는 했다. 그런데 그 못에 뱀이 서너마리로 늘어 물 위를 사납게 휘젓고 다니는 것을 본 후로는 집에 길어다놓은 물도 마시기가 두려웠다. 물을 들이켜면 뱀 알이 아니라 뱀 한마리가 통째로 입안으로 들어올 것만 같았다. 물가에 올챙이들이 많이 생겨 그런 것이니까 며칠만 있으면 올챙이를 다 잡아먹고 뱀들은 사라질 것이라고 했다.

무슨 일로 올챙이가 그렇게 번성하게 된 것인지 알 수 없었다. 벼락구릉 위쪽 맷방석 크기의 조그만 둠벙에는 물이 온통 먹빛일 정도로 올챙이들이 가득했다. 올챙이들이 가득 차 바글거리는 둠병은 마치 들끓는 팥죽 속 같아 참으로 보기에 끔찍했다. 그런데 더욱 괴이한 일은 그 올챙이들은 얼마 후 뱀이 잡아먹기도 전에 한꺼번에 몰사해버린 것이다. 배를 허옇게 뒤집은 올챙이 사체들이 덩어리진 채, 수면 위를 꽉 채우고도 모자라 물가 뻘 위까지 밀려가 쌓여 있었는데, 참으로 소름 끼치는 광경이었다. 세상에 이런 일도 있을까? 어쩐지 나는 그 올챙이들이 호열자에 걸려 떼죽음한 것처럼 생각되었다. 어른들이 수군거리며 주고받는 말 속에 불안한 기색이 역력했다.

"아무래도 심상찮아. 혹시 사람 많이 죽을 징조는 아닌지, 원."

그러나 설마 했던 이 불길한 예감이 이듬해에 그대로 적중하고 말았다. 올챙이의 떼죽음이 4·3사건으로 인한 인간의 떼죽음으로 둔갑한 것이었다. 그 참상을 직접 눈으로 보지 못한 나는 오직 올챙이의 떼죽음, 그 주술적 상징을 통해서만 미루어 짐작할 뿐이다. 물론 올챙이의 몰사는 주술이 아니라 과학이 밝힐 수 있는 생태계의 한 현상일 뿐이다. 어떤 책에서 우연히 그 대목을 읽은 바 있는데, 조그만 둠벙에 어쩌다 천적이 없어져 올챙이가 크게 번성하여 물에 가득하게 되면 수중 산소의 부족으로 몰사한다는 것이다. 과학은 그렇게 둠벙의 비밀을 해명해주었지만, 그러나 나는 그것이 내포한 주술적 상징에서 여전히 벗어나지 못한다. 어느 옴팡밭에 많은 시신들이 서로를 베개 삼아 가로세로 널브러져 있더라는 증언을 들을 때도, 항아리에 멸치젓 담그듯 한 구덩이에 십여명씩 몰아넣어 파묻었다는 증언을 들을 때도, 나는 그 둠벙 안에 가득했던 올챙이들의 죽음이 생각났다.

묵은성

　함박이굴에서 읍내까지는 십리 거리에 불과했지만, 등짐 지고 읍내 장에 다니는 마을 사람들이 중간의 도령마루 고개에서 잠시 쉬어 넘기 때문에 흔히 두참길이라고 했다. 읍내로 이사하던 날, 난생처음 걸어보는 그 길 위에서, 쌀자루를 무겁게 짊어진 어머니를 따라가면서 나는 사뭇 들뜬 기분이었다. 물론 그 전해에 아버지의 자전거에 실려 읍내 나들이를 한 적이 있긴 했지만, 한밤중이라 내가 본 것은 깜깜한 어둠뿐이 아니었던가. 바다라는 것을 본 것도 그날이 처음이었다. 아직 키가 밭담 높이밖에 안 자라 시야가 좁았던 나는 도령마루 고개를 오르면서 멀리 북쪽에 문득 나타난 한가닥의 푸른 띠가 우쭐우쭐 커져, 마침내 끝 간 데 없이 드넓은 바다로 변하는 그 기이한 광경에 눈이 휘둥그레졌던 것이다.

　그 시골길을 벗어나 일주도로의 널찍한 찻길로 나왔는데, 먼지 구름을 일으키며 엄청난 엔진 폭음과 함께 자갈을 튕겨내며 내달리는 트럭들은 또 얼마나 무서웠던지. 그보다 더 무서웠던 것은 읍내 초입에 큰 내를 가로지른 다리를 건널 때였다. 그것이 말로만 듣던 한내였다. 난간도 제대로 갖춘 튼튼한 콘크리트 다리였지만, 다리 밑 암석투성이의 깊은 골짜기를 내려다보자니 정말 정신이 아뜩했다. 허공중에 몸을 맡긴 것처럼 차마 발이 떼어지지 않았다. 그래서 어머니의 발뒤축에 코를 박고 엉금엉금 기다시피 하여 건넜는데, 옛말에 지방 사람이 서울 나들이 하려면 그 위세에 기죽어 과천서부터 긴다고 했거니와 그날의 내가 아마 그 짝이었나보다. 우뚝우뚝 선 전봇대도, 햇빛에 번쩍거리는 가게 유리창들도 무서웠다. 심지어 아이들이 굴리는 굴렁쇠도 무서워 어머니의 치마 꼬리에 매달렸다. 모두 처음 보는 것들이었다. 그렇게 사뭇 눈이 휘둥그레져서 사방을 두리번거렸는데, 얼마를 더 들어가니까 또 다리가 나와 나를 애먹였다. 다리 건너기가 왜 그렇게 무섭던지. 지금 생각하면, 바로 몇달 전 나무에서 떨어져 죽을 뻔했던 일로 해서 고소공포증이 생겼던 게 아닌가 싶다.

벌벌 떨면서 병문내를 건너고 그 내를 따라 조금 내려가니까, 도령마루에서 잠깐 본 먼 바다가 바로 지적인 하구 쪽에 시퍼렇게 그 생생한 실체를 드러내놓고 있었다. 하구로 넘쳐들 듯이 겁나게 부풀어오른 바다, 장차 내 성장의 요람이 될 그 바다와의 첫 대면에서 내 입에서 나온 첫 발언이 "와따메, 참 물도 많구나!" 하는 감탄사였단다. 나중에 어머니가 웃으면서 들려준 말인데, 아무튼 그때 나는 물이라곤 벼락구릉의 펄내 나는 작은 못물밖에 모르던 촌아이였던 것이다. 그 근처에, 한달 전에 이사해온 외가댁이 있었는데, 두살 아래인 누이동생이 대문 밖에서 흙장난하다가 "오빠!" 하고 반색하고 내달아 맞던 일, 그사이에 몰라보게 키가 자란 누이를 보면서 공연히 서먹서먹하던 일이 지금도 뚜렷이 기억난다.

이때부터 외가에 얹혀 지내는 옹색한 살림이 시작되었다. 우리가 방 한칸 얻어든 바깥채의 다른 방에는 월급쟁이 젊은 부부가 세들어 있었다.

옛 성터에 자리 잡았다고 해서 묵은성이라고 불리는 그 동네는, 외가댁처럼 야트막한 초가집들이 서로 처마를 맞대고 올망졸망 들어선 천변 쪽과는 달리 안쪽으로 들어갈수록 굵직굵직한 집들이 많았다. 고풍스러운 조선 기와집들이 여러채였고, 벽에 사기 타일을 박은 양옥집, 왜식 기와집, 콜타르 칠한 함석지붕집들도 볼만한 구경거리였다. 비록 초가집들이긴 해도 비바람막이로 나무 덧문 대신에 유리 창문들을 달고 있었고, 집 둘레의 축담도 벌어진 돌 틈새를 흙 대신 시멘트로 곱게 단장하여 그 이음매의 도형 무늬가 여간 맵시 있지 않았다.

이사 온 이튿날, 나는 어머니와 함께 인사차, 구경차 그 큰 동네를 한바퀴 돌았는데, 나의 사촌들은 축대 높은 함석지붕집에 살고, 어머니의 사촌들은 유리창 달린 초가집에 살고 있었다. 그러나 집만 덩실했지, 그들 역시 궁핍한 시절을 만나 쪼들린 살림이었다. 여섯 자식을 둔 큰아버지는 도청 주사의 봉급으로는 뒷감당이 어려워 부업으로 말 장사를 하고 있는 형편이었다. 근처에 빈 연자방앗간이 네군데 있었는데, 기계방아가 생긴 이후로 쓸모없어진 것을 마구간으로 사용하여 말 여러마리를 먹였다. 큰아버지는 비루먹어 잔등의 털이 뭉떵뭉떵 벗어진 말이라도 잘 가꿔 건강하게 만드는 재주가 있었나보다. 참기름과 달걀을 섞어 넣은 사이다병을 말 아가리에 억지로 쑤셔넣어 먹이는 걸 나도 본 적이 있는데, 그것이 말 가꾸는 묘방이었을까? 밤에 우연히 연자방앗간 앞을 지나다가 어둠 속에서 파랗게 빛나는 말들의 눈빛에 몹시 놀랐던 일도 기억난다.

읍내에 이사 와서 내가 보고 겪은 것 중에 어느 하나 신기하고 놀랍지 않은 것이 없었지만, 무엇보다 나를 경악하게 한 것은 한밤중에 들이닥친 가택수색이었다. 이사 온 지 얼마 안된 어느날 밤,

느닷없이 우리 동네에 일제 가택수색이 벌어져, 우리 세 식구가 자고 있는 방 안까지 군홧발로 쳐들어와 총구로 사납게 이불을 젖혔던 것이다. "늬 남편이레 어델 가서?" 귀 설은 이북 말씨가 악명 높은 서청 출신 순경이 분명했다. 잠자다 졸지에 당한 변이라 어머니도 제정신이 아니었는데, 다행히 그들은 쫓는 인물이 따로 있었던지, 그렇게 질문만 던져놓고는 들어올 때의 기세 그대로 왈칵 밖으로 뛰쳐나가던 것이다.

그런데 한 살 위인 사촌 남수를 만나니까, 그까짓 것, 개뿔이나 무섭냐고, 사뭇 으스대는 것이 아닌가. "밥통! 넌 촌놈이니까 그렇지. 난 말이다, 그런 건 아무것도 아니라. 난 벌써 세번이라. 3·1운동 땐 또 어떤 중 알아? 정말 굉장해서야. 그런 구경 돈 줘도 못해. 사람들이 얼매나 많은지, 길에 꽉 차서. 그냥 돌담 울타리가 와르륵 무너지고, 가게 유리창이 와장창 부서지고, 우와, 굉장해서." 지난봄, 3·1시위 때 대문 앞에서 구경하다가 경찰의 총격에 쫓긴 사람들이 벌떼같이 대문 안으로 몰려드는 통에 하마터면 밟혀 죽을 뻔했다고, 아직도 흐릿하게 남아 있는 이마의 상처를 자랑스럽게 보여주는 것이었다.

입학

이사 온 지 한달쯤 지났을까. 그동안 좌와 우, 어느 쪽에도 못 붙고 숨어 다니던 아버지가 결국 장인과 형의 뜻에 따라 국방경비대에 입대하게 되었다. 그때 그의 나이 27세였다. 아버지는 입대 후 신분이 확실해진 뒤에도 집에 들르는 일이 거의 없었다. 근무지가 섬의 서쪽 끝인 모슬포여서 거리가 멀었고, 또 나중에는 교육받으러 육지로 나가 있기도 해서 그랬겠지만 아버지는 여전히 나에게 부재중인 셈이었다.

그렇던 아버지가 참으로 모처럼 만에 아들인 내 앞에 정식으로 몸을 드러냈다. 이듬해 봄, 내가 북초등학교에 입학하던 날이었는데, 육지에서 교육을 마치고 막 돌아온 아버지가 뒤늦게 입학식장에 나타난 것이었다. 초등학교에 입학한다는 것은 또다른 가족, 말하자면 더 무서운 아버지와 더 이기적인 동기들과의 만남이 아닌가. 그래서 두려울 수밖에 없는 촌아이인 나로서는 아버지의 출현이 여간 마음 든든한 게 아니었다. 아버지는 주름 날카로운 군복에 완장을 멋있게 찬 헌병 중사로 변신해 있었다. 늘 어둠만 골라 딛던 아버지, 그래서 어린 아들도 눈물 흥건한 우울증에 빠지지 않았던가. 만면에 화사한 웃음 띤 아버지를 마주 보면서 나는 비로소 나의 우울한 가슴에 불이 켜지는 느낌이었다.

입학식장에 나타난 아버지의 모습과 더불어, 그 무렵의 일로 생각나는 것은 산수 시간이었다. 학교 들어오기 전에 이미 기본 숫자를 터득한 아이들이 많아서 기가 죽었는데, 특히 8자를 제대로 못 써서 애먹었다. 담임선생은 시커먼 눈썹에 눈이 부리부리하여 보기만 해도 무서웠다. "이게 뭐냐. 지렁이 그리냐? 똑바로 써봐. 8자를 잘못 쓰면 팔자 그르쳐, 늬 팔자가 나빠진단 말이다, 이놈아." 그렇게 8자 쓰기 어렵더니 상급 학년에 올라가 한자를 배울 때는 습자 시간에 팔(八) 자를 제대로 못 써 또 애먹었다. 결국 내 팔자가 그래서 이렇게 못난 글쟁이 노릇을 하게 되었는지도 모른다. 그러나 죽고 살기가 오직 우연에 달려 있던 그 험한 시절에 하찮은 목숨이나마 부지하고 살아남았으니 그만하면 상팔자가 아닌가 하는 생각도 든다.

봉앳불과 방앳불

3·1사건 이후 일년 동안, 육지부에서 파견된 경찰과 서청이 자행한 무자비한 탄압이 마침내 "앉아서 죽느니 일어나서 싸우자"라는 절망적 항쟁을 불러일으켰다는 것은 이미 널리 알려진 사실이다. 4·3의 봉기는 곧바로 5·10선거 보이콧으로 이어졌는데, 이러한 사태의 전개는 어린 나에게는 단지 풍문일 따름 별로 실감이 없었다. 외할아버지의 말대로 읍내는 관권이 장악한 법정(法井)이어서 보호된 우물물처럼 별다른 동요를 보이지 않았다. 읍내 사람들이 총선에 참가했음도 물론이다. 더구나 키가 고작 밭담 높이밖에 안 자란 터수에 무엇이 제대로 보일 리 없고, 무슨 말에나 반쯤밖에 못 듣고 다니는 어린 귀에 무슨 소문이 제대로 들려올 리가 없었다.

그러나 밤중에 솟아오르는 봉홧불은 내 눈에도 뚜렷이 보였다. 봉기 이후 멀리 한라산 쪽 오름들의 봉우리에 봉화가 자주 솟아올라 그때마다 내 가슴은 야릇한 흥분으로 두근거리곤 했다. 한번은 바로 지척인 도령마루에 봉화가 불끈 솟아, 마치 함박이굴에서 보왔던 횃불들이 거기로 진격해온 것처럼 놀란 적도 있었다.

경비대 제주 연대가 사태에 본격적으로 개입하기 시작한 것은 그 무렵이었다. 그동안 경비대는 '좌도 우도 아닌 민족의 군대'를 표방하여 제주사태를 경찰과 서청이 야기한 도민과의 분란으로 보고 중립적 입장을 취했었는데 중앙의 군 수뇌부가 미군정의 철퇴를 맞아 몰락하고 만 것이었다. 제주 경비대는 연대장이 전격적으로 갈리면서 곧바로 토벌작전에 투입되었다. 그러나 말이 '폭도 토벌'이지 실상은 양민 학살이나 다름없었으니, 대원 중 섬 토박이 출신들의 입장은 그야말로 진퇴양난이었다. 단지 젊다는 이유 하나만으로 경찰에 쫓기다가 겨우 경비대 내에 피란처를 구했건만, 그것이 도리어 총부리를 동족을 향해 겨눠야 하는 처지로 뒤바뀌고 만 것이다. 그 기막힌 운명에 그들은 분노했고, 그렇게 해서 조성된 반란의 기운은 일부 대원의 집단 탈영과 입산 사태를 낳고 급기야는 연대장 암살로 이어졌다. 그후 섬 출신 대원들을 한통속으로 싸잡아 의심하여, 한때 무기를 빼앗고 격리수용하기까지 했다. 섬 토박이 병사치고 동족을 해쳐야 하는 가혹한 현실에 치를 떨지 않은 사람이 어디 있을까마는, 그러나 토벌작전이 아닌 후방 업무를 담당했던 헌병 직책의 아버지로서는 아무래도 그 심적 갈등이 훨씬 덜했을 것이 틀림없다.

그 무렵, 아버지의 근무처는 모슬포에서 읍내로 옮아와 있었다. 아버지는 문서 연락차, 한번 나들이에 열흘 넘게 걸리는 서울 출장이 잦은데다가 읍내에 있어도 영내생활이어서 집에서 식구들과 잠자는 일이 드물었다. 얼굴을 보는 것도 야간 순찰 돌다가 어쩌다 잠깐 집에 들를 때뿐이었다. 그래서 나는 혹시 아버지를 만날 수 있을까 하고 가끔 헌병대 앞을 얼씬거려보기도 했는데, 그러다가 어느날 뜻밖에도 정문 보초 서는 아버지를 보고 말았다. 정말 실망스러웠다. 갈매기 세개라면 꽤 괜찮은 벼슬인 줄 알았더니, 고작 문지기 노릇이 아닌가. 그후 아버지는 학교 바로 근처에 있는 도지사 관사의 문지기 노릇까지 하여 나를 속상하게 했는데, 그래서 한동안 그 앞을 피해 뒷길로 학교에 다니곤 했다. 아마도 도지사에게 산군으로부터 암살 위협이 있을 때였을 것이다.

이러저러한 일로 아버지와 나 사이에 벌어진 틈새는 좀처럼 메워지지 않았다. 물론 거기에는 아버지의 탓만 있는 게 아니었다. 나야말로 귀여운 맛이라곤 조금도 없는 아이였다. 걸핏하면 울적하기 일쑤이고 말수 적어 묻는 말에도 대답이 시원찮은데 어디가 귀엽겠는가. 나는 공연히 아버지가 두려웠다.

나에게 이렇다 할 관심을 보여주지 않던 아버지가 한번은 모처럼 생색내어 나를 극장에 데려간 적이 있었다. 아버지가 당일 임검 헌병이라 무료입장이었다. 아버지는 객석 뒤 임검석에 자리 잡고 나를 무릎에 앉혔다. 영화 구경도 그날이 처음이었지만, 아버지의 무릎에 앉아본 것도 철들어서 그때가 처음이었다. 그런데 그 무릎에 앉는 것이 얼마나 싫었던지, 그야말로 좌불안석이었다. 낡은 필름이 비친 화면은 온통 주룩주룩 내리는 빗줄기들뿐, 도무지 알 수 없는 내용이었고, 나는 아버지와 몸 닿는 게 싫어서 그동안 내내 조바심쳤던 것이다.

가을이 되자 사태는 무섭게 급변했다. 연대장 암살을 기화로 조작된, 도민에 대한 무차별적 적개심은 무서운 살기를 띠고 온 섬을 뒤덮기 시작했다.

조부모는 여전히 고향 마을 함박이굴에 남아 있었고 어머니는 농사지으러 두참길의 불안한 고향 나들이를 하고 있었는데, 조 추수가 끝날 무렵이 되자 고향 길은 위험해서 더이상 다닐 수 없게 되었다. 어머니는 추수한 조 곡식을 읍내로 운반할 엄두가 안 나, 바로 길 건너의 친척 집에 맡겨놓고 그 집에 이삼일 머물면서 서둘러 밭에 보리 씨를 뿌리고 돌아왔다.

드디어 대참화가 닥쳤다. 백삼십여 중산간 부락들이 잇달아 불길에 휩싸이면서 대학살극이 벌어지기 시작했다.

어느날, 해 저문 초저녁의 서편 하늘에 유난히 붉은 저녁놀이 타고 있었다. 이상한 일이라고 불안하게 중얼거리던 어머니의 입에서 별안간, 아이고! 하는 탄식이 터졌다. 그것은 저녁놀이 아니었다. 어두워질수록 오히려 그 붉은빛은 일파만파로 넓은 하늘에 번져 읍내 하늘의 구름까지 붉게 물들여놓았다. 어머니의 놀란 얼굴도 불그레 물들어 있었다. 밤불은 영 종잡을 수가 없다고 하지만, 그 불은 바로 한내다리 근처에서 타고 있는 듯이 아주 가깝게 느껴졌다. 그러나 그것은 4킬로미터 밖, 함박이굴을 포함한 나의 향리인 노형을 태우는 불길이었던 것이다.

그 무렵부터 시작된 중산간지대의 방화는 줄불로 이어졌다. 밤하늘 여기저기 옮아다니던 그 붉은 구름떼…… 멀어서 불길도 보이지 않고 학살의 총소리도 들리지 않고, 보이는 건 오직 하늘과 땅 사이에 가득 차서 구름떼와 함께 꿈틀거리던 그 기괴한 화광뿐이었다.

　노형을 태우는 방홧불은 날이 샌 뒤에도 꺼지지 않아 서편 하늘에 연기가 자욱했었다. 이때를 당하여 아버지는 자신의 무력함을 뼈저리게 실감했던 모양이다. 할머니는 며칠 전부터 큰댁에 와 있어서 무사했지만, 홀로 고향 집에 남은 할아버지가 큰 걱정이었다. 집단 입산, 연대장 암살 이후로, 산과 내통하지 않나 의심받는 것이 경비대 내의 섬 출신들인지라, 아버지는 도무지 운신하기가 어려웠다. 단 두시간만 말미를 주면 부친을 구출해오겠다고 상관한테 눈물로 애소했지만, 동정하기는커녕 오히려 의심쩍어하는 눈치더라고 했다. "뭐야. 그 폭도 마을에 아버지가 있다고? 거 이상하잖아, 벌써 읍내에 들어와 있지 않고 거기에 남아 있다니 말이야. 하여간 토벌작전은 우리 헌병대 소관도 아니고, 오늘도 하루 종일 그 마을에 작전을 한다니까, 토벌대 외엔 누구도 출입할 수 없는 거야." 그 작전이 다름 아닌, 소각한 마을 안을 뒤져 남은 인명을 사살하고 타다 남은 곡식을 해변으로 운반하는 것이어서, 할아버지의 안위가 참으로 걱정되었다. 아버지는 읍내 순찰 업무에 묶여버리고, 큰아버지 혼자서 공무원 신분을 내세워 노형 아래 해변 마을인 도두까지 가보았다. 그러나 거기 모인 피란민들 속에서 할아버지를 찾아볼 겨를도 없이, 큰아버지는 공무원 신분임에도 의심을 받아 말고삐 올가미에 목 매단 채 한참 끌려다니는 곤욕을 치러야 했다.

　결국 상황이 다 끝난 그다음 날에서야 아버지는 상관의 허락을 받고 불탄 고향 집을 찾아갔는데, 총 맞아 죽은 줄만 알았던 할아버지가 다행히도 무사히 대숲에 숨어 있었다. 부르는 소리에 대숲에서 나온 할아버지는 가슴에 증조부의 위패를 꼬옥 품고 있었는데, 그제야 긴장이 풀렸는지 몇발짝 걷지 못하고 유자나무 앞에서 맥없이 주저앉더라고 했다. 반쯤 타버린 늙은 유자나무, 그 나무의 그슬려 잎 털린 가지에, 불에 놀라 혼 나간 암탉 한마리 앉아 조을고, 그 아래 위패를 가슴에 품고 쪼그려앉은 할아버지, 아직도 공포가 가시지 않은 그 흐릿한 눈빛…… 훗날 아버지가 들려준 그 장면은 검게 타버린 폐허를 배경으로 한 완벽한 구도의 목탄화로 내 의식에 자리 잡게 되었다.

어머니가 친척 집에 맡겨놓았던, 우리 세 식구의 반년 양식이 될 조 곡식도 그 불에 타버렸다.

그리하여 한라산과 해변 사이 중산간지대의 백삼십여개의 마을들이 불에 타 사라졌다. 불바다와 함께 대살육극이 시작되었으니, 주민들 절반은 산으로 달아나 폭도라는 누명 아래 사살의 대상이 되고 절반은 명령에 따라 해변으로 소개했으나, 그중의 많은 부로(父老), 아녀자들이 폭도 가족이라고 처형당했다. 사람들뿐만 아니라 마소도 닥치는 대로 학살되었다.

그러나 나는 그런 물정을 잘 모르는 읍내 아이였다. 하늘에 번진 그 무서운 화광을 보면서도 그 불의 의미를 제대로 알 수 없었다. 아이들은 무슨 뜻인지도 모르고 그것을 방앳불이라고 불렀다. 나도 덩달아 그렇게 불렀다. 사태 초기에 오름봉우리에 올랐던 불은 봉앳불이고, 토벌대가 지른 불은 방앳불이었다. 이 두 단어를 옳게 고쳐 봉홧불과 방홧불로 이해하게 된 것은 내가 장성한 다음의 일이었다.

그러나 나는 아직도 그 무서운 방홧불의 진정한 의미를 모른다. 횃불도 이해할 수 있고 횃불이 모여 봉홧불이 된 것도 알 수 있지만, 하늘마저 불 지른 듯 벌겋던 그 초토의 방홧불은 도무지 이해불능이다. 화광이 충천하여 하늘에 가닿고, 그 엄청난 인간과 가축의 떼죽음, 그 비명 소리, 신음 소리 역시 무섭게 솟아올라 하늘을 찔렀건만, 그러나 하늘마저 그 의미를 모르지 않았던가. 하늘은 언제나 백치같이 무심한 표정이었다. 천재지변이 아니라 인간이 저지른 일이기에 더욱 그 뜻을 이해할 수 없는 것이다. 인간의 경험, 상상력을 훨씬 능가해버린 그 엄청난 살육과 방화를 놓고, 어떻게 무자비하다, 잔인무도하다, 하는 따위의 빈약한 말로 설명할 수 있을까.

살아남은 자들

노형리가 소각된 후 한때 외가댁은 피란 온 친척들로 가득했다. 외할아버지는 소 두 마리를 목장에 올려 방목하다가 사태 통에 잃고 말았는데, 그 빈 외양간에도 사람들이 들었다. 대개 어머니의 고모, 이모, 외숙네 가족들이었는데, 마을이 불타던 날, 사나운 총격에 식구들을 잃고 간신히 살아남은 사람들이었다.

그런데 외가에 닥친 불행은 거기에 그치지 않고 나의 두 이모에게까지 미쳤다. 입산자 가족들이 처형당할 때 신분을 숨겨 용케 살아난 샛이모가 읍내에 오자 다시 경찰에 붙들려가고 경찰차를 몰던 막내이모부가 출동 중 차량 전복으로 사망했다는 비보가 날아들었다.

결혼한 지 일년밖에 안된 막내이모에게는 갓난쟁이가 하나 딸려 있었다. 방바닥을 뒹굴며 통곡하는 이모 곁에서 나도 덩달아 훌쩍거렸다. 용모가 예뻐서 특히 내가 좋아한 이모였다. 그렇게 이모가 서러워 목 놓아 우는데, 별안간 방문이 벌컥 열리면서 외할아버지의 성난 호통이 날아들었다. "썩 그치라! 이것이 느만 당하는 일가? 온 마을 사람, 온 섬 백성이 다 당하는 노릇인데, 저 친척들 앞에서 부끄럽지도 않애여?"

정말 사실이 그랬다. 덜 서러워야 눈물 난다고, 그 친척들은 꺼질 듯 한숨만 몰아쉴 뿐 눈물을 내비치는 걸 나는 본 적이 없었다. 어머니의 외숙네는 계집아이 하나만 남겨놓고 몰사죽음이고 어머니의 고모네 이모네도 식구들 태반이 죽었다. 덜 서러워야 눈물 난다고 했다. 아니, 덜 무서워야 운다고 했다. 사실 그들은 무서워서 못 울었던 것이다. 식구들이 '폭도 가족'이라고 죽임당했는데, 이번엔 자기 차례가 아닐까 하고 늘 강박관념에 시달리는 그들이었다. 울음소리를 냈다간 자칫, 폭도 가족 여기 있소, 하고 광고하는 꼴이 되지 않을까 두려웠다. 그러니까 막내이모가 목 놓아 통곡할 수 있는 것도 경찰 가족이기 때문이 아니던가.

우리 식구는 군인 가족, 막내이모는 경찰 가족, 나머지는 샛이모를 포함해서 모두 '폭도 가족'이었다. 군인 사위, 경찰 사위, 폭도 사위를 다 함께 가진 외할아버지는 가택수색에 대비해서, 경찰 사위의 영정을 꽃으로 장식해서 상방마루의 눈에 잘 띄는 곳에 상청을 꾸며놓는 한편, 군인 사위에게는 집에 잠깐씩이라도 자주 들르라고 당부했다. 놋단추 여러개가 두줄로 줄느런히 달린 검정 제복의 이모부 영정이 지금도 기억나는데, 그 부적이 효과를 보았는지 두어번 경찰 수색을 받았지만 별 탈 없이 지나갔다.

그러나 아버지는 이번 경우에는 자신의 무력함을 그대로 드러내어 샛이모 구출에 별 도움이 되지 못했다. 잡혀간 지 열흘쯤 지나 샛이모는 모진 고문 끝에 풀려났는데, 이모부가 사살된 것이 그때 확인된 때문이었다. 마을 야학당에 다닐 때, 남자들을 제치고 늘 일등을 도맡아 했다던 샛이모. 나중에 그 야학당의 인물 좋고 언변 좋은 선생과 결혼하여 주위의 부러움을 샀건만, 모든 것이 이제 허사가 되어버렸다. 집에 돌아온 이모는 고문 후유증 때문에 여러날 누워 지내야 했다. 얼굴이 멍 들어 있었는데, 나중에 다른 데는 다 나아도 눈 밑에 잉크물 번진 듯 푸르끼리한 자취는 이상하게도 사라지지 않았다. 아마도 샛이모를 철들어 만나기는 그때가 처음이어서 몰랐던 모양인데, 실은 그것이 선천적인 흉터였던 것이다. 그럼에도 나는 그후 오랜 세월 동안 불행의 멍에서 벗어나지 못하는 이모를 보면 그 잉크빛 자취가 그 시절에 매 맞은 멍처럼 생각되곤 했다.

큰댁에는 다른 친척과 함께 내 동무 계성이가 동생을 데리고 피란 와 있었다. 순찰 돌던 아버지가 읍내로 연고를 찾아 흘러들어오는 피란민들 가운데서 두 아이를 발견해서 데려온 것이었다.

계성이는 침울한 아이로 변해 있었다. 우멍한 눈을 굴릴 뿐, 묻는 말에도 좀처럼 입을 떼지 않았다. 아직도 무서움이 가시지 않은 기색이었다. 마을이 불타던 날, 큰형을 찾아 입산하는 부모와 이별하고 해변에 내려온 두 아이. "느네랑 해변으로 내려가라. 설마 어린 것들을 죽이기야 하겠느냐" 하면서 어머니가 울면서 등을 떠밀더라고 했다. 그러나 그것이 영원한 이별이 되고 말 줄이야. 한번 가면 돌아오기 어려운 산이었으니, 어머니도 아버지도 큰형도 종내 돌아오지 않았다. 그리고 두엄 속에 파묻은 꿀 드럼통 이야기. 드럼통 하나 가득 든 꿀을 두엄 속에 숨겨놓았는데, 마을 소각 직전인 어느날 갑자기 들이닥친 경찰이 큰형을 찾는다고 아무 데나 쑤셔대는 총검 끝에 적발되어 빼앗기고 말았단다. 양봉으로 재산 일궈 부잣집 소리 듣던 그 양씨 가족의 비참한 몰락을 생각할 때면 그 두엄 속의 드럼통이 떠오르는데, 어떤 때는 그 드럼통 속에 든 것이 꿀이 아니라 계성의 큰형인 것 같은 착각이 일기도 한다.

헌병 중사

계성이와 관련해서 또하나 생각나는 것은 그 아이에게 비친 내 아버지의 모습이다. 우연히 헌병대 앞을 지나가다 내 아버지가 정문 보초를 서고 있길래 반색해서 꾸벅 인사했는데, 이상하게도 엉뚱한 말만 하더라는 것이다. "무사(왜) 여기 와시냐? 날 아는 척 말고 확 가불라!" 하고 낮은 목소리로 다급하게 말하고는 돌연 낯색을 바꾸어 모르는 아이 대하듯이 "제일약방? 저기 관덕정 지나서 조금만 가면 되지. 바로 읍사무소 앞이야, 알겠니?" 하고 육지 말까지 써가면서 엉뚱하게 묻지도 않은 길 안내를 하더란다. 정말 믿기지 않은 소리였지만, 고개를 갸우뚱한 채 사뭇 의아스러워하는 그 애의 표정을 보니 거짓말하는 것 같지도 않았다. 혹시 아버지의 정신병이 다시 도진 것은 아닐까 하는 생각도 들었다.

물론 지금의 나는 그때의 사정을 충분히 이해할 수 있다. 늘 찬밥 신세인데다 피해의식에 주눅 든 섬 출신 헌병으로서 될 수 있으면 섬 출신 신분을 숨기고 싶었을 텐데, 마을의 이름난 좌익 활동가의 어린 동생이 불쑥 헌병대 앞에 나타났으니 곤혹스러운 것도 무리가 아니었으리라는 짐작이다.

목포로 전근 명령을 받아 섬을 뜰 때 아버지는 정말 감옥에서 풀린 듯 홀가분한 기분이었을 것이다. 그때가 12월 중순쯤이었는데, 아버지가 떠나기 직전 큰집 식구들과 함께 기념촬영한 사진이 지금 나에게 있다. 모두 남자들뿐인 그 사진을 들여다보며 나는 몇가지 추억의 단서를 찾아낸다.

카메라의 눈을 향해 능숙하게 미소를 짓는 젊고 멋진 헌병 중사, 탈모한 용모에서 금방 흰 이를 드러내고 활짝 웃을 듯이 표정이 생생하다. 군복 상의의 칼라 사이로 머플러의 흰빛이 산뜻하고 한쪽 칼라 위에는 쌍권총의 헌병 마크가 잎새에 살짝 앉은 곤충마냥 날렵하게 붙어 있다. 사진 속의 청년은 정말 샘이 날 정도로 젊다. 스물여덟살이라면 나의 아들뻘 나이이지 않은가. 그의 해사한 얼굴과는 대조적으로 왼쪽 무릎 위에 앉아 있는 어린 아들은 사뭇 고집스럽게 뚱한 표정이다. 앉음새도 어색하게 경직되어 있어, 아버지 무릎에 앉기 싫다는 기색이 너무도 역력하다. 그때도 나는 극장의 임검석에서처럼 아버지 무릎에서 얼른 내려오고 싶어서 전전긍긍하고 있었던 모양이다.

늘 부재중이었던 아버지. 나중에 헌병이 되어 나타났지만, 같은 읍내에 있을 뿐 집에 들르는 일이 드물었고, 모처럼 만나도 워낙 강파른 성격이라 말 붙이기가 어려웠던 사람. 그리고 무엇보다도 실망스러운 것은 아버지가 아무 힘도 없는 졸병이라는 점이었다. 그렇게 나는 제대로 정을 붙여보지 못한 채, 육지로 아버지를 떠나보내고 말았다. 그것이 그토록 오랜 이별, 그토록 오랜 부재가 될 줄은 꿈에도 모른 채, 눈물도 없이 맨숭하게 부두에서 전송했던 것이다.

눈 속의 한라산

반년 양식을 그 방화불에 태워먹은 우리 세 식구는 외가댁의 양식을 야금야금 축낼 수밖에 없었다. 우리 식구뿐만 아니라 두 이모, 피란 온 친척들 또한 그 양식에 목매달고 있는 형편이라 양식이 모자랐다. 밀기울범벅 같은 거친 음식이 밥상에 오르기 시작한 것도 이때부터였다. 나는 의붓아이 밥 먹듯 늘 배가 고팠다. 배고픔도 서러웠지만, 집안의 무거운 분위기도 견디기 어려웠다. 절망과 두려움, 수군거리는 말소리와 함께 낮게 토해지는 탄식 소리, 그게 싫어서 밖에 나오면 낮게 드리워진 구름떼가 나를 또 숨막히게 덮어누르는 듯했다.

그 섬 고장의 겨울은 그렇게 구름이 잔뜩 끼어 음울한 날이 많은데 지금도 나는 어쩌다 겨울철에 그곳에 내려가게 되면 암울했던 옛 기억에 가슴이 짓눌려 술을 마시지 않으면 배기지 못한다. 밭이랑들처럼 구불구불한 형상으로 낮게 드리워진 그 구름떼는, 마을 태우는 불빛이 거기에 붉게 번지면 피에 젖은 내장 꾸러미처럼 소름 끼치게 무서운 모습으로 변하지 않았던가. 한라산 밑굽까지 낮게 드리워진 구름, 그리고 그 아래 질펀하게 펼쳐진 야초지대의 흰눈도 그 시절과 같아서 내 마음을 울적하게 흔들어놓는다. 그 정경을 바라보면서, 나는 끊임없이 옷깃을 파고드는 을씨년스러운 바람에 떨고, 음산하게 수런대는 마른 풀잎 소리에 가슴이 오그라든다. 이 마른풀들은 죽어서 나에게 무슨 말을 하려고 이렇게 바람에 몸살 나게 흔들리며 수런대는 것일까?

그렇다. 저 한라산과 그 둘레 벌판의 눈 속에, 한때 육천 이상의 피란민이 숨어 있었다. 한번은 내가 밀기울범벅을 먹기 싫다고 뻗대다가 한라산 눈구덩이 속에 굶고 있는 내 동무 지예와 완식이를 생각하라는 어머니의 꾸중에 가슴 뜨끔해진 적이 있었다. 지예는 넛할머니의 딸이었고, 완식이는 이웃집 아이였는데, 가족과 함께 산으로 피란 가 있었다. 막연히 먼 배경으로만 여기던 한라산은 내 친척들과 동네 사람들이 많이 피란해 들어간 후로는 어린 나에게도 예사롭게 보이지 않았다. 아이들과 놀다가도 문득문득 시선이 산 쪽으로 가곤 했는데 그때마다 한라산은 수심에 찬 듯 구름 속에 잠겨 있곤 했다.

따뜻한 고장이라 해변 가까운 지대에서는 제대로 쌓인 눈을 본 적이 없는 나로서는 한라산 속에 쌓여 있다는 그 엄청난 눈과 추위를 상상할 수가 없었다. 내가 본 눈이라곤 땅에 닿기가 무섭게 녹아버리거나, 바람에 쓸려 길가 고랑창에 처박힌 흙먼지투성이 눈뿐이었다. 눈보다는 질척질척한 진눈깨비가 많았다. 그렇게 쌓인 눈이 적다보니, 눈사람이 무엇인지도 몰랐다. 학교에 갓 입학해서 산수 시간에 교재용 차트에 1에서 10까지의 숫자를 예컨대 2자는 오리, 4자는 돛단배, 하는 식으로 상형화한 그림들이 있었는데, 내가 제대로 못 써 애먹었던 8자가 바로 눈사람이었다. 눈사람도 몰랐지만 고드름도 본 적이 없어 "고드름 고드름 수정 고드름" 하는 동요를 부르면서도 그 뜻이 무엇인지 몰랐던 것이다. 어쩌다 눈이 내리면 동네 개들이 놀라서 컹컹 짖고 닭들도 싸락눈을 모이인 줄 알고 쪼아댈 지경이었으니.

그런데 그해 겨울, 그 따뜻하고 평화로운 고장은 무도한 방화불에 검은 재로 변하고, 토벌대가 두려워 산으로 쫓겨 들어간 피란민들은 거기에서 더이상 나아갈 길 없는 거대한 눈 장벽을 만나고 말았다. 평생 다른 이유로는 겨울 산에 들어갈 리 없었으므로 어른들도 그렇게 엄청난 눈과 혹독한 추위를 경험하기는 처음이었을 것이다. 철부지 어린애들은 처음엔 눈이 무서운 줄도 모르고 기이한 설경에 정신 팔려 강아지처럼 좋아하더라 했다. 잎 털린 나무숲에 가지마다 하얗게 핀 설화가 오죽 아름다웠을까.

눈 속의 흙을 파내어 지붕을 산죽과 눈으로 위장한 앉은키 크기의 움막을 짓고 그 속에 쥐 소금 먹듯 양식을 아끼며 간신히 연명하던 그들은 한 달포쯤 지나 토벌대의 습격이 잦아지자 천둥벌거숭이로 눈구덩이에 내몰려 이리저리 쫓겨다녔단다. 흰 눈 위에 산지사방으로 달아나는 사람들을 뒤쫓으며 습격자들은 아마 토끼몰이 사냥의 기분을 만끽했던 모양이다. 습격 때마다 걸음이 늦어 뒤처지는 노인, 어린애, 그리고 어린애가 딸린 여자의 희생이 컸다. 빨리 못 걷는다고 제 새끼를 소 때리듯 때리며 사색이 되어 허둥대다가 총탄에 쓰러진 젊은 아낙들, 쓰러진 어미 곁에서 울고 있는 아이들마저 총검으로 산적 꿰듯 꿰더라 했다. 백설 위에 낭자히 뿌려진 선혈이 소름 끼치게 붉더라 했다. 겨우내 수심에 찬 듯 구름 속에 잠겨 있던 한라산……

바람까마귀

연 하나 떠 있지 않은 읍내 하늘은 음울했다. 읍내 아이들도 무서운 시국에 기죽어 연 띄울 엄두를 내지 못했다. 그런데 그 하늘에 아이들의 명랑한 연 잔치 대신에 흉물스러운 검은 까마귀떼가 자주 나타나 난장질 치고 있었다. 바람까마귀 수백마리가 한꺼번에 떼 지어 벌이던 그 불길한 공중쇼는 그 당시 읍내 살았던 사람이면 누구에게나 강한 인상으로 남아 있을 것이다.

그 까마귀들은 산야에 널린 시체들을 쪼아 먹고 있었기 때문에 더욱 불길하고 흉물스러웠다. 머리 위로 날아가던 까마귀가 뭔가 떨어뜨리길래 보니까 머리털 붙은 살점이더라는 말을 들은 후로, 나는 먹구슬나무에 앉아 부리를 부벼대는 까마귀를 보면 기분 나빠 돌멩이를 날리곤 했다. 사람 시체를 먹고 미쳐났는지 읍내 하늘에 수백마리 까마귀떼가 벌이는 광란의 춤은 불길하기 짝이 없었다. 까마귀들은 파도 타듯이 맞바람 받고 출렁이다가 갑자기 검은 연기의 소용돌이처럼 까마득하게 고공으로 치솟아오르고, 다시 아래로 곤두박질쳐 쏜살같이 내리꽂히곤 했는데, 그때 까마귀떼가 일으키는 세찬 바람 소리와 우짖는 아우성은 참으로 간담이 서늘할 지경이었다.

시국 연설회

관공서가 즐비하게 늘어서 있는 관덕정 근처는 항시 분위기가 삼엄했다. 거기를 지나다가 혹시 무슨 까탈이 잡힐까 두려워 어른들은 뒷길로 피해 다니곤 했다. 군용 트럭, 스리쿼터들이 연상 드나들고 철모에 흰 띠 두르고 가슴팍에 불알같이 생긴 수류탄을 단 군인들, 개털모자를 쓰고 양어깨에 탄띠와 뚤뚤 만 담요를 서로 엇갈리게 둘러멘 경찰 토벌대들의 왕래가 분주하여 집에 있어도 종일 자동차 소리, 군가 소리, 외치는 군호 소리가 그치지 않고 들려왔다.

그 광장에 먹고살기에 바쁜 주민들을 강제로 모아놓고 가끔 시국 연설회가 열리기도 했다. 찬 땅바닥에 엉덩이를 댈 수 없어 쪼그려앉아 연설을 들었는데, 앞자리는 늘 나 같은 조무래기들의 차지였다. 그들은 대포, 박격포 같은 신식 무기들을 전시하여 노골적으로 겁을 먹이는가 하면 연설이라는 것도 말이 연설이지 협박이

나 다름없었다. 그것이 매우 이질적인 육지 말이어서 더욱 그렇게 느껴졌는지도 모른다. 섬 출신 인사도 더러 있었지만, 기껏 한다는 말이, 육지 분들을 미워하면 그만큼 우리만 손해라는 식이었다. 아무튼 나는 무슨 말을 알아듣기엔 너무 어린 나이여서 그저 멍청하게 큰 아이들 틈에 끼어 앉아 있었다.

그런데 그러한 위협적인 분위기에도 숨통 틀 구석은 있었다. 권총 차고 말채찍 든 계급 높은 장교, 경찰 간부가 연설할 때는 말이 서툴러 실수를 연발해도 감히 웃지 못했지만, 맥고모자 쓴 민간인한테까지 웃음을 자제할 수는 없는 노릇이었다. 너무 악을 쓴 나머지 시뻘건 얼굴로 허연 게거품을 문 채 꺼억꺼억 목메어 물을 찾는 꼴이라든지, 연설 도중 원고가 바람에 날렸는데 워낙 센 제주 바람이라 공중에 솟아 멀리 날아가버리는 통에 허둥지둥 중도하차하는 꼴이라든지, 웃음을 터뜨릴 만한 계제가 제법 생기곤 했다. 원고가 날아가지 않도록 돌멩이로 눌러놓아도 마찬가지였다. 한번은 연사가 역적의 남로당, 역적의 산폭도, 어쩌구 하면서 쳐들었던 주먹으로 책상을 내려쳐 내가 깜짝 놀랐는데, 원고 위의 돌멩이도 깜짝 놀라 튕겨나가는 통에 원고가 바람에 날아가고 말았던 것이다. 이렇게 아이들에게는 연설 내용은 늘 뒷전이고 악쓰느라 붉으락푸르락 뒤틀려진 표정이나, 터무니없이 높게 내지르는 목소리가 재미있었고, 무엇보다 참을성 있게 기다리다가 연사가 실수할 때 폭소를 터뜨리는 맛이 각별했다.

산군, 산폭도

그러나 아이들이 비록 그런 우스운 구경거리에만 관심이 있다 해도 관심은 역시 관심이 아니겠는가, 우리는 점점 길들여지고 있었다. 물론, 우리는 재산(在山) 유격대의 활동이 궁금하기도 했다. 우리는 그들을 산군이라고 불렀고, 산군 대장 이덕구를, 날아오는 총알도 날쌔게 몸 비켜 피하고, 무릎관절에 스프링이 들어 있어서 지붕도 훌쩍 뛰어넘고, 동에서 번쩍 서에서 번쩍 축지법을 하는 신출귀몰의 영웅으로 생각했다. 그러나 이덕구 대장이 아이들 마음속에 강렬한 생명력으로 살아 있던 것은 그가 전투에 잘 싸우고 있는 동안인 두달 정도에 불과했다.

지금 생각하면 아이들이 어른들보다 훨씬 상황 변화에 적응이 빨랐던 것이 분명하다. 대세는 더이상 돌이킬 수 없게 판가름 나버린 것이었다. 읍내는 물론 모든 해변 마을들이 민보단이란 조직 속에 묶여 한라산을 적대시하도록 강요받고 있었다. 죽창을 들고 토벌대 뒤를 따라다녀야 했던 그들은 동족을 적으로 삼아야 하는 자신의 기막힌 운명에 치를 떨었다.

이렇게 양심의 가책에 시달린 어른들과 달리 아이들은 과거로부터 손을 끊는 데에 천성 그대로 단순냉혹했다. 아이들은 변화된 상황에 어른들처럼 수동적이 아니라 자발적이고 열성적인 적응을 보였다. 아이들이란 본능에 따라 힘의 우열을 판단하고 빠르게 강자쪽으로 옮아가는 법이다. 물론 유혈의 참사를 직접 겪지 않은 읍내 아이들이어서 더욱 그랬을 것이다. 아이들 집단의 유일한 윤리는 파시스트 집단과 마찬가지로 획일주의가 아닌가. 그러니 총칼로 권력을 찬탈한 파시스트들은 민심을 획득하기 위해서는 모름지기 먼저 아이들의 환심을 사고 그들을 여론 진작의 앞잡이로 세워야 할 것이다.

그리하여 아이들 사이에서 '산군' '산사람'이란 용어는 잠깐 사이에 '산폭도'로 바뀌어버렸다. 다른 사고, 다른 행동은 철저히 따돌림받는 아이들 세계에서, 식구들 중에 누군가 토벌대에 희생된 아이는 그 사실을 계속 숨기고 있지 않으면 안되었다. 나 역시 내 친척, 동네 사람들을 폭도라고 부르고 싶지 않았다.

아이들의 이러한 빠른 변화는 어른들에게 꽤나 당혹스러웠던 모양이다. 우리 동네의 어떤 아이는 나무로 만든 화약총을 빵빵 쏘고 다니면서 "폭도 나오라! 빨갱이 나오라!" 하고 소리 질러 어른들이 기겁했던 일이 내 기억에 남아 있다.

그리고 한 여순경이 극성맞은 아이들 때문에 당황하던 일도 생각난다. 겨울방학 끝나고 개학한 직후였을 것이다. 쉬는 시간이었는데 담임선생과 함께 웬 여순경이 교실 안으로 들어섰다. 껄고 까불며 떠들썩하던 아이들이 후다닥 제자리를 찾아 앉고는 물 끼얹듯 조용해졌다. 무슨 일일까? 뜬금없이 교실에 여순경이 나타나다니, 정말 예삿일이 아니었다. 혹시 폭도 아버지 때문에 어떤 아이를 잡으러 온 것은 아닐까? 아마 다른 아이들도 나처럼 그런 생각을 했으리라.

그런데 뜻밖에도 그 여순경은 병약해서 자주 결석하던 우리 반 부반장의 어머니였다. 아이를 잡으러 온 것이 아니라 아이를 데리

러 온 것이었다. 담임선생의 간단한 소개가 끝나자 아이들의 입에
서 일시에 놀라움의 탄성이 터져나왔다. 읍내에 한둘밖에 없는 여
순경이 바로 우리 반 아이의 엄마라니, 얼마나 근사한 일인가. 검정
제복에 얼굴도 예뻤다. 박수 소리가 일어나고 여순경이 미소로써
답례를 보내왔다.

　나도 박수를 쳤다. 다른 아이들보다 오히려 내가 더 들떠 있었을
것이다. 친구 엄마가 희소가치인 여순경이라는 것도 경이로웠지만
내가 다른 아이들보다 더 감격한 이유는 다른 데 있었다. 친척 아
주머니 한분이 어느 여순경의 도움으로 죽을 고비에서 살아났다는
이야기를 이미 들었던 터라 그 친구 엄마가 바로 그 여순경이 틀림
없다고 생각했던 것이다. 불타는 마을에서 쫓겨나 해변의 한길에
내몰린 노형리 피란민들 중에서 입산자 가족들을 솎아내던 날, 어
른들이며 아이들이 모두 정신 놓고 울부짖으며 갈팡질팡하고 있는
그 와중에서 차량 통행을 위해 교통정리 하던 여순경이 몰래 그 아
주머니 식구를 뒤로 빼돌려주었다는 것이다.

　아무튼 우리들은 사뭇 들떠서 요란하게 박수를 쳐댔다. 거기까
지는 좋았다. 그런데 흥분이 너무 지나쳤던가, 느닷없이 「공비적멸
가」가 튀어나왔다. 한 아이의 입에서 튀어나온 그 노래는 금방 교
실 전체에 전염되어 합창으로 변했다.

　역적의 남로당을 때려부수자
　역적의 산폭도를 때려부수자
　대한민국 만세를 부르며 가자

그 여순경도, 담임선생도 어리둥절한 표정이었는데, 얼굴까지 빨개진 그 여순경은 노래가 끝나기도 전에 아들을 데리고 황망히 교실 밖으로 나가버렸다.

이렇게 「공비적멸가」가 드높이 울려퍼지는 가운데 차마 보기에 끔직한 일들이 벌어졌다. 관덕정 광장에 시국 연설 대신에 이른바 즉석 재판이란 것이 열려 남루한 행색의 농촌 청년들이 잇달아 단상에 올라 습격 몇번, 도로 차단 몇번, 전신주 절단 몇번, 하는 식으로 시키는 대로 죄목을 복창하고는 곧장 형장으로 끌려가는 일이 자주 있더니, 드디어 그 광장에 목 잘린 머리통들이 등장했다. 잘린 목 그루터기에 살점이 너덜너덜한 머리통들을 창 끝에 호박통 꿰듯 꿰어 들고 혹은 머리칼을 움켜서 허리춤에 대롱대롱 매달고서 토벌대들이 "산폭도의 말로를 보라!" 외치며 보무도 당당하게 읍내 한길을 동서남북으로 행진하고 있었다. 토벌대 행렬 위에 솟은 머리통들을 보고 환장한 바람까마귀떼가 그 위를 스칠 듯이 낮게 선회하면서 까악까악 무섭게 우짖어댔다.

관덕정 광장으로 들어오는 오거리 길목에도 목 잘린 머리통들이 여러번 전시되었다. 장발 머리에 핏기 빠져 허옇게 바랜 얼굴이 있는가 하면, 불에 그슬려 머리칼도 눈썹도 없이 타다 남은 나뭇등걸마냥 시커먼 얼굴도 있었다. 그리고 머리통마다 어느 마을 아무개라는 표찰이 붙어 있었다. 관덕정 광장은 내가 학교 다니는 길이어서 그 앞을 지날 때마다 두려움에 숨이 콱 막히는 것 같았다. 내 목에 예리한 찬 기운이 섬뜩 스쳐지나가는 느낌이어서 부지중에 목을 쓰다듬곤 했다. 그런데 그렇게 무서우면서도 이상하게 자꾸만 시선이 거기로 갔다. 옆의 아이들이 두려움에 숨을 헐떡거리며 수군거렸다.

"폭도다, 폭도!"

"꼭 그슬린 도새기(돼지) 얼굴 닮았져."

그런데 한번은 그 그슬린 머리통에 계성의 아버지 이름이 붙었다. 나는 그애 아버지 이름을 몰라 그냥 지나쳤다가 큰댁에 들러서야 그 사실을 알았다. 큰아버지가 먼저 가보고 그다음은 혈육이면 제 핏줄을 알지 않을까 해서 계성이를 데리고 가서 확인해보았지만, 불에 너무 타서 도무지 얼굴을 알아볼 수가 없었다. 관덕정 광장에서 칠성굴로 들어가는 한양상회 앞 거적때기 위에 뒹굴고 있던 그 머리통은 나중에 다른 사람의 것으로 밝혀졌는데, 그 사람은 한마을에 살던 나의 친척분이었다.

나는 장성한 다음에야 그 끔찍한 만행의 내막을 알게 되었다. 하긴 내막이라고 할 것도 없다. 은폐되어 있거나 복잡하기는커녕 너무 단순해서 오히려 소름이 끼친다. 증언자들은 더 보탤 것 없는 한마디 말로 이렇게 설명한다.

"최단 시일 내에 제주사태를 마감하라는 것이 상부의 명령이었지. 그러자 시간에 쫓긴 토벌대 사령부는 일 계급 특진이라는 미끼를 걸어놓고 말단들을 살육 경쟁에 내몰았던 거야. 처음엔 사살한 폭도의 한쪽 귀를 잘라오라고 했는데 말이야, 양쪽 귀를 잘라와 전과를 두배로 부풀리는 놈이 없나, 심지어 노인, 여자들을 죽여 귀를 잘라오는 놈들도 있었거든. 산에서 귀 잘린 노인, 여자들의 시체가 많이 발견되었단 말이야. 그래서 아예 목을 잘라오라고 한 거라구."

"그러면 까맣게 그슬린 머리통은 어떻게 된 겁니까?"

"아, 그건 또 이렇지. 민보단이라고, 왜 죽창 들고 토벌대 뒤 따라다니는 민간인들 있었지 않은가. 토벌대가 산사람을 생포하면 직접 죽이지 않고 민보단에게 시킬 때가 종종 있었어. 왜 그런고 하니, 그게 다 상부의 지시인데, 섬 백성으로 하여금 제 동족을 죽이게 하여 공범자를 만들자는 책략이지. 하여간 총을 들이대고 죽창질하라고 위협하는데 안할 도리가 있나. 그리고 죽창에 사람이 금방 안 죽거든. 그래서 죽창질 한 후에 불태워 죽이는 거지. 참으로 처참한 일이야."

겨울철 그 고장에 관광 갔던 사람들은 눈 속에 피는 붉은 동백꽃이 아름답다고 말한다. 눈 위에 무더기로 떨어져 뒹구는 붉은 낙화들도 아름다웠을 것이다. 아름답게 보는 것이 정상이다. 나도 더 어렸을 때는 떨어진 그 통꽃에 입을 대고 꽃물을 빨며 즐거워한 적이 있었다. 그러나 그 악한 시절 이후 내 정서는 왜곡되어 그 꽃이 꽃으로 보이지 않고 눈 위에 뿌려진 선혈처럼 끔찍하게 느껴진다. 아니, 꽃잎 한장씩 나붓나붓 떨어지지 않고 무거운 통꽃으로 툭툭 떨어지는 그 잔인한 낙화는 어쩔 수 없이 나에게 목 잘린 채 땅에 뒹굴던 그 시절의 머리통들을 연상시키는 것이다.

학살이 집중적으로 자행되었던 그해 겨울과 초봄, 한라산 눈 속에서 동백꽃이 무수히 떨어졌다. 그래서 하늘도 산도 서럽다고 구름 속에 얼굴을 가리고 있었을까. 항시 낮게 드리워 있던 음울한 구름 밑에서 바람까마귀떼의 광란의 춤과 함께 수만의 인명을 도륙 내는 대학살의 카니발이 연출되었다. 수만의 인간과 함께 수만의 가축들도 비명에 쓰러져갔다. 살아남은 자들은 덜 서러워야 운다고, 덜 무서워야 운다고 했다. 사태 후에도 여전히 무서워 수십년 동안 맘 놓고 울어본 적이 없다는 그들, 사태의 참상을 말하려면 말이 너무 모자라 다 못한다고 했다. 말로는 다 할 수 없는 언어절(言語絶)의 참사.

귀순의 백기

그렇게 엄청난 인명을 파괴해놓고 나서야 무자비한 정복자들은 피 묻은 손으로 평화의 제스처를 보냈다. 입산자는 누구든지 개과천선하여 귀순하면 생명은 물론 생업까지 보장한다고. 선무공작의 노래가 아이들에게 보급되었다.

돌아오라 돌아와 따뜻한 품에
휘날리는 태극기를 우러러보며
이 땅에 또다시 즐거움을 부르자

그리하여 겨울 산에서 죽다 남은 사람들이 귀순의 백기를 앞세우고 하산하기 시작했다. 혹시 속는 것은 아닐까 두려웠지만, 죽더라도 따뜻한 해변에 내려가 죽고 싶었노라고 했다. 총 맞아 죽더라도 햇빛 비치는 대로 한길을 한번 걸어보고 싶었노라고 했다. 석달 넘게 산속에서 굶주림과 추위, 죽음의 공포에 시달리며, 옷도 신발도 벗어본 적이 없는 그들이었다.

여남은명씩 떼 지어 토벌대의 감시 아래 관덕정 광장을 지나가는 그들의 행렬을 나도 두어번 보았는데, 참으로 저럴까 싶게 참담한 몰골이었다. 젊은 남자들은 별로 보이지 않고, 거의가 노인, 여자, 아이들이었다. 총대로 맞아 얼굴에 퍼렇게 멍든 사람들도 있었다. 얼마나 굶주렸는지, 두 눈과 양 볼이 푹 꺼지고 얼굴에도 옷에도 검은 때가 잔뜩 올랐는데, 하산 도중 찬비를 만나 후줄근하게 젖은 몸으로 오들오들 떨며 걸어가고 있었다.

지금 생각하면 참으로 어처구니없는 일로, 그 떼거지 몰골의 행렬 선두에 귀순의 백기가 세워져 있었던 것이 생각난다. 작대기 끝에 매달린 때 묻은 아낙네의 머릿수건이 바로 귀순의 백기였다. 내 옆에서 어떤 아이가 "야, 폭도다! 냄새 지독하네!" 하던 말이 지금도 잊혀지지 않는다. 사실이 그랬다. 거지꼴의 그 허약한 노인, 아낙, 아이들이 이른바 '폭도'였다. 폭도여서 학살했고 폭도여서 귀순의 백기를 들게 한 것이 아닌가! 하산 후, 여러날 심사를 받고 나서 풀려난 지예네 식구는 큰댁에 와 머물고 있었다. 지예도 말이 없는 침울한 아이로 변해 있었다.

한달 가까이 계속되던 하산 행렬이 끝나자, 그때에 맞춰 신생 중앙 권력의 수반인 이승만이 처음으로 그 섬 땅을 밟았다. 그리고 그는 타고 남은 그 섬에 죽다 남은 백성들이 그에게 귀순하여 나직이 엎드려 있는 것을 보았다. 그러나 머리를 숙인 복지부동이긴 했으나, 어찌 낮은 음성의 수군거림조차 없겠는가. "그 하르방이 미국 각시 얻어서 팔자 고친 거쥬. 처갓집 덕분에 대통령 된 거라." 이것은 그 무렵 어머니와 친구들이 한 말인데, 비록 프란체스카를 미국 여인으로 오해한, 무식한 발언이긴 하지만 사리 분별만은 뚜렷하지 않은가.

장두의 최후

이승만을 위한 환영회가 열렸던 관덕정 광장에 얼마 후 재산 유격대 대장 이덕구의 시체가 전시되었다.

그 고장의 신화에는 비범한 능력으로 일어나 관에 맞서다가 비참한 최후를 맞는 장사, 장수들이 여럿 등장한다. 신화의 정신은 때때로 현실에 구현되어 관의 침학으로 도탄에 빠진 섬 백성을 구하려고 떨쳐일어난 불퇴전의 사나이들이 있었으니 그들을 장두라고 불렀다. 민중을 이끌어 주성(州城)을 함락하고 권부를 압박하여 기어이 민생의 요구를 관철시킨 연후에 스스로 목숨을 내놓아 당당히 죽음을 맞이하던 그들, 그것은 제 한목숨 바쳐 만인을 구하고자 한 살신성인의 정신이었다. 관덕정을 중심으로 주성 안팎에 구름처럼 모여 외치는 함성이 물 건너 천리 밖에 미칠 때, 왕도 깜짝 놀라 비록 시늉일망정, "오호, 너희 눈에 고름이 들어도 내가 알지 못했구나" 하고 달래지 않았던가.

그러나 무자·기축년의 신생 중앙 권력은 그들의 정치적 야욕의 제물로서 제주 백성 절반쯤 죽여도 상관없다고 공언했다. 그리하여 자기희생으로써 만인을 살린 왕조시대의 장두와 달리, 무자·기축년의 장두 이덕구는 자신도 죽고 만인도 죽어버린 비운의 사내가 되고 말았다. 모든 것이 몰락해버린 상황에서 그의 죽음은 이미 불가피한 것이 되어 있었다. 부하의 배신으로 아지트가 발각되어 교전 중 사망했는데, 공식 발표는 사살이었다. 그러나 일반 사람들은 자살이라고 믿었다.

관덕정 광장에 읍민이 운집한 가운데 전시된 그의 주검은 카키색 허름한 일군복 차림의 초라한 모습이었다. 그런데 집행인의 실수였는지 장난이었는지 그 시신이 예수 수난의 상징인 십자가에 높이 올려져 있었다. 그 순교의 상징 때문에 더욱 그랬던지 구경하는 어른들의 표정은 만감이 교차하는 듯 심란해 보였다. 두 팔을 벌린 채 옆으로 기울어진 얼굴. 한쪽 입귀에서 흘러내리다 만 핏물 줄기가 엉겨 있었지만 표정은 잠자는 듯 평온했다. 그리고 집행인이 앞가슴 주머니에 일부러 꽂아놓은 숟가락 하나, 그 숟가락이 시신을 조롱하고 있었으나 그것을 보고 웃는 사람은 없었다.

그리하여 그날의 십자가와 함께 순교의 마지막 잔영만을 남긴 채 신화는 끝이 났다. 민중 속에서 장두가 태어나고 장두를 앞세워 관권의 불의에 저항하던 섬 공동체의 오랜 전통, 그 신화의 세계는 그날로 영영 막을 내리고 말았다.

나는 횡단도로를 달리는 시외버스에 몸을 싣고 한라산 기슭의 야초지에 가본다. 거기에 가면 언제나 태초의 바람을 만날 수 있고, 거친 풀들이 바람과 함께 술렁이며 들려주는 원초의 언어도 들을 수 있다. 허리까지 잠기는 풀밭을 이리저리 거니노라면 내 영혼에 예리하게 침투하는 야초의 독한 향내…… 거기에서 나는 내 존재에 대한 강렬한 의식과 함께 내 죽음 자체에도 관대해진다. 내 아버지, 내 조상들이 묻힌 곳, 그 초원은 모든 섬사람들이 태어났다가 죽어서 다시 돌아가는 어미의 자궁인 것이다. 그러나 피맺힌 한으로 해서 조금도 관대해질 수 없는 무자·기축년의 그 주검들은 어찌할 것인가. 그들도 거기로 돌아가 푸른 초원을 이루고 있지만 그들의 삭일 수 없는 여한은 어찌할 것인가.

한라산은 바로 눈앞에 다가와 있다. 정상의 멧부리 바로 아래 급경사로 파여내린 탐라계곡, 가까워서 크게 확대되어 보인다. 작은 구름의 움직임도 잘 보인다. 그 계곡에 출몰하는 구름을 본다. 정말 자궁같이 생겼다. 물의 원천이기도 한 그 깊은 자궁에서 구름이 태어나 솟아오르기도 하고, 밖의 구름이 그 안으로 휩쓸리기도 한다. 제 새끼를 낳았다가 다시 거둬가는 그 자궁을 보면서, 나는 제 새끼들을 잡아먹은 암퇘지 같다고, 한라산을 악산(惡山)이라고, 한껏 미워해본다. 그러나 그 주검들이 어찌 한라산의 잘못일까.

초원에 황혼이 무르녹으면, 그때를 상기시키면서 붉은 저녁놀이 서편 하늘을 온통 불질러놓고 검은 숲을 화염으로 휩싸 불갈기를 너울거리게 하곤 한다.

밥

여러달 몰아친 피바람이 일단 그치자 그다음에 찾아온 것은 대기근의 시련이었다.

이재민들 중에 해변의 연고가 별로 없는 사람들은 특히 고생이 막심했다. 토벌대가 불타버린 중산간 마을들에서 실어날라다 팔아버린 반쯤 탄 조 곡식이 시중에 나돌고 있어서 그들의 마음을 더욱 아프게 했다. 그들이야말로 그 곡식의 주인이 아니던가. 자기 곡식을 돈 주고 사 먹어야 할 형편이 되어버렸는데, 그들에게 돈이 있을 리 없었다.

그래서 보릿겨, 밀기울, 말린 고구마 무거리 같은 가축 사료가 인간의 양식으로 쓰였다. 들에 난 잡초도 마소가 좋아하는 풀은 무어든지 뜯어다 먹었다. 사람들은 훗날 회상하기를, 그때는 정말 인간이 아니었노라고 했다. 그 많던 가축들이 사태 중에 비명횡사했으니 망정이지 하마터면 그 먹이를 놓고 인간과 가축이 다툴 뻔하지 않았겠느냐는 것이다. 가축 사료를 먹고서 어찌 인간의 똥을 누겠는가. 돼지 똥처럼 캉캉 마른 것을 싸느라고 뒷간에서 한참 끙끙대야 하고 그것도 여의치 않으면 항문에 손가락을 넣어 파내지 않으면 안되었다. "요즘은 도야지도 좋은 사료를 먹어 영양가 있는 똥을 싸지. 허허허."

우리 세 식구가 먹는 형편은 외가 덕분에 그래도 나은 편이었다. 물론 우리도 말이나 먹는 게자리, 콩쿨, 질경이 같은 잡초를 나물이라고 삶아 먹고, 간장이 없어 그 대신에 고등어 절였던 소금물을 사다 썼지만, 그래도 밥만은 밀기울보다 일 대 오로 좁쌀이 훨씬 많았다. 좁쌀에 흙모래 씨 뿌린 듯이 까맣게 탄 낟알들이 자주 섞여 있었는데 그때마다 어머니는 방화불에 잃어버린 조 양식을 생각하며, "개아들놈들!" 하고 푸념을 터뜨리곤 했다.

국그릇은 각각 따로 썼지만, 밥은 양푼 하나에 퍼놓고 세 식구가 같이 먹었다. 우리 식구 역시 방 한칸에 겨우 몸 붙여 사는, 피란생활이나 다름없는 형편이라 밥그릇까지 따로 챙길 여유가 없었던 것이다. 밥상도 부엌 구석에 처박아놓고 사용하지 않았다. 밀기울, 보릿겨 섞인 거친 음식이었지만 나는 늘 양이 모자라 성에 안 찼다. 내가 그 양푼의 밥을 다른 식구보다 더 먹으려고 얼마나 욕심을 부렸던지. 불그죽죽한 밀기울 속에 들어 있는 노란 좁쌀은 그야말로 금싸라기 광맥처럼 보였다. 좁쌀 많은 데를 골라 숟갈로 양푼의 밥을 욕심껏 공략하곤 했는데, 그게 닭이 모이 찾아 흙을 헤집는 꼴이었나보다. 어머니가 보다 못해 나중에는 제 몫만 먹으라고 양푼의 밥을 숟갈로 금을 그어 삼등분해버렸던 것이다. 쓰고 질긴 질경이나물을 차마 씹어 넘길 수 없어서 뱉으려 했다가 "삼키라. 그걸 먹었다고 죽진 않으니까" 하고 어머니한테 꾸중을 듣기도 했다.

한번은 아침밥을 한창 먹고 있는 중인데, 한 소년이 두어살짜리 어린 계집애를 업고서 밥동냥하러 왔다. 모표 없는 낡은 학생모를 썼는데 나보다 서너살 위로 보였다. 등에 업힌 아기는 밥을 보자 마구 손을 내저으면서 "밥! 밥!" 하고 정신없이 소리를 질러댔고, 소년의 눈엔 눈물이 흥건했다.

"내 동생이 배고파서 그러니까 제발 밥 한술만 먹여줍서, 예."

"우리도 동냥해다 먹는다……" 이렇게 중얼거리며 잠시 망설이던 어머니가 갑자기 동생과 나의 손에서 숟가락을 빼앗고는 두 오누이를 방으로 불러들였다.

"아이고, 저 어린것 얼마나 배고팠으면 저럴까. 젖 뗀 지도 얼마 안된 것이…… 쯧쯧쯧. 어서 들어와서 애기 밥 먹이라. 너도 떠먹고."

숟가락을 넘겨받자 확 밝아지던 그 소년의 눈빛. 정신없이 숟갈질하여 반나마 남은 양푼의 밥을 아기와 함께 삽시에 비워버렸는데, 참으로 무서운 허기였다. 그렇게 댓바람에 허기를 끄고 난 소년은 그제야 사람이 제대로 보였는지, 옆으로 밀려난 우리 오누이한테 미안하다는 눈인사를 보냈던 것이다.

어린 오동나무

해변에서 피란생활하던 이재민들은 4월 말쯤 해서 검은 재의 폐허로 변한 고향으로 돌아갔다. 그러나 그들은 각자 자신의 집터로 돌아가지 못하고 아직도 경찰의 의심을 받아 포로처럼 한곳에 수용되었다. 둘레에 돌성을 쌓아 스스로를 가두고 돼지막만 한 움막에 사는 집단생활이 시작되었다. 낮 동안만 성 밖 출입이 허용되어 일몰과 함께 성문이 굳게 닫혔다.

노형 사람들이 성을 쌓을 때, 외할아버지와 어머니도 며칠 가서 도와주었다. 굶은 속에 무슨 힘이 있을까? 여자들이 무거운 돌을 지고 진창에 나자빠지곤 했는데 누구누구 각시는 그래도 힘이 좋아 큰 돌을 지더라고 했다.

수용소 생활은 참담한 것이었다. 굶은 기운에 보름 넘게 걸려 간신히 성을 쌓고 나자 움막에 줄불이 붙어 줄줄이 수십채가 불타더니 나중에는 호열자까지 발생하여 사람들을 또 한차례 죽음의 공포 속에 몰아넣었다. 무섭게 극성부리던 호열자는 다행히 세명의 목숨만 빼앗고 끝이 났다.

내가 할머니와 함께 그 수용소를 찾은 것은 호열자가 발생하기 전인 6월 초였을 게다. 거의 이년 만에 밟아보는 고향 길이었다. 그 사태 속에서 오랫동안 차단되어 극히 위험스러웠던 그 길 위에 다시 행인들이 나타나 있었다. 그러나 길은 아직도 사람의 발길에 덜 밟혀, 군용차가 다닌 두줄기 바퀴 자국 외에는 잡초가 무성했고 연도의 밭들 역시 잡초투성이여서, 당장 풀 속에서 누가 튀어나올 것 같아 으스스했다. 사태 속에 묵혀버린 밭들이 많았고, 요행히 보리를 간 밭들도 김매기를 못해 잡초가 우거져 있었다. 특히 무서웠던 것은 도령마루 고개를 넘을 때였다. 한때 근처 솔밭에 시체들이 허옇게 널렸던 곳인데, 할머니는 그쪽을 보지 말라고 낮게 속삭이며 내 손을 잡고 급히 종종걸음을 치던 일이 생각난다.

우리 밭은 수용소 바로 못 미처 큰길가에 있었다. 우리 세 식구가 먹을 보리가 자라고 있는 그 밭은 말이 보리밭이지, 산돼지라도 새끼 치게 잡초가 무성했다. 그해 그 밭의 보리 소출은 절반도 못 되게 팍 줄고 그나마 쭉정이가 태반이었고, 그래서 우리 세 식구는 조 곡식 나는 늦가을까지 계속 배고픔을 참지 않으면 안되었던 것이다. 잡초 무성한 그 밭은 밭담조차 사라져 더욱 을씨년스러웠다. 우리 밭뿐만 아니라 인근의 다른 밭들도 마찬가지였는데, 그 돌들이 수용소의 성 쌓는 데 들어간 것이었다.

칙칙한 빛깔의 음산한 돌성 안으로 들어가니 돼지막보다 조금도 크지 않은 움막들이 한팔 간격으로 납작납작 엎드려 있었는데 무어라고 말할 수는 없는 고약하고 불결한 냄새가 코를 찔렀다. 그날 밤이 나의 진외할머니, 그러니까 나의 할머니의 어머니의 제삿날이었다. 움막은 지붕도 벽도 온통 칡으로 엮은 억새풀로 둘러쳐져 있었는데 안에 들어가면 앉거나 누울 수밖에 없을 정도로 지붕이 낮았다. 바닥에도 억새풀이 깔려 있어 몸을 조금만 움직여도 버스럭거리는 소리가 났다. 지예를 오랜만에 만났지만 움막생활의 참담한 모습에 질려 말이 제대로 나오지 않았다.

할머니가 지고 온 바구니 짐에서 개다리소반과 함께 놋주발 대접 한벌, 쌀 한보시기, 감주가 든 사이다병, 사과 한개, 달걀 한개를 조심조심 꺼냈는데, 그 물건들만으로 그날밤의 제사가 치러졌다. 해가 지자 움막 속은 굴속같이 어두워졌고, 어둠속에서 어른들이 오랫동안 억새풀 지푸라기를 부스럭거리며 낮은 목소리로 두런거렸다. 밤이 깊어 제 올릴 시간이 되었고, 그 숨 막힐 듯한 어둠속에 한점 불이 켜졌을 때 나는 얼마나 안심되고 기뻤던가. 개다리소반이 제상 대신 쓰여 그 위에 조그만 접싯불이 놓였다. 처음 보는 불이었다. 노란 나물 기름 깔린 작은 접시에 창호지를 꼬아 만든 심지를 심어 켜놓은 그 조그만 불방울, 어둠속의 그 한점 불빛은 말없이 나를 바라보는 지예의 눈망울에도 옮아가 빛나고 있었다.

그리고 그 움막 속 억새 지푸라기 위에서 자고 난 이튿날 아침, 할머니와 함께 함박이굴의 폐허를 찾아갔을 때 내가 본 그 푸른 오동나무…… 우리 집을 태운 폐허의 재 속에서 그 독한 재를 먹고 어린 오동나무 한그루가 분수처럼 힘차게 솟아올라 있었다. 아직도 검은 그을음이 남아 있는 돌축담 내부는 벽이 허물어져내린 붉게 탄 흙더미와 검은 재, 지렁이떼처럼 우글거리는 붉게 녹슨 못들과 숯더미뿐이었는데 그 한가운데를 뚫고 오동나무 한그루가 시퍼렇게 솟아올랐던 것이다.

그리하여 그 움막의 어둠을 밝히던 접싯불의 조그만 불방울과 지예의 머루알같이 빛나던 그 눈망울, 그리고 검은 재와 숯더미 속에 푸르게 솟아난 어린 오동나무는 훗날 생명의 강한 상징으로서 나의 심중에 정착하게 되었다. 그렇다. 아이는 무조건 자라나야 한다. 무조건 자라는 것이 아이의 의무이므로, 아이는 결코 과거에 붙들리지 않는다. 그래서 4·3의 유복자들은 막무가내로 자라나서 4·3의 저 검은 폐허를 푸른 풀로 덮게 되는 것이다.

상여 없는 주검들

할아버지가 돌아가신 것은 그해 6월이었다. 학살과 방화의 아수라장 속에서도 용케 목숨을 부지했던 그분이 뜻밖에도 이질설사를 만나 단 나흘 만에 허망하게 목숨을 잃고 만 것이다.

그 장례에 대해서 내 기억에 남는 특별한 감회는 없다. 무섭기만

했던 분이라 그 죽음에 각별히 슬픔을 느꼈을 리도 없다. 아버지를 다시 만난 기억조차 어렴풋하다. 육지로 나갔던 아버지는 뒤늦게 연락받고 장례에 참례하긴 했지만, 이틀 동안 문상객들 속에 휩쓸리다가 다시 훌쩍 떠나버려서, 나는 단지 먼빛으로만 상복 입은 아버지를 보았을 뿐이다.

워낙 흉년이라 문상객들에게 팥죽 한사발 제대로 못 돌린 초라한 초상이었다. 그래도 곡소리만은 풍성했다. 다른 것은 기억에 흐릿해도 낭자하게 터져나오던 그 호곡 소리만은 아직도 내 귀에 쟁쟁하다. 여느 초상집과 달리 상제들보다 친척들의 곡소리가 오히려 더 컸는데, 그것이 이상하고 무서워 집 안에 들지 못하고 종일 사촌 남수와 마당가를 맴돌던 일이 생각난다. 부엌 곁 뒷방에서 연방 터져나오던 여자들의 울음소리. 주인과 객이 뒤바뀐, 참으로 기이한 분위기였다.

나중에야 안 것이지만 그 여자 친척들은 내 할아버지를 애도해서라기보다 그 죽음에 가탁하여 자신의 기막힌 설움을 토로했던 것이다. 그분들의 눈에 비친 내 조부의 죽음은 차라리 행복한 죽음이었으리라. 비록 먹어볼 것 없는 초라한 장례이긴 하지만, 그래도 상제도 문상객도 있고, 곡성도 있고 상여도 있는 죽음인데 왜 부럽지 않겠는가. 그들은 제 혈육이 죽었건만 상여 없는 죽음이었고, 폭도 누명이 두려워 곡성도 못 내고 말지 않았던가. 총각으로 죽어 상제 없는 죽음도 있었다. 시신들은 아직도 조짚이나 솔가지로 덮은 위에 흙 한줌 얼른 뿌린 가매장 상태로 썩고 있었고, 어느 냇골창, 어느 굴형에 죽어 있는지 찾지 못한 시신들도 있었다.

그러나 아직도, 살아남은 자가 죽은 자를 위해 눈물 흘릴 때가 아니었다. 간신히 구명도생한 그들에게 다시 한번 위기가 닥치지 않았던가. 일년 가까이 별 탈 없이 흐르던 시간이 이듬해 여름이 되자 돌연 곤두박질쳤으니, 6·25의 발발과 더불어 귀순 장정에 대한 예비검속이 벌어져 그중에 수백명이 학살되고 나머지는 육지의 전쟁터로 끌려갔던 것이다.

글을 여기까지 쓰고 보니, 이제 4·3에 대한 더이상의 언급은 자제해야겠다는 생각이 든다. 아니, 그 엄청난 유혈은 생각만 해도 멀미가 솟구쳐 더이상 쓸 기력이 없다. 그래, 그 이야기는 이제 그만하자. 애당초 이 글은 한 아이의 성장 내력에 대한 이야기가 아닌가. 물론 그 가혹한 시절은 어린 내 가슴에도 좀처럼 지울 수 없는 죽음의 어두운 이미지와 우울증을 심어놓은 게 사실이다. 그 우울증의 결과로 나는 오랫동안 말을 더듬었는데 그 흔적은 아직도 내 혀에 남아 있다. 그러나 아이들이란 자신의 성장에 해로운 것은 본능적으로 피해가게 마련이다. 슬픔, 외로움이야말로 성장에 유해한 물질이 아닌가. 몸 가벼운 만큼이나 마음 또한 가벼워 울다가도 금방 웃을 줄 아는 것이 아이들이니, 어떠한 슬픔에도 기쁨의 양지를 향하여 새털처럼 가볍게 날아오르는 것이다.

내 가슴에 짙은 우울증의 그늘을 드리워놓은 고향 노형리는 오랫동안 그 이름만 들어도 가슴이 철렁 내려앉곤 했다. 불행의 대명사나 다름없는 그 이름, 진외할머니 제사 때 그 암담한 폐허를 본 후로 나는 장성하도록 오랫동안 그곳을 찾아가지 않았다. 가까운 친척들은 모두 읍내로 이사 와 있었으므로 제사 때문에 고향 나들이를 할 필요도 없었다. 물론 고향 마을 근처까지 가기는 자주 갔다. 초등학교 4학년 때부터 어머니가 홀로 하는 농사일을 도우려고 근처에 있는 우리 밭까지 가고 오기는 했으나, 정작 마을 안에는 발 들여놓아본 적이 없었던 것이다. 나는 계성이와 완식이를 만나는 것도 두려워했는데, 이상하게도 우연히 길에서 마주치는 일도 없었다.

그래서 고향은, 긴 세월이 흐른 지금에도 여전히 검은 폐허의 모습으로만 기억되고, 그 폐허의 어둠속에 모든 것은 다 죽고 오직 두 아이만 살아남아 꼬물거리고 있는 것처럼 생각된다. 그때 헤어지고 한번도 만난 적이 없는 계성이와 완식이, 그들은 내 상상 속에 아직도 나이 먹을 줄 모르는 어린아이들인 것이다.

병문내 아이

이제 나는 슬픔과 외로움의 외피를 벗고 나와 물심양면으로 읍내 아이가 되어 있었다. 벗들이 새로 생겨 늘 그들과 어울려 지냈다. 그 아이들이야말로 내 가슴에 기쁨을 샘솟게 하는 원천이었다. 쉴 새 없이 재잘거리며 약동하는 즐거운 참새떼, 서로 부딪치고 껴안고 만지고 걷어차고 간지럼 먹이고 다리 걸고 깔깔거리고……아이들 사이에 끼어들면 자신이 다른 아이들과 조금도 구별이 안되게 그 속에 용해되어 도대체 시간 가는 줄 몰랐다.

몸이 엿물에 절인 듯 달콤하게 도취되던 그 시간들. 어쩌나 놀이에 정신 팔렸던지, 한번은 병문내에서 발가벗고 놀다가 낭패 본 일도 있었다. 어머니가 냇가에 나타나 나를 심부름시키려고 불렀는데, 아무리 소리쳐 불러도 물놀이에 미쳐 들은 체도 안하니까, 화가 나서 물가에 벗어놓은 내 옷을 가져가버렸던 것이다. 길에 사람들이 다니는데 벌거숭이로 집에 가자니 집 잃은 달팽이처럼 정말 황당했다. 댕댕이넝쿨을 뜯어 남양토인의 풀치마처럼 옹색하게 사추리만 가린 채 집을 향해 냅다 뛰던 그 벌거숭이 아이, 길 가던 사람들이 껄껄대고 웃고…… 그날 나는 사람들 앞에서 창피를 주었다고 울며불며 어머니한테 대들고 저녁밥도 거부한 채 한바탕 시위를 벌였다. 그러나 그것이 어머니의 자식 키우는 방식인데 어찌할 것인가. 어머니가 사람들 다니는 길에서 나를 알몸으로 만든 것은 그날만이 아니었다. 한번은 옻나무를 만졌다가 전신에 두드러기가 생긴 적이 있었는데, 어머니는 사람들의 왕래가 많은 골목 어귀, 먹구슬나무 밑에 나를 발가벗겨 세우고는 왕소금으로 어린 살을 피나게 부벼대고 비로 쓸면서, "몸에 부스럼 거둬갑서, 헛쉬, 헛쉬!" 하고 주문을 외웠던 것이다.

어쩌다 잠자리에서 오줌을 싸 그때도 비슷한 창피를 당했다. 어린 시절 오줌싸개 경험이 있는 사람은 아마도 그 얄궂기 짝이 없는 기분을 평생 잊지 못할 것이다. 탱탱하게 부푼 오줌보가 기분 좋게 꺼져들면서 따뜻한 오줌이 흥건하게 아랫도리를 적실 때의 그 나른한 쾌감, 그러다가 오줌이 식어 썰렁하게 치받는 냉기에 흠칫 놀라 잠이 깨는데, 그때의 낭패감이라니. 날이 밝은 다음에도 차마 이

불 밖으로 나오지 못하고 한참 꾸물거리곤 했다. 오줌 싼 벌로 나는 이웃집에 가서 소금을 빌어오지 않으면 안되었다. 처음 겪는 일이라 그것이 벌인 줄도 모르고 멍청하게 양재기를 들고 이웃집에 갔다가 그만 창피를 당하고 말았다. 부엌에 있던 그 할머니는 괜히 싱글벙글 웃으며 소금을 퍼주는 체하다가 느닷없이 달려들어 키를 씌우고 빗자루로 때리는 게 아닌가. "오줌 싸라, 똥 싸라!" 하면서 깔깔 웃어댔는데, 어찌나 놀라고 창피했던지. 심통이 난 나는 그후 몇번 그 할머니를 만나도 못 본 체 지나쳤다가 그 때문에 또 어머니한테 매를 맞았다.

눈물은 내려가고 숟가락은 올라가고

자식의 잘못을 발견하면, 어머니는 우선 매부터 찾았다. 자식을 좋은 말로 타이른다는 것은 어머니에게 도무지 감질나고 성에 안 차는 일이었다. 자상한 어머니 노릇을 하려도 늘 일에 쫓겨 그럴 겨를도 없었을 것이다. 그때는 내가 왜 그리도 건망증이 심했는지, 뭘 흘리고 다니기를 잘했는데, 신주머니 때문에 여러번 맞았다. 물자가 귀한 시절이라, 터진 무릎을 기울 헝겊 조각도 여간 아쉽지 않은 터에 신주머니를 자주 잃어버렸으니 맞을 만도 했다. 어머니 말마따나 나는 아예 정신을 빼서 꽁무니에 차고 천방지축 놀기에 미쳤던 모양이다. 신주머니를 꽁무니에 찼으면 잃어버리지 않았을 텐데 말이다.

어머니가 때리는 매는 대개 두대로 정해져 있었는데, 먼저 부지
깽이로 땅바닥을 때리면서 호되게 야단쳐서 정신을 쏙 빼놓은 다
음, 종아리에 딱딱 매 두대를 올려붙이곤 했다. 막상 맞아보면 그리
아픈 매는 아닌데, 그 부지깽이가 욕 소리에 장단 맞춰 땅바닥에
춤을 추다가 별안간 종아리로 뛰어오르는 순간까지가 아슬아슬하
여 참기 어려웠다.

그런데 한번은 무슨 망조가 났던지, 매 맞고 나서 팩하고 성질을
내고 말았다. 매 맞은 것도 분했지만, 까마귀고기 먹은 것도 아닌데
자꾸만 신주머니를 잃고 다니는 나 자신에게도 단단히 화가 났던
모양이다. 잔뜩 심통이 나 울근불근하다가 저녁밥이 들어오자 "나
밥 안 먹어!" 하고 단호하게 선언하고 돌아앉아버렸다. 내가 그런
다고, 제발 밥 먹으라고 달랠 어머니인가. 오히려 내 꼴이 우습다고
빈정댔다.

"무사 배 아판? 배탈 날 땐 한끼 굶어 좋쥬."

나는 그 말에 약이 올라 어깨까지 들먹이며 씩씩 코를 부는데,
별안간 어머니의 손이 매 발톱같이 내 뒷고대를 움켜쥐었다.

"요것이 또 매 맞겐 성질부려? 써억 돌아앉지 못하크냐?"

"오빠, 어서 밥 먹어" 하고 영녀도 내 소매를 잡아끌었다.

기회는 이때인데, 못 이기는 척 돌아앉을까? 점심 먹은 것도 변
변치 못한 터에 저녁까지 굶으면 나만 손해인데…… 갓 찌어낸 고
구마의 구수한 냄새가 코끝에 스멀거렸다. 그러나 다음 순간, 나는
어머니의 손을 뿌리치고 용수철에 튕긴 듯 냉큼 일어났다.

"난 밥 안 먹어, 안 먹는단 말이야!"

이렇게 꽥 소리 지르고 방 밖으로 나서는데, 어머니가 어느새 달려와 다시 뒷고대를 낚아챘다.

"요노미 새끼가 어딜 기어나가?"

나는 방 안으로 끌려가지 않으려고 툇마루의 기둥을 와락 껴안았다. 내 어깻죽지를 잡고 잡아당기는 어머니에 맞서 나는 기둥에 다리까지 걸고 막무가내로 버텼다. 그런데 흥분한 나머지 내 입에서 해서는 안될 말이 튀어나오고 말았다. '밥 안 먹어'가 '그런 밥 안 먹어'가 되어버린 것이다.

"난 그런 밥 안 먹어! 그게 무슨 밥이라? 감저(고구마) 꽁댕이지. 맨날 그런 것만 멕이구……"

내 말에 나 스스로 놀라 눈이 휘둥그레졌는데, 아닌 게 아니라 그 말이 어머니의 아픈 데를 정통으로 찌른 모양이었다. 보통 성난 것이 아니어서 눈에 불이 철철 넘치는 듯했다.

"요 새끼, 말하는 것 보라! 감저 꽁댕이? 아이고 요것이 먹는 음식을 나무래는구나. 고생허는 에미 불쌍토 안해서 날 나무래여?"

그렇게 해서, 나는 기둥을 꽉 껴안은 채 징징 울면서 네댓대 매를 견뎌낸 다음 밥상머리로 끌려갔는데, 한판 난리굿을 피운 뒤라 밥맛이 각별히 좋았다. 물론 밥이 아니라, 고구마 세자루에 김치 세 가닥이었지만, 역시 목구멍은 포도청이었나보다. 아직도 울음이 남아 연방 쿨쩍거리면서 고구마를 씹는 나를 넌지시 바라보던 어머니는 숟갈이 필요없는 식사인데도 자못 엄숙하게 예의 숟갈론을 들먹였다.

"그것 보라. 눈물은 내려가고 숟가락은 올라가지 않앰시냐. 그러니까 먹는 것이 제일로 중한 거다."

이처럼 어머니의 자식 다루는 방식은 단도직입적이고 속전속결이었다. 잠깐 사이에 사납게 퍼붓고 지나가는 소나기처럼 한판에 끝나는 격렬한 시합이라고나 할까? 어머니도 그걸 즐기는 듯한 눈치였다. 물론 나로서는 당연히 져야 하는 시합이었지만 그렇다고 만만한 상대는 아니었다. 나는 온 이웃이 다 들리게 울며불며 강짜를 부렸고, 그러한 나를 제압하기 위해 어머니 또한 혼신의 힘을 쏟지 않으면 안되었다.

그렇게 한바탕 소동을 치르고 나면, 보통 때는 전혀 느낄 수 없는 깊은 안도감과 평화로움이 우리 둘 사이에 자리 잡곤 했다. 소나기구름이 걷힌 맑은 하늘처럼 퍽 개운한 표정이던 어머니, 그렇다, 짜증나게 더운 여름날, 한줄기의 소나기는 얼마나 상쾌한 것인가. 그러므로 자식을 가르치기 위해 한바탕 벌여놓는 그 소동은 어머니에게 오락의 기능까지 겸하고 있었던 셈이다. 죽음의 시간은 지나갔지만 굶주림은 여전하여, 늘 기죽어 허리를 못 편 채 먹이를 찾아 불볕더위 속을 불개미처럼 뿔뿔 기어다니는 신세인데, 무슨 놀이가 따로 있고 무슨 오락이 따로 있겠는가. 그리하여 낮 동안 텅 비어 적막했던 우리 동네는, 어른들이 일터에서 돌아오는 저녁 시간이면 아연 활기를 띠어 이 집 저 집에서 욕질하는 고함 소리와 함께 매 맞는 아이들의 울음소리가 터져나오곤 했다. 가난한 그들에게 그것은 자식 교육이자 유일무이한 오락이었다.

똥깅이

그러나 어머니만이 나를 키운 것은 아니다. 내 동무들도 내 성장을 도왔고, 동무들과 함께 뛰놀던 대지 또한 내 성장의 요람이었다. 나는 어머니의 부속물이면서 동시에 아이들 무리 속의 일부였고 대자연 속의 한 분자였다.

"아이고, 요 고운 것! 요것이 어디서 솟아나싱고?"

외할머니는 내가 하는 어린 짓이 귀여우면 이렇게 탄성을 지르곤 했는데, 얼핏 들으면 그 말은, 내가 어머니의 배를 빌리지 않고 땅에서 솟아난 것처럼 기분이 묘했다. 지금은 거의 쓰지 않는 말이 되어버렸지만, 그 시절만 해도 우리 고장에서는 어린 것이 귀엽다고 흔히 그러한 표현을 썼다. 어째서 '생겨났다' '태어났다'라는 말 대신에 '솟아났다'라고 했는지는 확실치 않다. 다만 삼성혈의 고·양·부 세 선조가 땅에서 솟아난 것과 연관해서 그런 말을 쓰지 않았나, 짐작할 뿐이다. 나의 외가가 바로 제주 양씨였다.

아무튼 나는 어머니의 자식이자 대지의 소산인 셈인데, 그래서 나의 유년은 어머니와 대지, 그 두 모체에 예속되어 있는 시기였던 셈이다. 유소년을 거쳐 성년에 이르렀을 때, 나는 과연 무엇이 되어 있었던가. 나를 결정한 것은 인간만이 아니었고 자연의 몫 또한 컸으니, 부모를 비롯해서 그때까지 내가 겪은 모든 사람과 내가 젖줄 대고 자란 대자연, 그 모든 것의 총화가 바로 나라는 존재였던 것이다.

병문내는 그 섬 고장의 개천들이 대개 그렇듯이, 큰비 올 때만 냇물이 흐르는 건천이었다. 비가 와서 내가 터지면 밖으로 넘칠 듯이 엄청난 양의 누런 붉덩물이 우렁우렁 소리를 지르면서 바다를 향해 무섭게 내달리곤 했다. 그렇게 삼사일 한바탕 냇물이 흐르고 나면 하상의 암석들은 깨끗이 씻겨 햇볕에 빛나고 웅덩이 물도 깨끗해졌는데, 그때부터 병문내는 아이들의 차지여서, 여름 한철 벌거숭이 아이들의 물놀이하는 소리로 시끌짝했다.

흐린 날도 마다 않고 놀았는데 물속에 너무 오래 있다가 나오면 몸이 덜덜 떨리게 추웠다. 입술은 오디 먹은 것처럼 퍼레지고, 눈은 토끼 눈처럼 빨개지고, 손가락 발가락은 물에 불린 콩 껍질처럼 쭈글쭈글해지고, 고추는 살 속에 파고들어 보이지 않는데, 이빨을 딱딱 맞추면서 떨어대는 그 꼴을 상상해보라.

"야, 너 큰났다. 고추가 없어졌잖아!"

댓살짜리 조무래기들은 그 말을 곧이듣고 앙, 하고 울음을 터뜨리곤 했다.

우리가 헤엄을 배우며 놀던 그 물속에는 물방개, 소금쟁이, 물장군 같은 곤충들이 능숙한 수영 솜씨를 뽐내며 우리와 함께 놀았다. 물 위를 날아다니는 말잠자리들도 제 딴에 물놀이한다고 연상 쫑긋쫑긋 꽁지를 물에 적셨고, 물가의 붉은 꽃 여뀌, 자주달개비떼들도 우리가 텀벙대며 일으키는 물결을 타며 덩달아 우쭐우쭐 춤추고, 심지어 겁쟁이 참새들마저 저만큼 떨어진 물가 얕은 데서 흘끔흘끔 엿보면서 얼른 날개를 적시고는 포르릉포르릉 날아올라 나뭇가지에서 깃털을 다듬곤 했다.

우리는 곤충을 잡아 가지고 놀기도 했다. 장대 끝을 쪼개 벌려놓고 거기에 끈끈한 거미줄을 잔뜩 감아 잠자리채로 썼는데, 수놈을 잡으면 꽁지에 황토 흙을 발라 암놈으로 꾸며놓고 다른 수컷을 유혹해서 잡았다. 냇가 풀숲에는 메뚜기, 여치들이 많았다. 여치는 잡기 쉬워서 잠깐 사이에 한꿰미 만들 수 있었다. 바랭이 풀대를 뽑아 꿰미로 썼는데, 그 가느다란 풀대로 살아 있는 여치의 연한 몸을 톡 뚫을 때의 감촉은 아직도 내 손끝에 아련히 남아 있는 듯하다. 여치들은 풀대에 몸이 꿰었어도 죽지 않고 연상 허공에 뒷발질해 차오르곤 했다. 정말 생명이 질긴 놈이었다. 자칫 잘못해서 여치에게 물릴 때도 있었는데, 피가 날 정도는 아니지만 꽤 아팠다. 손가락을 물고 놓지 않는 여치를 대번에 눌러 죽일 수도 있지만, 나는 일부러 아픔을 참으면서 천천히 꽁무니를 잡아당겨 몸을 찢어버리기를 잘했다. 그것은 나에게 아주 자연스러운 행위여서 불쌍하다는 생각은 조금도 없었다. 나는 징그러운 지네도 맨손으로 잡아 죽일 수 있게 되었다. 발발 기어가는 지네의 머리 부분을 손끝으로 날렵하게 찍어누르고는, 지네가 몸을 비틀며 거꾸로 기어올라 손등을 할퀴는 것도 아랑곳 않고 퍼런 독을 뿜는 양 이빨을 뚝뚝 분질러놓곤 했다. 지금의 나로서는 끔찍해서 도무지 엄두도 안 날 일을 그렇게 자연스럽게 해치웠으니, 아무래도 그때의 나는 지금과는 다른 부류의 인간이었던 모양이다. 그것은 자연에 밀착된 아이만이 할 수 있는 능력이리라.

그러나 잠자리, 여치, 지네 따위를 잡아봐야 남의 집 곁방살이하는 처지라 그것들을 모이로 갖다줄 닭이 있을 리 없었다. 모처럼 잡은 걸 다른 애한테 주어버릴 때의 아쉬움이라니, 그냥 주기가 아까워서 잠자리 같은 것은 꽁지를 빼고 그 대신 보릿대를 박아 공중에 날려보내기도 했다.

그러나 나는 '똥깅이'라고 부르는 민물게는 절대 잡지 않았다. 그게 바로 내 별명이었으니까. 깅이는 사투리로 바닷게인데, 아이들이 내 이름을 줄이고 배틀어서 '깅이'라고 불렀다. 그런데 고약스럽게도 깅이가 때때로 똥깅이로 둔갑하여 나를 약 오르게 하곤 했다. 똥깅이는 그 냇가에 뿔뿔 기어다니는 민물게로, 축축한 흙 구멍에 살아 색깔이 칙칙하고 다리에 털이 숭숭숭 돋아, 생긴 모양이 흉했다. 그래서 사람들이 먹을 게 못된다고 나무라서 그렇게 불렀던 모양이다. 내가 앞에서 꽤나 흉년 타령을 늘어놓은 것 같은데, 혹자는 곡식이 모자라면 그런 거라도 먹으면 좀 나을 게 아니냐고 할지 모르겠다. 그러나 그런 흉하게 생긴 민물게 말고도, 동네 바로 아래 바닷가에 가면 지천으로 널린 것이 바닷게이고 고둥이었다. 그러나 그런 것들은 반찬감일 뿐이지 밥이 아니어서 허기를 꺼주지는 못했다.

하여간 나는 '땜통' 외에도 '똥깅이'라는 별명이 하나 더 얻어걸린 것인데, 그래서 다른 아이들은 닭 먹인다고 그걸 잡았지만, 나는 장난으로도 손을 대본 적이 없었다. 별명이란 끈질긴 것이어서, 내가 두해 여름 병문내에서 헤엄을 배우고서 민물을 떠나 바다로 진출한 뒤에도, 그러니까 민물게가 바닷게로 탈바꿈한 뒤에도 그 별명은 좀처럼 떨어지지 않았다.

웬깅이

　나뿐만 아니라 내 주위의 다른 애들도 대개 별명으로 불리었다. 제대로 된 이름은 학교 출석부에만 있을 뿐, 내 이름이 깅이로 불려지듯이, 원경이는 웬깅이(왼손잡이), 준영이는 주넹이(지네)가 되고, 그밖에는 이름과 상관없이 돌패기, 쇠똥이, 그리고 입술 오므라든 모양이 닭의 미주알 같다고 닭똥고망 등으로 통했다. 일본에서 살다 들어와 뒤늦게 우리 패에 끼어든 아이가 있었는데, 혀 짧은 소리로 양말을 '얀말', 공부를 '곤부', 엉덩이를 '언데니'라고 발음해서 '언데니'라는 별명이 붙었다. 처음 바다를 본 그 아이는 게·고둥을 잡으며 한창 정신없이 노는 사이에 썰물에 바다가 저만큼 달아난 것을 보고 "와아, 여기 있던 바당(바다)이 없어져부렀네" 하고 놀란 탄성을 질러 우리를 웃겼는데, 그래서 '바당 없어져부렀네'가 또하나의 별명이 되기도 했다.

　웬깅이는 대장간집 아이였다. 늘 대장 노릇을 했던 그애는 힘세고 몸놀림이 빨라 싸움을 잘할 뿐만 아니라, 나이도 우리보다 한두 살 위여서 아무도 그 위치를 넘보지 못했다. 그래서 똥깅이라고 불러도 나는 웬깅이한테만은 대들지 않았다.

　우리끼리는 서로 별명을 주고받는 처지여서 별 허물이 안됐지만, 어머니가 그렇게 부르면 여간 질색하지 않았다. 특히 웬깅이, 주넹이는 그애들 어머니가 먼저 그렇게 불러서 생긴 별명이었다. 그 때문에 모자 간에 가끔 승강이가 벌어지곤 했다. 예를 들면 이렇다.

우리가 서로 머리를 맞대고 앉아 공기놀이를 하고 있는데, 가까이에서 부르는 소리가 들려온다.

"웬깅아, 웬깅아."

그러나 녀석은 못 들은 척 계속 놀이판만 들여다본다. 아무리 불러도 꼼짝 않고 마냥 배짱부린다. 녀석이 그럴수록 오히려 나머지 우리가 불안해진다. 달아나고 싶지만, 녀석의 부라리는 눈이 무섭다.

"야, 가만히 있어. 느네들도 못 들은 체해."

마침내 잔뜩 골이 난 웬깅이 어머니가 들이닥친다. 녀석은 어머니한테 한쪽 귀를 잡힌 채 끌려 일어나면서 아그그, 아그그, 연상 비명을 올린다.

"요노무 새끼, 무사 대답 안햄시? 귓구멍에 당나귀 좆 박아시냐?"

"언제 날 불러서? 웬깅이 부르는 소린 들어도 날 부르는 소린 못 들었는디!"

아들의 능청에 어머니가 기가 막힌다는 표정이다.

"하이고, 요놈이 무식하다고 에밀 또 놀리네."

"어멍이 내 이름을 부를 중 모르난 그렇지 머. 내 이름은 웬깅이가 아니라 원경이, 김, 원, 경! 알았수꽈?"

"짐웬깅이…… 에이그 이눔아, 그거나 저거나 한가지지 뭐!"

웬깅이가 얼마나 짓궂은 장난꾸러기인가 하면, 예를 들어 이렇다.

내가 골목 어귀의 먹구슬나무 아래에서 갓 구워낸 흙구슬을 시험 삼아 굴리고 있는데 녀석이 불쑥 나타난다. 뒤에서 불쑥 나타나 내 앉은키 위로 가랑이를 훌쩍 넘기고는 "양양, 너 이젠 키 안 자란다”하고 놀려댄다. 짓궂게도 그게 녀석이 늘 하는 인사 방법이다. 어떤 때는 비가 그친 뒤인데, 머리 위로 갑자기 비가 우루룩 쏟아져 깜짝 놀라 올려다보면 어느새 나타났는지 나무에 기어올라 발로 나뭇가지를 흔들어대는 녀석이다. 내가 화가 나서 벌떡 일어서는데, 녀석이 땅바닥의 내 구슬들을 얼른 주머니에 쓸어담고 달아난다. 녀석은 정말 몸이 빠르다. 간발의 차로 녀석은 나를 따돌리고 나무 위로 후딱 올라가버린다. 어찌나 나무를 잘 타는지, 웬깅이 외에도 ‘웬셍이’란 별명이 덤으로 붙었다. 큰 아이들이 때리려고 쫓아와도 나무 위로 달아나면 그만이다. 아랫가지에 왕자처럼 떡 발디디고 선 녀석은 나를 내려다보면서 낄낄거린다.

“양양, 죽겠지. 나무에 올라오면 구슬 주우지.”

녀석은 나의 약점을 건드려 더욱 약 오르게 한다. 나는 매미 잡으러 나무에 올라갔다가 낙상해서 죽을 뻔한 후로는 나무타기가 딱 질색이다. 단단히 화가 난 나는 녀석에게 팔뚝으로 쑥떡을 먹인다.

“야! 웬셍이 똥고망! 에라, 이거나 먹어라! 웬셍이 똥고망은 빨개.”

웬셍이 똥고망은 녀석이 제일 싫어하는 별명이다.

“야, 똥깅이, 똥 낑낑 똥깅이, 너 정말 나하고 붙을래?”하고 눈을 무섭게 부릅뜨더니, 느닷없이 발 디딘 나뭇가지를 널뛰듯 마구 흔들어 나뭇잎과 함께 징그러운 자벌레들을 우수수 내 머리 위로 쏟아붓는다. 정말 나로서는 당해낼 재간이 없는 상대다. 내가 진저리 치면서 몸에 붙은 자벌레들을 떼어내고 있는 사이, 녀석은 고소하다는 듯이 낄낄거리면서 나무에서 내려온다.

“너 구슬 맹근 거 좀 보자. 에헴, 이 성님이 한번 검사해봐야지.”

녀석은 주머니에서 내 구슬들을 꺼내 손바닥에 놓고 들여다보더니 대번에 눈살을 찌푸린다.

"야, 똥깅이, 이게 구슬이냐, 토끼 똥이지. 내가 가르쳐준 대로 안 했지?"

"그대로 했는디, 뭐. 그늘에서 삼일 말리고 나서 아궁이 불에 구웠는데……"

"아궁이 불? 에라, 이 멍퉁아, 그러니깐 잘 안 구워졌지. 보리 가스락불이나 쇠똥이나 말똥 불에 구워야지. 새끼, 챙피하게시리 이 따우 걸로 구슬치기하젠?"

웬깅이 말대로 내 구슬들은 강도가 약해 쉽게 부서졌다. 웬깅이는 주머니에서, 우리가 쇠구슬이라고 부르는, 굵은 볼베어링을 꺼내 앉은 채 눈높이에서 떨어뜨렸는데, 그 정도에서 내 흙구슬들은 파삭파삭 허망하게 부서지는 것이었다. 가난해서 유리구슬은 살 처지가 안되는 나 같은 아이들은, 흙구슬일망정 오지그릇만큼이나 광택 나고 단단하게 구워야만 유리구슬에 대항할 수 있다는 것이, 바로 내가 웬깅이로부터 배운 교훈이었다.

먹구슬나무

동네 어귀에 서 있던 그 먹구슬나무 얘기가 나왔으니, 잠깐 정신을 가다듬고 그 모습을 머리에 떠올려봐야겠다. 시가지 확대로 없어진 지 오래된 그 나무는 지금 내 기억 속에 옮아와 살고 있다. 내 기억의 흐릿한 회색 풍경 속에 짙은 초록의 뚜렷한 자태로 서 있는 그 나무, 백년 묵었다는 그 늙은 나무는 밑동이 어른 팔로 한아름이 훨씬 넘게 통이 굵었는데, 겨울철 모진 북풍에 시달려 그쪽 방향은 다 모지라지고, 마치 버선짝을 거꾸로 세워놓은 듯이 울담 높이에서 기역 자로 꺾여 가지들이 남쪽을 향해 길게 뻗어 있었다. 수많은 잔가지들이 집 마당만큼 넓은 평수를 차지하여, 봄에는 자색 꽃구름을 피워올리고 여름에는 무성한 잎으로 시원한 그늘을 만들어주었다. 늦가을의 잎 털린 잔가지마다 송이송이 매달려 있는 노란 열매들은 또 얼마나 영롱한 빛이던가.

우리가 동네 안에 있을 때는 늘 그 나무 밑에서 놀았다. 우리의 손때가 묻어 껍질이 늘 반들거리던 나무. 기운 없어 몸이 늘어지던 춘궁기, 그러한 봄날에 나를 더욱 몽롱하게 만들던 그 짙은 꽃냄새와 벌떼의 잉잉거리는 소리, 여름철의 무성한 녹음 속 소나기처럼 귀청 따갑게 와자하니 쏟아지던 매미 울음소리, 그리고 가을날, 먹구슬새들이 날아와 열매를 쪼면서 내 머리에 똥을 갈기던 일…… 물론 이러한 것들은 계절에 따라 달라지는 그 나무의 외양을 특징적으로 단순화해본 이미지들일 뿐이다. 그 나무가 거느린 식솔이 어찌 벌, 매미, 먹구슬새들뿐이겠는가.

그 나무는 제 몸의 체액을 내주어 숱한 미물들을 키우고 있었다. 노랑등에, 자벌레, 풍뎅이, 무당벌레, 개미, 진딧물, 달팽이, 거미. 특히 여름철에는 그 풍요로운 몸에서 넘치는 젖처럼 끈끈하고 노란 진액이 흘러내려 더 많은 벌레들이 꼬여들었다. 그 나뭇진을 동그랗게 뭉쳐 땅속에 파묻어두면 이듬해에 노랑등에처럼 황금빛의 단단한 구슬이 된다고 했다. 그 얼마나 아름다운 거짓말인가.

내가 나뭇진을 파묻으려고 나무 밑의 땅을 조금 팠을 때 그 속에 썩은 뿌리와 뒤엉켜 굼벵이들이 우글거리는 것을 보고 질겁했던 일이 생각난다. 일이년 지난 뒤에 수업 시간에 굼벵이가 매미의 유충임을 배워서 알게 되었지만, 매미와 굼벵이의 그 엄청난 모순은 좀처럼 납득이 가지 않았다. 곤충은 좋아했지만, 애벌레는 질색이었다. 그 나무의 밑동에도 애벌레들이 살고 있었다. 구새 먹어 썩은 구멍에 개미 유충들이 마른나무 부스러기를 뒤집어쓰고 굼실거리고 있었는데, 나는 심심하면 그 구멍에다 오줌을 싸넣고는 했다. 그러니까 그 늙은 먹구슬나무는 곤충들뿐만 아니라, 그 애벌레들도 먹여 살리고 있었던 것이다.

그뿐인가. 그 나무는 한여름 불볕더위 속에 시원한 그늘을 드리워 다른 벌레들도 불러다 놓곤 했다. 허구한 날 그 나무 밑에서 놀았던 아이들 역시 벌레들과 함께 그 품안의 자식이나 다름없었다. 아이들은 저희들끼리 놀기도 했지만 벌레들과 놀기도 했다. 우리는 심지어 집달팽이도 좋아했다. 달팽이 몸이 아기 살처럼 부드럽고 분홍빛이어서 꼭 발가벗은 아기가 기어가는 형용이었다. 그래서 달팽이가 뚜껑 속으로 쏙 들어가버리면 다시 보고 싶어서 "창문 열라, 고운 아기 보게" 하고 노래도 불렀다. 우리는 징그럽고 무섭게 생긴 거미도 좋아해서, 개똥범벅, 쇠똥범벅 해줄 테니 내려와서 같이 놀자고 꾀었는데, 그런데 그놈은 영리해서 줄을 타고 내려오다가도 우리의 눈과 마주치면 부리나케 다시 올라가버리곤 했다.

그러나 벌레들과 같은 식솔이면서 아이들은 변덕스러운 폭군이기도 했다. 지네 이빨을 뽑고, 풍뎅이의 다리를 꺾어 뒤집어놓고 날갯짓으로 마당을 쓸게 하고, 달아나는 땅강아지를 쫓아가며 뜨거운 오줌벼락을 때리고, 개미들이 애써 나르는 먹이를 빼앗고, 자로 치수 재듯이 허리를 꾸불텅거리며 기어가는 자벌레를 재미있게 구경하다가도 싫증나면 손톱을 힘껏 튕겨 죽여버리기도 했다.

예쁘고 신기하다고 가지고 놀다보면 장난에 시달려 제풀에 죽는 벌레들도 있었다. 송장메뚜기를 잡으면 뒷발을 잡고 춤추게 만들고, 매미를 잡으면 목에 실을 매어 날리고, 그리고 금빛 광택이 나고 날개가 투명한 노랑등에도 예쁘다고 자주 잡았는데, 그것들은 장난하는 손에 시달려 거의 빈사 상태가 되어야 놓여나곤 했다. 그러니까 우리의 무심한 장난은 벌레들에게는 언제나 생사가 달린 문제였다. 그렇게 우리의 사랑이 지나쳐서 벌레들이 더러 죽기도 했지만, 어찌하랴, 무심함이 아이들의 천성인 바에야.

아무튼 우리는 그 벌레들과 함께 그 늙은 나무의 품 안에 든 한 식구였다. 나는 땅바닥을 기면서 열심히 흙구슬을 굴리다가 문득 내 옆에서 쇠똥구리 한마리가 쇠똥을 굴리는 것을 본 적이 있었는데 마치 그놈이 자기도 구슬치기하겠다고 끼어드는 것 같아 절로 웃음이 나왔다.

그리고 그 나무에 겨울이 오면, 새들이 쪼고 아이들이 따다 남은 열매들을 마저 털어버리면서 거센 북풍이 불어왔다. 풍요롭던 그 모든 것을 떨구고 빈 몸으로 서 있는 나무, 벌레들은 사라지고 아이들만 그 나무 밑에 남아 있었다. 말타기, 자치기와 연날리기. 강풍에는 연날리기도 쉽지 않아서 걸핏하면 나무 위로 곤두박질쳤고, 때때로 내리는 눈은 강풍에 수평으로 날려 나무줄기에 덕지덕지 달라붙곤 했다.

나는 모진 북풍 속에 버티고 서 있는 그 나무의 의연한 모습을 잊을 수 없다. 그물처럼 촘촘히 얽혀 허공에 떠 있는 수많은 빈 가지들, 거기에 내 가오리연이 걸려 있었고 바람에 날아오른 지푸라기들이 어지럽게 붙었는데, 강풍이 단속적으로 몰아칠 때마다 수많은 잔가지들이 일제히 몸을 흔들며 쏴아쏴아, 하고 일으키는 파도 소리. 모진 칼바람에 어린 가지들이 멍들고 찢겨나가도, 곤충들의 알과 유충을 몸속에 품고서 의연한 자태로 서 있던 그 나무. 그 나무의 둥치 밑 땅속에는 내가 묻은 나뭇진 구슬이 매미 유충과 더불어 꿈을 꾸며 월동하고 있다.

그리하여 훗날, 그 나무를 생각하면 바람 타는 나뭇가지들이 일으키는 파도 소리가 우선 귀에 쟁쟁 울려오곤 했다. 그 파도 소리야말로 철철이 달랐던 그 나무의 여러 모습 중에 진정한 압권이었다. 그 간고한 투쟁이 여름날의 위대한 번성을 마련했으니, 그 나무의 무성한 녹음 속에서 풍요와 번성을 구가하던 매미떼의 합창, 그것은 또한 왁자하니 쏟아지는 소나기 소리와 흡사했다. 겨울의 파도 소리와 여름의 소나기 소리, 그사이에 나도 한층 자라, 땅속에 파묻은 나뭇진이 아무것도 안되었으리라는 걸 파보지 않고도 알 정도로 제법 철이 나 있었던 것이다.

제재소

여름날 매미떼의 울음소리는 여간 그악스럽지 않아 귀청이 따가울 지경이었는데, 멀리서 들으면 그 소리와 아주 흡사한 것이 제재소의 기계톱 소리였다. 제재소는 그 먹구슬나무에서 얼마 안 떨어진 곳에 자리 잡고 있었다. 건물 외벽에 소나무 원목들이 쌓여 있었는데, 새로 나무가 들어올 때마다 낫으로 껍질 벗기는 일은 나 같은 아이들 몫이었다. 소나무 껍질을 벗겨다 땔감으로 썼던 것이다.

제재소는 실로 무지막지한 힘이 지배하는 곳이었다. 두개의 굵은 각목 위에 두꺼비 앉은 자세로 딱 바라지게 타고 앉은 기름투성이 시커먼 괴물, 그 험상궂은 발동기에서 무서운 힘이 나왔다.

발동기에 시동 거는 장면이 우선 재미있었다. 그 시커먼 괴물은 생긴 험상만큼이나 심통 궂어서 대여섯차례 사람을 골탕먹인 다음에야 간신히 시동이 걸리곤 했다. 일꾼 한 사람이 거기에 달라붙어 죽어라고 바퀴를 돌렸는데 어찌나 빨리 돌리는지 사람이 바퀴와 함께 빙빙 돌아가는 듯했다. 씩씩거리며 연상 콧김을 내뿜는 그 괴물과 싸우는 사내의 얼굴은 금방 부풀어 터져버릴 듯이 무섭게 일그러졌고, 구경하는 내 입에서도 덩달아 안간힘 소리가 나왔다. 죽을 둥 살 둥 힘의 한계점까지 도달한 그 아슬아슬한 순간에 이르러 마침내 푸르륵, 탕탕, 하고 시동이 걸리면 동시에 우리의 입에서도 아아! 하고 탄성이 터져나왔던 것이다.

주체할 수 없는 힘으로 충만해진 발동기는 금방 튀어오를 듯이 탈탈탈 몸을 털고, 곧 그 힘은 피댓줄로 연결되어 원형의 커다란

톱을 회전시켰다. 통나무를 켜서 널판을 만드는 작업이었는데, 거기에서 일어나는 힘과 소리는 또 얼마나 굉장했던가. 두 사람이 맞들어서 간신히 작업대에 올려놓는 굵은 통나무를 일도 아니라는 듯이 단숨에 먹어치워버리던 그 무서운 괴력, 서릿발같이 섬뜩한 흰빛의 거대한 톱은 무지막지한 굉음과 함께 톱밥을 허공에 분수처럼 뿜으면서 통나무 살 속을 거침없이 먹어들어갔던 것이다. 제재소 안을 온통 뿌옇게 만들면서 날아오르는 톱밥과 나무 가루, 진동하는 송진 냄새, 톱밥투성이의 인부들, 내 어린 몸을 꿰뚫던 그 강렬한 힘, 음향과 냄새는 성장하는 내 의식에 어떤 흔적을 남겼을까? 제재소의 널판 벽을 온통 흔들어대는 기계톱의 굉음, 거기에 사로잡혀 있으면 소리라기보다는 그 자체가 막강한 폭력처럼 느껴지지 않았던가. 밖으로 나와서야 주술이 풀려 먹먹했던 귀가 트이면서 제대로 소리를 들을 수 있었으니, 그게 희한하게도 매미떼의 거센 울음소리와 흡사했다.

그 소리는 학교 수업 중에도 어렴풋이 들을 수 있었는데, 그에 못지않게 멀리까지 가는 소리가 대장간의 쇠 때리는 소리였다.

대장간

웬깅이네 대장간은 병문내 다리 근처 천변에 있었다. 땡강땡강 쇠 때리는 소리가 나면 나는 집에서 숙제를 풀다가도 그곳으로 줄달음질치고 싶은 마음이 되곤 했다. 그 대장간에도 강한 힘이 존재

했는데, 구경하기에 제재소보다 훨씬 아기자기한 맛이 있었다. 그래서 내가 웬깅이 앞에서 꼼짝 못했던가. 아마도 나는 대장간이 갖고 있는 그 신비한 힘 때문에 그애의 힘과 담력을 실제보다 훨씬 부풀려 생각했음에 틀림없다.

개천에 잇닿아 있는 그 대장간은 헛간이나 다름없게 작고 볼품없었으나, 일단 화덕의 코크스 잉걸불이 이글거리기 시작하면 어둑신하던 내부가 빛과 열기와 힘으로 충만해지곤 했다. 웬깅이를 빼고 세 식구 모두가 일에 바싹 대들어붙었는데, 웬깅이 어머니는 풀무를 불고, 큰형은 집게로 빨갛게 단 쇠를 다루고, 작은형은 모루 위에 올려진 단쇠를 육중한 쇠메로 내리쳤다. 입산했다가 귀순한 큰형은 동상으로 한쪽 다리가 썩어 무릎 밑을 잘라낸 불구자였다.

풀무채를 밀고 잡아당기면서 풀무를 불 때마다 토벽까지 빨갛게 익은 화덕은 푸우, 푸르륵, 후우, 푸르륵, 하고 거인의 거친 숨소리를 내고, 성난 듯이 이글거리는 잉걸불 위에서 무쇠 조각이 서서히 달아오르는 광경은 언제 보아도 재미있었다. 무겁고 차가운 무쇠의 놀라운 변신. 빨갛게 단 쇠는 화덕을 벗어나 거인의 발통같이 생긴, 시커먼 모루 위에 올려졌을 때 더욱 눈부시게 아름다운 광채를 발했다. 손으로 만질 수 없는 백열의 아름다움, 단쇠는 한덩어리의 범접할 수 없는 빛으로 화한 듯 당장 집게와 모루를 벗어나 가볍게 허공으로 날아오를 것만 같았는데, 때를 놓치지 않고 육중한 쇠메가 그 위를 내리쳤다. 단쇠는 집게에 물린 채, 번철 위의 부침개처럼 이리저리 뒤집어지고 그 동작에 맞춰 쇠메가 정확하게 그 위로 내리꽂히곤 했다. 뎅겅뎅겅 계속 메를 맞으면서 하나의 연장으로 다듬어진 단쇠는 마지막으로 물통에 담가지는 담금질에서 생명의 붉은 광택을 잃고 무겁고 침울한 무쇠로 돌아가는 것이었다.

힘차게 메를 휘두르는 작은형은 그야말로 강자의 모습이 역연했다. 벌거벗은 상체는 불빛이 번져 붉은데, 기름 바른 듯 땀이 번들거리고, 크고 작은 수많은 근육들이 울근불근 쉴 새 없이 뛰놀았다. 근육들은 메를 쳐들어올릴 때는 동아줄같이 비틀리며 툭툭 불거지다가 메를 내리치면 단쇠의 울림으로 푸들푸들 겁나게 파동 쳤다. 힘을 쓰느라고 눈이 퉁방울이 되고 입은 왼쪽으로 모질게 비틀어졌는데, 큰형도 그렇게 입이 비틀어지고, 그걸 구경하는 아이들의 입도 비틀어져 있었다.

우리 같은 아이들뿐만 아니라 어른들도 그 구경을 좋아해서, 물건을 사러 왔다가도 한참이나 작업 광경에 넋이 빠지곤 했다. 작업 도중에 바쁜 손님이 있으면 웬깅이가 냉큼 나가 시중을 들었다. 손님이 고른 물건을 어머니한테 보이며 값을 묻고 돈을 받아 건네는 일이었다. 손님들은 특히 낫을 고를 때 신중해서 담금질이 잘 되었는지 알아보려고 손톱으로 튕겨보기도 하고 심지어는 낫날을 혀에 대고 맛을 보기도 했다. 그게 무슨 맛일까, 궁금해서 나도 새로 벼린 낫날에 혀를 대보았다. 뭔가 섬뜩하고 매캐하고 톡 쏘는 느낌이었는데, 그게 쇠 맛이었을까, 불 냄새였을까? 아니면 혀 베일까 두려운 나머지 상상으로 그런 맛을 느꼈는지도 모르겠다.

때로는 우리가 헤엄치는 물웅덩이 곁에 노천 대장간을 차리기도 했다. 마차 바퀴에 쇠테를 씌우는 일이었는데, 그것 또한 볼만한 구경거리였다.

겹겹이 포개서 쌓아올린 여남은개의 둥근 쇠테와 거기에서 물가 쪽으로 댓발짝 떨어진 곳에 쌓아놓은 같은 수효의 나무 바퀴들, 그리고 소 한바리분의 장작더미, 모든 것이 풍성했다. 포개올린 쇠테들 안팎으로 장작더미를 잔뜩 쌓아놓고 불을 지폈는데, 처음에는 햇빛에 바래어 불꽃이 보이지 않다가 엄청 솟아나는 푸른 연기가 안개처럼 개천 안을 가득 채우면, 대낮인데도 불길은 그 휘황한 자태를 그대로 보여주곤 했다. 그 불꽃을 배경으로, 목공소에서 금방 나온 나무 바퀴들이 뿜어내는 희디흰 빛 또한 인상적이었다. 큰 작업이라 일꾼도 여러명이고 구경하는 아이들도 많았다. 멀찍이 떨어져 앉았는데도 송진 타는 냄새와 함께 후끈한 열파가 밀려왔다.

장작이 다 타서 잉걸불이 되어 아래로 가라앉고 벌겋게 달궈진 쇠테들이 드러나면 그때부터 본격적인 작업이 시작되었다. 벗은 상체가 불에 익어 벌겋게 된 인부들의 동작들은 억세고 민첩했다. 빨갛게 익은 쇠테는 기다란 집게에 물려 밖으로 나오면 햇빛에 바래어 금방 푸르딩딩한 빛으로 변했다. 그것을 세명의 인부가 집게로 맞들어 댓발짝 옮겨가 나무 바퀴 운두에 조심스럽게 맞춰서 얹으면, 거기서 기다리던 다른 두명이 즉시 무거운 메로 쇠테를 내리쳤다. 꽈당꽈당 메를 내리칠 때마다 식어버린 듯 푸르딩딩한 빛의 쇠테는 아직도 활활 살아 나무 바퀴 운두를 뿌지직, 뿌지직 태우면서 아래로 먹어들어갔다. 그렇게 잠깐 사이에 쇠테를 씌우고 나면, 한 사람이 바큇살을 잡고 일으켜세워 푸른 연기를 내뿜는 바퀴를 물웅덩이로 힘껏 굴렸다. 그렇게 해서 물을 만난 불은 쉿쉿 무서운 비명과 함께 흰 수증기를 뿜어올리고 주위의 물을 부글부글 끓게 하면서 서서히 죽어갔던 것이다.

그러나 물과 불의 싸움에서 불만이 죽는 것은 아니었다. 여남은 개의 바퀴를 담금질하고 난 그 작은 웅덩이물은 그 또한 마침내 죽어 그후로는 썩은 냄새가 나고 물벼룩, 장구벌레들이 잔뜩 꼬여 아이들은 더이상 물놀이를 할 수 없었다.

분홍빛 새살

그런데 어느날, 나는 그 노천 대장간에서 쇠테를 끼운 바퀴에 손을 다치고 말았다. 마침 덥지 않은 가을날이어서 쇠테 박는 현장에 바싹 다가앉아 구경하다가 그런 봉변을 당했다. 작업이 다 끝나서 인부들이 물속에 빠진 바퀴들을 하나씩 밖으로 내쳤는데, 눈 깜짝할 새에 바퀴 하나가 굴러와 내 앞에서 벌렁 자빠지면서 돌에 얹힌 내 왼손을 쳤던 것이다. 으깨져 피투성이가 된 왼손은 손목에서 떨어져나가는 것처럼 아팠고, 고통에 못 이겨 나는 까무라쳐버렸다. 그리해서 나는 목에 난 연주창 수술에 이어 팔자에 없는 병원 신세를 두번씩이나 지게 된 것이다.

웬깅이 작은형이 나를 들쳐업고 병원으로 황망히 달려갔는데, 다행히 큰 사고는 아니었다. 다른 손가락들도 퉁퉁 부어올랐지만 뼈마디가 으스러진 데는 없고 다만 새끼손가락만 으깨져 뼈마디가 어긋나고 세군데 깊고 길쭉하게 찢긴 상처가 있었다. 마취 주사도 없이 생짜로 꿰매는 바느질은 또 얼마나 아팠던가. 참다 못해 또

한차례 기절하고 말았다.

학교도 결석한 채 여러날 병원에 다니며 치료를 받던 나는, 아이들과 떨어져 있는 그동안에 다시 우울증이 도져 걸핏하면 눈물을 찔끔거렸다. 손꼽아 기다리던 가을 소풍도 말짱 허사가 되고 말지 않았던가. 학교에 입학한 지 일년 반 동안 4·3사건으로 한번도 치른 적이 없던 소풍이었다. 소풍날 아침, 병원 대기실에서 차례를 기다리다가, 마침 창밖에 즐겁게 재잘거리며 지나가는 아이들의 소풍 행렬을 보고 고개를 돌려 소리 없이 눈물짓던 일이 생각난다.

그런데 사람의 착각이란 묘한 것인가보다. 지금도 내 새끼손가락을 보면 바느질 자국이 흉한 꼴로 두드러져 있다. 그러니까 상처는 화상이 분명 아니다. 그런데 묘하게도 그것이 마치 달궈진 쇠테에 지져진 상처처럼 착각이 생기는 것이다. 왜 그럴까? 아마도 벌겋게 달궈진 쇠테의 강렬한 인상 때문이 아닐까? 그러한 착각은 이미 사고 당시에 생겼던 것 같다.

혹시 상처가 덧날까 염려했던 어머니는 상처가 완전히 아물어 붕대를 푼 다음에야 나를 학교에 보냈다. 보름 넘게 집에서 시간을 보내는 동안 동무들이 얼마나 못 견디게 그리웠던지. 그 외로움의 고통이 지금도 아릿하게 느껴진다. 어머니 몰래 눈물 짜며 오슬오슬 외로움을 타던 그 스산한 모습…… 그럴 정도로 나는 어머니보다는 아이들에게 속해 있는 존재였나보다.

보름 만에 반 아이들 앞에 나타난 나는 그 상처 때문에 뜻밖의 환대를 받았다. 찢긴 맨살을 터진 장갑 깁듯이 바늘로 꿰맸다는 사실이 좀처럼 납득이 가지 않는지 모두 놀란 표정이었다. 꿰맨 상처 부위는 새살이 돋아 분홍빛이었는데 녀석들은 그것도 신기해서 탄성을 질렀다. 내 손가락을 만져보는 아이들도 있었다. 나는 마치 훈장을 탄 용사처럼 우쭐한 기분이었다. 그래서 나도 모르게 입에서 허풍이 나왔다. 두번 까무러친 일까지 신이 나서 자초지종을 설명해주는데, 말이 엉뚱하게 빗나가 사고 원인이 벌겋게 달군 쇠테가 내 손 위로 굴러간 것으로 둔갑하고 말았다. 녀석들 중에는 그 사고를 목격한 웬깅이도 끼어 있었지만 신경 쓰지 않았다. 나는 또 그 거짓말을 사실처럼 들리게 하기 위해서, 새살이 분홍빛인 이유도 벌건 쇠바퀴에 지져져서 그렇다고 둘러댔다.

"그래서 말이야, 이 손가락은 아직도 불 냄새가 나. 혀를 대면 쇠 맛도 나고."

나는 이 아이들 보는 앞에서 짐짓 눈을 지그시 감으며 흉터의 분홍빛 새살에 혀끝을 대는 시늉을 해 보였다. 웬깅이네 대장간에서 갓 만든 낫에 혀를 대고 맛보던 식으로 말이다. 물론 그때처럼 혀끝을 톡 쏘는 알싸한 쇠 맛이 날 리 없지만.

"야아, 그 맛 참 근사한데! 틀림없이 쇠 맛이야. 불 냄새도 나고. 너네들 한번 내 손가락 빨아볼래?"

그러니까 그 상처가 화상에 의한 것처럼 착각하게 된 것은, 아마도 아이들 앞에서 그런 식으로 거짓말하고 난 뒤부터 생긴 게 아닌가 싶다. 거짓말도 아주 그럴듯하게 해서 듣는 사람들을 감동시키고 나면, 자신이 한 말을 실제 있었던 일처럼 스스로 착각할 수도 있지 않을까? 내가 좀 못난 글쟁이여서 그런지는 몰라도, 내 소설들 중에 독자의 반응이 좋은 것일수록, 지어낸 이야기가 아니라 실제로 내가 체험했던 일처럼 착각되기도 하는 것이다.

그게 동물적 본능인지는 몰라도, 그 시절 나는 상처를 핥는 버릇이 있었다. 워낙 돌이 많은 고장이라, 나 같은 아이들은 천방지축 뛰어놀다가 길바닥의 돌부리에 채어 넘어지기 일쑤였다. 그래서 내 무르팍은 성한 날이 드물 지경이었다. 무르팍이 깨져 피가 나오면 혓바닥으로 핥고 나서 고운 흙가루를 뿌려 지혈시키곤 했는데, 그것만으로도 상처들은 대개 덧나지 않고 쉬이 아물었다. 이따금 불두덩 옆 허벅지에 가래톳이 솟아 걷기에 불편하기도 했지만, 그래도 별 탈은 없었다.

쫓고 쫓기면서 아이들과 신나게 내달리다가 돌부리에 걸려 앞으로 고꾸라지는 그 급격한 단절의 순간, 불똥이 탁 튀면서 정신이 아뜩해지고 숨이 꽉 막히는 그 격렬한 고통이라니! 그러나 내가 울보이긴 했지만, 그 고통 때문에 운 적은 없었던 것 같다. 아픈 것은 둘째 치고 우선 옷이 해지지 않았나 신경이 쓰였다. 돌에 채어 넘어지면 무르팍이나 팔꿈치 같은 데에 옷이 미어져 구멍이 나는 수가 있었는데, 그때마다 나는 어머니한테 매를 맞곤 했다. 옷이라곤 허옇게 바랜 무명천의 검정 학생복 한벌이 전부여서 학교에서나 집에서나 줄창 그것만 입고 지내는 형편이었다. 그래서 자연히 옷이 빨리 헐 수밖에 없는데도, 어머니는 "늬 몸에 날 돋아시냐?" 하고 야단을 치곤 했다. 석유 남포의 유리 호야를 닦다가 깨뜨릴 때도 어머니의 꾸중은 똑같았다.

"늬 손에 날 돋아시냐?"

종기

　몸에 날이 돋았다,라는 이 재미있는 표현에는 내 살성이 그렇게 유별나게 나쁘다는 뜻도 담겨 있었다. 그랬다. 허구한 날, 내 몸에는 건드리기 두려운 날처럼 성난 종기들이 심란하게 솟곤 했다. 타고난 살성이 유난히 궂었던 나는 초등학교 졸업할 때까지 종기 때문에 여간 시달린 게 아닌데 아마 그 때문에도 내 성미가 더 신경질적이 된 것은 아닌지 모르겠다. 아직도 내 몸 여기저기에 수술자국, 부항 뜬 자국, 심지어 수은으로 태운 자국 같은 것들이 볼썽궂게 남아 있는데, 참으로 '땜통'이라는 그 시절의 별명을 그대로 실감하게 해준다. 다른 애들도 종기를 앓았지만, 나처럼 심했을까. 종기가 하나 불거졌다 하면 잇달아 새끼를 서너개 쳤으니, 그 부위의 염증 때문에 전신에 오한이 있어 꼭 열병을 앓는 느낌이었다. 그야말로 진딧물에 시달리는 푸성귀 꼴이었다.

　작은 종기는 저절로 익을 때를 기다려 터뜨리면 됐지만, 종기가 크면 여간 애먹는 게 아니었다. 지끈지끈 쑤셔대며 잔뜩 성이 오른 종기를 나는 혓바닥으로 살살 핥으면서 통증을 달래보기도 했다. 어머니의 말마따나 그렇게 달랬다고 그 궂은 피가 도로 살로 가겠는가. 어머니는 빨리 익으라고 종기에다 집거미를 잡아 으깨어 붙이기도 하고 심지어는 멸치젓을 헝겊에 싸서 붙였다. 그 독한 멸치젓에 피가 삭으면서 일으키는 그 지독한 가려움이라니, 피뿐만 아니라 멀쩡한 살까지 곰삭혀버리는 느낌이 아니던가. 그 지독한 가려움증은 어머니의 매운 손끝에 의해 까무러치게 아픈 고통으로 변했고, 종기가 터지고 나면 기분 좋게 근질거리면서 새살이 돋아나고 나는 그 분홍빛 새살이 예뻐서 혓바닥을 대보곤 했던 것이다.

사람도 식물과 마찬가지로 가녀린 햇것일수록 병충해에 시달리게 마련인데, 그 당시는 뿌리내린 토양마저 척박하여 아이들이 여간 시난고난하지 않았다. 백일해, 마마는 물론이고, 독감에도 자칫 시들기 쉽던 위태로운 유아기가 있었고, 뒤이어 무서운 역병 호열자의 내습과 대살육의 참극이 있지 않았던가. 그 위기를 가까스로 넘긴 내 또래 아이들은 성장과 더불어 병마에 대한 내성이 차츰 커졌지만, 그러나 부스럼병만은 고질이어서 좀처럼 떨어지지 않았다. 어린아이의 부드러운 살은 부스럼의 좋은 서식처가 되어 정도에 차이가 있을지언정 그 병을 앓지 않은 아이가 없다시피 했다. 그렇다면, 부스럼이야말로 우리 유년의 가장 두드러진 특징이 아니겠는가.

살성이 유별났던 나는 중학생이 될 때까지 끊임없이 출몰하는 종기들로 시달림을 받았는데, 그 종기들은 여드름이 돋기 시작한 사춘기 초입에 와서야 비로소 사라졌던 것이다. 어머니는 내 살성이 궂어서 그렇다고 했다. 하지만 이, 벼룩, 모기 같은 물것들한테도 남보다 더 잘 뜯겼던 걸 보면, 내 살성이 궂기는커녕 오히려 남보다 더 보드랍고 피도 진하고 달콤했던 것이 아닐까? 물론 아전인수 격인 해석이다. 어쨌든, 모화산인 한라산이 주위에 새끼 화산들을 수두룩하게 거느리듯이 심란하게 잇달아 새끼 치며 솟아나던 그 종기들, 피 삭을 때의 미칠 듯한 가려움증, 그리고 어머니의 매운 손끝에서 파종될 때의 그 고통과 후련함은 아직도 나에게 생생한 감각으로 남아 있다. 한번은 누이동생의 종아리에 난 종기를 내가 터뜨려준 일이 있었는데, 고름이 터질 때까지는 용케 참아낸 그 애가 고름의 근이 빠져 빠끔하게 뚫린 구멍을 보고는 느닷없이 울음을 터뜨렸던 일도 생각난다. 멀쩡한 제 살에 구멍을 뚫어놓았다고 말이다.

이발 기계 독이 올랐다고 해서 기계충이라고 불렸던 머리의 부스럼은 쌀겨나 신문지를 태워 생긴 기름으로 치료했다.

돼지고기 한점

종기의 원인은 아무래도 어린 우리들이 뿌리내리고 자라던 토양의 척박함에 있었던 것 같다. 무엇보다도 지방질과 단백질이 부족했다. 한근의 돼지고기도 약이 되던 시절이었으니까.

아마 초등학교 3학년 때였으리라. 한번은 어머니가 크게 놀란 나머지 정신을 다친 적이 있었다. 조밭에 김매느라고 한창 바쁠 때였는데, 일찌감치 조반을 차려놓고 밭에 갈 요량으로 인적없는 어둑새벽에 동네 우물로 물 길러 갔다가 그런 봉변을 당했다. 우물전 밑에 물허벅을 벗어놓고, 희끄무레한 어둠속에서 손으로 더듬어 두레박줄을 찾던 어머니의 발끝에 뭔가 멀컹한 것이 밟혔다. 흠칫 놀라 밑을 보니, 거기에 웬 사내가 쓰러져 있었다. 얼결에 뒤로 주춤 물러서다가 물허벅에 걸려 넘어졌는데, 쨍그랑 물허벅 깨지는 소리에 더욱 놀란 어머니는 그야말로 혼비백산 정신없이 집으로 달려왔다. 사람 시체인 줄만 알았단다. 그런데 나중에 알고 보니 술 취한 사람이었다. 날이 밝아 물 긷는 아낙네들의 발걸음이 잦아질 때까지 그 취한은 계속 거기에 네 활개를 펴고 널브러진 채, 씩씩 썩은 술 냄새를 피우며 자더라고 했다. 그 얼마나 더럽고 방자한 꼬라지였을까. 술 빚을 곡식은커녕, 먹을 곡식도 부족한 시국에 그렇게 고주망태로 술을 처먹을 수 있는 사람이 과연 누구이겠는가. 서북청년 패거리, 그 망나니들밖에 없다고, 어머니는 후에도 두고두고 분개하곤 했다.

아무튼 어머니는 그 충격으로 몸져누웠는데, 그 병에 쓰인 약이 바로 돼지고기 한근이었다. 제대로 못 먹어 속이 허한 터에 그렇게 놀랐으니 병이 안될 리 없었다. 속이 허하면 헛것이 잘 보인다고 했다. 그래서 우선 허한 속을 달래주어야 한다며 외할아버지가 돼지고기 한근을 사서 보냈다. 약이니까 자식들 눈치 보지 말고 혼자 먹으라는 엄명이었지만, 어머니는 아귀 같은 자식들을 두고 그 고기를 혼자 먹을 수 없었던 모양이다. 아마 그 돼지고기의 절반은 우리 오누이 입으로 들어갔을 것이다. 꿀 바른 돼지고기 편육, 세상에 그렇게 맛있는 보약이 또 있을까, 혓바닥이 다 녹는 듯한 그 기막힌 맛이라니!

얼마나 궁핍한 시절이었으면, 돼지고기 한근이 약으로 쓰였을까. 특히 허기증이 심한 임산부들일수록 제정신이 아니어서, 고기를 먹고 싶어 안달한 나머지 측간에서 똥 누다 말고 돼지털을 뽑아다 불에 태워 쿵쿵 냄새를 맡기도 했다.

독자들 중에는 사람이 똥 누는 데 웬 돼지냐고 의아해할 이들이 있을 것 같아서 하는 말인데, 그 당시 그 섬 고장에서는 집 울타리의 한 귀퉁이에 돼지울을 만들고 그 한 귀퉁이에 측간을 마련하여 인분으로 돼지를 키우는 풍습이 있었다. 그것을 더럽다고 하지 말자. 돼지 덕분에 측간은 오히려 악취 없이 청결하지 않았던가. 고교졸업 후, 서울생활을 시작할 무렵 내가 제일 싫어했던 것들 중의 하나가 그곳의 변소였다. 좁고 어둡고 악취 진동하는 그 닫힌 공간에 들어가 쪼그려앉자면, 발밑에 컴컴하게 아가리 벌린 똥통이 끔찍했고 거기서 올라오는 악취 또한 어찌나 골 때리는지, 정말 협소공포증이 일어날 지경이었다. 그것과 비교할 때, 그 섬 고장의 측간은 너무도 마음 편한 곳이었다. 말이 측간이지, 그것은 벽도 지붕도 없이 한데에 디딤돌 두장을 걸쳐놓고, 돌 몇덩이로 앞만 가린 것에 불과했다. 밝은 햇빛 속에서 흘러가는 구름을 바라보면서 방분한다는 것은 얼마나 쾌적한 일인가.

그 기분이 잘 이해가 안된다면, 들길 가다가 풀섶 사이에 뒤를 본 경험을 떠올리면 될 것이다. 나는 그걸 들똥이라고 명명할 정도로 유난히 좋아한다. 밝은 햇살 속에 쪼그리고 앉아 향긋한 풀 냄새를 맡으면서 방분할 때의 그 쾌적함이라니! 똥이 예뻐 보이는 것도 그때다. 푸른 풀포기 위에 곱다랗게 만들어진 싱싱한 황톳빛의 또아리, 그 위로 어느새 날아든, 털빛 고운 청파리 두어마리, 그리고 휴지 대신 부드런 풀을 한줌 뜯어서, 아니면 햇볕에 따뜻하게 데워진 동그스름한 돌멩이로 밑을 닦을 때의 쾌감은 여러분들도 잘 알 것이다.

들똥이 그런 것이라면 밤중에 누는 똥은 밤똥이었다. 어린 시절이라 배변이 불규칙해서 종종 밤똥을 눠야 했는데, 그때마다 나는 깜깜한 어둠속의 측간이 무서워 쩔쩔매곤 했다. 측간에는 측귀라는 귀신이 있었다. 그놈이 얼쩡거리지 못하게 연상 침을 퉤퉤 뱉어야 했는데 그때 내 벗이 되어 측귀를 물리쳐주는 것이 바로 측간 안의 돼지였다. 퉤퉤 침 뱉는 소리에 잠 깬 돼지가 어둠속에서 꿀꿀거리며 마중 나오는 소리를 들으면 금방 두려움이 사라지곤 했던 것이다.

어쨌거나 돼지는 측간을 깨끗이 청소해주고, 좋은 거름을 줄 뿐만 아니라 고기 맛도 유별나게 좋아서 아주 소중한 가축이었다. 고기 맛이 좋은 것은 두말할 것 없이 인분으로 키웠기 때문이다. 비계가 적어 쫄깃쫄깃하고 맛이 짙었는데, 그 특이한 감칠맛을 먹어본 사람은 아직도 혀끝에 기억하고 있을 것이다. 물론 배고픈 시절의 입맛이라 더욱 그랬으리라. 돝배설국(돼지내장탕)은 또 얼마나 근사한 별미였나.

장례나 혼인을 치르는 집에서 돼지를 잡으면 고기와 내장을 가마솥에 넣어 삶아 내는데, 그때 남은 국물에 모자반만 넣고 끓인 것이 돝배설국이었다. 몇년 전 교통사고로 뇌를 다쳐 입원한 고향 선배를 문병 갔을 때였는데, 나를 알아보지 못할 정도로 인사불성인 그가 게걸스럽게 입맛을 다시며 계속 돝배설국 타령만 늘어놓는 걸 보고 눈시울을 붉힌 적이 있었다. 평소에는 잊고 지냈던 그 옛날의 맛, 다른 것은 다 제쳐놓고 하필이면 그 기억만이 생생하게 되살아난 것은 무슨 까닭이었을까? 뇌리에 저장된 숱한 체험의 기억들이 고무지우개가 슬쩍 스쳐지나간 듯 흐릿해진 그 위기의 상황에서 불시에 되살아난 옛 기억, 그 생생한 미각, 마치 유일한 구원의 손길인 양 그가 매달리고 있던 그것, 그러니까 돝배설국은 그에게 있어서 생명에 이로운 것의 상징이었던 셈이다. 굶주렸을 때우리는 자신의 생명을 절실하게 의식한다. 궁핍했던 그 시절, 못 먹어 몸이 축날 때면 살이 깎이고 생명이 위협당하고 있다는 느낌이절실하지 않던가. 그러한 때에 한점의 비계, 한사발의 돝배설국은얼마나 생명에 이로운 것이랴. 그 걸쭉한 국이 입을 통해 몸 안에들어올 때의 그 황홀한 맛이라니, 그것이 바로 생명의 환희였다. 오죽했으면 임산부들이 돼지털을 태워 냄새를 맡았겠는가.

아, 그 구수한 냄새! 명절 전날 동네 사람들이 십시일반으로 추렴해서, 돼지 한마리를 그슬릴 때, 털 타는 그 구수한 누린내가 지금도 코끝에 맡아지는 것 같다. 맛뿐만 아니라 냄새도 이렇게 기억에 강렬한 인상을 남기는 것이다. 지난날의 사물·사건들 중에 기억에서 사라진 것이 허다한데, 배곯던 시절의 그 냄새는 내 후각에아주 뚜렷하게 남아 있다. 구체적으로 그 냄새는 돼지고기 한점의맛과 연관되어 있다. 한점의 돼지고기를 나는 얼마나 먹고 싶어했던지! 일년 중 고기라고 생긴 걸 입에 대보기는 명절이나 제사 때뿐이었다.

우리 집 제사는 음력 8월에 몰려 있어서, 나는 일년 중 그달을 제일 좋아했다. 추석 명절에다, 일년 차로 돌아가신 증조부님과 조부님의 제사가 그달에 있었다. 제사 끝난 다음, 흰 쌀밥과 함께 받아먹은 떡반은 너무도 맛있는 별식이었다. 특히 한점의 돼지고기 맛은 잊을 수 없다. 입에 살살 녹는 비계 맛이라니! 더도 덜도 아니고

딱 한점이 내 몫이었다. 돼지고기·구운 생선 각각 한점, 송편 한개, 메밀묵 두점, 사과·귤 각각 한조각…… 이렇게 자손들에게 돌아가는 떡반은 어른 아이 할 것 없이 양이 똑같았다. 집안의 제일 연장자인 할머니 몫도 마찬가지였는데, 그것마저 당신은 묵 한점만 먹는 시늉을 하고 나머지는 모두 손자들에게 나눠줘버리곤 했다. 불심이 깊은 분이라 돼지고기는 아예 입에 대지도 않았다.

그런데 우리 오누이는 아버지 덕분에 특별 대접을 받았다. 섬 밖 외지에 나간 자손에게도 떡반이 똑같이 나와서, 아버지의 몫은 우리 차지였던 것이다. 평소에는 잊고 지내던 아버지의 존재가 실감으로 느껴질 때가 바로 그러한 경우였다.

조상의 제상 앞에서, 아버지를 대신해 큰아버지가 나를 가르쳤다. 한쪽 귀퉁이가 불에 탄 병풍이 세워져 있었고 불타는 고향 집에서 증조부의 위패와 함께 그 병풍을 구해낸 할아버지도 그 제상 위에 신위로서 좌정해 있었다. 제상에 엎드려 절하는 나에게 큰아버지가 근엄하게 훈계하셨다.

"똥고망을 하늘로 쳐들지 말고, 얌전히 내려! 두 발을 얌전히 포개고 그 위로 엉덴이를 살짝 놓아라. 그렇지."

친할머니

할아버지가 돌아가신 후 큰집에 몸을 의탁한 할머니는 전처럼 오일장에 나가 쌀장사를 하고 있었다. 그런데 불심이 어찌나 남달랐던지 고기를 먹지 않는 것은 물론이고, 살생을 꺼려서 방 안에 쥐 가족을 키울 지경이었다. 길을 갈 때면, 혹시 쓸 만한 물건 떨어진 게 없나 하고 늘 길바닥을 살피면서 걷는 것이 당신의 습관이었다고 앞에서 말한 바 있지만, 그렇게 해서 모은 곡식 이삭, 헝겊 조각 같은 것들이 방구석에 쌓이면, 거기가 쥐의 보금자리가 되곤 했던 것이다. 애써 모은 곡식 이삭들이 쥐 양식이 되어도 별로 상관하지 않는 눈치였다. 지금 생각하면, 할머니는 당신 방에 쥐를 치기 위해서 그 양식으로 곡식 이삭을 주워 모았던 것이 아닌가 하는 의심마저 든다.

쥐를 내쫓기는커녕 오히려 당연한 권리를 가진 동숙자로 여기는 것 같았는데, 그래서 어미 쥐는 안심하고 그 방에 새끼까지 쳐서 길렀다. 쥐똥 냄새가 매캐한 그 방에 할머니에게 불려 들어갔다가, 짚북더기와 헝겊 쪼가리들이 뒤엉켜 있는 방구석에서 갓 태어난 분홍빛 새끼 쥐들이 꼬물락거리는 걸 보고 얼마나 질색했던지, 그 징그러운 것들을 쓰레받기에 쓸어담아 밖에다 버리려고 설치는 나를 제지하며 할머니가 하신 말씀은 이러했다.

"그것도 산목숨인데 추운 바깥에서 얼려 죽여서야 되겠느냐. 봄 되면 다 커서 제 발로 걸어나갈 텐데."

그러한 당신의 생활 방식은 자연히 집안 식구들로부터 스스로를 고립시키는 결과를 낳았다. 며느리들은 뒤에서 흉을 보고, 손자들도 쥐똥 냄새 매캐한 그 방에 들어가기를 꺼렸다. 문자에는 까막눈이면서도 장사에 아무 불편이 없을 정도로 셈을 잘했고, 반야심경은 물론 긴 사설의 염불가도 막힘없이 줄줄 암송하던 할머니, 그래서 우리 집안에서 제일 머리 좋다는 평판을 들었는데, 그러니까 쥐 식구와 한방에서 생활한 것도 그러한 비범함의 한 표현이었던가 보다.

돼지 오줌통

아무리 흉년이라고 해도 조상의 제상에 육고기 몇점은 올라가야 했기 때문에 명절이 되면 온 동네에서 돈을 추렴해서 돼지 한마리를 잡았다. 학교 교무실 옆 복도에 진열된 차가운 알코올 유리병 속의 개구리나 토끼 같은 해부 표본들의 창백한 내장들은 보기에 징그러웠지만, 돼지의 더운 김 나는 싱싱한 생체 해부 장면은 아주 즐거운 구경거리였다. 명절 전날, 동네 어디선가 느닷없이 터져나오는 돼지 비명 소리, 꽤액! 꽤액! 그 소리가 들려오면, 온 동네 아이들이 소리치며 그곳으로 모여들곤 했다. 돼지의 비명 소리가 우리의 기쁨이었다니!

올가미에 목 졸린 채, 먹구슬나무에 매달려 버둥거리는 돼지, 그 옆에서 마침 돼지 임자와 칼잡이가 담배를 피워물고 잠시 숨을 돌리고 있는 중이다. 비명 소리가 끊긴 돼지의 목구멍에서 구룩구룩 숨넘어가는 소리가 들린다. 이윽고 버둥거리던 돼지의 뒷다리가 아래로 축 처진다. 구룩거리는 소리도 그치고, 벌어진 아가리에서 밥솥 끓듯이 흰 거품이 부글부글 끓어오른다. 아직 죽지 않았다. 이때 죽은 줄 알고 밧줄을 풀었다간 돼지가 살아서 도망간다. 우리

는 생침을 삼키며, 숨을 헐떡거리며 잠시 더 기다린다. 칼잡이가 숫
돌에 슥슥 칼을 갈기 시작한다. 마침내 돼지의 꽁무니에서 똥자루
가 길게 빠져나온다. 된똥 끝에 딸려나오는 반드러운 배냇똥. 이때
를 기다렸던 아이들이 각다귀떼처럼 달려들어 손으로 돼지털을 뽑
는다. 돼지털은 옷솔이나 구둣솔로 쓰이는 물건이라 엿장수가 잘
받아간다. 돼지털 몇가닥을 손가락에 감고 힘껏 잡아채 뽑는다. 그
러나 펜치를 들고 설치는 녀석한테는 못 당한다. 펜치를 쓰면 잔디
뽑듯 아주 쉽게 돼지털을 뭉떵뭉떵 뽑아낼 수 있다. 듬성듬성 털
뽑힌 자리들이 피 맺혀 빨개졌다.

"야 이놈들아, 비켜라, 비켜!"

돼지 임자와 칼잡이가 아이들을 쫓으면서 밧줄을 풀어 돼지를
보릿짚 깔린 땅바닥에 털썩 내려놓는다. 그러고는 보릿짚에 불 붙
여 돼지 몸통의 털을 그슬리기 시작한다. 털 태우는 고소한 누린내,
그 냄새에 오랫동안 잊었던 돼지고기 맛이 기억나서 우리는 연상
코를 벌름거린다. 돼지고지 한점 맛볼 수 있는 기회는 일년 중 조
상에 제사를 지낼 때뿐이다. 털뿌리가 숭숭 박힌 고깃점, 그 고소한
비계 맛, 내일이면 그 맛을 보게 된다. 돼지 몸통 위로 보릿짚 불이
활활 기세 좋게 타오른다. 귓속, 겨드랑이, 사타구니 같은 데는 따
로 불을 밀어넣어 털을 그슬린다. 그렇게 몸의 털을 말끔히 그슬려
없앤 다음, 노릿노릿하게 구워진 발톱들을 마치 양말을 벗기듯 맨
손으로 쑥쑥 뽑아낸다. 그다음은 칼로 다듬는 작업. 검은 재로 뒤덮
인 돼지 몸통을 면도질하듯이 물을 끼얹으면서 칼로 북북 긁어낸
다. 지저분한 검은 털을 벗은 돼지는 거짓말처럼 하얀 속살을 드러

낸다. 갓 면도질한 구레나룻 자국처럼 푸리끼리한 흰빛이다. 귓구멍, 사타구니, 꼬리까지 잘 다듬어내고는 곧장 분육 작업으로 들어간다.

먼저 앞다리 한쪽을 도려낸 다음 뒷다리를 쳐들어 몸통을 거꾸로 세우자 선지피가 쿨럭쿨럭 쏟아지고, 그걸 돼지 임자가 자배기로 받아낸다. 칼잡이의 손놀림이 더욱 민첩해진다. 잠깐 사이에 나머지 다리 세짝을 거뜬히 해치우고 나서 머리통을 자른 다음, 내장이 터지지 않게 조심해서 뱃살 가운데로 칼집을 낸다. 울컥, 뿌연 김과 함께 밖으로 쏟아져나오는 싱싱한 내장 꾸러미! 칼잡이는 손을 깊숙이 집어넣어 배 속의 내장들을 마저 우벼낸다. 꾸역꾸역 밀려나오는 내장들 속에 간덩이도 오줌통도 함께 딸려나온다. 간은 돼지 잡는 어른들이나 맛볼 수 있는 것이고, 아이들 몫은 언제나 냄새나는 오줌통뿐이다. "간은 더울 때 먹어사 제맛이쥬" 하면서 두 어른이 일하다 말고 생간을 큼직큼직하게 썰어서 한점씩 입에 넣고 달게 씹어 먹는다. 생침을 꿀걱 삼키면서 그걸 부러운 눈으로 바라보는데, 칼잡이가 오줌통을 잘라 우리 앞으로 획 던진다. "옜다, 느네들 이거나 갖고 놀아라."

돼지 오줌통은 우리에게 축구공이었다. 이렇게 오줌통까지 쓸모가 있었으니, 돼지를 잡으면, 죽을 때의 비명과 배냇똥을 제외하면 그야말로 무엇 하나 버릴 게 없는 셈이었다. 돼지 오줌통 차기는 냄새나긴 해도 재미있는 놀이였다. 아니, 그 생생한 비린내, 지린내 때문에 오히려 아기자기한 재미가 있었다. 마치 살아 있는 동물을 발로 차는 것처럼 고무공 차기와는 영 다른 맛이었다.

먼저 오줌통을 발로 슬슬 문질러 오줌을 뺀다. 배 불룩한 그놈은 발로 문지를 때마다 깜짝깜짝 놀란 듯 오줌을 찔금거리고, 그게 우스워 아이들은 연상 깔깔댄다. "오줌 싸라, 똥 싸라, 자식 자식 못 난 자식" 하고 오줌싸개 놀리는 노래를 부르면서. 비린내와 뒤섞인 고약한 지린내가 콧구멍을 쑤셔댄다. 부풀어 있던 오줌통은 아이들의 극성맞은 발길에 못 이겨, 흙고물을 뒤집어쓴 채 마지막 오줌을 빌빌 흘리면서 맥없이 까라지면, 냄새를 뺀답시고 아이들이 너도나도 달려들어 발로 밟고 짓뭉갠다. 그래도 냄새는 좀처럼 가시지 않는다. 그 독한 냄새를 참으면서 한 아이가, 웬깅이가 아니면 닭똥고망이 오줌구멍에 보릿대를 꽂고 입으로 바람을 불어넣는다. 그 더러운 것에 코를 대고 불다니, 하여튼 녀석은 보통 독종이 아니다. 볼품없이 찌그러졌던 오줌통이 다시 탱탱하게 부풀어오르자 녀석은 오줌구멍 있는 데를 실로 단단하게 묶어서, 불어넣은 공기와 함께 지린내를 그 안에 가둬버린다. 지린내는 조금 수그러들었지만, 비린내는 여전히 시퍼렇게 살아 있다. 아이들이 앞다퉈 달려들어 그걸 짓밟고 걷어차다, 돼지 오줌통이 튀어올라 손이나 얼굴에 닿으면 질색해서 비명을 지른다. 발밑에서 시퍼렇게 지린내, 비린내를 풍기며 뭉클거리는 것이 꼭 살아 있는 동물 같다. 어찌나 질기고 탄력성이 좋은지, 아무리 밟아도 터지지 않는다. 발로 꽉 밟으면, 차바퀴에 깔린 쥐새끼처럼 납작해졌다가도 발만 떼면 한바퀴 풀쩍 재주를 넘어 원래 모양으로 돌아가곤 한다. 이리 튀고 저리 튀며 달아나는 돼지 오줌통, 그것을 쫓아가 짓밟고 걷어차는 아이들. "오줌 싸라, 똥 싸라, 자식 자식 못난 자식."

누렁코

　그 시절의 유년에 또하나 특징이 될 만한 것은 코흘리개들이 많았다는 점이다. 나는 네살 때 침을 많이 흘린 대신, 코는 별로 흘리지 않아서 그 때문에 흠잡히지는 않았다.

　감기 걸렸을 때 흐르는 말간 콧물만을 알고 있는 요즘 아이들은 끈끈한 점액질의 콧물을 코 밑에 달고 다니던 전 시대의 아이들 모습을 상상하기 어려울 것이다. 콧물 묽기에 따라서 희멀겋기도 하고 시퍼렇기도 하고 싯누렇기도 했는데, 그중에 압권은 역시 누렁코였다. 그것은 콧물이라기보다는 숫제 고름이어서 그런 아이는 또래에 따돌림받기 일쑤였다.

　누렁코라면 먼저 생각나는 것이 한 반에서 같이 지내던 방우라는 아이다. 공부를 잘한 덕분에 간신히 따돌림받는 천덕꾸러기는 면했지만, 아무튼 지독한 코흘리개였다. 지렁이처럼 양쪽 콧구멍을 연신 들락날락하던 두가닥의 누런 콧물, 엄지와 검지의 손부리로 양쪽 콧구멍을 번갈아 누르면서 팽, 팽, 코를 풀고는 검지로 코 밑을 슬쩍 훔치는 그 능숙하고 민첩한 동작이 지금도 눈에 보이는 듯해서 웃음이 나온다. 녀석은 검지 대신 옷소매로 코 밑을 훔치기도 했는데, 그래서 녀석의 오른쪽 검지와 옷소매는 늘 콧물이 잔뜩 말라붙어 번들번들 광택이 났다.

　녀석이 코 흘리는 모양은 더럽고 징그러우면서도 여간 신기한 게 아니었다. 양쪽 콧구멍에서 누렁코가 동시에 기어나와 아래로 흘러내리는 걸 보면 저 더러운 것이 입안으로 들어가면 어쩌나 조마조마해지는데, 그러나 녀석은 놀이에 정신 팔려 있는 중에도 무심중에 거의 자동적으로 제동을 걸 줄 알았다. 누렁코 두가닥이 지렁이처럼 스멀스멀 기어나와 마침내 윗입술 가에 가닿는 그 아슬아슬한 순간에 이르면 지체없이 후루룩 소리와 함께 급히 콧구멍 속으로 도로 빨려들어가곤 했던 것이다. 후루룩, 그야말로 우동 가락이 빨려들어가는 형국이 아니고 무엇이랴. 후루룩, 소리뿐만 아니라 콧속의 사정에 따라서는 문풍지 소리처럼 푸르륵, 하기도 했는데, 그럴 경우에는 그다음 내쉬는 숨에 의해 코끝에 끈끈한 막이 비눗방울처럼 벙그렇게 부풀었다가 퍽, 하고 터지기도 했다. 푸르륵 퍽, 푸르륵 퍽, 그게 얼마나 징그럽고 희한한 소리이던가.

그 지독한 코흘리개 방우가 지금은 부산에 살면서 퍽 세련된 외모를 갖춘 어느 대기업의 이사로 출세해 있다. 말씨도 표정도 은근하고 점잖은데, 무엇보다도 미소를 지을 때 검지가 코 밑을 슬쩍 스치는 우아한 제스처가 일품이다. 그러나 그 제스처가 실은 손으로 콧물을 훔치던 어릴 적의 버릇이 남아 그렇게 된 것인 줄을 그 회사 사람들은 아무도 모를 것이다.

그 모든 것이 제대로 못 먹은 탓이었다. 자주 생기던 눈의 다래끼, 손등의 사마귀도 그 때문이었을 것이다. 눈에 다래끼가 생기면 보리알이나 찔레 가시로 고름을 따고, 손등의 사마귀는 거미줄로 여러겹 칭칭 동여 질식시켜 죽였다. 그래도 사마귀가 죽지 않으면 진짜 사마귀를 잡아다가 그것을 물어뜯게 하기도 했다.

전깃불

물론 내 주위의 아이들이 모두 그렇게 가난했다는 말은 아니다. 궂은 장마에도 햇빛 드는 곳이 있듯이, 그 궁핍한 시절에도 읍내 토박이들 중에는 크게 어려운 줄 모르고 지내는 집들이 꽤 있었다. 쓰고 다니는 모자 하나만 봐도 그 아이네 집 형편이 어떤지 금방 알 수 있었는데, 나처럼 가난한 집 아이의 모자는 대개 허옇게 탈색되고 찌그러진 것들이었다. 여러해 쓰고 다닌 고참 학생의 모자처럼 말이다.

나로 말하자면, 초등학교 신입생 때 벌써 허옇게 물 바랜 고참 모자를 쓰고 다닌 셈이었다. 단 한번의 소나기를 맞은 것으로 모자가 그 꼴이 되어버렸다. 비에 젖은 모자에서 줄줄 흘러내려 내 얼굴과 흰 하복 상의를 더럽히던 그 꺼멍 물, 어린것이 그 꼴을 하고 학교에서 돌아왔으니, 어머니가 오죽이나 속상했을 것인가. 젖은 모자는 숫제 먹물 먹은 걸레나 다름없었다. 꺼멍 물이 줄줄 흐르는 모자를 몇번이고 물에 헹구면서 쥐어짜던 어머니의 화난 얼굴이 지금도 잊히지 않는다.

그렇다고 내가 가난 때문에 주눅 들었던 것은 아니다. 나만 가난한 게 아니라, 우리 반 아이들 반수 정도가 비슷한 처지였으니까. 그래서 나는 가난이 무엇인지 잘 몰랐다. 잘사는 집 아이들을 보면 그저 나와 상관없는 별종이거니 했다. 그리 잘살지는 못해도 전깃불을 사용하는 집들이 많았는데, 그러나 등잔불에서 남폿불로 진일보한 정도인 우리 집 처지로서는 그것도 엄청난 수준 차였다.

어느 아이의 집에는 축음기도 있었는데, 놀러 갔다가, 돌아가는 판 위에 얹힌 곰배팔처럼 생긴 물건에서 흘러나오는 노랫소리를 듣고 놀란 적도 있었다.

어쨌든 나는 놀라워서 얼빠지긴 했어도 그들이 부럽다는 생각은 들지 않았다. 조금만 손 뻗으면 얻을 수 있는 물건이라야 샘도 나고 부럽기도 할 것이 아닌가. 내 손이 닿을 수 있는 것은 오직 쓰다 버린 음반 조각이나 필라멘트 끊어져 못 쓰게 된 전구알뿐이었다. 깨진 음반 조각은 녹여서 구슬을 만들었고, 못 쓰는 전구알을 얻어오면 어머니는 그것을 뒤축 터진 양말을 기울 때 받침으로 사용했다.

전등 불빛이 환하고, 분갑같이 고운 도배지를 두른 방, 벽에는 사진들이 들어 있는 액자가 걸리고, 그리고 거기에서 들려오는 식구들의 밝은 웃음소리, 나로서는 그것이 부럽다기보다는 낯설고 이해가 잘 안되는 별세계였다. 그러한 집들에는 대개 아버지가 식구들과 함께 있었다. 방 한가운데 걸린 전등불처럼 밝고 따뜻한 아버지 말이다. 그러니까 아버지가 부재한 우리 단칸 셋방에는 아버지 대신 가난이 틀어박혀 우리 세 식구를 지배하고 있었던 셈이다. 그러나 비록 가난은 했지만, 아버지가 없었기 때문에 오히려 잘사는 집 아이들보다 더 많은 자유를 누렸던 게 아닐까?

게우리

아무튼 어린 시절, 나는 늘 배고픈 아이였다. 하루 세끼를 다 찾아 먹어도 허기를 느낄 때가 많았다. 한창 뛰어놀 나이인지라 먹은 밥이 쉬 삭아서 그렇기도 했지만, 아마도 배 속의 거지 때문에 더 배고팠을 것이다. 정말 배 속에 거지 하나가 들어앉은 기분이었다. 먹는 것이 변변치 못한 터에, 그나마도 배 속의 식충이 축내고 있었던 것이다. 숟갈질은 내가 하는데, 그 음식을 나만 먹는 게 아니라 배 속의 회충도 같이 먹었다는 말이다.

나도 그 나이에 그랬는지 모르지만, 두세살짜리 아기들이 길바닥을 기어다니며 흙을 집어 먹는 일이 흔히 있었는데, 지금 생각하면 그것이 생리적 요구에 의한 토식(土食)임에 틀림없다. 몸에 철분이 모자라서 흙을 먹었을까? 대장간 아이 웬깅이가 갖고 있는 자석으로 길바닥의 아무 흙이나 훑어도 먼지 같은 쇳가루가 잔뜩 달라붙곤 했는데…… 아니면, 배 속의 지렁이가 흙을 달라고 성화부려서 그랬을까? 회충을 방언으로 게우리(지렁이)라고 했는데, 지렁이가 흙을 좋아해서 그런지는 몰라도 배 속에 회가 성한 아이는 흙을 집어 먹기도 했던 것이다.

한번은 내가 측간에서 똥을 누는데, 게우리 하나가 거기에 섞여 나왔다. 쑥 빠져나온 게 아니라, 끄트머리가 걸려 항문 끝에 대롱대롱 매달렸다. 얼마나 놀랐던지, 전신에 소름이 쫙 끼치고 식은땀이 솟았다. 끄응 끄응, 아무리 용을 써봐도 똥이 다 나온 뒤라 오므라든 미주알은 도시 열리지 않았다. 난감하기 짝이 없었다. 어머니를 부를 수도 없는 노릇, 정말 그 누구도 알아서는 안될 창피한 비밀 아닌가. 측간 밑에는 내 똥을 다 받아먹은 돼지가 대롱거리는 게우리를 향해 연상 뛰어올랐는데, 그놈이 처리해주기를 바랐다간 자칫 빗나가 불알을 물어뜯길 판, 어찌하겠는가, 손으로 잡아뻴 수밖에. 두려움에 으르르 진저리 치면서 나는 지푸라기를 말아쥔 손으로 그 징그러운 회충을 잡아뺐던 것이다.

횟배를 앓으면 어머니는 내 코를 쥐고 석유를 두어숟가락 먹였는데, 그것이 배 속에 들어가면 금세 배 속이 홧홧 뜨거워져, 석유가 바로 불이라는 것이 실감되곤 했다. 그런데 내가 삼킨 지독한 불은 풋고추였다. 사정인즉 대개 이러하다.

여름철 점심은 대개 식은 보리밥 한덩이를 물 말아 먹는 게 상례였다. 찬이라고 해야 소금투성이 시커먼 된장에 풋고추나 오이 꽁댕이 하나가 고작이었다. 흉년에는 콩이 귀해서 간장, 된장이 짜기 마련이었는데 소금알이 서걱서걱 씹히는 그 된장은 짜다 못해 쓴맛이었고 가뭄에 말라비틀어진 오이 꽁댕이 또한 쓰디썼다. 풋고추도 가뭄에 잔뜩 약 올라 몹시 매웠다. 그래서, 짜다고 쓰다고 맵다고 반찬 투정을 하면 어머니는 그런 것도 먹을 줄 알아야 한다고, 어른들이 횟배를 잘 앓지 않는 것도 짠 것, 쓴 것, 매운 것을 잘 먹어서 그렇다고 했다.

아무튼지 나는 지독하게 매운 고추에 걸려들어 기절초풍한 적이 여러번이었다. 고추야말로 미치게 뜨거운 불이었다. 입술, 입안, 배 속이 그야말로 불에 붙은 듯이 말 못하게 뜨겁고 맵고 아려서 낑낑 신음 소리가 절로 나왔다. 눈물, 콧물이 사태 난 듯 흘러 뒤범벅되고 헤벌린 입에선 끈끈한 침이 질질 흘러내리고, 불 만난 배 속은 게우리들이 요동치면서 죽 끓듯이 우글부글하다가 결국 설사를 일으켜 측간으로 달려가 설사를 쏟고 나면 불은 거기까지 옮아와 항문 끝이 홧홧 뜨겁게 맵고 아렸다.

먹는 반찬이 늘 그 모양이고 보니, 어쩌다 간고등어 한토막이라도 올라오는 날에는 혓바닥이 염치 불고하고 환장하게 마련이었다. 나도 모르게 자꾸 젓가락이 거기로만 갔는데, 그러면 동생 영녀가 자기 몫 다 없어진다고 울상을 짓고 어머니의 꾸중이 뒤따르곤 했다.

"엄니, 오빠 봐! 밥은 안 먹고 반찬만 먹엄서!"

"아니, 깅아, 너 그 짜디짠 것 처먹고 창자 속에 젓 담그젠 햄시냐?"

하고 퉁을 먹으면 내 대꾸가 이러했다.

"무사 젓 담그면 안되여? 창자 속에 젓 담가 게우리를 죽여사쥬, 뭐."

산토닌은 학교에서 무상으로 준 회충약의 이름이었다. 한끼 굶은 속에 그걸 먹고, 약의 독성 때문에 종일 눈앞이 노랗게 보이고 어질증이 가시지 않던 일, 이튿날 측간에서 꾸러미째 빠져나온 게우리들을 보고 질겁했던 일들이 잊히지 않는다. 그런데 측간까지 따라와 그걸 본 어머니가 뭐라고 말했던가.

"하이고, 저렇게 많이! 몽창 죽어부렀네. 왕게우리는 죽이지 말아야 하는데……"

왕게우리, 그러니까 엄지게우리 한마리는 배 속에 살려두어야 좋다는 것이었다. 함박이굴 고향 집의 곳간을 차지하여 양식을 지켜주던 업구렁이와 마찬가지로 왕게우리도 우리 세 식구의 배 속에 들어앉아 밥 들어오는 걸 도와준다고 했다. 글쎄, 조상 적부터 내려오는 이 말씀을 공자로 풀어야 할지, 맹자로 풀어야 할지 모르겠다. 하기는 회충이 한두마리 있어야 식욕이 왕성해지기는 한데…… 아니, 그보다는 더 중요한 뜻이 있었을 것이다. 비록 밥을 축내는 식충이긴 하지만 몽땅 박멸하지 말고 씨는 보존해주어야 한다는 것, 인간의 몸속 아니면 달리 거처가 없는 생명이니까, 어찌할 수 없는 우리 몸의 일부로 여겨야 한다는 뜻이 아니었을까?

허기

그렇다. 그 시절의 굶주림은 업구렁이가 그 4·3사건의 재앙불에 타 죽은 때문이었다. 가난한 농부들의 양식을 지켜주던 그 숱한 업신들이 불에 타 죽었는데, 어찌 풍년이 들겠는가. 그리고 평생 먹을 양식 반도 못 먹고 사태 때에 눈을 감은 그 숱한 요절의 영령들이 있는데, 산 자로서 어찌 배불리 먹을 수 있겠는가.

그래서 흉년의 연속이었던가? 수만 떼죽음의 달랠 길 없는 한이 곡식밭을 마르게 했던 것은 아닐까? 그렇지 않고서야, 한두해도 아니고 육년간이나 계속된 그 모진 흉년의 세월을 어떻게 설명할 것인가. 그 세월은 내가 초등학교 다니던 전기간에 해당되는데, 참으로 흉년이 아닌 해가 없었다. 해마다 여름에 보리 흉작 아니면 가을에 조 흉작이었는데, 5학년 나던 해에는 보리도 조도 망쳐 이듬해 봄 석달은 사태 때 먹던 보릿겨로 연명해야 했다. 그래서 나는 초등학교 시절 내내 결식아동이어서, 일년 중 한달 점심 굶기는 보통 있는 일이었다.

항아리 속의 곡식이 바닥 가까이 줄어들면 어머니는 하나둘 헤아리며 되질해보곤 했다. 항아리에서 퍼냈다가 도로 담아넣으면서 두번씩이나 되질해보는, 그 힘없고 슬픈 손놀림…… 그러고는 꺼질 듯한 한숨 소리와 함께 이렇게 선언하는 것이었다.

"이제부턴 아무래도 하루 한끼는 굶어사 허키여."

한창 자라나는 어린 나에게 한달 넘게 계속되는 결식은 참기 어려운 괴로움이었다. 처음에 어머니는 아침밥을 반쯤 남겼다가 점심에 먹는 게 어떠냐고 권했지만, 오히려 허기만 더 자극할 뿐이어서 아예 점심을 굶어버렸다. 한사발의 밥이 제대로 배 속에 들어가야 한때나마 그 무서운 허기를 끌 수 있었던 것이다. 무서운 허기, 정말 그랬다. 허기는 본능적인 공포, 살이 조금씩 깎여들어간다는 두려움을 예리하게 일깨워주곤 했다.

굶주림의 그 생생한 감각은 나의 성장하는 정신에 지워지지 않은 상처를 남겨, 지금도 나는 공복 상태가 두려워 어쩌다 한끼라도 때를 놓치면 사뭇 안절부절못하는 버릇이 있다.

흉년의 굶주린 입은 무서운 것이어서 갯가의 게, 고둥마저 씨를 말렸다. 갯돌이란 갯돌은 다 일구어지고 뒤집어져 황량한 빛의 전혀 낯선 풍경으로 변해 있었다. 그래도 나는 썰물 때만 되면 먹을 것을 찾아 갯가로 가곤 했다. 잘 안 잡히는 게, 고둥을 찾아 갯돌 밑을 뒤지곤 했는데, 고둥인가 하고 잡고 보면 빈 껍데기이거나, 빈 고둥 껍데기 속에 들어가 사는 집게일 때가 많았다. 나는 아무리 배가 고파도 집게는 잡아먹지 않았다. 꽁무니가 애벌레처럼 생겨서 징그럽기도 했지만, 그놈한테 붙은 '남의집살이'란 별명이 영 마음에 걸렸다. 나 자신이 단칸 셋방에 사는 '남의집살이'였다. 그런데 집게는 집세도 내지 않고 주인인 고둥이 똥 누러 간 사이에 슬쩍 들어가 집을 차지해버린 아주 고약한 놈이었다.

여름 한낮, 바닷물이 찰랑찰랑 와닿는 물가에서 혼자 외롭게 게, 고둥을 잡고 있던 그 아이, 벌거숭이 그 작은 몸을 생각하니 한숨이 나온다. 배 속이 비어 투명한 알몸에 바닷물 빛이 스며들어 비애의 푸른빛을 띠고 있는 것처럼 보이기 때문이다. 굶주린 어린 혼……

배고픈 나는 게를 잡으면, 그 당장 산 채로 입에 넣어 아삭아삭 씹어 먹었다. 깅이는 게의 사투리이자 내 별명이니까, 말하자면 깅이가 깅이를 잡아먹은 셈이다. 고둥이나 바위에 붙은 군부, 뱀고둥은 돌로 쪼아 바닷물에 헹궈서 먹었다. 게, 고둥은 밥이 아니어서 배 속을 흐뭇하게 해주지는 못했지만, 그나마라도 없었다면 그 모진 흉년을 어찌 견뎠을 것인가.

바닷가 깅이

바다는 몸에 난 종기들도 치료해주었다. 물속에 들고 나며 게, 고둥을 잡고 헤엄치며 놀고 있노라면, 바다와 태양이 서로 번갈아가며 소금과 자외선으로 아이들의 알몸을 정화시켜주었다. 우리는 일삼아서 서로의 종기를 짜주기도 했는데, 고름이 빠져 빠꼼하게 뚫린 구멍은 헤엄치며 놀다보면 바닷물에 절여져 쪼글쪼글하게 아물어들곤 했다.

바다에서는 머리 정수리에 눌어붙은 쇠똥도 쉽게 벗겨졌다. 어린아이들이라 세수를 싫어해서 콧등에 물 찍어바르는 식의 고양이 세수가 고작이었는데, 그래서 머리에 검은 때가 눌어붙기 잘했다. 일단 때가 한꺼풀 앉으면 쉽게 떨어지지 않아, 겨울이면 그 쇠똥 밑에 머릿니가 서식하여 머리를 헐게 하기도 했다. 어머니가 내 머리를 감길 때면, 머리통을 세숫대야에 처박고서, 마치 솥창의 누룽지를 몽당 숟갈로 긁어대듯이 양손의 손톱을 세워 인정사정 두지 않고 박박 긁어대곤 했는데, 아, 그때의 아픔이라니! 그런데 바닷가에서는 그 쇠똥이 쉽게 벗겨져서 좋았다. 쇠똥은 바닷물에 절었다가 햇볕에 구워지기를 반복하다 어느새 말끔히 벗겨져나가곤 했다. 한번은 쨍쨍 내리쬐는 햇볕이 따가워 손으로 머리를 만졌는데, 뭔가 께름칙한 것이 손끝에 밀리면서 아래로 툭 떨어졌다. 손바닥 크기의 검정 꺼풀, 꼭 머리 가죽처럼 보였다. 머리 가죽이 홀랑 벗겨져버린 줄 알고 얼마나 놀랐던가.

물속에서 나오면 젖은 몸이 강렬한 햇볕에 금세 말라 허옇게 소금기가 서걱거렸다. 그런데도 햇볕은 따갑게 느껴지지 않았다. 시원한 해풍이 열기를 알맞게 식혀주었기 때문인데, 그래서 살갗은 화상을 입어 벗어지는 법 없이 서서히 검게 그을었다. 바다의 물빛이 스며들 정도로 투명해 보이던 처음의 알몸이 검게 그을고 있는 동안 살갗 밑에서 구체적으로 무슨 일이 일어나고 있었나. 서늘한 미풍에 알맞게 배합된 햇빛과 소금의 작용, 일종의 광합성이 이루어지고 있지 않았을까? 어린 잔뼈를 굵히는 칼슘 합성 따위의 물질적인 것을 말하는 것이 아니다. 햇빛, 소금, 미풍은 물론 하늘과 바다의 드넓은 푸르름이 함께 혼용되어 있는 것, 그러한 광합성이 분명 내 몸 안에서 발생하고 있었을 게다. 그 광합성은 나에게 어떤 정신적 양식을 만들어주었을까?

아, 보인다. 원색의 그 푸른 공간. 그 밑바닥에 꼬물꼬물 움직이는 그 아이가. 그 아이가 있는 물가에서 시작해서 드넓게 퍼져나간 바다, 바다와 하늘이 서로 푸른빛을 다투며 멀리 수평선까지 퍼져나가 만나고 있는 그 광활한 공간, 그리고 작열하는 태양, 거기에 어린 내가 한점 살아 있는 미물로서 물가를 뿔뿔 기어다니고 있다. 뿔뿔 기어다니는 한마리의 게나 다름없는 야생의 작은 생명, 눈의 흰자위만 하얗고 고름 짜낸 종기 그루터기만 분홍빛이던 그 깜둥이 아이……

그 아이는 지금 큰 갯바위를 돌며 게 사냥에 한창 정신이 팔려 있는 중이다. 이파리를 훑어낸 듬북(해초의 일종) 줄기 끝에 미끼로 고둥 알맹이를 달고서 게들이 숨어 있는 바위틈을 노린다. 바닷물이 울컥거리며 연상 드나들고 있는 그 바위틈에서 게 두마리가 미끼를 따라 슬슬 밖으로 기어나온다. 바싹 긴장한다. 그중 한 놈이 미끼를 덥석 무는 순간 얼른 낚아채 손바닥으로 덮친다. 자르르 윤기가 도는 미역빛의 참게다. 입안에 넣기도 전에 벌써 군침이 돈다. 손에 잡힌 게는 잔뜩 성이 나서 양 집게발을 사납게 딱 벌리고 두 눈을 뾰족 곤두세운다. 입에서 부글부글 흰 거품이 끓어오른다. 그러나 강자인 아이에게 부글거리는 게거품은 위협적이기는커녕 밥 끓는 거품 같아 재미있기만 하다. 밥하라, 국 하라, 아이는 혼자 홍이 나서 노래를 부른다. 게거품은 더욱 많이 부글부글 끓어올라 비누거품처럼 햇빛에 오색으로 빛난다. 이제 그만큼 거품 끓었으면 밥이 다 됐을 테지, 국도 다 됐을 테지, 이제는 먹을 차례다.

아이는 펄펄 살아 버둥거리는 게를 먹기 시작한다. 먼저 사납게 생긴 집게발부터 입안에 넣는다. 입술이 물리지 않게 한껏 이빨을 드러낸 상태에서 어금니로 집게발을 아드득 씹는다. 그렇게 양쪽 집게발을 차례로 씹어 먹은 다음, 나머지는 통째로 입안에 집어넣는다. 버둥거리는 게의 잔발들에 입안이 할퀴지 않게 순식간에 어금니로 깨물어 죽이는데, 그때 툭 터져나오는 체액의 고소한 맛이라니!

아이는 게 사냥에 너무 열중한 나머지 밀물이 시작된 지 이미 오래인 줄도 모른다. 게들이 점점 많이 보이기 때문이다. 그것들이 밀물이 한창일 때 나타나는 물맞이게들인 줄을 아직 모르고 있는 것이다. 병문내의 얕은 물을 갓 졸업하고 올해야 바닷물에 입문한 3학년짜리 분수 모르는 아이니까. 그렇게 게 사냥에 온통 정신을 빼앗기고 있는 사이에 바닷물은 조금씩 조금씩 수위를 높이며 바윗면을 기어오른다. 건너편 부두에서 출항하는 화물선이 부웅부웅 뱃고동을 울리지만, 그것도 아이의 귀에 들리지 않는다. 그날따라 혼자여서 "물 들어온다, 나가자!" 하고 소리쳐주는 아이도 없다. 이윽고 바닷물은 바윗면 중간쯤까지 부풀어올라 거기에 붙은 배말조개들이 물을 맞으려고 뚜껑을 빠끔빠끔 열기 시작한다.

그쯤에서 다행히 나는 제정신이 돌아왔다. 아마도 해가 구름 속에 들어 주위가 갑자기 흐릿해졌기 때문이었을 것이다. 잠에서 깬

듯 화들짝 놀라 일어났는데, 아닌 게 아니라 밀물은 어느새 나를 앞지르고 저만치 밀려가 비었던 갯바닥을 반 넘게 하얗게 덮고 있었다. 바닷물이 나를 포위해버린 것이다. 무서웠다. 지금도 선명히 떠오르는 그 은백색의 물빛, 아마 해가 구름에 가려져서 그런 빛이었으리라. 흐릿한 은백색의 바다는 미풍에 물너울이 부드럽게 일렁거렸는데, 마치 한없이 넓은 흰 광목천을 펼쳐놓은 듯했다. 물이 더 들기 전에 어서 도망가야지, 두려움에 오그라붙은 다리를 간신히 펴고 물에 첨벙 뛰어들었다. 그러고는 얼굴을 물에 묻은 채 죽어라고 팔다리를 놀렸다. 물귀신이 당장 뒤쫓아와 발목을 낚아챌 것만 같은 두려움에 제정신이 아니었다.

그러나 정작 문제가 생긴 것은 그다음이었다. 물에서 나와보니까 벗어놓은 옷이 보이지 않았다. 작년처럼 어머니가 가져가버렸나, 짓궂은 웬킹이가 몰래 나타나 장난쳤나? 물가를 이리 뛰고 저리 뛰며 찾아보았으나 옷은 온데간데없었다. 그사이에 바닷물이 들어 쓸어가버린 것이 분명했다. 허리 깊이의 물속까지 들어가 두리번거려보았으나 옷은 종내 보이지 않았다. 불현듯 눈물이 주르륵 흘러내렸다. 점점 부풀어오르는 은백색의 바다 표면, 그 물속 어딘가에 너울거리며 흘러가고 있을 나의 검정 반바지와 흰 러닝셔츠, 밀물에 점점 가라앉고 있는, 내가 섰던 갯바위…… 바다가 내 목숨 대신 내 옷을 가져간 것이었다.

그날 얼핏 불길한 그림자로 스쳐간 죽음은 이듬해 여름, 바로 그 장소에서 내 동무 장수를 삼켜버리고 말았다. 바람 부는 날 나와 함께 높은 파도를 타던 그 아이는 그만 파도에 쓸려간 채 영영 돌아오지 않았던 것이다. 그래서 열살 때의 옷을 잃어버린 그 체험은 잠재의식 속에 늘 살아 있어서, 훗날 어른이 된 뒤에도 가끔씩 꿈자리에 나타나곤 했다. 무제한으로 하얗게 펼쳐진 무명천, 그 한가운데에 혼자 발 묶인 채 안달하는 벌거숭이 아이 말이다.

내가 바닷가에서 옷을 잃어버린 그해 여름, 본토에서 6·25전쟁이 발발했다. 본토에서 격절된 섬 땅이라, 처음에 전쟁 소식은 섬사람들에게 풍편인 듯 막연하게만 느껴졌던 모양이다. 물 건너 먼 곳, 남의 일이거니 했단다. 그런데 어느날 갑자기 비상계엄령과 함께 수천의 귀순자를 상대로 일제 검속령이 떨어졌다. 사태 이후 간신히 유지되던 소강상태의 안정이 깨지면서 살기 띤 무서운 분위기가 되살아났다. 타고 남은 땅, 죽다 남은 생존자들, 그들에게 또 한번의 가혹한 시련이 닥쳐온 것이었다.

본토의 사정이 급박해져 전쟁 피란민들이 몰려들더니, 이미 태반이 죽어버리고 남아 있는 섬 청년들에게 출정 명령이 떨어졌다. 맨 먼저 4년제, 5년제 중학생들로 구성된 삼천 학도병이 해병대로 출정했고 육군 징병이 그 뒤를 따랐다. 예비검속에 걸려 한달간 감금당했던 귀순자들이 수백명 처형되고 나머지는 대부분 전쟁터에 투입되었다.(아, 나는 이 순간 이 글을 쓰고 있는 나 자신이 미워진다. 그때 학살당한 귀순자 수백의 억울한 죽음을 이렇게 짧게만 언급하고 넘어가려는 나 자신이 밉다. 그러나 어찌하랴, 이 글의 성격은 야속하게도 나로 하여금 샛길로 너무 깊이 들어가지 못하도록 막고 있는 것이다.)

고구마 저장 창고

예비검속에 걸린 자들은 경찰서 유치장이나 고구마 저장 창고 같은 좁고 밀폐된 장소에 무더기로 감금되었는데, 거기에서 보낸 한달이 참으로 생지옥이었다고 한다. 고구마 창고에 고구마 대신 사람들이 저장되었다. 당장 죽이지 않고 우선 한달 동안 저장시켰다. 함부로 담아넣은 고구마더미처럼 사람들로 가득 찬 창고 안은 눕기는커녕 발 뻗을 틈도 없어 무릎을 세운 채 앉아서 지내야 했다. 잠도 그렇게 앉은 채 서로 등을 기대고 말뚝잠을 자야 했다. 게다가 더위마저 막심해서 바람 한점 안 들어오는 그 밀폐된 공간은 숫제 고구마 찜통이었다. 땀 냄새가 골을 때리고 조금만 맨살이 닿아도 불에 덴 듯 뜨거워 자연히 입에서 욕설이 튀어나오곤 했다.

그렇게 거진 한달 동안 극심한 더위에 시달리며 말뚝처럼 한자리에 붙박여 앉은 채 속수무책으로 생사 간에 처분만 기다리자니, 정말 미쳐버릴 것만 같더라고 했다. 나중에는 자포자기로 정신마저 혼미해져 죽는 게 무엇인지, 사는 게 무엇인지, 과연 사는 게 나은 것인지, 죽는 게 나은 것인지 판단이 서질 않더라고 했다.

저장 고구마가 품질에 따라 용도가 결정되듯이 수천의 귀순자들도 비슷한 절차를 밟아 처분되었다. 먼저 집단 처형으로서 수백명이 용도폐기되었다. 질이 나빠 새나라 건설에 아무 쓸모가 없다는 이유였다. 사체들이 땅속에 암매장되거나 바다 가운데 수장되어버렸기 때문에 그 정확한 숫자는 아직껏 알려지지 않고 있다. 집단처형되고 남은 귀순자들은 노약자를 제외하고 대부분 전쟁의 소모품

용도로 결정이 났다.

중학생들이 해병대로 출정한 직후로 생각되는데, 어느날 나는 오현중학교 앞을 지나가다가 이상야릇한 훈련 장면을 목격했다. 그 장면이 지금도 잊히지 않는 것은 훈련받는 청년들의 그 끔찍한 몰골 때문이었다. 어쩌된 일인지 모두가 하나같이 환자 행색이 완연했다. 파리한 낯빛, 퉁퉁 부은 얼굴들, 다리마저 불편하여 어그적거리고 있었다. 그런데 그 불쌍한 군상을 교관 하나가 비 온 뒤 젖은 땅 위에 엎드려뻗쳐시켜서 온통 진흙투성이를 만들고 있었던 것이다. 지금 생각하면 그 청년들은 바로 한달간의 감금생활에서 풀려나온 즉시 징집된 그 청년들이었던 것 같다.

피란민

시국은 다시 무섭고 급박하게 돌아가고 있었다. 나는 살기 띤 주위 분위기가 무서웠다. 후방 분위기가 이러할진대, 전쟁터는 오죽할 것인가. 육지에서 전쟁의 와중에 휘말리고 있을 아버지가 걱정이었다. 시름 찬 어머니의 한숨 소리를 듣는 것도 괴로웠다.

"애야, 무서운 시상이니 제발 큰길일랑 다니지 말라이. 걸어도 뒷길로만 걷고 놀아도 동네에서만 놀아사 헌다이."

경찰서에 엄청 많은 사람들이 예비검속 대상으로 잡혀와서 유치장과 유도장이 가득 차고 종일 매 맞는 비명 소리가 그치지 않는다는 소문이었다. 그래서 경찰서 앞을 피해 학교에 다녔는데, 그러다가 얼마 안되어 방학을 맞았다. 그 무렵부터 육지에서 피란민들이 몰려들기 시작하여 방학을 맞아 비어 있던 학교집들이 피란민 수용소로 변하고 있었다.

섬 주민들은 육지 피란민들을 두려워했다. 피란민을 측은히 여겨 돌봐줌이 현지 주민의 도리이건만, 그럴 여력이 있기는커녕 그들이 오히려 더 고달픈 피란민 신세였다. 토박이들이 굶고 있는 판에 육지 피란민들까지 들어와 밥그릇 놓고 다투게 생겼으니, 어찌 심란하지 않겠는가.

말하자면 읍내 전체가 굶주린 거대한 아가리였다. LST를 아가리선이라고 했는데, 그 큰 아가리에서 피란민들이 꾸역꾸역 토해져 나왔다. 일만 피란민이라고 했다. 그 일만 숫자는 능히 현지 분위기를 압도하고도 남음이 있었다. 4·3의 수난은 아직도 진행 중이었고, 그래서 피해의식에 눈이 멀어버린 토박이들은 그 피란민들이 단지 육지인이라는 사실만으로도 기가 죽었다. 아직도 육지 출신 서청과 토벌대가 서슬 퍼렇게 섬 땅을 지배하고 있었다. 그래서 민간 차원에서도 주객이 뒤바뀌는 식민지와 비슷한 상황이 연출되고 있었던 것이다. 오죽하면, 이른바 '유지사건'이라는 빨갱이 조작극이 발생했을까. 현지 출신 피란민의 권익을 옹호하려던 지방 유지들, 읍장을 비롯해서 법원장, 검사장, 변호사, 교장, 병원장 등 우익 인사 열두명이 용공 혐의로 구속된 것이었다. 이 사건은 도내 중학생들의 해병대 출정 직전에 발생한 것으로 기록에 나타나 있다.

출정가

타고 남은 섬 땅의 죽고 남은 사람들, 그중에서도 청년들의 희생이 막심하여 태반이 죽었는데, 이번엔 그 나머지 청년들에게 출정 명령이 떨어졌다.

맨 먼저 출정한 것은 도내 중학생들로 구성된 해병 3기였다. 단시일에 치러진 벼락치기 징집이었는데, 대부분이 15세 이상 십대 후반의 앳된 청소년들이었다. 남아 15세면 성년이었나보다. 이년 전 그 사태 때도 15세는 생사의 갈림길이어서 키를 조금 낮추고 나이를 한두살 속여 위기를 넘기려고 하지 않았던가. 그리고 그 사태 때 그 나이에서 한두살 미달이어서 요행히 목숨을 건졌던 이들도 이제는 그 나이에 도달해 징집 대상이 되었다. 총을 멜 수 있는 신장인 160센티미터만 되면 열네살짜리도 징집되었다.

그리하여 그 출정은, 단독정부 수립을 반대했다가 폭도, 역도의 이름으로 학살당한 그들의 선배들과의 영원한 결별을 뜻했다. 그 모순을 수락할 수밖에 없었다. 가슴마다 태극기를 말아두른, 비장한 모습의 출정 행렬들, 그들이 섬을 떠나던 날, 읍내를 온통 흔들어놓던 그 우렁찬 함성과 합창 소리를 나는 잊지 못한다. 죽음의 공포에 짓눌려온 섬사람들의 집단 피해의식을 뚫고 솟구쳐오른 큰 외침, 그랬다, 두려움으로 얼어붙은 입을 뗄 수 있는 길이라곤 오직 목숨을 건 출정밖에 없었다. 그들이 목 놓아 부르는 출정가 속에는, 달랠 길 없는 분노, 억하심정의 격렬한 토로가 담겨 있었다. 죽음의 공포와 수모와 오욕에 멍든 세월에 대한 울분이 있었고, 지옥 같은 섬 땅에 갇혀 있을 바에야 차라리 전쟁터에 나가 몸 던져 싸우다 죽는 것이 낫지 않으냐는 자포자기가 있었다. 그랬다. 섬 땅의 젊은 이들에게 뒤집어씌워진 '폭도'의 누명을 벗는 길은 오직 출정밖에 없었다.

인생의 목숨은 초로와 같고
이씨조선 오백년 양양하도다
이 몸이 죽어서 나라가 선다면
아아 이슬같이 죽겠노라

이렇게 해서 탄생된 해병 3기와 4기는 그 전쟁의 최대 모험인 인천상륙작전에 투입된 이래, 최악 조건의 전투들을 여러차례 승리로 이끌어 국내외에 명성을 떨쳤음은 이미 전사에 기록된 바다.

부두로 향하는 출정 행렬과 보폭을 맞추려고 짧은 다리를 성큼성큼 떼어놓으며 그 뒤를 쫓던 어린 나, 그로부터 십년 후, 대학 재학 중 해병 131기로 입대했을 때 나는 신병 교육 시간에 그 선배들이 세운 해병 신화를 확인할 수 있었다. 특히 도솔산 전투는 군가에 나타나 있듯이 "하늘에 우렛소리, 땅 위에 불바다, 아우성 피투성이" 혈전이었는데, 그 무용담은 평화 시의 나약한 병사인 나를 전율케 했다. '귀신 잡는 해병'이라고 했고 '무서운 아이들'이라고 했다. 무엇이 그들을 불퇴의 용사로 만들었던가. 고향 땅에서 당한 무자비한 학대가 그토록 사나운 공격성으로 전화된 것이 아닌가. 아, 부나방이떼처럼 화염 속에 뛰어들던 십대 후반의 청소년들, 그

중에도 열다섯살의 가혹한 운명이 내 가슴을 친다. 그들이 나보다 해병대 십년 선배이긴 하지만, 나이는 불과 다섯살 차가 아닌가. 단지 다섯살 차로 선배와 후배의 운명은 그렇게 판이하게 달라져버렸다. 입대 동기부터 달라서 나는 단지 어리석은 사랑의 상처로 인한 절망 때문에 자원입대했던 것이니, 그 얼마나 사치스러운 절망이었던가.

관덕정 광장을 한바퀴 돌고 항구로 향하던 출정 행렬들, 가슴마다 태극기를 두르고, 그 태극기 속에 무운장구, 무사생환을 빌며 정성껏 글귀를 써넣어준 가족, 친지들이 연도를 가득 메우며 행렬을 따라가고, 그리고 떠나는 사람들과 보내는 사람들로 인산인해를 이루던 항구의 동부두, 참아도 참아도 눈물은 하염없이 흘러내리고, 출정하는 자식의 맺힌 가슴을 조금이라도 녹여보려 술 한모금 먹여주는 늙은 어미와 아비들, 난생처음 맛본 술 한모금에 발갛게 물든 앳된 얼굴들, 태극기의 붉은색, 뱃고동의 비통한 울음소리와 함께 떠나는 배, 출정 학생들이 가슴에 둘렀던 태극기를 풀어 일제히 흔들어대고, 울긋불긋 태극기 물결로 뒤덮인 출정선은 꽃상여처럼 곱고 애달픈 모습으로 먼 바다로 둥둥 떠갔다. 나의 사촌 형과 웬깅이의 작은형도 출정했다

어머님 아버님 안녕히 계세요
총소리 나는 곳에 저는 갑니다
백두산 상상봉에 태극기 날릴 제
죽어서 백골이나 돌아오리라

이렇게 해서 해병 3기, 4기와 그 뒤를 이은 육군 징병으로 섬 청년 대다수가 바다를 건너갔는데, 이번에는 육지에서 징집된 청년들이 훈련을 받기 위해서 바다를 건너오기 시작했다. 그 무렵 그 섬에 육군 훈련소가 창설되어 있었다. 우리가 아가리선이라고 부른, 거대한 몸집의 LST 전함을 처음 본 것도 그 무렵이었으리라. 그 거대한 아가리로 엄청 많은 출정 장정들을 한꺼번에 집어삼킬 때, 거기에는 이별도 슬픔도 없고 오직 아연실색의 경악만이 있을 뿐이었다. 대량의 인원을 한꺼번에 집어삼키고 토해내는 그 거대한 아가리를 보며서, 나는 어렴풋이나마 전쟁의 비정성을 깨우쳤을 것이다.

유리구슬

그런데 뜻밖에도 그 아가리선을 타고 아버지가 왔다. 육지에서 징집한 장정들의 인솔자로서 입도한 것이었다. 그동안 나에게 비친 아버지의 존재 방식은 언제나 바람이 아니었던가. 바람처럼 홀연히 나타났다가 사라져버리던 불가사의한 인물, 그래서 무섭고 싫었던 아버지였다. 나는 아버지의 부재를 너무 당연시했기 때문에, 아버지가 육지로 나간 후에도 그리운 마음이 별로 없었다. 무서운 아버지가 집에 없는 것을 오히려 다행으로 여겼다. 이렇게 무심한 나에게 아버지의 존재를 깨닫게 해준 것이 전쟁이었다. 전쟁통에 소식 끊긴 아버지를 그동안 얼마나 걱정했던가. 그래서 아버지가 건재한 모습으로 우리 앞에 나타나자 반가움에 눈물이 펑펑 쏟아졌던 것이다. 아버지를 그렇게 따뜻한 감정으로 느껴보기는 처음 있는 일이었다.

업무 수행 중이라 아버지는 며칠 집에 머물지 못했다. 사흘이나 머물렀을까? 비록 짧은 해후이긴 했지만, 그래도 그것은 여러모로 나에게 좋은 인상을 남겨주었다. 무엇보다도 아버지가 그사이에 권총을 찬 일등상사로 진급한 것이 기뻤다. 갈매기 셋에 작대기 셋, 팔뚝의 붉은 계급장은 더 보탤 것 없이 꽉 차고 묵직해 보였다.

그리고 선물도 있었다. 유리구슬과 알사탕, 평소에 얼마나 탐냈던 것들이랴. 부잣집 아이가 아니면 손에 넣을 수 없는 것들이었다. 볼따구가 툭 불거지게 알사탕을 물고서 구슬치기하는 아이들이 나는 얼마나 부러웠는지 모른다.

그리고 나서 아버지는 자신의 존재 방식 그대로 다시 바람처럼 홀연히 우리 앞에서 사라졌다. 마치 꿈속에서 아버지를 만난 듯이 얼마 동안 정신이 혼란스러웠다. 눈깔사탕도 꿈속에서 먹은 게 아닌가 하는 생각이 문득문득 들어, 그때마다 나는 유리구슬을 확인해보려고 앉은뱅이책상 서랍을 열어보곤 했다.

유리구슬들은 정말 깜찍하게 예뻤다. 단단하면서도 매끄러운 둥근 표면의 감촉, 투명하고 둥근 알 속의 아기자기한 아름다움, 마치 맑은 물속에 물감 한알 떨어뜨린 듯이 사방으로 화사하게 번져 흐르는 고운 색오라기들, 맑은 하늘에 흐르는 흰 구름떠도 되고 지구의 적도, 자오선도 되고…… 그것들은 아버지가 남기고 떠난 부정

(父情)의 신표였고, 내가 아버지한테 편지를 쓰기 시작한 것도 아마 그때부터였으리라.

해병대 여군

이 글을 쓰고 있는 시점에서 약 두달 전, 우연히 텔레비전을 보다가 나는 뜻밖의 장면에 부딪쳐 놀란 일이 있다. 환갑 조금 넘어 보이는 비슷한 또래의 할머니 세분이 얼룩무늬 위장복 차림의 우스꽝스러운 모습으로 화면에 나타나 있었다. 늙은 분들에게 개구리복을 입혀놓고 무슨 저질 쇼를 벌이려고 저러나 하고 혀를 끌끌 차는데, 그런데 유심히 보니까 그게 아니었다. 전쟁 당시 그들은 해병대 소속 여군이었노라고 했다. 아니, 해병대에도 여군이 있었나? 나 자신 해병대 출신이지만, 해병대 여군이라니 정말 금시초문이었다. 더욱 놀라운 것은 그 할머니들이 다름 아닌 내 고향 분들이라는 사실이었다.

세상에 알려지지 않은 비화를 처음으로 공개 석상에서 증언하는 그들의 목소리는 격정에 못 이겨 사뭇 떨리고 있었다. 전쟁이 발발하여 그 섬 땅의 남학생들이 해병대로 출정할 때, 소수이지만 스무명의 처녀들도 그중에 끼어 있었다는 것이다. 졸업반의 여학생들과 초등학교 여교사들로, 모두 스무살 이전의 앳된 처녀들이었다고 한다. 병역법을 무시한 즉흥적 월권 행사임이 분명한데, 섬 백성위에 군림했던 당시의 권력이 얼마나 방자했으면 직제에도 없는 해병대 여군을 만들려고 했을까. 폭동을 일으킨 죄를 씻으려면 남자는 물론 여자도 전쟁터에 나가 빨갱이들과 싸워야 한다는 게 그들의 논리였을 것이다.

그렇게 반공의 상징물로 급조된 스무명의 처녀들은 남학생들과 함께 섬 땅을 떠났는데, 다행히 전선에는 투입되지 않았다. 속성으로 훈련 과정을 마친 남학생들이 먼저 전선으로 떠나면서, 제발 우리 누이들은 귀향시켜달라, 누이들 몫까지 맡아서 더욱 용감하게 싸울 테니 제발 누이들일랑 고향에 보내달라고 눈물로 호소했단다. 물론 그 탄원이 받아들여져서 그렇게 된 것은 아닐 것이다. 아무리 소수라지만, 직제에 없는 여성 해병이란 엄연한 탈법이 아니던가. 할 수 없이 군번을 주기 전에 풀어줄 수밖에 없었던 모양인데, 그래서 스무명의 여성 해병은 한판의 해프닝으로 끝나고 말았다. 한달 가까이 진해 훈련소 안에 볼모처럼 붙잡힌 채 모진 훈련에 시달렸다면서, 그때를 회상하는 세 할머니의 음성은 치미는 분노를 숨기느라고 야릇하게 비틀려 있었다.

그런데 나의 놀람은 거기에 그치지 않았다. 숨죽이고 화면을 응시하던 나는 문득, 그 세 할머니 중에 한분이 나의 옛 담임선생님이라는 걸 알아본 것이다. 그 당시 북초등학교 교사였다는 그 할머니, 화면에 비친 그 이름 석자를 보는 순간, 놀라움에 숨이 꽉 막혔다. 사십오년 세월을 단숨에 뛰어넘고 전광석화처럼 나에게 달려온 그 이름, 그 생생한 이름과 함께 주름진 노인의 얼굴은 어느덧 스무살 안쪽의 아리따운 처녀 선생의 모습으로 변하지 않던가! 그것은 형언하기 어려운 벅찬 감동이었다. 그렇다! 내가 이 글을 쓰면서 보람을 느낀다면, 잊혀진 과거로부터 기적처럼 다시 태어나는 그러한 순간들 때문이다. 이 글을 쓰는 행위가 무의식의 지층을 쪼는 곡괭이질과 다름없을진대, 곡괭이 끝에 과거의 생생한 파편이 걸려들 때마다, 나는 마치 그때 그 순간을 다시 한번 사는 것처럼 희열에 휩싸이는 것이다.

그녀는 내가 겪은 최초의 여선생이었고, 아마도 나는 그녀를 통해서 이성의 매력이 무엇인지 어렴풋이 깨달았던 것 같다. 검정 치마저고리를 자주 입어서 그랬는지, 저고리 동정의 흰빛이 유난히 생각나는데, 그 흰빛은 쌍꺼풀 진 서늘한 눈매와 함께 정갈한 아름다움의 영상으로 나에게 남아 있다.

그녀는 풍금을 잘 쳤다. 그 당시에는 여교사들 중에서도 풍금 칠 줄 아는 이는 희소가치여서, 그 기능 하나만으로도 그녀는 단연 돋보이는 존재였다. 1, 2학년 때의 담임인 남자 교사들은 풍금을 치기는커녕 악보도 읽을 줄 몰라서, 음악 시간은 아예 있으나 마나 한 것으로 무시해버렸는데, 그래서 나는 바느질처럼 음악도 계집애나 할 일이거니 생각할 지경이었다. 이렇게 까막눈인 나에게 그 여선생의 존재는 참으로 이채롭고 신비롭게 보였다. 나뿐만 아니라 다른 애들에게도 그녀는 선망의 대상이었다.

그녀는 목소리도 고왔는데, 그녀를 따라 노래를 부르노라면 나 자신이 마치 여자가 된 듯 기분이 묘했다. 괜히 부끄럽고 간지럽고 가슴이 두근거렸다. 아마도 나의 내부에 잠들어 있는 부드러운 여성적 요소가 노래로 인해 눈을 떴던 모양이다. 어머니는 내가 고집 세고 사납고 게다가 말수까지 적어, 자식 키우는 재미가 없다고 핀

잔을 주곤 했다. 그러나 그렇게 말하는 어머니 역시 퉁명스럽기는
마찬가지였다. 그러니까 어머니에게 없는 따뜻하고 부드러운 여성
의 정서를, 나는 그 처녀 선생으로부터 구하려고 했었는지 모른다.
그녀처럼 예쁜 목소리를 낸답시고, 입도 예쁘게 벌려보고 몸도 배
배 꼬아보고 하면서 얼마나 부질없이 애썼던가. 어쩌면 선생님처
럼 나도 차라리 여자였으면 하고 바랐을지도 모른다.

아무튼 심성이 사나워 하루에도 몇번씩 기쁨과 슬픔 사이를 변
덕스럽게 오고 가던 나는 그녀로부터 큰 위안을 얻었음이 분명하
다. 왜냐하면 어느날 수업 중에 그녀가 향긋한 분 냄새를 풍기면서
내 책상으로 와서, 받아쓰기를 잘한다고 머리를 쓰다듬어주었을
때의 그 숨 막힐 듯한 감동, 그 부드러운 손길에 내 몸이 동동 매달
려 떠오르는 듯한 그 황홀감을 지금도 잊을 수 없기 때문이다. 아,
자라나는 아이에게 격려 한마디는 얼마나 큰 힘이 되는 것일까. 따
뜻한 격려의 손길이 머리에 닿을 때마다 아이는 매번 그만큼씩 쑥
쑥 자라는 게 아닐까?

그러나 난세의 폭력은 아이들을 가르치는 순진한 처녀마저 그대
로 두지 않았다. 그녀가 우리를 가르친 것은 단 한 학기였을 뿐, 더
운 날씨에도 두려움에 으스스 한기가 느껴지던 여름방학을 보내고
개학했을 때는, 이미 그녀가 군대에 잡혀들어가버린 뒤였다.

지리 수업

총각 선생들도 여럿이 입대해버려서, 개학 후 한때 합반 수업 사태가 벌어졌다. 학교 교실들은 반 이상 피란민들이 차지하고 있어서 우리들은 그 무거운 칠판을 떠메고 다니면서 흙바람 부는 운동장이나 야외에서 수업을 받지 않으면 안되었다. 그것도 오전반과 오후반으로 나누어져 있었다. 담임선생을 졸지에 잃은 우리 반 아이들은 남의 반에 들어가 의붓자식들처럼 기죽어 지냈는데, 그러한 상황에서 공부가 제대로 될 리가 없었다. 그래도 지리 수업만은 재미있었다.

인천상륙작전의 성공을 계기로 총공세가 벌어질 무렵부터 그 전황을 알리는 삐라들이 무더기로 살포되었는데, 그 삐라들이 가끔 지리 수업 시간의 교재로 사용되었다. 전황은 한반도 지도 위에 화살 표시들로 나타나 있었다. 그 화살들이 서로 맞부딪쳐 작렬하는 곳이 전선이었는데, 남쪽의 화살들은 굵고 힘찬 데 비해서, 북쪽의 화살들은 작고 약해서 전선 도처에서 꺾이고 짜부라지거나 뒤로 몸 돌려 달아나는 형국이었다. 낙동강 이남으로 위태롭게 축소되었던 전선이 북을 향해 역동적으로 확산해가고 있음을 삐라들은 그런 식으로 일목요연하게 보여주고 있었다. 하나의 거대한 화살이 서해 바다를 휘돌아 인천 지역을 강타하고 다른 한쪽에서는 여러개의 화살들이 낙동강을 넘어 부챗살처럼 사방으로 퍼져나가고 있었다.

인천 지역에 진입한 그 거대한 화살을 보며 우리는 가슴이 조마조마했다. 한달 전 출정가를 부르며 섬을 떠난 고향 청년들이 바로 그 거대한 화살의 일부가 되어 적진 한가운데로 진입해 들어가고 있었던 것이다. 과연 우리 해병대의 운명은 어떻게 될까?

그런데 그다음에 뿌려진 삐라에서 그 화살은 놀랍게도 거대한 가위로 둔갑해 있었다. 경인지방을 가로질러 적의 허리를 깊숙이 자르고 있는 거대한 가위, 아, 우리는 얼마나 우리 형, 우리의 선배들이 자랑스러웠던가. 우리가 강과 산맥, 도 경계, 철도와 도시를 그려넣으며 지리 공부를 하는 그 삐라 종이 지도 위로 전선은 힘차게 북상하고 있었다.

뉴스 영화

그러고서 얼마 안되어, 관덕정 광장에 뉴스 영화가 등장하기 시작했다. 자막에 '리버티 뉴스 미국 공보원 제공'이라고 쓰여 있었다. 수백년 동안 지방 권부(權府)의 상징이던 관덕정이 미국 공보원의 청사로 접수되어 있었는데, 그 광장에 사람들을 모아놓고 필름을 돌리곤 했다.

구경꾼은 대개 아이들이었다. 읍내 아이들이 다 모여들었다 싶게 필름 돌릴 때마다 여간 북새통이 아니었다. 영사막이 멀어 안 보인다고 뒤쪽의 아이들이 자꾸 앞으로 밀어붙이며 좁혀드는 통에 앞에 앉았던 아이들도 일어나지 않으면 안되었다. 이리 쏠리고 저리 밀리면서, 비명 소리, 악다구니 소리가 그치지 않았고, 화면의 하단부에는 연상 머리통 그림자들이 들쭉날쭉이었다. 머리통 그림자가 화면에 나타날 때마다 시끌짝 욕설들이 튀어나오고, 때때로 그 머리통을 쥐어박는 주먹까지 화면에 나와 우리를 웃겨놓곤 했다. 전기 고장으로 영사기가 도중에 꺼지기 잘해서 그 때문에도 우리는 발을 구르며 사뭇 안달이었다. 우우우, 야유 소리가 터지고, 머리통 굵은 중학생들은 대담하게 영사 기사를 향해 쌍욕을 해대기도 했다. "야, 너 운전 똑바루 못해?" "운전수 똥 누러 갔나?" "집어쳐라 집어쳐, 우우우." 정말 그런 북새통이 없었다. 땅바닥에서 흙먼지는 또 얼마나 피어오르는지, 사방에서 기침 소리 재채기 소리가 연방 터져나오고, 영사기가 내쏘는 통 굵은 빛줄기 속에도 금빛 먼지가 빽빽하여 마치 화면 속에 등장하는 화염방사기의 불처럼 보였다.

그 북새통 속에서 우리는 화면을 놓치지 않으려고 연상 목을 뽑아대곤 했는데, 거기에 가공할 전쟁의 양상이 펼쳐져 있었다. 단순한 화살 표시의 삐라와 달리, 뉴스 영화는 매우 충격적인 방식으로 전쟁이 어떤 것인지 우리에게 가르쳐주었다. 난생처음 보는 괴물들, 폭격기·군함·탱크·대포들이 어지럽게 난무하는 화면에는 번쩍거리는 섬광과 함께 검은 연기가 구름처럼 피어오르고 있었다. 특히 무서운 것은 하늘을 날며 깜장 알들을 무더기로 내깔기는 폭격기들이었다. 그 조그만 깜장 알들이 지상에 떨어질 때 일어나는 그 엄청난 굉음, 그리고 불과 연기, 참으로 간담이 서늘했다. 우리가 지리 시간에 삐라의 지도 위에 꼼꼼히 표기해놓은 도시와 소읍들은 그렇게 폭격기의 공습에 의해 무참히 깨지고 있었던 것이다.

얼굴에 끔찍한 화상을 입고 눈이 먼 한 피란민 아이를 잠시 사귄 것도 그 무렵이었다. 피란민들에게 교실을 내주고, 운동장 수업을 할 때였는데, 그 아이가 더듬더듬 우리 뒤로 다가와서 수업 내용에 귀를 기울이던 모습이 생각난다. 갑자기 눈멀지 않았다면 나와 같은 학년이었을 그 아이는 피란 내려오는 도중 공습을 만나 부모를 잃고 자신은 화상을 입어 맹인이 되고 말았노라고 했다. 벌써 직업교육을 받고 있는 중이었는지, 그 아이는 안마를 잘했다. 중2·중3 때, 나는 아버지 손과 발을 자주 주물러드려서 칭찬을 받았는데, 그게 바로 그 아이한테서 배운 솜씨였다.

호주떡

처음 한때 있었던 일이긴 하지만, 호주라는 나라가 느닷없이 대서특필된 적이 있었다. 심지어 미국 공보원 제공의 뉴스 영화에 등장하는 미군 폭격기마저 호주기로 통했다. 어째서 이런 어처구니없는 오해가 생겼던가. 물론 호주가 유엔군의 일원으로 참전하기는 했다. 그런데 그걸 두고, "대통령 처갓집이 호주라는 나라인데, 사위 나라가 위급해지니까 도우러 왔다"라는 말이 퍼졌던 것이다. 우기는 놈한테는 못 당한다고, 어떤 글 짧은 작자들이 오스트리아와 오스트레일리아를 구별 못하고 그런 낭설을 퍼뜨렸던 모양이다. 이년 전 단독정부 수립 때, "이승만의 처갓집이 미국인데 그래서 미국이 이승만을 돕는다" 하던 것을 옳게 잡는다고 하는 것도 또 잘못되어 그 처갓집이 오지리가 아닌 호주로 되어버린 것이다.

아무리 4·3사건으로 식자층이 결딴나 부재한 상황이라고는 하지만, 그것이야말로 당시 민심의 무지함을 드러내는 단적인 사례가 아니겠는가. 아무튼 '미국 각시' '미국댁'으로 통하던 프란체스카가 '호주 각시' '호주댁'이 되어 동네 아주머니들의 입에 오르내렸는데, '호주댁'이 꼭 '호주떡'처럼 들려 낄낄대고 웃던 일이 생각난다. 이렇게 민심이 어리석었으니 이년 전 섬 땅에서 벌어진 대학살의 배후가 미국임을 아는 이도 많지 않았을 것이다.

미국 공보원 제공의 뉴스 영화는 언제나 어린 우리들을 사로잡는 강한 흡인력이 있었다. '자유의 벗'이란 팸플릿은 무료로 제공되었다. 그러한 것들이 '호주 해프닝'을 일거에 깨뜨려버렸다. '자유의 벗'은 미국이었고, 미국이야말로 유일한 세계였다. 그리하여 미국이라는 나라, 그 비할 데 없이 무서운 파괴력에 대한 물신숭배 사상이 생겨난 것이니, 이렇게 우리의 세계 인식의 출발은 미국 공보원의 창구를 통한 것이었다.

홍군 백군

그리고 가을 운동회 때의 홍백전이 청백전으로 바뀐 것도 3학년 때였던 것 같다. 전교생이 양 진영으로 나뉘어 "홍군 이겨라!" "백군 이겨라!" 하고 외치던 응원 함성이 아직도 귀에 쟁쟁하고, 내 이마에 둘렀던 붉은 머리띠도 선명하게 떠오른다. 그런데 그 홍띠가 금기가 되고 말았다. 홍백 두겹의 머리띠였는데, 어머니가 거기에서 붉은 쪽을 뜯어내고 대신에 잉크물 들인 청색 천으로 갈아주었다. 홍백은 단순한 색상 대비의 의미를 떠나 엄혹한 이분법의 정치색을 뜻하게 되었으니, 홍은 불온한 색깔이었다. 러시아의 혁명 전쟁 이래 홍군·백군은 각각 좌파·우파를 일컫는 말이었으니까.

단 한번 이마에 둘러보았던 붉은 머리띠, 불온한 색이라고 철저히 금기시되어 그후 아주 자취를 감췄던 그 머리띠가 사십년 가까운 세월이 흐른 어느날 시위 현장에서 끓는 피의 격렬한 색조로 되살아나는 것을 보면서 나는 얼마나 놀라워했던가. 솔직히 말해서 두려운 생각에 가슴이 조마조마해지기도 했다. 그럴 수밖에 없는 것이 그 무렵의 나는 4·3의 민중 수난을 고발한 글로 혹독한 고문을 당한 나머지, 어린 시절에 단 한번 이마에 둘렀던 붉은 띠에 대한 기억조차 부담스러울 정도로 이른바 레드콤플렉스를 심하게 앓고 있는 처지였던 것이다. 고문으로 짓이겨진 손가락 끝에 끈끈하게 엉겨 있던 그 붉은 피, 그후로 나는 붉은색이라면 장미꽃만 봐도 기분이 언짢았다.

그런데 지금은 텔레비전 화면 속에서 광란의 춤을 벌이는 젊은 가수들의 이마에, 심지어 「우정의 무대」에 출연하여 랩 댄스를 추는 젊은 병사들의 이마에도 그 붉은 띠가 둘러져 있는 세상이다. 붉은 머리띠의 상징은 이제 사라져버렸는가. 참으로 격세지감이 아닐 수 없다. 푸른 군복에 붉은 머리띠라니, 푸른 국방색과 붉은색은 서로 상극이 아니었던가. 고문자들은 벌거벗은 내 몸에 푸른 군복을 입혀놓고 매타작하면서, 군을 욕보였다고 나더러 빨갱이라고 했지만, 그들이 나에게서 발견한 붉은색이란 짓이겨진 중지 끝에 끈끈하게 엉긴 붉은 피뿐이었다. 이렇게 나는 중년의 민간인으로서 느닷없이 끌려가 푸른 군복을 입고 개처럼 시멘트 바닥을 기며 헐떡거려봤는데, 과연 군복이 무섭긴 무섭다는 걸 실감했다. 어쩌다 내가 군복과 잘못 사귀어 그 지경을 당했던가.

꼬마 병정

생각해보면 어려서부터 나는 군복이 별로 마음에 들지 않았던 모양이다. 전쟁 초기, 그러니까 그것도 3학년 무렵이었을 텐데, 한때 군복의 국방색이 아이들의 복장에 유행한 적이 있었다. 전쟁 중이라 색 중의 색은 역시 국방색이었나보다. 그것은 권력의 상징이었다. 그 당시에는 국군을 국방군이라고도 했는데, 아마 그래서 국방색이라는 말이 생겼을 것이다.

그런데 나도 그 옷을 입어봤지만, 처음 입을 때만 제 색일 뿐, 염색이 어찌나 엉터리였는지 빨래 두어번에 그만 허옇게 탈색되어버렸던 것이다. 그래서 유행은 금방 끝나버리고, 나의 겨울 외투만이 우리 반 교실에서 유일한 국방색으로 남았다.

내 외투는 아버지가 입던 군용을 줄여 만든 것으로 털이 많이 빠진 허름한 것이긴 했지만 색깔만은 진짜 국방색이었다. 그 무렵 훈련병 인솔차 잠시 입도한 아버지가 남기고 간 물건이었다. 처음에 어머니는 그것을 팔아보려고 했지만, 민간인의 군용품 사용이 엄금되던 때라 헐값에 내놔도 작자가 없었다. 할 수 없이 재봉틀집에 가지고 가서 내 외투를 만들었는데, 다행히 그것이 소아용 외투 두 벌 감이 되어 품삯은 따로 물지 않아도 되었다.

그리고 아버지가 남기고 간 물건들 중에는 그 외투 외에도 역시 중고 군용품인 고무 우비와 작전 가방이 하나씩 있었는데, 그 조그 만 가죽 가방은 내 책가방으로 변조되었다. 변조라고 해야 낡은 혁 대를 잘라서 양 어깨끈을 해 단 것뿐이었다. 원래 작전 지도와 쌍 안경만을 넣게 된 가방이라 란도셀에 비해 턱없이 작았는데, 군인 들이 꽁무니에 달랑달랑 차고 다닌다고 해서 '똥가방'이란 별명이 붙은 물건을 내가 등에 짊어지고 다니게 된 것이다.

이것이 대충 내가 팔자에도 없는 겨울 외투와 책가방을 갖게 된 연유인데, 군용을 줄여 만든 국방색 외투에다 밤색 작전 가방을 등 에 진 나는 아마도 영락없는 꼬마 병정의 모습이었을 것이다. 나는 그런 모습이 별로 마음에 들지 않았다. 아무리 국방색이 판을 치는 시절이라지만, 잘사는 집 아이들의 검정 외투와 란도셀 앞에서는 기가 죽을 수밖에 없었고, 무엇보다도 전교생을 통틀어 그런 복장 을 한 아이가 나밖에 없다는 사실이 나를 언짢게 했다. "야, 쫄병!" 하고 놀려대는 아이들도 있었는데, 그런 소리를 들을 때마다 나보 다 아버지가 무시당하는 듯해서 입맛이 썼다. 학교에 다니는 길에 혹시 헌병을 만나면 어쩌나 하는 불안도 늘 있었다. 헌병들은 민간 인이 군복 한 쪼가리라도 걸치고 있으면 결코 그냥 지나치지 않았 다. 당장 우악스레 빼앗거나 변조한 옷이라도 심통 부려 등짝이나 궁둥이에 먹물로 흉측하게 ×자를 그려넣곤 했다. 혹시 나도 당하는 게 아닐까 하는 불안, 그럴 경우에는 우리 아버지도 헌병이라고 또라지게 응수하라고 어머니가 시켰지만 과연 내 입에서 그런 말이 나올 수 있을지 영 자신이 없었다.

그런데 다행히도 헌병들은 어린 나한테까지 어쩌지는 않았다. 그들의 눈에도 꼬마 병정 차림이 우스워 보였던지, 그 무서운 얼굴에 거짓말처럼 싱긋 미소를 보이기도 했다.

그러다가 한번 옳게 걸려들고 말았다. 장대비가 쏟아지던 어느 날 마침 군용 우비를 뒤집어쓰고 학교에 가다가 덜컥 걸려든 것이었다. 그날 나는 우비만 빼앗긴 게 아니라, 헌병대에 끌려가 한시간가량 무릎 꿇고 벌을 받아야 했다. 내 아버지도 육군 헌병이라고 했지만, 아무 소용이 없었다. 거기에서 풀려나오자 서러움이 복받쳐 눈물이 펑펑 쏟아졌다. 엉엉 울면서 장대비 속을 뛰어가던 그 아이, 학교까지 가기는 했으나 물에 빠진 생쥐처럼 쫄딱 젖은 몸으로 차마 수업 중인 교실에 들어갈 수 없어서 집으로 돌아와버렸던 것이다. 그날의 참담한 심정은 지금도 손에 잡힐 듯 가깝게 느껴진다.

그렇게 한번 당하고 난 후부터 나는 헌병을 두려워했고 두려워한 나머지 싫어하게 되었는데, 이 억압된 콤플렉스는 그대로 아버지에 대한 좋지 못한 편견으로 이어졌던 것이다. 아버지도 역시 헌병이었고 내 몸에 착용한 군용품이 부담스러운 만큼 아버지에 대한 반감도 함께 생겼으리라.

시간

나는 시간의 자식, 시간의 냇물 속에서 태어나 그 흐름 속에 몸
맡겨 부대껴온 조그만 바위 같은 존재일 것이다. 하상에 뿌리박힌
그 바윗돌 주위로 냇물은 쉬지 않고 흘러갔고, 이제 중늙은이의 길
로 들어선 나의 이마에는 그 시간의 침식작용에 의한 주름살들이
내 천(川) 자로 파여 있다. 흘러간 물은 돌아오지 않고, 조만간 그
내는 물이 말라 시간이 정지될 것이다. 큰비 온 뒤 한바탕 흐르고
는 말라버리던 병문내의 냇물처럼. 너무도 빨리 흘러간 시간이 되
어버릴 것이다. 오, 시간의 덧없음이여. 진화의 생명력으로 충만했
던 나의 유년, 나의 소년이여, 손가락 사이로 빠져나가버린 그 시절
의 편린이라도 붙잡아보려고 나는 지금 이 글에서 얼마나 부질없
는 노력을 하고 있는가.

그 시절이 단숨에 흘러가버린 급류처럼 느껴지는 것은 신체의 빠
른 성장 속도 때문이기도 할 것이다. 오래 입으라고 큼직하게 만든
그 국방색 외투도 단 두번의 겨울을 보내고 나니 좁아터져 못 입게
되지 않았던가. 어서 빨리 자랐으면, 어서 한해가 후딱 가서 상급
생이 되었으면 하면서, 아이는 더디 가는 시간을 마냥 짜증스러워
했다. 아이에게는 어서 그날, 그 시간이 왔으면 하고 뭔가 기다리는
것이 항시 있었다. 밭에 간 엄마를 기다리고, 흰 쌀밥 한숟갈, 돼지
고기 한점 먹고 싶어 제삿날·명절날을 기다리고, 즐거운 소풍, 즐
거운 방학을 손꼽아 기다릴 때, 시간은 얼마나 느리게 달팽이처럼
기어가던가. 그리고 기다리던 방학을 막상 맞이하고 보면 더운 여

름날 지루하게 시간은 더디 가고 개처럼 심심하여 도로 개학 날이 기다려지기도 했다. 우리는 심지어 외상으로 제사떡 내기 구슬치기를 하여, 아직도 날짜가 먼 상대방의 제삿날을 기다리기도 했다.

이렇게 기다림이 많고, 무료함을 주체 못하여 쉴 새 없이 팔랑개비처럼 잰 몸을 놀리며 성장에 바빴던 그 시절을 생각하면, 시간은 아이 곁을 스쳐흘러간 게 아니라, 오히려 아이 편에서 능동적으로 달려가 시간을 맞았던 게 아닌가 하는 생각이 든다. 그러던 내가 지금은 살아온 시간이 살아갈 시간보다 더 많아진 인생이 되어, 남은 시간이 너무 빨리 간다고 한탄하면서 조금이라도 벌충해보겠다고 이렇게 상상 속에서나마 어린 시절을 다시 한번 살아보고 있는 것이다.

잊혀진 과거를 떠올리는 일은 이성의 힘만으로는 되지 않는다. 내 나이 또래들이 일반적으로 겪은 연대기적 사건들이나 습관·관행·제도적인 것들은 증언과 자료들이 더러 있기 때문에 어느정도 재생이 가능하겠지만, 나 자신에 고유한 사적 경험들을 되살리는 일은 그렇게 호락호락 쉬운 게 아니다. 이성보다는 오히려 오관의 감수성에 의하여, 그것들이 망각 밖으로 드러나는 수가 더 많은 것 같다. 시각을 통한 연상 작용은 흔한 일이지만, 냄새·소리·맛·피부 감각도 잊혀진 과거를 일깨우는 단서가 된다.

예컨대, 나는 존 스타인벡의 단편소설 「도주」를 읽다가, 작품 내용과는 관계없이 거기에서 나 자신의 것을 발견한다. 주인공이 화강암 바위 뒤에 몸을 숨기고 적과 대치하는 중에, 피융 소리와 함께 바로 눈앞의 바위 모서리에 하얀 금이 쭉 파이면서 총알이 스쳐

지나가는 장면이 나오는데, 그 순간 나는 그 글에 나타나지도 않은, 총알이 바위와 부딪쳐 발생한 매캐한 냄새를 짙게 맡는 것이다.

그것은 다름 아닌 부싯돌 냄새였다. 그 궁핍한 시절, 외할아버지가 담뱃불 붙이려 부싯돌을 쳤을 때, 푸른 섬광과 함께 주위에 확 퍼지던 그 매캐한 냄새, 그리고 도깨비불을 만든다고 우리가 사금파리 두개를 마주 쳐 번쩍번쩍 불똥을 일으킬 때도 바로 그런 냄새가 나지 않았던가. 달이 안 뜬 여름밤, 컴컴한 병문내 위로 무수히 반딧불이 날 때, 우리는 냇가에 모여 사금파리를 마주쳐서 도깨비불을 만들며 놀았는데, 그 마른 내를 따라 상류 쪽으로 얼마간 올라가면 죽은 아기들의 묘터인 애장터가 나왔고, 비 오는 날이면 거기에서 빗물에 인광이 일렁거리며 진짜 도깨비불을 만들곤 했다.

개명과 미명

4학년 때의 읍내 모습을 생각하면 이전과는 판이한 인상으로 떠오른다. 전쟁이 여러달째 계속되면서 읍내는 물심양면에서 급격한 변화를 겪고 있었다.

그때 일로 먼저 생각나는 것은 소형 전투기들이 벌이는 기총소사 연습 광경이다. 전투기들은 읍내 상공을 시위하듯 위협적으로 한바퀴 선회하고 나서 비행장 근처 바닷가 야산인 도두봉 꼭대기를 표적 삼아 기관포를 쏘아대곤 했는데, 먼 거리인데도 타타타 재봉침 박는 소리가 심란하게 들려오곤 했다. 육군 훈련소가 생겨난 후인지라 군용차량의 왕래도 이전보다 훨씬 더 빈번해졌다. 아이들의 수집품 목록도 다양해져서 흙구슬·유리구슬·딱지 외에 엠원·카빈 탄피, 그리고 나중에는 도두봉을 때리는 기관포 탄피까지 끼어들었다.

읍내생활은 급속히 전시 체제의 질서 속으로 재편되어가고 있었다. 전쟁 발발 당시, 예비검속의 피바람에 놀라고 청소년들의 출정에 애달파하던 민심이 차츰 새로운 환경에 적응하게 된 것이다. 학교 건물 같은 데 임시 수용되었던 피란민들도 민가로 세 들어 가거나 천막촌으로 옮아가 나름대로 정처를 찾았다. 피란민 유입으로 인구가 크게 불어난 읍내는 그야말로 치열한 생존경쟁의 현장이었다. 피란민 장사치들로 인해 거리마다 가게들이 부쩍 늘어나고, 그 틈새를 비집고 갖은 잡살뱅이 좌판 장수들이 늘비하게 진을 치고 있었다. 아이들의 코 묻은 돈을 노려, 호떡·풀빵·꽈배기·뽑기 장수들도 생겼다.

뻥튀기도 생겼는데, 그것이 처음 동네에 나타났을 때 그 뻥 소리에 놀란 아낙네들이 뻥튀기 장수한테 몰려들어 한바탕 욕을 퍼부으며 소동을 벌인 적이 있었다. 지난번 난리에 크게 놀란 터라, 대포 소리 같은 그 뻥 소리가 여간 언짢은 게 아니었을 것이다. 그런데 그 뻥튀기 장수는 제법 꾀가 있는 사람이었던가보다. 그후부터는 뻥 터뜨리기 전에 반드시 온 동네가 들리도록 으어, 하고 고함을 지르곤 했는데, 그렇게 하니까 희한하게도 사람들이 뻥 소리에 놀라지 않게 되었다. 지금 생각하면, 그것이 주삿바늘을 꽂기 직전에 엉덩이를 찰싹 치는 것과 같은 원리였나보다. 큰 충격 직전에 작은 충격을 주어 놀람을 감소시키는 방법 말이다.

전력 사용량이 늘어난 것도 또하나의 변화였다. 관덕정 동쪽 번화가는 밤에도 불야성을 이룬 듯 불빛이 환했다. 계속된 식량난에도 돈 벌리는 사람은 따로 있어, 전깃불 사용하는 집들이 차츰 늘어났다. 특선과 일반선으로 차등을 두어 전기가 공급되었는데, 일반 가정에서 사용하는 전기는 이틀에 한번씩 교대로 배급 주는 일반선이었다. 비록 이틀에 한번밖에 안 들어오고, 들어왔다가도 툭 하면 나가기 일쑤였지만, 그래도 전깃불은 개명과 호사의 상징이었다.

우리 세 식구가 방 하나 세 얻어 살던 집에도 전기가 들어왔지만, 가난한 셋방 살림에 무슨 복으로 전깃불을 쓰겠는가. 전기 딸린 셋방은 세가 비싸서 우리 식구는 결국 병문내 서쪽 천변 동네로 쫓겨나고 말았다. 말하자면 개명의 상징인 전깃불에 밀려난 셈인데, 개천을 하나 두고 서쪽은 아직도 밤만 되면 새깜깜한 미명(未明)의 지역이었다. 나는 그 가난한 동네가 싫어서 낮에는 늘 개천 건너 전에 살던 동네에 가서 놀곤 했다.

군용차량은 물론, 민간용 화물 트럭들도 눈에 띄게 늘어났다. 화물 트럭을 개조한 버스도 생겼다. 대개가 크랭크 손잡이를 돌려 시동 걸게 된 고물차들이었다.

차 시동 거는 광경이 생각난다. 곰배팔처럼 구부러진 크랭크 손잡이를 차 코빼기에 꽂고 거기에 체중을 실어 힘껏 돌렸는데, 마치 완강하게 버티는 황소를 코뚜레 잡고 죽어라고 잡아당기는 형국이었다. 손잡이를 죽어라고 힘껏 돌려 속을 한참 쑤셔놓은 후에야 비로소 콧구멍이 뚫려 부르릉, 하고 시동 걸리곤 했다. 그때 꽁무니에서 물컥 뿜어나오는 푸른 연기 속의 방귀 냄새는 어떠했나. 알싸한 휘발유 냄새, 그 이질적인 냄새가 좋아서 우리는 내달리는 차 뒤꽁무니를 아등바등 쫓아가며 휘발유 냄새를 맡곤 했다. 광물질의 그 강렬한 냄새는 곧 문명의 냄새였고, 힘과 비약의 상징이었다. 팔뚝에 우두 접종받던 날, 교실에 짙게 번져 있던 알싸한 알코올 냄새도 신기한 문명의 냄새로 내 기억에 남아 있다.

나는 이 글을 쓰다 말고 문득 소매를 걷고 팔뚝을 살펴본다. 아, 그것들이 아직도 사라지지 않고 남아 있다. 마치 분실물을 다시 찾은 것처럼 반갑다. 오랫동안 잊고 지냈던 어린 시절의 편린, 흐릿한 윤곽의 우두 자국 네개. 생살을 찢을 때의 고통은 어렴풋한데, 유독 알코올 냄새만은 아직도 내 후각에 생생하다. 그리고 소의 몸에서 내 몸으로 옮아온 그 우두를 앓으면서 혹시 내가 소가 되어버리는 게 아닌가 하고 불안해하던 일도 생각나고. 상처가 아물어 딱지 앉을 때의 미칠 듯한 가려움증도 생생하게 느껴진다.

표준어

이제 피란민 아이들은 우리의 생활권 속으로 편입되어 동네에서도 교실에서도 얼마든지 만날 수 있게 되었다.

악명 높은 토벌대 때문에 한때 육지 사람이라면 아이들까지 두려웠는데, 이제 그 아이들은 우리의 압도적 다수 속에 편입된 소수에 불과했다. 우리는 그 아이들과 별 탈 없이 잘 어울려 지냈다. 특히 서울내기들은 그들이 사용하는 표준말 때문에 인기가 좋았다. 국어 시간만 되면 담임선생님의 부름을 받아 시범낭독하던 형식이와 우리 동네에 이사 와 살던 송이와 장수 오누이가 내가 사귄 서울 아이들이었다. 나는 송이를 속으로 은근히 좋아했는데, 그 계집애가 하는 서울 말씨를 들으면 어찌나 곰살맞고 간드러지던지, 괜히 마음이 싱숭생숭해지곤 했다. "깅아, 안녕? 잘 잤니?" 아침 등굣길에 듣곤 하던 그 인사말이 참 듣기 좋았다. 그때까지 그보다 더 상냥한 말씨를 들어본 적이 없었던 나는 서울 말씨가 워낙 그런 줄 모르고, 그애가 나를 좋아하나보다, 하고 오해할 지경이었다.

섬 사투리에는 억양은 물론이고 단어 발음도 표준어와 다른 것이 많았다. 예를 들어 우리는 '여덟사람'을 '여덥사람', '흙을 파다'를 '흑을 파다'라고 읽었고, '일학년'은 '일낙년', '삼학년'은 '삼막년'이었다. 이런 식의 혀놀림으로 발음한다면 '결혼 안한 여자'는 '결론 안 난 여자'로 말이 바뀌지 않겠는가. 하기야 여자에게 결혼은 일생일대 중대사인지라, 인생의 결론이라고 할 수 있겠지만 말이다. 그런 식이다보니, '앓아눕다'도 '알나눕다'일 수밖에. 우리 사투리에 '아프다'는 있어도 '앓다'라는 단어는 없는데, 새로 배운 그 단어를 한번 써먹어본답시고 송이한테 "우리 엄마 앓아누웠어"라고 말했다가 낭패 본 적이 있었다. "머, 네 엄마 알 낳아 누웠다고? 깔깔깔." 그 계집애는 숫제 땅바닥에 주저앉아 금방 숨넘어갈 듯이 깔깔 웃어대는 것이었다.

나는 송이와 형식이 부러웠다. 그애들이 매끄러운 굴곡의 억양으로 말하는 표준어 속에는 남대문·동대문·중앙청·창경원이 있었고, 서울역의 기차, 냉냉냉 종 치며 달린다는 전차도 있었다. 나는 심지어 한강 물도 얼어붙는다는 서울의 강추위도 부러웠다. 얼음이라곤 고드름도 본 적 없어, 아무 뜻도 모르고 "고드름 고드름 수정 고드름" 하고 동요를 불렀던 나로서는 그 아이들이 피란 올 때 꽁꽁 얼어붙은 한강을 걸어서 건넜다는 말에 입이 딱 벌어졌던 것이다.

책 속의 건조한 활자들의 나열에 불과했던 표준어가 그렇게 송이와 형식의 입을 통하여 생생한 실체가 드러날 때 나는 얼마나 그 세계를 동경했던지. 내 후각을 강렬하게 자극했던 휘발유와 알코올 냄새의 진원지도 바로 그곳이었다. 모든 것을 포괄하고 모든 것을 지배하는 곳, 심지어 나는 그 세계가 벌이고 있는 전쟁까지도 선망의 대상이었다. 먼 곳에서 치러지고 있는 그 전쟁은 우리에게 신나는 활극으로만 보였다.

우리는 날이면 날마다 전쟁놀이에 정신이 팔렸다. 목총을 깎아 집총 열두개 동작, 제식훈련도 익히고 기습 공격, 백병전도 흉내 냈다. 그림도 그렸다 하면 늘 전쟁 그림이었다. 쌕쌕이와 야크기의 공중전, 함포 사격하는 군함, 탱크도 그렸고, 백병전의 국군과 인민군도 그렸다. 대통령의 얼굴도 그렸는데, 그 무렵 새로 나온 최고 고액권인 백원 지폐에 최고의 상징으로 그의 초상화가 실려 있었다. 나쁜 놈, 못된 하르방이라고 수군거리던 어른들도 이제는 그 얼굴을 어쩔 수 없는 기정사실로 받아들이고 있는 듯했다. 그 빳빳한 새 지폐가 얼마나 귀하고 부러운 것이었으면 똑똑하고 잘생긴 아이를 두고 칭찬할 때 "그놈 참, 새로 나온 백원짜리 지폐처럼 잘생겼구나"라고 했을까.

이렇듯 전쟁이 우리의 어린 영혼에 끼친 영향은 매우 큰 것이었다. 전쟁이 모든 것을 결정하고 모든 것을 획일적으로 통합했다. 일찍이 그 전쟁만큼 그 섬 땅에 큰 영향을 끼친 경우는 없었다. 중앙의 질서 속에 들어간다는 것은 과거와의 단절을 의미하기도 했다. 우리는 아이의 천성 그대로 변화에 적응이 빨랐다. 피란민 아이들과 어울리는 동안 금세 표준어에 귀 밝아진 우리는 여전히 사투리 투성이의 말로 수업하는 담임선생님을 뒷전에서 쿡쿡거리며 비웃곤 했다.

도두봉

이제 쓰린 과거는 어른들의 우울한 침묵 속에나 있을 뿐이다. 목 잘린 머리통들이 뒹굴던 칠성골 입구, 그후 오랫동안 지나기가 영 께름칙하던 그 장소도 행인들의 뭇 발에 밟혀 음산한 기운이 제압되어버린 것인지, 별다른 느낌 없는 평범한 곳으로 돌아갔고, 관덕정 앞, 십자가에 달려 있던 게릴라 대장의 모습도 흐릿한 영상으로 멀어졌다.

하기는, 전보다 훨씬 많은 행인들이 붐비고 차량들이 연상 꼬리물고 내달리는 그 시끄러운 번화가에 무슨 한적한 구석이 있어 귀신이 깃들겠는가. 불길한 공중 군무를 벌이던 바람까마귀들도 전투 연습하는 비행기들이 쫓아버렸는지, 하늘에 나타나는 일이 드물었다. 비행장 땅속에 묻힌 떼죽음의 귀신들도 활주로 밑에 깔리고 그 위로 이착륙하는 전투기들의 무서운 엔진 폭음 소리에 질려 꼼짝 못하고 있었다. 큰 구덩이 여러개에 구덩이마다 시체로 가득 채워, 마치 항아리에 멸치젓 담그듯 해서 파묻었다는 끔찍한 이야기, 밤이면 그 귀신들이 요동질 치는 바람에 땅이 들썩들썩한다는 소문이었는데, 그 귀신들이 이제는 비행기들한테 제압당하여 기를 못 편다는 것이었다. 비행장 근처 도두봉을 때리는 기총소사 연습도 매일같이 벌어지고 있었다.

그런데 그 기총소사에 기죽은 것은 활주로에 깔린 귀신들만이 아니었다. 우스운 이야기지만, 나도 그 때문에 손해 봤다. 나의 민대가리 정수리에 말굽쇠 모양으로 푹 파인 그 흉터가 이번에도 빌미가 되었다. 푸른 풀밭으로 덮인, 동그스름하게 생긴 그 민둥산의 정수리에 기총소사로 파인 벌건 흠집이 멀리서도 보였는데, 그런데 그것이 재수없게도 내 머리의 흉터와 연관되고 만 것이었다. 그 짓궂은 장난을 웬깅이가 아니고 누가 생각해내겠는가. 녀석은 나를 만나기만 하면 인사 삼아 한다는 짓이, 두 팔을 비행기 날개처럼 벌리고 내 주위를 빙빙 돌면서 "도두봉 폭격! 타타타 쁘앙쁘앙!" 하면서 기총소사 퍼붓는 시늉을 했다. 전쟁놀이하면서 총 맞아 죽는 시늉에 이골이 난 나였지만, 내 머리통을 향한 웬깅이의 기총소사는 정말 질색이었다.

그래서 전투기가 뜨면 기분이 언짢았다. 먹이를 찾는 솔개처럼 머리 위를 한바퀴 선회하다가 급히 내리꽂히면서 기총소사를 퍼부을 때면, 내 머리의 상처가 선뜩하게 느껴져 반사적으로 손이 올라가곤 했다. 기총소사 연습이 없는 날을 골라 웬깅이들과 함께 도두봉 근처까지 기관포 탄피를 주우러 간 일이 몇번 있었는데, 가까이서 본 그 봉우리의 파헤쳐진 붉은 상처는 정말 보기에 끔찍했다.

탄피 주우러 도두봉 근처에 한번 갔던 일이 나에게 불안한 모험의 기억으로 남아 있다. 거기까지 가려면, 4킬로미터의 먼 거리인데다가 보기만 해도 으스스한 군용 비행장 앞을 지나야 했다. 그 비행장은 도두봉 직전의 일주도로변에 위치해 있었다. 내가 그곳에 가본 것은 그때가 처음이었다. 행인은 드물고 군용차량들만 먼지를 일으키며 무섭게 질주하는 그 길 위에서 먼지 속에 휩싸인 채불안에 쫓겨 종종걸음을 치던 아이들. 험상궂은 철조망 울타리를 따라 보초들의 경비가 삼엄했고, 거대한 애벌레처럼 쭈글쭈글 주름진 퀸셋들이 엎드린 사이사이로 전투기들이 내려앉은 모습이 보였다. 수많은 떼시체들이 그 밑에 파묻혀 있다는 활주로. 그러나 무엇보다도 무서운 것은 낯선 모습의 미군 병사들이었다. 우리 학교의 한 여선생, 나와 종씨인 그 여선생이 길을 가다가 미군 지프차에 채어가 당하고 말았다는 소문이 파다할 때이니, 왜 두렵지 않겠는가. 읍내 거리에서 이따금씩 눈에 띄는 미군들의 주둔지가 그 비행장이었다.

탄피가 발견되는 풀밭도 보초들의 눈에 띄는 비행장 근처여서오래 머물기가 불안했다. 그래서 탄피 한두개만 얼른 줍고 바닷가 길로 우회해서 돌아왔는데, 도중에 다끄내 동네에서 별 해괴한 장면을 보았다. 동네와 조금 떨어진 외딴집에서 한 젊은 여자가 시퍼런 군복의 양키를 방 안으로 맞아들이다가 우리와 눈이 마주치자 황망히 군화를 들여놓고는 덧문까지 닫아거는 것이었다. 벌건 대 낮에, 어두침침하게 만들어놓은 그 방에서 당장 벌어지고 있을 장 면을 상상하자니 너무도 기분이 이상망측했다. 상대가 미군이어서 징그럽고 무서운 느낌도 들었다. 좀처럼 자리를 못 뜨고 돌담 구멍 에 눈을 박은 채 숨을 헐떡거렸는데, 정말 우리는 뭔가 일을 저지 르고 싶어 좀이 쑤셨다. 마침내 웬깅이가 돌멩이를 집어들었다.

"에이, 씨벌, 추잡해서! 내가 돌을 던지면 즉시 달아나는 거야. 알았지?"

"혹시 붙잡히면……"

"에이 빙신, 저것들 지금 한창 둘이 붙어서 콜락콜락 하고 있을 텐데, 빨개벗은 몸으로 어떻 쫓아올 거여."

팔매 친 돌멩이가 덧문을 때리는 딱 소리와 함께 우당탕탕 냅다 튀어 달아나는 아이들, 푸른 바다, 수평선 쪽엔 목화 같은 흰 구름 이 피어 있고……

미개의 밤

병문내 서쪽으로 이사 간 뒤에도 나는 거름 냄새가 물씬 나는 그 촌동네가 싫어서 개천 동쪽 지역에서 놀았다. 학교도 관공서도 상 가도 모두 그쪽에 있었다. 병문내는 말하자면 개명과 미명, 그리고 개명과 미개의 경계선이었다. 밤이 되면 그 구분이 아주 뚜렷해졌다. 어스름 저녁이면, 개천 동쪽 지역에는 전깃불이 일시에 번쩍하고 들어오는 그 기적 같은 순간이 있었다. 여름밤 이 집 저 집 전깃불 환한 방에 둥드렷이 쳐놓은 모기장들은 또 얼마나 호사스러웠던가.

그 전깃불로 인해 우리 동네는 더욱 어두웠고, 그 어둠은 시오리 밖의 타버린 나의 향리의 우울한 어둠과 연결되어 있었다. 그 어둠 속에서 아이는 타버린 그 마을에 밭일하러 간 어머니의 늦은 귀가를 기다리곤 했다.

어머니가 아직 돌아오지 않은 집에서 밤을 맞이하는 아이의 막막한 심정을 그 무엇에 비길까. 그런 날, 일몰 후의 한시간은 하루 중에 가장 긴 시간이었다. 그런 날일수록, 시시각각으로 짙어지는 밤의 어둠은 떼 지어 스멀스멀 기어가는 파충류처럼 무섭게 느껴졌고, 사물들을 지워버리는 그 어두운 촉수가 내 가슴에 와닿는 것 같았다. 낮 동안의 빛과 소음에 쫓겨갔던 귀신들이 어둠과 함께 두런거리면서 돌아오는 시간이었다.

나는 바깥 어둠이 두려워 창문을 닫고 남포에 불을 켠다. 후루룩 밝아지는 불빛, 그러나 그 콩알만 한 불방울은 방 구석구석을 다 비춰주지 못한다. 그 불빛 때문에 구석에 도사린 어둠은 오히려 더 깜깜해 보인다. 나는 불안한 마음을 달래려고 누이동생과 그림자 놀이를 해본다. 창호지 창에 비친 손 그림자들, 개와 고양이. 나의 사냥개가 왈왈 짖으며 동생의 고양이한테 덤벼든다. 고양이도 지지 않고 야옹거리며 폴짝폴짝 뛴다. 개가 고양이를 덥석 문다. 야옹 야옹, 고양이가 아프다고 처량하게 비명을 지른다. 문득 께름칙한 느낌이 든다. 밤에 고양이 우는 소리를 들으면 꼭 아기 울음소리 같아 기분이 언짢은 것이다. 병문내 위 애장터의 아기 무덤들, 깜깜한 밤이면 아기 울음소리가 들린단다. 아기 울음이 아니라 고양이 울음이라고도 한다. 어쨌든 밤에 고양이 울음소리는 기분 나쁘다. 동생이 야옹거리다 말고 먼저 나자빠져버린다.

"나 안해. 맨날 나만 고양이 하렌 하고, 치이. 근디 어멍은 지금 어디쯤 와시카?"

"글쎄, 머, 거진 다 와갈 테지."

"비룡못쯤?"

"아마 그럴 거라."

아니, 비룡못은 너무 가깝다. 넉넉하게 잡아보자. 아마 지금쯤 향교 앞을 지나고 있을 테지. 나는 어둠속에서 짐 진 무거운 몸으로 타박타박 걸어오고 있을 어머니를 마음속으로 마중 나간다. 어머니도 우리 오누이의 얼굴을 그려보면서 오고 있겠지. 오늘따라 늦어지는 걸 보면 짐이 무거운 건 아닐까? 머릿수건 벗어 땀 씻는 모습이 떠오른다. 향교 앞을 지나 샛길로 접어든다. 타박타박. 이제 비룡못이다. 연못가에 귀신처럼 머리 풀고 서 있는 수양버들. 혹시 어머니가 어둠속의 그 나무를 보고 놀라지나 않을까? 어둠을 삼키면서 물속에서 맹꽁이들이 울고 있을 것이다. 그놈들은 향교 귀신이다. 지난 난리 통에 유생들이 많이 죽어 향교에서 글 읽는 소리 그친 지 오래고, 그 맹꽁이들이 대신해서 글을 읽는단다. '맹자왈 공자왈'을 줄여서 '맹꽁맹꽁' 한단다. 어머니는 무사히 그 연못을 지나 병문내 옆길로 접어든다. 그 길을 따라 가쁜 숨을 쉬며 허위허위 내려온다. 어머니 주위로 반딧불이 날아다닌다. 점점 집 가까이 다가온다. 타박타박, 발소리가 들려오는 것 같다. 드디어 대문 앞에 당도한다. 숨을 죽이고 바싹 귀를 기울인다. 그러나 또르르 풀벌레 우는 소리만 들려올 뿐 대문 미는 기척이 없다. 맥이 탁 풀리면서 눈에 눈물이 팽그르르 돈다. 또르르 풀벌레 소리, 배 속에서 꼬르륵 소리가 난다. 짐이 너무 무거워 더디 오는 걸까? 아니면, 오다가 향교 옆 승언이네 고무신 가게에 잠시 들렀을까? 혹시 오늘따라 일이 늦어져 어두워진 다음에 도령마루를 넘다가 무슨 일이 났는지도 몰라. 시체들이 많이 널렸던 곳인데, 그 아래 비행장 활주로에도 시체들이 많이 묻혔다지 않아. 그래서 야밤에 혼자 그 고개를 넘을 때는 꼭 횃불을 밝힌다고 했는데…… 설마, 그럴 리야.

나는 다시 향교 앞으로 거슬러올라가 거기까지 와 있을 어머니를 다시 기다리기 시작한다.

그런데 해 저문 날 어머니를 기다리는 일이 한두번이 아닌데도, 이렇게 마치 어느 특정한, 단일한 날의 기다림으로 떠오르는 것은 웬일일까? 아마도 어린 시절의 일들을 떠올린다는 것은 대개 그런 식인 모양이다. 오래전에 본 영화를 다시 생각해볼 때처럼 비슷한 여러 장면들이 하나의 장면으로 용해되어 나타나고, 그리고 그 장면들은 시간 순서에 관계없이 제멋대로 불쑥불쑥 나타나기도 한다. 지금까지 이 기록은 미흡하나마 대충 시간의 순서에 따라 쓰인 셈인데, 그것이 가능했던 것은 한해도 거르지 않고 연속 발생한 큰 사건들 때문이었다. 나의 과거에는 나의 개인적 과거 뿐만 아니라 내 것이면서 동시에 공동체의 과거, 즉 역사도 들어 있다. 역사의 그 사건들이 나의 어린 의식에 큰 영향을 끼쳤는데, 그러나 6학년 때까지 앞으로 남은 삼년간은 그런 큰 사건이 발생하지 않는다. 그래서 그런지는 몰라도, 그 삼년 기간이 나에게는 마치 평화 시였던 것처럼 착각이 들기도 한다. 큰 사건이 없는 일상의 연속이었기 때문에 그 기간을 시간 순서에 따라 기술한다는 것은 가능한 일도 아니고, 그래 봐야 별 뜻도 없어 보인다.

그래서 지금 그 기간을 회상해보면 삼년이 일년으로, 세번의 여름이 단 한번의 여름으로 응축되고 여러날의 일들도 단 하루에 일어난 일들인 것처럼 느껴진다. 그뿐 아니라 애써 머리에 떠올려본 기억의 단편들도 저마다 나름의 광채로 명멸할 뿐, 시간 순서를 종잡기가 어렵다. 아마도 그것은 밤하늘의 별들이 서로 간에 몇광년의 시간적·공간적 거리가 있음에도 불구하고 그것들이 마치 천개(天蓋)의 같은 곡면에 박혀 있는 것처럼 느껴지는 것과 같은 이치일 것이다.

그러므로 이 기록에 나오는 어떤 사물·사건, 어떤 관념, 말 그리고 그것들의 환경을 이루는 빛·소리·냄새 같은 것들은 어느 특정한 날의 고유한 것이라기보다는 다른 여러날의 것들이 시간 순서도 무시한 채, 거기에 함께 섞여 들어와 있는 셈이다.

그리고 이 기록은 당시 어린 내가 일일이 겪고 생각한 그대로를 옮겨놓은 것도 아니다. 그럴 정도로 내가 특별히 뛰어난 기억력과 감수성을 지녔던 것도 아니다. 아마 느낌만은 분명 있었겠지만, 당시 내가 겪은 경험들의 의미를 제대로 깨달은 것은 어른이 된 후였다. 그래서 어떤 장면, 어떤 관념에는 성인이 된 내가 틈틈이 고향 섬을 방문하면서 보고 느꼈던 것들도 함께 어우러져 있을 것이다. 기억된 과거의 이미지들은 지금의 시각에서 보면, 당시에는 못 느꼈던 전체적 윤곽이 드러나기 때문에 그것들에 대한 재해석이 불가피한 것도 사실이다. 그리고 기억력의 한계를 메우기 위해 상상력 발동이 불가피한데, 그래서 어떤 장면들은 실제보다 더 부풀려 있기도 할 것이다.

그러므로 과거의 편린들, 암흑 속에 아무렇게나 흩어져 있는 그 이미지 파편들은 어떻게 찾아내고, 그들을 어떻게 조직해서 하나의 온전한 형태를 만들어내는가가 이 글의 과제인 것이다.

술

이제 나의 신체는 어쩔 수 없이 조락의 계절로 접어들고 있다. 체세포들이 서서히 쇠퇴하고, 눈에 띄지 않지만 혈맥의 박동도 차츰 약해지고 있을 것이다. 피가 식어가는구나 하는 느낌이 절실하다. 체세포의 증식 활동이 왕성했던 어린 시절, 성장에 피로를 느낀 나머지 잠이 많았던, 그래서 꿈도 많았던 그 시절은 이제 아득히 먼 시간의 하구로 밀려가버렸다. 성장이 완성되어 세포의 증식 활동이 둔화된 후에도, 젊은 몸의 세포는 이삼년에 한번씩 바뀌어 새로워진다고 하는데, 내 신체는 이미 그 단계를 넘어버렸나보다. 살갗에 작은 상처가 나도 쉬 아물지 않을뿐더러, 다 아문 다음에 그 부위에 남은 흔적은 적자색에서 거무끄레한 빛으로 변한 채 좀처럼 사라지지 않는다. 부러진 갈비뼈도 잘 붙지 않는다. 작년 겨울, 취객의 호주머니를 노리는 불량배 세 놈의 급습을 받고 취중에 대항했다가 흠씬 몰매만 맞고 갈비뼈 넉대가 나갔는데, 부러진 갈비뼈는 잘 붙는다고 의사도 장담했건만, 한대는 종내 붙지 않고 말았다.

그런 봉변을 당해도 나는 여전히 밤늦어 귀가하는 모주꾼 취객의 신세를 면치 못하고 있다. 나에게 있어서 술은 이틀이 멀다고 찾아오는 악연의 벗처럼 느껴진다. 이제 나이 먹어서 동반하기가 버겁긴 하나, 그렇다고 평생 사귀어온 그 벗을 새삼스럽게 박대할 생각은 없다. 그러기는커녕 오히려 나이 들어 먹는 지금의 술맛이 아주 각별하게 좋다. 미인을 봐도 더이상 홀리지 않고, 무슨 거창한 계획도 일도 아주 관심 밖이 되어버린, 말하자면 볼 장 다 본 나이의 사내로서, 게다가 성미가 고약해서 까닭없이 신경질 나고 우울해지기 쉬운 터수에, 술이라도 없다면 어찌 되겠는가. 술잔만 잡으면, 목마른 기러기 물 만난 듯이 절로 웃음이 나오는 것을.

쇠퇴기에 놓인 나의 체세포들이 생기발랄했던 옛 시절을 못내 그리워하기 때문에 나는 그것들에게 술잔을 부어 환상을 심어준다. 술은 식어가는 내 피를 다시 한번 따뜻하게 데워주고, 침울하게 오므라든 체세포들에게 활기를 불어넣어준다. 술만 마시면 왜 그리도 아이처럼 웃음이 헤퍼지고, 된 소리 안된 소리 수다스럽게 찧고 까불게 되는 걸까. 침울해 있던 세포들이 술기에 촉촉이 젖어 발갛게 상기되면, 흡사 내 몸속에서 옛날의 그 아이가 되살아나는 느낌이 든다. 앞자리에 마주 앉아 술잔을 기울이며 즐겁게 웃고 있는 친구의 얼굴에서도 나는 자신의 얼굴을 발견하는 것이다. 그가 참으로 오랜만에 만난 어릴 적 동무라면 더 좋다. 썩은 호박처럼 누렇게 찌든 그 얼굴이 술 한두잔만 들어가도, 전기 스위치 넣은 듯 대번에 화색이 돌면서 어릴 적 모습으로 돌아가지 않던가. 그 시절의 벌거숭이 그 아이들처럼 술의 조화를 빌려 우리도 본성 그대로 적나라해져버린다. 도도한 취기 속에서 나는 똥깅이가 되고 녀석은 돌패기가 된다. 그 아이들이 깔깔대고 그 아이들이 떠들어댄다.

어릴 적 동무인 그를 어른이 되어 처음 만났을 때, 그 우연한 해후의 장면은 지금 생각해도 웃음이 나온다. 몇년 전, 고향에 볼일 있어 내려갔을 때의 일이다. 제주시의 번화가인 중앙로의 인파 속을 걸어가던 나는 맞은편에서 한 중학생의 얼굴을 보는 순간, 깜짝 놀라 그 자리에 우뚝 멈춰 섰다. 아니, 이애가! 너무 반가운 나머지, 하마터면 "야, 너 돌패기 아니가!" 하고 탄성을 지르며 덥석 어깨를 안을 뻔했다. 순간적인 착각이었다. 그럴 정도로 그 아이는 내 어릴 적 동무 돌패기를 빼다박은 듯이 닮아 있었다. 그제야 정신이 난 나는 이번엔 틀림없겠지 싶어, 그 아이에게 "학생, 혹시 아버님의 성함이……" 하고 입을 떼는데, 누군가 옆에서 내 어깨를 툭 쳤다. 돌아다보니까, 앞머리가 훌떡 까진 웬 중늙은이 하나가 싱글벙글 웃지 않는가!

"야, 너 깅이 맞지?"

"야, 돌패기!"

이렇게 진짜를 옆에 두고 엉뚱하게 그 아들놈을 내 동무 돌패기로 착각했으니, 어찌 우습지 않겠는가! 눈앞의 두 부자를 번갈아 바라보면서 나는 연상 낄낄거리며 웃었는데, 그러나 한편으로는 늙어감이 실감되어 쓸쓸하기도 했다.

친구는 그 당장에 아들놈을 먼저 보내놓고 대낮부터 나와 술자리에 어울렸다. 아무튼 그날의 술은 각별히 맛이 있었다. 찌든 호박같이 낯설기만 한 그 대머리는 두어잔 술이 들어가자, 그제야 불그레 홍조가 번지면서, 그 오랜 세월의 더께를 밀어내고 내가 알고 있는 아이, 돌패기의 모습을 드러내주었던 것이다. 웬징이한테 머리 눌려 물속에서 물 먹은 분풀이로 빨래터의 바위에 널어놓은 웬징이네 이불 홑청을 돌로 쪼아 구멍내버린 악바리 녀석, 그래서 그의 별명이 돌패기였다.

"얌마, 하마터면 네 아들놈한테 돌패기라고 부를 뻔했잖아, 깔깔깔."

"에라이, 이 똥깅이, 깔깔깔."

지금은 멀리 사라져, 이렇게 술에 의한 환상 조작 속에서나 잠깐씩 나타나는 그 아이, 똥깅이를 나는 지금 여기저기 찾아보고 있는 중이다. 그 아이를 알고 있는 사람은 나만이 아니다. 돌패기처럼 나의 고향 친구들도 그 아이에 대해서 내가 모르는 부분을 저마다 조금씩은 알고 있다. 그래서 볼일 있어 고향에 내려가면 몇몇 친구들을 만나 그 아이의 행방을 묻고 그가 놀던 바닷가나 들판을 헤매다녀본다. 잃어버린 자식을 찾는 아비의 심정이라고나 할까. 아니, 아들이라니, 어폐가 있는 말이다. 내가 언제 그 아이를 낳았나, 오히려 그 아이가 지금의 나를 낳았지!

대지의 뼈

제주공항에 내리면 우선 나를 반기는 것이 고향 특유의 눈부신 풍광이다. 서울의 회색 공간에 익숙해 있는 나에게 고향의 자연은 만날 때마다 늘 새롭고 경이롭다. 위도상의 차이와 맑은 공기로 인하여 모든 색채가 선명하게 돋보인다. 푸른색은 더 푸르고 붉은색은 더 붉어, 기름진 잎새들의 진초록과 흐드러지게 어울린 협죽도나 칸나의 붉은 꽃무더기들은 이따금씩 고향을 찾는 나를 깜짝깜짝 놀라게 한다.

그처럼 햇빛이 강한 여름철은 물론이고, 음산한 겨울을 보낸 후의 가녀린 봄빛에도 사물들은 저마다 강한 빛을 발산하지 않던가. 숯같이 검은 현무암으로 뒤덮인 해변, 그 검은 해변을 희디흰 잇바디로 물고 있는 짙푸른 바다, 누가 더 푸르냐, 바다와 내기하며 심연처럼 깊어지는 쪽빛 하늘, 그 바다와 하늘의 질펀한 청색 사이에 거무튀튀한 돌담으로 구획되어진 샛노란 유채밭과 진초록의 보리밭들…… 그 색의 모자이크를 대할 때마다, 나는 그 색채가 너무 강렬하여 차마 바라보기가 괴로울 지경이 된다. 거기에다 고향에 대한 나의 편협한 애착심까지 끼어들어 그 색채들은 선명한 정도가 아니라 강렬한 원색처럼 느껴진다. 육지부와 사뭇 다른 자신의 존재를 과시하려는 듯이 강한 호소력으로 뿜어대는 그 색깔들, 나는 심지어 거기에서 강한 배타성까지 보는 것이다.

서른해가 훨씬 넘는 서울생활에도 불구하고 이렇게 나의 섬놈 근성은 여전히 요지부동이다. 편견에 가득 찬 내 눈에는 그 섬 땅의 것들이 아니면 어떤 것도 진실되어 보이지 않는다. 육지부의 어느 고장을 여행해도 별로 마음에 드는 풍경이 없어, 검은 까마귀도 고향 까마귀라면 반갑다는 식으로, 나무들을 봐도 다른 것은 제쳐놓고 오직 팽나무·먹구슬나무 같은 것만 찾아내어 즐거워하곤 한다. 물론 치렁치렁한 강물도 좋고, 살 깊고 물 흥건한 논에 가득 실린 벼포기들의 초록빛도 좋기는 좋다. 그런데도 그 풍경들이 어쩐지 싱겁고 맹숭하게 여겨지는 것은 어째서일까? 색채가 트미해서만도 아니고, 뭐랄까 뼈가 안 든 물렁살처럼 느껴진다. 그래, 육지부의 풍경들은 암석이 적고 풍경을 뒤흔드는 거센 바람이 없어 싱거운 것이다.

고향 산천 도처에 지표 위로 노출된 거친 암석의 무리들, 대지의 뼈다귀들. 그 풍광의 특이한 아름다움은 그만큼 그곳 산천이 척박하다는 뜻이다. 해변의 검은 현무암, 말라붙은 건천들의 뼈빛 화강암 무리들, 대지의 뼈들이 사정없이 노출되어 사나운 파도와 비바람에 맞서 무섭게 울부짖는 곳, 초원의 새·억새 무리들이 날선 잎새를 세우고 사나운 질풍을 찢어버리는 곳, 강풍에 맞서 인간의 뼈와 피가 더욱 오만, 완강해지는 곳, 척박한 땅이지만 결코 좌절하지 않는 인간들이 대대로 거기에 뿌리내려 살아오지 않았던가. 대지가 강인한 만큼 인간의 자부심 또한 완강했다. 말뚝을 한자만 박아도 암반에 부딪치는 척박한 지표 위에, 새·억새 무리들처럼 촘촘히 서로 얽힌 그물 같은 집단의 뿌리로서 존재해온 그들이었다. 관권의 폭압에도 좀처럼 굴하지 않던 사나운 혼, 항쟁으로 점철된 역사…… 그러나 그 세계는 반세기 전의 대참화로 영원히 종언을 고

하고 말았다. 숱한 인간들이 멸망하고, 남은 것은 달랠 길 없는 깊은 한과 슬픔, 그래서 이제 저 아름다운 풍광의 배후에는 아직도 진혼되지 않은 수만 원혼들이 음산한 기운으로 깃들어 있건만, 그 풍광을 종횡무진 뚫으며 호사한 관광객들이 유쾌하게 흘러간다.

신혼부부들이 서로 얼싸안고 사진 찍는 현무암의 용두암 근처 바닷가. 내 어릴 제 놀던 곳, 그런데 까르르 깔깔, 허공을 울리는 저 간지러운 교성들은 웬 것인가! 녹색 저고리에 받쳐입은 다홍치마들이 숯처럼 검은 현무암에 날카롭게 대비되어 불길처럼 강렬한 원색을 내뿜을 때, 그것을 보는 내 마음은 어쩔 수 없이 서글퍼진다. 그 검은 현무암지대가 그 시절의 초토화 불길에 타버린 숯더미처럼 느껴지기 때문이다. 오, 현무암, 그 시절의 완강함, 오늘의 슬픔이여! 그래서 저 자연은 어린 나에게 무엇을 가르쳐주었나? 거칠면서도 우울증에 빠지기 쉬운 이중의 성격, 터무니없는 아집에 자승자박되어 끙끙대고, 허구한 날 술이 아니면 우울증을 달랠 수 없었던 것이 지난날의 내 모습이 아니던가.

이제 나는 용두암 근처, 현무암의 바닷가에서 부산스레 들락날락하는 호사한 관광객 무리를 밀어내고, 거기에서 놀던 옛 아이들을 다시 등장시켜놓아야 하겠다.

선반물

병문내의 웅덩이물에서 헤엄을 익히고 나서, 하구 쪽 선반물에서 놀던 우리는 나중에 용두암 근처의 용연으로 진출하게 되는데, 아마도 그것이 4학년 때였을 것이다.

이왕 말이 나온 김에 선반물 얘기를 잠깐 하고 넘어가야겠다. 선반물의 샘물을 생각하면, 용연물과 함께 그 궁핍한 시절에 풍요의 상징처럼 떠오른다. 병문내 천변의 여러 동네가 모두 그 물을 먹었는데 수량이 여간 풍부하지 않았다. 밭곡식은 물론 목장의 풀까지 벌겋게 타 죽었다는 갑인년 흉년에도 먹다 남은 것이 물이더라는 말이 있듯이 선반물과 같은 해변의 용천수들은 어떠한 가뭄에도 마름이 없었다. 튼튼한 돌담으로 에워진 큰 샘물통이 두군데 있었는데, 사시장철 지하수가 펑펑 푸지게 솟아올라, 물을 긷거나 푸성귀 씻는 여자들이 항시 붐볐고, 돌담 밖의 널찍한 빨래터에는 방망이 두들기는 소리와 함께 떠들썩한 잡담 소리, 웃음소리가 그칠 날이 없었다. 때때로 멀리 중산간 마을의 아낙네들이 빨랫짐을 잔뜩 지고 어린애들까지 달고 와서, 노천에서 점심밥을 지어 먹으면서 빨래도 하고 바다 구경도 하는 진풍경이 벌어지곤 했는데, 그 아이들이 헤엄칠 줄 몰라, 크게 묶은 보리 짚단을 물 위에 띄워놓고 거기에 매달려 조짝조짝 헤엄치던 광경도 생각난다.

빨래터 아래쪽, 담수와 해수가 만나 얕은 못을 이룬 데가 오리떼와 함께 어린아이들이 헤엄치며 노는 곳이었다. 아이들이 그 물에서 한두해 놀면서 머리통이 좀 굵어지면, 아기들이나 노는 물이다, 빨래하는 여자들의 수다가 시끄럽다, 여자들이 빨래하면서 오줌 싼 물이다, 아기 똥기저귀 빤 물이다, 어쩌다 하고 그 물을 나무라면서 용연으로 옮아가곤 했다.

용연으로 옮긴 후에도 우리는 용연으로 가는 길목의 선반물을 지날 때면, 그 시끌벅적 흥청거리는 그곳 풍경에 곧잘 정신이 팔리곤 했다. 그런데 그 떠들썩한 소리가 거짓말처럼 뚝 그칠 때가 있었다. 참 재미있는 장면이었는데, 머리에 포마드 기름을 바르고 멋지게 차려입은 양복쟁이라도 지나칠 양이면, 마치 개구리떼 우는 둠벙에 돌을 던진 것처럼 떠들썩하던 소리가 일시에 뚝 멎는 것이었다. 짧은 정적 속에 힐끗거리는 뭇 시선들, 그리고 다음 순간에 한꺼번에 와그르르 쏟아지는 야유 섞인 웃음소리, 와당탕탕 빨랫방망이 소리가 더욱 커지고, 양복쟁이는 뒷목까지 벌게져 급히 종종걸음 치고, 정말 그런 야단이 없었다. 저거 어떤 년 서방인고? 팔자 좋게 용연에 물 구경 감구나, 깔깔깔. 아니, 뺀질뺀질한 걸 보니, 육지것 닮은디, 참기름 통에 빠졌당 나왔나, 깔깔깔.

그리고 빨래터 근처의 검은 암반과 자갈밭에 온통 백지로 도배한 듯 하얗게 널려 있던 빨래들, 특히 여름 한낮 짱짱 내리쬐는 불볕에 하얗게 바래지던 빨래의 눈부신 빛은 잊을 수 없는 풍경들 중의 하나다. 그런데 그 흰색을 감히 돌패기 녀석이 돌로 쪼아 검은 구멍을 쑹쑹 내버리지 않았나! 그것이 곧 어른 싸움이 되어, 함께 빨래하던 두 엄마가 물 젖은 빨래 뭉치를 휘둘러갈기며 서로 맞붙었는데, 대장간 풀무질로 단련된 웽깅이 엄마가 아무래도 힘이 좋았다.

"이년아, 홑청값 물어내라, 어서!"

"아이고, 이년 사람 잡네! 아주 날 쥑이라, 쥑여!"

용연

한내의 하구인 용연은 선반물 서쪽 얼마 안 떨어진 곳에 위치해 있었다. 한내도 큰비 온 뒤에나 잠시 흐르다가 말라버리는 건천이었는데, 병문내의 선반물처럼 하구에 담수와 해수가 만나는 크고 깊은 못이 있어, 그것을 용연이라고 했다.

용연은 근처의 용두암과 더불어 예로부터 절경의 하나로 손꼽히는 곳이었다. 병풍처럼 이어진 기암절벽들이 물 위에 수려한 그림자를 드리우고, 그림자가 없는 물 가운데는 바닥을 알 수 없는 심연의 새파란 빛이었다. 그 암벽들의 견고한 화강암질은 용연 위의 마른 냇바닥에 그대로 노출된 허연 뼈빛의 암반·암석들과 연결되고, 아래로는 바닷가까지 뻗어나간 검은 현무암의 암벽들과 만나고 있었다.

성장함에 따라 놀이 무대를 병문내의 웅덩이물에서 하구의 선반물로, 그리고 마침내 병문내를 떠나 한내 하구로 옮긴 우리는 용연이 마련해놓은 성장의 여러 단계들을 하나하나 밟아가기 시작했다.

용연과 바다가 만나는 곳은 병 모가지처럼 길죽하게 오므라들어 있었는데, 수심이 낮아 비교적 더 어린 축에 속하는 아이들이 주로 그 물에서 놀았다. 얕은 물이라도 가운데는 아이 키의 두곱절 되는 깊이였다. 우리는 처음 그 물에서 이미 익힌 개구리헤엄을 더 빨리 나가게 세련시키고, 크롤·송장헤엄, 그리고 잠수질도 배웠다.

6학년 때 이사 간 정드르 마을은 용연 건너편 아주 가까운 곳에 위치해 있었기 때문에 이사 간 후로는 더 자주 그 물에 놀러 다녔다. 더운 여름날 학교가 파하면, 목욕도 할 겸 해서 아예 용연물을 건너서 귀가하곤 했다. 머리에 얹은 가방과 옷을 턱에 건 허리띠로 단단히 묶고서 용연물을 헤엄쳐 건너던 아이들의 모습이 눈에 선하다.

그 시절의 나는 어찌나 물놀이에 미쳤던지 여름철 해 박힌 날이면 종일 바닷가에서 살다시피 했다. 점심 먹으러 집에 들렀다간 자칫 어머니한테 붙잡혀 심부름하게 될까봐 아예 굶어버릴 때도 있었다. 그러한 자식을 둔 어미의 마음이 편할 리 있겠는가. 꼭 무슨 심부름 시키고 싶어서가 아니라, 물에서 놀다가 무슨 변을 당할지 몰라 어머니는 더 걱정이었을 것이다. 어머니는 내 동무 장수가 물에 빠져 죽은 후 한동안 용연물에 못 가게 감시하여, 모래가 있나 없나 내 신발과 귓속을 들여다보고, 머리칼에 바닷물 소금기가 남았는지 혀로 핥아보기도 했지만, 물에 미쳐버린 나에겐 아무런 효험도 없었다. 결국 체념할 수밖에. 자맥질을 배운 뒤로, 나는 어머니의 환심을 사려고 깊은 물속의 파래를 뜯어다 바치곤 했다. 지하수와 해수가 섞인 그 물의 밑바닥에 자라는 파래는 수염발처럼 가늘고 부드러운 양질의 것이어서 여름철의 좋은 반찬거리였다. 햇볕에 탄 알몸, 뱀 허물 벗듯 살갗이 한차례 벗겨지면, 흰 눈자위만 빼놓고 온몸이 새까맣던 그 여름 아이……

우리는 물속을 잠수질로 횡단하기도 하고, 갯돌 하나씩 가슴에 안고 물 밑을 걸어서 건너기도 했다. 때로는 갯돌을 안고 물 밑바닥에 숨을 참고서 앉아, 수면 위에 아이들이 헤엄치는 모양을 올려다보면서 괴괴한 물속의 정적을 음미해보기도 했다. 물속에서 보면 연체동물처럼 흐느적거리는 아이들의 팔다리의 소리 없는 동작이 왠지 애처롭게 보였다. 그들의 즐거운 목소리도, 텀벙대는 물장구 소리도 들리지 않고, 들리는 것은 오직 나 자신의 소리, 귓속에서 재깍거리는 이명 소리뿐이었다. 재깍재깍, 숨 참고 있는 시간을 측정하는 시계 소리, 나의 존재가 분명히 느껴지는 시간이었다. 죽음의 촉수도 느껴지는 듯했다. 외로움과 두려움. 죽음에 에워싸여 생명은 응축된다. 어머니의 얼굴이 얼핏 스쳐지나간다. 나는 숨을 참고 있는 걸까, 아주 숨이 멎어버린 걸까? 물 밑바닥에 영롱한 빛으로 어룽거리는 물그림자들. 그러다가 나는 더 참을 수 없는 한계에서 바닥을 차고 수면 위로 떠오르는 것이었다. 참았던 숨을 터뜨림과 동시에 떠들썩하게 되살아나는 아이들의 쾌활한 목소리……

그리고 그 깜찍하게 생긴 서울 계집애 송이, 그애가 좋아라고 깔깔대면서 깊은 물속에 던지는 흰 조개껍데기를 충실한 강아지처럼 자맥질해서 물어내오곤 하던 일도 생각난다.

씨앗망태

그런데 문제는 다이빙이었다. 다른 종목에서는 결코 남한테 뒤지는 편이 아닌데, 정말 다이빙만은 젬병이었다.

동편 물가 아래쪽에 줄느런히 솟은 현무암 암벽들이 말하자면 우리의 다이빙대였다. 암벽 높이에 따라 1단에서 6단까지 그 장소가 지정되어 있었다. 중학생 몫인 7단과 8단은 별도로 뚝 떨어져서,

깊이 모를 새파란 물 근처에 솟은 절벽이었는데, 겨우 키 높이밖에 안되는 1단에서 보면 참으로 까마득한 격차였다.

이렇게 용연의 무대 위에 성장의 계급이 엄연히 존재하고 있는 이상, 두렵다고 회피할 수는 없는 노릇이었다. 삶이란 두려움의 대상을 하나하나 극복해나가는 것이라는 것을 아이들은 은연중에 깨닫고 있었다. 자신을 극복하는 일, 지금의 자기를 극복하여 더 커지려는 욕망, 자신보다 더 큰 아이를 따라잡으려는 안간힘(중학생한테 얻어 맞고 분을 못 참아, "새끼, 두고 봐, 내가 열다섯살만 되면 너 따윈 국물도 없어! 묵사발 맹글어볼 테니깐!" 하고 씩씩거리던 아이가 우리 중에 누구였을까? 돌패기? 웬깅이? 닭똥고망?). 그래서 우리는 서너살 적부터 자기보다 더 높은 데서 뛰어내리는 연습을 자주 하지 않았던가. 누가 시키지 않아도, 보는 사람이 없어도, 무릎이 깨져 피가 나더라도, "새 다리는 꺾어지고 내 다리는 꺾어지지 말라!" 하고 주문을 외우며 높은 데서 뛰어내리곤 했던 것이다.

그런데 그 과정에서 나는 한번 호되게 실패를 경험하고 말았다. 여섯살 때, 매미 잡으러 나무에 올랐다가 떨어져 머리를 크게 다친 그 사고 말이다. 거꾸로 곤두박질쳐 땅바닥의 돌팍에 머리를 박았으니 그것은 단순한 실패가 아니라 심각한 전략의 경험이었다. 그 사고로 인해 생긴 고소공포증은 그후 오랫동안 나를 괴롭혔다.

거꾸로 박히는 다이빙을 배우려면, 우선 꼿꼿이 선 자세로 물에 떨어지는 연습부터 해야 했다. 발가벗은 채 왼손으로 불알을 쥐고 물로 뛰어내리던 그 우스꽝스러운 나 자신의 모습이 눈에 보이는 듯하다. 불알을 드러내는 것이 부끄러워서 손으로 가린 게 아니라, 그 귀중한 씨앗망태가 물에 부딪쳐 다칠까봐 그랬다. 고소공포증의 겁보였던 나는 잔뜩 긴장한 채 엉겁결에 뛰어내리는 식인지라, 다른 아이들처럼 두 다리를 딱 붙여 곧게 펴지 못해 엉성하게 다리가 벌어진 자세였는데, 텀벙하고 수면과 부딪치는 순간, 불알이 발로 걷어차인 듯 호되게 아팠다. 그래서 그걸 보호한다고 한 손으로 감싸고 뛰어내리곤 했던 것이다.

그렇게 물로 뛰어내리는 연습을 해서 어느정도 담력을 키운 다음에도 거꾸로 박히는 다이빙만은 내 머리의 정수리에 난 상처가 의식되어 영 질색이었다. 평소에 맨땅에 머리 박치기할까봐 키 높이의 낮은 철봉대에도 거꾸로 매달리기를 꺼리는 나였다. 닭똥고망 녀석은 철봉 하다가 거꾸로 떨어져 앞니 하나가 부러졌는데도 고소공포증은커녕 제일 먼저 6단을 정복하지 않았는가. 잔뜩 벼르고 다이빙대에 올라섰다가 그만 오금이 저려서 도로 내려올 때의 그 참담함이라니! 얼마나 주저주저하며 속을 태웠으면 그 불안과 두려움이 꿈속에까지 나타났을까. 멋지게 폼 잡고 다이빙을 했는데, 밑을 보니 웬걸, 물이 아니고 돌투성이 땅바닥이거나, 그 땅바닥에 뱀들이 우글거리고 있거나 했다. 그래서 다이빙을 처음 배울 때는 머리를 아래로 박는 것이 두려운 나머지 배때기로 떨어져 물 위에 엎어지는 꼴이 되기 일쑤였다. 말하자면 동체 착수(着水)인 셈인데, 배때기가 물 표면을 때릴 때의 그 아픔이라니, 가슴과 배가 온통 시뻘게져 있곤 했다.

어쨌든, 그렇게 어렵사리 고소공포증이라는 정신적 불구를 고쳐

나갔던 것인데, 늘 꽁지에 뒤처져 있던 내가 6학년 때에는 또래의 다른 애들과 똑같이 6단으로 진급할 수 있었다. 우리가 제법 부끄러움을 알아 수영할 때 빤쓰를 입기 시작한 것도 아마 6학년 때부터였다. 6단 다이빙대에서 획 몸을 날려 물속으로 곤두박질치면 풍덩 소리와 함께 고무줄 빤쓰가 홀러덩 벗겨져 발끝에 걸리곤 했는데, 그때의 상쾌한 즐거움이라니. 마치 용연물이 우리의 불알을 보려고 장난삼아 우리의 빤쓰를 벗기는 것만 같았다. 어떤 때는 빤쓰가 아주 벗겨져나가, 물속에서 황급히 주워 입고는 수면 위로 떠오르기도 했다.

가뭄

궁핍하던 그 시절, 늦여름이면 조밭에 일쑤 가뭄이 들곤 했다. 캉캉 마른 조밭, 그래서 밥상에 오르는 조밥도 찰기 없이 캉캉 말라 목구멍을 넘기기 어려웠던 것일까? 가뭄의 불볕이 두어 뼘밖에 안 자란 조밭을 뒤덮으면, 뱅뱅 말리면서 벌겋게 오갈드는 조 이파리를 바라보며 어른들의 한숨 소리가 잦아지곤 했다. 김매는 호미 끝에 쨍쨍 쇳소리와 함께 불똥이 튀고, 오줌허벅을 지고 가서 오줌거름을 주던 아낙들이 이번에는 물허벅을 지고 가서 쪽박으로 물을 뿌리고……

가뭄철 더위는 혹독했다. 아침에도 조금도 서늘한 맛이 없었다. 참새들의 즐거운 울음소리에 밝아오던 아침은 쓰르라미떼의 귀청 떨어지게 시끄러운 쇳소리로 가득하고, 뒤꼍의 감나무 가지들 사이로 떠오르는 붉은 햇덩이는 나뭇잎들의 초록을 활활 불태우고 있는 듯했다. 해가 중천으로 기어올라 새파란 하늘빛을 이글거리는 쇳물로 녹여내는 한낮이 되면, 그늘에서 조금만 벗어나도 폭염은 불화살처럼 러닝셔츠와 살갗을 뚫고 들어와 뱃골에 사무치는 듯했다. 뜨거운 땅 위를 기는 채송화도 칸나, 분꽃, 맨드라미도 그 붉은 꽃들이 너무 강렬하여 마주 바라볼 수가 없을 지경이었다. 맨드라미 닮은 장닭의 벼슬도 더 빨개지고, 그놈이 물 한모금 먹고 구름 한번 쳐다보고 물 한모금 먹고 하늘 한번 쳐다보는, 그 하늘은 그저 멍청하게 푸르기만 했다. 물 먹는 닭처럼 어머니도 자주 하늘을 보면서 한숨을 토하곤 했는데, 나중에는 하늘에다 눈을 흘기며 "에이그, 미친놈의 하늘!" 하고 욕을 하는 것이었다.

그렇게 흉년의 조짐이 분명해지면, 눈치가 보여 감히 용연에 멱 감으러 갈 수도 없었다. 시퍼렇게 미쳐버린 하늘엔 흰 구름만 몇송이 멍청하게 떠다닐 뿐, 비 실은 구름은 좀처럼 나타나지 않았다. 불볕에 타버린 듯 더욱 새카매진 현무암의 해변에는 바닷물이 갈증으로 헐떡거리고, 웅덩이물까지 말라버린 개천 하상의 화강암 암석들도 사정없이 난타하는 폭양의 햇살에 하얗게 바래어 거대한 뼈들이 서로 얼크러져 뒹구는 형국이었다.

말라붙은 물웅덩이에 허옇게 죽은 물이끼떼, 마소들이 물 먹으러 다니던 큰 웅덩이 물도 축축한 바닥이 그대로 드러나, 질척거리던 무수한 마소 발자국들이 딱딱하게 굳어버렸고, 나무 그늘이 있는 으슥한 곳의 둠벙 물마저 바짝 쫄아들어 한움큼 남은 물에는 죽

기 직전의 올챙이떼가 버글거렸다. 한가롭게 물 위에 떠서 꽈리처
럼 목을 부풀리며 깨르륵 깨르륵 울던 개구리들, 울음 울 때마다
잔잔한 수면 위로 번져가던 동심원의 아름다운 파문들은 이제 어
디에서도 찾아볼 수 없었다. 마른 뻘흙의 갈라진 틈새로 기분 나쁜
도롱뇽들이 날름날름 머리를 내밀고, 축축한 곳을 찾아가던 지렁
이들이 길바닥에 말라 죽어 있었고, 뜨거운 바위 위에서 도마뱀들
도 목말라 헐떡거렸다. 닭들이 헐떡거리며 연상 물을 찾고, 할미새
한마리 더위 먹어 죽었는지 땅바닥에 떨어져 있고, 그 위를 뒤덮고
무수히 버글거리는 개미떼, 마치 죽은 새가 살아 움찔거리는 것처
럼 끔찍했다.

비 마중

　지겨운 불볕더위의 가뭄 끝에 드디어 비가 온다. 날마다 이글이
글 불볕을 쏟아부으며 머리 위에 군림하던 붉은 햇덩이가 서편 하
늘의 반공에서 문득 흐릿한 적자색으로 변하고, 얼마 후 그 아래
하늘가에서 흰 테두리를 단 검은 구름떼가 뭉게뭉게 피어오른다.
폭풍우를 몰고 온다는 적란운이다. 정말 비가 오려나? 가뭄에 지쳐
있던 어른들의 얼굴에 생기가 돈다.
　검은 구름떼는 반공의 해를 삼키고 서편 하늘 가득히 퍼지면서
엄청난 기세로 몰려온다. 비가 정말 오긴 올 모양인가? 사람들이
가슴을 졸이며 기다리는데, 돌연 야릇한 정적이 온다. 훅 훅, 열기

를 끼치던 묵은 바람이 제풀에 잦아들고, 폭풍 전의 고요, 사위는 얼마 동안 무풍의 정적이 감돈다. 사람들이 숨죽이고 기다린다. 목마른 산천초목, 대지 위의 모든 것들이 정적 속에 숨죽이고 기다린다. 구름보다 바람이 더 빠르다. 검은 구름떼는 아직 하늘의 절반도 못 왔는데 한라산 정상에 삿갓처럼 얹혀진 흰 구름이 강풍에 뜯겨 달아난다.

드디어 바람이 당도한다. 처음부터 제법 풍세가 강하다. 풍경이 흔들리면서 무풍의 정적이 일시에 깨어진다. 건조한 흙먼지가 뿌옇게 일어나고 협죽도 붉은 꽃무더기가 바람에 흔들려 독한 꽃 냄새를 퍼뜨리고, 감나무에 앉았던 참새떼가 바람에 풋감 떨어지듯 우르르 땅으로 내려앉는다. 나뭇잎, 풀잎들이 서걱거리는 소리가 사방에 가득하다. 이제 바람 속에 축축한 습기가 느껴진다. 어른들이 바쁘게 집 안팎을 오고 가며 바람에 날아가지 않게, 얽어맨 짚줄이 삭아 약해진 지붕 위에 멍석을 올리고, 마당의 보리 짚가리를 더 단단히 동인다. 더위에 풀떼기죽처럼 처졌던 아이들도 기가 펄펄 살아 이리 호록 저리 호록 나댄다.

닭똥고망, 돌패기, 똥깅이, 그 세 아이가 대장간 앞에서 웬깅이를 불러댄다.

웬깅아 웬깅아
멍석 말라, 비 왐져
장독 덮으라, 비 왐져

웬깅이가 당장 집 밖으로 튀어나와 바람 속의 우리와 어울린다.

자전거 타고 가던 사람이 바람에 쓸려 넘어진다. 오줌발이 바람에 날려 제 발등을 적셔도 우리는 좋아라고 깔깔댄다. 검불들이 획획 날아오른다. 얼굴에 부딪는 바람 소리, 축축한 습기가 상쾌하다. 검불 오라기가 얼굴에 달라붙고 티끌이 눈에 들어 눈물이 나도 마냥 즐겁다. 바람에 웃옷이 붕긋이 부풀어오른다. 맞바람 받으면 곱사등이, 돌아서면 배불뚝이, 바람에 흔들리며 우리는 뒤뚱뒤뚱 병신춤 춘다. 행인들도 병신춤 추며 지나간다. 야, 저 여자 봐라! 치마폭이 빵빵하게 부풀어올라 멀쩡한 처녀가 애 밴 꼴이 되어 지나가는데, 뒷모습이 더 가관이다. 바람에 치마폭이 찰싹 달라붙어 가랑이, 엉덩이 윤곽이 그대로 드러났다. 낄낄낄.

저레 가는 큰아기
방귀나 통통 뀌지 말라
똥 뀐 년의 궁뎅이
은칠하라 분칠하라
부지깽이 불붙여
똥고망에 불 질러라

바람에 거슬린 암탉 한마리 꽁지가 부채처럼 활짝 벌어져 빨간 미주알을 내보인다.

"야, 저 닭 똥고망 봐! 꼭 느 주둥이 닮았네. 깔깔깔."

화가 난 닭똥고망 녀석이 자기 망신시킨다고 닭을 멀리 쫓아버린다.

비를 마중하러 우리는 부리리 동산에 오른다. 바람이 한결 드세다. 컴컴한 서쪽 하늘 한 귀퉁이에 찢긴 구름 틈새로 햇빛이 폭포수처럼 쏟아진다. 향교의 노송 숲에서 바람 부서지는 소리가 마치 파도 소리처럼 쏴아쏴아 장쾌하게 들려온다. 그 숲 위에서 까마귀 댓마리 바람을 타며 까불댄다.

비를 기다리는 동안 우리도 잠시 바람타기 놀이를 한다. 파도를 탈 때처럼 맞바람에 가볍게 몸을 싣는다. 저마다 등허리에 웃옷이 팽팽하게 부풀어올라 우리의 몸은 새처럼 가벼워진다. 어쩌면 공중으로 떠오를 수도 있을 것 같다. 바람이 지탱해줄 수 있을 만큼 한껏 상체를 앞으로 기울인 채 개구리헤엄 치듯 두 팔을 내젓는다. 이제 우리는 물고기가 된다. 등짝에 팽팽하게 부푼 바람 주머니는 우리의 등지느러미. 바람에는 강약의 리듬이 불규칙하기 때문에, 거기에 호흡을 잘 맞춰야 한다. 강한 맞바람은 얼굴에 보자기를 씌운 듯 호흡을 곤란하게 만든다. 숨을 멈추고 꾹 참는다. 그걸 참지 못하고 입을 열었다간 바람이 왈칵 목구멍으로 몰켜들어 파도타기 하다가 물 먹을 때처럼 정신이 아뜩해질 것이다. 얼굴에 부딪치고, 귓가로 급류를 이루어 흘러가는 바람 소리, 옷자락이 펄펄 날리고 생각도 펄펄 날리고 머릿속은 상쾌한 진공이다. 나무도 풀잎들도 환호작약 춤을 춘다

드디어 빗방울이 떨어진다. 기적 같은 빗방울, 달콤하고 따뜻한 최초의 빗방울들, 마른땅 흙먼지에 풀썩풀썩 떨어져 곰보 자국을 파기 시작한다. 와, 비 온다! 우리는 길길이 뛰며 환호성을 올린

다. 구름이 머리 위에 채 오기도 전인데, 강풍에 쓸린 흰 빗줄기들이 길게 빗금을 치며 몰려오고 있다. 이제 우리는 등 돌리고 동네로 달아난다. 아니, 달아나는 것이 아니라, 누가 동네에 먼저 도착하나, 비와 내기를 하는 것이다. 바람이 우리를 응원해서 등을 힘껏 밀어준다. 바람에 등 밀리며 신나게 달린다.

멍석 말라, 비 왐져!
장독 덮으라, 비 왐져!

그신새 도깨비

강풍이 몰아치는 날 밤에는 바람 소리가 심란하여 나는 늦도록 잠을 못 이루곤 했다.

바람은 방 안까지 스며들어와 불을 켤 수도 없었다. 터진 창 구멍을 걸레 뭉치로 틀어막고 덧문까지 닫아걸어 단속하건만 바람은 기어코 틈새를 비집고 들어와 까물거리는 남폿불을 펄렁 날려버렸다. 창대 같은 빗줄기들이 덧문을 들이칠 때마다 창문의 창호지들은 마치 살아 숨 쉬는 듯 벌룽벌룽 부풀었다 오므라들었다 하고, 바람 탄 문풍지는 말이 코투레하듯이 연상 투르르, 투르르 떨어댔다. 그러나 비와 바람이 함께 몰아칠 때보다도, 비가 멈춰 바람소리만 들릴 때가 오히려 더 기분이 언짢았다. 요란한 빗소리에 갇혔던, 별의별 음산한 바람 소리들이 되살아나면, 내 마음은 떨리는 문풍지처럼 심란해지는 것이었다. 바람에 사정없이 들볶이는 집은 온갖 불길하고 괴기한 소음들로 가득했다. 마치 어떤 거대한 귀신의 손아귀가 집 한 귀퉁이를 잡고 마구 흔드는 것 같았다.

나는 어머니 등 뒤에 달라붙어 누운 채 그 도깨비를 생각한다. 저건 틀림없이 그신새 귀신일 거야. 키가 엄청 커서 한걸음에 성큼 지붕을 넘는다는 도깨비, 달도 별도 없는 깜깜한 밤에 나타나는데, 몸이 칠흑같이 시커메서 사람 눈에 띄지 않는단다. 그래서 모르고 자칫 그 큰 가랑이 밑을 지나갔다간 죽거나 병든다고 하는데……

그 도깨비가 지금 바람에 미쳐 어둠을 마구 휘저으며 난동을 부리고 있다. 숯검댕이 펄펄 날리는 시커먼 몸, 그놈이 말 타듯 지붕을 타고 앉아 털썩거리고 문고리를 잡아당기고 문짝을 두드리며 문 열라고 야단이다. 그런데도 엄마와 동생은 세상모르고 잠들어 있다. 엄마 등 뒤로 바싹 달라붙어도 무섬증은 영 가시지 않는다. 덜컹덜컹, 삐걱삐걱, 하면서 덧문, 부엌문이 몸살 나게 흔들린다. 저러다가 문고리 벗겨져 벌컥 열리면 어쩌나. 무서운 장면이 당장 눈앞에 벌어질 것만 같다. 문고리 벗겨져 덧문 문짝 두개가 번갈아 서로 메다치듯 꽈당꽈당 열렸다 닫혔다 하는 무서운 장면이! 언젠가 그렇게 열린 문을 닫다가 얼마나 혼났나. 문밖 어둠속에선 빨랫줄 받치는 바지랑대가 귀신처럼 우쭐우쭐 춤추고, 바람 받은 문짝은 꼭 귀신이 달라붙어 힘 쓰는 것처럼 아무리 잡아당겨도 꼼짝하지 않아 얼마나 놀랐던지!

그런데 이제 도깨비는 문짝을 흔들다 말고 슬쩍 뒤로 물러나는 눈치다. 마당 가운데서 소용돌이치면서 휘이휙, 검불을 말아올린다. 그러고는 처마 끝의 썩은 이엉을 쥐어뜯으며, 휘잉 지붕으로 솟구친다. 단걸음에 성큼 지붕을 넘으면서 그 위에 드리운 감나무 가지들을 와삭와삭 발로 밟아버린다. 투다닥 탁. 생철 차양 위에 뭔가 떨어지는 소리가 난다. 뭘까? 이번엔 저놈이 돌을 던지나? 그러고는 일순의 정적, 바람 소리가 갑자기 멀어졌다. 길가 저쪽에서 전깃줄이 피용피용 바람 타는 소리가 들려온다. 불길한 정적 속에서 곧 마당의 검불들이 부스럭거리기 시작한다 . 바람이, 그신새가 다시 돌아온다. 우우우, 바람이 세차게 달려온다. 달려와 세차게 돌담 울타리에 부딪친다. 막무가내로 돌담에 머리를 찧으며 쐐액쐐액 울부짖고, 비룽비룽 뚫린 무수한 담 구멍을 빠져 들어오느라고 슛슛슛, 날카로운 비명을 질러댄다. 휘잉, 공중을 치달리던 바람이 마당으로 곤두박질친다. 풀썩, 물크러졌다간 소용돌이치면서 다시 훌쩍 일어선다. 휘엉휘엉, 바람 받은 장독대의 빈 항아리들이 음산한 울음을 운다. 다시 문짝들이 삐걱거리고 생철 차양이 덜컹거린다. 투다닥 탁! 또 생철 차양 위에 뭔가 떨어지는 소리가 난다. 저놈의 도깨비가 정말 돌을 던지는 모양이다. 바싹 겁이 난 나는 어머니를 흔들어 깨운다. 투닥, 투다닥 탁! 그러나 어머니는 별거 아니라고, 졸리운 목소리로 말한다.

"으응? 응, 그거 바람에 풋감 떨어지는 소리 아니가. 혼저(어서) 자라. 느가 자야 바람도 자지. 비가 왔으니, 내일 아침 일찌거니 조밭에 같이 갔다 와사 허키여."

아침 빛 속의 제비떼

　폭풍우의 모진 밤을 보내고서, 아침은 어떤 모습으로 나에게 찾아왔던 것일까? 내 머릿속에는 제비떼의 군무가 있는 아름다운 아침의 한 영상이 자리 잡고 있다.

　아직 어려서 잠의 생리에 덜 익숙한 탓인지, 보통 때에도, 잠 깨는 순간은 늘 정신이 어리벙벙했다. 꿈과 생시가 혼동되고, 잠들기 전의 과거가 잠 깬 지금과 얼른 연결이 되지 않았다.

　그신새 귀신 꿈을 꾸다가 불현듯 잠이 깬다. 금방 누가 소리쳐 부른 것 같다. 그런데 눈을 뜨긴 했으나 앞이 깜깜하다. 아직도 밤중인가? 아무것도 보이지 않는다. 그신새한테 아직도 짓눌려 있는 것처럼 가슴이 답답하다. 외치고 싶지만 목구멍이 꽉 막혀 소리가 안 나온다. 내가 정말 잠에서 깬 걸까? 아직도 꿈속일까? 옆자리를 더듬으니 웬걸, 어머니가 없다. 어머니가 없다니! 나쁜 꿈에서 깨어날 때 으레 하던 버릇대로, 얼른 손을 뻗어 벽을 확인해본다. 더듬는 손바닥에 딱딱한 벽이 만져진다. 딱딱하고 확실한 감촉, 그제야 정신이 좀 나면서 눈앞이 트인다. 희끄무레 떠오르는 방 안 모습, 가슴을 짓눌렀던 압박감도 슬며시 풀려진다. 그때 어머니의 재촉하는 목소리가 들려온다.

　"깅아 깅아, 안즉도 안 일어난? 어서 일어나라야!"

　잠이 덜 깬 나는 아직도 귓속이 간밤의 바람 소리로 가득한 것처럼 먹먹하다. 그러다가 깜짝 놀란다. 저게 무어야? 활짝 열린 창문, 그리고 거기에 펼쳐진 희뿌연 빛, 벌써 날이 밝았나? 얼른 바지를 꿰어입고, 마루에 난 동쪽 들창으로 쿵쾅거리며 달려간다. 부엌에서 내다보는 어머니의 밝은 웃음.

"바람도 그치고, 날씨 막 좋았져. 일찌거니 조반 먹고 밭에 갔다 오자잉."

아, 얼마나 기다리던 아침인가! 창밖에 일렁이는 아침 빛을 향해 나는 가슴을 활짝 열어놓는다. 간밤의 바람은 가뭇없이 사라져버리고, 바람 잔 대기 속에 참새떼 소리 가득하다. 해 뜨기 직전, 일출을 재촉하는 참새들이 계속 입방아를 찧어댄다.

사라봉 옆의 바다 위로 주황빛이 짙게 번져 있고, 하늘은 드넓게 트여 희뿌윰한 조개빛이다. 해야 솟아라, 해야 솟아라, 입방아 찧어대는 참새들의 시끄러운 소리에 조개빛 하늘 위로 푸른빛이 점점 빠르게 번져가면서, 마침내 주황빛 너울을 벗고 해가 불끈 치솟는다. 바닷물에 맑게 씻긴 눈부신 얼굴이다. 참새들이 더 시끄럽게 우짖고, 나도 참새들처럼 기쁨에 들떠 가슴이 콩닥거린다. 찬란한 빛을 퍼뜨리는 신생의 태양, 그 빛을 향하여 대지가 급격히 몸을 뒤챈다. 지상의 모든 것들이 그쪽을 향해 급격히 쏠리면서, 하나하나 어둠을 벗고 제 모습을 드러낸다. 젖은 풀잎, 나뭇잎들이 햇빛을 튕기고 밭고랑에, 길바닥에 고인 물들이 햇빛에 반짝인다. 비에 씻겨 투명해진 대기 속에서 한라산도 한층 가까워져 높은 멧부리를 빛내고 바로 집 앞의 어두운 개천 바닥도 밝아지고, 내 가슴에도 햇빛이 스며들어 음울한 그림자를 쫓아낸다. 그런데 저건 웬 초가집이지? 하다가 나는 깔깔대며 웃는다.

"어멍, 저거 봅서. 먹구슬나무에 초가집 지었네. 히야, 우습다!"

개천가의 늙은 먹구슬나무가 지푸라기를 온통 뒤집어쓰고 초가 지붕 꼴이 되어 있다. 바람이 얼마나 셌으면, 지붕 이엉들이 저렇게 많이 뜯겨 날아가 저기에 달라붙었을까! 돌담 무너진 집도 보인다.

아, 제비떼가 난다! 갑자기 나타난 제비떼, 찬란한 아침 빛 속으로 수백마리가 한꺼번에 날아든다. 하얀 배로 금빛을 튀기며 경쾌한 동작으로 자맥질한다. 번쩍번쩍 허공중에 가로세로 무수히 그어지는 경쾌한 빗금들, 빛의 화살들, 서로 엇갈려 날고 곤두박질치고 솟구쳐오르고, 흩어졌다간 눈 깜짝할 새에 모여들고, 모여들어 뭉쳤다간 갑자기 터져 산지사방 콩 튀듯 흩어지고, 무수한 점들로 사방에 퍼져 까맣게 멀어졌다간 다시 쏜살같이 날아들어 순식간에 한데 뭉친다!

폭풍의 밤이 무서웠던 어린 시절, 광란의 밤이 물러간 뒤, 새 아침은 그러한 모습으로 밝아왔던 것이다. 위대한 아침, 시련을 이겨낸 장하고 거룩한 신생의 빛, 아마도 나는 그러한 아침으로부터 진정한 기쁨이 무엇인지 어렴풋이 깨달았을 것이다. 진정한 기쁨은 시련에서 온다는 것을. 신생의 찬란한 햇빛 속에서 종횡무진 환희에 찬 군무를 벌이던 제비떼, 그 눈부신 생명의 약동! 실의에 빠지기 쉬운, 변덕스러운 성격의 내가 신통찮은 삶일망정 그런대로 꾸려올 수 있었던 것은 바로 그러한 아침의 기억들 덕분이 아니었을까? 삶이란 궁극적으로 그러한 아침에 의해 격려받고, 그러한 아침을 기다리며 살아가는 것이리라. 아침 빛으로부터 병든 자는 삶의 의욕을 얻고, 절망한 자는 용기를 얻고, 그리고 용기 있는 자가 자신의 정치적 신념에 따라 더 밝고 더 아름다운 아침을 위해 기꺼이 목숨 바칠 결심을 하는 순간도 그러한 아침의 햇빛 속에서일 것이다.

파도타기

큰바람이 치고 난 이튿날의 기쁨은 정오쯤부터 시작되는 파도타기에서 절정을 이루곤 했다. 간밤의 격랑에 잔뜩 밀려와 쌓인 해초 더미를 헤집고 미역, 모자반 같은 먹거리를 줍는 일도 재미있었지만, 무엇보다도 신나는 것은 파도타기였다. 밤새 폭풍으로 뒤집어졌던 바다는 바람이 지난 후에도 여세가 남아 높이 출렁거렸는데, 정오쯤 되면 파도타기 알맞게 누그러들곤 했다.

그때쯤 되면, 나는 어머니한테 붙잡혀 심부름하다가도 고삐 풀린 망아지처럼 횡하니 뛰쳐나간다. 바닷가까지 곧장 달려간다. 코끝에 싸아하게 닿는 바다 냄새, 그 냄새에 묻어 아이들의 즐거운 목소리가 들려온다. 나는 길바닥에 고인 물을 맨발로 튀기며 달려간다. 발바닥에 닿는 눅진눅진하고 뜨뜻한 흙의 감촉이 기분 좋다. 햇볕에 뜨거워져 젖은 땅에 김이 오르고, 푸른 조밭에도 흰 김이 뽀얗게 서렸다. 나는 단숨에 바닷가로 달려간다.

눈처럼 눈부신 파도 거품 속에서 나뒹굴면서 연상 즐거운 비명을 질러대는 아이들, 웬깅이, 닭똥고망, 돌패기, 그리고 송이의 동생 장수, 그 아이들 뒤로 통 굵은 파도들이 멍석 말리듯 잇따라 굴러와 해변 기슭에 요란하게 부서진다. 나는 옷을 홀라당 벗고 알몸인 채로 물속으로 뛰어든다. 하얗게 부서지는 파도를 안고 나둥그라지면서, 아그그아그그, 허푸허푸, 하고 질러대는 즐거운 비명 속에 이제 내 목소리도 끼어든다. 흰 거품 속에 마구 나뒹구는 머리통들 중에 말굽쇠 모양으로 흠집 난 내 머리통도 끼어든다. 부서진 파도에 밀리다가 우리는 얼른 몸을 돌이켜 다음 파도를 맞을 준비를 한다. 하얗게 부서져 기슭까지 밀려갔던 바닷물이 쏴아, 모래를 끌고 자갈들을 굴리면서 세차게 빠져나온다. 급류에 쓸리지 않게 물속의 돌을 안고 버틴다. 모래 가득한 급류가 알몸을 세차게 할퀴며 쫙 훑고 지나간다. 기지개 켤 때처럼 두 다리가 기분 좋게 당겨진다. 앞의 물을 바짝 끌어당기면서 다시 일어서는 파도. 거기에 맞서 우리도 벌떡 일어선다. 그러나 파도를 타더라도, 파도 머리를 타고 넘는 것은 감히 엄두를 못 낸다. 파도를 타고 넘었다간 자칫 먼바다로 끌려갈 위험이 있다. 파도가 우뚝, 시퍼렇게 몸을 세우는 찰나, 때를 놓치지 않고 파도에 몸을 싣고 함께 둥실 떠오른다. 흰 거품이 부글부글 끓는 꼭대기에 얼굴이 닿는 순간, 파도가 곤두박질치면서 우리를 내동댕이친다. 파도 속에 물귀신이 있는 것 같다. 우악스레 어깨를 잡고 냅다 꽂는 강한 완력이 느껴진다. 때로는 팔로 우리의 목을 휘감아 물속에 처박고 물을 먹이기도 한다. 아그그아그그, 허푸허푸. 파도 속에서는 모든 감각들이 예민하게 눈을 뜬다. 긴장과 흥분, 파도가 마치 몸속을 뚫고 지나가는 듯이 저릿저릿한 상쾌감이 전신을 훑는다. 물속에 처박혀 짠물을 한입 울컥 먹어 죽을상을 짓다가도, 다시 덤벼든다.

물귀신

아, 그런데 그게 무슨 변괴이던가! 그 즐거운 파도타기의 한쪽에 큰 불행이 숨어 있을 줄이야! 내가 아침나절에 어머니를 따라 시오리 밖의 우리 밭에 가서 가뭄에 타버린 자리에 다른 조를 솎아다 옮겨 심는 일을 하고 돌아와 뒤늦게 파도타기 놀이에 끼어든 그날이었다. 파도 타는 아이들의 그 무구한 기쁨 속에 독이 숨어 있었다니! 제비떼의 군무와 함께 환희의 아침으로 출발한 그날, 가뭄 타던 대지가 간밤의 단비에 흠뻑 젖어 식곤증의 나른한 수증기를 피워올리던 그날이 슬픔으로 끝나고 말았다. 우리의 기쁨이 너무 지나쳤던가. 우리 중의 한 아이가 파도에 휩쓸려 익사하고 만 것이었다. 송이의 동생 장수였다. 형체도 자취도 없는 죽음, 남은 것이라곤 그애가 벗어놓은 옷가지뿐이었다. 한참 정신없이 놀다가 지쳐서 물 밖에 나와보니, 장수가 없더라는 식의 답변밖에 할 수 없었으니, 우리는 얼마나 무심한 아이들이던가!

그애가 남긴 옷가지를 나누어 들고 흔들면서, 송이와 그 엄마가 바다를 향해, 장수야 장수야, 부르며 목 놓아 울고, 죄지은 놈이 된 우리는 다른 한쪽에 침울하게 모여 앉아 있었다. 혹시 시체가 떠오르지 않나 살폈지만, 그러나 눈에 보이는 것은 시퍼런 물귀신이 그애의 목을 한 팔로 휘감고 파도를 넘어 먼바다로 끌고 가는 환영뿐이었다. 무서웠다. 무서움과 함께 쓰린 자책감에 휘둘려 몸이 덜덜 떨렸다. 날 좋아하던 앤데, 같이 놀면서도 그애가 위험에 빠진 걸 까맣게 몰랐다니, 앞으로 무슨 낯으로 송이를 만나나. 훌쩍훌쩍 우는 아이들도 있었지만 나는 오관이 꽉 막혀버린 듯 울음조차 나오지 않았다. 울음 대신에 오한이 엄습해 온몸이 덜덜 떨렸다. 파도 속에서도 식지 않던 피가 하얗게 차가워져, 나는 자갈밭을 뜨겁게 달구는 땡볕 속에서 그렇게 연상 몸을 떨어댔던 것이다.

즐거운 참새떼

장수를 잃은 충격이 컸던지, 그후 얼마 안되어 송이네 식구는 부산으로 이사를 가고 말았다. 송이는 나에게 아무런 인사말도 남기지 않았다. 나는 뒤늦게야 그 사실을 알았는데, 그 서울 아이들이 세 들어 살던 집을 찾아가 울담을 만져보면서 훌쩍거리던 일이 생각난다.

그러나 장수의 죽음, 그리고 송이와의 이별이 나에게 남겨놓은 슬픔은 그리 오래가지 않았을 것이다. 자라는 아이는 슬픔에 오래 젖어 있지 않는 법이니까. 건망증이 심한 것이 아이의 천성인지라 슬픔도 금방 까먹어버린다. 더구나 함박이굴 시절의 그 암담한 슬픔과 외로움을 겪은 나로서는, 그 때문에 언어중추가 발달 초기에 비틀려 말 더듬는 버릇이 생기고 그 대신 가당찮게 누선만 발달되어 걸핏하면 눈물 바람이었으니, 슬픈 거라면 정말 질색이었다. 슬픔이 성장에 해롭다는 것을 나는 본능적으로 알고 있었고, 그것이 바로 건망증으로 나타났던 모양이다.

그래서 나는 늘 아이들의 밝은 웃음 속에 몸을 두고 싶었다. 아이들과 함께 있으면 슬픔도 짜증도 금방 눈 녹듯 사라지곤 했다. 놀이에 정신 팔려 심부름 갈 일을 까먹고, 금방 손에 들고 있던 물건을 어디에 둔지 몰라 한참 두리번거리기를 잘해서 까마귀 사촌이라고 어머니한테 꾸중을 듣곤 했지만, 그러나 나는 까마귀보다는 참새 족속에 더 가까웠던 게 아닐까?

참새떼, 그 조그만 것들, 그 해맑은 지저귐 소리, 잠시도 쉬지 않고 몸 빠르게 콩콩 뛰고 콕콕 쪼아대는 스타카토식의 그 경쾌한 동작을 볼 때마다, 나는 어린 시절의 나와 동무들의 모습이 떠오르곤 한다. 참새들처럼 쉴 새 없이 콩콩 뛰고 이리 호록 저리 호로록 내달리고 입과 손발을 잠시도 가만두지 못하고 연상 짖고 까불고, 욕망과 호기심이 가득한 눈망울들을 또록또록 굴리던 아이들, 즐겁고 신기한 것만 쫓는 그 즐거운 참새떼 속에서는 설령 죽은 장수처럼 슬픈 일이 발생해도 금방 잊혀지게 마련이었다.

타작해서 씨를 털어낸 유채 짚더미에 한떼의 참새들이 모여들어 한참 모이를 쪼는데, 돌담 밑으로 고양이 한마리 소리 없이 나타나 살금살금 낮은 포복으로 접근한다. 위험이 목전에 닥친 줄도 모르고, 참새들은 여전히 쨱쨱쨱 수다를 떨며 모이 쪼기에 여념이 없다. 고양이의 동작은 참새의 스타카토식 동작과는 완전히 대조적이다. 공격하기 위한 빈틈없이 팽팽한 동작. 일련의 동작들이 고리로 연결된 듯, 물 흐르듯 하다가 순식간의 공격, 힘껏 내지른 창처럼, 고양이가 몸을 날려 참새 한마리를 덮치고, 그 순간 나머지 새들이 혼비백산 폭탄의 파편처럼 일제히 허공으로 튀어오른다. 그러나 아이들만큼이나 건망증이 심한 참새들은 두려움을 금방 까먹고 다시 돌아온다. 돌담 위에 내려앉은 참새들은, 피 묻은 참새를 입에 물고 있는 고양이를 향해 시끄럽게 우짖어댄다. 고양이에게 나쁜 놈이라고 욕설을 퍼붓고, 고양이의 밥이 되어버린 제 동무를 슬퍼하며 우짖는 것이다. 짹짹짹. 그러나 경악도 슬픔도 분노도 잠깐일 뿐, 고양이가 사냥감을 물고 어슬렁어슬렁 담 모퉁이를 돌아 사라지면, 참새들은 다시 즐겁게 짹짹짹 지저귀며 그 유채 짚더미로 다시 모여드는 것이다.

말하자면 장수의 죽음도 그러한 것이었다. 대가리 굵기 전의 어린 나이인지라, 머릿속 또한 참새 골처럼 콩알만 하여 두려움도 슬픔도 오래 머물 만한 여지가 없었던가보다.

병문내 근처에 살았던 그 오년 동안에 나는 장수 외에도 두 아이의 죽음을 더 겪었다. 이름도 기억 안 나지만, 우리 동네에 장수보다 한해 먼저 세상을 뜬 아이가 있었다. 사태에 부모를 잃고 친척 집에 와 있던 불쌍한 고아였다. 학교도 못 다니고 그 집에서 아기 업개 노릇을 하고 있었다. 우리와 놀 때도 늘 아기를 업고 있었는데, 그 등에 갑자기 봉우리가 불거져나와 곱사등이가 되었고, 그후로 그 아이는 동네 아이들로부터 떨어져나가더니, 결국 그 곱사병으로 시들고 말았다. 등에 불쑥 융기한 봉우리가 점점 커져감에 따라 몸이 자꾸만 앞으로 오그라들던 그 비참한 모습, 그러한 모습으로 그 아이는 길가에 쪼그리고 앉아 햇볕을 쬐며 우리가 노는 모양을 물끄러미 바라보곤 했는데, 그때마다 우리는 기분이 언짢아 다른 장소로 옮겨가곤 했다. 비슷한 또래 아이의 몸에서 서서히 진행되고 있는 죽음을 본다는 것은 미상불 께름칙한 일이었다

뱀

그런데 그 아이와는 대조적으로 또 한 아이의 죽음은 퍽 극적인 데가 있었다. 나보다 위, 그러니까 웬깅이 또래의 윗동네 아이였는데, 한내다리 근처의 둠벙물에서 개구리를 잡다가 뱀에 물려 죽었다. 그런데 더 놀라운 것은, 그 아이만 죽은 게 아니라 그 옆에 뱀도 함께 죽어 있었다는 것이다. 그 아이가 제 발목을 물고 휘감은 뱀을 손으로 뜯어내어 돌에다 패대기쳐 죽인 것이 틀림없다고 했다. 그러나 그게 과연 가능한 일일까? 그 장면을 상상만 해도 나는 소름이 끼쳤다. 풀섶에 숨어 있는 지뢰, 무심코 내딛는 발바닥에 밟히는 뭉클한 감촉, 그와 동시에 지뢰가 터지면서, 발목을 덥석 물고 종아리에 휘감기는 뱀의 몸뚱어리, 독사의 삼각형 대가리를 확인하는 그 끔찍한 순간, 이제 나 죽는구나 하는 생각이 뱀의 독보다 먼저 칼침처럼 예리하게 심장에 박혀, 나는 희뜩 정신 잃고 그대로 죽어버릴 것이다.

그런데 그 아이는 죽는 순간에 맹렬한 적개심으로, 자기를 해친 원수를 먼저 죽이고 장렬하게 숨을 거뒀단다. 그 사건을 그런 식으로 풀이한 것은 아무래도 웬깅이임에 틀림없다. 우리들 중에서 뱀을 무서워하지 않은 유일한 아이이니까 능히 그런 말을 할 만도 하지 않은가.

전시 중의 아이들이어서 우리는 전투놀이를 좋아했다. 들판에 나가 보리수 열매나 삼동 열매를 따는 일도 전투식으로 했다. 그 나무들은 험상궂게 가시도 많고 쐐기도 많기 때문에 우리의 적으로는 안성맞춤이었다. 나무 밑에 윗도리 벗어 펼쳐놓은 다음, 기합 소리를 지르며 나무칼로 잔가지들을 후려쳐 다닥다닥 붙은 열매들을 털어냈는데, 한바탕 그러고 나면 깔아놓은 옷 위에 자잘한 열매들이 징그러운 쐐기벌레들과 함께 수북이 쌓이곤 했다.

우리는 또 우거진 풀숲을 가상의 적으로 삼아 전투를 벌이기도 했다. 나무칼에 푸른 피가 잔뜩 묻을 때까지 에익, 에익, 기합 소리를 지르며 풀과 꽃 모가지를 사정없이 후려쳐 자르고 쓰러뜨렸는데, 그러다가 도망가는 뱀을 보면 웬깅이가 쫓아가 맨손으로 꼬리를 냉큼 낚아채고선 겁주느라고 우리들 코앞에서 몇번 뱅뱅 돌리다가 휙 하고 풀숲으로 던져버리는 것이었다. 단지 장난일 뿐, 뱀을 죽이는 일은 없었다.

사태 전만 해도 뱀은 업신, 혹은 칠성신이라고 해서 해쳐서는 안 될 영물로 여겼다. 뱀을 죽이면 해코지당한다고, 심지어 뱀을 손으로 가리키기만 해도 그 손이 썩는다는 말이 있을 정도였다. 뱀의 형상으로 밤하늘에 떠서 북극성 주위를 구불구불 기어다니는 북두칠성, 그래서 뱀은 인간의 수명을 관장하는 칠성신이었고, 곳간의 양식을 관장한다고 해서 업신이었다. 그러나 그 믿음도 이제는 모두 허사가 되고 말았다. 사태의 그 무서운 재앙 불에 숱한 사람 목숨과 업신들이 죽었는데, 무슨 믿음이 남아 있겠는가. 이제 뱀은 인간을 보호하는 영물이 아니라 징그러운 흉물일 뿐이었다.

어느날, 웬깅이가 기어코 뱀을 죽이고 말았다. 윗동네 아이가 뱀에게 물려 죽은 그 둠벙 물에서였다.

부족한 굳기름, 단백질을 보충하려고 우리는 그 둠벙에서 개구리를 잡아 구워 먹곤 했는데, 개구리가 있으면 뱀도 있게 마련이었다. 회초리로 풀숲을 치면서 발밑을 조심해야 했다. 비위가 약한 나도 개구리 잡기는 잔인한 줄 모르고 얼마든지 해치울 수가 있었다. 앞에서 튀는 개구리를 회초리로 후려갈기면 벌렁 흰 배를 보이며 뻗어버리는데, 그걸 처리하는 방법이 아주 손쉬웠다. 개구리의 상체를 발뒤꿈치로 짓누른 채 한쪽 뒷다리를 잡아당기면 내장과 함께 불필요한 상체 부분이 쭉 찢겨나가고 뒷다리 부분만 남았던 것이다. 껍질까지 저절로 벗겨져 탐스럽게 흰 살을 드러낸 한쌍의 뒷다리, 순식간에 고깃감으로 변한 그것이 아직도 살아서 손바닥에서 푸들푸들 경련을 일으켜도 아무렇지도 않았다.

그렇게 개구리를 아무렇지도 않게 찢어 죽이는 내가, 뱀을 죽이는 웬깅이의 행동에는 아주 질려버렸다. 여러해 그애와 동무해서 놀았지만, 그렇게 잔인한 행동을 보인 것은 그때가 처음이었다. 작은형의 죽음 때문에 그랬을까? 근육질의 상체를 벌겋게 드러내놓고 쇠메를 힘차게 내리치던 그 형이 결국 전쟁터에서 죽고 말았다. 전사의 비보가 날아들던 날, 자기 집 대문 앞 길바닥 위를 뒹굴며 흙을 먹고 풀을 짓씹으면서 비통하게 울부짖던 그 아이. "우리 형 죽었어! 우리 형 죽었단 말이야!"

그 뱀은 사람을 잘 물어 물패기라는 이름이 붙은 독사였다. 그런데 뭔가 큰 것을 통째로 삼켰는지 배가 불룩했다. 포식한 배를 주체 못하여 굼뜨게 움직이는 그 징그러운 동작과 흉측하게 생긴 삼각형 대가리가 웬깅이에게 충동적인 살의를 일으켰나보다. 작은형의 죽음, 그리고 뱀에 물려 죽은 윗동네의 그 아이에 대한 기억이 그렇게 충동질했을지도 모른다. 한 생명을 순식간에 죽음의 아가리로 삼켜버린 그 무자비한 폭력에 대한 맹렬한 적개심 말이다.

손에 꼬리가 잡힌 뱀은 전혀 힘을 쓰지 못했다. 웬깅이는 그 뱀을 가죽 채찍 휘두르듯이 휙휙 휘둘러, 머리 부분을 바윗돌에다 몇 번 세차게 내리쳤다. 대가리가 으깨진 뱀은 숨통이 끊어져 웬깅이의 손 밑으로 축 늘어졌는데, 정작 끔찍한 것은 그다음 장면이었다.

"독사, 이 나쁜 새끼! 먹은 걸 도로 토해내!"

죽어서 축 늘어진 뱀에게 웬깅이가 다시 한번 사납게 덤벼들었다. 꼬리 쪽을 한 발로 짓누른 채, 몸통을 두 손아귀에 넣고 위로 훑어 올라가기 시작했다. 돼지 창자를 훑어 똥을 빼내는 식으로 쫘악 훑어올라가자, 배 속의 불룩한 내용물이 위로 밀리면서 뱀이 다시 살아나는 듯 꿈틀거리고 입을 벌리기 시작하더니, 드디어 무섭게 딱 벌어진 아가리에서 삼킨 지 얼마 안된, 온전한 형태의 개구리가 한마리 밖으로 토해져 나왔던 것이다. 그리고 독사는 죽어도 흙내 맡으면 도로 살아난다고, 죽은 뱀을 다시 돌로 쳐서 확인사살하고, 오줌 갈겨 적신 다음, 가시덤불에 걸어놓던 웬깅이…… 그 광경이 어찌나 끔찍했던지, 나중에 나는 모처럼 밥상에 오른 갈치 자반을 맛있게 먹다가 갈치 뱃살 속에서 채 삭지 않은 작은 고기를 발견하고 토악질한 적도 있었다.

그날 이후 내 꿈자리에 웬깅이가 죽인 그 물패기가 가끔 나타나곤 했다. 흙내 못 맡게 가시덤불 위에 걸어놓았지만, 그 뱀이 꿈자리에 나타나는 것까지 막을 도리는 없었다. 나는 꿈속에서 발뒤축에 바싹 따라오는 뱀에게 쫓겨 죽을 둥 살 둥 내달리기도 하고, 발목을 문 뱀을 손으로 떼어내려고 무진 애를 쓰기도 했다.

유별나게 새벽잠이 많았던 나는 여름방학 중 어둑새벽에 모이는 서부두 방파제의 조기회에 나가면, 갯바위 틈에 숨어서 쿨쿨 자기가 일쑤였는데, 한번은 그렇게 자다가 뭔가 따끔하게 귓바퀴를 무는 날카로운 감촉에, 뱀이 문 줄 알고 화들짝 놀라 깬 일도 있었다. 내 귀를 문 것은 바닷게였다.

어린 시절 뱀 꿈을 꾸어본 사람은 알겠지만, 그게 정말 여간 고약한 게 아니었다. 아무리 죽어라고 달려도 발뒤꿈치의 뱀을 떨구어낼 수 없을 때의 그 절박한 심정이라니! 어떤 때는, 뱀이 발목을 문 줄도 모르고 그걸 매단 채 정신없이 달리기도 했고, 어떤 때는 뱀이 목을 칭칭 감고 조여드는 바람에 숨통이 막혀 쩔쩔매기도 했는데, 그러다가 잠에서 깨어나보면 어찌나 애를 썼던지 주먹 쥔 손에 식은땀이 배어 있곤 했다.

항복받기 놀이

그러나 나는 그러한 고약한 꿈도 아이의 성장에 도움이 된다고 믿고 싶다. 쓰디쓴 약이 오히려 양약일 수 있지 않은가. 괴롭고 슬픈 일에 둔감한 것이 아이들의 일반적 성향인데, 그러한 악동들에게 세상살이는 결코 달콤한 것만은 아니고 매우 괴로울 때도 있다는 것을, 뱀 꿈은 그렇게 집중적인 방식으로 가르쳐주었던 게 아닐까? 그리고 고난과 위기를 극복하려면 이를 악물고 주먹을 부르쥐고 혼신의 힘을 쏟아부어야 한다는 것을. 현실에서 내가 과연 꿈속에서와 같은 고난과 위기를 겪어본 적이 있었던가. 현실에서 내가 그렇게 필사적으로 달려본 적이 있었던가.

그러므로 꿈속에서 겪은 것도 내 의식을 단련시키고 확대시켜준 중요한 경험이 되었음이 틀림없다. 뱀에게 매양 당하기만 하던 내가 나중에는 승자가 되는 꿈도 꾸게 되었으니까 하는 말이다. 발뒤축에 바싹 뱀을 달고서 냅다 뛰다가 직각으로 급커브를 틀면, 바싹 따라오던 뱀이 허리 꺾여 죽었고, 발목을 물고 종아리를 휘어감은 뱀을 떼어내어 웬깅이가 했듯이 바윗돌에 패대기쳐 죽이기도 했다.

항복받기 놀이는 격투를 방불케 하는 격렬한 놀이였다. 아직 덜 자라서, 그만큼 자연에 더 가까워서 그랬는지 몰라도 그 놀이를 할 때면 우리의 공격 본능이 그대로 드러났다. 아이들에게는 다른 무엇보다도 힘에 의한 우열의 결정이 중요했다. 쉬는 시간, 점심시간에 일쑤 그 놀이를 했는데, 서로 엉겨붙은 채 마루를 구르는 아이들의 몸에 닦여 교실·복도 바닥의 못대가리들이 늘 반짝거렸다. 방과 후에도 잔디 좋고 널찍한 쌍무덤 자리를 찾아가 엎치락뒤치락 각축전을 벌였는데, 그래서 주택지 근처의 쌍무덤 자리들은 아이들의 등쌀 때문에 벌겋게 흙이 드러나 있곤 했다.

항복받기는, 쌍방이 서로 엉겨붙어 엎치락뒤치락 나뒹굴면서 항복 소리가 나올 때까지 팔이나 다리로 상대방의 목을 조르는 격렬한 격투놀이였다. 주먹질, 발길질, 꺾기는 반칙이었다. 나는 그 놀이를 할 때면, 내 목과 몸을 휘감는 뱀과의 격투처럼 느껴져 꿈속에서처럼 혼신의 힘을 쏟아붓곤 했다.

내가 교실에서 항복받기 놀이를 하다가 상대 녀석한테 가슴팍을 물렸을 때, 악착같은 성깔로 버텨 이겨낼 수 있었던 것도 꿈속에서 벌인 고투의 경험이 작용한 때문이었을 것이다. 울보로 통할 정도로 기가 약했던 나에게도 궁지에 몰리면 욱하고 받고 나오는 성미 하나 있기는 했다. 그러나 이빨이 살 속을 파고드는데, 어떻게 그 고통을 참고 주먹을 날릴 수 있었던가? 아무래도 뱀 꿈의 기억이 나를 그렇게 하도록 시켰음에 틀림없다.

팔과 팔이, 다리와 다리가 뱀처럼 엉킨 채로 교실 바닥을 뒹굴다가, 아차 하는 순간에 내 머리통이 상대 녀석의 팔 안으로 잡혀들어간다. 내 목을 휘감고 조이는 녀석의 오른팔이 뱀의 몸통처럼 느껴져 아찔해진다. 숨통이 꽉 막힌다. "항복해, 새꺄!" 숨통이 더 조여온다. 그래도 나는 숨을 참고 기를 쓰며 버텨낸다. 숨을 더 참을 수 없는 마지막 순간에 나는 사력을 다해 요동치며 녀석의 팔에서 벗어난다. 그와 동시에 벌떡 상체를 일으키며 왼팔로 녀석의 목을 껴안는다. 통쾌한 역전극. 목을 조르면서 나는 재촉한다. "항복해, 새꺄!" 그런데 녀석은 항복 대신에 내 가슴팍을 꽉 문다. 너무 아파 전신의 힘이 쪽 빠진다. 목을 풀어줬는데도 녀석은 여전히 가슴을 물고 놓지 않는다. "야, 물지 마! 무는 건 반칙야!" 옆에서 구경하는 아이들이 소리쳐도 녀석은 막무가내로 물고 늘어진다. 고통 속에서도 내 입에선 이상하게 항복 소리가 나오지 않는다. 가슴팍을 문 채, 두 다리로 내 아랫도리를 휘감고 조이는 것이 영락없는 물패기다. 고통 속에서 치솟는 적개심에 머리칼이 쭈뼛 치솟는다. "이 독사 새끼!" 혼신의 힘을 오른 주먹에 실어 녀석의 턱주가리를 강타한다. 단 한방에 녀석은 입을 떼고 떨어져나간다.

얼마나 통쾌한 승리던가! 아마 그때도 나는 울었을 것이다. 승리를 확인하는 순간, 왈칵 눈물이 쏟아졌을 것이다. 늘 그랬으니까. 이긴 자가 울다니 정말 낭패스러운 일이지만, 그 눈물은 남달리 누선이 발달된 나로서는 도무지 어찌할 수 없는 불가항력이었다. 온몸에 팽배했던 지독한 격정이 물러남과 동시에 좔좔 말 오줌처럼 시원스럽게 흘러내리는 그 눈물이 얼마나 감미롭고 개운한 것인지, 울보인 적이 없는 사람들은 아마 모를 것이다.

어찌나 독하게 물렸던지 왼쪽 가슴의 상처는 오래갔다. 옷 위로 물려서 다행히 살은 찢어지지 않았지만, 살갗에 앞니의 치열이 먹빛으로 선명하게 새겨져 있었다. 멍이 사라진 후에도 그 이빨 자국들은 지워지지 않고 오랫동안 내 가슴에 남아 있었다. 그렇게 모질게 물다니, 녀석은 정말 독종이었다. 그러나 그 독종을 물리친 나는 그보다 더한 독종이 아니었을까? 5학년짜리 어린아이가 어떻게 그 무서운 고통을 뚫고 힘을 끌어낼 수 있었는지.

그후 나는 그애만 보면 뱀을 만난 듯이 가슴이 철렁 내려앉았는데, 그애 역시 나를 꺼려 봐도 못 본 척 지나치곤 했다. 중학교에 들어가서 그 아이는 자전거 체인을 휘두르는 무서운 싸움패로 변했지만, 그래도 나한테는 시비를 걸어오지 않았다.

전투놀이

무슨 놀이나 일단 시작했다 하면 아예 정신을 빼놓기 일쑤인 것이 나의 못된 습성이었지만, 항복받기처럼 격투에 가까운 격렬한 놀이일수록 나는 광기에 가까운 야릇한 흥분에 휩싸여 자신도 모르게 난폭해지곤 했다. 머릿속이 휑하니 백지장처럼 하얗게 비어버리고, 눈도 멀어 막무가내로 저돌적이 되어버리는 그 야릇한 흥분 상태, 내 종족의 핏속에 흐르는 광기가 아마 그것일 것이다.

윗동네 아이들과 투석전을 벌일 때도 그랬다. 그것은 놀이가 아니라 진짜 전투였다. 역시 5학년 때였는데, 중학생들까지 가담한 양쪽 동네 아이들이 병문내 가의 큰길 위에서 대회전을 벌인 적이 있었다. 어른들도 감히 말릴 수 없는 싸움이었다. 싸움이 격렬해짐에 따라, 허리 아래쪽만 쏘기로 된 처음 약속이 깨져 위험천만의 큰 싸움으로 변했다. 와와 함성과 함께 돌멩이들이 쌩쌩 무섭게 허공을 날았다. 그 위험한 상황이 오히려 나를 야릇한 흥분 속으로 몰아넣었던가보다. 자신도 모르는 사이에 앞으로 튀어나가 맨 선두에서 돌팔매를 날리고 있었는데, 문득 위기를 느끼고 몸을 돌렸을 때는 이미 늦어버렸다. 우리 편 아이들이 어느새 저만큼 달아나고 있었는데, 날아온 돌멩이가 내 뒤통수를 정통으로 친 것은 그다음 순간이었다.

모난 돌에 맞아, 살이 찢기고 두개골이 함몰될 정도로 상처는 깊었다. 그 경황에도, 흐르는 피를 지혈하려고 그 즉시 마른 말똥을 주워 상처에 갖다 대고 손바닥으로 누르고 있던 일도 생각난다. 내 뒤통수에는 지금도 벌건 살점이 드러난 흉터가 있는데, 그것이 바로 그때 얻은 기념물이다.

그리고 그 투석전을 생각하면 으레 떠오르는 것이 해병대 신병 때 겪었던 침투 사격 훈련이다.

한여름 불볕더위 속에서 가랑잎처럼 바싹 마르도록 시달린 그 석달 동안의 신병 훈련 기간을 생각하면 지금도 입맛이 써진다. 오죽 지긋지긋했으면, 훈련소 자리가 있는 진해 쪽을 향해 오줌도 안 눈다는 말이 생겼을까. 그중에 그래도 괜찮았던 것은, 마지막 단계에 있었던 침투 사격 훈련이었다. 허구한 날 기계적 훈련에 묶인 채, 곤봉 찜질 당하면서 똥개처럼 연병장을 박박 기던 나는, 탁 터진 야외 공간에서 실전과 방불한 그 상황에 투입되자 오히려 해방감을 느꼈다. 사실상, 석달 동안의 지겨운 그 모든 훈련들은 그날 하루를 위해 존재한 것이나 다름없었다.

그날의 상황은 지금도 나에게 석달 동안의 지긋지긋한 가뭄 끝에 내린 한줄기 소나기처럼 상쾌한 인상으로 남아 있다. 포복하는 내 머리 위로 드르륵드르륵 쉴 새 없이 갈겨대는 기관총 소리, 여기저기서 펑펑 터지는 티엔티 폭음 속에서 난생처음 겪는 그 긴박한 상황은 오히려 천둥 번개를 동반한 한바탕의 시원한 소나기처럼 느껴졌고, 그 속에서 나는 천둥에 개 뛰듯 펄펄 살아 냅떠댔던 것이다.

물론 처음에는 겁이 났다. 남들보다 뒤처져서는 안되는데, 두려움에 몸이 경직되어 제대로 움직여지지 않았다. 기관총 엄호사격이 포복하는 우리 머리 위로 나직이 탄막을 형성하고 있어서, 조금만 고개를 쳐들어도 빗나간 총알이 뒤통수에 박힐 것만 같았다. 어렸을 때 돌멩이 맞고 깨진 적도 있는 취약한 구석이 바로 뒤통수인지라, 그런 불안도 생길 만하지 않은가.

그러나 다행히 불안은 금세 사라졌다. 첫번째 철조망을 통과한 나는 자신감이 붙으면서 예의 야릇한 흥분에 사로잡히기 시작했다. 머릿속이 텅 비면서 맹목적인 동물적 힘에 추동되어 오직 전진만이 있을 뿐이었다. 철조망 밑을 기어나와 차폐물 뒤로 뛰어들고 엎드려 사격하는 시늉을 하고 다시 철조망 밑을 기고, 그러다가 바로 옆의 흙구덩이에서 느닷없이 터지는 어마어마한 폭음과 함께 날아온 흙덩이가 뺨을 강타하는 통에 간 떨어질 뻔하고(실전 상황이었다면 파편 맞고 아주 골로 갈 뻔하지 않았는가!), 그 때문에 단단히 화가 난 나는 더욱 저돌적이 되었다.

그런데 그것이 그만 어처구니없는 결과를 낳고 말았다. 철조망들이 겹겹이 쳐진 개활지를 완전히 통과하여 다른 대원들과 함께 고함지르며 내달려 육박전을 벌이고 고지를 점령했을 때, 그제야 나는 그들이 내 분대원이 아님을 알았던 것이다. 그들은 공격 개시선에서 먼저 출발한 앞 분대원들이었다. 얼마나 정신없이 빨빨 기어댔으면 앞 분대를 따라잡았을까. 어쨌든 낭패였다. 속도 초과로 자기 소속을 무단이탈했으니 벌을 받아야 마땅했다. 그런데 뜻밖에도 그 악바리 소대장은 재미있다고 낄낄 웃기만 했다.

"하기는 전투에 너 같은 무데뽀도 필요해. 아암, 필요하구말구. 너처럼 무작정 앞으로 튀어나가는 놈이 있어야 다른 대원들의 사기가 살지!"

나의 행동은 다른 용도는 몰라도 전투 소모품으로는 쓰일 만하다는 뜻이었다. 그러나 소대장이 무슨 소리를 했던지 간에, 나는 나 자신의 행동이 만족스러웠다. 그것은 내 자의에 의한 출분이었으니까. 기계적인 동작에 묶여 촌보도 벗어날 수 없었던 지난 석달간의 억압을 후련하게 깨버린 느낌이었다.

그러니까 어린 시절의 내가 놀이에 끼어들기만 하면 충동적 열정이 나타나곤 한 것도 조금은 같은 문맥에서 해석될 수 있을 것 같다. 가난한 집 아이인 나는 집안 심부름은 물론, 농사일까지 거들지 않으면 안되었는데, 그래서 아이들의 놀이에서 빠질 때가 종종 있었다. 집 안에서 어머니의 맷돌질을 거들다가도, 아이들이 노는 소리가 들려오면 당장 튀어나가고 싶어 여간 안달하지 않았다. 그러므로 일의 구속에서 풀려 다시 아이들 곁으로 돌아갔을 때 놀이에 더 열의를 보인다는 것은 얼마든지 있을 수 있는 일이다. 그러나 노는 것에 미친 나머지, 도가 지나쳐 엉뚱한 결과를 초래하는 그 충동적 열정은 아무래도 타고난 성격 탓임에 분명하다.

고교 3학년 때는, 배구 대회 결승전을 관전하다가 그런 발작이 일어나는 바람에 하마터면 일낼 뻔했다. 듀스까지 가는 치열한 접전 끝에 결국 우리 학교 팀이 패배하는 순간, 완전히 이성을 잃어버린 나는 "저놈들 죽여라!"라고 외치면서 튀어나왔는데, 그 선동에 격발된 우리 응원팀이 와아 함성을 지르며 덤벼들었던 것이다. 그 기세에 놀란 상대 학교 응원팀이 얼른 도망가주었으니 망정이지, 맞받아쳐 싸웠더라면 어떻게 될 뻔했나.

내가 알고 있는 나 이외의 것, 낯선 나, 용기와도 관계없고 만용도 아닌, 부지중에 튀어나오는 눈먼 충동의 정체는 무엇인가. 의학에서는 그것을 뇌척수에서 분비되는 세로토닌 부족 현상이라고 하는 모양인데, 나는 그 설명을 믿지 않는다. 격렬·충동성은 개인으로서는 성격적 하자이기 쉽지만, 모듬살이에서는, 특히 적과 대치하는 상황에서 반드시 필요한 덕목이 아니겠는가. 그러한 필요 때문에 그것은 조상으로부터 유전된 본능이라고 나는 믿고 싶은 것이다. 그렇게 믿지 않으면 나 자신이 너무 불쌍해지니까.

어쨌거나 내가 이성 잃고 중뿔나게 튀어나왔다가, 위험에 노출되어 해를 입은 일이 한두번이 아니었다. 훈련소 소대장의 말마따나 전투 소모품으로나 안성맞춤인 그 못난 성격 때문에 나중에 싸우기도 여러번 싸웠고, 그중에 네댓번은 아주 된통 걸려들어 이빨이 넉대가 나가고 눈썹 뼈가 함몰되고 갈비뼈 넉대가 나가는 상해를 입기도 했다. 때로는 그것이 자기파괴의 충동으로 나타나기도 했는데, 예를 들면 사춘기 무렵 두번의 자살 시도가 그것이다.

아기 업은 아이

그러한 성격적 결함을 지닌 나에게 그나마 참을성을 가르쳐준 게 바로 노동이었다. 몸이 가벼워 천방지축 나대던 어린 나는 이제 양어깨를 짓누르는 노동의 무게를 느끼지 않으면 안되었다.

내가 어머니를 도와 밭일을 배우기 시작한 것은 5학년 때부터였지만, 그 전해에 벌써 내 등에는 조그만 짐이 마련되어 있었다.

아기 업기가 그것이었다. 업었던 아기를 내려 엄마에게 넘길 때, 등짝에 산들바람 부는 듯 퍽이나 시원하던 기분이 지금도 느껴지는데, 그걸로 미루어 갓난쟁이 아기도 나에게는 꽤나 무거운 짐이었나 보다. 나보다 십년 연하의 남동생이 된 그 아기는 그해 5월에 태어났다.

아기를 낳고 나서 어머니는 서럽게 울었다. 매사에 흔들림 없이 꿋꿋하던 어머니였는데 말이다. 그 전해 여름, 그러니까 6·25 발발 직후에 훈련병 인솔차 잠시 다녀간 후, 소식이 없다시피 한 남편 걱정에 울음이 복받쳤던 것이다. 하기는, 전선에서 날아드는 소식이 전사 통보이기 쉬운 때, 무소식은 오히려 희소식일 수 있었다. 그래서 어머니는 아기를 낳고 나서 울기는 했지만, 될 수 있으면 좋은 쪽으로 생각하려고 애썼다. 워낙 천성이 무정한 사람이라 편지가 없겠지, 부대 이동이 잦아서 그렇겠지, 했다.

나로 말하면, 자라나는 일에 온통 정신 빼앗겨 아버지를 거의 잊고 지내고 있었다고 해도 과언이 아니었다. 그렇게 잊고 지내다가도 우체부 아저씨와 마주치면 가슴이 뜨끔해지곤 했다. 혹시 아버지 편지가 온 게 아닐까? 그러나 그러한 기대감보다도, 혹시 나쁜 소식은 아닐까 하는 두려움이 앞섰다.

그 우체부는 촌수가 그리 멀지 않은 친척분이었다. 빨간색의 우편 자전거를 타고서 읍내 곳곳을 누비며 편지를 배달했는데, 어쩌다 나와 마주치면, "어이!" 하고 밝은 웃음과 함께 손을 흔들어주고는 횡하니 스쳐지나가곤 했다. 그 아저씨를 길에서 여러번 만났지만, 아버지로부터 소식은 좀처럼 오지 않았다.

그렇게 노상 지나치기만 하던 그 빨간색 자전거가 한번은 뜬금 없이 내 앞에 멎었다. 아기를 업은 채, 동네 아이들과 놀고 있을 때 였다. 정말 무슨 소식이 왔나보다 하고 잔뜩 긴장했는데, 아저씨가 하는 말이 전혀 엉뚱했다.

"등에 업은 애기 누구네 애기고?"

"우리 애기우다. 내 동생 마씸."

"동생? 동생이라…… 거 이상타…… 혹시 느네 아방 그새 한번 댕겨간?"

"다녀간 지 막 오래돼수다마. 작년 여름에 댕겨간 후로 편지도 잘 안 옵네다마."

"작년 여름? 하하하! 아암, 그러면 그렇지. 난 또 누구네 애기라 고. 하하하!"

어쨌든, 그 아기는 내가 진 첫 짐이었다. 등에 아기를 업은 나는 맘대로 뛰놀 수 없어서, 주로 하는 일이 아이들 주위를 얼쩡거리며 입만 가지고 참견하는 심판 노릇이었다. 그래도 구슬치기만은 옹 색하게나마 아기 업은 채로 할 수 있었다. 선 채 발바닥으로 구슬 을 밀면서 슬슬 피하다가, 결정적인 순간에만 땅바닥에 엎드려 손 으로 구슬을 튕겼는데, 내 등에서 잠든 아기의 머리통이 그때마다 대롱거리는 수통처럼 전후좌우로 마구 흔들렸음은 물론이다. 그 렇게 노는 것에 정신 팔려 아기를 함부로 다루다보면, 그 아기한테 꼭 보복을 당했다. 오줌 누이는 걸 잊어버려, 내 등짝이 아기가 싼 오줌에 척척히 젖을 때가 자주 있었던 것이다.

그래도 나는 그걸 별로 싫어하지 않았다. 아기 오줌이라 지린내가 덜했나보다. 하기는 아기 것이라면 똥이라도 예쁘지 않았던가. 아기가 울면, 혹시 오줌이나 똥을 싸지 않았나 하고 기저귀 찬 아기 궁둥이에 코를 대고 킁킁 냄새를 맡아보곤 했다. 깨끗한 흰 젖을 먹어서 그런지 아기 똥은 냄새가 그리 구리지 않고 색깔도 고운 노란색이었다. 그 노란색 오줌이나 고왔으면 애기똥풀꽃이란 들꽃 이름이 생겼을까? 그리고 아기의 부드러운 몸을 안고 쪼그려앉아 똥 누일 때 그 자세의 편안함, 응, 응, 응가, 하고 격려하면서 아기와 함께 용을 쓰다가, 쑥 빠져나오는 똥자루를 볼 때의 쾌감, 금방 싼 그 똥을 강아지가 냉큼 집어 먹어버리자 아기가 자기 똥을 개가 먹어버렸다고 울면서 앙탈 부리던 일들도 생각난다.

팥벌레

내가 밭일을 돕기 시작할 무렵 외할머니는 이렇게 말했다.

"농사철에 하루 놀면, 냉중에 열흘 굶는 법이다. 너두 어리다고 놀면 되느냐, 농사철엔 아무도 놀지 못한다. 다들 일해사쥬. 어른도 아이도 송아지도 망아지도 부지깽이도 곡식도……"

"부지깽이도?"

"암. 부지깽이도 부지런히 일해사쥬. 바쁠 땐 밥을 얼른 해 먹는 것도 일 아니냐. 그러니까 솥 아래 부지깽이도 부지런히 몸을 놀려사 하쥬."

"근디, 곡식은 무사?"

"곡식이라고 게으름 피우면 되느냐. 사람도 망아지도 다 저를 위해 일을 하는데. 튼튼하게, 쑥쑥, 부지런히 자라나줘야쥬. 그것이 곡식이 할 도리여. 곡식은 고생해서 키워도 안될 때가 많다. 끝까장 애를 먹이는 것이 곡식이라, 다 끝나서 솥 안에 들어와사, 아 이젠 먹게 되나부다 하고, 안심하는 거쥬."

일하기 싫어 툴툴거리는 어린 손주를 그런 말씀으로 다독거려 주시던 외할머니의 인자한 모습을 생각하면, 나는 언제나 마음이 즐거워진다. 쓰다듬어주는 듯한 그 눈길. 물론, 어린아이가 해야 할 가장 중요한 일은, 밭의 곡식처럼 튼튼하게, 쑥쑥, 부지런히 자라나 주는 것이다. 놀면서, 자면서, 그것을 양식 삼아 성장에 열중해야 할 어린아이에게 밭일이란 아무리 가벼운 것이라도 고역이게 마련이다. 어른들이야 곡식을 키우는 재미라도 있겠지만, 저 자신이 한참 더 자라나야 할 어린아이에게 다른 무엇을 가꾸고 키운다는 것은 생리적으로 잘 맞지 않은 일이 아닌가.

그러나 부지깽이도 서두르고, 강아지 손이라도 빌리고 싶게 바삐 돌아가는 농사철에 어린아이라고 해서 그냥 놀 수만은 없는 노릇이었다. 내가 밭일을 배우기 시작했을 때, 외할머니로부터 늘 듣던 칭찬이 "아이고, 우리 손주 잘햄져. 그래도 강아지보단 낫구나!"였다.

밭일할 때, 어머니는 일품을 외할머니와 서로 주고받았다. 수눌음(품앗이)이 바로 그것인데, 어머니가 외갓집 밭에 가서 일해주면, 그 갚음으로 다음번엔 외할머니가 우리 밭에 와서 일해주었다. 그렇게 평소에는 주거니 받거니 서로 노동을 교환하면서 독립적으로 살다가도 흉년만 되면 우리 식구는 외갓집의 양식을 축내곤 했다. 잔정 많은 외할머니는 우리 오누이를 보면, 뭐가 한순갈이라도 먹이고 싶어 안달이곤 했다. 늘 웃음이 떠나지 않던 그 얼굴, 웃느라고 잔조롬해진 그 다정한 눈매가 그립다.

밭이랑을 타고 어기적어기적 앉은뱅이걸음 치며 김매기할 때, 하루해는 왜 그리도 더디 가던가. 내 꽁무니를 따라오는 가느다란 생각의 끈. 오금은 저리고, 허리는 뻐근하고, 손끝은 아린데, 이랑 끝은 아득히 멀기만 했다. 이랑 하나를 매는데도 나는 몇번씩 일어나, 호미자루로 아픈 허리를 두드리고, 중천에 붙잡아놓은 듯 꼼짝도 하지 않는 해를 흘겨보면서 원망스러워했다. 해 다 저물어 일 끝내고 집에 돌아온 후에도, 호미자루를 쥐었던 오른손이 무심중에 주먹 쥐어져 있곤 했는데, 아마도 그때의 내 심정은 막막한 절망감이었으리라. 평생 그 밭에 갇혀 벗어나지 못할 것만 같은 절망감 말이다. 아방은 없고 어멍은 가난한데, 공부 잘하면 뭣 하나……

콩밭을 매노라면, 얼마 안 떨어진 전방에서 갑자기 돌멩이 튀어오르듯이 종달새가 날아오르기도 했다. 수직의 일직선으로 곧장 치솟아올라, 높은 허공의 한점에 오랫동안 머문 채 즐겁게 노래하곤 했는데, 마치 그 새가 지상을 떠나 푸른 하늘에 둥지를 튼 것처럼 느껴졌다. 찌리찌리 배쫑배쫑 찌리찌리. 뻘뻘 기며 콩밭을 매는 나를 비웃는 듯한 그 소리…… 나는 종달새의 그 자유가 부러웠다.

종달새의 먹이가 되는 콩밭 벌레들 중에는, 누에처럼 생겼는데 그보다 더 통통하고 꽁무니에 뿔이 달린 초록빛 벌레가 있었다. 팥잎이나 콩잎을 먹고 산다고 해서 이름이 팥벌레였다. 그런데 꽁무니에 뿔 달린, 그 푸른 몸에는 슬픈 사연이 깃들어 있었다. 그 벌레는 옥황상제의 큰딸아기의 변신이라고 할머니가 말했다. 배고픈 인간 백성이 밥 빌러 오면 쉰밥에 썩은 장을 주며 푸대접한 죄로 이승의 콩밭에 떨어져 벌레가 되었단다. 숟가락 하나만 달랑 들고 천상에서 쫓겨나 이승의 콩밭에서 푸른 옷 입고 꽁무니에 숟가락 꽂은 슬픈 몸으로 평생 그 밭을 벗어나지 못하고 귀양살이하는 그 아기씨, 그것이 혹시 나 자신의 운명이 될까봐 나는 두려웠던 것이다. 나는 내 꽁무니에 꽂은 숟가락으로 어떤 밥을 먹게 될 것인가?

그래서 일손이 모자라는 어머니를 도울 때마다 나에게도 똑같은 운명의 굴레가 씌워진 게 아닐까, 불안한 생각이 들곤 했다. 일출과 일몰, 계절의 순환에 순종하며, 하늘에 해 박힌 날이면 밭이랑을 타고 흙벌레처럼 기어다니고, 비 오는 날이면 헌 옷 깁거나 맷돌질하는 것이 어머니의 삶이었다. 그것은 자연발생적인 삶이었고, 학교 교육은 그것을 미개한 삶이라고 가르쳤다.

첫 짐

어머니를 따라다니면서 밭일을 배우던 그 무렵의 나를 생각하면, 우리 밭에 조 파종하던 날, 어미 말을 졸졸 따라다니면서 함께 밭 밟는 일을 하던 망아지 모습이 떠오른다. 생후 육개월도 못된, 갓 젖을 뗀 어린 망아지였다. 토질이 푸석한 뜬밭이라, 파종 후 착실히 밟아주어야 하는데, 외할아버지가 들에 놓아먹이던 그 짐승들을 이끌고 와 일을 도와주었다. 파종 전의 쟁기질도 물론 외할아버지가 해주었다. 미리 갈아엎은 밭에, 뿌리 들린 잡초들이 뜨거운 햇볕에 얼추 죽을 때 즈음에 파종이 있었다.

씨뿌리기에 앞서, 이랑을 평평하게 고르기 위해 섬피질을 해야 했다. 가지 무성한 꽝꽝나무를 베어다, 그 위에 무거운 돌덩이를 얹은 것이 섬피. 어머니가 앞에서 말을 데리고 섬피를 끌고 나가면, 그 뒤를 외할아버지가 따라가면서 좁씨를 뿌렸다. 그리고 아직 채 죽지 않은 잡초들을 뽑는 일은 외할머니와 나의 몫이었고…… 그런데 영녀는? 아, 그애는 길 건너 바람 시원한 노송 그늘 아래에서 아기를 보고 있었지. 곱게 핀 연홍색의 메꽃을 잡초라고 뽑아버리기 아까워 망설이던 일, 그리고 좁씨를 뿌리는 외할아버지의 우스꽝스러운 몸짓도 생각난다. 좁씨를 골고루 뿌리기 위한 동작이었지만, 한쪽 팔을 획획 내두르며 자울락자울락 걸어다니는 품이, 마치 점잖은 어른이 절름발이 흉내 내는 것 같아 우스웠다.

씨뿌리기가 끝나면 점심 먹고 이내 밭밟기가 시작된다. 어린 망아지 딸린 암말은 외할아버지가 앞에서 이끌고, 그 뒤를 외할머니, 어머니, 그리고 내가 따라간다. 내딛는 발자국마다 풀썩풀썩 흙먼지가 일어나고, 그 뿌연 흙먼지 속에 사람의 갈옷과 말의 갈색 털빛이 녹아들어 밭의 흙과 함께 한 색으로 어울린다. 지루한 노동. 동편 밭담과 서편 밭담 사이로 마냥 지겹게 왔다갔다 걸어다니는 것이다. 지루함을 이기려고 할아버지가 노래를 부른다. 밭 밟는 노래. 탁 트인 구성진 목청으로 할아버지가 선소리를 느리고 길게 뽑으면 할머니와 어머니가 후렴을 받았다. 으이어이이~ 월월월~

그러나 6월 염천 불볕더위 속에서 밭 위에 발자국들이 빈틈없이 찍히도록 반나절이나 걸어다닌다는 것은 사람이나 말이나, 참을성 없는 어린것들에게는 보통 고역이 아니었다. 밭담 그늘에 떠다놓은 샘물도 더위에 물맛이 밍근해져버리는 한낮. 어린 송아지가 참지 못하고 뛰쳐 달아날 듯이 자꾸 거들럭거리고, 나도 영녀가 아기를 데리고 놀고 있는 소나무 그늘 아래로 달아나고 싶어진다. 짜증이 난 어린 손주의 심중을 눈치했는지, 할아버지의 노래 속에 타이르고 다독거리는 사설이 들어간다. 으허헛, 요놈의 망아지들! 어디로 달아나젠 거들럭거렴시냐, 으허헛, 월월월~ 유월 철 당하니, 요 망아지들도 고생이로구나, 그래도 이건 느네들이 하고 말 일이여, 오늘 하루 고생하면 놀며 먹을 게 아니냐, 요 망아지들아, 어서 재게 떨렁떨렁 걸으라, 으이어어이이~ 월월월~ 단조로운 선율로 길게 뻗어가는 노랫소리는 긴 한숨처럼 낮아졌다간 점점 고조되면서, 뜨거운 허공 속에 한줄기 바람처럼 흘러간다. 끊임없이 이어지는 그 선율은 숙명처럼 슬프고도 감미롭다. 내 종족의 핏속에 흐르는 슬픔, 그 숙명. 노랫소리를 듣노라니, 내 마음은 어느덧 진정되고, 망아지도 두 귀를 얌전히 내리깔고 고분고분 따라간다. 그 슬픈 듯 감미로운 선율과 함께 졸음도 슬슬 스며든다. 타박타박 걷던 망아지가 깜빡 졸아 다리를 비틀거리고, 내 다리도 점점 무거워진다. 그러자 당장에 호통이 떨어진다. 정신이 바짝 난다. 어허헛, 요놈의 망아지들, 졸지 말고 정신 똑바로 차령 걸으라, 그럭저럭 다 밟아감 져, 어서 재게 밟으라, 그래야 느네도 쉬고 나도 쉴 거 아니냐, 으이어어이이~ 월월월~

그렇게 어려서부터 단련받기 시작한 그 망아지는 이년쯤 지난 뒤, 성숙한 암말로 성장하여 팔려간 어미 말을 대신해서 외갓집의 충실한 머슴이 되었다.

그런데 그 유순한 망아지도 성숙한 말이 되어 난생처음 잔등에 길마를 얹고 첫 짐 지던 날은 보통 성질부린 게 아니었다. 할아버지가 살살 달래면서 보리 뭇을 포개 싣는데, 짐이 점점 무거워지자 말이 느닷없이 성질내며 날뛰기 시작했던 것이다. 히히힝, 소리를 지르며, 무섭게 뒷발질해대고 몸부림쳐대더니, 끝내 등에 올린 짐을 허물어버리고 길마만 얹은 채 밭 위를 미친 듯이 내달렸다. "저 말 막으라! 와, 와, 와!" 보리를 묶고 있던 할머니, 어머니도 내달아 말을 막았다. 말은 담이 높아 뛰어넘지는 못하고 밭 안에 갇힌 채 천방지축 날뛰었는데, 그 뒤로 뱀처럼 비뚤배뚤 요동치며 따라가던 고삐가 마침내 할아버지의 발밑에 잡혔다. 고삐 끝을 발로 찍어 눌러 말이 멈칫하는 순간에 번개같이 손으로 고삐를 낚아챘다.

할아버지는 대단히 화난 얼굴이었다. "요노무 자석! 짐 지기 싫다고 난동 부려? 못된 버르장머리, 단단히 버릇을 고쳐놔야지!" 하면서 할아버지는 날랜 동작으로 말 궁둥이를 돌며 고삐를 뒷발에 걸어 힘껏 잡아챘는데, 그러자 놀랍게도 그 큰 덩치가 중심 잃고 기우뚱하더니, 끝내 땅바닥에 쾅당, 하고 쓰러지는 것이었다. 정말 기막힌 솜씨였다. 졸지에 당한 말은 모로 쓰러진 채 잠깐 어리뼁뼁한 표정이다가, 얼른 발을 모으고 와들랑 일어났다. 그러나 일어나는 찰나, 무게중심을 잡기 직전에, 할아버지는 또 번개같이 고삐를 걸어 보기 좋게 말을 땅바닥에 메다쳤다. 다음도 똑같은 동작의 연속이었다. 할아버지의 손놀림은 매우 민첩했으나, 큰 힘을 쓰는 것 같지는 않았다. 공중에 뜬 연을 실에 퇴김 주어 연속적으로 곤두박질시키는 것과 비슷했다. 꽈당 와들랑, 꽈당 와들랑, 메다치면 일어나고 일어나면 메다치고 참 볼만한 활극이었다. 그렇게 한바탕 혼찌검을 당하고 나서야 말은 고분고분해져서 그 무거운 짐에 제 등을 내주었던 것이다.

첫 짐 질 무렵의 나도 그와 비슷한 꼴이었나보다. 등짐 지고 시오리 길을 타박타박 걸어갈 때, 그 길은 얼마나 멀고 팍팍하게 느껴졌던가. 새끼줄이 어깨를 파고드는 아픔에 성질이 버럭 나서 일부러 몸부림쳐 짐을 허물어버리기도 하고, 잘 참고 가다가도 서툰 등짐이라 저절로 허물어지기도 했다. 영락없이 첫 짐 진 망아지 꼴이었다.

외할아버지

외할아버지는 말 다루는 것뿐만 아니라 가꾸는 일에도 능숙했다. 말을 보면 그 주인의 됨됨을 알 수 있다고 했다. 품종이 유마인 그 말의 몸은 윤이 나는 부드러운 갈색 털로 덮여 있었고, 거기에 잘 어울리게 갈기와 꼬리는 검었는데, 이마에서 코끝까지 한줄로 뻗어내린 하얀 털 또한 이채로운 장식이어서 옆에 있으면 절로 쓰다듬어주고 싶은 마음이 생기곤 했다.

그러나 그보다 더 내 마음을 사로잡은 것은 아무래도 커다란 함지박 두개를 엎어놓은 것 같은 좌우대칭의 팡팡한 궁둥짝이었을 것이다. 거기에서 윤이 나는 초록색 알들처럼 비죽비죽 비어져나오는 한무더기 말똥과 폭포수처럼 시원하게 쏟아지는 오줌 줄기는 또 얼마나 근사했던가. 나는 그 말이 좋아서, 누가 시키지 않아도 한내 가로 끌고 가서 풀을 뜯기고 물도 먹여주곤 했다. 한내에 고인 물이 마르거나 썩은 냄새가 나면 용연으로 데려가서 물을 먹였는데, 더운 여름날에는 말을 아이들이 노는 물속에까지 끌어들여 함께 헤엄치며 놀기도 했다.

외할아버지는 말을 짐 운반에만 사용하고 타고 다니는 것은 철저히 금물로 여겼다. 말은 혹사시키면 몸이 상하고 체격이 나빠지게 마련이었다. 짐이 너무 무겁거나, 혹은 짐의 무게가 좌우 양쪽으로 균등하게 분배되지 않으면 말 잔등에 상처가 나게 마련인데, 외할아버지의 말에서 나는 그런 상처를 한번도 본 적이 없었다.

말을 가꾸고 다루는 일 외에도 할아버지는 짚단 쌓는 일을 잘했다. 일손이 빠르고 실수가 없어서, 짧은 시간 내에 지붕 높이의 우람한 짚가리를 만들어놓곤 했다. 짚단을 던져올리는 일은 주로 내가 했는데, 그 빠른 손놀림에 맞추느라고 여간 애를 먹지 않았다.

그런데 그 능숙한 일꾼이 겨울철 농한기에는 희한하게도 음풍농월의 시인으로 변하기도 했다. 외할아버지는 오언절구·칠언절구의 한시 짓기를 좋아했다. 글벗으로서 당신의 상대역은, 한 마을에 사는, 나와 촌수가 그리 멀지 않은 친척 할아버지였다. 시인의 풍류에 심부름하는 시동이 없어서야 되겠는가. 외할아버지의 시를 내가 받아서 그쪽에 전하면 그쪽에서도 손자를 시켜 답시를 보내곤

했다. 외할아버지는 내가 구해다 드리는 양담배의 은박지를 귀하
게 여겨, 그 뒷면에다 한시를 쓰곤 했다.

빨병과 꽈배기

나의 학교생활은, 생각하면 으레 떠오르는 것이 마분지 공책이
다. 정말 말똥을 눌러 만든 것처럼 누르튀튀하고, 곰보처럼 보풀
이 우툴두툴한 그 마분지 공책이야말로 학교에서의 내 모습이 아
니었을까? 사친회비도 제때에 못 내는 형편에, 학용품을 제대로 갖
출 돈이 있을 리 없었다. 교과서는 사촌한테 물려받고, 대자를 사면
반으로 쪼개서 한 학년 아래인 누이와 나눠 갖고, 연필도 지우개도
반으로 토막 내 나눠 써야 했다. 손부리만큼 남은 토막 연필도 대
롱을 끼워 다 닳을 때까지 썼다(어른이 된 후에도, 어머니는 대롱
에 끼운 토막 연필 생각이 났던지, 담배 피우는 나한테 꽁초를 물
부리에 끼워 끝까지 피우지 않고 아깝게 내버린다고 나무라곤 하
셨다).

크레용도 모자라 남의 걸 빌려 쓰기 일쑤였다. 그래서 내 도화지
는 색칠 못한 여백이 많았는데, 빈틈없이 크레용을 짙게 칠해 묵직
해 보이는 부잣집 아이들의 도화지에 비하면 너무나 가볍고 볼품
없는 것이었다. 품질 좋은 일제 돔보 연필을 사용하는 아이들도 있
었는데, 그 연필에서 짙게 풍기는 향내는 또 얼마나 고상했던가.

그러나 내가 가난했다고 해서 그 때문에 기죽지는 않았다. 가난

하지만 공부는 꽤 잘하는 편이었고, 어쩌다 반장 노릇도 했다. 나는 별 스스럼 없이 다른 애들로부터 연필도 크레용도 빌릴 수 있었고, 요구하지 않아도 사탕이나 꽈배기를 사주는 아이들도 있었다. 어쨌든 그것은 부모의 가난이지, 내 가난은 아니었다.

가난 때문에 교실에서 수모당한 일이 한번 있기는 했다. 사촌한테 물려받은 산수책 때문에 그랬다. 그것이 헌 책이라, 새 책과 내용이 다르게 쓰인 곳이 군데군데 덫처럼 쳐져 있어서 자칫 걸려들었다간 골탕 먹게 되어 있었다. 문제 내용이 전혀 다른 것도 있고, 응용문제에서 숫자나 낱말만 슬쩍 바꿔놓은 것도 있었다. 한번은 빨병이란 단어 때문에 수모를 당했다.

"자, 이번엔 문제를 풀 차례야. 그럼, 누가 일어나서 4번 문제를 한번 큰 소리로 읽어볼래? 그래, 반장!"

"4학년 전체 어린이 이백칠십명이 소풍을 갔는데, 날씨가 더워서 모두 목이 말랐습니다. 빨병을 가지고 간 아이들이 많지 않아서, 빨병 하나의 물을 네명씩 나눠 먹었습니다. 그러면 빨병을 가지고 간 아이는 모두 몇명이었을까요?"

아뿔싸, 내가 무슨 실수를 했나? 담임선생이 별안간 쇠 자로 교탁을 탁 내리쳤다.

"뭐, 빨병? 빨병이라니, 무슨 뜻이야, 응? 날 놀리는 거니, 뭐니? 대답해봐!"

빨간 루주를 칠한 그 여선생의 입술이 벌레라도 씹은 듯이 일그러지고, 아이들은 당장 벌어질 다음 장면에 대한 호기심으로 눈을 번득였다. 책 뒤에 얼굴을 숨기고 키득거리는 녀석들도 있었다. 나는 도대체 영문을 알 수 없어 얼떨떨해 있는데, 느닷없이 옆자리의 짝이 내 책을 집어들고 흔들어대는 게 아닌가!

"선생님, 선생님! 얘 책은 헌 책이에요. 이 책엔 수통이 빨병이라고 쓰여 있는데요."

까르르, 일제히 터지는 아이들의 웃음소리. 그렇다고 기가 죽을 나인가. 가난에 이미 면역이 되어 있는데 새삼스럽게 부끄러워서 쩔쩔맬 이유는 없었다. 그래서 나는 뒤통수를 긁으면서, 아이들한테 일부러 우거지상으로 얼굴을 구겨서 한번 씨익 웃어주고는 자리에 앉는데, 담임선생이 또 버럭 소리를 질렀다.

"야, 너 뭘 잘했다고, 실실 웃고 뽐내고 야단이야!"

나는 지금 생각해도 그 여선생이 왜 그렇게 화를 냈는지 잘 이해가 안된다. 그리고 빨병이라는 좋은 우리말 단어가 왜 교과서에서 축출됐는지도 알 수 없다. 수통보다야 빨병이 백번 낫지 않은가. 빨병이 빨갱이처럼 빨간색도 아닌데 왜 축출당했을까? 어쨌거나 사전에만 사어로 남아 있을 뿐, 우리 주위에서 완전히 자취를 감춘 그 단어를 생각하면, 그 단어의 죽음이 자연사가 아닌 타살로 여겨지는 것이다.

그리고 빨병이 꼭 빨간색은 아니므로 그녀의 빨간 루주 입술과도 아무 관계가 없다. 그녀는 너무 신경과민이 된 나머지, 내가 사투리를 써서 자기를 조롱한다고 넘겨짚었는지도 모른다. 그녀의 빨간 루주의 입술은 항상 우리의 관심 대상이었으니까. 그 입술을 흉보는 소리가 뒷전에서 그치지 않았으니 신경과민이 될 만도 했다. 치마저고리 차림의 단발머리 처녀 선생이나, 결혼해도 가르마

탄, 쪽 찐 머리의 여선생들만 보아온 아이들인데, 한내 건너 비행장의 미군을 찾아가는 양공주처럼 허리 잘록한 원피스 차림에 머리 볶고 입술을 붉게 칠한 그녀의 모습이 마음에 들 리 없었다. 게다가 심성까지 궂어 걸핏하면 신경질이었다. 그래서 우리는, 쥐 잡아 먹은 고양이 주둥이라고 흉보면서 낄낄거리곤 했던 것이다.

우리는 그 여선생이 육지 출신이고, 권력자인 검사장(檢事長)의 호화로운 사택에 산다는 것만 알았지, 구체적으로 고향이 어디이고, 검사장의 누이동생인지 딸인지도 알지 못했다. 그러나 아무리 마음에 안 들어도 명색이 담임인 바에야 참고 지낼 수밖에 없지 않은가. 그래서 한번은 간부 아이들 서너명이 그 선생의 비위를 맞춰 본답시고, 검사장 사택으로 찾아갔다. 코 묻은 돈을 모아 꽈배기 한 봉지를 사들고서 말이다. 물론 나는 돈을 내지 않았다. 가난한 나는 그러한 돈 추렴에는 언제나 면제 대상이었다.

꽈배기, 그 얼마나 매혹적인 이름이었나! 그 시절, 아이들의 미각을 유혹한 것들 중에는 풀빵, 호떡, 알사탕, 흑설탕을 녹여 만든 뽑기 과자 등 여러종류가 있었지만, 꽈배기만큼 환장하게 좋아한 과자는 없었다. 내가 꽈배기가 얼마나 먹고 싶었던지, 평소에 잊고 지내던 가난이 입맛 쓰게 실감되는 것도 꽈배기 좌판 앞을 지나갈 때였다.

꽈배기 좌판 앞은 언제나 아이들이 꼬였다. 사 먹는 아이보다 나처럼 맨입 가지고 구경만 하는 아이들이 더 많았다. 꼭 먹어야만 맛이 아니어서, 꽈배기 만드는 과정은 좋은 눈요깃감이기도 했다.

커다란 양푼에 담긴 흰 밀가루 반죽을 손으로 주무를 때, 그 희고 부드럽고 푸짐한 느낌도 좋았지만, 무엇보다도 그 무정형의 푸짐한 살덩이 가운데에서 놀라운 속도로 꽈배기들이 줄지어 태어나는 일련의 과정이 재미있었다. 손으로 뜯어낸 조그만 반죽 덩이는 엿가락 모양으로 늘씬하게 늘어났다간, 금방 두 겹으로 겹쳐 부끄러운 듯 팽그르르 돌면서 몸을 꼰 귀여운 자태로 변했고, 그것들이 솥 안의 끓는 기름 속에 들어가 잠깐 동안 자글자글 즐겁게 수다 떨며 멱 감고 나오면, 살이 통통하게 부풀고 살색이 노릇노릇 고와졌는데, 마지막으로 그 구수한 몸에 달콤한 흰 설탕 옷이 입혀졌던 것이다.

우리가 담임선생한테 가져간 것은 바로 그러한 꽈배기였다. 그것을 선생님과 함께 먹으면서 즐겁게 얘기하다가 오고 싶었다. 기름에 갓 튀겨내 먹음직스럽게 따끈따끈한 꽈배기 한봉지, 혹시 신문지 봉투가 터질세라 땀내 나는 모자 안에 다시 넣고 소중하게 들고 가지 않았던가.

그러나 우리의 절대적 사랑과 신임을 받는 그 꽈배기도 호화로운 검사장의 사택에서는 너무도 초라하고 무력했다. 담임선생은 우리가 내놓은 꽈배기 봉지를 거들떠보지도 않고 너희들이나 먹으라고 간단히 물리쳐버렸던 것이다. 그러한 상황에서 무슨 얘기가 오고 갈 수 있겠는가. 현관 마루에 잠시 엉덩이만 붙였다가 도로 나올 수밖에. 꽈배기 봉지를 도로 들고 나온 우리는 몹시 기분이 상했지만, 그래도 꽈배기 맛은 여전히 좋았다. 꽈배기를 다 먹고 나서, 봉지 속에 떨어진 설탕도 마저 털어 먹고, 봉지에 번진 기름도 혀로 핥고 난 다음, 우리가 내린 결론은 '쥐는 먹어도 꽈배기는 먹을 줄 모르는 여자'였다. 벌겋게 칠한 그녀의 입술이 '쥐 잡아먹은 주둥이'로 통했으니까.

그 여선생이 우리 학교에 몸담고 있던 기간은 길어야 석달 정도였을 텐데, 나는 그녀를 통해서, 이 세상에는 나나 내 동무들과는 전혀 다른 인간형이 존재한다는 것을 배웠다. 아마도 그때 그녀의 표정에 나타난 것은 가난을 부끄러워하지 않는 자에 대한 본능적인 적의였을 것이다. 그랬다. 나 또한 그녀와는 별개의 인간이었다. 가난을 부끄러워하기는커녕 오히려 그것을 무슨 장식인 양, 특권인 양 뽐내는 인간으로 나는 성장하고 있었다.

학교 동무들

꽈배기 얘기가 나오니까, 우리 반 아이 중에 별명이 '꽈배기'였던 한 아이가 생각난다. 가구점 하는 집 아이로 꽈배기 군것질을 잘했는데, 혼자만 먹는 깍쟁이인데다가, 꽈배기처럼 심보가 꼬였다고 별명이 '꽈배기'였다. 한번 붙으면 떼어내기 어려운 게 별명이다. 그 별명이 오죽 싫었으면 녀석이 그런 말썽을 피웠을까. 연싸움 준비로 연실에다 아교를 바르고 있었던 모양인데, 지나가던 한 아이가 꽈배기라고 놀리자 화가 나서 그 아이의 머리에 아교풀을 양재기째 부어버렸다. 아교풀은 손쓸 새도 없이 금방 마른 떡처럼 굳어져버려 이발관에 가서 바리깡으로 머리를 밀어서 겨우 떼어냈다는 것이다.

우리 반에서 돈 주고 군것질할 만큼 여유 있는 집의 아이가 네댓명밖에 안되었는데, 꽈배기 녀석을 제외하고는 모두 착해서 군것질할 때면 조금이라도 나눠주는 걸 잊지 않았다. 춘궁기에 나는 가끔 그애들의 도시락을 더러 축내기도 했지만, 그걸 별로 부끄럽게 여기지 않았다. 나뿐만 아니라 다른 가난한 아이들도 그랬으니까. 그러나 과연 내가 앞에서 말한 것처럼, 가난을 오히려 뽐내고, 가난을 무기처럼 휘두르는 악동이었던가. 그렇다고 말한다면, 제 도시락을 한 귀퉁이 헐어 나를 먹여준 그애들에게 얼마나 큰 모욕이 되겠는가. 그들은 생활 형편이 좀 낫다고 해서 자신을 뽐내는 법이 없었다. 그런데도 내가 그들 앞에서 가난을 뽐냈다면 무도한 폭력이나 다름없는 것이다. 나중에 고교 졸업 후, 무일푼의 백수로 상경하여 대학에 들어갔을 때, 하숙집 주인의 눈총을 받아가면서 서로 번갈아 나를 재우고 제 몫의 밥을 한 귀퉁이 덜어 먹여준 것도 바로 그 아이들이었다.

　그러므로 어린 시절에 내가 가난을 수치로 느끼지 않았던 것은, 순전히 그 동무들의 너그러운 배려 때문이었다. 만약 그들이 나를 인정해주지 않았다면, 가난한 편모슬하의 무력감을 아마 나는 극복하기 어려웠을 것이다.

　그들은 대개 집에 아버지가 있는 아이들이었다. 공무원, 은행원, 교사, 주정공장 기사 등등. 정면 벽에 사기타일을 붙인 호사로운 집에 살고 있는 아이도 있었는데, 그래서 나는 그 아이가 갖고 있던 예쁜 사기구슬도 그 사기타일에서 나온 것이 아닐까, 생각할 정도였다.

상급반인 5학년이 되면서부터 오후 수업까지 받아야 했는데, 그렇게 하루 중에 학교생활이 차지하는 비중이 커지자, 나는 자연히 동네 벗들보다 반 아이들과 어울리는 일이 더 많게 되었다. 그래서 웬깅이와의 관계가 뜸해졌다.

양초와 헌병

그런데 그렇게 오랫동안 깜깜무소식이던 아버지로부터 5학년 무렵의 어느날 편지가 날아들었다. 놀라운 사진 한장과 함께 말이다. 사진 속의 아버지는 뜻밖에도 중위 계급장을 단 늠름한 장교의 모습으로 바뀌어 있었다. 일등상사의 모습으로만 기억하고 있던 나에게, 그것은 얼마나 놀라운 변화였던가. 나는 아버지가 자랑스러웠다. 물론 나는 그 사진을 내 동무들한테도 보여주었다. 사진이야말로 가장 확실한 증거물이었으니까.

그런데 한번은, 그 자랑스러운 헌병 중위가 엉뚱하게 놀림감이 된 적이 있었다. 담임선생 탓이었다. 물 뺀 사지 군복 바지를 늘 입고 있던 그 선생은 학급 운영이 군대식이어서 아이들이 별로 좋아하지 않았다. 구령이나 호통을 지를 때면, 입이 옆으로 흉하게 비틀어지곤해서 별명이 '입토래기 선생'이었다. "열중쉬엇!"에 한쪽 입귀가 아래로 비틀렸다가, "차렷!"과 동시에 이번엔 정반대로 다른쪽 입귀가 비틀리면서 귓불을 씹을 듯이 사뭇 위로 제껴지는 모양이 참 볼만한 구경거리였다. 물걸레질로 하던 교실 청소도 그 선생이 담임을 맡으면서부터, 널판 마룻바닥과 복도를 빤질빤질 윤이 나게 초를 칠하고, 빈 병으로 문질러대는 고된 작업으로 바뀌었는데, 그 새 방침을 시달할 때 그 비뚤어진 입에서 나온 말이 하필이면 '빈 병'이 아니라 '헌 병'이었다. 내가 그 선생을 미워하게 된 것은 그 일이 일어나고부터였을 것이다

"양초를 가져올 사람, 손 들엇! 좋아. 이번엔 헌 병 가져올 사람, 손 들엇! 좋아. 하여튼 양초 토막이나 헌 병이나 둘 중에 하나를 꼭 가져와야 한다. 알겠나?"

그렇게 해서 나는 아이들의 놀림감이 되었다.

"야, 넌 좋겠다. 느네 집엔 헌 병이 있으니까. 우리 집엔 빈 병밖에 없어."

"무어?"

"느네 아방이 헌병이라면서, 깔깔깔."

"야, 너 사람 놀려?"

악의 없는 농담이라 화를 낼 수도 없었다. 더구나 여분의 빈 병이 집에 있을 리 없는 나로서는 그들 중 누구 한 사람한테 내 몫의 빈 병도 하나 갖다 달라고 아쉬운 소리를 해야 할 처지였다.

그랬다. 아쉬운 게 한둘이 아닌 나는 그 아이들한테 신세 지는 일이 자주 있었다. 이야기책도 빌려다 읽고, 학교 숙제나 시험공부도 참고서가 있는 동무네 집에 가서 할 때가 많았다. '간추린 지리' '간추린 생물' 하는 식의 '간추린' 씨리즈의 참고서들, 표준전과, 아동연감 등등. 그리고 우리 집의 침침한 석유등 불빛보다 그 환한 전등 불빛에서 공부하는 것이 훨씬 머리에 쏙쏙 들어오는 것 같았

다. 그러니까 내가 공부와 책 읽기에 취미를 붙이게 된 것도 그들 덕분이었다.

구룡보

우리는 그렇게 공부도 같이 했지만, 놀기도 같이 놀았다. 방과 후에 책가방을 멘 채 바닷가를 쏘다녔고, 관덕정 근처의 번화가 여기저기를 헤집고 다니며 무슨 구경거리 없나 기웃거리기도 했다. 전에는 무서워 그 앞을 얼씬거리지도 못했던 경찰서에도 별 거리낌 없이 드나들었다. 경찰서에서 아이들의 환심을 사보려고 '어린이경찰학교'를 열어 러닝셔츠를 공짜로 입혀주면서 이삼일 놀아준 것도 그 무렵이었다. 일종의 선무공작이었던 셈이다. 나도 그중에 끼어 '어린이경찰학교'라고 프린트된 러닝셔츠 한벌을 얻어 입었다.

경찰서에서 우리가 주로 찾아가던 곳은 유도장이었다. 출입문 근처에 모여 앉아 유도복 입은 순경들이 훈련하는 모양을 지켜보곤 했는데, 거기에서 눈으로 익힌 유도 기술을 우리는 항복받기 놀이에 써먹었다. 사태 당시에 유치장으로 쓰였던 그 유도장은 고문과 호열자로 하루에도 서너명씩 죽어나간 것으로 악명이 난 장소였다. 그렇다는 것을 우리는 이미 들어서 알고 있었는데, 그러나 이미 그 장소에 익숙해 있던 터라, 기분이 좀 찜찜할 뿐 무서운 생각은 별로 들지 않았다. 아이들에게 과거란 잊기 위해서 존재하는 것일까? 오륙년의 세월이 흐른 지금, 저승차사라고 손가락질하며 흉물스럽게 여기던 까마귀들도 본래의 평범한 새로 돌아가 있었고, 까마귀 날갯빛처럼 불길했던 검은 경찰 제복도, 시체를 쪼는 까마귀 부리 같던 제모의 에나멜 차양도 더이상 두려움의 대상이 아니었다.

경찰서 안에는 유도장 외에도 구경거리가 또 하나 있었다. 건물의 현관 문턱 한 귀퉁이에 옹색하게 자리 잡고 있던 구두 수선장이, 그가 구롬보였다. 그가 바로, 내 고향인 노형리 사람들이 불타는 마을을 뒤로하고 해변으로 소개되었을 때, 제 고장 사람들을 손가락질하여 많이 죽게 한 장본인이었다. 개털모자를 눈썹 밑까지 눌러쓰고 마스크로 얼굴을 가린 채, 손가락질해댄 사람, 그 무서운 손가락총. 그자가 경찰서 현관문 앞에서 구두를 고친다는 소문을 듣고 처음 찾아갔을 때, 나는 얼마나 가슴이 조마조마했던가. 함께 간 아이들 중에 내 외가로 친척 되는 아이가 있었는데, 가까이 다가가기가 두려워 뒷전에서 쩔쩔매던 모습이 생각난다. 그 아이는 사태 때 아버지와 할머니와 외삼촌을 한꺼번에 잃었던 것이다.

'구롬보'라는 일본식 별명 그대로 사내는 낯빛이 숯처럼 검었다. 정말 낯 검은 저승차사의 형용이었다. 그 무서운 구롬보가 경찰서의 초라한 구두 수선장이로 전락했다는 사실이 나는 얼른 믿기지 않았다. 구두 수선장이로 변장하여 경찰서를 출입하는 사람들의 동정을 살피는 스파이가 아닐까? 갑자기 나를 향해 불쑥 손가락질할 것만 같은 두려움. 그러나 사내는 줄곧 고개를 숙인 채 구두 수선에만 정신을 썼고, 일감이 없을 때도, 현관을 출입하는 사람들의 구두만 살펴볼 뿐, 좀처럼 고개를 쳐드는 일이 없었다.

그러니까 그것이 밀고자의 운명이었다. 이용가치가 떨어지면 헌

신짝처럼 가차 없이 버림을 받는 것, 그동안 수고했으니 이 현관문턱에서 구두나 고치면서 먹고살아라, 가 전부였다.

신파조

경찰서 주위의 우체국, 은행, 병원도 우리는 여기저기 들쑤시고 다녔는데, 거기에서 근무하는 젊은 여자들의 예쁘장한 모습들이 좋은 눈요깃감이었다. 그러나 뭐니 뭐니 해도 가장 매력적인 장소는 극장이었다. 다른 데는 얼마든지 무상으로 출입할 수 있어도, 극장만은 돈이 없으면 못 들어가는 곳이었다.

사회단체들의 모임 장소로 쓰이기도 했던 그 극장에 어쩌다 연극이나 영화가 들어오는 날이면, 나도 모르게 발길이 거기로 향해지곤 했다. 돈도 없는 주제에 아이들 틈에 끼어 꽈배기 좌판을 기웃거리더니, 이제는 극장 앞에서 그 꼴이었다. 이야기책들은 아이들한테서 빌려 볼 수 있었지만, 극장 구경은 손에 돈이 쥐어져 있지 않으면 안되었다.

어머니는 물론 돈도 없었지만, 도대체 연극·영화라는 걸 신용하지 않았다. 내가 이야기책 읽는 것도 싫어하는 어머니였다. 픽션, 장차 내 일생을 지배하게 될 그 마법의 세계에 나는 이미 한해 전인 4학년 무렵부터 빠져들어 있었다. 내가 읽은 이야기책들은 대개 일본판을 중역한 서양 동화이거나 소년소설들이었다. 『암굴왕』 『소영웅』 『삼총사』 『백가면』 『무쇠탈』 따위의 모험이나 활극물도 재미있었지만, 그보다는 『성냥팔이 소녀』『문지기 아들 브레이스』『소공녀』『톰 아저씨의 오두막』『이녹 아든』같은 슬픈 이야기들을 나는 더 좋아했다. 비참한 운명에 처한 주인공의 이야기는 정말 눈물 없이는 읽을 수 없었다. 방바닥에 드러누워 이야기책을 읽다가 청승맞게 훌쩍거리는 내 꼴을 보면 어머니는 여간 질색하지 않았다. 픽션을 믿지 않는 철저한 현실주의자였던 어머니에게 그것은 한갓 값싼 눈물일 뿐이었다.

"이 녀석, 무에 서럽다고 우는 것고, 응? 느네 어멍이라도 죽어시냐? 자기 일도 아닌 일에 울기는! 똑똑한 줄 알았더니, 기껏 남이 지어낸 판판 거짓말에 속아 울어? 원, 별꼴이야."

그렇잖아도 기가 약해서 울기 잘하는 내가 슬픈 이야기만 허발나게 좋아했으니, 어머니의 걱정도 무리는 아니었을 것이다.

그런데 슬프기로 말하자면, 이야기책은 연극이나 영화에 전혀 비길 바가 못되었다. 극장의 선전 문구 그대로 그야말로 '눈물 없이는 볼 수 없는 눈물의 주옥편'들이었다. 지금 들으면 어색하기 짝이 없는, 공연히 근엄한 체, 비감한 체, 비장한 체하는 그 신파조의 대사들이 그때는 얼마나 신기하고 근사했는지 모른다. 학교에서 단체관람할 때, 어머니한테 억지 써서 나도 두어번 끼어 보았는데, 그것은 그냥 단순한 구경이 아니라, 하나의 감동적인 사건이요 현상이었다. 주인공은 왜 그리도 잘 울던지, 주인공이 울 때마다 장내는 온통 눈물 바람으로 소용돌이치곤 했다. 아이들은 물론 선생들도 울었다. 그런 영화들 중에 하나가 「검사와 여선생」이었는데, 그 영화를 보고 온 나에게 어머니가 소감을 물었을 때, 우리 사이에 오고 간 대화는 대충 이런 식이었을 것이다.

"재미 되게 좋아. 어쩌나 슬픈지, 다들 울었어."

"아니, 울어? 그러니까 그 비싼 돈 주고 울다 왔단 말가? 원 시상에……"

"우리 선생님도 울었는디, 뭐."

"선생도? 그 선생 쓸개 빠진 양반이여. 다 큰 남자가 부끄럽지도 않아. 남의 일에 울어? 쯧쯧쯧."

영국의 파리

그러다가 서부영화와 같은 경쾌한 활극들이 나타나기 시작했는데, 눈물 질퍽한 신파조의 비극에 젖어 있던 우리에게 그것은 또 새로운 경이였다. 악의 무리를 퇴치하는 주인공의 초인적인 힘과 용기에 우리는 극장 안이 떠나가라고 아낌없는 갈채를 보내곤 했다. 공연히 비장한 신파조의 말투가 경쾌한 서부활극에도 그대로 사용되고 있었다. 토키도 자막도 없는 무성영화들이라 변사가 꼭 필요했는데, 변사의 말투가 바로 그런 식이었다. 그러나 우리에겐 그 신파조가 오히려 재미있었고, 또한 진실이기도 했다(연극·영화는 물론, 대중가요, 반공 웅변대회 등 신파조 아닌 것이 드문 시대였으니까). 등장인물들의 대사를 혼자서 줄줄이 주워섬기는 그 능란한 말솜씨라니! 우리는 변사의 말투를 흉내 내기 좋아했고, 혹 길에서 변사를 만나면, 스크린 속의 주인공을 만난 듯이 반가워 꾸벅 인사를 하기도 했다.

그런데 그 인기 좋던 변사가 실은 별것 아닌 무식쟁이임이 탄로 났다. 나는 구경 못한 어떤 외국영화였는데, 변사가 해설하는 도중에 "여기는 영국의 파리~"라고 했단다. 엉터리라고 소리치는 아이들의 항의에도 불구하고, 그 변사는 신파조의 억양을 조금도 바꾸지 않고 천연덕스럽게 "하여간 파리는 파리였다"라고 해서 한바탕 폭소 소동이 일어났던 것이다. 어찌나 우스운 해프닝이었던지, 아이들 사이에서 그 대사를 재연하는 일이 한때 유행할 정도였다.

"여기는 영국의 파리."

"우와, 엉터리, 영국에 무슨 파리냐?"

"영국에는 날아다니는 파리도 없냐?"

"쌍! 엉터리 집어치워라!"

"하여간 파리는 파리였다."

극장 앞에서

내가 돈도 없으면서 극장 앞을 얼쩡거린 것은 혹시 하고 요행수를 노려서였다. 극장 앞에는 나처럼 입장권을 살 수 없는 아이들이 늘 수두룩하게 모여 있곤 했다. 영화 구경이 놓쳐서는 안될 중요한 사건인 바에야 돈 없다고 포기할 수는 없는 노릇이었다. 입장권을 손에 쥐고 당당하게 들어가는 다른 아이들에게 길을 비켜주면서, 우리는 참을성 있게 기다렸다. 돈 내고 입장하는 아이들보다 무료로 입장하는 아이들이 더 부러웠다. 문지기 청년을 알아 공짜 구경하는 아이들도 있었고, 카빈총 멘 임검 순경의 뒤를 따라 여봐란듯이 뽐내며 들어가는 아이들도 있었다.

그러나 누구보다도 돋보이는 존재는 전공이었다. 극장에 전기 고장이 잦던 때라, 특별 대접을 받았던 모양이다. 평소에 원숭이처럼 전봇대나 오르는 변변찮은 직업인 전공이 극장 앞에서는 그 권위가 임검 순경 못지않았다. 그는 항상 두어명의 아이를 앞세우고 무료입장하곤 했는데, 어찌나 당당했던지 넓적한 혁대에 크고 작은 펜치들을 꽂은 모습이 서부영화에 나오는 쌍권총의 사나이를 연상시킬 정도였다.

예고편과 뉴스가 끝나고 본영화의 시작을 알리는 벨이 울리면, 극장 밖에 남아 있는 우리들의 마음은 사뭇 다급해져서 어둠속에서 건물의 주위를 여기저기 쑤시고 다니면서 구멍치기할 기회를 노렸다. 건물의 낡은 판자벽의 하단부에는 극성맞은 아이들이 마구 잡아 흔들어 못을 헐겁게 해놓은 판자들이 더러 있었는데, 그 틈새를 들추고 몰래 기어들어가는 것이 구멍치기였다. 걸렸다 하면 코피 터지게 얻어맞을 각오를 해야 했다. 판자 틈새로 머리통을 집어넣었다가 안에서 내지른 발길에 된통 까이기도 했다. 감시가 심해지자, 심지어 변소의 똥 푸는 구멍으로 진입하는 아이들도 있었는데, 글쎄 옷을 더럽히지 않고 무사히 통과할 수 있었을까?

하여간 우리는 그렇게 극성맞았다. 우람한 체격의 문지기가 눈을 부라리며 호통을 쳐도 소용없었다. 문지기 청년도 우리의 성깔을 잘 알고 있었다. 단 몇명이라도 선착순으로 집어넣어주지 않으면, 어떤 식으로든 분풀이를 당하리라는 걸 말이다. 건물 벽의 판자를 아예 뜯어내버리거나 판자벽을 발길로 걷어차고 비상용 옆문을 마구 흔들어 한바탕 영화관람을 훼방 놓고 어둠속으로 달아나버리면 그만이었다. 그래서 영화 필름이 반쯤 돌아갔을 때 즈음해서, 마지못해 아이들 중에 선착순으로 대여섯명을 골라 입장시켜주곤 했다. 나도 요행히 거기에 끼어 무료입장한 적이 두어번 있었는데, 그러니까 내가 본 그 영화들은 내 동무가 어금니로 쪼개 건네준 알사탕의 반쪽처럼 맛보기에 불과한 반쪽짜리 영화였던 것이다.

아, 얼마나 영화 구경을 하고 싶었으면, 내가 돈을 훔칠 생각까지 했을까? 어머니는 돈지갑을 쌀독 속에 묻어두곤 했는데, 무심중에 그만 내 손이 거기에 들어가고 말았다. 곡식 속에 손을 넣고 휘저을 때의 그 절박한 흥분을 나는 지금도 느낄 수 있을 것만 같다. 가슴이 무섭게 뛰고, 온 세상이 나를 향해 아우성치는 듯 귓속에 가득한 이명 소리, 너 시방 뭘 하려는 거지? 왜 쌀독을 휘젓는 거야? 그냥 재미로? 하긴 곡식 속에 팔을 넣고 휘저으면 팔에 닿는 감촉이 기분 좋지. 그러나 그게 아니잖아? 넌 시방 뭘 찾고 있잖아? 풋감? 떫은 맛을 없애려고 묻어둔 풋감을 찾는다고? 그건 벌써 저번에 찾아 먹었을 텐데, 안 그래? 그럼, 뭘 찾는거야? 뭣 때문에 쌀독을 뒤지는 거냐구? 왜, 왜, 왜?

결국 나는 빈손인 채 팔을 뺄 수밖에 없었다. 어머니의 지갑을 범한다는 것이 그렇게 두려운 것인 줄 몰랐다. 지갑에 손이 닿는 순간, 불덩이를 만진 듯한 그 뜨거운 느낌이라니. 그랬다. 나는 가난에 지친 어머니의 한숨을 배신할 수가 없었다.

아름다움이란

　가난한 어머니의 관심사는 오로지 먹는 일과 직결된 실질적인 것들뿐이었다. 당장 호구지책이 다급한 터에, 영화 구경이란 너무도 가당찮은 일이었다. 어머니의 애옥살림에는 취미·오락 같은 것이 끼어들 여지가 없었다. 노래를 좋아하긴 했지만, 놀 때가 아니라 일할 때 불렀다. 노동의 괴로움을 달래는 노동요나 아기를 잠재우는 자장가밖에 몰랐으니까. 호미를 쥐지 않으면 김매는 노래를 못 불렀고, 자장가를 불러도 옆에 아기구덕이 있어야 했다. 그러니까 어머니에게 다소나마 취미나 오락 비슷한 것이 있었다면, 그것은 노동과 분리된 여가 시간에 있지 않고 노동 그 자체 속에 있었던 것이다.

　다른 사람과 잡담할 때도 어머니 손에는 뭔가 일감이 잡혀 있을 때가 많았다. 특히 뜨개질은 잡담에 잘 어울렸다. 우리 집에는 남자 어른이 없었기 때문에, 긴긴 겨울밤이면 동네 아낙들 두엇이 찾아와 어머니와 함께 뜨개질하는 일이 자주 있었다. 무슨 할 말들이 그리도 많았던지, 데굴데굴 구르며 한없이 풀려나가는 실뭉치들처럼 아주머니들은 밤늦도록 끊임없이 이야기들을 늘어놓곤 했다. 각자의 손끝에서 민첩하게 반짝거리며 움직이는 대바늘들, 머리에도 여분의 대바늘이 두어개 꽂혀 있었고…… 잡담하면서도 손놀림이 아주 능숙했는데, 입 놀리는 속도에 따라 손놀림도 빨랐다, 느렸다 하는 것이 여간 재미있지 않았다. 말을 신중하게 할 때는 손놀림도 탐색하는 듯 조심스럽다가도 말이 빨라지면 손놀림도 따라서

급해지고······

집으로 찾아온 동네 아낙과 잠깐 잡담할 때도, 어머니는 콩뭇 하나를 옆에 갖다놓고 콩을 까면서 얘기하는 버릇이 있었다. 콩 타작은 가을 추수 때 하게 마련인데, 어째서 탈곡하지 않은 콩뭇들이 겨울까지 남아 있었나. 부엌에서 밥 지을 때도 콩뭇을 옆에 놓고 콩을 까면서 불을 땠는데. 콩뭇만 아니라 조도 다 탈곡하지 않고 그 일부를 남겨두지 않았던가. 한꺼번에 후닥닥 도리깨로 두들겨 해치울 일을, 왜 그렇게 끄트머리를 조금 남겨놓고 질질 끄는지를 그 당시에 나는 이해할 수 없었다.

겨울철 햇볕 좋은 날이면 어머니는 가끔 양지바른 마당가에 조짚을 깔고 앉아서 조 이삭을 일일이 낫으로 자르고 방망이로 두들겨 탈곡하곤 했다. 도리깨는 결코 사용하지 않았고, 도리깨질할 만큼 조 이삭을 많이 따지도 않았다. 힘에 부치지 않을 정도의 적당한 노동, 그러니까 그것은 노동이라기보다는 무료한 시간을 때우는 소일거리였던 것이다. 여가는 어머니에게 어쩐지 낯설고 두렵기까지 한 시간이었다. 아무리 한가해도 손에 뭔가 잡혀 있지 않으면 불안스러워했다. 몸이 한가하면 마음도 한가해져야 하는데 도리어 잡념과 시름이 몰려와 마음에 병이 생긴다고 했다. 나는 지금, 어머니의 경우를 예로 들어 당시 서민 여성의 일반적인 생활 태도를 말하고 있는 것이다.

아무튼 어머니는 생활 그 자체만 알았지, 생활의 장식은 언제나 눈 밖의 것이었다. 아름다움이란 당신이 생각하는 실용의 범위 내에서의 아름다움이었다. 실용과 거리가 멀수록 오히려 순수한 아름다움에 가까워진다는 근대적 미의식을 어머니는 알지 못했다. 어머니에게 장식적인 게 있다면, 쪽 찐 머리에 물린 은비녀와 나들이할 때 이따금 머리에 바르는 동백기름 정도였다. 생활의 장식이야말로 문화의 요체가 아닌가. 그러므로 어머니는 근대에 살고 있는 전근대인이었던 셈이다. 아니, 그것도 과분한 표현이다. 전근대적일망정 그런대로 온존해오던 토착문화가 4·3의 참화 속에 싸그리 불타고 주춧돌과 돌담만 남은 석기시대로 돌아가 있는 것이 그 당시의 형편이 아니었던가. 그러므로 다른 숱한 이재민들과 마찬가지로 돌만 남은 4·3의 폐허에서 삶을 일구는 어머니는 신석기시대의 농경인이라고 해야 더 어울렸을 것이다.

어머니의 미의식은 말하자면 이러했다. 내가 붉은 아침놀을 보고, "야, 참 아름답다!"라고 탄성을 지르면, 어머니는 "저런! 아침놀이 붉은 걸 보니, 비 올 모양이여. 밭에 갈려구 했는데……" 하고 한숨을 내쉬고, 또 내가 밤바다 멀리에 말곳말곳 빛나는 고깃배의 불빛들을 바라보며, "어멍, 저것 봅서. 참 아름답네예. 하늘의 별들이 바다에 떨어진 것 닮수다" 하고 감탄하면, 어머니는 그저 심드렁한 목소리로 "별은 무슨 별. 그거 뭐, 갈치배들 아니가" 하는 식이었다. 아니, 여기서 내가 좀 과장하고 있는가보다. 아침놀을 보고 한숨짓는 것은 농사일이 바쁘다보니 당연히 그럴 수도 있는 일이지만, 그러나 여름밤 집 밖의 길가에 멍석 깔고 앉아 한가히 쉬면서 바라보는 밤바다의 어화(漁火)가 어머니라고 해서 왜 아름답게 보이지 않았겠는가. 그때의 어머니 심중을 헤아려보려는 지금, 나에게 문득 한가지 단서가 떠오른다. 내가 사용한 '아름답다'라는 단어에 거부감을 느껴 그런 반응을 보인 게 아닐까, 하는 생각이다. 원래 고향의 방언에는 '곱다'는 있어도 '아름답다'는 없었다. 표준말 어휘에 이미 익숙해 있던 나는 그때 '곱다' 대신에 '아름답다'를 사용했음이 틀림없는데, 그게 어머니의 비위에 거슬렸던 것은 아닐까?

아름다운 꽃도 실용의 열매가 열리지 않으면 어머니에게는 별 의미가 없었다. 한번은 밤에 뒤꼍에서 야단치는 소리가 들려, 혹시 누이가 욕을 먹나, 하고 내다봤더니 웬걸, 어머니한테 야단맞는 것은 어이없게도 호박넝쿨이었다. 부지깽이로 호박꽃들을 여기저기 때리는 시늉을 하면서 말이다.

"요녀러 자슥, 느가 할 도리가 뭐꼬, 응? 열라는 호박은 안 열고, 쓸데없이 꽃만 천지로 싸질러놔? 잊어먹을 게 따로 있지! 정신머리 없는 놈 같으니!"

호박꽃이 건망증이 생겨서 열매 맺는 걸 잊어먹으면, 그런 식으로 닦달해야만 정신을 차린다는 것이었다. 물론, 그것은 열매가 잘 달리게 하기 위한 가지치기 작업이었다.

그 고난의 시절이 다 지나간 후에도 당신의 실용주의 노선은 별로 달라지지 않았는데, 내가 지금의 아내와 결혼하겠다고 선보여드렸을 때, 신부감의 가녀린 몸매에 대한 품평 또한 걸작이었다.

"에이구, 느네 각시 물허벅깨나 지게 생겼더라."

아버지

어머니의 한숨이 잦아진 것은, 아마도 가뜩이나 어려운 살림에 젖먹이가 딸린 후부터였을 것이다. 할 일은 많은데, 때맞춰 아기 젖 먹이는 일이 보통 부담스러운 게 아니었다. 당신의 몸에선 잠시도 일이 떠나지 않았다. 각기병에 걸렸을 때도, 부은 다리를 끌며 밭일을 다녔다. 얼마나 고단했으면, 김매다가도 밭담가로 가서 잠시 쓰러져 눈을 붙이곤 했을까. 머릿수건으로 얼굴을 가린 채 맨땅 위에 누워 있던 그 가련한 모습이 눈에 선하다.

"아이고, 성님. 전쟁터에 나간 아방은 소식도 없고, 이 어린것들을 어떵 먹여 살릴꼬, 예? 맨날 박박 애를 쓰다 봐도 그랑그랑 몸에 걸리는 건 일뿐이니……"

"아이고, 어떵허느냐? 그래도 살암시민(살다보면) 살아진다."

이런 대화를 그 시절 나는 귀에 못이 박이도록 들었다. 그랬다. 어머니의 고된 노동에 대한 위로의 말은 오직 '그래도 살암시민 살아진다'뿐이었다.

어머니는 무슨 말을 해도, 버릇처럼 한숨부터 내쉰 다음 입을 열곤 했다. 기쁜 일에도 먼저 한숨부터 나왔다. 어머니는 기쁨을 선뜻 믿지 않았다. 기쁨 속에 화가 숨어 있지 않을까 의심했다. 내가 타 온 우등 상장을 보고도 한숨으로 기쁨을 감춰버리곤 했는데, 그때마다 나는 어찌할 수 없는 막막한 무력감을 느껴야만 했다.

"휴우, 느가 공부나 못했으면, 걱정을 덜하지……"

한때 어머니는 나를 초등학교만 졸업시키고 친척 할아버지의 양복점에 시다로 들여보낼 생각이었다.

"아방도 없는디, 내가 무신 힘으로 널 공부시킬 것고? 그리고, 공부 많이 했댄 잘사는 것도 아니다. 그 하르방 양복 기술로 잘사는 것 보라. 기술 배우는 게 제일이여. 4·3사건 때도 공부 많이 한 사람들 다 죽지 않았느냐. 느네 아방도 농업학교까지 나왔지만……사람은 너무 무식해도 안되지만, 너무 공부가 많아도 불행해진다. 그저 조상 제사에 축지방문이나 쓸 줄 알면 되지."

이런 말을 되풀이하면서 포기를 종용하던 어머니였다. 내가 우등상을 받기 시작한 후로 어머니는 더이상 양복점 말을 꺼내지는 않았지만, 그 대신에 한숨이 더 늘었다. 아방은 없고 어멍은 가난하고……

중위 계급장을 단 장교 모습의 사진과 함께, 모처럼 만에 편지를 보내왔던 아버지는 다시 전처럼 소식이 묘연했다. 어머니도 누이도 나도 입을 모아 간절한 내용의 편지를 여러번 써 보냈으나, 번번이 허공중에 띄우는 편지가 되어버리곤 했다.

우체통 입에 편지를 밀어넣을 때의 불안감, 편지를 떨어뜨리는 순간, 그것을 어디에도 닿지 못할 심연 위에 잘못 빠뜨린 듯한 상실감에 가슴이 철렁해지곤 했다. 아, 생각난다. 그와 비슷한 느낌, 그래, 처음 젖니를 뺐을 때의 느낌이 그랬다. 어머니가 실을 걸어 뽑아준 앞니 하나를 손에 쥐고, "헌 이는 돌아가고 새 이는 돌아오라" 하고 주문을 외우면서 지붕 위로 휙 던졌을 때의 울고 싶도록 허전했던 그 상실감, 이 뽑힌 그 허전한 틈새로 혀끝이 연상 몸살나게 들락날락거리고…… 지붕 위에 던진 헌 이를 과연 까마귀가

물고 가서 새 이로 바꿔올까, 까마귀는 건망증이 심하다는데, 잊어
버리면 어떡허나…… 그리고 이 빠진 그 허전한 자리에, 어느날 문
득 새 이빨이 싹 트는 걸 혀끝으로 느꼈을 때의 기쁨도 나는 기억
하고 있다.

그러나 내가 아버지한테 쓴 편지는 가기만 하고 응답이 되어 돌
아오지 않았다.

젖

범처럼 무서운 흉년의 아가리 앞에 어린 자식 셋을 거느리고 서
있던 여인, 어머니는 어떻게든 살아남아야 한다는 강박관념에 사
로잡혀 있었다. 그리고 남편의 오랜 부재에서 오는 고독감 또한 당
신의 한숨을 깊게 했을 것이다. 결혼생활 십여년에 남편과 함께 지
낸 시간은 모두 합쳐서 열달도 못된다고 했다. 시집올 때, 둘이 덮
자고 해온 이불은 벽장 속에 박힌 채 여러해 묵고 있었다.

그러나 가난과 고독 속에서도 어머니는 아직 젊음의 아름다움을
잃지 않고 있었다. 그것은 평소에는 드러나지 않고, 노동복인 갈옷
속에 내밀히 숨겨진 아름다움이었다. 햇볕에 그을리긴 했으나, 여
전히 곱상인 얼굴이 머릿수건의 그늘 아래 가려져 있었다.

일을 마치고 나서야 어머니는 종일 쓰고 있던 머릿수건을 벗었
는데, 그때 머리에 드러나는 가르마선의 서늘한 흰빛을 나는 지금
도 뚜렷이 기억하고 있다. 까맣게 탄 얼굴색과는 너무 대조적이어

서 낯설게 보이던 그 흰빛, 얼굴뿐만 아니라, 목·손·발 등 옷 밖에 드러난 신체 부분들이 죄다 햇볕에 타고, 입은 옷마저 갈옷이라 전신이 흙빛인데, 유독 가르마선만이 흰빛이었다. 그러나 그 이질적인 흰색이야말로 옷 속에 숨겨진 당신의 본색이었다. 한철이 지나 겨울이 되면 검게 그을었던 그 얼굴이 구름 벗은 달처럼 곱다랗게 희어지지 않았던가.

머릿수건을 풀어 갈옷에 붙은 티끌을 홀홀 털고 난 어머니는 아기에게 젖을 주기 전에 먼저 목물을 끼얹어 땀을 씻었는데, 그때 드러나는 상체의 속살이 바로 그런 색이었다. 정말 믿기지 않을 정도로 새뽀얀 살빛이었다. 벗은 상체 위로, 내가 끼얹은 바가지 물과 함께 범람하던 그 눈부신 흰빛, 그리고 등을 밀 때 내 손바닥에 부드럽고 매끄럽게 와닿던 그 기이한 감촉, 그것은 참으로 어린 나로서는 풀 수 없는 수수께끼 같은 아름다움이었다. 그리고 목물을 끝내고 아기를 안았을 때, 탐스러운 유방의 뽀얀 살색 위로 은은히 내비치던 그 슬프도록 파란 정맥의 실금들…… 젖 빠는 아기를 미소를 머금고 그윽이 바라보다가도 어머니는 문득문득 한숨을 내쉬곤 했다.

그래도 어머니의 얼굴에 웃음이 가장 오래 머물러 있는 시간은 하루 중에 아기 젖 먹일 때였다. 아기에게 젖 먹이는 광경은 언제 보아도 정겨웠다. 광주리에서 크고 잘 익은 복숭아를 꺼내듯이 한 쌍의 탐스러운 유방을 적삼 밑에서 꺼내면, 아기는 대번에 울음을 그치고 허겁지겁 거기에 매달려 게걸스럽게 젖을 빨아대곤 했다.

어머니가 하루 일을 끝내고 우리 곁으로 돌아온 그 시간, 젖 먹는 아기의 귀여운 모습과 어머니의 밝은 미소가 있는 그 시간이 우리 식구에게는 가장 행복한 때였다. 젖꼭지를 문 채 아기는 기분 좋다고 연방 발길질을 해대고, 그것이 너무 귀여워서 누이와 나는 그 포동포동한 다리를 만지면서 장난하곤 했다. 세상에 아기 젖 먹는 소리처럼 듣기 좋은 것이 있을까. 꼴깍꼴깍, 그 소리를 듣고 있노라면, 마치 그 젖물이 내 목구멍으로 넘어가는 듯 마음이 흐뭇했다. 그렇게 어머니의 젖줄은 아기 몸에 이어져 젖살을 살찌우고 있었고, 아기의 포동포동한 젖살을 만지기를 즐기는 나는 그 감촉을 통하여 십년 전에 졸업한 어머니의 젖가슴 감촉을 느끼고 있었던 것이다.

그런데 어느날, 그 탐스럽고 흰 젖가슴에 매정스럽게도 시꺼먼 잉크가 칠해졌다. 아기가 생후 육개월쯤 되어 앞이빨이 흰 쌀알처럼 싹틀 무렵이었을 것이다. 제 형과 누나가 그랬듯이 아기도 일찌감치 젖을 떼지 않으면 안되었다. 가난한 집 아기가 무슨 호강으로 마냥 오래 젖을 먹을 것인가. 노상 일이 바쁜 어머니로서는 제때에 아기 젖 먹이는 일이 여간 성가신 게 아니었으니까. 젖꼭지와 그 주위 발그레한 색의 둥근 젖꽃판에 칠해진 시꺼먼 잉크는 내가 보기에도 끔찍했다. 아기는 그 검고 쓴 젖꼭지를 물었다 뱉었다 하면서 자기 먹는 밥에 재 뿌렸다는 듯이 여러날 두고 울면서 앙탈을 부렸다.

젖을 떼고 밥을 먹기 시작한 이후에도 녀석은 조금만 때가 늦어지면 밥 달라고 극성맞게 울어댔다. 아기에게 젖 대신에 먹인 음식은 흰쌀밥이었다. 제사·명절 때나 맛보는 그 귀한 쌀밥이 나는 얼마나 탐났던가. 입안에서 부드럽게 살살 녹는 그 달콤한 맛이라니! 아기에게 밥 먹일 때는 어머니가 시킨 대로, 숟갈에 조금 뜬 밥을 먼저 내 입안에 넣고 혀와 침으로 한풀 녹이고 나서 아기에게 먹였는데, 그러다보면 나도 모르는 사이에 그 밥이 내 목구멍으로 꿀걱 넘어가기도 했다. 그때마다 녀석이 제 밥을 형이 축낸다는 듯이 앙탈 부린 것은 물론이다.

하여간 젖니도 안 난 어린것이 자기가 먹을 음식에는 여간 이악스럽지 않았다. 아기는 악쓰고 울다가 어떤 때는 제풀에 자지러져 금방 숨이 넘어갈 듯이 낯빛이 거멓게 되기도 했다. 녀석이 제 형인 나를 닮아 배알이 굳어서 그렇다고 했다. 아기 때 나도 그렇게 울다가 제풀에 자지러지곤 했단다. 어찌나 기 쓰고 울던지, 목젖까지 보이게 한껏 벌린 녀석의 입을 보면, 먹이를 보채는 둥지 속 제비 새끼의 노란 주둥이처럼 얼굴 전체가 입으로 가득해버린 느낌이었다. 울음소리는 또 얼마나 크던지. 귀청 떨어지게 혼신의 힘으로 밀어올리는 그 울음소리, 그 작은 몸에서 터져나오는 그 세찬 울음소리를 들으면, 또 매미의 작은 몸에서 분출하는 그 엄청난 울음소리가 연상되기도 했다. 하기는 아직 머리뼈도 무른, 말랑한 반죽덩이에 불과하여 무력하기 짝이 없는 아기에게 기 쓰고 우는 것 밖에 달리 생존의 방편이 있겠는가. 울지 않는 아기에게 젖을 주랴, 밥을 주랴.

자장가

아기는 또 잠투정도 심했다. 녀석을 아기구덕에 눕히고 흔들면서 잠재울 때마다, 나는 신경질이 났다. 웡이자랑 웡이자랑, 서툰 자장가를 부르며 거기에 박자 맞춰 아기구덕을 흔들면서 한참이나 기다려도 아기는 좀처럼 잘 생각을 않고 앙알앙알 잠투정을 해대곤 했다. 신경질이 난 나머지, 구덕을 함부로 흔들다가 아기가 밖으로 쏟아진 적도 한두번이 아니었다. 녀석은 제 형인 나를 어머니와 차별해서 그렇게 골탕 먹였는데, 어머니가 구덕을 흔들면 이내 다소곳해지곤 했다.

아기가 잠투정을 오래 하면, 어머니는 그것을 제압하기 위해 구덕을 거칠게 흔들었는데, 거기에 맞춰 부르는 자장가도 사뭇 꾸중조였다.

웡이자랑 웡이자랑 자랑자랑 자랑자랑
어서 자라 어서 자라 어서 누웡 자라
저녁밥도 지어사 할 건디 바쁜 줄 모르는 요 아기야
어서 자라 철이 없는 요 아기야 어서 자라 자라 자라

그렇게 아기구덕이 풍랑 만난 쪽배처럼 한바탕 몹시 흔들리고 나면, 울던 아기는 기분 좋은 멀미 기운과 함께 차츰 얌전해지고 거기에 따라 어머니의 노랫소리도 나직이 가라앉는 것이었다. 슬픈 곡조이면서 오히려 슬픔을 조용히 어루만지는 듯한, 애틋하고 부드러운 노랫소리. 어머니의 자장가는 내 마음도 아늑하게 진정시켜주었다. 아기구덕은 잔물결 타는 쪽배가 되어 조용히 흔들리고, 그 배를 타고 아기가 슬며시 잠나라로 미끄러져들어갈 때, 나 또한 그 배에 실려 먼바다 어디론가, 내 존재의 근원으로 둥둥 떠가고 있었던 것은 아닌지…… 슬픔이 은은히 밴 그 자장가 속에서 나는 분명 나 자신의 아기 시절을 느끼고 있었을 것이다.

그 아기구덕은 내가 아기일 때 쓰던 물건이었고, 누이동생 영녀도 그 구덕에서 자랐다. 나의 형이 될 뻔했다가 생후 다섯달 만에 시들고 만 그 아기의 구덕은 나에게 전해지지 않았다. 죽은 아기의 구덕은 물려주는 법이 아니어서, 그 무덤 위에 엎어놓은 채 버려졌다. 들길을 가다보면 가끔 눈에 띄는, 구덕을 덮어쓴 조그만 아기 무덤들. 비 오는 날 밤이면, 거기에서 웡이자랑 웡이자랑 하며 슬픈 자장가 소리가 들린다고 했다.

첫아기의 죽음은 아버지에게도 큰 충격이었던 모양이다. 오죽 슬픔이 컸으면, 그후에 출생한 나에게 정 주기를 꺼렸을까. 자칫 시들기 쉬운 가녀린 떡잎인 갓난쟁이에게 너무 정을 쏟았다가 또 마음에 상처를 받을까, 두려웠단다. 첫아기를 잃은 슬픔, 그리고 혹여 그 불행이 구덕 속의 아기에게 미치지나 않나 하는 걱정, 그래서 어머니의 자장가는 슬픈 색조를 띠게 되었나보다. 마마·홍역은 물론이고 감기나 경기에도 자칫 시들기 쉬운 어린것을 어디에 의탁할 것인가. 믿을 데라곤 산신(産神)할머니밖에 없었다. 사람들은 흔히 삼신할머니라고 불렀다. 인간 몸에 잉태를 주고 탄생을 보살피는 할머니, 세상의 아이들은 모두 그 할머니의 자손이었다.

어지신 할마님아 우리 아기 재워줌서
단 젖 먹여 재워줌서 단밥 먹여 키워줌서
할마님이사 못할 일이 있겠습니까
할마님이 낳은 자손 할마님이 키워줌서
물 아래 옥돌같이 고운 우리 아기
제비새 잔 날개같이 고운 우리 아기
물외 크듯 키워줌서 참외 크듯 키워줌서
웡이자랑 웡이자랑 자랑자랑 자랑자랑

어머니가 그 아기를 낳을 때, 나도 그 장면을 지켜보았다. 방문이 활짝 열려 있었던 것이다. 그 방문뿐만 아니라, 문이란 문은 다 열려 있었고, 심지어 반닫이문, 솥뚜껑, 장독 뚜껑까지 열어놓지 않았던가. 그렇게 문이란 문을 일부러 다 열어놓고 기다려도, 아기가 나올 문은 좀처럼 열리지 않았다. 방바닥에 수북이 쌓인 보릿짚, 그 위에 속옷 벗고 치마만 걸친 채 쓰러져 있는 어머니는 상처 입은 짐승의 형용이었다. 요때기를 똘똘 말아 가슴에 부둥켜안은 채 혹독한 고통에 몸을 마구 뒤틀며 연상 신음을 토하고 때때로 안간힘의 무서운 비명을 질러대던 어머니. 참혹하게 일그러진 얼굴은 온통 땀투성이였다. 그 옆에서, 힘내라 맥을 쓰라 하며 재촉하는 외할머니의 초조한 목소리. 어머니가 겪는 고통이 너무 무서워 나는 온몸이 덜덜 떨렸다. 숨 막히는 긴장의 연속이었다.

그랬다. 생사의 의미가 집중되어 있는 그 무서운 시간에 믿을 데라곤 오직 삼신할머니뿐이었다. 인간에 잉태를 주어, 아방 몸에 흰 피 석달 열흘, 어멍 몸에 검은 피 석달 열흘, 아홉달, 열달을 채우면, 할머니는 은결 같은 손으로 늦은 뼈 붙이고, 붙은 뼈 늦추어서 해복(解腹)의 문을 열어 아기를 세상으로 내보낸다고 했다.

그러나 산신신화보다 나에게 더 실감 나게 탄생의 비밀을 일깨워준 것은, 해복의 순간에 고고지성과 함께 그 핏덩이에서 확 끼쳐오던 피비린내였다. 어머니의 처절한 고통과 보릿짚 위에 떨어진 핏덩이, 거기에서 끼쳐온 비린내야말로 내 탄생의 비밀이기도 했던 것이다.

외짝 귀

삼신할머니는 그렇게 산파 노릇만 하는 게 아니라, 탄생 후에도 아기업개 노릇을 마다하지 않고 아기를 보살폈다. 눈에는 보이지 않지만, 아기구덕의 머리맡에 그 할머니가 지켜 앉아서, 병마들이 범접 못하게 보살폈다. 열다섯살 이전엔 모두 그 할머니한테 매인 자손이라고 했는데, 그러니까 내가 5학년 때 병명 모르는 열병에 걸렸다가 요행히 놓여난 것도 그 할머니 덕분이었던 모양이다.

펄펄 끓는 고열에 휩싸인 채 나흘 동안 나는 계속 혼수상태에 빠져 있었다. 특히 양쪽 귓속이 호되게 아파 울부짖었는데, 약이라곤 귓속에다 오소리 기름을 넣은 것뿐이었다. 나의 어린 몸을 휘감고 능욕하던 그 열병은 다행히 나흘째 되던 날 감쪽같이 사라졌다. 양쪽 입귀만 열에 떠 조금 헐었을 뿐, 불덩이 같던 몸은 씻은 듯이 말끔했다.

그러나 열병이 할퀴고 간 상처는 며칠 지나서 다른 곳에서 발견되었다. 전과 달리 뭔가 아주 이상한 느낌이었지만, 나는 그것이 무엇인지 알지 못했다. 나보다 먼저 어머니가 그걸 발견했다. 어느날 느닷없이 화를 내며 소리친 어머니……

"요 녀석 보라. 어멍이 말히는디 또 못 들은 척이여? 저번에도 그러더니만!"

"아니, 무슨 말? 난 못 들었는디……"

"귓구녁엔 당나귀 좆 박아시냐? 바로 옆에서 한 말도 못 들어? 세번이나 말했는디!"

"정말, 난 아무 말도 못 들었는디……"

"아니, 그러면, 혹시……"

무슨 영문인지 몰라 어리둥절해 있는데, 어머니가 갑자기 나한테 달려들었다. 그러고는 나를 이리저리 돌려세우면서 양쪽 귀에다 대고 여러번 말을 해보더니, 와락 나를 껴안고 울음을 터뜨리는 것이었다.

내 왼쪽 귀는 완전히 절벽이 되어 있었다. 열병이 왼쪽 귀의 청신경을 태워버린 것이었다. 청신경이 타버릴 지경이었으니, 내가 얼마나 위험한 처지에 놓여 있었던 것일까? 한발짝 더 깊이 빠졌더라도 큰일 날 뻔했다. 목숨을 잃거나 양쪽 귀 모두 먹어 농아가 되었을 것이다. 어쨌든 어머니의 말마따나 그 정도에서 끝난 것만 해도 삼신할머니 덕분이었던가보다.

졸지에 한쪽 청력을 잃어 방향에 음치가 되어버린 나는 새로운 변화에 어느정도 적응될 때까지 꽤나 애를 먹었다. 그러니까 요새 식으로 말하자면, 나의 오디오 시스템은 한쪽이 망가져 스테레오에서 입체감이 없는 모노로 바뀌어버린 셈이었다. 소리의 방향을 전혀 구별할 수 없어서, 누가 부르면 몸을 한바퀴 돌리면서 주위를 두리번거려야 했고, 왼쪽에서 하는 말은 영 들리지 않아, 들리는 쪽 귀에 손바닥을 댄 채 소리 나는 쪽으로 괴롭게 목을 비틀고 있지 않으면 안되었다.

그러다보면 하나뿐이어서 혹사당하는 오른쪽 귀가 피가 잔뜩 몰린 듯이 무겁고 더 커진 듯이 느껴지곤 했다. 심지어 손바닥처럼 커진 오른쪽 귀가 꿈속에 나타나기도 했다. 그러니까, 우리와 놀다가 어머니한테 한쪽 귀를 잡혀 집으로 끌려가곤 하던 웬깅이가 혹시 그 때문에 귀가 늘어나지 않았나 걱정했다면, 나는 먹통인 왼쪽 귀가 퇴화하여 작아지고 반대로 오른쪽 귀는 진화하여 커질까봐 두려웠던 것이다. 나는 혹시 말을 잘못 들을까봐 늘 신경과민이었다. 잘못 듣고 틀린 대답을 하거나 엉뚱한 행동을 하여 낭패 본 일이 한두번이 아니었다.

운동장에서 입토래기 선생의 구령에 맞춰 행진하다가, '우향 앞으로 가'와 '좌향 앞으로 가'를 서로 바꿔 듣고 혼자서 열외로 툭 튀어나가기도 했다. 그 벌로 엎드려뻗쳐 기합을 받을 때의 그 쓴맛이라니!

너무 과민했던 탓인지, 한때는 요실금증까지 걸려 설상가상으로 괴로웠다. 자신도 모르는 사이에 오줌을 질금질금 지려 바짓가랑이에 오줌 얼룩이 번지곤 했다. 오줌이 다 차지 않았는데도 방광이 부푼 듯 늘 기분이 찜찜했다. 돼지 잡는 장면을 여러번 보아서 나는 내 배 속의 방광이 해부학적으로 대충 어떻게 생겼는지 알고 있었다. 갈라진 돼지 배 속에 손을 넣어 내장을 우벼낼 때, 함께 딸려 나오던 그 싱싱한 오줌통 말이다. 내 방광이 아이들의 발길에 차이던 그 돼지 오줌통 신세가 되어버린 느낌이었다. "오줌 싸라, 똥 싸라, 자식 자식 못난 자식!" 돼지 오줌통을 찰 때, 아이들은 그렇게 노래 불렀다.

오줌통이 잘못됐나, 오줌길이 고장났나? 무의식중에 오줌이 찔금거려지니 참으로 고약한 심정이었다. 앉았다 일어서거나, 깔깔대고 웃을 때 특히 그랬다. 그래서 할 수 없이 바지 속에 기저귀를 차고 다녔다. 열한살이나 먹은 녀석이 한살짜리 제 동생의 기저귀를 빌려 차야 했으니 오죽 기막힌 노릇이던가. 오줌 쌀까봐 마음 놓고 웃을 수도 없었으니, 자연 우울해질 수밖에. 한쪽 귀를 잃고 청력 음치가 되어버린 나는 설상가상으로 얻어걸린 요실금증 때문에 더한층 우울해져 있었던 것이다.

나중에는 눈치도 늘고 요령도 붙고 해서, 외짝 귀만으로도 그럭저럭 지낼 만했지만, 어쨌든 평생 나를 따라다닌 나의 고질적인 소심증과 우울증은 한쪽 귀를 잃고 난 그때부터 더욱 조장되었음이 틀림없다.

겨울

열병으로 한쪽 귀를 잃은 채 맞이한 그해 겨울은 나에게 전에 없이 유난히 음울한 색조를 띠었을 것이다. 더군다나 풍작을 예상했던 가을 농사가 끝판에 가서 거덜나고 말아 민심마저 우울할 때였다. 솥 안에 들어가기 전엔 결코 안심할 수 없는 것이 곡식이라고 했다. 혀를 빼문 듯이 나른하게 늘어져 햇볕에 누렇게 익어가던 조 이삭들, 알곡이 여무는 구수한 냄새에 날벌레들이 잔뜩 꾀어들고 그 날벌레들을 쫓아 제비떼가 까맣게 날던 그 풍요로운 조밭들이 느닷없이 몰아친 태풍에 쑥밭이 되어버렸던 것이다. 거둬들인 곡식은 반타작에 불과했다. 석달 양식으로 반년을 질기게 버텨야 하는 허기의 계절의 시작이었다. 조밭 위를 날던 제비들이 전깃줄 위에 오선지의 음표들처럼 수없이 모여 앉아, 지지배배 까르륵, 이별의 합창을 부르고는 어느날 홀연 남쪽 나라로 떠나버리면 그 전깃줄들을 튕기며 음산한 겨울 북풍이 밀려왔다.

양식을 아껴 먹어야 했던 그해 겨울은 배고픔 때문에 더 춥게 느껴졌다. 차가운 북풍은 어린 살에 참기 어려운 고통이었다. 어른들은 겨울의 모진 칼바람을 두고 "쇠가죽이라도 벗기겠다"라고 말하곤 했다. 겨울이 깊어지면서 바람은 하늘마저 날려버릴 듯이 거세게 불었다. 강풍에 쫓겨 급히 내달리는 구름떼, 전깃줄이 진동하고 초목이 휩쓸리는 음산한 소리가 대기 중에 가득했고, 그 가운데서 파도 소리가 불길한 맥박 운동처럼 툭툭 불거지곤 했다.

눈이 드문 고장이라, 눈 대신에 진눈깨비가 내릴 때가 많았다. 강

풍에 휩쓸려 지상과 수평으로, 흰 거품을 인 급류처럼 사납게 흘러
가던 진눈깨비, 눈 녹아 질척거리는 차가운 땅에 터진 고무신을 끌
고 다니느라고 언 발이 동상에 걸리고, 손은 곱아서 단추를 제대로
못 채우던 일들이 생각난다. 날씨가 풀릴 때도 있었지만, 그런 날엔
동상 걸린 발가락들이 미치게 가려워 또 고통이었다. 뛰어놀 때는
까맣게 잊었다가도, 수업 시간만 되면 어찌나 가렵던지 책상 다리
에다 마구 비벼대느라고 수업은 듣는 둥 마는 둥이었다.

가용에 보탠다고 방학 중에 한달쯤 신문팔이를 해본 것도 그해
겨울이었다. 해 떨어진 초저녁의 칼바람은 정말 견디기 어려웠다.
찬바람을 막으려고 신문지 몇장을 옷 속에 넣고, 바지 주머니에 어
머니가 넣어준, 따뜻하게 구운 먹돌 한개를 만지작거리며 거리에
서 신문을 팔았다. "내일 아침 제주신문!" 맞바람이 불면, 길 가는
행인의 등 뒤에 바싹 붙어 걷기도 했는데, 그러다가 한번은 너무도
황당한 꼴을 당했다. 앞에서 걷던 사내가 뜬금없이 걸음을 멈추고
나에게 말을 걸어온 것이었다.

"너 몹시 추운 게로구나. 따끈한 호떡 하나 줄까? 아주 따끈따끈
해."

낯선 육지 말씨였다. 사내는 호떡이 든 봉지를 들어 보이면서 내
앞으로 다가섰는데, 코를 찌르는 역한 술 냄새와 함께 그 더러운
입에서 무슨 말이 나왔던가.

"넌 신문팔이하니까 여기 지리를 잘 알 테지? 색싯집 말이야, 색
싯집 있는 데를 알으켜주면 이 호떡 주지."

너무도 황당하고 무서웠다. 나는 색싯집이 어디에 있는지는 몰

라도, 거기가 뭘 하는 곳인지는 대충 알고 있었다.

불씨

유난히 추위를 탔던 나를 그나마라도 달래준 것은, 그러니까 불의 온기라기보다는 사랑의 온기였다. 따뜻하게 구워진 먹돌의 온기처럼, 질화로의 조그만 숯불처럼, 초라하지만 진실된 사랑, 어머니가 따뜻한 화롯재를 헝겊에 싸서 동상으로 미치게 가려운 발가락들을 지져댈 때의 그 시원한 감각, 그런 사랑 말이다. 밤똥은 마려운데, 노천 측간에서 칼바람에 알궁뎅이 베일까봐 일어나기를 미적거릴 때, 화롯불의 온기가 마련한 그 조그만 원 안의 따뜻함은 또 얼마나 절실한 것이었던지.

그 질화로는 부뚜막에서 구워낸 흙구슬처럼 불기 잘 먹어 붉은 색을 띤 것이었다. 그 오죽잖은 불을 더 잘 느껴보려고, 화로 위에 몽고 유목민의 파오처럼 동그스름하게 모아진 세 사람의 손들…… 아기는? 아기는 아랫목에 잠들어 있었고…… 불 쬐는 내 손에 이야기책이 쥐어져 있을 때가 종종 있었고, 그러한 밤에 어머니가 주로 하는 일은 뜨개질이었다. 영녀도 엄마 따라 뜨개질을 배우고…… 어머니의 숙인 이마 위로 반듯하게 난 흰 가르마, 머리칼 속에 꽂혀 있는 여분의 대바늘들. 그리고 노릇노릇하게 구워진 송편 맛, 쌉싸름하게 숯내까지 스며든 그 특이한 맛도 생각난다. 어쩌다 제사 떡이 생기면, 어머니는 당신 몫은 먹지 않고 감춰두었다가, 나중에 그처럼 화롯불에 구워 먹여주었던 것이다.

밤이 이슥해서 잠자리에 들 때, 이불 속은 또 맨살에 얼마나 차갑게 느껴졌던지. 이불 속에 얼른 못 들어가고 쩔쩔매는 우리 오누이를 위해서, 어머니는 당신이 먼저 들어가 몸의 훈김으로 잠자리를 데워주었다. 잠자리에서 우리 오누이는, 아기를 안고 누운 어머니의 발치 쪽에 머리를 두고 나란히 눕곤 했다. 어머니의 다리가 누이와 나 사이의 경계가 되었다. 어머니의 훈훈한 체온에도 얼른 한기가 풀리지 않아 내가 몸을 웅크리면, 어머니가 나의 오므린 다리를 잡아당겨 펴주며 부드럽게 쓸어주던 일이 생각난다. "얘야, 다리를 쭉 펴라. 다릴 오므리고 자면 사람이 빈복해진다."

잠자리에 들 때, 어머니는 화로의 숯불을 재 속에 묻고 인두로 잘 다독거려주었는데, 아침에 그 잿무덤을 허물면 그 속에서 채 삭지 않은 조그맣고 납작한 빨간 불씨들이 나왔다. 입에서 닳고 닳은 빨간 사탕처럼 예쁜 불씨, 그것을 검불에 옮겨 입으로 불면 활활 타는 아궁이 불이 되었다. 물론 성냥이 있긴 했으나, 아껴 써야 할 귀한 물건이라 아기구덕의 머리맡에 고이 모셔져 있었다.

재 속에 묻어둔 불씨로 아궁이 불을 일구는 것은 조상 전래의 방식이었다. 함박이굴 고향 집에서 조상 대대로 꺼지지 않고 면면히 이어져온 재 속의 불씨, 그 불멸의 씨앗은, 우리 식구가 읍내로 이사 올 때도 오지 그릇에 담겨 함께 따라왔던 것이다. 그러니까 그 불씨는 내 가랑이 사이에 있는 불씨를 뜻하기도 했다. 훗날 내가 첫아기를 낳고, 그리고 얼마 안되어 할머니가 돌아가셨는데, 그때 아버지는 통나무로 무덤을 다지면서, "인생 인생 우리 인생 불 전하러 온 인생 어이어이" 하고 슬프게 달구질 노래를 불렀다.

재 속의 조그만 불씨가 순식간에 싹터 주위에 열기를 확 퍼뜨리며 휘황한 불꽃으로 활활 타오를 때, 오슬오슬 추위를 잘 타는 나에게 그것은 참으로 푸짐한 기쁨이었다. 아궁이 불의 그 흐뭇한 따뜻함이라니. 그리고 구수한 불 냄새…… 그 냄새 속에 영양가가 풍부하게 들어 있는 것 같아 코를 벌름거리던 일이 생각난다. 속담에도, 거지는 모닥불에 살찐다고 했다. 아궁이 앞에 쪼그리고 앉아 따뜻한 불기운과 구수한 불 냄새에 휩싸여 있노라면 내 몸이 빵처럼 부풀면서 노릇노릇 구워지는 듯한 기분이 들곤 했다. 그래서 겨울철이면 나는 어머니가 시키지 않아도 무쇠솥 앞에 쪼그리고 앉아 밥 짓기를 좋아했다. 솥 안에 쌀을 안쳐주고 나서 어머니가 선반물로 물 길러 간 사이, 나는 따뜻한 아궁이 앞에 앉아 너울거리는 주황색 불길에 시선을 빼앗긴 채 기분 좋게 공상에 잠기곤 했다.

겨울철의 땔감은 주로 조짚이나 콩짚이었는데, 이파리부터 후루룩, 하고 먼저 타 자꾸만 불길이 아궁이 밖으로 넘쳐나오는 조짚 불보다는, 고르게 타는 콩짚 불이 다루기 쉬웠다. 불이 혀를 날름거리며 콩짚을 먹는 걸 보면, 꼭 말이 꼴 먹는 모습과 비슷했다.

콩짚이 타는 구수한 냄새…… 나는 아궁이 안으로 땔감을 조금씩 조금씩 밀어넣는다. 혹시 털리지 않은 콩깍지가 없나 살피면서. 불도 말처럼 마른 콩짚을 좋아한다. 나는 부지깽이로 불을 다스린다. 불은 내가 주는 대로 먹성 좋게 야금야금 잘도 받아먹는다. 한꺼번에 너무 많이 입에 넣으면 부지깽이로 때려 덜 먹게 하고, 축축하게 젖어서 맛없는 것은 부지깽이로 들추면서 잘 꼬드겨서 먹인다. 그러나 방심은 금물, 말에게 꼴을 집어주다가 하마터면 그 억센 이빨에 내 손가락 끝이 씹힐 뻔하지 않았나. 마찬가지로 아궁이 불도 방심했다간 큰일 난다. 문득, 까지 않은 콩깍지 하나 눈에 띈다. 불이 혀를 날름거리며 먹으려는 걸 얼른 부지깽이로 가로챘다. 에잉, 약 오르지? 아암, 안되고말고! 이건 내가 구워 먹어야지.

콩깍지를 까보니, 그 속에 노란 콩알 세개가 나란히 박혀 있다. 아기 삼형제처럼 예쁜 모습이다. 그런데 그 조그만 것들이 보통 개구쟁이가 아니다. 콩 타작하던 날, 나도 한몫 거든다고 도리깨 들고 어머니 앞에 마주 섰다가 녀석들의 극성에 얼마나 애먹었던지! 어머니의 힘찬 도리깨질에 튀어오른 콩알들이 연상 내 얼굴을 아프게 때리고, 눈도 제대로 못 뜨게 티끌이 뿌옇게 날아오르는 상태에서 어설프게 팔을 놀리다가 내가 휘두른 도리깨에 내가 얻어맞곤 했다. 그걸 보고 어머니가 웃었다. "그것 보라. 그러니까 겨드랑이를 떼고 팔을 놀려야지. 달걀 훔쳐서 겨드랑이에 숨긴 것처럼 하지 말고." 그리고 타작이 끝나 마당에 수북이 쌓인 콩을 쓸어담노라면, 이번엔 그 녀석들이 내 발바닥을 기분 좋게 간지럽혀주는 척하다가 졸지에 나를 주르르 미끄러뜨려 엉덩방아 찧게 했다. 비질이 끝난 다음에도 땅바닥에 박힌 채 끝까지 버티는 놈들이 많아서 애를 먹었다. 그 많은 콩알들을 일일이 손으로 뽑고 나면 반반하던 마당 바닥은 어느새 구멍 빠끔빠끔한 곰보 상판의 우스운 꼴로 변해 있었다. 하여간 녀석들은 짓궂은 개구쟁이들이다.

나는 콩짚을 아궁이로 밀어넣으면서 혹시 털리지 않은 콩깍지가 또 있나 살핀다. "저 콩깍지는 깐 콩깍지인가, 안 깐 콩깍지인가."

나는 이렇게 소리 내어 중얼거리고는 히익, 하고 웃음을 터뜨린다. 정말 우습다. 한자 한자 손으로 짚듯이 또박또박 소리 낼 때는 괜찮은데, 혀를 조금만 빨리 놀려도 말이 당장 엉망이 되어버린다. "저 꽁깡징옹 깡꽁깡징잉가 앙깡꽁깡징잉가" 아무리 말 잘하는 아이라도 이 말은 입에 올리기만 하면 대번에 코맹맹이 반벙어리가 되어버린다. 소리 내기 어렵다고 국어 교과서에까지 올라 있는 말이다. 수업 시간에 아이들이 그 말을 자꾸 되풀이하면서 얼마나 웃었는지. 그런데 나는 멀쩡한 말에도 더듬기 잘해서 탈이다. 보통 때는 괜찮다가도, 심술만 나면 꼭 말을 더듬게 된다. 이제는 화를 내지 말아야지.

그렇게 불을 한참 때고 있노라니, 밥은 끓어 수국 같은 흰 거품이 보기 좋게 피어오르고 따뜻한 불기운에 휩싸여 온몸이 노곤해진다. 야릇한 쾌감, 간지러움. 무쇠솥 검정 밑창이 뜨겁게 달궈져 거기에 눌어붙은 검정 그을음에 자디잔 불티들이 무수히 돋아났다. 솥 밑창은 속옷 까고 앉은 궁둥이를 닮았다. 내 가랑이 사이도 아궁이 불에 뜨거워져 불주머니가 기분 좋게 축 늘어졌다. 그 위에 달린 조그만 꼬투리도 슬그머니 꼼지락거린다. 간지럽다. 검게 탄 부지깽이 끝에 달린 빨간 불똥, 그게 무엇을 닮았는지 나는 잘 안다. 그 빨간 부지깽이 끝으로 솥 밑창의 팡파짐한 궁둥이를 마구 쑤셔댄다. 그을음에 붙었던 불티들이 사금을 흩뿌린 듯이 반짝거리며 쏟아진다. 그러고는 부지깽이를 재 속에 꾹 박아 끝에 달린 불똥을 꺼뜨린다. 그런데 이런! 너무 기분 좋은 나머지 찔끔 오줌을 지리고 말았다. 따뜻한 불기운에 오줌통이 부풀어서 그랬나?

아궁이에 불 때다가 오줌을 지린 일들이 기억에 생생한데, 그것도 아마 요실금증에 걸렸던 그 겨울의 일이었을 것이다.

웬깅이

우리 식구가 외할아버지네를 따라, 한내 건너편의 정드르 마을로 이사 간 것도 그해 겨울이었다.

그리고 얼마 안 있어 웬깅이네도 거기를 떠났다. 병문내 천변 동네에서 살았던 그 시절을 생각하면 언제나 먼저 떠오르는 것이 웬깅이의 모습이다. 나무를 잘 타서 웬셍이란 별명까지 붙었던 그 아이, 아침 조회 직전, 많은 아이들이 올려다보는 가운데, 높이 솟은 깃대를 원숭이처럼 능숙하게 타고 올라가 고장난 도르래를 고치고 국기를 게양할 때의 그 장한 모습도 눈에 선하다. 오년 동안 우리는 한동네에서 함께 자랐고, 세계에 대한 인식이 눈뜨기 시작한 최초의 시기에 나는 여러모로 소중한 경험들을 그 아이와 나눠 가졌었다. 꾀 많은 장난꾸러기인 웬깅이는 모든 면에서 한수 위이고, 나이도 한살 위여서 나에게 형이나 다름없었다. 다만 한가지, 학교 공부만은 신통치 못했는데, 나중에는 그것이 문제가 되었다. 아이들 간의 우정에는 어느 시기가 되면, 공부를 잘하느냐 못하느냐의 문제가 반드시 개입되게 마련이다. 학과 공부가 다른 무엇보다도 중요시되는 상급반이 되자 나는 반 아이들 중에 공부 잘하는 축과 자주 어울리면서, 웬깅이를 등한히 하게 되었던 것이다. 앞만 바라보고 자라나는 아이들 특유의 무심함, 매정함이랄까, 아무튼 집이 가난해서 믿을 데라곤 학교밖에 없는 나로서는 공부에 라이벌인 벗들이 필요했다.

그러나 아무리 그렇더라도 그 아이가 시골로 이사 가는 것까지 까맣게 몰랐다니, 내 무심함이 너무도 지나쳤다. 집안의 대들보였던 작은형이 전사하자, 더이상 가망이 없어 대장간을 팔아치우고 시골로 아주 이사 간 것인데, 떠나면서 웬깅이는 나에게 한마디 작별의 말도 남기지 않았다. 내가 정드르로 이사 간 뒤이긴 하지만 같은 학교에 다녔으므로, 그럴 마음만 있었다면 얼마든지 교실로 나를 찾아왔을 것이다. 떠나면서 한마디 말도 남기지 않을 정도로 웬깅이는 나에게 대한 실망이 컸음이 분명하다.

나의 잘못으로 끝장이 흐지부지되고 만 그 우정, 작별 인사조차 나누지 못한 채 영영 헤어져버린 그 이별을 생각하면 나는 지금도 속이 화끈거리게 부끄러워진다.

대장간 옆의 마른풀이 우거진 공터, 녹슨 고철, 파철들이 아무렇게나 널려 있고, 쇠녹이 마른풀에 벌겋게 번져 있는 그 공간에 흰 눈송이떼가 가득 붐비는, 그 을씨년스러운 영상이 내 머릿속에 남아 있는데, 그것이 혹시 웬깅이와 내가 병문내를 떠났던 그해 겨울 일이 아닐까?

정드르

우리 식구가 외할아버지네를 따라 이사 간 정드르 마을은 한내의 동편 평평한 고지대에 위치해 있었고, 그 아래 바닷가에 경치좋기로 이름난 용연과 용두암이 있었다. 샛이모가 딸아이를 데리고 외갓집에 들어가고 우리 식구는 전처럼 그 근처에 셋방을 구했다. 도심에서 떨어진 곳이라 집값이 쌌던지, 외할아버지네 새집은꽤 넓은 텃밭이 딸려 있었다. 그 텃밭에 우리 집이 지어진 것은 그로부터 이년 후였다.

한내와 비행장 사이에 위치한 정드르는 일제 때 비행장 부지로 집터와 농토를 빼앗긴 사람들이 집단이주하여 생긴 마을이었다. 우리처럼 세입자들도 많이 살았는데, 고향에 돌아가지 않고 그냥 거기에 눌러앉은 4·3 이재민들, 시골에서 올라와 자취생활하는 중·고교생들, 미장원·양재학원에 다니는 처녀들, 그리고 드물게 젊은 교사, 회사원들도 있었다. 그래서 아침 시간이면 도심 쪽으로 등교·출근하는 사람들의 분주한 행렬이 꽤 오랫동안 마른내를건너 이어지곤 했다. 내 또래의 아이들은 대개가 나와 같은 학교에다녀서 이미 얼굴을 알고 있는 처지였다.

한겨울, 마른내 바닥에 웅게중게 웅크린, 차가운 감촉의 바위들과 그리고 밭을 끼고 뻗어 있는 그 매운 바람 속의 등굣길이 생각난다. 집들이 빼곡 들어차고 아늑한 골목들이 많은 병문내 근처와달리, 정드르는 거센 북풍에 시달리는 황량한 곳이었다. 한내를 건너 부러리 동산으로 이어지는 그 길은 바다가 내려다보이는 비탈

진 고지대에 위치해 있는데다가 주변이 온통 밭들이어서 바람이 세게 불었다. 겨울에 그 길을 다니노라면 흙바람이 얼굴을 때리고, 눈이 오면 세차게 몰아치는 눈보라이기 일쑤였다. 눈이 그쳐도 강풍이 땅에 쌓인 눈을 휩쓸어 다시 눈보라를 일으키곤 했다.

북풍에 날리는 눈보라를 보면, 눈이 하늘에서 내리는 게 아니라 마치 바다에서 와아, 하고 몰려오는 것 같았다. 높은 파도가 하구를 강타하고, 그 울림이 용연의 암벽에 부딪쳐 메아리를 일으키고, 호수같이 잔잔하던 용연물이 강풍에 밀려 상류로 역류할 듯이 출렁거릴 때, 그 위로 우우 세찬 바람 소리와 함께 하얗게 밀려오는 눈보라, 수평으로 날리는 눈들은 나무줄기에, 돌담에, 마른 풀무더기에 흰 반죽처럼 달라붙거나, 길바닥에 앉을 새도 없이 고랑창이나 밭담 구석으로 휩쓸려버리곤 했다. 보리밭 고랑에, 길 위에 내린 눈이 강풍에 쓸려 날릴 때 보면, 밭고랑들은 바람의 궤적을 따라 우쭐우쭐 내달리는 것처럼 보였고, 바람에 휩쓸리는 길가의 억새풀들은 꼬리 물고 내달리는 누런 족제비떼 같았다. 밭과 밭 사이로 난 그 오솔길을 따라, 나는 말을 이끌고 용연으로 물 먹이러 다녔다. 눈만 내놓고 얼굴 전체를 가리도록 되어 있는 외할아버지의 방한모를 덮어쓰고서. 뜨개질로 짠 그 털실모자에선 언제나 담배 냄새 밴 텁텁한 외할아버지의 입 냄새가 묻어 있었다.

날을 세우고 귀라도 벨 듯이 덤벼들던 겨울 북풍, 그 모진 바람 속에서 눈 녹아 질척거리는 흙길을 걸어 학교에 다니던 정드르의 아이들, 매운 바람에 양 볼은 빨갛게 얼고, 그리고 겨우내 낫지 않던 발가락 동상…… 날이 풀릴 때면 동상 걸린 발가락들이 미치게 가려워 책상 다리에 비벼대는 소리가 요란했고, 그 삐걱 소리가 더 자주, 더 시끄럽게 나기 시작하면 그때가 바로 봄의 시작이었다.

겨울을 이겨낸 푸른 개자리떼, 토끼풀과 친척뻘 되는 그 풀을 혹시 당신은 알고 있는지? 나는 지금도 겨울에 용연·용두암 근처의 바닷가에 가면 그 푸른 개자리떼를 만나는 것이 반갑다. 서로 어깨를 걸고 땅바닥에 찰싹 달라붙어 낮은 포복 자세로 겨울 북풍에 맞서고 있는 개자리풀들. 강한 생명력으로 월동하여 춘궁기에 맨 먼저 배고픈 사람의 양식이 되어주던 것이 그 풀이었다. 새 풀이 돋아나기 전에 일찍부터 봄 기근이 들면 맨 먼저 뜯어다 먹는 것이 개자리풀이었다.

6학년이었던 그해의 봄은 지난가을의 흉작으로 기근이 심했다. 보리는 한뼘도 안 자랐는데, 양식이 벌써 떨어져 개자리풀을 뜯어다 삶아 먹었다. 보리 나서 먹을 때까지 두달 동안, 사람이나 가축이나 먹는 것이 거의 비슷했다. 사람이 돼지 밥인 보리 속겨를 먹고, 마소가 먹을 잡풀을 먹었다. 개자리, 질경이, 쑥, 비듬, 명아주, 달개비, 지칭개 등등. 얼마나 풀을 많이 먹었으면 말의 입 냄새처럼 사람의 입에서 풀 냄새가 폴폴 났을까. 배고픈 설움 얘기야 이미 앞에서 신물 나게 했으니 더이상 들먹거릴 필요는 없겠다.

점심 굶는 학생들을 동원해서, 그해 봄에 휴전 반대 궐기대회가 자주 열렸다. 초등학생들까지 포함된 시위대를 고교 간부 학생들이 지휘했는데, 시퍼런 군복 차림에 장작개비를 손에 들고 휘두르는 모습이 여간 무섭지 않았다. 어깨를 내리칠 듯이 휘두르는 장작개비가 두려워 정신없이 내달리면서 구호를 외쳤다. 북진 통일을,

통일이 아니면 죽음을 달라고 악을 쓰며 절규했다. 상이군인들도 시위대에 가담하여 목발을 휘둘렀다. 그러나 그것은 전방의 군인들에게 더 많은 죽음을, 더 많은 희생을 강요하는 무자비한 절규가 아니었던가. 내 아버지도 전쟁터에 나가 있었다.

한번은 그 데모에 충격받아, 이웃집 애월댁이 발작을 일으켰다. 스무살 안팎의 젊은 아낙으로, 군대에 간 남편을 노심초사 기다리는 중이었다. 얼굴은 퍽 예뻤으나, 애석하게도 글을 몰라서, 내가 편지를 대신 읽어주고 회답 편지를 대필해주곤 했다. 게다가 말수까지 적어서, 벙어리 미인처럼 야릇한 백치미가 느껴지는 여자였다. 그런데 그렇게 그림처럼 조용하기만 하던 그녀가 휴전 반대의 함성에 그만 분통이 터지고 말았다. 제 집 돌담 울타리를 손으로 허물면서 "살인쟁이, 사람 잡아먹는 백정놈들!" 하고 저주를 퍼부으면서 한바탕 시위를 벌였다. 나는 또 어떤 술 취한 상이군인이 목발을 내던진 채 길바닥에 쓰러져서, 독약을 달라고, 아주 죽어버리게 독약을 달라고 울부짖는 모습도 보았다. 돈 있고 빽 있는 놈들은 죄다 후방으로 빠지고, 전선에서 죽고 다치는 건 돈 없고 빽 없는 불쌍한 놈들뿐인데, 그래서 총 맞고 죽을 때, 억울하다고 빽! 하고 비명 지른다는 씨니컬한 익살이 유행할 때였다.

그 춘궁기에 나는 음식을 훔쳐 먹기도 했다. 원조 물자로 들어온 큼직한 분유통 몇개가 교무실 옆 현관에 놓여 있었는데, 얼른 배급을 주지 않자 안달이 난 반 아이들 몇명이 몰래 뚜껑을 따고 숨 막혀 캑캑거리면서 가루우유를 훔쳐 먹었다. 나도 그중에 끼었다가 들켜서 벌을 받았다. 또 한번은 묵은성의 외오촌 댁에 심부름 갔다가 아무도 없길래 부엌의 찬장을 뒤져 식은 밥 한덩이 훔쳐 먹은 적도 있었다. 배고픈데 무슨 염치를 차릴 것인가. 나는 지금도 음식을 훔친 그 일들을 부끄럽게 생각하지 않는다.

어서 보리가 익어서 보리밥 한번 원없이 양껏 먹어보기가 소원이었다. 꿈을 꿔도 꼭 먹는 꿈이었다. 이삭 팰 무렵의 보리밭, 이슬 맞은 보리밭에 아침 해가 따뜻하게 비칠 때, 짙게 풍겨오는 애보리 냄새는 얼마나 달큼했던가. 그리고 보리 이삭이 누렇게 익어 바람에 금물처럼 출렁거릴 때의 그 고소한 보리 냄새도 허기와 연관되어 나에게 지워지지 않은 생생한 인상으로 남아 있다. 그리고 거둬들인 보리를 물 적셔 방아 찧을 때, 뜨뜻한 온기와 함께 물씬 풍기는 그 푸짐한 보리 냄새……

다행히 그해 보리농사는 풍작이었다. 보리 풍작에다 고등어도 풍어였다. 고등어가 얼마나 많이 잡혔던지, 소금 부족으로 미처 절이지 못한 것들이 항구의 방파제에 산더미처럼 쌓인 채 거름용으로 썩을 지경이었다. 고등어 거름을 실은 마차들이 썩은 물을 질질 흘리면서 지나갈 때 그 들큼한 악취라니! 그게 바로 송장 썩는 냄새와 똑같다고 사태 때의 그 떼주검들을 생각하며 어른들이 코를 싸고 진저리 치던 일이 생각난다.

그러나 죽음의 시절은 이제 일단락 났다. 그해 여름, 보리 풍작과 함께 그보다 더 큰 기쁨이 날아들었으니, 그것이 바로 휴전 소식이었다. 드디어 전쟁이 끝나고 평화가 온 것이다. 모든 전선에서 총성이 멎고 휴전선이 획정되었다는 소식이었는데, 과연 그것을 입증

하듯이 도두봉의 기총 사격도 그쳤다. 항구의 동부두에는 육지로 돌아가는 피란민들이 붐비고, 그들을 태운 연락선이 환호의 뱃고동을 울리며 떠나곤 했다. 어선도 화물선도 전보다 훨씬 많이 불어나 흥청거리고, 한때 자취를 감췄던 갈매기들이 다시 찾아 항구의 옛 정취를 되살려놓고 있었다. 서부두의 방파제에 산적한 썩은 고등어더미 위로 하얗게 내려앉던 갈매기떼, 그리고 내가 건착선들이 있는 항구 가운데로 헤엄쳐 가서 고등어 한두마리 공짜로 얻어오던 일도 생각난다.

나는 조만간에 그 항구를 통해 돌아올 아버지를 기다리기 시작했다.

방귀

보리 풍년에는 방귀 또한 풍년이었다. 못 먹어 포한 진 흉년 백성에게 보리밥을 푸지게 먹고 기세 좋게 방귀를 뿡뿡 뀌는 것보다 더 큰 행복이 있겠는가. 보리밥 먹으면 방귀가 잘 나왔다. 외할아버지가 앉은자리에서 한쪽 엉덩이를 살짝 들면서 뿡, 하고 방귀를 호기 있게 내쏘고는 껄껄 기분 좋게 웃을 때마다 외할머니는 "에이구, 별꼴이야" 하고 손사래를 치면서 질색하곤 했다. 그러나 못 먹어 서럽던 그 시절에 방귀는 흉이 아니라 오히려 자랑이었다. 그래서 좀 행세를 하는 위인을 보고 제법 똥깨나 뀌고 다닌다고 했다.

우리는 방귀로 장난치기를 좋아했다. 방귀가 나올라치면, 그냥 아무 데나 허비하지 않고 반드시 다른 아이의 얼굴에다 그 구린내를 발사하고는 뺑소니쳤다. 물속에서도 잘 겨냥해서 방귀를 뀌면, 그 구린내가 비눗방울 모양의 예쁜 기포가 되어 뽀글뽀글 수면 위로 떠올라 상대 아이의 코밑에서 기습적으로 픽, 하고 터지곤 했다. 내 방귀는 푸시식 맥없이 꺼지는 불발탄이기 일쑤였는데, 그 대신 냄새는 고약해서 옆의 아이들이 질색하곤 했다. 양기 부족 때문에 방귀도 그 모양이었을까? 행동거지가 야무진 아이일수록 방귀도 야무지게 뀌었다. 방귀쟁이들이 뿡뿡 내쏘는 그 경쾌한 소리가 나는 늘 부러웠다. 그애들은 항문의 늘옴치근을 잘 조절해서 두발 이상 연발로 쏘아붙이기도 했는데, 그 소리가 어찌나 야물딱진지 마치 거기에서 보리 밥알들이 총알처럼 튀어나오는 것만 같았다.

제사·명절 때가 아니면 입쌀 구경을 못하던 그 시절, 우리의 주식은 당연히 보리와 조였고, 대용식으로 고구마도 많이 먹었다. 가을·겨울에는 저녁 한끼쯤은 으레 고구마로 때웠다(오죽 고구마를 지겹게 먹었으면, 훗날 내가 군고구마도 입에 못 대는 식성으로 변했을까). 고구마를 먹으면, 보리밥보다 방귀가 더 잘 나왔다. 피식, 식은 방귀나 잘 뀌는 나도 고구마를 먹으면 소리가 제법 야물게 나왔다. 고구마는 때때로 뽀르륵 뽕뽕 하고 줄방귀를 만들기도 했다. 마치 고구마 캘 때, 한줄기에 고구마들이 여러개 줄줄이 매달려 나오듯이 말이다. 그런데 그 뽀르륵 뽕뽕이 단 몇번에 그치지 않고, 소화 상태에 따라서는 한참 동안이나 계속되는 수가 있었다. 그 때문에 내가 낭패 본 적이 있었는데, 아마 5학년 때였으리라. 어느날 밤, 저녁 끼니를 찐고구마로 때우고, 동무네 집에 놀러 갔다가 난생처음 기다란 줄방귀를 경험했던 것이다.

그 무렵, 나는 그 아이의 공부방 단골이었다. 석유등 불빛이 침침한 단칸방에서 다른 식구들과 뒤섞여 지내야 했던 나는 걸핏하면 숙제 핑계 대고 거기로 놀러 가곤 했다. 그 방은 환한 전깃불이 있어서 좋았다. 그 환한 불빛 속에서 숙제하는 것도 좋았지만 전기가 갑자기 나가 깜깜해진 어둠속에서 이야기책에서 읽은 것들을 주고받으며 잡담하는 것도 재미있었다. 당시는 전력 사정이 안 좋을 때라, 걸핏하면 전기가 나갔다. 그 아이의 사촌 형이 그 방을 같이 쓰고 있었지만, 야간 중학교에 다녔기 때문에 우리와 어울리는 일은 많지 않았다. 그는 낮에 우리 학교에서 사환 노릇 하는 고학생이었다.

그날따라 내 동무는 부모와 함께 시골 나들이 가고, 그 형 혼자 그 방에 있었다. 그리고 결혼한 지 얼마 안된 젊은 순경 부부가 세 들고 있는 건넌방에, 그 남편이 당직이었던지, 여자 쪽 친구들 두엇이 놀러 와 있었다.

그날도 전기가 일찍 나가, 초저녁부터 이야기판이 벌어졌다. 그 형보다 서너살 아래인 나는 주로 듣는 쪽이었다. 그런데 이야기를 듣던 중에, 망측스럽게도 방귀가 자꾸 나왔다. 저녁 끼니로 먹은 찐 고구마가 소화불량을 일으켰던가보다. 뽀르륵 뽕뽕. 그 형이 이야기하다 말고 낄낄 웃어댔는데, 정말 기분이 고약했다. 배 속은 부글거리고, 방귀는 그치지 않고……

그런데 뜻밖에도 거기에 외설적인 장면이 끼어들었다.

"쉿, 조용히! 저 소리 들어봐!"

갑자기 그 형이 낮은 음성으로 속삭였다. 아닌 게 아니라, 건넌방에서 숨죽여 키득거리는 소리가 들려온다. 야릇하고 망측한 웃음소리, 서로 간지럼 먹이며 장난질하고 있음이 분명하다. 낮은 웃음소리와 함께 헐떡거리는 숨소리도 들린다. 그러다가는 더 못 참겠다는 듯이 갑자기 까르르 웃음이 자지러지고…… 그런데, 저 소리는? 찰싹찰싹, 손바닥으로 뺨을 때리나? 그 형이 또 숨 가쁜 목소리로 속삭인다.

"저 소리, 저건 손바닥으로 알궁뎅이 때리는 소리야. 저 여자들, 옷을 홀랑 벗고 노는 모양이다. 씨발, 정말 미치겠네!"

그때, 내 꽁무니에서 또 한번 뽀르륵 뿡뿡 줄방귀가 나온다. 그 형이 더이상 못 참고 왈칵 웃음을 터뜨리고, 그 폭소에 놀란 여자들이 웃음을 뚝 그쳤다. 건넌방은 이제 쥐 죽은 듯 조용해져 더이상 아무 소리도 들려오지 않는다. 그러나 일단 자극받은 사춘기 소년의 불같은 마음이 얼른 진정될 리가 있겠는가. 내 꽁무니에서는 여전히 줄방귀가 나오고……

그렇다. 그때 그가 느닷없이 헐떡거리는 낮은 음성으로 음담패설을 터뜨리게 된 것은 분명 내 방귀 때문이었을 것이다. 그 이야기 속에 나오는 '푸르륵 청청' 소리는 나의 '뽀르륵 뿡뿡'과 기가 막히게 어울렸으니까.

옛날 옛적, 어느 권세 좋은 정승댁에 무남독녀 외딸이 있었는데, 좋은 신랑감을 구하려고 사방에 방을 붙여 널리 광고했다. 구혼자들이 구름처럼 몰려들고, 아가씨가 방 안에서 문틈으로 엿보는 가운데, 대감이 몸소 대청에 앉아 그들을 일일이 심사하였다. 그러나 아무리 보아도 마땅한 작자가 안 나와 계속 줄줄이 퇴짜였다. 사람들 많이 꼬이는 데 늘 그렇듯이, 거기에도 비렁뱅이 한 놈이 끼어들었다. 그런데 그 작자는 예삿놈이 아니었다. 마당 구석에서 얼쩡거리던 그자는 아가씨의 방에서 나온 요강이 어디에 부어지나 눈여겨봐두었다가 그 자리에다 몰래 자기 사타구니의 터럭 하나를 뽑아 꽂아놓았다. 그러자 당장 아가씨의 몸에 해괴한 일이 생겼다. 망아지 코투레하듯 푸르륵 청청, 푸르륵 청청, 하는 소리가 오줌 누는 바로 그 구멍에서 계속 터져나왔던 것이다. 딴 데도 아니고 바로 그 귀중한 곳에서 해괴한 소리가 나오니 어느 총각이 그걸 좋아하겠는가. 딸은 울고불고 야단이고, 구름처럼 몰려들었던 구혼자들은 모두 머리를 내저으며 돌아가버렸다. 정말 기가 막힐 노릇, 기고만장이던 대감은 낙심천만이었다. 그래서 딸의 병을 고치는 사람한테 딸을 주겠다고 광고할 수밖에 없었는데, 그제야 나타난 비렁뱅이는 오줌 자리에 꽂아놓았던 터럭을 뽑아 푸르륵 청청 소리를 그치게 하고 그 아가씨를 자기 아내로 삼았다.

그 이야기 도중에 나는 여전히 줄방귀를 발사하고 있었던 모양이다. 그 아가씨의 '푸르륵 청청'에다 내가 '뽀르륵 뽕뽕' 하고 장단을 맞춘 셈이었다. 아야기를 끝낸 다음에도, 그는 후렴처럼 그 둘을 번갈아 반복하면서 낄낄거렸는데, 건넌방에서 웃음소리를 들을까봐 이불 속으로 파고들던 일도 생각난다.

아무튼, 그것이 내가 들은 최초의 음담패설이었다.

그렇게 사내애들에게 자랑일 수 있는 방귀가 계집애들에게는 정반대로 수치였다. 예쁜 계집애가 방귀를 뽕 하고 뀌는 경우를 우리는 상상할 수가 없었다. 그래서 한때 우리는 여자가 방귀를 뀌느냐, 안 뀌느냐를 놓고 고개를 갸우뚱하다가, 젊을 때는 안 뀌지만 늙으면 뀐다는 식의 결론을 내린 적도 있었다. 그러나 이제는 6학년, 우리는 남녀의 성 차이에 대해서 어느정도 알 만한 나이였다. 우리가 읽은 유머집 속에는 방귀 뀐 며느리 이야기가 있었다.

어떤 며느리가 아기를 업은 채 밥상을 들고 안방에 들어갔다가, 그만 시아버지와 손님 앞에서 방귀를 뽕 하고 뀌고 말았다. 버썩 무안해진 며느리가 얼른 꾀를 내어 그 방귀를 등에 업은 아기 탓으로 돌렸다. 아기 궁둥이까지 찰싹 때리면서.

"요 녀석, 손님 앞에서 버릇없이 방귀를 뀌다니!"

"왜 때려 쳇. 어멍이 똥 뀌어놓구선."

내가 제상 앞에 엎드려 절하다가 방귀가 나오는 바람에 큰아버지한테 야단맞은 적이 있었다. "이놈아, 절하다가 방귀 나오면 얼른 발뒤꿈치로 항문을 막아야지!" 그래서 나는 아마 여자들도 방귀가 나오면 그런 식으로 하리라고 짐작했다. 글쎄, 지금까지 한번도 확인을 안해봐서 그 짐작이 맞는지 어떤지 모르겠다.

고무줄과 거미줄

여름철, 물에서 헤엄치다가 나와서 따뜻한 자갈밭에서 몸을 말릴 때, 겨드랑이나 무릎 안쪽 오금팽이에 손을 넣어 방귀 소리를 흉내 내며 깔깔거리던 일도 생각난다. 말하자면 가죽피리의 합주인 셈인데, 다분히 외설적이어서, 그걸 보면 계집애들이 기겁하고 도망가곤 했다.

남녀 합반이던 것이 분반된 것도 6학년 때였다. 놀 때도 서로 떨어져서 따로 놀았는데, 그래도 계집애들은 사내애들이 무슨 생각을 하고 무슨 장난을 하는지 환히 알고 있었다. 무릎 오금팽이로 방귀 소리 내다가 싫증나면, 무릎을 접어서 그 접힌 부분의 오동통한 살집을 살짝 꼬집어 외음부 모양을 만들기도 하고 물 젖은 타월을 비비 꼬아 여자의 하반신 모양을 만들면서 낄낄거린다는 것도 알고 있었다. 우리가 늘 홑바지 바람으로 불알을 달랑거리며 다닌다는 것도 그 계집애들은 알고 있었다. 알몸이던 우리가 빤쓰란 걸 챙겨 입고 수영하기 시작한 것도 6학년 때였는데, 우리가 빤스를 입고 있어도 계집애들은 이미 보아둔 바가 있어서 빤쓰 속 사정을 어느 정도는 알고 있었다. 우리 중에 한 아이가 불알이 짝짝이였는데, 계집애들이 멀리서 합창으로, 누구는 짝짝이 불알이래요, 하고 놀리는 소리를 들으면, 혹시 다음번엔 꼬투리 끝이 벌어지기 시작한 내 물건이 놀림감이 되지 않을까 걱정이 되곤 했다. 자주 만진 것도 아닌데, 그것은 꼬투리 끝이 빠꼼하게 벌어져 있었던 것이다. 이젠 너무 벌어져 보릿대를 끼울 수 없게 되었다. 꼬투리에 보릿대를 끼워 그것을 통해 오줌 누기 내기를 하곤 했는데, 그것이 이제는 창피스럽게도 너무 벌어져버렸다. 마침 빤쓰를 챙겨 입었으니까 망정이지, 하마터면 '좆벨레기'라는 별명이 또하나 붙을 뻔했다.

어쨌거나 우리는 발가숭이를 벗어나 수영 빤쓰를 입게 된 자신이 자랑스러웠다. 수영 빤쓰를 타월로 졸라매고 보라는 듯이 빙빙 돌리며 용연으로 수영하러 가던 그 우스운 모습들이 생각난다. 그리고 공동 목욕탕 목욕이 사치이던 그 시절, 명절을 앞두고 모처럼만에 때 벗기러 갈 때면, 그걸 뽐내고 싶어서 비눗갑을 졸라맨 타월을 빙빙 돌리며 일부러 사람 많은 관덕정 광장을 시위하듯 한바퀴 돌던 일도 함께 생각난다.

처음으로 빤쓰를 입고 물놀이할 때의 기분은 참 묘했다. 내 것은 미국 구호물자 마크가 찍힌 밀가루 푸대를 잘라 만든 것이었는데 물 젖어 사타구니에 달라붙는 그 감촉이 여간 이물스럽지 않았다. 괜히 싱숭생숭하고 속살까지 간지러워, 서로의 빤쓰를 벗기려고 안달하고, 빤쓰의 고무줄을 잡아당겨 맨살에 아프게 튕겨주면서 깔깔댔다.

6학년이 되자 계집애들은 아직 가슴이 부풀 기미도 없는데, 괜히 부끄러워서 헤엄치기를 아예 단념하거나 물놀이를 해도 우리가 있는 데서 저만큼 떨어져서 놀았다. 그애들이 아주 멀찍이 떨어져 있어도 거칠 것 없이 탁 트인 바닷가라 물장난 치면서 깔깔 웃는 소리가 아주 가깝게 들리곤 했다. 계집애들이 근처에서 놀 때는 있는 둥 만 둥 별 관심이 없었는데, 그렇게 저만큼 떨어져나가자 오히려 더 눈에 잘 띄고 신경도 더 쓰였다.

물결이 밀려와 흰 거품으로 부서지는 물가에서 계집애들 여럿이 즐겁게 탄성을 지르며 맨발로 뛰는 모습은 언제나 보기 좋았다. 치마를 조금 쳐들어 정강이를 드러내놓고 마치 고무줄놀이하듯이 밀려오는 물결 끝에서 깡충깡충 뛰곤 했는데, 그 즐겁고 경쾌한 동작이 어찌나 근사하던지, 우리는 등짝이 햇볕에 익는 줄도 모르고 자갈밭에 엎드린 채 멍하니 바라보곤 했다. 계집애들은 깡충깡충 뛰면서 좋아라고 연방 탄성을 질러대고 그걸 넋 놓고 바라보는 우리들은 물결의 흰 거품이 그 발랄한 종아리들을 핥는 감각이 느껴지는 것만 같아 저절로 한숨이 나왔던 것이다.

계집애들도 마찬가지였다. 저만큼 떨어져나가 아무 관심이 없는 척, 시침을 떼고 있었지만, 거미줄 치고 기다리는 거미의 생리와 같은, 여자 특유의 책략을 벌써부터 구사하고 있었다. 그들에게는 언제나 사내애들의 시선을 빨아들이는 강한 흡인력이 있었다. 특히 고무줄놀이하는 계집애들을 바라보면 홀린 듯 시선을 떼기가 어려웠다. 발랄한 발동작, 그에 맞춰 나풀대는 단발 머리칼의 경쾌한 율동도 보기 좋았지만, 정강이 살에 고무줄이 감기는 그 탄력의 감각이 손끝에 잡힐 듯이 느껴져 정신이 몽롱해지곤 했다. 고무줄 높이가 올라감에 따라 깡충거리는 뜀질은 더욱 날렵해져, 몸을 고무줄과 나란히 거의 수평으로 날리고, 마침내 머리 위 두뼘 높이의 고무줄을 땅 짚고 물구나무서서 폴짝 재주를 넘으며 발로 낚아채는 순간, 희끗 비쳤다가 사라지는 속옷의 흰빛…… 그러니까 그 고무줄은 사내애들의 시선을 묶어놓는 거미줄이었다. 거미줄 쳐놓고 기다리는 거미, 그래서 우리는 때때로 일부러 그 거미줄에 걸려들어서, 심술 사납게 주머니칼로 고무줄을 동강 내고 달아나곤 했다.

한번은 그렇게 고무줄 끊고 달아나다가, 우리 중에 하필 내가 잡혀 창피당한 적이 있었다. 달아나는 나를 뒤에서 쫓아와 붙잡은 것은 순심이었는데, 같은 학년이지만 나이가 두살 위이고, 운동회 때마다 이름을 떨치는 단거리 선수였다. "너 또 그럴래? 또 그럴 거여?" 하면서 뒤에서 나를 껴안고 한참이나 놓지 않았는데, 그애의 젖가슴이 등에 뭉클하게 느껴져 기분이 야릇했다.

저 벌 봐!

우리는 과학 교과서에서 암나사, 수나사란 단어를 만나면 재미 있어 낄낄거렸고 전복, 말미잘의 생긴 모양이나 나무줄기의 아문 상처가 무슨 모양으로 변했는지 눈여겨보곤 했다. 보리 낟알의 가 운데에 새겨진 금도 호기심 어린 우리의 눈엔 예사롭게 보이지 않 았다. 무엇보다도 노골적인 것은 말 궁둥이였다. 말은 사람처럼 팡 파짐한 볼깃살을 갖고 있었다. 쏟아붓듯 시원하게 내갈기는 암말 의 오줌 폭포 그리고 마치 알을 낳듯이 꽁무니에서 몽클몽클 비어 져나오는 말똥들도 보기 좋았다. 둥글고 윤기가 흐르는 말똥들은 정말 싱싱한 알들처럼 보였는데, 그래서 암말의 생식기는 두개인 것처럼 느껴졌다.

우리는 또, 청소 검사 받으러 교무실에 가면, 두꺼운 국어사전을 몰래 들쳐보고 그 금기의 단어들을 확인해두기도 했다. 어쨌든 그 것은 입 밖에 내기 어려운, 위험한 단어들이었다. 학교 변소나 외진 건물의 백회벽 같은 데서 자주 마주치는 외설 낙서들, 그것들은 언 제나 우리를 사로잡는 강한 힘이 있었다. 그걸 뿌리치기는 정말 불 가능한 일이었다. 두려울수록 더 화끈 달아오르는 호기심. 어른들 몰래, 낮은 목소리로 조심해서 말해야 하는 금기의 단어들, 자칫 잘

못해서 입토래기 선생의 귀에 들어갔다간, 그날이 바로 죽는 날, 엎드려뻗쳐 자세로 엉덩이에 몽둥이찜질을 호되게 당해야 했다. "요 노무 새끼들! 머리 꼭대기에 피도 안 마른 것들이!"

그 단어들이 영어로 무엇이라고 하는지도 우리는 알고 있었다. 벌봐.

수업 중인 우리 반 교실. 입토래기 선생은 칠판에 돌아서서 판서를 하고, 우리는 그걸 열심히 공책에 받아적는다. 선생은 칠판에 달라붙어 쓰기만 하고, 우리는 칠판의 글이 잘 보이지 않아 자꾸 몸을 좌우로 비튼다. 씨발, 선생님은 언제나 저 모양이다. 선생님은 맨날 저렇게 칠판에 썹만(쓰기만) 하고 우리는 보지도 못하게 한다. 우리는 속으로 그렇게 외설적으로 좋알거리며 낄낄거린다. 낄낄거리는 웃음도 입 밖에 내서는 안되고 속으로 웃어야 한다. 들켰다간 된통 당한다.

그런데 그때 등 털이 황금빛인 아름다운 왕벌 한마리가 날아들어 아이들의 마음을 들쑤셔놓는다. 수업 중에 풍뎅이도 잘 날아들지만, 문제는 언제나 벌이 날아들 때이다. 왕벌 한마리가 같이 놀자고 교실 안으로 날아들었는데도 아이들은 모른 척 시침을 떼야 한다. 벌이 날아들었을 때는 그야말로 입조심해야 한다. 언젠가 한 녀석이 물색 모르고 "야, 저 벌 봐!" 했다가 옆자리 녀석이 키드득 웃는 바람에 들켜서 된통 혼났다. 실내는 물 끼얹은 듯 더욱 조용해지고 그 속을 왕벌이 붕붕거리며 방자하게 날아다닌다. 칠판에 글쓰고 있는 선생의 뒤통수가 무섭다. 그 뒤통수에 눈이 달려서 돌아보지 않아도 누가 뭘 하는지 다 안다.

그러나 선생이 두려울수록, 우리는 자꾸만 주둥이가 근질거려 견딜 수 없다. "야, 벌 봐!" 이 금기의 말을 내뱉고 싶어 죽을 지경 이다. 배 속의 속살까지 근질거려 금방 웃음이 터져나올 것 같다. 머리 위를 붕붕거리며 날아다니는 왕벌이 무슨 위험한 폭격기라도 되는 양 아이들은 공책을 세워 그 뒤로 얼굴을 숨긴 채 연신 눈알 을 굴리며 숨을 헐떡거린다. 입을 옴찔거리며 서로에게 신호를 보 낸다. 저 벌 봐, 벌 봐, 벌봐, 벌봐, 벌봐…… 드디어 견디다 못해 한 아이가 손을 들고 일어난다. 벌 받기를 자청한 것이다. "선생님, 저 벌 때문에 시끄러워서 공부 못하겠어요." 까르르, 실내를 뒤흔드는 아이들의 웃음소리. 시끄럽대, 씹 가렵대, 씹 가려워 공부 못하겠 대, 낄낄낄낄.

그토록 오랜 방학

곤충뿐만 아니라 때로는 새들도 날아와 같이 놀자고 장난질을 쳤다. 연둣빛 가슴 털이 고운 동박새가 창밖의 귤나무에 앉아 구성 진 목소리로 호오오오호개곡, 하고 노래를 불러 공부하는 아이들의 눈귀를 뺐는가 하면, 참새는 더 극성맞아, 아예 교실 안까지 날아들 어 지루한 수업을 한바탕 기분 좋게 휘저어버리곤 했다.

한번은 내가 방학 중에 혼자서 학교를 찾아갔다가 아무도 없는 빈 교실에 갇혀 이리저리 유리창에 몸을 부딪치면서 절망적으로 날고 있는 참새를 발견하고 창을 열어 내보내준 적이 있었다. 문틀이 비틀려 제대로 닫히지 않은 창문들이 있었는데, 참새가 그 틈새로 들어왔다가 출구를 잊어버린 것이었다. 그날 내가 우연히 학교를 찾아가지 않았더라면 개학 날 교실에서 죽은 참새를 볼 뻔했다.

그런데 무슨 청승으로 내가 방학 중에 학교에 갔던가. 그것도 한번이 아니라 몇번 그랬던 것 같다. 하기는 긴 여름방학을 보내노라면 문득문득 학교가 생각날 때가 있었다. 혹시 학교가 나를 잊어버린 거나 아닐까, 하는 불안감.

여름 한낮 개처럼 심심해서 낮잠을 자고 있으면, 눈에는 파리들이 달라붙어 눈곱을 파먹고, 주위의 온갖 소음들이 성가시게 낮잠 속으로 기어드는 통에 비몽사몽 하다가 화들짝 놀라 깰 때가 종종 있었다. 그랬다. 낮잠 자다가 놀라면 그것이 그대로 병이 되는 수도 있었다. 잠이 들면 혼도 외출하여 머릿속이 텅 비어지는데 거기에 잡귀가 침범한다고 했다. 낮잠 자는 아이의 얼굴에 낙서를 하면 외출했던 혼이 제 얼굴을 몰라보고 아주 떠나버린다고도 했다. 어린아이에게 놀람은 그 자체가 위험한 것이어서, 크게 놀랐을 때는 무당을 불러와 쇠를 울려야 했다. 4·3 잡귀가 가장 무섭다고 했다. 학살 현장을 경험했던 시골 출신 아이들 중에는 여름방학 중에 낮잠 자다가 놀라서 병 걸리는 수가 더러 있었다.

나도 낮잠 자다가 놀란 적이 여러번이었지만, 다행히 병에 걸리지는 않았다. 잠은 깼는데 눈이 떠지지 않아, 겁결에 비명을 지른 적도 있었다. 자는 동안 눈곱이 말라붙어 그렇게 된 줄 모르고 얼마나 혼겁했던가. 바람에 흙먼지 많이 날려 안질이 흔하던 시절이었다. 낮잠 자다가 벌떡 일어나서는 뜬금없이 학교에 간다고 허둥

댄 적도 있었다. 학교에 늦었는데 왜 깨우지 않았느냐고, 괜히 어머니한테 신경질 부리면서 말이다.

방학 중에 찾아간 학교는 적막한 모습이었다. 아이들의 발길이 끊긴 운동장은 군데군데 잡초떼가 자라고 있었고, 새로 콜타르 칠한 건물의 판자벽들은 폭염 속에서 강한 냄새를 내쏘고 있었다.

텅 빈 교실의 분위기는 아주 낯설고 야릇했다. 제대로 닫히지 않은 창틈으로 날아든 운동장의 흙먼지가 실내에 뽀얗게 쌓여 있었다. 마룻바닥과 책상·걸상·교탁, 그 어느 물건에도 부드러운 질감으로 균일하게 덮여 있는 잿빛 먼지…… 청소 시간 때마다 지겹게 싸워야 하는 먼지가 때로는 그처럼 아름다울 수도 있다는 걸 아마 그때 나는 처음 깨달았을 것이다. 아이들의 음성·표정·몸짓도 없고, 아이들의 몸에 닦이고 문질러져서 번들거리던 교실 안의 사물들은 이제 한꺼풀 잿빛 천에 덮인 채, 깊은 침묵 속에 잠겨 있는 듯했다. 교무실 쪽에서 나직이 들려오는 목 쉰 풍금 소리…… 뽀얗게 먼지를 쓴 채 오랫동안 사용하지 않은 내 책상과 걸상을 내려다보면서 나는 아무래도 야릇한 비현실감을 느꼈던가보다. 왜냐하면 그 책상의 먼지 위에다 손부리로 내 이름 석자를 쓰면서 자신의 존재를 확인해보았으니까.

여름방학 중에 이처럼 학교가 생각나고 혹시 학교가 나를 잊지 않았을까, 혹시 방학이 끝나지 않고 영영 계속되는 건 아닐까, 하는 그 터무니없는 불안감은 분명 만 여섯살 때의 기억과 연결되어 있었을 것이다. 전도에 총파업이 벌어졌던 1947년 3월, 내가 입학하자마자 파업으로 문을 닫아 이삼일밖에 못 다녀본 그 학교, 그때부터 그 학교는 무기한의 기나긴 방학에 들어갔고, 그러다가 마침내는 토벌대의 방화로 소각되고 말지 않았던가. 읍내로 이사 가 살면서도 나는 영영 끝나지 않은 무한정의 긴 방학에 들어간 그 불행한 학교를 자주 생각하곤 했다.

지금의 시점에서 돌이켜보면 초등학교 육년 세월은 그 자체가 하나의 긴 방학처럼 느껴진다. 그러니까, 학교생활에 대해선 별로 신통한 기억이 없고, 집안일을 하거나 아이들과 어울려 놀던 기억들이 더 뚜렷하다는 말이다. 교실 마루를 구르며 항복받기 놀이를 하는 아이들, 그 몸들에 닦이고 닦여 반짝거리는 납작한 못대가리들, 또는 알사탕을 입에 문 듯이 혀로 볼때기를 부풀리며 글씨 쓰는 아이들, 그 손에 들린 이빨 자국들이 난 몽당연필 같은 사소한 것들이 생각날 뿐, 뭔가 그럴듯한 추억거리는 잘 떠오르지 않는다. 가을운동회가 열린 운동장, 아이들의 즐거운 함성 속에서 나 혼자 우울하게 서 있던 일이 생각난다. 100미터 경주에서 맨발로 달려서 2등을 하고 공책 한권을 탔으나, 그 대신 벗어놓은 고무신을 잃어버려 상심해 있던 나⋯⋯

전쟁 중의 학교라 수업이 제대로 되지 않았다. 한때는 교실마저 피란민들에게 내주고 야외 수업이란 명목으로 들로 바다로 놀러 다녔고, 수업도 대개는 선생이 칠판에 쓴 걸 공책에 베껴쓰는 식이어서 도무지 재미가 없었다. 공부보다 부모를 도와 일하는 것이 더 중요했다. 농번기에는 일 바쁜 부모를 도우라고, 보리철에는 보리방학, 조철에는 조 방학이 있었고, 평상시라도 부모가 일손이 필요하면 언제든지 결석이었는데 선생도 그걸 탓하지 않았다. 공부는 언제나 뒷전이었다. 도대체 공부하라고 잔소리해주는 사람이 없었다. 전쟁의 와중에서 흉년의 고통은 끝나지 않고 미래는 불투명한데, 과연 공부란 것이 쓸모가 있을지 어쩔지 미심쩍기도 했을 것이다. 그러니까 내가 공부에 취미 붙이게 된 것은 전혀 우연한 일이었다.

그런데 이러한 전시생활의 암담함을 일시에 걷어내준 것이 6학년 2학기 때 찾아온 휴전이었다. 휴전은 고달픈 삶의 한 세월을 과거지사로 돌려버리는 새로운 전기였다. 모든 것이 바쁘고 활기차게 흥청거렸는데, 학교생활도 마찬가지여서, 중학교 입시를 앞두고 바쁘게 돌아갔다. 수업 내용이 충실해졌고 아이들도 비로소 면학이 무엇인지 깨달았다. 선생도 학생도 모두 수업에 열심이었다. 이제, 지식은 미심쩍은 것이 아닌, 출세의 확실한 수단으로 부각되었던 것이다.

졸업

나의 옛 사진첩에는 초등학교의 졸업 사진이 빠져 있다. 사진값이 없어서 포기하고 만 것인데, 그 아쉬운 뒷맛이 지금도 씁쓸하게 남아 있다.

졸업 사진은 없지만, 다행히 카메라 사진이 두장 있어서 6학년 말 무렵의 내 모습을 보여준다. 그중 하나는 관덕정 주변에 늘 얼쩡거리던 거리의 사진사가 찍은 것인데, 물론 사진값은 함께 찍은 사진 속의 다른 두 아이가 냈다. 관덕정과 인접한 법원의 정원에서 덩치 큰 용설란을 앞에 두고 두 동무와 함께 포즈를 취한 나는 남루한 옷차림에도 불구하고 다행히 표정이 밝다. 용설란에 가려져 바지 모습은 알 수 없지만, 교복 윗도리는 몸피에 비해 터무니없이 작아 깡뚱하게 올라간 꼴이 우스꽝스럽다. 한창 성장할 시기에 아마 삼년은 좋이 입었을 것이다. 소매가 팔꿈치 근처까지 올라가고, 색도 바래어 검정인 본디 색이 잿빛으로 희뿌예졌다. 마른 쇠똥처럼 납작하게 찌그러져 머리에 얹힌 학생모는 더욱 희극적이다. 그 모자도 삼년은 좋이 묵었을 것이다. 6학년 때는 그 모자가 굵어진 머리통에 꽉 끼어 잘 벗겨지지 않았기 때문에 모자뺏기 놀이할 때만은 아주 안성맞춤이었다. 사진 속의 나는 용설란의 커다란 이파리에 손을 얹고 포즈를 취하고 있다. 문자 그대로 용의 혓바닥처럼 크고 동물적으로 생긴 그 잎사귀들 위에다, 거기에서 따낸 가시로 낙서하던 일도 생각난다. 아마도 '우정' 혹은 '희망'이란 단어가 거기에 새겨져 있었을 것이다.

다른 사진 한장은 옆집의 까막눈 미인 애월댁의 남편이 전쟁터에서 돌아와 찍어준 것이다. 무사귀환을 자축한다고 카메라를 빌려다가 기념사진을 찍었는데, 그때 나도 덤으로 독사진 한장 박였다. 편지를 두어번 대필해준 댓가였다. 그 사진을 보면 교복·교모는 그대로인데 이름표와 교표가 떼어지고 없는 걸 보면 졸업 직후의 모습이 분명하다.

그런데 여기서 독자에게 분명히 하고 넘어갈 일이 하나 있다. 과연 우리 집이 졸업 사진대를 못 낼 정도로 그렇게 가난했던가? 아니, 꼭 그런 것은 아니었다. 5학년 초부터 직업군인 가족이라고 양곡 배급이 나오고 있었으니까. 만약 그 양곡을 가용에 썼더라면 형편이 훨씬 나았을 텐데, 어머니는 배급 쌀을 일절 축내지 않고 돈으로 바꿔서 저축하고 있었던 것이다. 배급 쌀뿐만 아니라, 조금이라도 돈이 될 만한 것은 무엇이든 채소 한포기라도 시장에 내다 팔아 금전 저축으로 들어갔다. 수년 내로 집 지을 계획을 세운 어머니의 결심은 매우 단호했다. 어머니는 은행보다 친지들이 모여 만든 계를 더 신용하여 계를 두어군데나 들고 있었다.

휴전이 되어도 아버지는 고향에 돌아오지 않았다. 휴전 후 처음 받아본 편지에는 뜻밖의 내용이 실려 있어서 한때 온 식구가 들떠 있었던 적이 있었다. 군복을 벗자마자 하인천 부둣가에 뛰어들어 해물 중개상으로 새로운 삶을 시작했는데, 장사가 잘되고 있으니, 곧 고향의 가족을 불러올릴 수 있을 것이라고 했다. 우선, 중학교에 진학하는 장남인 나부터 부르겠노라고.

그 편지를 읽고 나는 얼마나 꿈에 부풀었던가. 그러나 아버지의 편지는 그렇게 나를 공연히 들뜨게 해놓고선 다시 끊긴 채 감감무소식이었다. 나중에야 알았지만, 처음에 잘될 듯하던 그 사업이 불과 몇달 만에 실패하고 만 것이었다.

중병아리

이제 나는 중학교에 입학한 시점인 만 13세를 기준으로 해서 나의 성장 과정에 한획을 그어보고자 한다. 그렇다고 중학교에 들어가면서 내가 곧장 사춘기로 진입했다는 뜻은 아니다. 어린 시절은 끝이 났지만, 그것 대신에 새롭게 영혼의 그릇을 채울 내용이 아직 나타나지 않은 시기, 아무래도 중1 시절은 완충기였던 것 같다. 그 시기는 여러 면에서 초등학교 6학년의 연장이나 다름없었다. 아직도 나는 자연과 분리되지 않은 그것의 한 분자였고, 또래집단에서 따로 떼어내어 생각할 수 없는 불가분의 그 구성원이었다.

그런데도 눈에 띄지 않지만 그 속에서 변화가 이뤄지고 있었음이 틀림없다. 예컨대 계절은 한창 여름인데, 백중이 지나면 귀뚜라미 울음과 함께 물이 차지면서 여름 속에 가을이 배태되듯이, 어린이의 무구한 몸과 정신 속에서 이차성징과 함께 폭풍의 징후가 서서히 나타나기 시작했다. 쇠퇴와 맹아가 동시에 이뤄지는 이행기. 이제 그 어린이는 늙어버렸다. 그 무구한 혼과 육체는 소멸하고 그 대신에 무자비한 수컷이 눈을 뜨고 있었던 것이다. 병아리도 닭도 아닌, 어중간한 중성의 상태, 말하자면 멋대가리 없게 생긴 중병아리가 그때의 내 모습이었을 것이다. 그때의 사진은 없지만, 삼년간 입을 요량으로 일부러 큰 교복을 사 입었던 걸 생각하면, 그 꼴불견을 짐작할 만하다. 한때는 교복이 너무 작아 탈이더니, 이번에는 교복이 너무 커서 우스꽝스러웠다. 터무니없이 큰 교복을 입고서 얼떨떨한 표정을 짓고 있는 그 아이의 모습이 떠오른다. 그러니까 노란 털공처럼 예쁜 병아리도 아니고, 불타는 붉은빛의 장닭도 아닌, 칙칙한 색깔에 볏도 꽁지도 덜 자라 보기 흉한 중병아리가 바로 그때의 내 모습이었다.

그런데 아직 서툴고 얼떨떨한 미지수의 1학년짜리가 입학식 날 용케도 장학증서를 받았다. 세명의 장학생 중에 운 좋게도 내가 끼여 있었던 것이다. 공부가 곧 권력이란 걸 아마 어머니도 그때 깨달았을 것이다. 다른 아이들이 공부에 별 관심이 없던 그 시절에 우연히 공부에 흥미를 붙이게 된 것은 얼마나 다행한 일이었던가. 사실 가난한 편모슬하의 나로서는 오직 믿을 거라곤 학교밖에 없었다. 장학생으로 뽑혔다는 통고를 받고서도 나는 입학식 날 그 증서를 받을 때까지 여러날 동안 그 행운이 좀처럼 믿기지 않아 꽤 노심초사했다.

삼년간 학비 전액 면제, 그것은 어린 내가 감당하기엔 너무도 뜻밖이고, 너무도 큰 행운이었다. 혹시 꿈꾸고 있는 것은 아닌지, 혹은 학교에서 실수로 잘못 통고해온 것은 아닌지…… 내가 별로 재수 좋은 놈도 아닌데 아무래도 번지수를 잘못 보고 찾아온 것 같았다. 남들처럼 길 가다가 재수 좋게 동전 한번 주워본 적이 없는 나에게 그것은 너무 뜻밖의 횡재였다. 어쨌든 나는 입학식 날 장학증서를 받았다. 장학증서를 손에 말아쥐고 집을 향해 걸어갈 때의 기분이라니. 난생처음 느껴보는 야릇한 간지러움. 거리의 모습이 달라 보이고 지나가는 사람들이 자꾸 나만 바라보는 듯한 착각, 결국 그 낯선 감정을 견디지 못해서 그 두루마리를 소매 속에 집어넣어버렸는데, 그런 상태로 도중에 책 구경하려고 서점에 들렀다가 우스운 일을 겪었다. 서가에 꽂힌 책들을 한바퀴 둘러보고 나오는 나를 점원이 느닷없이 쫓아나와 뒤꼭지를 낚아채는 게 아닌가. "요새끼, 잡았다, 책 도둑놈!" 그 점원은 내가 책을 훔쳐 옷소매에 숨긴 것으로 오해했던 것이다.

서점 안에는 점원의 눈치를 보면서, 공짜로 소설책 읽는 중학생들이 꼭 한두명 있게 마련이었는데, 그때부터 나도 그런 단골이 되었다. 한 서점에서 읽다가 쫓겨나면 다른 서점으로 옮겨가고 거기에서 쫓겨나면 세번째 서점으로 옮겨가면서, 소설책을 한권씩 독파해나가곤 했다. 관덕정 광장 근처에는 서점이 세군데 있었는데, 소설책을 공짜로 읽는다고 해서 그리 야박하게 굴지는 않았다.

당시는 책 인심이 좋은 편이었다. 누가 소설책 한권을 사면, 너덜너덜 헌책이 될 때까지 여러 아이들의 손에서 돌고 돌았다. 소설책을 읽으면서 나는 모호하기만 했던 사랑과 성의 실체가 조금씩 드러나는 걸 느낄 수 있었다. 포옹·입맞춤·애무·흥분…… 소설을 읽다가 이런 단어들에 부딪혔을 때, 얼마나 가슴이 뛰었던가. 박계주의 『순애보』를 그때 읽었는데, 내용은 깡그리 잊어먹고 기억나는 것은 오직 그 소설의 맨 첫줄에 나오는 "옷을 벗으시죠"이다. 화가가 누드모델에게 한 말.

밀주 단속반

삼년간의 수업료 면제 장학생이란 너무도 큰 특혜여서, 공짜로 입학한 후에도 나는 그 사실이 잘 믿기지 않았다. 혹시 2학기부터는 수업료를 내라고 하지 않을까, 하고 은근히 걱정했다.

그러한 걱정은 나보다 오히려 어머니가 한술 더 떴다. 하기는, 어머니는 전에도 늘 그랬다. 내가 우등상장을 받아도 기쁨이나 칭찬보다는 한숨을 앞세워 번번이 나를 실망시키곤 한 어머니였다. 남 앞에서 자식 자랑하는 것은 더더욱 삼갔다. 자식 자랑하면 남들이 시샘하고 시샘을 받으면 자칫 동티가 생긴다고 당신은 믿고 있었다. 삼년간의 장학생이란 너무도 미심쩍은 일이어서, 혹시 동티가 생길까봐 여간 전전긍긍하지 않았던 것이다.

자식이 다니는 학교에 별로 얼굴을 비춰본 일이 없는 어머니는 장학증서 받는 그 입학식에도 참석하지 않았다. 교장선생님을 찾아가 고맙다는 인사말을 한다는 것은 비록 생각은 했을지라도 감히 그럴 용기가 생기지 않았을 것이다. 다른 학부모들이 대개 그렇듯이, 어머니 역시 학교 선생들을 별종의 인간으로 여겨 매우 어려워했다. 땅 파먹고 사는 사람과 글 가르쳐 먹고사는 사람 사이에는 현격한 계급 차가 있었던 것이다. 어머니는 내가 돈 안 들이고 중학교에 다니게 된 것을 보고, 공부가 권력임을 실감했을 텐데, 내 공부의 최종 목표가 바로 교사였다. 없는 집 아이에게는 그것만이 꿈꿀 수 있는 유일한 권력이었다.

그런데 그렇게 만나기를 두려워하던 학교 선생을 어머니는 어느 날 결국 만나지 않으면 안되었다. 중학교에 입학한 지 얼마 안되어 반 학생 전체를 대상으로 가정방문이 있을 때였다. 가정방문이란 걸 난생처음 겪게 된 나는 잔뜩 긴장하여, 학교가 파하자 부리나케 집으로 달려가 어머니를 어디 못 가게 붙잡아놓고 담임선생님이 오기를 기다렸다. 담임선생님이 어머니를 만나면, 자식이 장학생이 되었는데 왜 그동안 한번도 학교에 찾아와 인사하지 않았느냐고 꾸짖을 것만 같았다. 어떻게 맞이하면 좋을까? 무얼 대접해야 하는데, 내놓을 것이 없는 어머니는 새끼 꼬듯 손만 비비며, 어찌할 줄 몰랐다. 외갓집에 가서 달걀 두어개 꾸어다가 삶아서 대접할까 어쩔까 하고 한창 궁리하는 판인데, 이미 때는 늦어, 한내의 동편 부러리 동산길 위에 담임선생이 나타나고 말았다. 내 쪽으로 난 들창을 통하여 담임선생이 반 아이 하나를 데리고 걸어오는 것이 보였다.

그때 어머니가 보인 행동은 너무도 엉뚱했다. 난처하기 짝이 없는 그 만남을 어떻게든 모면하고 싶은 어머니의 눈에는 길 위에 나타난 사람이 나의 담임선생이 아니라 밀주 단속반으로 보였을지도 모른다. 밀주 단속반도 바로 그 길로 나타나곤 했다. 그 무렵 어머니는 집 지을 비용을 충당하기 위해 이따금씩 몰래 밀주를 빚어 내다 팔곤 했는데, 그때마다 밀주 단속에 여간 신경과민이 아니었다. 아무튼 어머니의 행동은 밀주 단속반이 나타났을 때와 똑같았다. 거의 반사적인 민첩한 행동으로, 문이란 문은 죄다 닫아걸고서, 나까지 밖으로 내몬 다음, 다른 곳으로 횡하니 사라져버렸던 것이다.

그래서 집 밖에서 선생님을 혼자 맞이한 나는 어쩔 수 없이 거짓 말을 할 수밖에 없었다. 학교에서 돌아와보니, 어머니가 밭에 가고 없더라고.

바닷속의 샘

정드르는 한내의 하류에 위치한 마을이었다. 위로 한천교에서 바닷가의 용연에 이르는 냇가에 면해 있었는데, 그 중간에 '배고픈 다리'라는 희한한 이름의 조그만 다리가 있었다. 명색이 다리이지, 하상이 제일 얕은 데를 골라서 교각도 없이 그냥 시멘트를 부어 둑처럼 쌓고 가운데에 수문을 낸 것에 불과했다. 어린애 키 높이밖에 안되는 다리인지라, 내가 터지면 그대로 물에 잠기게 마련이었다. "저놈의 다리가 배고파서 일어나지 못하는 모양이여. 배를 깔고 엎드린 채 꼼짝 못하는 걸 보니" 하는 농담에서 그 다리의 이름이 생겨났을 것이다. 한천교 쪽에서 완만하게 내려온 넓은 유역은 그 다리를 지나면서 병목처럼 오므라들어 험한 협곡으로 변했는데, 그 협곡이 가파른 경사를 타고 급전직하 두번 곤두박질쳐서 떨어진 곳이 바로 경치 좋기로 이름난 용연이었다.

그러나 한내에서 흐르는 냇물을 보기는 매우 드문 일이었다. 한내는 병문내와 마찬가지로 큰비가 내리는 장마 때나 잠시 흐르다 마는 건천이었다. 냇물이 흐르는 시간은 일년 통틀어 한달도 채 못되었을 것이다. 그러니까 한내의 주인공은 냇물이라기보다는, 말라붙은 하상을 뒤덮은 바위들인 셈이었다. 용암이 흐르다가 굳은 암반들, 그 위에 옹게중게 웅크린 바위들, 그것들이 마치 대지의 상처처럼 노출된 채 여름에는 작열하는 폭양 아래 뜨겁게 달궈지고, 겨울의 설한풍 속에서는 결빙처럼 차가워지면서 뼈빛으로 빛나는 정경은 지금도 내 마음속에 특이한 아름다움으로 자리 잡고 있다.

허옇게 노출된 대지의 뼈다귀, 그 강인한 아름다움. 그러나 그것은 아름다움만큼이나 불모와 척박함을 뜻하기도 했다.

그런데 그 마른내는 하구에 용연이라는, 바닷물 속에서 샘물이 용솟음치는, 넓고 깊은 물을 거느리고 있었다. 바닷물 속에서 엄청난 양의 지하수가 솟구친다니 얼마나 희한한 일인가. 그 지하수의 수맥은 바로 그 마른내의 지하에 있었다. 그러니까 겉으로는 말라붙은 내처럼 보이지만, 그 지하에서는 계속 냇물이 흐르고 있었고, 그것이 마침내 바닷가에 이르러 지각을 뚫고 용솟음친 것이었다. 용연의 바닷물 속 여기저기서 뭉클뭉클 치솟는 그 싱싱한 샘물을 나는 지금도 자주 생각하는데, 그때마다 내 더러운 몸이 정화되어지는 듯해서 기분이 좋아진다.

용연은 양안에 병풍처럼 세워진 기암절벽들과 파란 물빛이 어우러져서 수려한 경관을 이루고 있었는데, 그래서 왕조시대에 역대 제주 목사들이 뱃놀이를 즐기러 일쑤 찾던 곳이었다. 서편 절벽에 큰 글씨로 음각된 홍종우의 이름 석자가 생각난다. 김옥균을 암살한 댓가로 미천한 신분에서 일약 제주 목사로 껑충 뛰어오른 자객 홍종우, 그가 얼마나 공명심에 불탔으면 석공을 절벽의 허공에다 매달아놓고 제 이름을 파게 했을까. 용연은 그 이름이 말해주듯이, 그 신비로운 푸른 물속에 용이 산다는 전설이 있었다. 동편 절벽 위, 늙은 팽나무 신목들이 얼크러진, 음습한 그늘 속에 자리 잡은 당집은 그 용을 섬겨 제사 지내는 곳이었다. 가뭄이 심하면, 거기에서 기우제를 올려, 시끄러운 풍물 소리로 깊은 물속에 잠들어 있는 용을 깨워낸다고 했다. 용은 비와 구름을 몰고 다니는 영물이

었던 것이다

어쨌거나, 그렇게 경치 좋기로 이름난 곳을 내 터전으로 삼아 무시로 드나들며 놀았으니, 비록 배고픈 시절이긴 해도 노는 것만은 일류로 호사를 부린 셈이다. 기암절벽을 바로 눈앞에 두고, 그 절벽의 그림자가 아름답게 드리워진 맑은 물 위에서 헤엄치며 놀던 아이들, 시끌벅적 웃고 떠드는 소리가 양쪽 절벽에 부딪쳐 즐거운 메아리를 낳았고, 그렇게 한참 놀다보면 몸이 추워 덜덜 떨며 물 밖으로 나왔을 때, 우리를 맞이하는 바위의 체온은 또 얼마나 따뜻했던가. 바위들은 덩치가 크고 생긴 모양이 우악스럽긴 해도 여름의 아이들에겐 언제나 다정스러웠다. 침식작용에 닳고 닳은 바윗면은 날카로운 데 없이 매끄러워 상냥스러웠고, 햇볕에 데워져 체온도 따뜻했다. 그 시절의 나는 그 바위들로부터 사람의 부드러운 살과 따뜻한 체온을 느꼈음이 분명하다. 바위를 타고 오르내릴 때, 손바닥과 발바닥에 찰싹찰싹 달라붙는 바윗면의 그 부드러운 감촉. 해수 속에 지하수가 다량으로 섞여 있는 물이라 차가웠는데, 만약 바위의 그 따뜻한 체온이 없었다면, 아마도 거기에서 헤엄치기가 어려웠을 것이다. 떨리는 몸을 따뜻한 바위에 엎드렸을 때의 따스함, 흐뭇함이라니! 살 속 깊이 스며드는 관능, 내 알몸이 마치 밀가루 반죽인 양 바위 표면 위에서 나른하게 퍼져나가는 느낌…… 그리고 따뜻한 바위에 드러누워 푸른 하늘을 올려다볼 때의 행복감도 생각난다. 깎아지른 절벽의 끝에는 참나리꽃들이 이마에 꽃띠를 두른 듯 줄지어 곱게 피어 있었고, 벽면의 군데군데 키 작은 나무들이 뿌리를 반쯤 허공에 노출시킨 채 써커스 하듯 위태롭게 매달려 있는 모습들도 신기했다. 참나리꽃은 막내이모를 닮아서 내가 좋아한 꽃이었다. 이모의 얼굴은 주근깨 때문에 오히려 더 고와 보였는데, 그것은 참나리꽃이 화사한 붉은 꽃판에 깨알처럼 뿌려진 자줏빛 점들을 연상시켰다.

바위 위에 드러누워 올려다보면 양쪽 절벽이 마주 보며 인사하듯이 가운데로 비스듬히 기울어지고, 그래서 하늘은 두 절벽에 의해 좁고 길죽하게 잘려진 형태였는데, 마치 용연의 푸른 물이 허공에 떠 있는 듯한 느낌이었다. 허공을 흘러가는 푸른 강물.

물론 우리는 용이 잠자고 있다는 그 깊은 물에는 가지 않고 바위들이 많은 얕은 데서 놀았다. 수심이 제일 깊은 곳은 서편의 절벽 근처였는데, 어른들도 두려워 거기에는 얼씬거리지 않았다. 그 물은 깊은 정도가 아니라, 아예 밑창이 터져 곧장 저승과 통한다고 했다. 한라산 백록담에 엉덩이를 대고 두 발을 해변에다 뻗고 앉아 바닷물에 빨래했다는 전설 속의 거녀 설문대 할망이 자기 키로 수심을 잰다고 그 물에 들어갔다가 빠져 죽고 말았다는 이야기도 있었다. 물빛도 비현실적일 정도로 깊은 청색이었다. 어찌나 새파란지 먼빛으로 보기만 해도 몸이 오싹했다. 마치 불가사의한 자력이 있어서 내 몸을 끌어당기는 것 같았다. 얕은 데서 한참 헤엄치며 놀다보면 자신도 모르게 그 푸른 심연 가까이에 가는 수가 있는데, 그때의 두려움이라니, 물귀신한테 발목 잡힐까봐 팔다리를 죽을 둥 살 둥 내두르며 도망쳐나오던 일이 생각난다.

병문내 천변에 살 때, 그 물을 먹었던 묵은성의 우물에서도 나는 비슷한 경험을 했다. 그 우물은 매우 깊은데다가 함석지붕까지 씌워져 있어서 수면이 거의 보이지 않을 정도로 내부가 어두웠는데, 대낮에도 어렴풋한 잔영만 떠 있던 그 어두운 물은 어린 나에게 죽음의 한 편린을 느끼게 해주었다. 사실인지 아닌지 모르지만, 어떤 처녀가 그 우물에 몸 던져 자살했다는 소문도 있고 해서 불길한 저승 물처럼 느껴졌다. 그 어두운 물에서 치솟는 써늘한 냉기와 함께 그 안으로 빨려들어갈 것만 같은 불길한 느낌, 내 손을 떠난 두레박이 아래로 떨어져 수면에 부딪치는 철썩 소리가 들릴 때까지, 그 짧은 일각이 얼마나 길고 두렵게 느껴졌던가. 두레박이 떨어지면서, 줄을 잡고 있는 오른손을 휙 잡아챌 때, 순간적으로 그 우물 속으로 끌려들어가는 듯한 착각이 일었던 것이다. 그러나 내가 퍼올린 것은 어둠도 아니고, 어두운 저승 물도 아니었다. 두레박 속의 물은 햇빛을 쐬자, 대번에 현실의 싱싱한 생수로 변하지 않았던가.

밑창이 터져 저승과 통한다는 용연의 그 푸른 심연에서도 저승물이 아닌, 싱싱한 현실의 생수가 솟았다. 무진장의 생수가 거기에서 끊임없이 용솟음쳐올랐는데, 그래서 물빛이 더욱 푸르렀던 것은 아닌지 모르겠다. 물밑 지하에서 솟구치는 생수의 양이 얼마나 엄청난지 썰물 때면 알 수 있었다. 썰물에 바닷물이 빠져나가 수위가 반쯤 줄어들면, 해수보다 생수가 훨씬 양이 많아져서, 그 넓은 용연 전체가 시리도록 물이 차가워지고, 물빛도 한결 푸르게 맑아지곤 했다. 정드르의 여러 동네 사람들이 길어다 먹는 샘물 통은 서편 물가에 마련되어 있었는데, 그 물도 역시 밀물이면 바닷물 속에 잠겼다가 썰물이면 드러나는, 해수 속의 생수였다.

그렇다. 해수 속의 생수, 그것이야말로 용연이 보여준 최고의 압권이었다. 한내가 비록 바위투성이의 하상을 드러낸 마른내였지만, 그 지하에 싱싱한 생수의 수맥이 흐르고 있다는 것, 그리고 지하의 그 어두운 물이 하구인 용연에 이르러 마침내 뭉클쿵클 솟구쳐 세상으로 떠오른다는 것은 얼마나 경이로운 일인가. 그러나 슬프게도, 그 아름답고 신비롭던 용연의 푸른 물은 이제 인간의 타락으로 인해 물빛이 점점 흐려지고 있다. 용연 위쪽에 시가지가 조성되어 생활하수가 흘러들어오기 때문이다. 한내 하류의 일부가 복개되어, 작열하는 태양 아래 눈부시게 빛나던, 아름다운 화강암의 무리들도 더러는 컴컴한 시멘트 터널 속으로 들어가버렸다.

그리하여 현실에 존재하지 않는 용연의 신비로운 푸른빛은 이제 나의 내면으로 옮아와 하나의 상징, 하나의 생활지표로 바뀌어 자리 잡고 있다. 용이 잠자고 있는 그 심연의 파란 물빛이 문득 의식의 표면에 떠오를 때마다, 나는 삭막함을 뚫고 희열이 샘솟는 것을 느낀다. 회색의 도시 공간 속에서 싱싱한 샘물이 솟는 것이다. 고갈되지 않은 생명의 샘, 짠물 속의 단물, 한라산에서 발원한 수맥이 해변에 이르러 마침내 분출하는 용천수, 말라붙은 한내가 그 지하에 혈맥처럼 활기차게 수맥을 품고 있는 것은 얼마나 희한한 일인가.

한내에 냇물이 실리면

한내는 한라산에 큰비가 와야 냇물이 흘렀다. 우리 집이 바로 냇가에 있었기 때문에 내가 터지면 그 소리를 들어서 알 수 있었다.

장맛비가 여러날 계속되면 냇물이 언제 터지나 하고 초조하게 기다려졌다. 개천 쪽으로 난 들창 쪽에다 줄창 귀를 열어놓은 채, 그 시간이 오기를 기다렸다.

들창 너머에 너울거리는 비의 장막, 그 속에 그림자처럼 뿌옇게 서 있던 향교의 노송 숲이 생각난다. 처마 밑 낙숫물이 넘쳐흐르는 항아리, 물이 흥건한 마당 바닥은 빗줄기들이 연상 내리꽂혀 물거품들이 팥죽 끓듯 버글거리고, 성냥은 누져서 켜지지 않고, 그리고 두 정강이에 번지는 습진, 미친 듯이 가려워 득득 피 나게 긁어 댈 때의 그 야릇한 쾌감도 생각난다. 내 종족의 체질적 특징인 그 습진은 곰팡이균이 극성을 부리는 장마철에 더 심했는데, 정강이에 엉겨붙은 그 눅눅한 곰팡이가 오죽 지겨웠으면 한여름에도 아궁이 불을 찾았을까. 비 오는 날의 아궁이 불. 검불 타는 연기와 냄새로 묵직해진 공기는 따뜻하게 내 몸을 감싸고, 그리고 마당의 빗속으로 나직이 퍼져나가던 그 푸른 연기…… 그래, 비 오는 날 어머니는 자식들의 궁금한 입을 위해 콩이나 보리를 볶아주곤 했다. 나는 누이와 함께 아궁이 앞에 쪼그리고 앉아서 검불로 불을 때고, 어머니는 탁탁 튀는 솥 안의 콩들이 골고루 잘 볶아지게 연상 나무주걱으로 휘젓고…… 그런 날이면 하늘에 걸어놓은 커다란 무쇠솥에서도 천둥 벼락들이 야물게 구워져, 탁탁 우르르 탁탁 터지곤 했다. 그리고 그것과 연결되어 생각나는 옛이야기 하나. 신화 시대에도 아이들은 비 오는 날이면 콩 볶아 먹기를 좋아했나보다.

옛날 옛적, 생인과 귀신의 구별이 없고 이승과 저승이 서로 자유롭게 왕래하던 그 아득한 옛날, 어느 대갓집에 금실 좋은 젊은 부부가 살았는데, 어느날 남편이 옥황상제의 부름을 받고 하늘나라 서천(西天) 꽃밭에 꽃감관(監官) 벼슬을 살러 가게 되었다. 해 질 녘 서편 하늘에 붉게 번진 저녁놀 있는 곳이 바로 서천 꽃밭이라고 했다. 한번 가면 다시는 못 돌아올 길이었기 때문에, 아내는 아기 밴 만삭의 몸을 무릅쓰고 남편을 따라나섰다. 길은 외줄기, 인적 없는 들판 가운데로 끝없이 이어졌다. 낮에는 종일 걷고, 밤에는 억새 포기에 의지하여 잠을 자야 하는 고달픈 여행이었다. 그렇게 여러날 걸려서 여정의 반을 갔는데, 만삭의 배를 안고 뒤뚱뒤뚱 걷던 아내가 마침내 발병이 생겨 길바닥에 주저앉고 말았다. 발가락과 발바닥에 꽈리 같은 물집들이 부풀어올라 더이상 걸을 수가 없었다. 무인지경이던 들판에 때마침 마을 하나가 나타나자 아내가 말했다.

"낭군님아 낭군님아, 나는 이제 더 걸을 수가 없으니, 저 마을의 제일 부잣집에 나를 종으로나 팔아두고 떠나십서."

"부인님아, 이 노릇을 어찌하면 좋을꼬."

"배 속의 아기 이름이나 지어두고 가십서."

"낳은 자식, 아들이면 한라꿍, 딸이면 한락댁이라고 하소."

그렇게 해서 그 여자는 부잣집의 종이 되었는데, 첫날부터 주인이 몸을 허락하라고 요구해왔다.

"이 마을 풍습은 어떤지 모르나, 우리네 풍습은 배 속의 아기를 낳은 후에야 몸을 허락하는 법입네다."

태어난 아기는 남아였다. 종으로 태어난 한라꿍. 아기를 낳자, 주인이 다시 몸을 요구해왔다.

"이 마을 풍습은 어떤지 모르나 우리네 풍습은 낳은 아기가 열다섯 십오세가 된 후에야 몸을 허락하는 법입네다."

고달픈 종살이 세월은 흘러 한라꿍이 열다섯살이 되는 해가 왔다. 하루는 가랑비가 촉신촉신 내리는데, 한라꿍이 하는 말, "어머님아 어머님아, 콩이나 한되 볶아줍서."

어머니가 콩 한되 솥에 넣고 볶는데, 한라꿍이 주걱을 슬쩍 숨겨놓고 하는 말, "어머님아 어머님아, 콩이 다 타는데, 어서 젓읍서. 주걱 못 찾거들랑 손으로라도 젓읍서."

어머니가 뜨거운 솥 안의 콩을 맨손으로 젓는데, 그 손을 덥석 누르면서 한라꿍이 하는 말, "어머님아 어머님아, 이제도 바른말 못하쿠가? 우리 아방 간 데를 말해줍서."

"느네 아방은 하늘나라 서천 꽃밭 꽃감관 벼슬 살러 갔단다."

어머니와 이별하고 아버지를 찾아나선 한라꿍은 사납게 추격해 오는 주인집 사냥개를 따돌리려고, 메밀범벅 한덩이 던져 그걸 먹는 사이 천리 뛰고, 또 한덩이 던져놓고 만리 뛰고, 산 넘고 물 건너 가시밭길 가고…… 그렇게 천신만고 끝에 한라꿍은 서천 꽃밭에 당도하여 마침내 아버지를 만난다. 상봉의 기쁨을 나누는 그 자리에서 아버지로부터 전해들은 어머니의 죽음, 악독한 주인의 작두칼에 몸이 네동강 나서 죽었다고 했다.

"한라꿍아, 네가 나를 찾아 이리로 올 때, 물이 무릎에 차는 냇물이 있지 않더냐? 그것이 바로 작두칼에 무릎 잘릴 때, 네 어머니가 흘린 눈물이다. 두번째 내를 건널 때 그 물이 허리에 차지 않더냐? 그것은 작두칼에 허리 잘릴 때, 네 어머니가 흘린 눈물이다. 세번째

314

내를 건널 때 그 물이 목에 차지 않더냐? 그것은 작두칼에 목이 잘릴 때, 네 어머니가 흘린 눈물이다. 어서 이승에 내려가서 원수를 갚고 죽은 어머니를 살리오라."

아버지가 서천 꽃밭에서 꺾어준 멸망꽃과 환생꽃을 양손에 들고 지상에 내려온 한라꿍이, 악독한 주인에게는 멸망꽃, 죽은 어머니에게는 환생꽃을 놓으니 주인은 그 당장에 벼락 맞아 즉사하고, 죽었던 어머니는 자던 사람 잠 깨듯이 청청하게 되살아났다. 하품하고 머리를 긁으면서, "아이고, 봄잠이라 너무 오래 자졌네."

유년 시절, 외할머니나 어머니로부터 들은 옛이야기들은 이처럼 육지부와 다른, 그 고장 특유의 것들이었다. 유년이란 어머니의 지배가 절대적인, 초등학교 저학년까지의 시기를 말함인데, 아마도 나는 그후 표준어를 통해 육지부와 외국의 동화·전설을 받아들임으로써 토착의 것들을 잊어버리게 된 것 같다. 그 시절에 들은 옛이야기들은 대개 어둠에 버무려진 듯 기억이 흐릿하여 제대로 생각나는 것이 드물다. 그래도 한라꿍 이야기만은 제법 소상하게 기억에 남는데, 아마도 그것은 '아버지'라는 주제 때문이었을 것이다. 아버지의 오랜 부재를 어찌할 수 없는 조건처럼 받아들이고 있던 나에게 머나먼 땅의 아버지를 찾아나선 한라꿍의 모험은 꽤나 감동적인 이야기였을 것이다. 그래서 비 오는 날 콩 볶아 먹을 때면 으레 한라꿍 이야기가 생각나서, 나무 주걱으로 휘저으며 콩을 볶는 어머니 손을 뜨거운 솥바닥에다 눌러보고 싶은 충동이 문득 문득 일어나곤 했다.

비 오는 날의 따뜻한 아궁이, 고소한 콩 볶는 냄새…… 어머니로부터 옛이야기를 들을 수 있는 것도 비 오는 날이었다. 일 나가지 않은 어머니와 하루 종일 집 안에서 같이 지낼 수 있는 것이 얼마나 기뻤던가. 비 오는 날의 평화와 안식, 그러한 날에 어머니는 헌 옷을 깁거나 맷돌로 보리쌀을 갈았다. 구릉구릉 맷돌 돌아가는 소리, 그렇지, 그 소리는 한라산의 비구름 속을 굴러다니는 먼 천둥소리와 흡사했다. 한내에 냇물이 터지려면 한라산에 비가 많이 와야 했다. 비가 억수로 쏟아지는 밤, 하늘의 가마솥에 구워지는 천둥벼락 튀는 소리가 점점 커질 때, 한라산을 떠난 번갯불은 나무뿌리 같은 촉수를 뻗으며 초원지대를 질러 성큼성큼 걸어오고…… 바로 그런 밤에 한라산에서 터진 냇물이 빈 하상을 덮으며 해변으로 흘러내리곤 했다.

한내에 냇물이 흐르는 것은 일년에 두세번뿐이고, 흐르는 시간도 매우 짧아 열흘을 넘기지 못했다. 그렇게 냇물 구경이 어렵기 때문에, 내 터지는 것은 아이들에게 하나의 중요한 사건이었다. 뜨거운 여름, 뼛빛 바위의 하상을 그대로 드러낸 채, 갈증으로 허덕이는 마른내, 거기에 냇물이 가득 실려 덩실덩실 흘러가는 모습은 정말 경이로운 장관이었다. 들창을 향해 줄창 열어놓은 내 귀에 어느 순간 문득 들려오는 소리, 구릉구릉, 하상의 돌들이 급류에 쓸리는 그 소리도 역시 어머니가 돌리는 맷돌 소리와 흡사하지 않았던가. 구릉구릉 냇물 흐르는 소리는 그렇게 먼 천둥 소리, 맷돌 소리와 함께 한 짝을 이루어, 비 오는 날의 삼박자로 내 기억에 남아 있다.

텅 비었던 한내에 기적처럼 큰물이 터지면, 아이들은 환호성을

316

내지르며 냇가로 달려가곤 했다. 특히 냇물이 밀려오는 최초의 장면이 볼만했다. 그런데 그걸 구경하려면 운이 좋아야 했다. 내 터지는 시간이 어두운 밤이거나, 학교에 가 있는 경우가 대부분이어서 천변에 살았던 나도 두번밖에 보지 못했다.

한라산에서 시작된 냇물이 해변까지 도달하려면 여러시간이 걸렸는데, 그만큼 최초의 물은 하상의 낮은 곳들을 채우느라 진행이 느렸다. 그러나 물 흐름이 느리다고 함부로 그 앞을 가로질러 건너는 것은 금물이었다. 물의 선두에, 눈에 보이지 않지만, 물길을 인도하는 백발노인이 있다고 했다. 밀려오는 최초의 물은 싯누런 흙탕물이었는데, 느리게 꿈틀거리며 뼈빛 바위의 하상에 배를 깔고 기어오는 모양은 마치 거대한 길짐승의 출현처럼 기이하게 느껴졌다. 그 흙탕물에서 짙게 풍겨오는 음습하고 비릿한 냄새. 백발노인이 선두에서 지팡이로 쳐서 갈라놓은 여러갈래의 물줄기들이 이리저리 낮은 데를 향해 쭈르르 쭈르르 내달리는 모양도 뱀떼의 움직임처럼 보였다. 그렇게 선두의 물이 여기저기 낮은 데를 메우며 길을 닦아놓으면, 후방의 물이 그 위를 왈칵왈칵 덮쳐 흐르고, 수량은 더욱 빠르게 불어나, 부글부글 끓고 솟구치고 소용돌이치는 흙탕물 속에 하상의 바위들이 점점 가라앉고 마침내 배고픈다리마저 가라앉고 나면, 더이상 거칠 것 없어진 냇물은 구릉구릉 바닥 돌들이 구르는 소리와 함께 급경사로 내달려 용연 골짜기를 향해 곤두박질치는 것이었다.

냇물을 타고 달린 마차

앞에서도 말했지만, 한내는 한바탕 요란하게 흐르다가 금세 그쳐버리는, 수명이 짧은 내였다. 수명이 짧은 만큼, 성미도 급하고 사나워서 일년에 한두번꼴로 익사 사고가 발생했다. 수량이 많고 물살이 매우 사나운 처음 며칠은 마을 위에 위치한 한천교를 이용하기 때문에 사고가 없었지만 물이 반쯤 줄어들 무렵이 항상 문제였다. 아이들이 물가에서 놀다가 쓸려가기도 하고, 아직 물이 충분히 빠지지 않은 상태에서 배고픈다리 위를 건너다가 변을 당하기도 했다. 그 다리 위로 넘쳐흐르는 물속을 걸어갈 때는 무릎 높이가 바로 위험수위였다. 허벅지까지 물에 잠기면 무게중심을 잃고 쓸리기 쉬웠다.

배고픈다리에서 발생한 익사 사고들 중에 내가 처음 목격한 것은 말의 죽음이었다. 정드르 마을로 이사 간 첫해, 그러니까 초등학교 6학년 여름이었다.

방과 후 집으로 돌아오는 길이었을 것이다. 그 다리 위로 흐르는 물이 아직 충분히 빠지지 않아, 아이들은 엄두를 못 내고 어른들만 건너고 있었는데, 느닷없이 거기로 빈 마차 한대가 덜컹덜컹 굴러왔다. 마차꾼은 그 지랄 같은 걸음걸이 때문에 아이들한테 명물이 되어 있는 안짱다리 사내였다. 우리 반에 말의 뒷발질에 걷어차여 생긴 얼굴의 흉터 때문에 말굽쇠란 별명이 붙은 아이가 있었는데, 그가 바로 그 아이의 삼촌이었다. 그 사내는 보통 안짱다리가 아니라 형편없이 오그라붙고 비틀린 불구의 몸이었다. 두 발끝이 마주

닿게 두 다리가 몹시 안으로 비틀려 있어서, 걸으려면 지랄병 난 사람처럼 몸을 사뭇 좌우로 흔들며 뒤뚱거릴 수밖에 없었다. 그런데도 걸음은 놀라우리만치 빨라서, 말고삐를 빙빙 돌리며 뒤뚱뒤뚱 급히 걸어가는 모습은 언제 보아도 즐거운 구경거리였다. 아이들에게 웃음거리가 되어도 그는 별로 화내는 법이 없었다. 머리가 좀 모자라는 사람이었나보다. 멀쩡한 사람이었다면, 그날 왜 그런 미련한 짓을 저질렀을까?

무거운 짐을 나른 직후였는지, 말은 땀투성이였다. 처음엔 말에게 물을 먹이려는 줄만 알았다. 그런데 사내는 말에게 물을 먹이고 나더니 느닷없이 마차를 물이 넘쳐흐르는 다리 위로 몰고 들어갔다. 아마, 몸 가벼운 사람도 바지 걷고 건너는 물인데, 그보다 훨씬 무겁고 힘도 좋은 말과 마차가 왜 못 가겠느냐 싶었던 모양이다. 그러나 마차는 급류에 부딪치는 면적이 훨씬 클 뿐만 아니라, 그 마차를 끌어야 할 말은 사람이 하는 것처럼 물속에서 조심조심 발을 끌며 걸을 줄 몰랐다. 게다가, 고삐를 바투 쥐고 앞에서 말을 이끌어야 할 마부가 발을 안 적시려고 마차 위로 냉큼 올라탔으니, 일이 어떻게 되겠는가.

불쌍한 말은 주인이 시키는 대로 겅중거리며 물속으로 들어갔는데, 그러나 댓발짝도 못 가서 일이 벌어지고 말았다. 급류 속에서 말이 앞발을 절룩 하는가 싶더니, 마차가 밀리면서 한쪽 바퀴가 다리 밖으로 빠져나갔고, 당황한 사내가 마차 뒤로 뛰어내리자 다음 순간, 마차는 말과 함께 다리 아래로 굴러떨어지고 말았다. 다리 아래는, 두개의 수문에서 쏟아지는 엄청난 수량 때문에 물의 흐름이 깊고 급했다. 옆으로 쓰러진 마차는 거센 급류에 휘말린 채 주춤주춤 떠밀려 내려갔다. 물 위에 쳐들린 한쪽 바퀴만 보일 뿐, 말은 마차에 붙들려 물속에 가라앉은 채 모습이 보이지 않았다. 발버둥 한 번 제대로 못해본 채 맥없이 죽어가나보았다.

그렇게 말을 물속에 처박은 상태로 이리저리 바위에 부딪치면서 떠밀려가던 마차가 어느 순간 바위에 걸려 멈춰 섰는데, 그때 놀랍게도, 숨 떨어진 줄만 알았던 말이 번쩍 머리를 쳐들고 처절하게 울음을 토했다. 피 흐르는 머리를 쳐든 채, 필사적으로 버둥거리는 그 불쌍한 모습이라니! 말이 마차에서 분리되어 있었던들 살아날 가망이 있었을지 모른다. 사내는 실성한 사람처럼 길길이 날뛰며 울부짖고, 아이들도 너무 안타까워 발을 동동 굴렀다. 빤히 바라보이는데도 속수무책이었다.

불쌍한 말은 살아 있는 마지막 모습을 그렇게 잠시 보여주고는, 뒤에 마차를 끌면서 곧장 파국을 향해 달려갔다. 말이 빨려들어간 협곡의 아가리에 작은 폭포가 있었는데, 우리가 소리치며 그 근처로 달려갔을 때는, 이미 말이 폭포 밑으로 곤두박질쳐 소의 깊은 물속에 가라앉아버린 뒤였다. 사고는 그렇게 갑자기 발생했다가 잠깐 사이에 끝나버렸다. 너무 창졸간에 일어난 일이라, 우리는 한참 충격에서 벗어나지 못한 채 물 위를 멍하니 내려다보고 있었다. 혹시나 하고 기다렸으나, 말의 사체는 떠오르지 않았다. 마차에 매인 채 가라앉았으니, 영영 물속에 수장되어버린 것인지도 몰랐다.

미련한 행동을 저질러 순식간에 생활 밑천의 전부를 잃어버린 마차꾼은 "아이고, 내 말, 아이고, 내 말" 하면서 징징 울어댔는데,

그 꼴이 측은하기는커녕 밉살맞기 짝이 없었다. 그 가련한 말은 주인을 잘못 만난 탓에, 그런 어처구니없는 죽음을 당한 것이었다. 우리는 그 말이 마차 짐을 끌고 다니느라 고생하는 모습을 길거리에서 자주 보았기 때문에 그 죽음이 더욱 안쓰러웠다. 살아서 죽을둥 살 둥 끌고 다니던 마차를, 죽어서도 벗지 못한 채 물속에 수장당하고 말다니, 아무리 말 못하는 짐승이라도 땅에서 썩지 못하고 물속에서 썩는다는 것은 너무도 가혹하게 느껴졌다. 말과 함께 소의 물도 악취를 풍기면서 썩어갈 테지. 그 소는 더운 여름날 동네 아이들이 멱 감으러 자주 찾는 곳이었다. 소의 물이 썩어갈 생각을 하니, 정말 화가 났다. 그래서 우리는 징징 울고 있는 사내의 뒤통수에다 대고 욕을 마구 해댔다. 병신이 육갑하네, 운다고 죽은 말이 살아와? 제 말을 제가 죽여놓고선 울긴 왜 울어!

그렇게 한참 자리를 못 뜨고 멍하니 암벽 밑 소의 물을 내려다보는데, 뜻밖에 말의 사체가 불쑥 떠올랐다. 급류의 힘이 마침내 말과 마차를 분리시켜놓은 것이었다. 죽은 말은 모로 누운 자세로 떠올랐는데, 물을 많이 먹어 뱃구레가 빵빵하게 불러 있었다. 애처로운 모습이었지만, 어찌 보면 아주 홀가분한 죽음이기도 했다. 마차의 질곡에서 벗어나 물 위에 덩실 떠 있는 모습이 너무도 홀가분하게 보였다. 죽어서야 비로소 평생의 굴레에서 벗어날 수 있었던 그 가련한 짐승, 말은 그렇게 모든 것을 벗어버리고, 영혼마저 벗어버린 아주 홀가분한 몸으로 둥둥 떠서 하구로 흘러갔던 것이다. 그 말이 떠내려가 닿은 곳은 용연물이 바다와 만나는 하구의 모래톱이었다.

용궁에 간 계집아이

　중1 때였는지, 그 이듬해였는지 확실치 않은데, 한번은 우리 동네의 한 여자아이가 냇가에서 놀다가 실족해서 익사했는데, 시신이 발견되지 않아 그애 엄마가 실성하기 직전까지 간 일이 있었다. 그 아주머니가 밤중에도 잠자리에 들지 않고 물가에 앉아 딸애 이름을 부르면서 슬피 울던 일이 생각난다. 신옥아, 신옥아…… 아마도 이름이 신옥이였을 것이다. 열살도 채 안된 어린 계집애. 그 시신을 동네 청년들이 잠수질로 냇바닥을 샅샅이 훑어서 간신히 찾아냈다. 시신이 발견된 곳은, 말이 마차를 끌고 들어가 빠져 죽은 작은 폭포 밑의 바로 그 소였다.

　그런데 뭍으로 건져올려진 아이의 시신은 옷이 벗겨진 알몸이었는데, 의외로 다친 데 없이 깨끗했다. 얼핏 봐서는 죽은 사람 같지가 않았다. 지그시 감긴 눈매도 부드러웠고, 두 무릎을 세우고 쪼그려앉은 채, 조그맣게 굳어 있는 자세가 보는 사람에게 편안한 느낌을 주었다. 바로 그런 자세로 그 아이는 물속 암벽 밑의 우묵 들어간 아늑한 공간에 좌정하고 있더라고 했다. 슬픔에 못 이겨 실성 직전까지 갔던 그 아주머니에게 죽은 딸의 편안한 모습은 얼마나 큰 위안이었던가. 그녀가 들뜬 목소리로 주위 사람들에게 외치던 말이 지금도 잊혀지지 않는다. "그것 봅서. 우리 신옥이는 죽어서 용궁 갔수게. 용궁에 들어 편안하게 좌정해서 마씸." 그렇다. 만약 이 말이 없었더라면, 벌거벗은 채 오그라붙은 그 조그만 주검은 떠올리기조차 싫은, 끔찍한 기억으로 남아 있었을 것이다.

그 익사 사고가 있고 나서, 내 또래의 한 아이가 한때 실성해서 종일 징징 울면서 동네 안팎을 돌아다녔는데 죽은 그 계집애의 귀신이 씌어서 그렇다고 굿을 벌인 적이 있었다. 평소에 나한테 꼼짝 못하던 녀석이 나만 보면 싸우자고 징징 울며 덤벼드는 통에 질겁해서 도망가던 일도 생각난다.

여체

그 계집애의 시신도 그랬지만, 한내의 익사자들은 한결같이 벌거벗겨진 알몸으로 발견되곤 했다. 내가 목격한 익사체가 대충 다섯은 될 텐데, 그때마다 희한하게도 알몸이었다. 그때의 아이들은 물귀신이 옷을 벗겨서 그렇다고 믿었는데, 지금 생각해도 과히 틀린 생각은 아니다. 옷이 벗겨지는 것은 물의 조화니까.

한내의 급류는 얼마나 놀라운 손재간을 갖고 있었던가. 힘과 억지만으로는 안되는 일, 급류 속에 손가락들이 있어서 말과 단단히 연결된 마차의 고리들을 풀어내고, 익사자들의 옷을 벗겨냈던 것이다. 세상을 떠날 때면 옷도 영혼과 함께 훌훌 벗어버리라고.

내가 익사한 처녀의 알몸을 본 것은 하구의 모래톱 위에서였다. 용연물에 떠내려오는 시신을 어부들이 삿대로 건져올린 것이었다. 흐린 날씨 속의 창백한 알몸, 그것은 지금 내 머리에 죽음의 한 이미지로 자리 잡고 있는데, 중1짜리 어린 나에게 성과 죽음을 동시에 느끼게 해준 야릇한 경험이었다. 성숙한 여자의 나체를 본 것도 그때가 처음이었다. 그렇게 보고 싶어 마지않던 그 신비로운 것이 죽음의 이름으로 나타났을 때, 나는 얼마나 당혹스러웠던가. 거적때기를 구해올 때까지 얼마 동안 시신은 알몸 그대로 노출되어 아이들의 구경거리가 되고 있었다. 치부가 안 보이도록 엎어놓고 있었는데, 그 엎드린 모습이 너무 자연스러워 죽은 사람 같지가 않았다. 잠시 엎드려 잠자고 있는 듯한 모습…… 용연물로 들어오기 전, 바위투성이의 협곡을 통과했을 텐데도, 몸은 부딪친 상처 하나 없이 깨끗했고, 엉덩이와 허벅지의 살집도 투실투실 탄력 있게 보였다.

그런데 그렇게 멀쩡해 보이는 그 몸에서 섬찟한 냉기가 흘러나오고 있었다. 시리도록 창백한 몸빛, 그것이 바로 죽음의 냉기였다. 모래톱 위로 밀려온 해무는 그 창백한 나체를 뒤덮고 곰팡이처럼 파먹고 있었고…… 그리고 우리 중의 한 아이가 발로 툭 찼을 때, 시신이 뻣뻣한 동작으로 건덩건덩 흔들리는 바람에 깜짝 놀라 저만큼 달아났던 일도 생각난다.

흐린 날씨 속의 창백한 알몸, 어쩌다 그 장면이 생각나면 나는 지금도 기분이 언짢아지는데, 그때 반사적으로 떠오르는 다른 장면이 있다. 불길한 것으로부터 자신을 지키려는 방어본능이랄까, 생명이 죽음을 밀어내듯이, 그 을씨년스러운 장면을 지우며, 살아 있는 여자의 나체가 등장하는 것이다. 요행수와 거리가 멀어, 길에서 동전 한번 주워본 적 없던 내가 어쩌다 운 좋게시리 그 무렵 젊은 여자의 목욕 장면을 보게 되었다.

그 어린 계집애가 익사한, 폭포 밑의 소는 양옆에 암벽과 큰 바위들로 아늑하게 둘러싸여 있어서, 내 흐름이 그치면 우리 동네 아이들이 멱 감는 물통이 되곤 했다. 하구의 용연만큼 좋은 물은 아니지만, 바로 동네 곁에 있어서 잠깐 땀 씻기에는 안성맞춤의 장소였다. 차가운 용연물과 달리, 고여 있는 물이라 따뜨무레해서 가을에도 멱 감을 수 있어서 좋았다.

젊은 여자의 나체란 예삿일이 아니기 때문에 지금도 기억에 뚜렷한데, 아마도 초가을의 어느날, 따가운 가을 햇볕에 소의 물이 따뜻하게 데워진 늦은 오후였을 것이다. 익사 사고 후 그 물에 몸 담그기가 께름칙해서 한동안 출입을 삼가고 있었는데, 그날 모처럼만에 동네 아이 서넛과 함께 공차기를 하고 나서 땀 헹구러 갔다가 그 광경을 보게 되었다.

처음에는 큰 바위에 가려져 있어서 몰랐다. 무심히 물가로 내려가 발가벗고 물에 들었는데, 그때 바로 눈앞에 그 놀라운 광경이 나타났던 것이다. 바위에 의지하여 앉아 있는 여자의 흰 나체. 붕긋하게 솟아오른 두개의 젖무덤, 아기만이 볼 수 있는 옷 속의 비밀이 거기에 적나라하게 드러나 있었다. 우리를 보는 순간, 그 여자는 짧은 비명과 함께 몸을 웅크렸는데, 놀란 것은 우리도 마찬가지였다. 젊은 여자의 나체라곤 용연의 모래톱 위에 엎드려 있던 처녀의 알몸 시체밖에 본 적이 없는 나였으니 놀랄 수밖에. 죽은 그 처녀의 유령이 아닌가 하여 몸이 오싹했다. 나중에 들으니까 다른 애들도 나와 똑같은 생각을 했단다.

그런데 갑자기 그 여자의 입에서 욕설이 튀어나왔다. "야이 쌍놈의 새끼들아, 어딜 들어와? 빨리 나가, 빨리 나가지 못해?" 그 욕이 우리를 정신 나게 만들었다. 알몸이 부끄럽다고 두 팔로 가슴을 가린 채 빠락빠락 악쓰는 것이 분명 귀신은 아니었다. "어딜, 여자가 목욕하는 델 함부로 들어와? 숭악한 놈들, 어서 썩 나가지 못해? 대갈머리에 피도 안 마른 것들이!"

정신 차리고 보니까, 그녀는 다름 아닌, 섯 동네에 이사 온 지 얼마 안된, 육지 피란민 출신 처녀였다. 오죽 그곳 물정을 몰랐으면 사내애들의 전용인 그 물통에 들어 목욕했을까? 어쨌거나 죄인은 처녀의 소중한 알몸을 봐버린 우리 쪽이었다. 더군다나 그 상황에서 우리 역시 알몸으로 불알을 내놓고 있었으니, 얼마나 황당한 노릇이었겠는가. 아마도 우리의 알몸은 부끄러움에 빨개져 있었을 것이다. 글쎄, 그게 부끄러움 때문이었을까? 부끄러우면서도 억제할 수 없는 강한 호기심, 아마 그 때문에 더 몸이 후끈 달았음에 틀림없다. 뜻밖에 나타난 횡재를 그냥 눈 감고 지나칠 수는 없는 노릇, 그녀의 악다구니에 쫓겨 물 밖으로 기어나오면서도, 시선이 자꾸 그쪽으로 쏠리는 걸 어찌할 수 없었다.

나의 누드 사진

어쨌거나, 그 여인의 나체도 나에게 깊은 인상을 남겼다. 그것이 마치 중대사인 양 뇌리에 생생하게 기록되어 있는 것으로 보아, 아마도 그 무렵부터 내 사춘기가 시작되었던 모양이다. 여인의 알몸에서 서너발짝밖에 안 떨어진 곳에 나도 알몸으로 있었다는 것, 그 기막힌 사실이 사춘기에 막 들어선 어린 소년의 성적 공상에 얼마나 짜릿한 활력소가 되었던가.

여인의 나체를 본 후, 그 소는 전과는 전혀 다른 느낌으로 나에게 다가왔다. 전에는 물이 뜨뜨무레한 게 싫었는데, 야릇하게도 이제는 오히려 그것이 더 좋아졌다. 역하게 느껴지던 물비린내도 별로 싫지가 않았다. 그래서 그후 나는 혼자서 그 소를 찾기도 했는데, 그 뜨뜨무레한 물이 나에게 일깨워준 것은 다름 아닌, 관능의 감각이었다. 따뜻한 물이 내 알몸을 부드럽게 감싸면, 내 머릿속은 몽롱해지면서 그 여인의 나체가 떠오르는 것이었다. 그리고 널따란 암반이 물속까지 뻗어 물이끼떼가 그 위에 밀생했는데, 물이끼의 그 매끄러운 감촉은 또 얼마나 내 알몸을 몸살 나게 만들었던가. 물이끼로 덮인 매끄러운 암반 위에 배와 사타구니를 대고 문질러댈 때, 그 행위는 뿔이 싹트기 시작한 송아지가 그 부위가 간지러워 아무 데나 대고 비벼대는 것과 같은 것이었다.

만 열셋, 열넷의 풋내기 소년이었을 때, 나는 내 또래의 계집아이들에게 별로 관심이 없었던 듯하다. 아마도 그것은 다른 사내아이들도 마찬가지였을 텐데, 중병아리처럼 아직 성적으로 미숙한 상태에 있는 그 계집아이들이 매력적으로 보일 리 없었다(하기는 계집아이들이 보기에 우리도 역시 마찬가지였겠지만). 어쨌든 성에 눈뜨기 시작한 소년이 성숙한 여인의 감춰진 알몸 육체를 보고 싶어하고, 그것을 몽상한다는 것은 당연한 일일 것이다. 얼굴은 관심 밖이고, 중요한 것은 오직 치마, 혹은 스커트 속에 감춰진 육체의 비밀일 뿐. 나는 여자들이 앉을 때 왜 치마폭을 두 다리 사이에 쑤셔넣는지 알게 되었고, 어쩌다 부주의로 치마 섶이 쳐들려져 허벅지의 속살이 드러나면, 그 눈부신 흰 살빛에 그만 정신이 아뜩해지곤 했다. 부끄러운 짓인 줄 알면서도, 시선이 자꾸 거기로 쏠리는 걸 어찌하랴. 여자들이 방심한 자세로 앉아 있는 걸 보면, 내 시선은 반사적으로 치마 속의 흰 살빛을 좇아 힐끔거리곤 했다. 그렇게 극히 일부만 찔금찔금 감질나게 보여주던 여체가 그 소의 물에서 홀딱 벗은 처녀의 알몸으로 나타난 것은 나에게 그야말로 하나의 사건이었다. 아직 성적으로 미숙한 중1짜리에게 성숙한 여자의 나체란 어떤 의미였을까?

그 수수께끼를 풀어준 것이, 그 무렵에 처음 본 여자 누드 사진이었다. 국어 담당 선생 댁에 놀러 갔다가 책상 위에서 액틀에 끼워 세워놓은 명함 크기의 누드 사진을 본 것인데, 나는 그분을 존경하고 있었기 때문에, 그 누드 사진도 당연히 온당한 것으로 받아들일 수 있었다. 여자의 나체가 외설만은 아니고 아름다움일 수 있다는 것을. 나는 문학을 좋아하는 그 선생을 모방하려고 애쓰고 있었는데, 그래서 그 소에서 본 알몸의 영상을 아무런 죄의식 없이 내 마음속에 지니게 되었던 것이다. 한장의 무해한 누드 사진을 지니듯이 말이다. 아직 어린 나에게 여자의 나체란 손에 닿지 않은 곳에 있었기 때문에 현실이라기보다는 하나의 관념·몽상이었고, 그렇기 때문에 더욱 빛나고 아름답게 보였을 것이다.

그런데 이상하다. 그렇게 많은 세월이 흘렀는데도 내 머릿속에 녹화된 그 여체는 아직도 빛바래지 않고 생생하게 떠오르는 것은 웬일일까? 얼굴은 중요한 것이 아니므로 잊었지만, 평평한 바위 위에 쪼그려앉은 그 풍만한 알몸의 자태는 지금도 눈에 선하다. 그 직후 사춘기에 들어서면서 나는 그 장면을 성적 공상 속에서 자주 떠올리곤 했는데, 그래서 기억에 오래 남은 것일까? 회색의 바위를 배경으로 눈부시도록 희게 꽃피어 있는 나신, 우악스럽게 생긴 화강암 바위들 사이에서 그것은 얼마나 풍만한 부드러움이었나. 그렇다. 그것이 그토록 생생하게 느껴지는 이유는 그후 내가 두번째로 본, 시멘트 바닥 위의 나체의 영상과 겹쳐졌기 때문일 것이다. 그후 육년이 지난 어느날 대낮에 뜻밖에 본 여자의 나체.

잠깐 샛길로 들어서, 대학 1년 여름방학 때의 그 일을 떠올려보아야겠다. 고입시생의 과외를 맡고 있던 나는 귀향을 포기한 채, 같은 처지의 고향 친구와 함께 보문동에서 자취를 하고 있었다. 그 집은 마당을 중심으로 디귿 자형으로 앉혀진 조그만 한옥이었다(그 당시 보문동에는 그런 식의 한옥이 많았다). 그렇게 작은 집에도 예전에는 식모를 두고 살았는지, 식모방이라고 불리는 매우 작은 방이 부엌에 딸려 있었는데, 그것이 바로 우리 자취방이었다. 그리고 마당 건너 맞은쪽 방에, 바로 문제의 그 여자가 남편과 단둘이만 세 들어 살고 있었다.

그 부부는 나이가 삼십대 후반으로 보이는데도, 여태 딸린 아기가 없었다. 그래서 그런지, 여자가 쾌활한 성격인데도 어쩐지 살림살이가 쓸쓸하고 소꿉장난처럼 어설퍼 보였다. 쾌활한 아내와 달리, 남편이라는 자가 오히려 수줍음을 타고 말수도 적었다. 전매청에 다닌다고 했던가, 직장에서 돌아오면 방 안에 박혀 기척도 없이 지내곤 했다. 그걸로 미루어 무자식의 원인은 아무래도 남자 쪽의 양기 부족에 있음이 틀림없다고 우리는 단정하고 있었다. 그래서 그 여자가 공연히 웃음을 샐샐 흘리며 말 붙여오면, 혹시 우리의 씨를 받아보려고 저러나 싶어 섬뜩해지곤 했다. 그녀의 표정이나 말에서 분명히 성적인 암시가 느껴졌다.

집 안에 수도꼭지라곤 시멘트로 덮인 마당 한가운데에 소중하게 모셔놓은 것 하나밖에 없던 시절이라, 쌀 씻고 설거지하느라고 수돗가를 얼쩡거리다보면, 하루에 적어도 한번은 거기에서 그 여자와 마주치게 되어 있었다. 그 여자는 남편이 듣거나 말거나, 아니, 오히려 들으라는 듯이 수다를 떨어대곤 했다. "아유, 총각 학생, 내 말 좀 들어보지그래. 어젯밤 열시쯤 늦지도 않은 시간인데 말이야, 신설동 로터리 다방에서 친구를 만나고 돌아오는 길이었거든. 저 아래 연탄 가게를 지나서 골목길을 올라오는데 말이야, 전봇대에 전깃불이 켜져서 어둡지는 않았거든. 그런데 아 글쎄, 그늘진 어느 집 대문간에서 웬 놈이 불쑥 튀어나오더니, 다짜고짜로 날 껴안는 거야. 도둑 키스 하려구, 내 허리를 껴안고 담벼락에 밀어붙이기까지는 잘했는데, 아유 세상에 싱겁기는! 아 글쎄, 그렇게 기 쓰고 덤벼들던 녀석이 내가 귀뺨 한대 딱 올려붙이닌깐, 그만 질겁해서 내빼지 뭐야. 싱겁게시리! 애송이야, 애송이. 그래두 생긴 건 꽤 곱상이두만. 총각 낫살쯤 되었을 거야. 하여간 기분은 과히 나쁘진 않두만. 총각, 정말 내가 그렇게 젊게 보여?"

그런데 그보다 더 맹랑한 일이, 주인네가 외출 중이던 어느날 대낮에 마당의 수돗가에서 벌어졌다. 물론 그녀의 남편도 출근하고 집 안에 없는 시간이었다. 느닷없이 우리 방 앞에 나타난 그녀가 예의 알쏭달쏭한 웃음을 생글거리면서 하는 말, "아유, 총각들, 미안해서 어쩌나. 더워서 수돗가에서 목욕을 좀 하고 싶은데, 딱 오분만 참어줘, 응?" 하고는 제 손으로 열려 있는 우리 방문을 닫아버리는 게 아닌가. 졸지에 방 안에 갇힌 신세가 된 우리는 너무도 황당했다. 바로 코앞에서 일이 벌어지는데, 절로 굴러온 떡인데, 놓칠 수는 없는 노릇이었다. 그래서 우리는 쏴아쏴아, 철벅철벅 물 끼얹는 소리가 들리기 시작하자, 더이상 못 참고 성냥개비로 창호지에 구멍을 뚫고 허겁지겁 거기에다 굶주린 눈을 갖다 댔던 것이다.

실오라기 하나 걸치지 않은 알몸, 그렇다, 여체가 아름답지 않다면, 세상에 그 무엇이 더 아름답겠는가. 그 불가사의한 아름다움이라니! 마당의 매끄러운 회색 시멘트 바닥 위에서 눈부시게 작열하는 그 빛의 폭발은 중1 때 본, 바위의 회색을 배경으로 한 알몸이 준 인상과 너무도 흡사한 것이었다. 그래서 아마 세월이 흐르는 동안 그 두개의 나체는 하나로 합쳐져, 또렷한 단일 인상의 것으로 남게 된 모양이다.

신석이 형

앞에서 말했듯이 중1 때의 나는 사춘기 진입 직전에 처해 있었던 것 같다. 유년을 벗어나긴 했으나 영혼에 새로운 내용이 채워지지 않은 시기, 성에 대해 호기심은 많았지만 그것이 강박관념으로 나타날 때는 아직 아니었다. 사춘기 문턱에 서서 호기심 어린 눈으로 그 안을 들여다보던 그 아이가 성숙한 여체를 동경한다는 것은 자신의 성이 거기에 걸맞도록 어서 성숙해지기를 바라는 뜻도 내포되어 있었을 것이다. 고등학교에 다니는 동네 형들이 운동으로 가꾼 근육질의 체격을 나는 부러워했고, 성숙한 남자의 육체도 아름답다는 걸 그때 깨달았다. 제2차 성징인 정수리의 볏이 아직 노란 새싹이나 다름없는 중병아리에게, 성적으로 완성된, 시뻘건 장닭의 아름다움은 참으로 부러운 것이었다.

동네 형들 중에 축구 선수도 있었고, 물속에서 작살질 잘해서 물귀신이란 별명이 붙은 형도 있었지만, 체격이 좋기로는 신석이 형이 으뜸이었다. 한집 건너 이웃에 살았던 그 형은 평행봉의 명수였다. 집 앞 길가에 평행봉을 세워놓고 날마다 운동했는데, 웃통을 벗으면 근육 뭉치들이 툭툭 불거진, 역삼각형의 우람한 체격이 정말 볼만했다. 가빠낑, 그렇지, 양 겨드랑이 부위에 쑥 비어져나온 근육 때문에 양팔이 절로 벌어졌는데, 그 근육을 가빠낑이라고 했다. 비록 왜말이긴 해도, 오랜만에 혀끝에 떠오르니 분실물을 찾은 듯 반갑다. 잠깐 펜을 놓고 인체 해부도를 찾아 살펴보니, 가빠낑은 우리말로 광배근이라고 되어 있다. 벗은 상체를 순간적으로 힘 넣어 긴장시키면, 마치 박쥐가 날개 펴듯 양쪽 광배근이 팽팽하게 어깨 끝으로 뻗치면서, 양팔이 저절로 쳐들려지곤 했다. 이두박근, 삼두박근이란 근육 이름도 그 형의 몸에서 배웠다.

그러나 내가 그 형한테 반한 것은 단지 보기 좋은 육체미 때문만은 아니었다. 그보다는 장래를 설계해놓고, 그것의 성취를 위하여 불철주야 분투하는 모습이 내 마음을 사로잡았다. 평행봉 위에서 새처럼 몸을 날리는 그가 실은 지독한 공부벌레였던 것이다. 방에 틀어박혀 공부하다가 지루하면 잠깐씩 문밖에 나와 평행봉 체조를 하고 들어가곤 했는데, 그러니까 그의 운동은 길고 지루한 공부 시간의 사이사이에 찍히는 쉼표 같은 것으로 기분 전환의 수단에 불과했다.

사범학교 졸업반인 그 형의 장래 희망은 놀랍게도 초등학교 교사가 아니었다. 사범학교를 졸업하는 즉시 대입시를 치르기 위해 상경할 작정이라고 했다. 사는 형편이 우리 집과 조금도 나을 것이 없는 가난뱅이 신세인데, 어떻게 그러한 결심을 할 수 있을까? 그 형은 4·3사건 때 부친을 잃고서 어머니와 단둘이 셋방살이를 하고 있었다. 사태 때 소각당했다가 최근에야 재건된 고향 마을 연동이 십리도 채 안되는 가까운 곳에 있었지만, 집 지을 돈이 없어서 여태 못 돌아가고 있는 형편이었다. 그런데도 그의 결심은 요지부동이었다. 돈이 없어도, 일류 대학에 합격하기만 하면 된다고 했다. 일류 대학에 합격만 하면 가정교사 아르바이트로 얼마든지 대학을 나올 수 있다고.

다른 존재로 비약하려는 이 대담한 계획이 중학생인 나의 의식에도 영향을 끼쳤음은 물론이다. 노력만 하면 다른 존재로 탈바꿈할 수 있다니, 얼마나 기쁜 복음이었던가. 가난한 나에게 서울이란 도저히 가닿을 수 없는 가상의 장소처럼 여겨졌는데, 바로 그 서울이 신석이 형에게 공상이 아닌, 구체적인 목표로 설정되어 있었던 것이다. 목표를 정해놓고 한눈팔지 않고 일직선으로 걸어가는 그에게 서울은 결코 그림의 떡이 아니었고, 이제 그의 꿈은 또한 나의 꿈이기도 했다.

그렇게 해서, 신석이 형은 내가 숭배한 최초의 우상이 되었다. 모든 우상숭배가 그렇듯이, 그 형은 무심했고, 오직 나의 일방적 관심만이 있을 뿐이었다. 고3인 그 형이 중1짜리가 눈에 찰 리도 없고, 무엇보다도 시험공부에 바빠 신경 쓸 여유가 없었을 것이다. 나한테 보여주는 관심이라곤 만나면 빙긋 웃으며 인사를 받는 것이 고작이었지만, 그 정도의 호의에도 나는 기분이 좋아 어깨가 으쓱 올라가곤 했다. 불철주야로 공부한다는 것이 도대체 어떤 것인지 냄새라도 맡아보려고 그 집 앞을 얼쩡거려보기도 했다. 한밤중까지 자지 않고 졸음을 참다가 그 집 앞을 가본 적도 있었는데, 그때 돌담 구멍을 통해 새어나오는 그 방의 불빛은 나에게 깊은 감동을 주었다.

어느새 나는 그를 모방하고 있었다. 그가 집 앞에 세워놓은 평행봉에 매달려 운동을 배우기 시작했고, 성큼성큼 발을 떼어놓는 보폭 큰 그의 걸음걸이를 흉내 내느라 가랑이가 찢어질 지경이었다. 그 형뿐만 아니라 다른 형들도 걸음이 빨랐다. 학교에 늦은 시간도 아닌데, 아침마다 왜 그렇게 습관적으로 반달음질 치곤 했던가. 그래, 그것이 당시의 생활 습관이었다. 걸음걸이가 대체로 빨랐던 그 당시 길거리의 행인들의 모습을 떠올려보자면, 등장인물들이 쫓기듯 총총 빠른 걸음질 치는 무성영화 시대의 화면을 보는 것 같다.

아무튼 다리품 파는 것 외에 다른 교통수단이 별로 없어서 백리 길도 예사로 걸어다녀야 하는 시절이었으니, 속보는 일상생활에 매우 중요한 기능이었을 것이다. 물론 속보가 중요한 기능이었다는 것은 그 사회가 아직도 농경 위주의 전통사회에 머물러 있었음을 뜻한다. 그 당시 학생들은 거의가 농부의 자식들이었다. 그러니까 농부의 자식인 우리들은 부모와 다른 새로운 신분을 획득하기 위하여 그렇게 아침 등교 때마다, 떼를 지어 질풍처럼 내달렸던 것이 아닌가. 신석이 형을 비롯한 선배들의 빠른 걸음을 쫓아가려고 거의 뜀박질하다시피 했던 나는 자연스럽게 구한말의 영웅 이재수를 생각했을 것이다. 민란의 장두가 되기 전, 소년 관노로서 관가 심부름을 할 때 벌써 그는 뛰어난 속보꾼으로 이름이 나 있었다. 오십여년 전, 미천한 관노의 신분에서 민중의 장두로 떨쳐일어났다가 비장한 최후를 맞이한 청년 이재수, 4·3의 장두 이덕구를 영웅으로 받아들이기 어려운 처지에서 그는 우리가 가슴에 품을 수 있는 유일한 영웅의 이름이었다.

아침 등교 시간이면, 정드르 학생들이 부러리 동산의 좁은 길로 떼말처럼 바삐 몰려가던 광경이 지금도 눈에 선하다. 고등학생 형들이 선두에서 보폭 크게 성큼성큼 걸어가고, 그 뒤를 다리 짧은 중학생 조무래기들이 종종걸음 치며 허겁지겁 따라붙곤 했다. 신석이 형의 꽁무니에는 주로 내가 단골로 따라붙었는데, 유난히 커서 실룩대는 엉덩이와 그 엉덩이의 주머니에 꽂혀 있는 영어 단어장이 생각난다.

늑막염

그런데 이러한 나의 모방심리는 아무래도 정도가 지나쳤나보다. 평행봉 운동은 중1짜리의 좁은 어깨로는 애당초 무리여서 결국 탈이 나고 말았다. 늑막염이었다. 가슴뼈 접질린 것이 덧났던 모양이다. 다행히 결핵성이 아니어서 온수 찜질로 치료가 가능했는데, 그래도 한달 남짓 몸져누워 있어야 했다.

그 병을 앓고 있는 동안 내내 내 몸을 떠나지 않던 미열, 그것이 만들어놓은 슬픔과 함께, 병후에 어머니가 먹여준, 참기름 한순갈 끼얹은 뜨끈뜨끈한 흰쌀밥의 그 고소한 맛도 생각난다. 계속된 미열의 상태는 괴롭다기보다는 야릇한 슬픔의 분위기였던 것 같다. 그렇게 오래 앓아본 적이 없어서 그런지, 그 병의 체험은 지금도 기억에 뚜렷하다. 기억에 뚜렷한 만큼 그 병은 나의 내면에 어떤 상흔을 남겨놓았음이 분명하다.

미열에 시달리던 나는 우울한 무력감에 빠진 채 늘 방 안에 드러누워 있어야만 했다. 낮에도 의식이 몽롱한 상태로 비몽사몽간을 헤맬 때가 많았다. 그런 상태에서도 어머니의 기척에는 민감하여, 부엌에서 사기그릇 달그락거리는 소리에도 금방 제정신이 돌아오곤 했다. 몽롱한 의식 속을 문득 파고드는 맑은 음향, 그릇 달그락거리는 소리, 도마 위에 무 써는 소리, 또 그것은 물 길러 갔던 어머니가 돌아와 항아리에 물 붓는 소리이기도 했다. 병을 앓아 약해진 내 마음은 오직 어머니한테만 쏠려 있었다. 어머니 뒤에 보이지 않는 끈을 길게 매달아놓고 그 끝을 나는 하루 종일 놓지 않고 붙들고 있었다. 집 안팎을 드나들며 멀어졌다 가까워졌다 하는 어머니의 일거수일투족을 귀로 좇으면서, 그 소리가 내 방문 앞에 다가오기를 나는 얼마나 애타게 기다렸던가. 어머니가 방문을 열고 방안을 들여다보는 그 순간을 말이다. 아픈 내가 믿을 데라곤 오직 어머니뿐, 귀가가 늦어진 어머니를 기다려본 것이 한두번이 아니었지만, 병중인 그때처럼 강하게 어머니의 실존을 느껴본 적이 없었다.

그와 함께 나 자신의 실존도 생생하게 느껴졌다. 나는 무슨 일을 하다가, 심지어 다른 사람과 대화를 나누다가도 멍하니 한눈파는 버릇이 있는데, 아마도 그것이 그 병 체험에서 조성되었을 것이다. 나는 그렇게 오래 학교도 결석한 채, 아이들과 떨어져 혼자 있어본 적이 없었다. 낮 동안에는 식구들과도 떨어져 그 방에 덩그렇게 나 혼자였다. 혼자서 침묵을 견뎌야 했다. 낯설던 침묵이 점점 익숙해지고, 그 침묵 속에서 나 자신의 모습이 잘 보였다. 그 방은 오직 나란 존재 하나로 가득해져버린 듯했다. 아이들 속에서, 그들과 조금도 구별이 안되게 혼연일체로 섞여 있는 것이 그동안 나의 존재 방식이 아니었던가. 이제 나는 나 자신, 나의 실존이 분명히 느껴졌다. 다른 아이들로부터, 심지어 어머니로부터도 떨어져나와 있는 단독자로서의 나, 나는 누구인가 하는 의문, 난생처음 실감하는 존재의 허무가 막막한 슬픔으로 내 가슴을 짓눌렀다. 자기응시, 병든 나는 그렇게 슬프고도 혼곤한 무력감 속에서 그렇게 오직 나 자신만을 대면하고 있었던 것이다.

비몽사몽간을 헤매다가 눈을 뜨면 천장 도배지의 연속무늬들이 서로 엉겨 꿈틀거리는 뱀떼로 보이곤 했다. 그리고 창문을 향해 모로 누워, 바깥 빛이 와닿아 있는 환한 창호지를 물끄러미 바라보던 일도 생각난다. 그 창호지에는 자잘한 섬유 찌꺼기들이 많이 달라붙어 있었는데, 앓고 있는 아이의 눈에는 그것들이 동물이나 사람의 여러가지 형상으로 나타나 보였다. 무엇보다도 내 마음을 사로잡은 형상은 속눈썹 긴 소년의 프로필이었다. 『소년세계』나 『학원』같은 소년잡지 연재소설의 삽화에 자주 등장하는 슬픈 표정의 소년 모습과 흡사했다. 속눈썹 길어 계집애같이 생긴 소년. 흰 창호지에 그려진 그 슬픈 소년의 프로필을 물끄러미 바라보노라면, 마치 그가 내 몸 안에 들어와서 나를 슬프게 하고 나를 병들게 하고 있는 것처럼 느껴졌다. 그 소년을 바라보면서 나는 막막한 슬픔에 비질비질 눈물을 흘리곤 했다. 몸속의 그 아이 때문에 내 몸은 갑절 무거워져 옴짝달싹할 수 없었는데, 그럼에도 그 무력감에는 괴롭고 슬프면서도 어딘가 야릇한 감미로움이 있었다. 손가락 까딱할 힘도 없이 미끄럽게 빠져들어가는 진수렁 속, 그 감미로움. 아마도 나는, 내 몸속에 들어와 나를 껴안고 함께 병을 앓고 있는 그 아이를 좋아했던 모양이다. 아니, 그 아이는 다름 아닌 바로 나 자신이었다. 나야말로 눈 크고 속눈썹 길어 계집애같이 생겼다는 말을 자주 들어온 터였다. 걸핏하면 계집애처럼 눈물도 잘 흘리고 말이다.

글쓰기

 그 병 체험은 그렇지 않아도 우울해지기 쉬운 나를 더 감상적인 아이로 바꾸어놓았다. 병이 다 나은 다음에도, 그 속눈썹 긴 아이가 내 몸속에 퍼뜨린 슬픔은 그대로 남아 있었던 것이다. 이제 나는 다른 아이들과 확연히 구별되는 자신을 보고 있었다. 또래집단에서 일탈해버린 아이. 걸음 빠른 선배들의 뒤를 반달음질 치며 아등바등 쫓아가는 그 아침 등교 행렬 속에도 끼지 않고 나는 홀로 걸었다.

 등굣길의 그 행렬 속에는 나와 같은 학년 소속으로 신석이 형 이상으로 나에게 영향을 끼친 아이가 있었다. 나보다 두살 위였던 그 아이의 이름을 영대라고 해두자. 나중에 4선 의원으로 출세한 인물인데, 그때 벌써 우리 중에 군계일학 같은 존재였다. 영대 역시 4·3 피란민이었다. 종씨인데다가 같은 노형 출신이어서 그와 나는 초등학교 때부터 가깝게 지낸 사이였다. 사태 때 부모 잃고, 누나와 단둘이 우리 동네에서 셋방 살림을 하고 있었는데, 그러한 형편에도 영대는 학업에서 그야말로 타의 추종을 불허하는 발군의 실력을 보여주고 있었다.

 웅변도 잘해서 대회에 출전하기만 하면 으레 1, 2등을 차지하곤 했다. 웅변 원고도 벌써 중1 때부터 스스로 작성할 정도였다. 약점이라면 키가 작다는 것. 그런데 중1 때 한번은 웅변대회 단상에 오른 그가 자신의 작은 키를 영국 수상 로이드 조지의 키에 빗대어 변호함으로써 우리를 놀라게 한 적이 있었다. 로이드 조지라는 인물을 나는 그때 처음 알았는데, 그 대목이 매우 인상적이었다. "로이드 조지도 저처럼 키가 작았습니다. 그 사람이 처음으로 국회의원에 출마하여 선거 연설을 할 때였습니다. 연설하려고 단상에 올랐는데, 키가 얼마나 작았던지, 탁자 위로 머리통만 보였습니다. 그걸 보고 사람들이 깔깔대며 웃으니까, 그가 뭐라고 말했는지 아십니까? 현대인의 키는 발끝에서 머리끝까지 재는 것이 아니라, 턱끝에서 머리끝까지 잰다고, 머리통만 재면 된다고, 그렇게 말해서 박수갈채를 받았던 것입니다."

그 대목에서 영대도 역시 박수갈채를 받았다. 로이드 조지는 그의 꿈이었다. 영대는 벌써 자신의 상징을 선정해놓고, 거기에 맞는 수련을 침착하게 쌓아가고 있었다. 그렇게 되기로 예정되어 있었고, 단지 정해진 그 길을 걸어가기만 하면 되었다. 그렇게 되리라는 걸 의심하는 사람은 없었다. 4·3의 초토에서 살아남은 고아, 강인한 생명력으로 그 아이가 펼치는 그 눈부신 질주를 보고 손뼉 치지 않을 사람이 누가 있었겠는가. 어느 모로 보나 그는 내가 본받아야 할 모범이었다. 나의 학업 성적이 그래도 괜찮았던 것은 그와 같은 좋은 비교 대상이 있었기 때문이었다.

그런데 늑막염을 앓고 나서 나는 다른 아이가 되어버렸다. 그 병의 여파로 오랫동안 잊고 있던 우울증이 다시 나타났다. 대여섯살 적의 그 우울증, 고향 함박이굴의 그 막막한 어둠과 슬픔 말이다. 그 경험이 얼마나 혹독했던지, 읍내로 이사 온 후에도 그 후유증이 남아 나를 괴롭혔다. 두렵고 슬픈 일들이 이제는 없어졌는데도, 나는 말을 더듬었고 하찮은 일에도 마음이 상하여 눈물을 짜곤 했다.

이제는 단지 버릇일 뿐, 슬픔 때문이 아닌, 그 싱거운 눈물을 나는 얼마나 부끄러워했던가. 그리고 뉘 많은 밥을 씹듯이 더듬거리는, 그 답답한 어눌함이라니! 창피를 무릅쓰고, 초등학교 6학년 때는 웅변대회에, 중학교 1학년 때는 만담대회에 출전할 정도로 나는 말더듬는 악습을 고치려고 애를 썼고 얼마간 효과를 보기도 했다. 그런데 그렇게 피하고 싶었던 우울증이 그 병과 함께 다시 찾아와 내 마음을 지배하기 시작했다. 병을 앓고 나서 허약해진데다 마침 사춘기의 시작이 겹쳐 그렇게 된 모양이다.

나의 사춘기는, 그러니까 중1 말께부터 시작되었던 것 같다. 그때를 기준해서 나의 내면 풍경은 계절의 변화처럼 확연히 달라졌다. 혼자 있고 싶었고, 별 까닭 없이 울적해져 눈물을 글썽거리곤 했다. 또래의 집단에서 일탈한 나는 풀 죽은 모습으로 혼자 걷기를 잘했다. 고개를 숙인 채, 땅바닥의 제 그림자를 내려다보면서. 아니, 햇빛조차 싫어서 길 가장자리로 그늘을 골라 걸었다. 그러나 병중에도 그랬듯이, 그 슬픔에는 야릇한 감미로움이 있었다. 감상(感傷)의 달콤한 맛을 사춘기에 겪어본 사람은 잘 알 것이다. 나는 그 슬픔을 오히려 즐겼고, 일부러 얼굴에다 우울한 표정을 달고 다녔다. 그러니까 그 슬픔, 그 우울은 한편으로는 작위적인 면도 있었던 것이다.

병석에 오래 누워 있었던 탓에 나는 침묵에도 제법 익숙해 있었다. 우울한 표정에 말 없는 아이. 그랬다, 이제 나는 내 것이 아닌 달변·웅변에 더이상 연연하지 않기로 했다. 반쪽 귀머거리에 눌변인 나에게는 말보다 침묵이 더 어울렸고, 따라서 내가 선택해야 할 것도 말이 아니라 글이라는 걸 깨달았다.

그때 새로운 나의 우상으로 등장한 것이 국어 담당 김선생이었다. 아직 젊은 총각이었던 그는 문학 지망생이었는데 그 순수한 문학적 열정이 은연중 나에게 전달된 것이었다. 손바닥 위에 분필 토막을 굴리면서 시를 낭송하던 그 울림 좋은 음성과 함께 예민하게 빛나던 얼굴 표정이 생각난다. 그리고 소음이 오히려 침묵을 강조할 경우도 있다,라고 한 말도 잊히지 않는다. 예컨대 깊은 밤 만상이 잠들어 고요한데, 문득 바람에 싸르르 낙엽 구르는 소리, 그 소리가 오히려 한밤의 침묵을 더욱 강조한다고. 그때 내가 받은 감동은 얼마나 컸던가. 계시 같은 그 말 한마디. 그것은 내가 처음 들어본 새로운 어법이었고, 바로 거기에 문학의 비밀이 있었다.

내가 『학원』지에 실린 고교생들의 작품을 흉내 내어, 난생처음 이야기를 지어본 것도 그 무렵이었다. 그러니까 중1의 2학기 때였는데, 그 글이 어쩌다 운 좋게 도내 중학생 문예현상모집에 입상했고, 그래서 김선생의 눈에 들게 된 나는 가끔씩 그분의 방을 드나들며 문학 책을 빌려 볼 수 있는 특권을 누리게 되었다.

소설이란 이름으로 난생처음 써본 그 작품의 제목은 '어머니와 어머니'였다.

「어머니와 어머니」

「어머니와 어머니」에서 그중 한 어머니는 작은어머니를 말한다.

그랬다. 나는 방금 그 무렵의 우울증이 늑막염을 앓고 난 후유증인 것으로 말했지만, 다른 한편으로는 아버지의 일탈행위에도 그 원인이 있었다. 작은어머니라니, 그것은 나에게 너무도 천부당만부당한 소리였다. 서천 꽃밭에 꽃감관 벼슬을 살러 간 아버지가 거기서 만난 여우 같은 여자한테 홀려 영영 고향에 못 돌아오게 되었다는 소식이었다.

아버지의 숨겨진 이 비밀이 밝혀진 것은 중1 여름께였다. 인천에서 해물 중개상을 시작했다는 편지가 오고 난 후, 감감무소식이던 아버지에 대해서 뜻밖의 소식이 전해졌다. 공무차 서울 출장을 다녀온 큰아버지가 그 사실을 밝혔는데, 아버지는 인천에서 딴살림을 차리고 있더라고 했다. 초등학교를 졸업하면 인천의 중학교에 나를 입학시켜주겠다던 아버지가 말이다. 그러한 사실을 큰아버지는 면목 없어 당신이 직접 전하지 못하고 중간에 사람을 놓아 조심스럽게 알려왔다. 그 여자와의 관계는 최근의 일이 아니고, 제대 직후부터 있어온 것이라고 했다. 그 사실을 알려올 때, 드러내놓고 말은 안했지만, 이미 오래되어버린 일이니 기정사실로 받아들일 수밖에 없지 않으냐, 하는 것이 큰아버지의 속뜻이었을 것이다. 그래서 한때 어머니는 큰아버지를 미워하기까지 했다.

거의 일년 동안 아무 물정도 모른 채 지내온 우리 식구에게 그것은 너무도 큰 실망이었다. 고무신 가게 아이인 승언이에게 그런 일이 생겼을 때만 해도 남의 일이거니 했다. 한번은 시장 앞을 지나다가 승언이 어머니가 웬 여자의 머리끄덩이를 잡고 닭싸움하듯 쥐어뜯는 장면을 우연히 보았는데, 알고 보니 상대가 바로 그 여자였다. "아이고, 성님! 아이고, 성님!" 하고 울상을 지으며 일방적으로 당하기만 하던 그 여자는 뜻밖에도 젊고 예쁜 용모였다. 승언이 아버지는 소아마비로 한쪽 다리를 절었지만, 양계장을 크게 할 만큼 돈 버는 재주가 있었다. 그 여자와 살림을 차린 아버지와 그 때문에 두통을 앓아 이마에 양말 대님을 동여맨 어머니 사이에 끼인 채 이러지도 저러지도 못하는 승언의 처지가 얼마나 측은하게 보였던지. 당장 애비를 데려오라는 성화에 쫓겨 집 밖으로 나왔지만 차마 아버지를 찾으러 갈 용기가 없어 길바닥에서 서성거리곤 하던 그 아이. 그런데 한번은 녀석이 조르길래, 묵은성 동네의 그 집에 동행해주었다가 깜짝 놀란 적이 있었다. 누구냐고 하면서 대문 밖으로 얼굴을 내민 그 여자에게 녀석이 '작은어머니'라고 부르면서 꾸벅 절을 했던 것이다. 큰누나뻘밖에 안되는 여자에게 작은어머니라고 부르다니 너무도 황당했다. 어머니가 그 여자 때문에 속을 태우는데 어떻게 그런 호칭을 쓸 수 있단 말인가.

그런데 이젠 내가 그 꼴이 되어버리고 말았다. 아버지에게 다른 여자가 생겼으니, 한라꿍은 이제 어떻게 해야 하나? '작은어머니'라니, 그것은 나에게 너무도 천부당만부당하여 아예 떠올릴 수도 없는 단어였다. 그 여자는 작은각시일 뿐 나와는 아무 상관 없는 여자였다. 아, 오랫동안 아득한 그리움으로 가슴에 품어온 아버지 상이 그런 식으로 망가질 줄이야. 그후부터 나는 승언이 아버지가 징그럽게 느껴져, 길에서 보기만 하면 속으로 비웃어주곤 했다. 한쪽 다리가 짧아 자울락거리는 걸음걸이에다 천자문으로 박자를 맞춰 "별진 잘숙, 별진 잘숙" 하면서.

이제 내 어머니의 이마에도 양말 대님이 동여매어져 있었고, 승언이처럼 나도 어머니한테 들들 들볶임을 당해야 했다. 그것이 얼마나 큰 충격이고 불행인지는 어머니의 실성한 듯한 모습에 그대로 나타나 있었다. 다정스럽던 얼굴이 증오로 무섭게 일그러져 있었는데, 나는 어머니에게서 그렇게 험한 모습을 본 적이 없었다.

그때 어머니가 겪은 배신감은 얼마나 쓰디쓴 것이었을까? 어머니는 자존심이 강한 분이었다. 남부끄러워 어떻게 낯 내놓고 사느냐고, 죽고만 싶다고 했다. 슬픔보다 더 지독한 아픔이 치욕이었던가보다. 아니 할 말로, 전사 통지 엽서였더라도 그보다는 덜 아팠을 것이다. 어머니는 그 사실이 남에게 알려지는 걸 무엇보다 두려워했다. 이웃에 하소연하기는커녕 혹시 들을까봐 큰 소리로 울지도 못하고, 방구석에 틀어박힌 채 치욕에 떨며 생가슴을 앓았다.

"아이고, 아이고, 이 노릇을 어떵하면 좋을꼬? 남부끄러워 어떵 사나. 아야 가슴이여. 머리여, 오장에 불붙어 못 살키여. 본처 소박하고 육지년한테 붙은 불한당놈, 대천바당(바다) 가운데 들엉 길을 잃고 거꾸러나지라!"

그러나 욕먹어야 할 그 불한당이 섬 밖 먼 곳에 있었기 때문에, 장남인 내가 죄 없이 그 대리물이 되어야 했다. 커갈수록 내 용모가 아버지를 닮아간다는 말을 많이 들었는데, 아마도 어머니는 내 얼굴에서 변심한 남편의 모습을 발견하고, 나를 통해서 아버지를 미워했던 모양이다.

"말 좀 해보라, 요 아이야. 우는 체 말앙 솔직히 말해보라. 느네 아방이 육지년 얻으니까 너도 좋지, 응? 그 육지년이 너도 좋지,

응? 작은어멍이 생겼으니, 얼매나 좋아. ……무사, 싫어? 거짓말, 넌 지금도 아방이 올라오라고 할 때만 눈 빠지게 기다렴지? 지금이라도 인천에서 기별 오면 이 불쌍한 어멍을 내버려두고 얼씨구나 하고 올라갈 거지? 무사, 내 말이 틀려서? 아니라고? 거짓말, 내 말리지 않을 테니까, 갈 테면 가라, 이 불쌍한 어멍 내버리곡, 느네 아방한테, 그 육지년한테 강 살라. 그년이 해주는 밥 먹곡, 그년이 사주는 좋은 옷 입곡, 그년을 어멍이라 부르멍 잘 살아보라. 우는 시늉 말앙 똑바로 말해보라니까! ……아니라고? 아니긴! 아이고, 아이고, 내 팔자야!"

어머니는 걸핏하면 이렇게 나를 아버지와 연결시켜 생트집을 잡곤 했다. 그런 말을 들을 때면 너무도 황당하고 슬퍼서 눈물이 쑥 빠지곤 했는데, 그러면 또 그 눈물을 트집 잡아 야단이었다.

"울기는! 느네 어멍이라도 죽어시냐? 나 안즉 안 죽었져. 이렇게 퍼렇게 살았는데, 무사 우는 것고? 느네 아방 욕한다고? 그 육지년 욕한다고 울어? 아이고, 아이고, 내가 죽어야지. 내가 죽거들랑 그 육지년을 어멍이라 부르며 잘 살아보라. 내가 죽든지, 도망가든지 해야지, 이렇게는 못 살아. 느네 아방이 도망갔는데, 난 도망 못 갈 것 같으냐. 느네들 세 오누이 고아로 남겨놓고 도망가고 말 거여. 참말로 이렇게는 못 산다, 못 살아. 어서 큰집에 가서 느네 할망, 느네 큰아방 데려오라. 느네들 맡겨놓고 나 혼자 집 나갈 테니."

찌르는 듯한 날카로운 목소리, 그걸 듣는 것은 매 맞는 것보다 더 견디기 어려웠다. 그 쓰디쓴 비꼼과 빈정거림을 어린 내가 어떻게 눈물 없이 견딜 수 있었겠는가. 때로는 어머니에게 말대꾸하면서 대들기도 했지만, 흥분하면 말을 더듬는 게 내 버릇이라, 그 때문에 더욱 울화가 치밀어 쩔쩔매곤 했다.

그 무렵, 어머니와 나 사이에 형성된 가파로운 긴장 상태를 어떻게 설명하면 좋을지 모르겠다. 넋두리를 풀 때, 어머니의 모습은 전혀 딴사람으로 변해버린 듯 보기에 무서웠다. 어린 자식한테 넋두리를 푸는 것이 옳지 않은 줄 알면서도, 어머니는 전혀 자제가 안 되는 모양이었다. 오장을 태우는 그 증오의 불길은 당신의 힘으로는 도저히 제압할 수 없는 불가항력이었나보다. 게다가 어머니는 나 외에는 달리 넋두리를 풀 곳도 없었다. 어머니는 너무도 괴로워했다. 그래서 나는 가능한 한 견뎌내야만 했다. 혹시 어머니가 절망한 나머지, 정말로 우리를 버리고 집을 나가버리면 어떡하나 하고 두렵기도 했다. 그러나 그렇게 생각하면서도 일단 어머니의 넋두리가 터지면 덩달아 내 감정도 격해져서 탈이었다.

'아버지'는 함부로 입에 올릴 수 없는 위험한 단어가 되어버렸다. 그것이 어찌나 민감한 뇌관이던지, 만지지 않고 눈짓만 해도 터질 때가 있었다. 예를 들면 공책 살 돈을 달라고 해도 느네 아방, 느네 작은어멍한테 가서 말하라고, 꼭 빈정거리고 난 다음에야 돈을 주곤 했다. 그럴 때면 견디다 못해 심통이 터져 어머니한테 대들기도 했다. 일단 심통이 터지면 나는 제정신이 아니었다. 머릿속까지 마비된 듯한 경직 상태에서 말을 몹시 더듬곤 했는데, 한번은 몸에 걸친 러닝셔츠를 갈기갈기 찢으면서 실성한 듯 악성을 질러대어 도리어 어머니를 놀라게 한 적도 있었다. "죽어버릴 거야, 내가 먼저 죽어버릴 거야!" 어머니와 그런 식으로 다투거나, 다른 슬픈 일이 생길 때면, 나는 용두암 근처 바닷가로 달려가 바위틈에 웅크린 채 엉엉 실컷 울어버리곤 했다. 아무도 듣지 못하게 내 울음을 파도 소리 속에 흘려보내고 나면 심신이 개운해지곤 했다.

이러한 대결은 서로에게 아픈 상처를 주긴 했지만, 그 상처를 공유함으로써 모자 간의 결속이 다져졌다. 나는 어머니의 추동을 받으면서, 자주 인천으로 편지를 써 보냈다. 모든 걸 떨쳐버리고, 어서 고향에 돌아오라고, 어머니가 날마다 울면서 집을 나가버리겠다고 하는데, 아버지가 돌아오지 않으면 정말 집을 나갈지도 모른다고…… 과장이 많고 거짓말도 섞인, 매우 감상적인 글이었지만, 아버지를 감동시키기 위한 장치였기 때문에 그 과장과 거짓말은 나에게 더할 나위 없는 진실처럼 여겨졌다. 눈물이 헤픈 나인지라, 눈물 몇방울 편지지에 떨구어 잉크를 번지게 하는 것쯤은 일도 아니었다.

그렇다고, 내 편지가 그런 식의 눈물 젖은 하소연으로만 되어 있는 것은 아니었고, 은근한 협박조의 말투도 들어 있었다. 세상의 아버지들은 때가 되면 장남을 두려워하게 마련 아닌가. 나는 내가 결코 만만한 존재가 아님을 과시할 필요가 있었다. 나는 공부를 좀 하는 나 자신을 사실 이상으로 부풀려 보였다. 내가 장학생인 것은 사실이었으나, 그것이 마치 출세를 보장한 증서인 양 자랑했고, 있지도 않은 일, 예컨대 내가 주인공이 된 어떤 에피소드를 그럴듯하게 꾸며내기도 했다. 말하자면, 나는 그 편지에 픽션을 쓰고 있었던 것이다. 사실의 나열보다 사실인 것처럼 꾸며낸 픽션이 더 감동적이라는 것을 나는 아마 그때 깨달았던 것 같다. 무심 무정한 아버지를 감동시킬 방법은 그것밖에 없었으니까.

「어머니와 어머니」가 쓰인 것도 바로 그러한 사정에서였다. 그러니까, 그 작품이 곧 내 경험의 고백은 아니라는 말이다. 아버지에게 다른 여자가 생겼다는 사실은 나에게도 치욕이었으므로, 그 작품 속에 드러나지 않게 은폐되어 있었다. 작품의 분위기는 내 경험에 의한 것이었지만, 이야기 자체는 지어낸 픽션이었다. 그래서 주인공 소년은 나 자신도 아니고 승언이도 아닌, 그 둘이 합쳐진 것에다 다른 무엇이 더 보태어진 제삼의 인물이 되었다. 픽션의 이름으로 난생처음 만들어본 그 인물에다 내가 지어준 이름은 준이었다. 속눈썹 긴, 슬픈 눈매의 소년.

그렇게 아무 분수도 모르고 한 일이 그후 내 인생을 좌우한 필생의 업이 될 줄이야. 승산 없는 싸움의 시작, 글쓰기 인생이란 아무리 애써도 이길 수 없는 싸움이 아닌가. 물론 후회하는 것은 아니지만, 어쨌거나 나의 고달픈 글쓰기 인생은 바로 그 작품에서 출발한 것이다. 그리고 아버지의 일탈행위가 없었다면 아예 그 작품이 존재하지도 않았을 것을 생각할 때, 무정한 아버지야말로 나를 이 길로 걸어가게 만든 장본인이었다. 더 정확히 말하면, 나의 글쓰기는 그 작품에 앞서, 부재중의 아버지를 향한 칠년 가까운 편지 쓰기에서 비롯된 것이었다.

돌아온 산

한라산에 금족령이 풀려 사람들이 나무를 하러 다닐 수 있게 된 것은 휴전 이듬해, 즉 내가 중1이었을 때였다. 죄수로 잡혀 있던 한라산이 칠년 만에 마침내 결박을 풀고 사람들에게 돌아온 것이었다. 그전에는 한라산뿐만 아니라, 그 아래 드넓게 펼쳐진 초원에도 발을 들여놓을 수가 없었는데, 이제는 초원에도 방목하는 마소들이 드문드문 나타나기 시작했고, 그 초원지대를 가로질러 산에 이르는 들길에도 땔감이나 집 지을 목재를 하러 다니는 사람들의 행렬이 이어지고 있었다.

지금 생각하면, 처녀·총각들의 혼사도 그해에 많이 이루어졌던 것 같다. 칠년 동안 거의 끊기다시피 했던 혼사들이 그해에 부쩍 성행하게 된 것은 전쟁이 끝나 많은 젊은이들이 귀향한 때문이었을 것이다. 군대 갔던 사촌 형이 무사귀환하여 결혼식을 올린 것도 그해였다. 육지에서 사귄 아리따운 신부를 맞아 기쁨에 넘쳐 있던 사촌 형의 모습이 생각난다. 연미복을 날렵하게 떨쳐입고, 머리칼과 구두에 파리가 앉으면 미끄러져 낙상할 만큼 번들거리게 광을 올린 형은 환하게 웃을 때마다 온몸에서 빛이 발하는 듯 멋진 모습이었다.

나의 두 이모도 그 무렵에 재혼했다. 결혼 상대는 둘 다 육지 출신 피란민이었다. 그래서 나는 지금, 두 이모의 재혼 건을 통해서 그 당시의 정황을 다소 짐작할 수 있다. 칠년 세월이 흐른 그 무렵에야 4·3 과부의 통혼이 묵인되었고, 섬 출신의 수많은 남정네가 죽어버린 상황에서 결혼 상대는 육지 출신이라도 감지덕지일 수밖에 없었다는 사실 말이다.

어쨌거나, 이제 죽음의 계절은 끝이 났다. 죽음을 뚫고 솟구치는 생명의 부활, 엄청난 수의 인명 파괴에 맞먹는 종족 번식의 대공사가 바야흐로 벌어지고 있었던 것이다. 타버린 잿더미 속에서 새 생명의 푸른 불씨를 일궈내어 마침내 초토의 검은 땅을 푸르게 덮어야 했다.

이것과 관련해서 한 장면이 떠오른다. 그 무렵, 노형의 넛할머니 댁에 제사를 보러 갔다가, 희한한 장면을 보았다. 아직 돌성에 갇혀 움막생활을 하고 있을 때였는데, 옆 움막에 사람들이 잔뜩 모여 있길래, 처음에는 그 집도 제사인가 했다. 그런데 알고 보니, 그것은 제사 때문이 아니라 아기 출산 때문이었다. 아낙네들이 움막 밖까지 잔뜩 모여 앉아 산모를 격려하면서 사뭇 진지한 표정이었다. 무슨 왕자의 탄생도 아닌데, 왜 그랬을까? 아마도 아기 출산이 무엇보다 급선무일 정도로 그 집안은 사태 때 희생이 컸음이 틀림없다.

해금의 기쁨에 들떠 있던 당시의 사회 분위기는 내 고향 노형리 주민들의 복구 활동에 그대로 반영되어 있었다. 건설부락이란 이름의 집단수용소가 폐지된 것도 그해였다. 말이 좋아 건설부락이지, 실은 집단수용소였다. 토벌대의 초토화작전으로 중산간 마을들이 회진되고 숱한 인명이 희생될 때, 거기에서 용케 살아남은 사람들을 돌성 안에 가둬놓고 감시했던 것인데, 그것이 이른바 건설부락이었다. 그러므로 진정한 의미의 재건은 건설부락들이 폐지된 이후부터 시작된 것이었다. 불타버린 제 집터로 돌아간 노형리 사람들은 수용소의 돌성을 허물어, 그 돌을 집 짓는 데 사용했고, 마침 금족령이 풀린 한라산에서 목재를 구했다. 성내에서 피란생활을 하던 사람들도 많이 고향으로 돌아갔다. 제주읍이 제주시로 바뀐 것도 그 무렵이었다.

그러나 우리 식구는 고향으로 돌아가지 않았다. 이미 성내 사람이 되어버린 우리는 고향으로 돌아갈 엄두를 못 내고, 외갓집 울타리 안에다 터를 얻어 집을 짓기로 했다. 그 계획은 의외로 빨리 진척되었다. 그 무렵에 재혼한 샛이모의 남편이 마침 목수여서 우리에게 큰 도움이 되었다. 재건의 열기가 한창이던 그 시기에 목수라면 꽤 인기 있는 직업이었다. 어머니는 계에 들어 모아두었던 돈으로 기둥과 들보로 쓰일 큰 목재들을 사들였고, 서까랫감은 직접 한라산에 가서 해왔다. 어머니는 땔감을 하러 한라산에 가기도 했다. 보릿짚, 조짚 같은 검불만으로는 땔감이 부족했으니까.

사람들이 나무를 하러 한라산에 다니기 시작하자, 풀숲에 사라졌던 들길들이 여기저기에 다시 나타나 해변과 한라산을 잇고 있었다. 학교를 쉬는 일요일이면, 나도 가끔 어머니를 따라 나무를 하러 다녔다. 한라산은 오랫동안 일반인의 발길이 끊겨 있던 곳이라, 마른 삭정이들이 지천으로 깔려 있었다. 거기 가서 나무를 해오려면 왕복에 꼬박 하루가 걸렸는데, 그렇게 먼 길을 걸어본 것은 그때가 처음이었다.

한천교 근처에서 시작되는 그 들길을 생각하면 우선 떠오르는 것이 초입에서 얼마쯤 가면 발견되는 길가 밭의 똥통이다. 바람 센 겨울날이면 가끔씩, 한내 근처 보리 싹이 파릇파릇한 동산밭에서 연싸움이 벌어지곤 했는데, 한번은 어떤 아이가 실 끊겨 날아가는 연을 쫓아간다고 하늘만 쳐다보며 달리다가 그 똥통에 빠져 하마터면 죽을 뻔한 일이 있었다. 검고 걸죽한 내용물이 그득 담긴 그 똥구덩이에서 풍기는 냄새가 어찌나 독했던지, 그 옆에 가면 숨을 멈춘 채 후딱 지나치곤 했다. 그 들길을 따라 계속 올라가노라면, 경작지대가 끝나고 야산인 민오름과 남조순오름이 나타나는데, 오랫동안 출입 금지였던 초원지대가 거기서부터 시작되었다.

갈 수 없는 곳이었기에 두렵고, 더욱 멀게 느껴지던 변경, 그 한라산에 나무를 하러 다니면서, 아무래도 나는 이전과는 다른 생각을 하게 되었을 것이다. 해변에 국한되어 있던 나의 좁은 시야가 한라산 기슭에 와서 거의 무한대로 넓어졌을 때, 대초원과 바다와 하늘이 어울려 펼쳐놓은 그 광활한 공간은 어린 나에게 얼마나 경이로운 세계였을까? 그러나 그것은 또한 어쩔 수 없이 세계의 변경, 닫힌 공간이기도 했다. 해변에서 보면 늘 일직선이고 이마에 닿을 듯 가깝게 보이던 수평선이 한라산 기슭에서는 반원의 아름다운 곡선을 그으며 아득히 멀리 물러나 있었는데, 그러나 그 드넓은 해역 어느 구석에도 본토의 끝자락이 나타나 있지 않다는 것, 물에 막히고 물에 갇힌 섬이라는 사실을 실감으로 느꼈을 테고, 그래서 언젠가는 저 수평선을 뚫고 섬을 탈출하지 않으면 안된다고 생각했을 것이다.

나무 마중

평일에 어머니가 나무를 하러 가면, 나는 학교가 파하는 대로 질
빵을 챙겨들고 나뭇짐 마중을 가곤 했다. 십리쯤 거슬러올라가서
도중에 어머니를 만나 나뭇짐을 나눠서 지고 오는 일이었다. 어머
니는 내가 마중 나올 줄 알고 짐을 무겁게 해서 짊어지기 때문에,
무슨 일이 있어도 빠져서는 안되었다. 들길 따라 올라가다가 도중
에 어머니를 만났을 때, 그 기쁨이라니! 무거운 짐에 눌려 머리를
숙인 채 터벅터벅 걸어오는 어머니의 모습은 얼마나 고단해 보였
던가. 어서 빨리 그 짐을 덜어드리려고, "어머니!" 하면서 내가 달
려가고, 그 소리에 어머니가 숙였던 머리를 쳐들며 환하게 웃을 때,
우리 모자 간에는 집에서는 못 느꼈던 뜨거운 감정의 교류가 일어
나곤 했다.

그런데 나의 들뜬 기분은 어머니의 고집 때문에 망가질 때도 있
었다. 어머니는 쉴 참이 아니면 결코 짐을 부려놓지 않아 나를 신
경질 나게 했다.

"이제랑 어서 짐 부립서게!"

"쉰 지 얼마 안됐는데…… 쪼끔은 더 가야쥬."

"에이 씨이, 마중 나온 보람도 없이, 이거 무시거라(뭐야)!"

"야야, 신경질 부리지 말앙, 나뭇짐 뒤를 보라. 으름덩굴 걸려시
니까, 그거나 먹으멍 따라오라."

"씨이, 내가 뭐 으름 먹으러 예까지 왔나. 나무 마중 왔쥬. 어서
빨랑 짐을 부리라니깐!"

한번은 마중 갔다가 서로 엇갈려 못 만난 적도 있었다. 중2 때의 일이었다. 그 들길은 외줄기로 뻗어 있어서 엇갈릴 염려가 없는데도 그렇게 된 것은 그날따라 건초짐들이 떼몰려서 많이 내려왔기 때문이었다. 초원지대에 마소의 월동용 건초 수확이 한창일 때였다. 바싹 마른 풀이라 짐의 부피가 컸는데, 마차에 실린 것은 집채만 했고, 사람과 마소들도 둥그렇게 부피 큰 짐을 졌다. 그 큰 건초더미들이 길을 가득 메우고, 독한 풀 냄새를 씽씽 풍기면서 우쭐우쭐 내려오는 광경은 지금 내 가슴에 풍성한 가을의 이미지로 남아 있다. 그처럼 한라산의 개방은 거덜났던 삶의 원상회복을 의미했다. 언제나 미흡했던 가을 추수, 이제 월동용 건초와 땔나무를 거둬들일 수 있음으로 해서 가을 추수는 비로소 풍족해진 것이었다.

늦가을이면 산과 들에 있던 것들이 월동하기 위해서 마을로 내려왔다. 들녘에 흩어져 일하던 인간들도, 방목 중인 마소도, 밭의 곡식, 초원의 건초, 산의 땔나무도, 말하자면 자연의 일부가 늦가을이 되면 긴 행렬을 이루어 그 길을 따라 마을로 내려오곤 했다.

그날 나는 그 풍성한 건초 행렬을 거슬러올라가면서, 거기에 끼여 있을 어머니의 나뭇짐을 찾아 두리번거렸다. 그 행렬은 꽤나 길게 이어졌는데, 어찌된 일인지 어머니는 좀처럼 나타나지 않았다. 나와 함께 마중 나왔던 동네 아이들은 모두 제 식구를 만나 내려가버리고, 마침내 건초 행렬도 끝나고, 그 길 위에 덩그렇게 나 혼자였다. 짐 진 사람들과 마소, 마차들이 몰려가면서 일으키는 먼지와 소음이 저 아래로 멀어지자 음산하게 정적이 밀려왔다. 졸지에 낯선 상황에 놓여진 나는 정신이 얼떨떨했다. 주위의 정적이 은근히 두려워지기 시작했다. 두 야산의 그림자는 점점 커지고, 더욱 깊어가는 정적 속에서 세차게 들려오는 풀숲의 벌레 울음소리. 그 속에서 나는 나 자신이 낯설게 느껴졌다. 혹시 어머니에게 무슨 일이 생긴 건 아닐까? 아무리 짐이 무거워도 이렇게 멀리 뒤처질 리가 없는데…… 혹시 다친 것은 아닐까? 설마, 그럴 리야. 아마 서로 못 보고 지나쳤겠지.

경작지대가 끝나고 초원지대가 시작되는 지점인 민오름 근처에 오자, 나는 걸음을 멈출 수밖에 없었다. 해가 지평선 아래로 가라앉고 있었다. 두 야산 사이에 멈춰 선 채 나는 초원지대 한가운데로 뻗어 있는 그 들길을 응시하고 있었다. 초원지대에는 마지막 석양빛이 금빛으로 무르녹아 있었고, 바람에 일렁이는 야초의 물결 때문에 들길은 마치 살아 움직이는 생물인 듯 비현실적인 느낌을 주었다. 초원은 낮에도 혼자 걷기에는 아직은 두려운 곳이었다. 사태 때 숱한 인명이 희생된 곳이었다. 녹슨 탄피, 삭은 고무신, 흰 뼈들이 아직도 거기에서 발견되고 있었다.

두 야산은 그늘이 점점 커지고 짙어지면서, 초원보다 먼저 어두워지고 있었다. 나뭇짐 진 어머니는 종내 나타나지 않고, 들길 위에 나 홀로 서 있던 그 시간, 점점 어둠이 짙어지는 두 야산은 화석처럼 검은 윤곽만 남긴 채 굳어지고, 그 사이에 우뚝 선 나 또한 화석으로 변해버린 듯한 느낌이었다. 그때의 경험을 가지고 처음 시라고 써본 것이 「화석」이란 제목의 글이었다. 물론 시구절은 잊었지만, 그때의 느낌만은 강하게 남아 있다.

집

외갓집 울타리 안에 우리 집이 세워진 것은 내가 중2 되던 해인, 이듬해 봄이었다. 집 완성이 그렇게 늦어진 것은 늘 일이 바빴던 이모부의 사정 때문이었다. 이모부는 다른 집을 짓는 틈틈이 우리 일을 해주었던 것이다. 어머니가 사들인 목재들 중에는 구호물자로 나온 미송처럼 새것도 있었지만, 기둥이나 들보로 쓰일 큰 목재는 거의가 중고였다. 사태 때 소각당한 마을에서 나온 것이 분명한 그 중고 목재들은 풍우의 때가 누렇게 올라 있었을 뿐만 아니라, 군데군데 불에 할퀸 자국도 거멓게 남아 있었다. 그런데 그 볼썽궂은 것들도 대팻날을 만나니까 검게 그슬린 옛 상흔을 벗고 희고 깨끗한 속살을 내보였다.

상량하던 날, 나는 외할아버지가 시키는 대로 아버지를 대신해서, 대들보 아래 엎드려 성주신께 절을 했다. 외할아버지가 쓴 상량문과 함께 허공에 떠오른 집의 흰 뼈대를 바라보면서 내 마음은 얼마나 흐뭇했던지! 오랜 꿈이었던 '우리 집'이 현실로 눈앞에 나타났고, 장차 나는 그 집의 가장이 될 사람이었다.

집의 골격이 만들어지자, 그다음부터는 일의 진행이 빨라졌다. 특히 흙일할 때는 눈코 뜰 새 없이 몹시 바빴다. 동네 사람들도 부조로 흙 한짐, 물 한허벅씩 날라다주었다. 마당 하나 가득 푸짐하게 쌓인 흙더미가 다 없어지는 데 아마 사나흘은 걸렸을 것이다. 그 사나흘 동안 일들이 어찌나 바삐 돌아갔던지, 어린 나도 꽤나 애먹었다. 아마도 그때가 봄방학이었던 모양이다. 흙반죽을 만드는 것

은 주로 내가 맡아 한 일이었다. 흙더미 한가운데에 물을 부어 연
못을 만들어놓고, 거기에 정강이를 걷고 들어가 꾸적거리며 이리
저리 휘젓고 다니기만 하면 되는 일이었다. 그러나 일이 단순하기
는 했지만, 벗은 종아리와 발에 감기는 흙탕의 냉기는 정말 지긋지
긋했다. 이른 봄이라 날씨가 아직 덜 풀려 있어서 그랬다. 그래도
나는 잘 참아냈다. 아버지를 대신해서 성주님께 절을 올린 미래의
가장이니까.

그렇게 잘 참으며 일해나가던 내가 하루는 기온이 갑자기 뚝 떨
어지는 바람에 그만 낭패를 당하고 말았다. 흙탕 속이 그렇게 못
견디게 차가우면 얼른 발을 빼고 나와버리면 될 텐데, 미련한 나는
발 시린 걸 참으며 계속 버티다가 결국 울음을 터뜨리고 만 것이었
다. 그러한 나를 보고 껄껄거리던 외할아버지의 웃음소리가 생각
난다. "껄껄껄, 저 녀석 성질머리 좀 봐."

그렇게 해서 마침내 흙내 물씬 나는 조그만 집 한채가 지상에 솟
아올랐다. '우리 집'이 생긴 것이었다. 돈이 모자라 툇마루 놓는 일
이 뒤로 미루어지고, 방 두개 중에 하나는 세를 놓을 수밖에 없었
지만, '우리 집'이 생겼다는 것은 여간 큰 기쁨이 아니었다. 셋방 빌
리는 처지에서 세를 놓는 처지로 바뀐 것만 따져도 비약적인 변화
였다.

그 방의 세입자는 나보다 서너살 연상인 처녀들이었는데, 시골
에서 올라와 양재학원을 다니는 중이었다. 그녀들과 나는 한 지붕
밑에 살면서도 별로 교분이 없었다. 무관심해서가 아니라, 워낙 붙
임성 없는 내 성격 탓이었다. 바로 근처에서 여성의 야릇한 체취가

솔솔 풍겨오는 것 같은데, 어찌 무관심할 수 있겠는가. 단지 안 그런 척 냉담을 가장하고 있을 뿐이었다. 그녀들도 말이 없는 나를 어렵게 여겨, 부득이한 일이 아니고는 말을 걸어오지 않았다. 그런데 어쩌다 말을 걸어올 때면, 놀랍게도 존댓말이었다. 서너살 위의 말만 한 처녀들로부터 존댓말을 듣다니, 너무도 이상야릇했다. 저녁이면, 마루 건너 그 방에서 들려오는 까르르 자지러지는 웃음소리에 내 마음은 늘 싱숭생숭했다. 이따금 불량기 있는 상고생들이 귀가하는 그 아가씨들을 뒤쫓아와 집 밖에서 서성거리며 휘파람을 불던 일도 생각난다.

그런데 집을 지은 직후, 잠깐 끼어들었던 이 삽화는 아버지의 귀향으로 끝이 나버린다. 그 처녀들에게 세놓았던 방을 아버지와 내가 사용하게 된 것이었다.

아버지의 귀환

마침내 아버지가 돌아왔다. 그 귀향은 인천생활이 거덜났음을 뜻했다. 아마도 사업이 실패해서 빈털터리가 되지 않았던들 낙향할 결심을 하지 못했을 것이다. 그런데도 아버지는 마치 우리 오누이와 어머니가 보낸 편지의 하소연에 마지못해 돌아온 듯 사뭇 시큰둥한 태도였다. 아버지가 돌아온 것은 집 짓고 네댓달쯤 지난 어느 더운 여름날 저녁이었다. 우리 식구가 외할아버지네랑 마당에다 멍석 깔고 앉아 저녁밥을 먹고 있는데, 그 마당 안으로, 아버지가 아무런 예고도 없이 불쑥 나타난 것이었다. 아마 그 순간 내가 느낀 감정이란 반가움이라기보다는 어떤 당혹스러움이었을 것이다. 제발 돌아와달라고 애소의 편지를 썼던 내가 막상 아버지를 만나니, 마음이 편치 못했다. 마치 낯선 사람을 만나는 느낌이었다. 칠년간의 세월이 아버지와 나 사이에 그러한 간극을 만들어놓았던 가보다. 14세의 소년에게 칠년이란 영원처럼 긴 시간이었고, 그래서 아버지의 부재는 영영 움직일 수 없는 사실처럼 내 마음속에 고착되어 있었다. 아버지한테 야단맞고 매 맞는 아이들을 보면서, 아버지의 부재를 오히려 다행으로 여겼던 나였다. 그동안 어머니의 성화에 못 이겨 아버지에게 편지를 쓰곤 했지만, 늘 허공에 띄우는 것처럼 현실감이 없었고, 그래서 아버지의 귀향은 불가능한 것으로 여겨졌었다. 그러니까 나에게 아버지는 실체가 아닌 관념이었다. 그러한 아버지가 오랜 부재 상태를 깨뜨리고 드디어 내 앞에 실체를 드러낸 것이었다. 그동안 아버지가 무엇인지 모른 채 지내왔으니 이제부터 그 실체를 톡톡히 체험하지 않으면 안되었다.

  돌아온 아버지는 낯설었을 뿐만 아니라 실망스럽게도 실패자의 모습이었다. 처음에는 가죽 제품인 여행가방이 꽤 고급스러워 혹시나 했다. 가죽 냄새가 어찌나 근사했던지 지금도 잊혀지지 않는데, 그러나 어처구니없게도 내용물은 하나같이 초라한 것들뿐이었다. 얼마 후에는 그 가죽 가방마저 팔아버렸는지, 집 안에서 보이지 않았다. 단벌 신사, 그것도 제대로 된 것은 검정색 상의뿐이고, 하의는 물 뺀 서지 군복 바지였다. 내가 싫어했던 토래기 선생이 바로 그런 옷차림이었다. 옷차림뿐만 아니라 군대식 언동까지도 두 사람이 비슷해서 내 마음을 우울하게 만들었다.

그렇게 해서 칠년 동안 유예되었던 나의 아버지 체험은 그때부터 시작되었다. 불만투성이였던 열네살의 소년, 유년은 지나갔으나 그 빈자리를 채울 새로운 자아의 내용이 아직 형성되지 않아 괴롭고 불만스러운 그 시기에 아버지의 갑작스러운 출현은 나에게 어차피 적대적일 수밖에 없었나보다. 나 자신에 대해서 눈뜨기 시작할 때였다. 타자와 구별되는 존재로서 자신을 절실히 느끼게 된다는 것은, 상대적으로 나와 구별되는 존재로서 타자가 강하게 부각됨을 말할 텐데, 나에게 있어서 그 타자는 다른 누구에 앞서 아버지였다.

물론 처음에는 아버지라는 새로운 조건에 순응해보려고 애써보기도 했다. 아버지와 한방을 쓰고, 한 이불을 덮고 자야 했던 나로서는 싫든 좋든 적응해내지 않으면 안되었다. 나중에는 습관이 되어, 지겹게 오랫동안 계속하지 않으면 안되었던 발 안마도 그때 내가 자청해서 시작한 것이었다. 나는 아버지의 발치에 머리를 두고 잠을 잤기 때문에 코끝에 닿는 그 발에 우선 적응하는 것이 중요했다. 다행히 아버지는 취침 전에 발을 반드시 씻었기 때문에 역한 냄새는 나지 않았다. 아니, 그보다는 나에게 발 안마를 시키기 위해서 발을 씻었다는 말이 옳을 것이다. 초등학교 3학년 때, 눈먼 피란민 아이한테 배운 안마 솜씨를 한번 제대로 써먹은 셈인데, 까다로운 성격의 아버지도 나의 안마 솜씨만은 인정해주었다. 나한테 발 안마를 받으면 잠이 잘 온다고 했다.

그랬다. 아버지는 악몽에 시달리는 일이 자주 있었다. 한밤중 느닷없이 터져나오는 가위 눌림의 외침 소리를 나는 얼마나 지긋지긋하게 여겼던가. 아버지의 꿈자리에 자주 출몰하는 그 악몽들은 물론 전쟁이 남긴 후유증이었다. 가슴속의 그 상처를 위로해줄 사람은 아무도 없었다. 전쟁이 평화를 짓밟는 데 냉혹하다면, 평화 또한 그만큼 냉혹해서 전쟁의 기억·상처를 빠르게 잊어버린다. 아내도 자식도 그 아픔을 알려고 들지 않는다. 아픈 과거는 될 수 있는 한 빨리 잊는 게 상책인 것이다. 거기에 너무 오래 붙들려 있으면 사회의 낙오자가 될 뿐인데, 아버지가 그런 경우였다. 이미 끝난 전쟁이 당신의 무의식 속에서는 여전히 진행 중이었다. 우리 식구는 아버지의 군대식 언동에 늘 기죽어 지내야 했고, 특히 한밤중 터지는 악몽 속의 절규를 들을 때면 흡사 집안에 앙화가 덮친 것처럼 마음이 심란했다.

그러한 아버지가 우연히 내가 해드린 발 안마에서 수면제 효과를 발견했던 것인데, 그때부터 나는 잠잘 시간만 되면 싫어도 그 일을 하지 않으면 안되었다. 즐거운 마음으로 자청해서 한 일이 결국 나를 구속하는 질곡이 되어버렸다. 물론 아버지를 도와드린다는 보람은 있었다.

아버지는 늘 양말을 신었기 때문에 발이 희었다. 햇볕에 검게 그을린 농사꾼 발들에 익숙한 나로서는 그 흰 발이 매우 이물스러웠는데, 감촉도 서늘하고 축축해서 흡사 음지의 버섯을 만지는 느낌이었다. 여러해 전쟁터를 헤매다닌 고난의 발이었다. 한여름에도 섬뜩하게 느껴지던 냉기, 지금 생각하면 아버지는 무심한 아내 대신 어린 장남의 손을 빌려 그 냉기를 조금이라도 녹여보려고 했던 모양이다. 그러니까 내 손이 조물락거리며 만진 것은 아버지의 슬픔이었다. 그 누구도 달랠 수 없는 슬픔, 여러해 만에 만난 조강지처도 위안이 되지 못했다. 고향에 돌아온 당신은 처음부터 어머니와 딴 방을 써 별거하지 않았던가. 아내 대신 아들과 함께 한 이불을 덮고 자는 아버지의 슬픔 속에는 인천 여자와 이별해야 했던 고통도 섞여 있었을 것이다. 그러나 나는(어머니도 마찬가지였지만) 그러한 아버지의 내면을 이해할 수도 없었고 이해하려고도 하지 않았다. 단지 아버지는 두려움의 대상일 뿐이었다. 일단 시작한 발안마를 그만둘 수 없었던 것도 그 두려움 때문이었다.

아버지가 얻은 첫 일자리는 군청의 임시직 서기였다. 비록 임시직이었지만, 몇달 안에 정식으로 서기 발령을 받을 것으로 약조되어 있었다. 전후의 극심한 구직난 속에서 그만한 직장이라면 정말 감지덕지였다. 새로 맞춘 양복을 입고 출근하는 아버지의 모습을 보면서 나는 가슴이 뿌듯했다. '돈 벌어오는 가장'의 존재를 우리 식구는 얼마나 소망해왔던가. 농경시대의 연장이나 다름없는 그 당시에 월급을 받는 사람은 귀족이나 다름없었고, 그중에도 공무원이 가장 인기가 좋았다. 그런데 우리 식구의 그러한 기대를 저버리고 아버지는 한달도 못 채우고 그 직장을 박차고 나와버렸다. 더 나은 일자리가 있어서도 아니고, 단지 공무원 생활이 비위에 안 맞는다는 것이 직장을 그만둔 이유였다. 주어진 일만 하면 다달이 월급이 나오는 그 좋은 일자리를 마다하고 나와버린 아버지에 대해서 나는 여간 실망이 아니었다. 물론 아버지로서는 나름의 계획이 있었고, 35세의 청년답게 미래에 대한 자신감도 있었을 것이다. 그런데 직장 나와 맨 처음 시작한 것이 어이없게도 돼지치기였다.

제 새끼를 잡아먹은 암돼지

집집마다 측간에 돼지를 키우는 것이 그 고장 풍습이라고 앞에
서 말한 바 있지만, 우리 식구도 집을 마련한 후부터는 돼지를 칠
수 있었다. 내 똥으로 내 돼지를 키울 수 있게 되니까 미상불 똥 누
는 것도 보람차고 기분이 좋았다. 새끼 돼지를 한마리 사다 키우기
시작했는데, 그 조그만 것이 어찌나 귀엽게 보이던지, 동네 친구 집
에서 놀다가 똥이 마려우면 그 집 측간에다 허비하지 않고 우리 집
까지 와서 돼지를 먹였던 일이 생각난다. 그러니까 제 집을 갖고
있으면, 으레 돼지 한마리쯤은 키우게 마련인데, 아버지는 그것 외
에 이웃집 측간까지 빌려서 돼지 한마리를 더 키웠다. 측간을 빌려
준 집은 트럭 운전수 김씨네였다. 김씨네는 이북 피란민 출신이어
서 측간에서 돼지 먹이는 일에 익숙하지 못했다.
　그러나 아버지는 그 집의 측간에다 돼지만 사다놓았을 뿐 그것
을 돌보는 것은 우리 오누이의 몫이었다. 어머니는 여전히 농사일
에 바빴고, 아버지는 아버지대로 다른 할 일이 있어서 출타 중일
때가 많았다. 밖에서 아버지가 하는 일들이 무엇인지 잘 알지는 못
했지만, 궂은일도 마다 않고 닥치는 대로 하는 모양이었다. 소 거
간꾼으로 시골로 다니는가 하면 심지어는 남의 집 지붕 이엉을 이
는 일꾼 노릇도 했다. 그 당시에는 시내 중심에도 초가집들이 대부

분이었는데, 농사를 안 짓는 집에서 지붕 이엉을 새로 하려면 삯꾼을 불러야 했다. 책을 빌리려 김선생 댁을 찾아간 어느날, 나는 그 집의 지붕을 이는 일꾼들 중에서 아버지를 발견하고 몹시 놀랐다. 아버지가 그런 일도 한다는 걸 그때 처음 알았다. 뜻밖의 장소에서 나를 만난 아버지는 쩡긋하고 어색한 웃음을 지어 보였을 뿐 아무 말도 하지 않았다. 이 집에 왜 왔느냐는 물음도, 이 집은 우리 국어 선생님 댁이라는 대답도 서로 간에 오고 가지 않았다.

아버지는 사업 자금을 마련하기 위해서 그렇게 이것저것 가리지 않고 일한다고 했다. 그런데 이상하게도 그렇게 부지런을 떨었건만 영 돈이 모이지 않았다. 안되는 일만 골라서 한 헛부지런이었다. 그런 아버지를 두고 '골체(삼태기) 부지런'이라고 하면서 어머니가 흉보았다. 차라리 게으름뱅이였다면 그러려니 하고 내 마음도 편했을 것이다. 아무래도 무슨 액이 낀 것 같았다

우리 오누이도 아버지의 헛부지런에 한바탕 놀아났는데, 그것이 바로 돼지치기였다. 돼지 먹이는 인분만으로는 모자라서, 영녀와 내가 번갈아가며 하루에 두번씩 보릿겨 같은 사료를 주었다. 돼지에게는 고형사료도 필요하다고 하면서, 아버지는 우리에게 갯가의 파래나 배추밭에 버려진 겉잎 같은 것들을 거둬오게 하기도 했다. 고형사료, 이 단어를 나는 그때 아버지로부터 들었지만, 그것의 정확한 뜻은 아직도 모른다. 그 단어가 무슨 뜻이냐고 물어보지도 않았다. 아니, 묻고 싶지 않았다. 그때 이미 아버지를 향한 내 마음은 굳게 닫혀 있었다. 돼지 한두마리 키우는데, 무슨 그따위 유식한 용어가 필요하단 말인가, 누가 농업학교 출신이 아니랄까봐서? 농업

학교 출신이, 아니 육군 예비역 대위가 남부끄럽지도 않아서 돼지치기인가. 내 마음이 굳어진 것은 그러한 불만 때문이었다. 그 시절이 지난 후에도, 아버지의 실패를 생각하면 실패의 상징처럼 '고형 사료'라는 단어가 떠오르곤 했다.

돼지치기는 결국 실패로 끝나고 말았다. 망친 것은 이웃집 측간을 빌려 키운 암돼지였다. 젖을 갓 뗀 새끼 돼지가 다 커서 어미가 될 때까지(중3 때까지) 거의 일년 동안 공들여 쌓은 탑이 하루아침에 와르르 무너지고 만 것이었다.

그 암돼지가 해산하던 날도 아마 비가 내렸을 것이다. 연일 내린 장맛비에 측간은 물이 흥건하게 고여 있었는데, 그 물이 혹시 돼지막으로 흘러들까봐 마른 보릿짚을 잔뜩 집어넣고도 안심이 안되어 전전긍긍하던 아버지의 표정이 생각난다. 그렇게 해산 시간을 기다리던 아버지는 어느 순간 돼지막 입구 쪽에 갓 태어난 새끼 한마리가 꼬물거리는 것이 눈에 띄자, 옳다구나 하고 안심했던 모양이다. 아무 의심도 않고 부엌에 들어가서, 어미 돼지에게 젖 잘 나오라고 먹일 모자반국을 한솥 끓였다. 암돼지가 해산하면 적어도 새끼 대여섯마리는 나오게 마련이었다. 돼지막 안이 어두워서 보이지 않았지만 드러누운 어미 돼지의 젖줄에 대여섯마리의 새끼들이 줄줄이 매달려 있을 것이라고 아버지는 믿어 의심치 않았다.

그러나 나타난 결과는 참담한 실패였다. 어미 돼지가 제 새끼들을 낳자마자 잡아먹은 그 흔치 않은 불상사가 바로 우리 집에서 발생한 것이었다. 마지막으로 하나 남아 아버지의 눈에 띄었던 그 새끼 돼지도 하루 뒤에는 어미의 아가리로 들어가버렸는지 보이지 않았다. 돼지는 해산할 때 부정을 타면 제 새끼들을 잡아먹는다고 했다. 그래서 그때가 되면 아무리 궁금해도 돼지막 안을 들여다봐선 안되고, 그 옆에서 시끄럽게 굴어서도 안되었다. 너무도 잘 아는 금기이기 때문에 그것을 어길 사람은 우리 식구 중에 아무도 없었다. 도대체 부정 탈 만한 까닭이 없는데, 어째서 그런 해괴한 일이 벌어졌을까? 글쎄, 돼지가 부정을 타 제 새끼들을 잡아먹는다는 것을 과학적으로 풀이한다면 어떤 뜻일까? 새끼들이 너무 약하게 태어났거나, 태어난 환경이 너무 열악하여 더이상 살아갈 가망이 없다고 판단해서 잡아먹는 것은 아닐까? 나중에 돼지막 안을 들여다보니까, 그렇게 보릿짚을 많이 넣어주었는데도 물이 많이 흘러들어 바닥이 질척하게 젖어 있었다.

그런 불길한 일이 우리 집에서 발생했으니, 기분이 좋을 리 없었다. 중3 말, 졸업 기념으로 공연한 연극 「맥베스」에서 세 마녀가 마술의 솥에 온갖 끔찍한 흉물들을 집어넣어 지독한 잡탕을 끓일 때, 그 끔찍한 것들의 목록 중에 '제 새끼를 잡아먹은 암퇘지의 피'가 들어 있는 걸 보고 얼마나 기분이 나빴는지 모른다.

어쨌거나 일년 넘게 공력 들인 일이 그렇게 허무하게 끝나고 말았으니, 아버지는 여간 실망한 게 아니었다. 그러나 아버지는 당신이 벌인 일로 인한 식구들의 실망을 조금도 고려하지 않았다. 크게 상심한 끝에 그 마귀 같은 암퇘지를 시장에 내다 팔아버린 아버지는 그 돈을 반만 놓고 가라는 어머니의 하소연도 일축한 채 모조리 노름판에 탕진해버렸다.

그렇게 해서, 아버지는 도무지 어찌해볼 도리가 없는 실패자의 모습으로 내 마음에 자리 잡게 되었다. 실패만 거듭하는 아버지는 운수가 나쁘다기보다는 액이나 마가 끼어든 것 같았다.

책

나는 아버지가 미웠다. 하기는 미움의 대상이 필요한 시기이기도 했다. 사춘기 초입에 들어서 있는 그 소년의 내면에서 급격한 변화가 한창 일어나고 있는 중이었다. 탄생하고자 꿈틀거리는 새로운 자아, 타자와 확연히 구별되는 존재로서의 자아가 형성되기 위해선 그 타자와 대립하지 않으면 안되는데 아버지야말로 나에게 최초의 타자였던 것이다. 나는 나 자신이 느껴졌다. 아니, 느껴지는 정도가 아니라 압도적인 무게로 나를 짓눌렀다. 나 자신이 느껴짐에 따라, 야릇하게도 친숙했던 주위의 사물들이 낯설게 보이기 시작했다. 아버지뿐만 아니라 어머니도 대상화되어 저만큼 멀게 느껴졌다. 나는 오직 나만을 생각하고 있었다. 오직 나만이 중요했고 나만이 진실이었다. 실재하는 것은 오직 나 혼자이고, 내 주위의 모든 대상물들은 허구일 뿐이었다. 이 세계의 정석(定石)은 나이므로 내가 빠지면 그와 함께 이 세계도 허물어져버리리라는 생각을 독자 여러분들도 그만한 나이에 해봤을 것이다. 무대에서만 움직이는 인형극의 인형들처럼 사람들도 내 시야 안에서만 말하고 움직일 뿐, 내 시야를 벗어나면 그 즉시 무대 밖의 인형들처럼 동작을 멈추고 축 늘어져버리는 것이 아닐까 하는 생각, 말하자면 내가 없는 장소에선 어떤 일도 일어날 수 없다는 망상에 나는 사로잡혀 있었던 것이다.

그러나 그러한 망상은 너무도 허약한 것이어서 존재의 유한성에 대한 고통스러운 자각이 문득문득 찾아들 때마다 무참히 깨어져버리곤 했다. 중3짜리의 어린 가슴을 유린하던 그 예리한 고통의 감각을 나는 지금도 기억하고 있다. 무사한 일상의 예기치 않은 어느 순간에 번쩍하는 섬광과 함께 급습해서 영혼의 한복판을 꿰뚫어버릴 때의 그 숨막힐 것만 같은 고통이라니! 그래서 나는 버림받은 아이처럼 우울할 때가 많았다. 물론 누구도 나를 버린 게 아니었다. 오히려 내가 그들을 멀리했다.

마음이 울적할 때면, 혼자 바닷가에서 밀려오는 파도를 망연히 바라보거나, 하늘에 떠다니는 구름에 마음을 주곤 했다. 난생처음 무단결석도 하루 해보았다. 책가방을 바위틈에 숨기고서, 용두암에서 도두봉에 이르는 해변 길을 하루 종일 배회했는데, 아마도 그날 나는, 내가 빠졌음에도 아무 탈 없이 학교 수업이 진행되고 있음을 생각하고 마음이 더욱 울적했을 것이다. 내가 없는 장소에서도 무슨 일이든 일어날 수 있었고, 그것은 내가 죽은 다음에도 세상은 아무 탈 없이 잘 돌아간다는 것을 뜻했으니까. 그때가 중3이었다고 짐작하는 것은 제주대 주최의 백일장에 참가하여 '나'라는 제목의 글을 쓴 것이 그 무렵이었기 때문이었다. 용케 장원을 한 그 글에서 다른 내용은 잊었지만, 내가 태어나기 전의 무한 암흑과 내가 죽은 후의 무한 암흑의 두려움에 대해서 쓴 것만은 기억에 남아 있다.

이러한 나의 우울한 내면 풍경은 아마도 독서에 의해 더욱 조장되었을 것이다. 나는 닥치는 대로 책을 구해서 읽었다. 그 무렵 나는 소년소설 혹은 대중소설의 세계를 벗어나 이른바 본격문학이란 것에 입맛 들리고 있었다. 고맙게도 국어 담당 김선생 댁의 서가는 언제나 우리들에게 개방되어 있었다. 여기서 '우리들'이라 함은 학교를 대표해서 여기저기 백일장에 참가하는 문예 선수들을 말함인데, 그중에 내가 가장 충실한 문객이었다. 이상, 김유정, 황순원, 김동리, 안수길, 오영수 등의 작품집들은 물론 그 무렵에 창간한 문예지 『현대문학』도 매달 꼬박꼬박 빌려다 읽었다.

물론 문학책을 읽다보면 이해하기 어려운 대목들이 적지 않았지만, 그래도 분위기 느낌만은 강한 색조로 가슴에 와닿곤 했다. 황순원의 장편 『별과 같이 살다』를 읽다가 곰례의 속곳에 떨어진 핏자국에 얼마나 놀랐던지! 누가 가르쳐준 적도 없고, 그 글에도 별 설명이 없었지만 나는 남성의 본능으로 그것이 초경의 핏자국이라는 걸 깨달았던 것이다. 나는 특히 이상을 좋아했는데, 그의 어느 글에 나오는 '각혈'은 내가 한번도 본 적이 없는 종류의 피를 지칭하는 단어인데도 몹시 충격적이었다.

책 읽기는 우울한 나의 침묵에 잘 어울렸다. 나는 말을 잘 안하는 대신에 그 침묵을 책 읽기로 채웠다. 책을 읽고 나면, 좋은 말 상대를 만나 한참 다변스럽게 얘기를 주고받은 것 같은 흐뭇함이 느껴졌다. 책들은 나에게 까닭없는 슬픔, 이른바 '고독'이란 걸 가르쳐주기도 했다. 슬퍼할 일도 없는데 공연히 허무해져서 눈물을 글썽거릴 때가 종종 있었고, 그런 눈물일수록 감미롭게 느껴졌다. 나의 미래는 그다지 행복할 것 같지가 않았다. 나의 우울이 그렇게 만들 것만 같았다. 가난한 글쟁이, 막연하지만 그것이 나의 미래일 것으로 생각되었다. 꼭 문학은 아니더라도 어떤 식으로든 글 쓰는 사람이 되고 싶었다.

나는 특히 요절의 천재 이상과 김유정을 좋아해서, 내 식구들보다 그들이 더 가까운 혈연처럼 느껴졌다. 그 두 작가를 얼마나 흠모했으면 그들이 앓았던 폐병까지 부러웠을까? 그들을 요절하게 만든 폐병이 마치 빛나는 면류관처럼 느껴져 나도 그 병을 앓고 싶을 지경이었다. 각혈(咯血), 하얀 가제 손수건에 뿌려진 빨간 피, 아름다운 꽃.

요절

그러나 현실은 그게 아니었다. 몽상 속의 그 폐병이 눈앞의 현실로 나타났다. 나의 우상 신석이 형이 그 병에 쓰러지고 만 것이었다. 내가 중3이던 그해에 사범학교를 졸업하고서 시내 모 초등학교에 취직한 그는 학비를 벌기 위해 딱 일년만 훈장 노릇을 할 작정이라고 하면서 여전히 대학 진학의 꿈에 부풀어 있던 참이었다. 운동으로 단련된 그 강건한 육체 속에 죽음의 싹이 자라고 있을 줄이야. 그 당시만 해도 폐결핵은 거의 불치에 가까운 병이었다.

신석이 형이 세상을 뜬 것은 그해 여름이었던 것 같다. 그는 고향에 돌아가서 임종했는데, 그의 모친이 셋방 살림을 청산하러 다시 왔을 때에야 나는 그 사실을 알았다. 시내 셋방살이는 아들의 죽음으로 더이상 의미가 없게 되어버린 것이었다. 이삿짐을 챙기고 고향으로 떠나기 전인데, 어느날 나는 용두암 아래로 해수욕하러 갔다가 샘물통에 발을 담그고 멍하니 앉아 있는 그녀를 보았다.

그 샘물통은 남자 전용이라, 평소에는 여자들이 출입하지 않는 곳이었다. 그 시간이 마침 한낮이어서, 샘물통을 찾는 욕객은 없었다. 그 샘물에 냉수욕을 즐기는 젊은이들은 대개 이른 아침이나, 하루 일과가 끝나는 저녁 시간을 이용했다. 나 같은 아이들은 바닷물에 해수욕을 하고 나서 몸을 헹굴 때만 그 물을 이용할 뿐인데, 청년들은 해수욕보다 오히려 그 차가운 샘물에서 냉수욕하기를 더즐겼다. 차가운 샘물로 다스리는 그 심신 단련법에는 무작정 끓어오르는 젊음의 뜨거운 춘정을 냉각시키는 효과도 있었다. 그들은 사타구니를 드러낸 채 발가벗고 목욕하다가, 저쪽 높은 벼랑 위의 해변 길로 젊은 여자들이 지나가면, 추위에 움츠러든 성기를 손으로 잡아늘리면서 발정난 수말들처럼 한바탕 기성을 질러대곤 했다. 그것은 흔히 볼 수 있는 샘물통의 풍속이어서 망측스럽다는 느낌은 전혀 없었다. 외설이라기보다는 경쾌한 익살이었다.

신석이 형도 그 익살맞고 경쾌한 젊은이들 중의 한 사람이었다. 샘물통에서 발가벗었을 때, 근육질의 그 몸매는 얼마나 강하고 아름답게 보였던가. 그런데 그 몸속에 싱싱한 과육 속의 벌레처럼 치명적인 병균이 숨어 있었던 것이다. 그 아름다운 육체를 더이상 볼수 없게 된 그 샘물통에, 어느날 그 어머니가 아들의 잔영을 찾으러 가 있었던 것이다.

얼른 인사만 하고 지나치려는 나를 그녀가 날카로운 목소리로 불러세웠다.

"요 아이야, 이리 와보라. 슬슬 피하지만 말고. 다 늙은 할망인데, 남자 물통에 좀 있다고 그렇게 숭이 되느냐? 우리 신석이 생전에 놀던 곳이라, 한번 와본 건데……"

물속에 발을 담근 채 말없이 앉아 있는 그녀 앞으로 나는 꾸중 듣는 아이처럼 무거운 마음으로 다가간다. 나는 아직까지 위로의 말을 한마디도 전하지 못한 터라 그 앞에 서기가 두렵다.

"마침 잘 만났져. 그리 안해도 느한테 할 말이 있던 차에……"

뭔가 중요한 일이 있다는 듯한 표정이다. 뭘까? 난 그저 어린아이일 뿐인데, 위로의 말도 할 줄 모르는 어린아이일 뿐인데…… 나한테 중요하게 할 말이 뭘까? 혹시 나를 붙잡고 슬픈 넋두리라도 풀어놓으면 어쩌나.

"우리 신석이가 쓰던 책상과 걸상, 그걸 느한테 물려주젠 하는데, 느 생각은 어떠냐?"

귀가 번쩍 뜬다. 앉은뱅이책상도 없어서 행주 냄새 시큼한 밥상에서 공부하는 터에, 걸상 딸린 긴 다리 책상을 주겠다니.

"아니, 무사 대답 안햄시니? 싫으냐?"

"아니, 그게 아니고예, 너무 고마워서 마씸. 정말 고맙수다."

"그러면 이따 저냑에 우리 집에 왕 가져가거라. 그 책상과 걸상은 그 아이가 직접 맹근 거쥬. 목공소에서 재료만 사다가…… 아주 튼튼하게 잘 맹글었어."

그 형의 목공 솜씨를 잘 알고 있는 나는 때를 놓치지 않고 얼른 한마디 거든다.

"예, 맞수다. 나도 그 책상을 봐수다. 참 잘 맹글어서 마씸. 평행봉은 또 얼마나 잘 맹글었수꽈."

이렇게 별로 자신 없이 해본 말이 뜻밖에 효력을 일으켜 흐릿하던 그녀의 눈에 반짝하고 생기가 돌아온다.

"오, 느가 잘 아는구나, 우리 신석이를! 그 아이는 평행봉 운동도 잘했쥬."

"맞수다. 신석이 형은 못하는 게 없어서 마씸. 못하는 게 없이 만능이어수다. 다른 형들은 공부를 잘하면 운동을 못하는데예, 신석이 형은 공부도 잘하고 운동도 잘하고, 우리한테 최고 인기였습쥬."

아, 하고 그녀의 입에서 기쁨의 탄성이 새어나온다.

"그 아인 효심도 많았다. 이 늙은 어미한테 얼마나 잘해주었는지……"

"신석이 형은예, 눈이 펄펄 내리는 겨울에도 이 물통에서 발가벗고 냉수마찰해수다. 빨개진 몸에서 흰 김이 막 피어나고예. 우린 옆에서 보기만 해도 추워서 옷 입은 채 덜덜 떠는데, 신석이 형은 까딱도 않아수다. 까딱도 않고 떠억 버티고 서서 저 바다를 향해, 열중쉬엇! 차렷! 하고 우렁차게 구령을 질렀수게. 정말 멋졌쥬 마씸. 완전 장군감이었습쥬."

"그래, 그래 느가 잘 아는구나, 우리 신석이를!"

그녀의 눈에 눈물이 그득해진다. 슬픔이 아닌 기쁨의 눈물. 나는 그제야 애도의 말을 제대로 했음을 깨닫고 마음이 흐뭇해진다.

그래, 추운 겨울날 그 샘물통에서 목욕하던 그의 발가벗은 몸을 나는 기억하고 있다. 수건으로 문질러 빨개진 살갗에 뽀얀 김이 서려 있던 그 근육질의 알몸, 그러한 모습으로 버티고 서서 바다를 향해 힘차게 구령을 지르면, 멀리 퍼지는 그 목소리와 함께 바다는 더 넓어지고, 밀려오는 파도들은 그 구령에 복종하여 발밑에 무릎을 꿇는 것처럼 보였다. 그러나 흰 갈기를 날리며 뗏말처럼 달려오는 그 파도들 속에서 그를 태울 백마는 끝내 솟구쳐오르지 않았다. 힘과 아름다움의 절정에서 쓰러져버린 그 청년, 그의 장한 모습은 전설 속의 인물과 결부되어 내 마음속에 아로새겨 있다.

파도 속의 백마

용머리라고도 불리는 용두암 근처 바닷가는 용머리와 말머리, 두 전설이 함께 깃들어 있는 곳이었다. 말머리는 용머리에서 서쪽으로 조금 떨어진 곳의 지명이었다. 오랜 세월 승천의 꿈을 키워온 해룡이 마침내 물 위로 쳐들고 솟구쳐오르려는 찰나, 바위로 굳어져버렸다는 것이 용머리(용두암) 전설이었는데, 백마가 바닷물 위로 머리를 쳐들고 자기를 태울 영웅을 찾다가 못 찾고 사라져버렸다고 해서 말머리라는 지명을 얻게 된 또하나의 전설에도 마찬가지로 좌절의 슬픈 내력이 깃들어 있었다.

옛날 옛적, 용머리 서쪽에 자리 잡은 다끄내라는 조그만 포구에 힘이 장사인 한 소년이 홀어머니와 함께 살았다. 그 소년은 열다섯 나이가 되자 한섬 쌀에 돼지 한마리를 먹고 그만큼 큰 힘을 쓰는 장사가 되었다. 한끼에 한사발의 밥도 먹기 어려운 가난한 처지에 그렇게 큰 배를 채우기는 애당초 틀린 일이었다. 그래서 어머니는 못 먹어 점점 야위어가는 아들의 꼴을 보다 못해 어떻게 살려보려고 관가로 데려가서 관노로 써달라고, 열 사람 몫의 일을 시키고 그 대신 열 사람 몫의 밥을 먹여달라고 애소했다. 그러나 관가에서는 그 청을 들어주기는커녕 도리어 잡아 죽일 궁리를 했다. 그렇게 무서운 힘을 가진 장사를 그대로 두었다간 나중에 큰 역적이 되어 나라를 해칠지 모른다고. 그런데 그를 붙잡아 오랏줄에 묶는 것이 문제였다. 수십명의 포졸을 풀었으나, 구척 장신의 그 무서운 위세에 질려 감히 대들지 못했다. 그런데 뜻밖에도 장사는 고분고분한 태도로 나왔다. "배곯아 죽나, 관가에 잡혀 죽나, 죽기는 매한가지이니, 죽기 전에 한번 양껏 먹어보는 것이 소원이우다. 한섬 쌀에 소 한마리를 잡아주면 그걸 먹고 순순히 잡혀들이쿠다." 그렇게 해서 한섬 쌀로 지은 밥에 소 한마리를 통째로 앉은자리에서 먹어치운 장사는 나른한 식곤증에 깊은 잠에 곯아떨어졌는데, 그사이를 이용해 포졸들이 달려들어 결박을 짓고, 팔다리에 무거운 바윗돌 네개를 매달고 용두암 근처의 바다에 던져버렸다. 그러나 장사는 쉽사리 물속에 가라앉지 않았다. 사흘 동안이나 가라앉지 않고 물 위로 불쑥불쑥 솟아오르면서, "어머니, 어머니! 나 죽으카 마씸? 살카 마씸?" 하고 외치는 것이었다. 바닷가에서 마을 사람들과 함께 그 광경을 지켜보는 어머니는 차마 살라고 말할 수 없어 비통하게 울기만 했다. 관가에서 죽이기로 작정한 이상 언제 잡혀 죽어도 죽을 목숨이었고, 산다 한들 무엇을 먹고 살 것인가? 사흘이 지나자 장사는 "그럼, 어머니 부디 몸성히 계십서! 불효자 먼저 갑니다!"라는 절규를 남기고 완전히 물속에 가라앉아버렸다. 백마가 파도 속에서 치솟아오른 것은 바로 그 직후였다. 앞발을 쳐들고 물 위로 솟구친 백마는 머리를 내두르며 세번 긴 울음을 울더니 얼마 안되어 다시 물속으로 사라져버렸다. 그 백마는 그 장사가 탈 말이 었는데, 주인을 불러보아도 대답이 없자 다시 물속으로 들어가버린 것이었다. 만약 그 장사가 몇분만 더 목숨을 지탱했더라도 그 백마를 타고 천하를 호령하는 장수가 되었을 텐데 말이다. 그러니까 말머리라는 지명은 백마가 바다 위로 머리를 쳐들어올렸다가 사라졌다고 해서 생긴 것이다.

내가 신석이 형의 좌절을 이렇게 설화 속 장사의 운명에 결부시켜 생각하게 된 것은 나중에 장성하여 그 설화의 숨은 뜻을 알고 나서였다. 그 섬 고장에는 그러한 유형의 장사 설화들이 다양하게 분포되어 있다. 역적질할지 모른다고 죽임을 당하는 그 장사들은 차별이 극심한 섬 땅에 태어나 그 척박한 조건을 극복하려고 분투하다가 좌절하고 마는 불운한 인재들을 상징한다. 4·3 때 비명에 쓰러진 숱한 요절의 젊은이들이 바로 그들이 아닌가. 장사의 팔다리에 매달린 바윗돌들, 그 섬 고장 젊은이로서 비상을 꿈꿔본 자는 그 바윗돌의 숙명적인 무게를 느꼈을 것이다.

'젊은 베르터의 고뇌'

그렇게 해서, 나는 신석이 형의 책상을 물려받았다. 그렇다고 해서 그가 못 이룬 꿈까지 물려받은 것은 아니었다. 이미 나의 꿈은 그와는 다른 방향으로 가지를 틀고 있어서, 문학을 생각하는 나는 신석이 형을 끝으로 더이상 근육질의 남성상을 좋아하지 않게 되었다. 근육질의 체격, 호연지기, 남아의 기개니 하는 것들은 이제 나에게 혐오스러운 단어에 불과했다. 문학을 하기 위해서는 어쩐지 여성적이어야 할 것 같았다. 남성적인 활기 대신에 여성적인 우수, 그리고 완전한 건강보다는 어딘가 병들어 있는 파리한 낯빛의 반건강 상태야말로 문학의 필요조건인 것 같았다. 물론 그것은 신체적인 병은 아니었다. 내가 이상을 좋아하고, 그가 앓은 폐병도 근사해 보였지만, 나 자신이 그 병을 앓는다는 것은 상상도 못할 일이었다. 신석이 형이 쓰던 책상과 의자를 물려받았을 때, 나는 거기에 혹시 폐결핵균이 묻어 있을까봐서 여러번 비눗물로 씻어내렸다. 그러니까 내가 생각한 병은 정신적인 것이었다. 이상의 작품들에 나타난 야릇한 정신적 일탈 상태, 그러한 것이 나에게도 생기기를 바랐다. 글을 쓰려면 모름지기 그래야만 할 것 같았다. 나에게 이상이란 이름은 그 자체가 심리적 이상 상태를 뜻했다.

마음속 깊은 곳에서 뭔지 알 수 없는 야릇한 욕망·슬픔·갈등이 끓어오르고 있었다. 그것들은 아직도 생성 중이어서 구체적인 형태를 띠고 있지는 않았다. 아직 실체가 드러나지 않은 막연한 관념에 불과했지만, 그것들은 질풍노도의 전조처럼 벌써 내 마음을 떨게 했다.

　나는 일부러 우울한 표정을 꾸며 가면처럼 얼굴에 쓰고 다니기 시작했다. 그러니까 사춘기 열병을 본격적으로 앓기도 전에 벌써 나는 괴로워하는 시늉부터 배우기 시작한 것이다. 자신도 모르게 문득문득 우울해지는 버릇이 전부터 있어온 터라, 그러한 가면을 만들기는 그리 어렵지 않았다. 물론 나 자신은 그것이 흉내가 아니라 진심에서 우러난 사고·행동이라고 생각했다.

　이상이나 『사랑과 인식의 출발』의 저자, 또는 소설 속의 젊은 주인공들처럼 상처받은 영혼들을 책 속에서 만날 때마다, 나는 그들의 고민하는 모습을 모방하고 싶어 안달하곤 했다. 그러나 고뇌하는 자를 흉내 내기에는 나는 잠이 너무 많았다. 고뇌하는 자가 잠꾸러기라니, 도대체 가당찮았다. 고뇌 속에 밤을 '하얗게' 지새우는 소설 속의 젊은 주인공들, 그리고 그들이 쟁취한 불면의 밤들을 나는 얼마나 부러워했나. 소설을 밤새워 읽으면서 주인공들이 겪는 절실한 슬픔과 고통을 함께하고 싶었지만, 그 시도가 단 한번도 성공해본 적이 없었다. 이야기에 몰입하여 눈물을 짓다가도 자정이 가까워지면 막무가내로 쏟아지는 졸음에 꾸벅거리기 일쑤였다. 신석이 형이 물려준 책상에 앉아 책을 읽는 나는 꿈을 이루지 못하고 요절한 그 형의 슬픔도 함께 생각해보았지만 그 무정한 잠을 물리칠 수가 없었다.

　자정의 그 철벽을 무너뜨리기 위해서 몇번 비상수단도 써보았다. 졸음이 오기 시작하는 밤 열한시쯤 해서 나는 석유 남폿불을 끄고, 그 대신에 미리 준비해둔 양초에 불을 붙여 책상 위에 세운다. 촛불이 다 탈 때까지 절대로 잠들지 말아야지. 그것도 못 미더워 식칼까지 그 옆에 갖다놓는다. 수마가 식칼 보고 무서워서 달아나게 말이다. 그렇게 사뭇 극적으로 꾸며진 분위기는 자못 비장하여, 그런 상태라면 잠자지 않고 버틸 수 있을 것 같다. 촛불 한자루 다 탈 때까지 버티지 못하면 정말 바보 병신 머저리다. 나는 연신 호흡을 긴장시키면서 소설 속의 베르터(혹은 제롬)의 일거수일투족을 좇아간다. 드디어 눈물을 흘려야 할 슬픈 대목에 이르고, 나는 가슴이 미어질 듯한 슬픔에 책을 덮고 촛불을 응시한다. 촛불이 슬픈 눈물을 흘린다. 그것을 바라보는 내 눈에도 어느덧 눈물이 넘쳐흐른다. 이때를 놓칠세라 얼른 손거울을 꺼내 자신의 얼굴을 비추어본다. 촛불의 스포트라이트를 받고 어둠속에 부각된 그 얼굴은 나 자신의 것이 아닌 양 아름답기조차 하다. 그럴듯하게 연출된 고뇌의 모습, 괴로워 눈물 흘리는 베르터가 저 거울 속에 있다.

그러나 아 슬프다, 아 괴롭다, 하며 시늉을 해도 가짜 눈물, 가짜 고뇌로는 밤을 새울 수는 없는 노릇, 자정이 가까워지자 나는 쏟아지는 졸음을 이기지 못하여, 두 눈에 그렁그렁 눈물을 매단 채 책상에 엎드려 잠에 곯아떨어지곤 했던 것이다.

고뇌의 유희

고뇌하는 자는 또 말이 많아서도 안되므로 가능한 한 말수를 줄였다. 침묵 연습이라고 할까. 그러나 고뇌 혹은 고독을 모방하기 위해서 그랬던 것만은 아니었다. 그 무렵의 나는 변성기를 심하게 앓아서 목이 탁하게 쉬어 있었는데, 말을 하려면 마치 목에 가시 걸린 수탉처럼 꺽꺽 소리가 났다. 동무들 중에 유난히 내 목소리만 그 모양이어서 창피스러웠는데, 혹시, 성대가 영영 그렇게 굳어져버리는 게 아닌가 하고 겁이 나기도 했다. 그러니까 내가 말을 잘 안한 것은 목소리가 부끄러운 탓도 있었던 것이다.

읽을거리만 있으면, 반나절쯤 입 다물고 있는 것은 그리 어려운 일이 아니었다. 하기는 입만 다물고 있었지, 마음속으로는 책 속의 등장인물들과 대화를 나누고 있었으므로 진정한 의미의 침묵은 아니었다. 쉬운 것, 어려운 것, 가리지 않고 빌릴 수 있는 책이면 아무거나 닥치는 대로 읽었다. 철학적이어서 이해하기 어려운 글도 뭔가 느낌만은 강하게 와닿았다. 까뮈, 쇼펜하우어, 키르케고르도 읽었다. 개 머루 먹듯 겉핥기 식의 독서였지만, 거기에서 풍기는 염세적 분위기는 충분히 느낄 수 있었다. 이런 종류의 글들 중에 비교적 쉽게 읽을 수 있었던 것은 일본의 어느 젊은 철학도가 쓴『사랑과 인식의 출발』이었다. 매우 감상적으로 쓰인 그 글에는 염세사상이 짙게 깔려 있었는데, 저자는 젊은 나이에 폭포에서 투신자살함으로써 그 사상을 극적으로 완성해놓고 있었다. 세계에 입문하려는 사춘기 초입의 소년의 가슴에 이렇게 해서 부정적 인식의 싹이 트기 시작했다. 세계는 더이상 완전하지도, 선하지도, 아름답지도 않다는 인식 말이다.

어쨌든 소설책이나 잡지책 한권만 있으면 휴식 시간의 그 떠들썩한 교실의 소음을 침묵으로 이겨낼 수 있었다. 왁자지껄 떠드는 아이들 속에서 혼자 침묵한 채, 전혀 다른 세계에 몰입해 있다는 것, 개구리들 들끓는 시끄러운 소음의 둠벙에서 내가 만들어낸 그 조그만 침묵의 영역은 얼마나 고상하고 소중한 것으로 여겨졌던 가. 손바닥으로 귀를 막았다 뗐다 하면, 아이들이 떠드는 소음이 마치 잉잉거리는 벌떼 소리처럼 들렸는데, 그러니까 주위의 아이들은 소음 그 자체, 즉 허상이고 진실된 것은 오직 나란 존재 하나뿐이었다.

길을 갈 때면, 일부러 고개를 숙인 채 길가 그늘진 데만 골라 걸어다녔다. 세상은 우울한 회색빛으로 보였다. 언제부터인가 세상은 보기 싫은 것들로 가득 찬 것 같았고, 그래서 나는 그것들을 보지 않기 위해서 고개를 숙이고 다닌다고 스스로에게 다짐하고 있었다. 같이 놀던 또래 동무들도 싫어져서 거기에서 떨어져나와 있을 때가 종종 있었다. 철딱서니 없이 마냥 찧고 까불어대는 꼴들이 보기 싫었고, 공부 잘하는 녀석들은 그들대로 그 지나친 근면과 성실성 때문에 경멸스러웠다. 학교 선생들도 보기 싫었다. 아버지의 권위에 실망한 나는 별 실력도 없으면서 공연히 위세 부려 손찌검하기 일쑤인 선생들에게도 비슷한 반감을 느끼고 있었다. 수업 시간에 교사가 던진 질문에 다른 아이들은 모르고 나만 알고 있을 때, 손 들고 싶은 충동을 억누르고 침묵을 지킴으로써 나는 남모르는 희열을 느끼곤 했다.

그러나 앞에서도 말했듯이, 이러한 생각과 행동은, 나 자신은 자각하고 있지 못했지만, 사실은 관념의 유희일 뿐, 실체와의 부딪침은 아니었다. 침묵도 우울도 의식적으로 만들어낸 것이었다. 그런

유희를 하고 나면, 세계는 회색이기는커녕 전보다 더 아름답게 보이지 않았던가. 입을 다문 채 오래 침묵을 견뎌낸 다음, 다시 또래의 집단으로 복귀했을 때에 찾아오는 기쁨은 아주 각별했다. 용케 참아냈다는 성취감과 함께 닫혔던 말문을 터뜨릴 때의 그 흐뭇한 기분이라니! 말을 오래 참으면 참을수록 그만큼 내 기쁨은 배가 되어 동무들과 함께 한통속의 속물로 돌아가 낄낄거리며 떠들어댔던 것이다.

사춘기 초입이었던 그 당시, 내가 처해 있던 이러한 심적 상태를 생각하면 마치 나 자신이 아닌 것처럼 낯설게 느껴지기도 한다. 하기는 그때의 나와 지금의 나는 인과관계가 있긴 해도 서로 다른 별개의 인간일 것이다. 순수한 열정의 피가 식어 추한 습관으로 변해버렸는데, 어떻게 같은 인간일 수 있는가. (아, 통제력 잃은 나의 음주벽이라니!) 심신의 모든 면에서 그 아이는 지금의 나보다는 록음악과 힙합 춤에 열광하는 신세대 중학생에 더 가까울 것이다.

여학생

내가 다니던 중학교 근처에 여학교가 있어서 등하굣길에 흔히 여학생들을 볼 수 있었는데, 처음에는 단지 곤색 스커트들로만 존재하던 그들이 여성적인 매력으로 내 마음을 사로잡기 시작한 것도 그 무렵이었다. 교복 속에서 부풀어오르고 있는 여성적 몸의 특징들이 내 눈에 띄기 시작한 것이다. 나는 내 또래의 여중생들보다는 신체 발달이 뚜렷한 여고생들에게 시선이 더 갔다.

앞에서 나는, 보기 싫은 것들을 안 보려고 일부러 고개를 숙이고 다녀보기도 했다고 말했지만, 역설적으로 그 보기 싫은 것들 중의 하나가 바로 여학생 부류였다. 아니, 다른 이유는 부수적이고, 오히려 여학생들을 보지 않기 위해 고개 숙이고 다녔다고 해야 더 옳다. 여학생들을 보기 싫어했다는 것은, 다름 아니라 내 시선을 자꾸만 잡아끄는 그 강력한 힘에 저항해보았다는 뜻이다. 여학생만 나타나면 시선이 거기로 쏠리는 걸 어찌할 수 없었는데, 그러한 자신이 너무도 한심스러워 아예 안 보려고 고개를 숙이고 다녔던 것이다.

그러나 고개를 숙여도 보일 것은 다 보였다. 세상의 고민은 혼자 짊어진 듯 짐짓 우울한 표정을 짓고서, 고개를 떨군 채 한없이 느리게 다리를 끌며 걸어가고 있었지만, 실은 겉눈만 내리깔았을 뿐 속눈은 말짱하여, 엉큼하게도 옆을 지나치는 여학생들의 아랫도리를 훔쳐보고 있었던 것이다. 스커트를 너풀거리면서 지나갈 때, 경쾌한 걸음걸이 동작과 함께 스커트 위에 그려지는 둔부의 윤곽이나, 알 밴 생선처럼 통통한 종아릿살이 탄력 있게 푸들거리는 걸 보면, 나는 그만 정신이 아뜩해지고 절로 한숨이 나오는 것이었다. 그러면서도 나는 고개 떨군 내 모습에서 여학생들이 슬픈 베르터를 발견하고 "어머, 저애 좀 봐! 너무 슬퍼 보인다야!" 하고 탄성 질러주기를 얼마나 바랐는지 모른다.

그런데 운수 사납게도 그러한 나를 먼저 발견한 사람은 다름 아닌 우리 어머니였다. 그러니까 발견된 게 아니라 발각당한 셈이었다. 오후 하굣길이었는데, 그런 꼴로 승언이네 고무신 가게 앞을 지나다가 어머니와 맞닥뜨렸다. 책가방은 옆구리에 끼고, 두 손은 바지 주머니에 찌르고, 모자도 푹 눌러쓰고 머리도 푹 숙인 채, 터덜터덜 맥없이 걸어오는 내 꼬락서니를 보고서 어머니는 너무 황당했던 모양이다. 어쩐지 느낌이 안 좋아서 고개를 쳐들었는데, 바로 서너발짝 앞에 어머니가 우뚝 서서 나를 쏘아보고 있었던 것이다. 당황한 나는 얼른 바지 주머니에서 손을 빼고 모자를 고쳐쓰고는 언제 그랬느냐는 듯이, 가슴을 펴면서 벌쭉 웃어 보였다. 어머니의 손에는 금방 산 흰 고무신이 들려 있었다.

"어머니, 고무신 사러 나옵디강?"

그러나 어머니는 단단히 화가 나 있었다.

"흥, 고무신이고 뭐고, 요 녀석 능청 떠는 거 좀 봐. 시방 즈 어멍 초상 치른 놈처럼 울상이더니!"

"울상? 난 안 그랬는데……"

"아까부터 느가 오는 걸 지켜봤져. 걸음걸이가 거 뭐꼬? 즈 어멍 죽은 것같이 머리 푹 숙이고서…… 무신 고민이라도 이시냐?"

"고민은 무슨 고민…… 고민 없수다마."

"그러면, 무사 길 구석으로 머리 숙연 댕기는 거라. 느 할망처럼 보리 이삭 떨어진 것 주우려고?"

"아니, 그게 아니고…… 그냥 장난으로 해본 건데……"

"장난? 거짓말 말앙 솔직하게 말해보라. 고민이 뭐꼬?"

"고민 없다니깐!"

"하여간에, 이 후젠 그러면 안된다. 사내대장부가 대로 한길 복판으로 네 활개를 펴고 당당하게 걸어야쥬. 모자도 너무 눌러쓰지 말곡. 모자를 깊이 쓰면 사람이 엉큼해 뵈는 법이다."

그렇게 어머니한테 꾸중을 들었지만, 예의 고독자의 산보는 여전히 계속되었다. 고민에 짓눌린 듯 고개를 떨구고 걸어가는 나의 거동에 여학생들이 인색하나마 가끔씩은 관심을 보여주었다. 낮은 목소리로 키득거리면서 그녀들이 내 옆을 지나갈 때, 나는 얼마나 가슴이 뛰었던지, 고개를 숙이고 있어도 한쪽 뺨에 와닿는 시선들이 분명히 느껴졌다.

그러다가 한번은 어처구니없는 실수를 저질렀다. 앞에서 오던 두 소녀가 내 옆을 지나치기가 무섭게 까르르 웃음보를 터뜨렸는데, 그것은 분명 나를 향한 웃음이었다. 뭐가 잘못됐나, 하고 내 몸을 훑어보니, 어이없게도 단추가 떨어져 바지 앞이 열려 있었던 것이다.

그렇게 낭패 보기도 했지만, 소녀들의 웃음소리는 언제 들어도 좋았다. 그녀들은 나로부터 언제나 일정한 한계 밖에 있었기 때문에 무슨 말을 하는지 말소리는 들리지 않고 들려오는 건 단지 웃음소리뿐이었다. 초등학교 4학년 때까지 남녀 한 반이었던 계집애들도 이제는 생면부지의 남남인 양 멀어져 있었다. 까르르 깔깔깔, 그 해맑은 웃음소리에는 도무지 거역할 수 없는 불가사의한 주술이 있었다. 그 웃음소리를 들을 때마다, 나는 그녀들에게 가닿을 수 없는 거리로 인하여 가슴에 갈증이 일곤 했다. 내 귀에 그 웃음소리들이 밤낮으로 들려왔다. 그랬다. 그녀들은 항시 내 손이 닿지 않은 곳에 환영처럼 웃음소리로만 존재하고 있었다. 아, 저들에게 가까이 다가갈 수 있는 방법은 없을까?

여자 목욕탕

그 매혹적인 웃음소리가 여름밤 여자들이 목욕하는 샘물통에서 들려올 때면 말할 수 없이 자극적이었다. 용연의 샘물통에서 시끌짝하게 들려오는 여자들의 웃음소리에 길 가던 총각들의 마음이 싱숭생숭해지곤 했는데, 그 소리가 이제는 나에게도 예사롭게 들리지 않았다. 어둠속에서 물 끼얹고 텀벙대는 소리와 함께 들려오는 까르르 깔깔깔 소리는 내 마음을 얼마나 뒤숭숭하게 섞어놓아버렸던가. 그 소리를 들으면 우리 반의 어떤 녀석처럼 나도 머릿수건을 쓰고서 그 샘물통에 숨어들고 싶은 충동이 일곤 했다. 빡빡 깎은 머리통을 머릿수건을 써 가리고, 보자기를 앞치마처럼 두르고서 물허벅을 진 그 녀석의 모습을 생각하면 지금도 웃음이 난다.

녀석은 시골 출신으로 병문내 다리 근처에서 자취를 하고 있었다(그 자취방에서 난생처음 맛보았던 구제품 치즈 맛도 생각난다). 자취생활에서 녀석에게 제일 성가신 것은 선반물까지 가서 물을 길어오는 일이었는데, 양동이 살 돈이 없어서 주인아줌마가 쓰는 물허벅을 지고 다녀야 했던 것이다. 물허벅은 여자만 사용하는 물건인지라, 사내자식이 그걸 졌다면 웃음거리가 될 게 뻔했다. 그래서 녀석은 남의 눈에 안 띄게 날이 어두워진 다음에야 물을 길러 다녔다. 빡빡 깎은 머리통을 머릿수건을 써서 가리고 보자기를 앞치마처럼 둘러 여자처럼 꾸미고서 말이다.

그런데, 날 저문 후에는 인적이 드물던 그 선반물이 더운 날들이 계속되자 낭패스럽게도 목욕하는 여자들로 그득해지고 말았다. 식수용 물통과 목욕하는 물이 서로 이웃해 있기 때문에, 그 안에 들어가기 두려웠다. 그렇다고 빈 허벅으로 돌아갈 수도 없는 노릇, 할 수 없이 들킬 각오를 하고 들어갔는데, 다행히 여자들은 어둠속에서 와자지껄 웃고 떠들기만 할 뿐, 침입자의 존재를 전혀 눈치채지 못하더라고 했다. 첫날은 경황없이 물만 긷고 얼른 나와버렸지만, 차차 배짱이 생겨 한눈을 팔게 되더란다.

"야, 거 참 구경 좋데. 열명도 넘는 여자들이 뺄게벗고 목욕하는데 말여, 다들 사루마다(팬티)도 안 입고 맨들락하게 벗었는데 말여……"

"맨들락하게? 정말?"

"아암, 다들 맨들락 벗었어. 히야, 그 흰 알궁뎅이들, 둥글둥글한 것이 말여."

"새끼, 너 공갈 마! 어두운데 그게 보여?"

"아암, 보이지, 보이구말구, 야, 딴 녀석들한텐 말하지 마, 응? 소문나문 큰일 나니깐! 실은 말이지, 어두워서 잘 안 보이길래, 직접 옷 벗고 그 물에 들어갔지, 뭐."

"뭐? 새끼, 거짓말하고 자빠졌네. 너 같은 겁쟁이가 설마……"

"정말이라니까. 머릿수건만 쓰고 알몸으로 들어갔다니까. 사루마다꺼정 맨들락하게 벗고서 말여."

"뭐? 사루마다꺼정?"

"다들 맨들락 알몸으로 목욕하는데, 나만 사루마다 입고 있으면 의심할 거 아녀?"

"에이 씨벌! 그래서? 빨리 말해봐!"

"목욕하는 척하면서 구경했지, 뭐. 참 경치 한번 좋더라. 뭉실뭉실 젖통을 주물러대는데, 아이고, 나 죽어!"

"어쭈 새끼, 지랄 초방구 치구 있네."

그후, 나의 성적 공상에는 나 자신이 머릿수건만 쓴 채, 홀라당 벗은 알몸으로 목욕하는 여자들 틈으로 끼어드는 장면이 자주 떠오르곤 했다. 철 따라 한번쯤 가는 공중목욕탕에도 그와 비슷한 분위기가 있었다.

그 목욕탕은 남탕과 여탕을 나누는 칸막이벽이 어른 키보다 조금 높을 뿐이어서 여탕에서 나는 소리가 여과없이 그대로 들려오게 되어 있는 구조였다. 뿌연 수증기와 함께 거침없이 넘어오는 그 벌거벗은 소리들에 주눅 들어선지, 아니면 그 소리들이 주는 관능의 맛을 음미해보려고 해서 그랬는지는 몰라도, 남탕의 사람들은 늘 조용했다. 여탕·남탕에서 자욱이 피어오른 수증기가 서로 섞여 몽롱한 분위기를 만들고 있는 허공으로 여자들의 웃음소리, 말소리, 물 끼얹는 소리가 직접적으로 적나라하게 넘어오고, 그 벽의 한쪽 끝에 달린 쪽문 밑으로는 여자들이 몸을 씻어낸 땟국물, 비눗물이 도랑을 타고 남탕의 하수도로 흘러들고 있었다.

그런데 알몸을 씻은 땟국물, 비눗물만 흘러든 게 아니라, 한번은 알몸 그 자체가 남탕으로 뛰어든 적이 있었다고 한다. 벗어놓은 금반지가 물에 쏠려 도랑을 타고 남탕으로 흘러들자, 그 여자는 발가벗은 알몸인 채 쪽문을 발칵 밀치면서, "아이고, 내 반지!" 하면서 뛰어들었다는 것이다.

그러한 에피소드 때문에 나는 목욕탕에 가서 그 쪽문을 대할 때마다, 당장 어떤 여자가 발가벗은 알몸으로 문을 발칵 밀치고 뛰어들 것만 같은 환상이 떠오르곤 했다. 그리고 그 쪽문 곁에 벽을 가운데 두고 양쪽에 걸쳐 자리 잡은, 남녀 공용의 냉수통, 손을 조금만 뻗어도 닿을 거리에서 바가지로 물을 퍼올리는 여자들의 벗은 팔들은 또 얼마나 내 마음을 산란하게 했던가.

터럭

내 몸에 변화가 생겼다. 코 밑에 뜬숯을 묻힌 듯 거무끄레한 자국이 생기면서 불두덩에도 그와 비슷한 것이 생겼다. 나는 코 밑 수염보다 그 아래 수염에 더 신경이 쓰였다. 불두덩의 미세한 솜털이 누렇게 자라오르다가 검은 터럭으로 변했을 때 어찌나 황당스럽던지 아버지의 안전면도기로 그걸 밀어버렸다. 얼결에 면도질을 했지만, 그 자리에 다시 자란 거웃이 전보다 더 까맣고 더 다보록해져서 나를 실망시켰다. 수염을 깎으면 오히려 더 잘 자라고 더 까매진다는 말을 들은 것은 그뒤였다.

생길 게 생긴 것인데, 그것이 생겨나야 사내가 되는 법인데, 왜 나는 면도로 그걸 밀어버렸던가. 아마도, 아무 준비도 안된 상태에서 거웃부터 생겨난 것이 불안해서 그랬을 것이다. 여자들은 여전히 손이 닿지 않은 곳에 스커트들로, 웃음소리들로 존재할 뿐인데, 여건들은 무엇 하나 성숙되지 않았는데, 쓸데없이 거웃만 먼저 나면 뭐 하나, 하는 잠재의식이 작용했던 모양이다.

이차성징인 거웃의 발생과 더불어 공상과 흉내에 불과했던 것들이 이제는 내 몸 안에서 구체적인 욕망들로 육화되어 나타났다. 몸속에 꿈틀거리는 낯선 욕망들을 느끼기 시작하면서, 나는 나 자신이 두렵고 불안해졌다. 내 몸속에서 징그러운 욕망들과 함께 죄와 악의 씨앗들이 눈을 뜨고 있다는 생각, 아마도 그러한 불안이 불두덩의 거웃을 밀어버리게 했던 것은 아닐까? 그럴 수만 있다면, 나는 더이상 신체의 발달을 멈추고 아이인 상태로 머물고 싶었을 것이다.

당연히 나는 내 몸에서 발생한 것과 같은 거웃을 여자의 몸에서 보고 싶었다. 거웃이 다보록하게 덮인 그 둔덕, 그냥 보고 싶은 정도가 아니라 환장하게 보고 싶고, 당장은 그것만이 나의 유일한 소원이고 포부처럼 느껴졌다. 그러한 심정을 나는 다른 아이들한테 스스럼없이 털어놓곤 했다. 녀석들도 나와 똑같은 생각을 하고 있었는데, 그들과 이야기를 나눔으로써 나는 다소나마 위안을 얻어내고 있었다. 우리가 다닌 그 중학교의 변소 벽에 외설적인 낙서며 그림들이 아무리 지워도 계속 나타났던 걸 보면, 성이야말로 중3 아이들의 최대 관심사였던 모양이다. 우리는 측간의 돼지 팔자가 부럽다고 낄낄대며 도새기(돼지) 타령을 불러대기도 했다. "하, 어떤 비바리(처녀)가 측간에 앉아 똥을 박박 뀌며 오줌을 갈갈 싸는데, 그 밑에 똥 먹으러 나왔던 도새기 올려다보며 하는 말, 하따 저것도 하늘이라고 천둥 치고, 저것도 입이라고 수염이 돋고, 저것도 돌 틈새라고 샘물이 솟네, 낄낄낄."

'삶은 살'의 짝사랑

측간에서 사람과 돼지의 똥오줌이 짚과 섞여 만들어지는 것이 두엄인데 보리농사에 없어서는 안될 중요한 거름이었다. 보리갈이 때가 가까워지면, 그래서 집집마다 울타리 밖으로 내쳐진 두엄더미들이 큼직큼직하게 쌓여 있게 마련이었다. 그것들이 똥오줌으로 된 것이지만 조금도 더럽다는 생각은 들지 않았다. 더럽기는커녕 오히려 풍요로운 느낌을 주었다. 어른들이 측간 칠 때 보면, 아무 거리낌 없이 맨손으로 두엄을 주무르곤 했는데, 아무렴 그것이 보리를 살찌울 기름진 영양분인데 더럽다는 느낌이 생길 까닭이 없었다.

그처럼 돼지 사료와 거름으로 아주 유용하게 쓰였던 인분이 요사이 더러운 오물로 취급받아 수세식 변기 속으로 쏴아 하고 말끔히 사라지는 걸 보면, 참으로 엄청난 자원이 허비되고 있구나, 하는 탄식을 금할 수가 없었다. 하기는 그때도 그걸 더럽다고 한 사람들이 있었다. 두엄더미들이 높은 사람의 눈에 더럽게 보일지 모르니까, 보릿짚을 덮어 가리라고 했다. 그것 역시 중3 때의 일이었는데, 섬을 방문 중인 이승만 대통령이 용두암을 관광하려고 행차하던 날, 용두암 가는 큰길가의 두엄더미들이 모두 관의 지시에 따라 보릿짚에 싸여 낫가리로 둔갑되었던 것이다.

그러니까 내 친구 '삶은 살'이 두엄 치는 일을 죽어도 못하겠다고 어머니 앞에서 앙탈 부린 것은 두엄이 더러워서가 아니었다. 한쪽 팔에 끓는 물로 화상을 입은 탓에 별명이 '삶은 살'이었던 그 녀석은 마침 일본에 밀항해 가버린 형을 대신해서 그 일을 하게 되었는데, 두엄 칠 곳이 다름 아닌 바로 이웃집, 짝사랑하는 여학생네 측간이어서 문제였다.

거름을 더 많이 얻을 욕심이었던 삶은 살의 어머니는 자기 집의 것도 모자라, 이웃집 측간의 거름까지 자기 것으로 차지해놓고 있었다. 그 집에는 육지 출신 장사꾼 가족이 독채 전세로 살고 있었는데, 농사를 안 짓기 때문에 돼지 거름이 필요없었다. 우리 아버지가 남의 측간을 빌려서 돼지를 키웠듯이, 그애의 어머니는 남의 측간에 보릿짚 조짚을 넣어 일년 내내 썩히고 묵혀 두엄을 만들어왔던 것이다.

그 여학생의 이름은 영이였다. 그러나 이름만 알고 있을 뿐, 녀석은 그녀와 말 한번 나눠본 적 없는 처지였다. 얼굴이 곱상하게 생긴 그 계집애는 우리와 같은 중3이었다. 사정이 그러한데, 그 집 측간에 들어가 두엄을 치라고 하니, 보통 고민이겠는가. 여학생이 있는 집인데 어떻게 창피스럽게 그 짓을 하느냐고, 삯꾼을 빌려서 하라고 버텨보았지만, 어머니는 막무가내로 듣지 않더라고 했다.

그래서 삶은 살은 그 일을 할 수밖에 없었는데, 애인 집 측간에서 거름을 치는 그 우스운 장면이 우연히 지나가던 내 눈에 들키고 말았다. 밀짚모자를 눈썹 밑까지 눌러써서 얼굴을 가리고 있었지만, 내 눈을 속이지는 못했다. 녀석은 나를 보자 낭패스러워 얼굴을 우거지상으로 만들었다. 나는 실실 웃으며 녀석을 골려주었다.

"야, 삶은 살, 너 거기서 뭐 햄나(하니)?"

"새끼, 보면 몰라?"

"영이가 널 보고 측간 치렌 시켠?"

"야, 쌍! 너 놀리지 마. 신경질 나 죽겠는데!"

"신경질은 왜? 느 애인 싼 똥오줌도 거기에 섞여 있을 테니, 기분 좋잖아."

"야, 이 새끼, 정말 이럴래?"

아마 그후의 일이었을 것이다. 어쩌다 내가 영이와 단둘이서 맞부딪친 것은 인적 드문 골목길에서였다. 그날도 나는 우울한 척 땅을 보며 걸었던 모양이다. 왜냐하면 길바닥에 떨어진 고액권 지폐 한장이 얼른 눈에 띄었으니까. 바람에 불려 빠르게 굴러오고 있었는데, 보니까 한장이 아니라 두장이었다. 웬 떡이냐 싶었다. 보리 이삭 주우려고 그렇게 땅 보고 다니느냐고 어머니한테 꾸중 들은 바 있지만, 그때까지 길바닥에서 동전 한번 주워본 적이 없는 나였다. 그런데 고액권 두장이라니! 바람에 팔랑거리며 달아나려는 지폐 두장을 한꺼번에 붙잡으려고 꽤나 허둥댔던 모양이다.

그것들을 붙잡고 나서야 바로 옆에 누가 와 있는 걸 알았다. 거기에 가쁜 숨을 몰아쉬며 서 있는 것은 영이였다. 돈을 쫓아 급히 달려온 모습이 분명했다. 그 가쁜 숨소리를 옆에서 듣자, 당장 내 얼굴이 화끈하고 붉어졌다. 그렇게 가깝게 여학생과 마주 서본 적이 없었다. 그런데 뜻밖에도 영이의 얼굴에도 수줍음의 홍조가 짙게 떠올라 있었다. 건네주는 돈을 받을 때도 그녀는 멈칫거리며 사뭇 수줍어하는 태도였다. 그 소녀는 나로부터 돈을 돌려받자 종종 걸음 치며 황급히 그 자리를 떠나버렸다. 비록 한순간의 일이긴 했지만, 한 소녀가 내 앞에서 얼굴 붉히며 수줍어했다는 사실이 영

믿어지지 않았다. 난생처음 겪는 일이라, 혹시 나를 좋아하는 건 아닐까, 하고 오해할 뻔했다. 그러나 삶은 살의 짝사랑만 계속되었을 뿐, 그후에 그녀와 나 사이에는 아무런 일도 일어나지 않았다.

말미잘

같은 동네에 사는 영이한테도 말을 걸어보지 못할 정도로 여자 일반으로부터 격리당해 있는 나로서는(다른 아이들의 경우도 마찬가지였지만) 성적 관심이 왜곡된 형태로 표출될 수밖에 없었다. 열에 뜬 나의 눈에는 암퇘지나 암말도 예사롭게 보이지 않았다. 발정기에 처한 암퇘지의 퉁퉁 부은 성기, 폭포처럼 오줌을 갈기고 나서 입술 모양으로 삐죽삐죽거리는 암말의 그것은 나의 성적 상상력을 자극하기에 충분했다.

그렇지만 그것들은 검은 거웃이 예쁘게 덮인 그 신비의 둔덕은 아니었다. 오죽 거웃을 탐했으면, 우리가 갯가의 말미잘을 가지고 장난했을까. 무수한 촉수들이 거웃처럼 밀생한 말미잘은 여자의 그 부위와 흡사하게 생겨서 손가락을 넣고 싶은 충동이 절로 일게 했다. 예쁜 꽃처럼 물속에 활짝 펴 있는 말미잘의 가운데 구멍에 손가락을 넣으면 대번에 덜컥 하고 무는데, 얼른 빼내도 손가락에 맵고 아린 통증이 생겼다. 그것은 물론 촉수에서 뿜어져나오는 독 때문이었다.

한 아이가 말했다.

"섯동네 노랭이 있쥬, 이? 상고 댕기는. 아, 그 노랭이가 즈 친구랑 내기를 했는데, 무슨 내긴 중 아냐? 말미잘 속에 조쟁이 넣기! 거짓말 아녀, 내가 직접 봤다니깐, 용두암에서 말이야. 그걸 해내면 짜장면 사준다고 친구가 꼬신 거라. 그 노랭이 형 워낙 미련하잖아. 그까짓 것쯤이야, 하고 쓰윽 폼 잡고 나섰는데 말야. 핸드플레이 쳐서 조쟁이를 빳빳하게 차렷 시켜놓구선 말미잘 속에 쏙 집어넣었는데 말여, 집어넣자마자, 악! 하고 비명을 지르면서 뒤로 나가떨어지는 거라. 말미잘 독에 쏘인 거쥬, 낄낄낄. 조쟁이가 벌겋게 퉁퉁 부어올랐는데, 가지보다 더 컸어. 낄낄낄, 되게 아팠을 거라."

그런데 우리 중에 억세게 운수 좋은 놈이 나타났다. 술집 아이 광이. 술손님 많은 날이면 교복을 걸어둔 안방까지 내주기 때문에 교복에서 종종 담배 냄새가 나곤 하던 그 녀석이 어쩌다 운 좋게 여자의 그것을 보았다. 그것도 몰래 훔쳐본 게 아니라, 여자 스스로 보여줘서 봤다고 했다. 그것도 바로 코앞에다 대고 보여주더라고 했다. 듣는 사람 정말 환장할 노릇이었다.

그녀는 그 집에서 술 시중 드는 여자였다. 겨울방학을 이용해서 졸업 기념 연극인 「맥베스」를 연습하던 어느날, 아직 연출 선생이 나타나기 전 시간이었는데, 덩컨 왕 역을 맡은 광이가 발작하듯 느닷없이 빗자루를 들고 튀어나왔다.

"야 씨팔, 잘 들어봐. 재미있는 이야기야. 바로 어젯밤 일이라고. 목포 색신데, 우리 집에 온 지 보름도 안돼. 얼굴이 곱상으로 생겼쥬. 그런데 어젯밤 말이지, 내가 안방에서 혼자 있는데, 그 색시가 후닥닥 급히 방문을 열고 들어오는 거라. 아프다고, 아그그 아그

그 하면서 말야. 술 취해서 마당 구석 아무 데나 오줌을 누다가 뭔가에 궁둥이를 찔렸다는 거라. 그러면서 궁둥이를 홀떡 까서 내 앞으로 돌려대는 거 아냐. 하따, 정말 기가 막히데! 야, 이 병신들아, 무슨 말인지 알아들어? 그 색시가 내 코앞에다 궁둥이를 들이대더라, 이거야, 병신들! 그러면서 하는 말이, 어떻게 다쳤는지 봐달라고, 혹시 가시나 유리 조각이 박혔으면 빼달라고. 그래서 들여다봤쥬. 선인장 가시 큰 것이 박혀 있어서 피가 좀 나긴 했지만 별건 아니었쥬. 하여튼 핑계에 구경은 잘해서. 그거 시커먼 게 되게 무섭게 생겼더라!"

그렇게 떠벌리고 난 광이는 "으이구, 좆도 씨발, 꼴려 죽겠네!" 하면서 대빗자루를 두 손으로 잡아 가랑이 사이에 꽂고서는 성행위하듯이 칸막이 된 책상 속들을 여기저기 마구 쑤셔대는 것이었다. 평소에 얌전하던 광이가 그렇게 과격하게 나온 것은 아무래도 그 전날밤의 충격이 컸기 때문일 것이다. 그리고 녀석은 나보다 두 살 위여서 성적 억압도 그만큼 더 심하게 느끼고 있었을 것이다.

어쨌든 그것이 연극 연습 도중에 일어난 일이어서 그런지, 그 연극의 어느 유쾌한 장면처럼 내 머리에 남아 있다. 광이가 연극 「맥베스」에서 덩컨 왕으로서 보여준 연기도 그럴듯하긴 했지만, 자신이 직접 연출해낸 그날의 장면만큼은 근사하지 않았다.

순결의 백합꽃

이렇게 성을 악의적으로 똥, 오줌, 돼지, 말미잘 같은 것들과 뒤섞어 야비하게 만들어버리다가도, 교복 입은 여학생들만 보면 우리는 금방 얌전해지곤 했다. 교복 칼라의 눈부신 흰빛은 야비함이 감히 범접할 수 없는 순결성을 드러내고 있었다.

또래의 다른 아이들이 대개 그렇듯이 나에게 이성이란 아직 특정한 개인이 아니라 불특정 다수로 존재했다. 그들은 교복 칼라의 눈부신 흰빛들과 펄럭거리며 지나치는 스커트들이고, 깔깔거리는 웃음소리들일 뿐, 그중 나에게 클로즈업된 얼굴은 아직 없었다는 말이다. 도대체 저들이 무슨 이야기를 하길래 그렇게 즐겁게 웃는지 알고 싶었지만, 항상 저만큼 떨어져 있어서, 들리는 건 웃음소리들뿐이었다. 그들에게 좀더 가까이 가보려고 서양 신부 밑에서 복사 노릇을 하는 반 친구를 따라 성당에도 다니는 척해봤다. 시내두 여학교 중 하나인 가톨릭계 미션스쿨이 같은 구내에 있어서, 방과 후 거기에 들르면, 녹나무 그늘 여기저기에 화사한 꽃무더기들로 피어 있는 여학생들을 볼 수 있었다. 아, 그들이 무슨 이야기를 하면서 웃고 있는지 엿들을 수만 있다면!

그들에게 다가가는 확실한 방법이 하나 있기는 했다. 여고생 누나를 가진 녀석을 친구로 삼아 그 집을 출입하는 것, 그렇게 출입하다보면 그 집에 놀러 오는 다른 여학생들을 가까이서 보게 되고, 간혹 운 좋으면 그중에 한 여학생과 의남매를 맺을 수도 있었다. 그래서 여고생 누나를 가진 아이는 인기가 좋았다. 아무리 그렇더라도 나로서는 마음에 들지 않은 녀석을 친구라고 사귀고 싶지는 않았다.

여학생들이 저들끼리만 어울리면서, 좀처럼 그 집단에서 빠져나오려고 하지 않는 것은 이성교제에 대한 두려움 때문이었다. 연애가 아직 충분히 자유롭지 못하던 때라, 여고생들은 이성관계에 여간 신경과민이 아니었다. 연애하는 것이 알려지면, 그것이 첫 사랑임에도 불구하고 연애박사니 연애대장이니 후레빠이니 하고 부당하게 손가락질당하기 쉽고, 설사 그런 험담을 감수해낸다 하더라도 효과적인 피임 방법이 별로 없던 때라 항시 임신의 공포가 뒤따랐다. 그래 '플라토닉러브'란 말이 유행했다. 남의 눈에 띨까 두려워 데이트를 자제해야 하기 때문에, 그런 사랑에서의 의사소통은 주로 러브 레터에 의한 것이었다. 그러나 '플라토닉러브'는 말만 유행했지, 실제로는 쌍방의 교류보다는 짝사랑일 경우가 훨씬 많았다.

이렇게 정상적인 연애가 어려운 상황에서 그 대용으로 등장한 것이 'S누나' 'S동생'으로 호칭되는 의남매 맺기였다. 얼굴이 계집애처럼 예쁘장한, 말하자면 씨스터 보이 같은 사내애들이 인기 있었는데 S누나가 있는 아이는 하얀 가제 손수건 때문에 금방 표가 났다. 그 손수건은 의료용 가제를 재료로 해서 수실로 가장자리를 예쁘게 둘러 만든 것이었다. 코가 나오면 엄지와 검지를 사용해서 아무 데서나 팽하고 풀어버리는 나 같은 미개인에게 그 하얀 손수건은 얼마나 놀랍고 부러운 물건이었던가. 그녀들이 굳이 약국에서 의료용 가제를 사다가 손수건을 만든 것은 아무래도 그 흰색이

상징하는 순결성 때문이었을 것이다.

그런데 그 가제가 정작 중요하게 쓰이는 곳은 따로 있었다(아직 브래지어란 물건이 알려지지 않았을 때였다). 여고생들이 젖가슴을 가제 붕대로 감싼다는 것이었다. 아니, 부드럽게 감싸는 게 아니라, 젖가슴의 융기가 밖으로 드러나지 않도록 붕대로 칭칭 동여매 압박한다고 했다. 어떻게 의료용 붕대를 그런 용도로 쓸 생각을 해냈을까? 혹시 수녀 교사들이 그렇게 하라고 권고했을지도 모른다. 미션스쿨이어서 그만큼 순결 교육이 엄격했을 테니까. 그 소녀들에게 점점 부풀어오르는 젖가슴은 차라리 두려움이었고, 그 순결에 혹 죄가 감염될까 두려워, 그렇게 무균의 청결한 붕대로 싸맸던 것은 아닐까? 글쎄, 틀린 추측일는지도 모른다.

교복의 칼라도 청결한 흰색이었다. 쌀풀 먹이고, 숯불 다리미로 빤빤하게 눌러진 그 흰 칼라는 깨물면 아삭 소리 날 쌀과자처럼 보이기도 했지만, 그것의 상징은 역시 순결이었다. 그것은 두장의 커다란 백합 꽃잎처럼 보이기도 했다. 수녀들은 활짝 핀 백합꽃 화관 모양의 흰 고깔을 쓰고 있었는데, 그 희고 순결한 꽃잎들은 그 학교 여학생들의 교복 칼라 위에도 떨어져 있었던 것이다.

그러나 여고생들이 착용한 그 순결의 흰색에는 수녀들의 것과 다른 발랄한 아름다움이 있었다. 배운 바 그대로 엄격한 순결 교육에 순종했다면, 어떻게 예쁘장한 중학생을 꾀어 사랑의 대용물로 삼을 수 있었겠는가.

여학생 교복의 흰 칼라는 언제나 남학생의 마음을 설레게 하는 강력한 주술이 담겨 있었다. 집에서는 모친과 똑같이 헌 일복을 입고서, 무슨 궂은일도 마다 않고 해야 하는 그들이었다. 냄새 고약한 오줌허벅을 지고 가서 마늘밭에 거름을 주는 것도 그들이 하는 일이었다. 누가 볼세라, 머릿수건으로 얼굴을 가린 채 오줌허벅을 지고서 종종걸음 치곤 하는 그들이 흰 칼라의 교복만 입으면 왜 그렇게 고상하고 아름답게 보이던지! 흰 가제 붕대로 젖가슴을 감싼 것도 죄에 대한 두려움보다는 어쩌면 멋으로 그랬을는지도 모른다. 왜냐하면 뽀얀 젖가슴을 감싼, 소독된 하얀 가제 붕대란 남학생에게는 상상만 해도 즐거운 것이었으니까.

그랬다. 우리는 흰 붕대 밑에 지그시 눌려 있는 그 젖가슴들을, 연식 정구공의 말랑말랑한 감촉을 통해서 상상하고 있었다. 정구가 귀족 취미였던 그 시절에는 연식 정구가 위주였는데, 공이 탄력성 있는 질 좋은 고무로 만들어져 있었다. 나에게 정구공을 처음 만져보게 해준 아이가 생각나는데, 그 아이의 아버지는 소매에 금테 두개를 두른 세관원으로 정구 선수였다. 정구공은 살아 있는 어떤 생체를 만지는 것처럼 말랑말랑한 감촉이 아주 묘했다. 그 야릇한 감촉을 그 아이가 여자의 젖가슴에 비유했을 때, 나는 놀라움으로 눈이 확 뒤집혀지는 것만 같았다. 한 손 가득히 쥐이는 그 부드러운 감촉, 하기는 녀석의 설명이 아니었더라도, 그 감촉이 무엇을 연상시키는지 나는 본능적으로 알았을 것이다. 왜냐하면 젖먹이였을 때 늘 만졌던 젖가슴의 감촉이 아주 잊혀진 것은 아니었으니까, 흙구슬 같은 걸 빚으며 장난할 때, 그 흙 반죽이 주는 감촉이나 수제비를 만들기 위해 밀가루를 반죽할 때의 감촉 같은 것들이 잊혀졌던 젖가슴의 기억을 되살려주곤 했다. 그런데 정구공은 그보다 훨씬 관능적이었다. 공의 내부에 주삿바늘을 꽂아 공기를 넣을 수 있는 조그만 고무 돌기가 붙어 있었는데, 그것의 감촉이 꼭 젖꼭지 같았다. 흰 가제 붕대 속의 비밀, S누나를 가진 경우, 어쩌다 운 좋으면 그 비밀을 손으로 만져볼 수 있다고 했다.

나의 사랑 아니마

아직 이성관계가 없는 탓에 그런지는 몰라도 내 꿈에 나타나는 여인도 미지의 여인이었다. 그랬다. 내 몸에서 처음 몽정이 나타난 것이 아마도 중3 겨울방학 때였을 텐데, 그러니까 낯모르는 여인이 내 꿈에 출몰하기 시작한 것도 그 무렵이었을 것이다. 이따금씩 꿈속에 나타나 흐느적거리는 사지로 내 알몸을 옭아매던 그 황홀한 나체, 매끄러운 진흙의 진탕 같은 여인, 현실에서는 한번도 본 적이 없는 얼굴이었다. 그러니까 현실이 아닌, 꿈속의 여자가 나에게 최초로 성적 관능의 쾌감을 가르쳐준 셈이었다. 내 알몸을 자기 알몸으로 껴안아 불덩어리로 만들고, 끝내는 녹초로 만들어버리는 그 여인은 과연 누구였을까? 잠 깨면 금방 잊혀지는 그 얼굴. 특히 몽정이 있을 때면, 반드시 꿈속에 그녀가 나타났다. 관능의 기쁨이 몽정의 분출과 함께 갑자기 단절되고, 그 서슬에 깜짝 놀라 꿈에서 깨어나면, 미처 달아나지 못한 그녀의 요염한 얼굴이 뚜렷하게 보였는데, 그게 전혀 낯모르는 여인이었던 것이다.

그녀가 누구인지 나는 아직도 그 수수께끼를 풀지 못하고 있다.

그것이 이성에 대한 나의 갈망이 만들어낸 허구·환상에 불과하다고 하기엔 그 인상이 너무도 생생했다. 생생하지만 잠 깨면 잊혀지는 얼굴, 실재하는 여인이었을까? 혹시 교실에서 어느 아이가 얼핏 보여준 춘화 속의 여자? 아니면 전생의 여자? 그러나 칼 융의 심리학을 입문서일망정 조금 읽어본 지금의 나로서는 그것이 나 자신 속에서 태어난 분신, 또 하나의 자아라고 믿고 싶다. 융 박사가 아니마라고 명명한, 남성 내부에 존재하는 여성적 성향 말이다.

그런데 그러한 여성적 성향이 나에게 좀 과다하게 있었던지, 그 일부가 이미 밖으로 표출되어 있었다. 나는 감상적이고 변덕이 심하고 신경 예민한 아이였다. 아무것도 아닌 일에 상처받고, 걸핏하면 계집애처럼 눈물짓는 자신을 나는 얼마나 부끄러워했던가. 그런데 이제는 부끄럽기는커녕 오히려 더 여성적이었으면 했다. 여성적이 되지 않고서는 여자들에게 접근할 수 없는 것처럼 생각되기도 했다. 여자가 어떤 것인지 느껴보려고 걸음걸이를 흉내 내고, 거울을 보며 표정을 그럴듯하게 꾸며보기도 했는데, 그럴 때 나는 나 자신이 여자가 된 듯한 야릇한 기분에 사로잡히곤 했다.

이러한 행동이 나타난 것은 분명히 그 미지의 여자가 꿈속에 등장하면서부터였을 것이다. 현실의 여자들과 소통이 두절된 상태에서 나는 꿈속의 여자를 사랑했던 것이다. 그것은 나의 분신, 나의 또다른 자아였으므로, 결국 나는 나 자신을 사랑한 셈이었다. 어느새 거울 속의 내 용모도 계집애를 닮아 있었다. 큰 눈망울과 긴 속눈썹이 그런 모습을 만들고 있었다. 한쪽 눈에 쌍꺼풀이 생긴 것도 그 무렵이었다. 다른 쪽 눈에도 쌍꺼풀이 마저 생겨주기를 나는 얼마나 소망했던가.

나는 신석이 형이 물려준 책상을 마루 구석에 갖다놓고, 그 공간을 공부방 삼아 학과 공부도 하고 소설책도 읽었는데, 밤이 이슥해져서 양쪽 방에서 잠자리에 드는 눈치이면, 종종 변신의 의식을 연출해보곤 했다. 남폿불 심지를 낮추고(쓰다 남은 초 토막이 있으면 촛불을 켜고) 대각선으로 접은 보자기를 맵시 있게 써서 빡빡 깎은 머리를 감추고서 거울 속을 들여다보면 거기에 예쁘장하게 생긴 계집애가 나타나 있었다. 거울 속의 소녀는 나를 보면서 귀엽게 미소 짓다가는 갑자기 샐쭉해지면서 눈을 흘겨보기도 하고, 그윽히 애수 띤 표정을 지어보기도 했다. 눈물 만드는 일은 누구도 못 따라올 선수인지라 애수 띤 표정을 짓고 있으면, 저절로 눈물이 긴 눈썹에 그렁그렁 맺히곤 했다. 나는 정말로 거울 속의 그 애수 띤 소녀를 사랑하고 있었다.

나르시스가 연못에 비친 자신의 얼굴을 들여다볼 때, 정작 보고 싶은 것은 자신이 아니라, 자신과 똑같이 생긴 자신의 분신, 즉 죽은 쌍둥이 누이의 얼굴이었듯이, 나도 역시 나의 또다른 자아인 아니마에 홀려 있었던 것이다. 물론 나르시스의 자기파괴적인, 절망적 열정과는 달리, 나의 자기애는 과도기에 나타나는 일시적 현상에 불과했다. 성인 역할이 강제로 유예당하여 성이 금기로 묶여 있던 그 시기에, 나는 외부에서 구할 수 없는 이성을 나의 내부에서 찾을 수밖에 없었다. 그리고 앞의 꿈 이야기에서 말했듯이 나의 자기애는 다분히 성적인 것이어서, 나는 내 속의 암컷을 사랑함으로써 나 밖의 이성에 대한 욕망을 누그러뜨리고 있었다.

코가 가득 차면 풀어야지

그 무렵에 터득한 마스터베이션도 역시 그러한 나르시시즘의 한 형태일 것이다.

예를 들면 이렇다.

때때로 일요일 같은 때, 나는 용두암 서쪽 해변의 풀밭에 말을 데리고 가서 풀을 뜯기면서 책을 읽곤 했다. 푸른 하늘과 푸른 바다, 그리고 책이 있었기 때문에 말을 돌보는 일은 조금도 싫지가 않았다. 책을 읽다가 지루하면 말 잔등에 올라타 놀기도 했다. 망아지 때부터 돌보았기 때문에 각별히 애정이 가는 말이었다. 체격이 잘빠지고 붉은 털빛이 고와서, 옆에 있으면 쓰다듬고 싶은 마음이 절로 났다.

그런데 그날은 아무래도 나의 애정이 너무 지나쳤던가보다. 글쎄, 어쩌다 그런 일이 벌어졌는지…… 그 암말이 오줌을 갈기는 걸 보고 마음이 야릇해졌던 것은 아닐까? 우람하고 푸짐하게 생긴 양 궁둥짝 사이로 독한 냄새와 함께 폭포수같이 한바탕 오줌을 내깔리고 나면, 말의 생식기는 전복살처럼 호물짝 얄기죽거리면서 천천히 그 붉은 속살을 여미곤 했는데, 평소에는 아무렇지도 않던 그 광경이 그날따라 내 마음을 사로잡았던 모양이다.

갑자기 가슴이 콩닥거리고 정신이 멍해진다. 성기가 완전히 오므라들자, 말은 만족스러운 듯이 꼬리를 훼훼 좌우로 흔든다. 늘씬하게 빠진 뒷다리, 펑퍼짐하게 생긴 양 볼깃살, 자꾸만 달라붙는 날파리를 쫓느라고 허벅지 근육에 일어난 경련이 볼깃살까지 부르르 파동 친다. 주위에 누가 없나, 살펴보고는 말의 뱃구레 곁으로 다가선다. 사타구니에 부풀어오른 돌기물 때문에 발걸음 옮기기가 거북살스럽다. 나의 심중을 알 턱이 없는 말은 풀만 열심히 뜯는다. 햇볕에 탐스럽게 번들거리는 말 잔등을 부드럽게 쓸어주다가, 한 손으로 말갈기를 움켜쥐면서, 획 하고 말 잔등에 올라탄다. 말은 나의 행동에 전혀 개의치 않고 계속 풀만 뜯는다. 뿍뿍, 풀을 뜯는 억센 잇바디, 풀이 뭉텅뭉텅 무더기로 입안에 쓸려들어간다. 저 이빨에 물리면 손가락들도 으드득 으스러지고 말 것이다. 저렇게 억센 힘을 가진 짐승이 나한테 고분고분 순종하는 게 여간 기특하지 않다. 내가 지금 무슨 짓을 해도 설마 녀석이 성질부리지 않을 테지. 나는 양 허벅지로 말의 팡팡한 뱃구레를 부드럽게 조인다. 사타구니 뼈가 말의 등뼈에 닿으면서 관능의 감각이 맹렬히 일어난다. 이번에는 말의 목을 두 팔로 안고 한쪽 뺨을 말갈기에 파묻으면서 말의 잔등 위에 엎드린다. 그렇게 사타구니와 배를 말 잔등에 밀착시킨 채 전후좌우로 밍기적거리면서 비벼대기 시작한다. 이 수상쩍은 행동을 말이 눈치채면 어떡하나. 야릇한 쾌감이 온몸에 번지면서 정신이 몽롱해진다.

그러다가 나는 내 궁둥이가 밍기적거리면서 말 궁둥이 쪽으로 옮아가고 있는 걸 깨닫고 깜짝 놀란다. 아니, 그건 안되지, 위험해. 말이 성나서 냅다 팽개치면 어쩌려고? 말 궁둥이에 달라붙은 내 모습을 상상하면서 계속 사타구니를 비벼댄다. 정신이 몽롱한 상태에서 문득 오줌이 마렵다는 생각이 든다. 말에서 내려와 풀숲 우거진 곳으로 걸어간다. 잔뜩 부풀어오른 살의 것 때문에 어기적거리면서 말이다. 풀숲 앞에 서서 바지 단추를 열고 그것을 꺼낸다. 겁나게 탱탱 커졌다. 나는 오줌 눈다고 생각하면서 정신을 집중하려고 한다. 나온다. 나온다!

그러나 거기에서 나온 것은 오줌이 아닌 허연 풀죽 같은 거였다. 그것이 첫 자위행위였는지 어떤지는 기억에 없다. 비록 그것이 첫 경험이 아니었더라도, 나의 자위행위는 그런 식으로 시작되었을 것이다.

그렇게 해서 시작된 자위행위는 좀처럼 벗어나기 어려운 멍에로 나에게 작용했다. 나는 거의 병적일 정도로 거기에 집착했는데, 아마 일주일에 두번 이상은 그 손장난을 했을 것이다. 그 짓에는 언제나 막심한 후회와 절망, 그리고 죄의식이 뒤따랐다. 급격한 칼로리 낭비로 인해 두 눈이 떼꾼해지도록 기력이 떨어지곤 했는데, 그때마다 나는 막막한 절망의 나락으로 떨어져 죽음까지 얼핏 느껴지는 것이었다. 그것은 지옥의 맛이었고 혹시 자위행위한 죄 때문에 죽어서 지옥에 떨어지지 않을까 두려워했다. 나는 죄의식에 몹시 시달렸는데, 글쎄, 교회도 안 다니는 녀석이 가당찮게 왜 그랬을까? 그것을 내가 책에서 읽었을까, 아니면 성당에서 복사 노릇 하는 그 아이로부터 들었을까? 인간의 육체에는 성령이 깃들어 있으므로 자위행위는 곧 성령을 모독하는 것이라는 그 이야기 말이다.

한쪽 눈만 쌍꺼풀이던 것이 다른 쪽마저 쌍꺼풀이 된 것도 분명히 그 무렵이었다. 자위행위를 하고 나면 얼굴이 핼쑥해지고 눈이 떼꾼해지곤 했는데, 그래서 쌍꺼풀이 만들어졌던가보다. 소원했던 대로 양쪽 다 쌍꺼풀 눈이 된 나는 거울 속에서 거의 완벽한 소녀의 모습을 하고 있었다.

수업 시간에도 정신이 멍하여 도무지 공부가 되지 않았다. 학교 수업은 늘 따분했다. 펼쳐진 책장 위로 머리 비듬이 풀풀 떨어지고, 책과 나 사이에는 뿌연 안개가 낀 듯 몽롱했다. 몽롱한 상태에서 나는 손톱으로 여드름을 짜거나, 바지 주머니 속에 넣은 손으로 삶의 돌기물을 일으켜세워 조몰락거리곤 했다.

그런데 어느날, 그 지루한 수업 시간에 뜻밖에도 기적이 일어났다. 구원의 기적 말이다. 총각인 물상 선생이 매우 명쾌한 방식으로 나의 죄의식을 풀어준 것이었다. 동력 측정 단위인 마력(HP)과 와트(W)에 대해서 설명하던 그 선생의 입에서 느닷없이 그 이야기가 튀어나왔을 때, 얼마나 놀랐던지! "마력을 영어로 말하면 뭐지? 말은 horse이고, 힘은? 그렇지, 힘은 power지. 그래서 마력을 horse power라고 하는데, 줄여서 HP라고 표기하는 거야. HP, 알았냐? 그런데 이번엔 더 중요한 걸 가르쳐주마. HP가 horse power 말고, 또 무엇의 약자인 줄 아나? 몰라? 요런 멍충이들, 느네들 중에 HP 하는 녀석들 꽤 있을걸? 손장난 치는 거, 그걸 영어로 뭐라고? 하따, 요놈들 모르는 척 시치미 떼네. 야단맞을까봐서? 괜찮다, 괜찮아. 느네들 중에 수업 중 꾸벅꾸벅 조는 놈들, 뻔하지, 핸드플레이 너무 쳐서 그런 거 아냐, 안 그래? (폭소) 아주 중요한 건데 잘 새겨둬라. 너희들 중에 HP 버릇 때문에 고민하는 녀석들 있을 것이다. 죄책감에 시달린 나머지, 심지어 자살을 시도하는 경우도 있지. 그러나 그것은 죄가 아니다. 죄도 아닌데 왜 고민해? 콧물이 코에 가득 차면 손을 대고 팽 하고 풀어버려야지, 안 그래? 마찬가지 이치야. 그러니까, 하나 죄 될 게 없다는 얘기야. 공연히 고민해서 마음이 상할까봐 이런 소릴 하는 건데, 너희들처럼 어린 나이에 마음이 상하면 병이 되기 쉽지. 그러나 명심할 점은, HP하더라도 자주 해서는 안된다는 거야. 그걸 너무 많이 하면 약골이 되고 키도 안 자라, 알겠어? HP 한번에 피 두되가 낭비된다고 생각하라, 피 두되! 혼자 있으면 자꾸 조몰락조몰락 만져지게 되니까 동무들과 어울려 운동도 하고 노래도 부르고 그래라. 용두암 같은 데 가서 냉수욕으로 몸을 식히는 것도 좋지. 알았지?"

HP, 코 푸는 것과 다를 것이 없다, HP 한번에 피 두되 낭비다, 얼마나 명쾌하고 지혜로운 설명이었나!

맥베스

내가 사춘기 열병을 남보다 더 심하게 앓은 데는 물론 기질 탓이 크겠지만, 이성이란 어떤 존재인지, 그 속성과 생리에 대한 무지 때문에 더욱 그랬던 것 같다. 누나가 있거나 교회에 다니는 아이들은 나처럼 심하게 앓는 것 같지가 않았다. 교회에 다니는 아이들이 여학생들과 스스럼없이 말을 주고받는 것을 보면 얼마나 부러웠는지 모른다. 나에게 여학생들은 여전히 손이 안 닿는 저편의 신기루 같은 존재였다.

그런데 궁하면 통한다고, 우울한 내 가슴에도 광명이 찾아왔다. 계기가 된 것은 중3 말에 있었던 졸업 기념 연극 공연이었다. 그것은 단순한 교내 행사가 아니었다. 전해에 이어 두번째로 맞이하는 그 연극 공연은 이틀 동안 시내 극장 무대를 빌려서 거행할 정도로 야심 찬 행사였다. 재정 상태가 매우 어려웠던 그 시절에 일개 중학교가 출혈을 무릅쓰고 그런 행사를 벌였다는 것은 그만큼 그 학교가 활기차고 진취적이었음을 의미할 것이다. 오죽 야심적이었으면 아직 키도 덜 자란 중학생들에게 셰익스피어 극을 하도록 시켰겠는가. 전해의 「햄릿」에 이어 우리가 맡게 된 작품은 「맥베스」였다. 일년 선배들이 공연한 「햄릿」은 대단히 평판이 좋았기 때문에 우리도 그에 못지않은 작품을 만들어야 한다는 부담을 안고 있었다.

연출자는 전해와 마찬가지로 가톨릭계 미션스쿨인 그 여학교에 근무하는 수학 선생이었다. 아직 장가 안 간 총각 선생이 어떻게 말만 한 여고생들을 가르칠 수 있는지 나는 잘 이해가 안되었고, 어쩐지 그 몸에 뭇 여학생들의 시선, 웃음들이 묻어 있는 것 같아 은근히 질투가 나기도 했다. 검은 베레모를 삐딱하게 눌러쓴 모습이 인상적이었던 그가 "빵모자를 쓸 때는 요렇게 옆으로 악센트를 주어야 멋있는 거야"라고 말한 것이 기억나는데, 아무튼 그 빵모자와 더불어 연기 지도할 때 보여준 화려하고 과장된 제스처와 어투는 그가 여학생들 사이에서 얼마나 인기 있는 존재인가를 입증해주고도 남았다. 그는 걸핏하면 여학생들을 들먹이면서 연습하는 우리를 자극하곤 했다. "연습 잘하란 말야. 우리 학교 여학생들이 구경 올 텐데, 창피당해야 되겠어. 잘 보여야지, 안 그래?"

그러나 여학생들의 관심을 끌려면, 무엇보다도 어떤 배역을 맡느냐가 중요했다. 주인공 맥베스는 못되더라도, 조연급에는 들어야 하는데, 나는 애석하게도 로스 귀족이라는 단역에 그치고 말았다. 맥베스는 물론, 맥베스 부인, 덩컨 왕, 맥더프 장군, 뱅퀴 장군 같은 조연급 배역을 맡은 아이들은 모두 나보다 한두살이 더 많았다. 한창 자랄 나이인지라 한살 차이라도 신체 발달의 변화가 뚜렷해서, 왕이나 장군 같은 비중 있는 역할은 나이 많은 아이들에게로 돌아갔던 것이다. 이들 주요 등장인물들은 맥더프 외에는 모두 극중에서 살해되고 마는데, 피비린내 나는 그 연극에서 나는 죽을 가치도 없는 사소한 단역이었던 것이다. 처음엔 시시한 줄 알고 지원조차 하지 않았던 세 마녀의 역할보다도 훨씬 못했다. 연극이 끝날 때까지 죽지 않고 뺀질나게 이 장면 저 장면에 나타나긴 하지만, 언제나 다른 등장인물들의 들러리일 뿐이어서 말 한꼭지 제대로 할 처지가 못되었다.

나에게 주어진 대사라곤 예컨대, "자, 여러분, 모두들 일어납시다. 장군께서 편찮으십니다" 하거나, 정신이상이 된 맥베스 부인에게 "영부인, 고정하십쇼" 하는 따위 짧고 시시한 것들뿐이었다. 한마디라도 더 보태보려고 허락도 안 받고 대사를 늘렸다가 연출 선생한테 꾸중을 듣기도 했다. 그렇게 단역이어서 연습이 별로 필요 없었던 나는 다른 등장인물들의 대사를 읊조리면서 연습 시간을 보내곤 했는데, 특히 맥베스와 세 마녀의 대사가 매력적이었다. 맥베스의 대사는 비장했고, 맥베스를 농락하는 세 마녀의 대사는 음산했다. 그중에 몇구절은 아직도 암송할 수 있다. 예컨대 왕을 암살한 뒤 공포에 휩싸인 맥베스의 독백, "이제는 잠을 자지 못하리라. 맥베스는 잠을 죽였다. 아, 아무 죄 없는 잠을, 생명의 자양분인 잠

을! 이제는 잠을 자지 못하리라. 글람즈는 잠을 죽였다. 그래서 코
더는 잠을 이룰 수 없다. 맥베스는 잠을 이룰 수 없다!" 얼마나 현
란한 수사인가! 훗날 대학에 가서, 이 구절이 영국 사람들이 애송
하는 명구라는 걸 알았을 때, 나는 마치 잃었던 귀중품을 되찾은
듯한 흐뭇함을 느꼈다.

공연이 임박해서 무대의상을 준비할 때였다. 학교 측에서는 종
이 상자의 골판지를 사용하여 갑옷들만 만들어주었을 뿐, 나머지
모든 것은 출연자 각자가 구하지 않으면 안되었다. 비록 단역이긴
해도 나 역시 신경 쓰지 않을 수 없었다. 여학생들 앞에 서는 첫 데
뷔인데, 안 나가면 안 나갔지 거지꼴로 나갈 수야. 망또로 쓰일 비
로드 치마와 베레모, 그리고 여자용 스타킹을 구해야 했다.

그 당시에는 비로드 치마는 신식 여성이나 입는 사치품이어서,
가까운 친척들 중에서 그걸 갖고 있는 사람은 오직 사촌 형수뿐이
었다. 형수가 그 치마를 아껴서 나들이할 때도 잘 입지 않는다는
걸 잘 알고 있는 나로서는 차마 찾아갈 용기가 나지 않았다. 중요
한 배역도 아니고, 단역인 주제에 말이다. 여러번 망설인 끝에 찾
아간 나에게 형수는 두말 않고 흔쾌히 그 치마를 내주었는데 얼마
나 고마웠던지, 나는 지금도 그분의 성의를 생각하면 가슴이 뭉클
해진다. 일이 잘 풀리려니까, 베레모도 스타킹도 의외로 쉽게 구해
졌다. 뜨개질로 짠 빵모자도 감지덕지인 판에, 큰누님이 모자점을
하는 동무가 있어 나를 위해 베레모 하나를 빼돌렸던 것이다. 물론
아무도 써보지 않은 신품이었다. 연극이 끝나면 다시 가게 진열장
으로 돌아가야 하므로 여간 조심해서 사용하지 않으면 안되었다.

초록색의 부드러운 털로 된, 아주 근사한 모자였다. 아마도 출연자들 중에 내가 쓴 그 베레모가 가장 고급품이었을 것이다. 그 베레모에 꿩 털을 꽂을 때, 혹시 흠집이 생길까, 선뜻 찌르지 못하고 쩔쩔매던 일도 생각난다. 지금 생각하면, 그 초록 베레모는 잠시 내 머리에 내려앉았다가 날아가버린 한마리의 아름다운 파랑새처럼 느껴진다. 스타킹도 그 누나가 신던 헌것을 빌렸다. 팬티처럼 짧은 하의 밑에 그 스타킹을 받쳐 신게 되어 있었다.

그런데 무대의상 중에 가장 늦게 나타난 것이 바로 그 팬티처럼 짧은 하의였다. 공연 시작 얼마 전에 연출 선생이 뭔가 한보따리 가지고 와 우리 앞에 내던지면서, "아나, 하나씩 골라 입어!" 했을 때, 그 속에 든 것은 도대체 무엇이었던가! 놀랍게도 그것은 블루머라고 불리는 여학생의 운동 팬티였다. 연출 선생이 자기 학교 여학생들이 체육 시간에 입는 블루머들을 모아 가져온 것이었다. 무릎 위에서 끝부분을 고무줄로 조이게 된 그 운동 팬티는 입으면 엉덩이 아래로 종 모양으로 풍덩하게 내려오게 되어 있었는데, 셰익스피어 시대에 정장 하의가 그렇게 생겼다고 했다.

어쨌거나 졸지에 여학생의 운동 팬티를 입게 된 우리는 제정신이 아니었다. 이 팬티의 주인은 어떤 여학생일까? 팬티 안의 허리춤에 인식표가 붙어 있긴 했으나 학년 반 번호만 쓰여 있어서 이름이 무엇인지, 여고생인지 여중생인지 알 수 없었다. 그래서도 우리는 제멋대로 상상하면서 팬티 고무줄을 팅겨보기도 하고 낄낄거리며 몸을 비틀어댔다. 아 모아쥐면 한줌도 안될 그 조그만 물건이 왜 그렇게 얄궂게 우리 마음을 들뜨게 하던지! 어쨌거나 연극을 잘하지 않으면 안되었다. 팬티의 주인들은 물론이고, 시내 두 여학교 학생들이 대거 구경하러 온다고 했다. 물론 우리에게 관심의 대상은 아직 덜 성숙한 여중생이 아니라, 우리보다 연상인 여고생들이었다.

그렇게 해서 우리의 연극은 드디어 극장 무대에 올려졌다. 로스 귀족으로 분장한 내 모습은 내가 보기에도 아주 그럴듯했다. 번쩍거리는 은박지 테를 두른 검정 비로드 망또, 꿩 털 꽂은 초록 베레모, 무엇보다도 도란으로 화장한 내 얼굴은 나 스스로도 놀랄 만치 곱다랗게 달라져 있었다. 도란에 흰 분필 가루를 섞어 얼굴에 바르고, 붉은 분필 가루 섞은 것은 두 뺨에 발라 발그레하게 홍조를 만들고, 입술도 붉게 칠했는데, 콧수염만 없다면 영락없는 계집애 얼굴이었다. 나는 연출 선생이 코 밑에 두툼하게 그려넣은 수염이 싫어서 몰래 지우고, 그 대신에 덩굴손처럼 가는 수염을 그려넣었다. 연출 선생이 수염을 고친 내 얼굴을 보고 야단치는 대신 "쩌식, 꼭 계집애 상판이구먼" 했을 때, 나는 속으로 얼마나 기뻤는지 모른다. 계집애 같다는 것이 바로 내가 듣고 싶은 평판이었다.

그렇게 몸은 화려하게 변신했으나, 막상 무대에 오르려니 불안스러웠다. 내 몸을 꾸미고 있는 의상들 중에 남한테 빌리지 않은 것은 오직 신발뿐이었는데, 바로 거기에 숨기고 싶은 치부가 있었다. 그 흰 운동화는 깨끗이 빨아 신었기 때문에 겉으로는 괜찮아 보였지만, 양짝 다 신창에 닳아터진 구멍이 있었던 것이다. 볼 것들이 많은 무대에서 하필 신바닥의 그 작은 구멍들을 눈여겨볼 사람은 없었지만, 그래도 무대에 오르자니 걱정이 되었다. 어머니가 알아서 사주기 전에는 새 신발을 사달라고 졸라본 적이 없는 나였다. 신발뿐만 아니라 도대체 뭘 사달라고 졸라본 적이 없는 내가 연극 한다고 새삼스럽게 그럴 수는 없는 노릇이었다. 더군다나 조연도 못되는 단역인 주제에. 현실주의자인 어머니는 "맛 좋댄 하는 관 덕정의 설렁탕도 먹어본 사람이나 먹쥬, 한번도 본 적 없는 연극을 무신 맛에 구경할 말이냐" 하면서, 아예 연극 구경도 오지 않았다. 그런데 신발창 터진 것 외에도 걱정거리는 또 있었다. 제작된 지 얼마 안된 무대 세트들은 페인트가 채 마르지 않아 끈적거렸는데, 그게 또 얼마나 두려웠던지! 그 귀한 비로드 치마와 베레모에 자칫 페인트가 묻는다면 정말 큰일이었다.

그래서 처음 무대에 올랐을 때는 살얼음을 밟는 듯 사뭇 조심스 러웠다. 그러나 무대는 나의 걱정 따위는 아랑곳 않고 나름의 메커 니즘에 따라 굴러가기 시작했다. 겨울방학 중 보름 가깝게 지루하 게 연습할 때는 실감이 영 안 나서 과연 무엇이 될까 싶었는데, 일 단 무대에 올려지니까 연극은 마치 살아 있는 동물처럼 스스로 움 직여나갔다. 의상, 조명, 무대 세트가 함께 어우러지고, 장면과 장 면 사이에서 브라스밴드의 연주가 연극에 활기를 돋우어주었다. 같은 학교 구내의 고교 밴드부가 무대 바로 밑에 자리 잡고 있었 다. 해마다 진주 지방의 예술제에 공연 초청을 받을 정도로 명연주 로 소문난 밴드부였다.

무대가 활기를 띠면서, 그에 따라 등장인물들의 연기도 자연스 러워졌다. 나도 어느새 걱정을 잊고 무대가 시키는 대로 따라가 고 있었다. 나 같은 단역들이야 연기랄 것도 없이 이리저리 떼거리로 몰려다니기만 하면 되었지만 말이다. 모두들 그럴듯하게 연기를 했는데, 그중에 맥베스의 연기가 단연 돋보였다. 세 마녀의 예언에 농락당한 채 파멸의 구렁텅이로 빠져드는 맥베스, 예언에 따라 왕을 죽이고 그 자리를 찬탈했으나, 그가 발견한 것은 영광이 아닌 파멸, 그리고 파멸을 재촉하는 브라스밴드의 주악, 마침내 맥베스는 와장창 깨지는 심벌즈 소리와 함께 맥더프의 칼에 죽게끔 되어 있었다. 맥베스 역을 맡은 안식이는 정말 연기를 잘했다.

조명 빛 너머로 객석에 가득한 남학생의 모자들과 여학생의 단발머리들이 뿌옇게 보였는데, 거기에서 간헐적으로 놀람과 탄식의 소리가 일제히 일어나곤 했다. 살인·음모·광기·파멸로 이루어진 그 비극에서 관객들이 놀람과 탄식의 반응을 보인 것은 당연한 일이었다.

그런데 불길스럽게도 그러한 긴장의 분위기 속에서 전혀 이질적인 반응이 이따금씩 끼어들었다. 웃음의 여지라곤 별로 없는 그 연극에서 문맥에 관계없이 키득거리는 여학생들의 웃음소리가 간간이 들려오곤 했다. 우리 중에 혹시 누가 실수를 하고 있는 것이 분명했다. 혹시 그 웃음의 표적이 내가 아닐까, 하는 불안이 생겼다. 내가 연기를 잘못하고 있거나, 아니면 신발창의 터진 구멍이 발각되었거나…… 그러나 막이 내려진 다음, 연출 선생은 잘했다고 우리 모두를 칭찬해주었을 뿐, 그 웃음의 정체에 대해선 아무런 언급이 없었다.

그 웃음의 정체가 밝혀진 것은 그 이튿날의 두번째이자 마지막 공연에서였다. 연극 진행 도중 무대 뒤에서 연출 선생이 느닷없이 나를 붙잡고는 엉뚱한 주문을 했다. "쩌식, 꼭 계집앨 닮았어! 좋아, 널 위해 장면 하나를 만들어줄 테니까, 한번 잘 놀아봐!" 그렇게 해서 극본에 없던 장면이 급조되었다. 들러리로 끼어 이 장면 저 장면 얼쩡거리던 내가 무대에 단독으로 등장하게 되었으니, 그야말로 졸지에 땡잡은 셈이었다. 전투 장면 중에 끼워넣어진 그 장면에서 나는 "플리언스야! 플리언스야!" 하고 부르면서 시체들이 널브러진 무대 위를 가로질러 통과하기만 하면 되었다. 플리언스는 맥베스에게 암살당한 뱅쿼 장군의 아들이었다.

그런데 나는 그 대수롭지 않은 연기를 하는 데 여간 애를 먹은 게 아니었다. 밴드의 경쾌한 주악에 맞춰, 여럿이 칼싸움을 벌이면서 무대 저쪽으로 사라지면, 주악이 뚝 그치고 갑자기 조용해진 텅 빈 무대에 내가 들어선다. 칼을 꼬나들고 상체를 낮춰 잔뜩 경계하는 자세로 발을 내딛는다. 그 순간, 조용하던 밴드석에서 드르르, 드르르 소북 소리가 일어나면서 머리 위로 쏟아지는 스포트라이트, 긴장한 나머지 순간 정신이 아득해진다. 무대 위를 걷는 것이 살얼음 밟는 것처럼 두렵다. 스포트라이트의 강한 불빛에 쫓겨 주춤거리며 발을 떼놓기 시작하는데, 느닷없이 들려오는 키득거리는 웃음소리들, 전날 들은 것과 똑같은 여학생들의 웃음소리였다. 두려움 때문에 숨이 꽉 막혔다. 내가 무슨 실수를 하고 있길래 저러나? 혹시 내 신발 바닥의 터진 구멍을 보았나? 신발 바닥이 안 보이게 발을 질질 끌면서 앞으로 전진한다. "플리언스야!" 좌우를 살피고 칼끝으로 이리저리 찌르는 시늉을 하면서. "플리언스야!" 객석의 웃음소리가 점점 높아진다. 반대쪽 무대 끝까지 걸어가는 것이 피안에 닿는 것만큼이나 멀고 어렵다. 간신히 무대 끝에 닿아, 마지막으로 플리언스를 부르는데, 아뿔싸! 너무 긴장한 탓에 그만 꺼억, 하고 닭의 목에 가시 걸린 듯한 소리가 튀어나오고 만다. 순간 왁자하게 터지는 웃음소리!

그렇게 웃음소리에 쫓겨 무대 뒤로 뛰어들어온 나는 수치심에 온몸이 덜덜 떨렸는데, 그러나 내 실수는 거기에 그치지 않았다. 염려했던 대로 무대 세트의 페인트가 기어코 내 망또에 들러붙고 만 것이었다. 동전 크기밖에 안되었지만, 물로 지울 수 없는 페인트여서 문제였다. 손톱으로 페인트를 떼어보던 나는 너무도 기분이 참담하여, 그 비로드 치마를 베레모와 함께 보자기에 싸고서 극장 밖으로 나와버렸다. 아직 연극이 다 끝나지 않았지만, 내 역할은 끝났으므로 더이상 거기에 머물 필요가 없었다. 환한 전깃불 속에 만국기들이 펄럭거리는 극장 앞을 지나, 나는 무턱대고 어둠속을 달렸다. 극장을 나와서 달려간 곳은 용두암 근처의 바닷가였다. 거기에서 나는 물가의 바위틈에 웅크리고 앉아 어두운 바다를 바라보면서 한참 서럽게 울었다.

그렇게 지독한 수치감에 죽고만 싶은 심정이었는데, 이튿날 학교에 가보니까 웬걸, 상황이 전혀 딴판으로 역전되어 있었다. 아니, 상황 자체는 그대로인데, 내가 그것을 정반대로 해석하고 있었던 것이다. 객석의 그 웃음소리는 비웃음이 아니라 오히려 호감의 표시였단다. 여학생들이 웃은 것은 화장한 내 용모가 계집애처럼 예뻐 보여서 그랬다는 것이다. 그제야 나는 연출 선생이 두번째 공연에서 왜 나를 위해 장면 하나를 만들어주었는지를 알 수 있었다. '쩌식, 꼭 계집앨 닮았어! 좋아, 널 위해 장면 하나를 만들어줄 테니까, 한번 잘 놀아봐!' 그랬다. 사실 나는 그 연극에서 로스 귀족 역할보다는 예쁘장한 씨스터 보이로 보이는 것에 더 신경을 썼다. '계집애를 닮았다', 그것이 바로 내가 듣고 싶었던 말이었다. 나는 내 속의 암컷을 극대화하기 위해 얼마나 부심해왔던가. 이성에게 가까이 다가가기 위해선, 그와 비슷한 모습, 즉 씨스터 보이가 되어야 한다고 나는 생각하고 있었다.

씨스터 보이

연극의 효과는 금방 나타나서 나를 S동생으로 삼겠다는 제의가 여러군데에서 들어왔다. 한 여고생에게 낙찰될 때까지 얼마 동안, 나는 선뵈러 여기저기 불려다녔다. 노래 솜씨 뽐낸다고, "사랑해선 안될 사람을 사랑하는 죄이라서" 하는 따위를 불러서 나를 실망시킨 여학생도 있었고, 무심한 건지 무식한 건지는 몰라도 나와 얘기하다 말고, 방문 열고 나가서 마루 구석에 놓인 놋요강에다 쪼르릉 쪼르릉 하고 소리 나게 오줌을 깔겨 나를 아연실색하게 한 여학생도 있었다. 물론, 지금은 회상하면 즐겁고 아름다운 추억거리가 되었지만 말이다.

내가 의남매를 맺어 사귄 그 여학생은 나보다 세살 연상이었는데, 그녀가 말하자면 내 인생에 최초의 연인인 셈이다. 그러나 그것은 내가 주체적으로 선택한 관계라기보다는 선택당한 예속관계였다고 함이 옳을 것이다. 내가 그녀한테 예속당해 있던 그 이년간을 생각하면 달콤한 추억이긴 하지만, 한편으로는 한심한 생각이 들기도 한다. 사랑이란 선택하는 것이지 선택당하는 것이 아니지 않은가. 이성에 대한 호기심에서, 주체적인 사랑을 만나기 위한 연습으로 잠깐 그럴 수는 있지만, 이년이란 시간은 너무 길었다. 그녀는 여고 졸업 후 일년간의 재수를 거치고 나서 서울의 모 대학에 진학했는데, 그렇게 제때에 떠나주었으니 망정이지, 일년만 더 머물러 있었더라도 나는 고3까지 망쳐먹고 대학 진학의 꿈을 포기하고 말았을지도 모른다. 그렇게 나는 연극 「맥베스」에서 만들어진 씨스터 보이의 이미지에서 좀처럼 벗어나지 못하고 있었던 것이다.

그 연극의 후유증을 나보다 더 심하게 앓은 아이들도 있었다. 세 마녀의 웃음소리는 지금도 귀에 쟁쟁한데, 맥베스를 농락한 세 마녀의 주술은 출연 학생들에게도 미쳐, 그중에 서너명은 여자의 포로가 된 채, 고교 삼년을 몽땅 탕진해버리고 졸업 후 실패의 길을 걸어가야 했다. 술로 허송하다가 너무도 일찍 세상을 버린 덩컨 왕 광이, 세 마녀 중의 하나인 문수……

아, 너무 일찍 맛본 일탈과 관능의 즐거움이 독이 될 수밖에 없었나보다. 그 미숙한 소년들에게 입맞춤은 얼마나 다디달았을까. 어렸을 때 들은 옛이야기, 한 학동이 날마다 서당에서 돌아오는 도중에 예쁜 처녀를 만나 서로 입을 맞대고 혀로 굴리면서 놀았다는 구슬 유희, 입맞춤은 바로 그와 같은 것이어서 일단 시작하면 그 관성의 포로가 되기 십상이었다. 혀로 두개골 속의 뇌수까지 우벼내는 듯한 그 뇌쇄적인 황홀함이라니! 그 구슬을 꿀꺽 삼켜버리고 유희를 끝장내는 일이 그렇게 어려웠다. 이야기 속의 그 학동은 결국 용기를 내어 그 구슬을 꿀꺽 삼켰고, 그러자 눈앞의 예쁜 처녀는 구미호로 변신하여 도망치더라고 했다.

씨스터 보이로서 한 여자에게 예속되어 있던 그 이년간을 생각하면 나도 할 말이 많다. 그러나 그 이야기까지 한다는 것은 이 글의 의도에서 벗어나는 일이다. 이 글은 한 인간 개체가 어떻게 자연의 한 분자로서 태어나서 성장하는가를 반추해보려는 의도에서 쓰이고 있기 때문에 그 자연을 상실하게 되는 시절인 중3에서 끝나야 마땅한 것이다.

졸업 기념 공연이었던 그 연극은 중학교 졸업과 함께 사실상 나의 어린 시절도 끝났음을 의미했다. 그때를 분기점으로 해서 삶의 이쪽과 저쪽이 확연히 달라졌으니, 고교 진학이란 자연아로서의 본능과 순진성을 잃고 부정한 세속적 삶에의 입문이나 다름없었다. 고교 시절의 나는 한편으로는 한 여성에게 사로잡힌 무력한 포로이면서, 다른 한편으로는 아버지를 투쟁의 대상으로 삼는, 자아 분열의 시련을 겪고 있었다.

귀향 연습

요 근래 나는 고향 생각을 많이 한다. 전에 없이 꿈을 많이 꾸고, 그 꿈자리에 고향이 자주 나타나는 것도 요 근래에 들어서이다. 그에 따라 고향 방문도 전보다 늘었다. 나이가 들면 퇴영적이 된다고 하는데, 아마 이것도 그런 경우일 것이다. 이러한 나의 심경 변화는 구체적으로 아버지가 돌아가시고 나서 생긴 것 같다. 전에는 죽음과 나 사이에 아버지가 위치하고 있었지만 아버지를 잃어버린 지금의 나는 아무 완충 없이 죽음과 직결되어 있다. 언젠가는 고향의 선산으로 돌아가 아버지의 발치에 눕힐 몸이다. 그래서 나는 요즘 귀향 연습에 신경을 쓰고 있다.

언젠가는, 벗은 팔에 따스하게 와닿는 늦가을 햇볕의 감각에 자극되어 충동적으로 고향 가는 비행기를 탄 적도 있었다. 그렇다, 늦가을 햇빛이 서울의 내 집 베란다에 따스하게 비칠 때면, 으레 고향 옛집의 마당에 멍석 깔고 노란 햇좁쌀을 널어 말리던 일이 생각나는데, 그때마다 나는 그 햇볕을 허비하는 것이 너무 아까워 시장에서 표고버섯이나 가지나물이라도 사다가 말려야 겨우 불안한 마음이 누그러든다. 그래서 설, 추석 외에도 기회만 닿으면 한번이라도 더 비행기를 타려고 기를 쓴다. 어린 시절의 요람이었던 고향의 자연, 그리고 그 자연 속에서 호기심으로 눈이 똥그래지고 귀가 쫑긋 세워진, 무구한 영혼의 그 아이를 만나러 가는 것이다.

나도 변했지만 고향도 이젠 많이 변했다. 옛것들은 망가지거나 허물어져 사라져버리고, 남아 있는 것들은 향락적 소비문화의 광기와 천박함에 지배당하고 있다. 공항에 내리면, 바로 거기서부터 서울의 연장인 듯이 비슷한 풍경의 시가지가 펼쳐지는데, 최근에는 내 출생지인 노형까지 확대되어서, 옛것들을 찾고, 옛것 속에 스며 있는 나의 과거를 찾으려는 마음을 어둡게 만든다. 장소들은 있는데, 거기에 깃들었던 나의 과거, 본질적이고 보다 참된 것들이 콘크리트와 아스팔트 밑에 깔려버린 것이다. 내 시선을 튕겨낼 뿐, 아무것도 드러내주지 않은 그 비정성에 나는 넌덜머리를 낸다. 나의 터전이었던 탑동 해변, 병문내, 한내도 콘크리트로 덮여 아주 천박한 모습으로 변해버렸다. 정드르의 옛집도 사라져버렸다. 남아 있는 것은 오직 바다뿐, 나는 그 바다의 수평선을 시원스레 이마에 두르기 위해서 고향에 가는 것이다.

나는 용두암 근처 바닷가로 가는 길에 정드르의 그 옛집을 찾아가본다. 그 동네도 완전히 딴 모습으로 변해서, 옛것들은 자취도 남아 있지 않다. 집들이 모두 모두 벽돌과 시멘트 건물들로 바뀌어 다른 동네에 온 것처럼 낯설다. 마치 서울의 어느 변두리에 온 느낌이다.

우리 식구가 살던 집도 붉은 벽돌의 다가구주택으로 변해 있다. 헐어 지은 지 삼사년은 되어 보인다. 작지만 푸근하던 그 검불집은 어디로 갔나. 회상에 잠긴 나에게 그 옛집은 다가구주택을 짓기 위해 헐린 게 아니라, 오랜 세월의 풍화작용에 의해 좀 슬고 삭아서 지층 속으로 가라앉은 듯이 여겨진다. 아니, 그렇게 생각해야 마음이 편하다.

중2 때, 어머니가 외할아버지의 도움을 받아 어렵사리 지은 그 집, 고3 말에 아버지의 사업 실패로 밭과 함께 빚쟁이한테 넘겨줘야 했고, 그래서 그 아픈 기억이 떠오를까봐, 이사 간 후로는 그 앞을 지나치기도 싫었던 그 집이 이제는 완전히 지상에서 사라져버렸다. 이제 그 앞을 지나가는 나에게 그 아픈 기억이 생생하게 되살아난다. 그 집에서 터져나오는 악에 받친 목소리, 내 목소리……
"동네 사람들, 우리 집에 구경들 옵서! 우리 아방 어멍 막 붙엉 싸
왐시난(싸우는 중이니) 구경들 옵서!" 아, 그 목소리의 주인공이 다름
아닌 나였다니, 스스로 소름이 끼친다. '아방 어멍'이라고 뭉뚱그
려 말하긴 했지만 그 언사의 표적은 아버지였다. 사업에 실패한 아
버지는 홧김에 노름에 손대기까지 해서 어머니를 울리고 있었다.
궤 속 밑바닥에 숨겨놓은 돈을 기어코 찾아내 노름판으로 달려가
던 아버지, 그리고 그 뒤를 쫓아가는 어머니의 모습도 눈에 어른거
린다.

아버지가 사업 실패로 집과 밭을 날린 것은 고3 때였다. 아니, 사
업을 하다가 실패한 것이라기보다는 처음부터 사기극의 어리석은
희생물이었기에 나는 아버지가 더욱 실망스러웠다.

이웃집 운전수 김씨가 바로 그 사기극의 장본인이었다. 한때 그
집의 측간을 빌려서 돼지를 쳤다가 실패 본 그 이북내기 트럭 운전
수말이다. 타이어 재생 공장을 세우는 사업이라고 했다. 김씨가 타
이어 재생 기술자라고 자처하면서 유혹한 것인데, 아마도 아버지
는 펑크 난 헌 고무신도 땜질하면 쓸 수 있듯이, 헌 타이어도 땜질
하면 되지 않겠느냐고 소박하게 생각했던 모양이다.

드럼통으로 용광로를 만들어, 엿장수들로부터 사들인 헌 고무신
들을 녹이고, 그 고무액을 헌 타이어와 함께 주물 틀에 넣어 재생
타이어를 만드는 시늉을 할 때는 내 눈에도 제법 그럴듯하게 보였
다. 그러나 그렇게 해서 만든 타이어는 실패작이었다. 트럭 바퀴에
달아 실험해보았는데, 실망스럽게도 500미터도 못 가서 너덜너덜

닳아버렸던 것이다. 그래도 우리는 김씨의 말을 곧이듣고 첫 실험이니 실패작이 나올 수도 있겠거니 했다. 그러나 그것이 철두철미 사기극이었음이 밝혀진 것은 김씨가 공장용 무슨 물품들을 구입한다고 속여 육지로 달아나버린 후였다. 그렇게 해서 우리 식구는 졸지에 집도 밭도 없는 알거지 신세가 되어버렸다.

그 집에서 쫓겨난 것은 고3 말이었다. 그때가 마침 입시철이어서 나는 동무들과 함께 상경할 준비를 하고 있는 터였다. 물론 고학을 결심하고 있었기 때문에 내가 마련한 돈이라야 상경 여비에 불과했다. 그런데 그 돈이 아버지의 노름 돈으로 사라져버리고 말았다. 그때 나의 절망은 너무도 컸다. 절망과 분노에 눈이 먼 나머지, 나는 또 한번의, 그리고 결정적인 불효를 저지르고 말았다. 시험 날짜가 임박해서 다른 동무들이 모두 육지로 떠났을 때, 나는 상경을 포기한 채 아버지를 상대로 단식투쟁을 벌였던 것이다. 사흘 뒤면 쫓겨나게 될 그 집에서 말이다. 이사 날이 와서 마지막 세간이 밖으로 내쳐지는 그 순간에도 나는 공복으로 쓰라린 배를 움켜쥔 채 방바닥을 뒹굴며 막무가내로 버텼다. 아버지의 입에서 사과의 말이 나올 때까지. 그렇게 해서 아버지를 굴복시켰다니, 그것은 불효 정도가 아니라 무자비한 폭력이나 다름없지 않은가. 차마 못할 짓을 했다. 그 일을 생각하니, 체한 듯 가슴이 답답해진다. 나는 서둘러 그 동네를 벗어난다.

그런데 동네 끝에 주택지가 끝나면서 뜻밖의 풍경이 눈앞에 나타난다. 옛날의 그 풍경, 밭 두개가 있고 그 사이로 뚫린 작은 오솔길, 그 너머 허공에 봉긋이 부풀어오른 푸른 수평선, 아, 그 시절의 풍경화가 아직도 망가지지 않고 거기에 남아 있다니! 더운 여름날 용연의 차가운 물에 몸을 던지기 위해 맨발인 채 달려가던 길이다. 길은 중간쯤에서 급경사로 곤두박질쳐 바다에 닿기 때문에 아직 용연은 보이지 않는다. 바닷가로 가는 큰길은 밭 너머 불과 20미터 떨어진 서쪽에 있다. 그 아스팔트 길 위로 관광객들을 실은 차들이 씽씽 내달린다. 그 위협적인 속도의 흐름 바로 곁에 옛 오솔길이 아직까지 온전히 숨어 있다니, 기적처럼 여겨진다. 그 시절 동네 아이들이 멱 감으러 다니거나 마소를 몰고 물 먹이러 다니던 길, 동네 아낙네들도 이 길로 물을 길러 다녔다. 그러나 이제는 행인이 드물어져 길 양옆에 잡풀이 무성하다.

나는 설레는 마음으로 그 길에 들어선다. 아무도 없는 이 순간, 옛 오솔길에서 나는 그 시절의 나를 생각한다. 기쁨 때문에도 슬픔 때문에도 바다를 향해 달려갔던 그 오솔길…… 늦은 오후 시간, 종일 뜨거운 햇볕을 받아 독해진 풀 냄새와 쌕쌕 귀청 따가운 풀여치의 노랫소리. 내가 다가가자 놀란 듯 풀여치들의 노랫소리가 일제히 뚝 그친다. 잠시 정적. 정적 속에서 풀여치들이 나에게 너는 누구냐고 묻는 것 같다. 똥깅이야, 하고 나는 대답한다. 길가의 풀들이 낯익다. 지칭개, 귀리풀, 거북꼬리, 달개비, 토끼풀, 인동덩굴 등 내가 물 먹이러 다니던 외할아버지네 말이 뜯던 풀이다. 뿍뿍 말이 풀 뜯는 소리가 귓전에 맴돈다. 인동덩굴의 어린 손이 반갑다는 듯이 벗은 내 팔을 건드린다. 그러나 전보다 훨씬 무성해진 그 풀들은 이제 사람이나 말과는 상관없는 저들만의 세계로 돌아가 있는 것 같다. 그것들은 사람에게도 말에게도 잊혀진 채 저들끼리 자란다.

나에게 손을 내밀고 있는 인동덩굴도 그 이웃인 달개비, 귀리풀에게 그 얼굴이 알려져 있을 뿐, 사람도 말도 이 풀을 잊은 지 오래다.

오솔길을 벗어나 용연으로 내려간다. 용연 근처도 옛 모습을 알아볼 수 없게 변해버렸다. 변해도 너무 참혹하게 변했다. 나지막한 초가집들이 서로 이마를 맞대고 정답게 옹기종기 모여 있던 포구 동네는 요 일이년 사이에 보기만 해도 느끼한 횟집들로 바뀌고, 용연 건너편의 해변은 매립되어 방파용의 커다란 콘크리트 삼발이들이 흉물스럽게 나뒹굴고 있다.

용연물도 옛 모습이 아니다. 아, 그 많던 여름 아이들은 어디로 갔나? 실망스럽게도 그 물에서 노는 아이들은 단 세명뿐이다. 생활하수가 그 물에 흘러들기 때문이다. 일년 전보다도 더 물빛이 흐려진 것 같다. 다이빙대로 쓰였던 물가의 바위들도 파도에 밀린 자갈들이 그 밑에 잔뜩 쌓여 무용지물이 되어버렸다. 세 아이는 매어놓은 목선 위에 올라 번갈아 물로 다이빙하면서 놀고 있는데, 어쩐지 그것이 우울한 나의 시선을 달래기 위해 연출해놓은 장면처럼 느껴진다. 물이 예전만 못하지만, 그래도 아직은 괜찮다고 말이다. 글쎄, 단 세명이라도 그 물에 놀고 있으니 그나마 다행이라고 할까. 물 밑에서 솟는 지하수들이 아직은 고갈되지 않았다. 수면 위 몇군데에 지하수가 솟구쳐 뭉클거리는 파문들이 보인다. 적어도 저 샘물들이 고갈되지 않는 한, 희망은 남아 있을 것이다. 서울의 혼탁한 생활 속에서 문득문득 생각나는 저 맑은 샘물, 흐린 물속에 떠 있는 맑은 눈.

나는 횟집들을 지나 용두암 쪽을 향한다. 맞은편에서 몰려오는 한 떼의 관광객들. 나는 관광객이 아니기 때문에 그들을 피해 얼른 옆으로 빠진다. 길을 벗어나 곧바로 물가 쪽으로 내려간다. 지세가 가팔라서 사람들이 잘 안 다니는 곳이다. 발밑에 길게 누워 있는 거대한 현무암의 암괴, 바닷물을 양편으로 가르면서 깊은 물 쪽으로 뻗어 곶을 이루고 있다. 마침 썰물이어서 물에 잠겼던 바위 밑부분이 자수정빛으로 빛난다. 그 시절에는 이 곶바위도 용두암 못지않은 우리의 놀이터였다.

나는 공룡처럼 생긴 그 거대한 바위 등을 타기 시작한다. 그런데 그 암괴는 표면이 삐죽삐죽 요철이 심해서 구두 신은 채 발 딛기가 조심스럽다. 용암의 끓는 거품들이 터지면서 굳은 요철들이다. 용암의 거품들이 팥죽 끓듯 했을 태초의 그 헐떡거림을 상상해본다. 현무암, 얼마나 반가운 이름인가. 나와 종씨이기도 하다. 나는 구두와 양말을 벗고 맨발을 그 태초의 거품 화석 위에 올려놓는다. 어린 시절에도 늘 맨발로 여기를 다녔다. 그런데 검고 강인한 현무암 위에서 나의 맨발은 너무 이질적으로 창백하다. 너무 희어서 끔찍해 보일 지경이다. 구두와 양말 속에 늘 갇혀 지냈던 발가락들이 갑자기 햇빛에 쏘이자 눈부신 듯 꼬물락거린다. 햇볕에 달궈진 바위 표면이 발바닥에 따갑다.

벗은 구두와 양말을 뒤에 놔둔 채 바위를 타고 내려간다. 몸 가볍던 시절, 맨발로 달리다시피 하며 오고 갔던 그 바위 위를 나는 지금 진땀을 흘리면서 엉금엉금 기어간다. 아, 내 몸이 이렇게 무거워졌구나! 그래도 발바닥과 발가락들에 옛 감각이 생생하게 되살아난다. 발가락들이 굼뜨기는 하지만, 잊혔던 기능들을 서서히 회복해간다. 발가락들의 동작이 새삼 신기해 보인다. 늘 오므라져 붙어 있던 발가락들이 바위의 요철이 심한 표면에 적응하려고 부지런히 꼬물거린다. 저렇게 길었던가 싶게 길죽해진 발가락들, 저마다 꼬물거리면서 바윗면에 낙지발처럼 척척 달라붙는다. 마치 내 몸에서 독립된 별개의 생물체 같다.

마침내 나는 곶의 뾰족한 첨단으로 온다. 항해하는 뱃머리처럼 파도가 양쪽에서 하얗게 부서진다. 뒤에 감춰졌던 시가지 한쪽이 시야에 나타나 오후의 햇살을 받고 하얗게 빛나고 있다. 서부두의 긴 방파제도 보인다.

나는 물가 가까이에 있는 너럭바위에 오른다. 어린 시절 낚시질하던 곳이다. 그 바위를 기지로 삼아 바닷물에서 작살질도 했다. 평평하게 생긴 바위 모습이 옛 그대로다. 바윗면에 다닥다닥 붙은 고둥들, 발발 기어다니는 참게들, 바위틈에 빼곡 들어찬 노란 거북손들, 새끼 홍합들도 낯익은 모습들이어서 퍽 반갑다. 그 바위도 마치 나를 기다렸던 듯이 여겨진다. 글쎄, 이 바위가 과연 나를 알아볼까? 여전히 젊어 있는 이 바위는 이미 늙기 시작한 나를 알아보지 못할지 모른다. 왜냐하면 바위는 영원하고 나는 한시적인 존재이니까.

나는 눈앞에 펼쳐진 탁 트인 푸른 공간을 향해 가슴을 부풀리며 심호흡을 한다. 나의 흰 맨발도 해방의 쾌재를 부른다. 고등어 등빛처럼 싱싱한 푸른 바다, 흰 구름이 피어오르는 수평선, 그 위의 푸른 하늘, 그 드넓은 공간으로 시원한 바람이 막힘없이 불어와 내 머리칼을 날린다. 그냥 바람이 아니라 오존과 요오드가 풍부한 약

바람이다. 머리칼과 함께 영혼도 가벼워져 바람에 날린다. 육신도 가벼워져 자신의 경계를 벗어나 바다의 쪽빛 속으로 녹아든다. 저 바닷물에서 헤엄치며 작살질하던 발가숭이 어린 내가 눈에 선하다. 고무줄 늘려 작살을 꼬나잡고 물속으로 자맥질해 들어가면, 해류에 너울거리는 해초 숲 사이로 유영하는 아름다운 물고기떼, 벤자리·붉바리·우럭·볼락·쥐치·용치·코생이 등등. 한번 물에 들어가면 시간 가는 줄 몰랐다. 자맥질하다가 지치면 수면 위에 드러눕듯이 몸을 가볍게 띄우고서 잠깐 쉬면 되었지. 아, 그 시절의 나는 몸에 지느러미 돋고 입에 아가미가 나 있었나보다.

그렇게 물고기처럼 영과 육이 조화롭게 하나였던 그 아이가 중학교를 졸업하면서 영판 다른 물건이 되어버리지 않았던가. 중3 말, 연극 공연에서 여학생들의 웃음소리에 놀란 내가 찾아와 실컷 울음을 울었던 곳도 이 바위였다. 고교 시절에도 이 바위를 찾아오긴 했지만, 낚시질이나 작살질이 목적이 아니었다. 기쁠 때는 소리쳐 쾌재를 부르기 위해서, 슬플 때는 남몰래 울음을 터뜨리기 위해서 이곳을 찾곤 했다. 기쁠 때면 이 곳바위가 파도를 가르며 수평선을 향해 돌진하는 배 같았고, 절망했을 때는 저 수평선이 나를 가두는 울타리처럼 느껴졌다.

절망에 죽고 싶은 나머지 바닷물에 뛰어들었다가 실패한 적도 있었다. 단식투쟁으로 아버지를 꺾은 다음에도 여전히 격정이 가라앉지 않았던 나는 한번은 자포자기 심정으로 홀로 겨울의 한라산에 올라가 텐트도 없이 모닥불 하나로 혹한의 밤을 지새웠고, 또 한번은 공부하던 입시용 참고서들을 모두 헌책방에 팔아버리고 그 돈으로 술을 취하도록 마시고서 겨울 바다에 뛰어든 일이 있었다. 술 취해 바다에 뛰어든 곳이 바로 이 바위였다. 술에 몹시 취했던 나는 먼 바다를 향해 헤엄쳐가다가 심장마비로 죽거나 기진맥진해 죽거나 하자고 했다. 그러나 그렇게 되지 않았다. 차가운 바닷물에 들어가 헤엄치는 동안, 팔다리에 저절로 힘이 붙으면서 둔중했던 몸뚱이에서 강한 생명의 감각이 되살아났던 것이다. 부딪쳐오는 찬 물결들이 내 육신의 생명을 일깨워주는데, 어떻게 죽음을 향해 헤엄쳐갈 수 있었겠는가.

누구나 사춘기 열병을 앓게 마련이지만, 고교 시절의 나는 아무래도 남보다 더 갈등이 심했던가보다. 영과 육의 불화. 영혼도 육체도 제각기 뭔가를 몹시 갈구하건만, 영혼이 바라는 바를 육체가 따르지 못하고, 육체의 요구를 영혼이 들어주지 못했다. 무구하던 영혼이 격정과 불만으로 들끓던 그 악바리 소년을 생각하면 한숨이 나온다.

그러한 영육의 불화·분리는 자연의 한 부속물이었던 내가 거기서 떨어져나옴을 뜻하는 것이기도 했다. 이제 자연은 야만·무지·변경과 같은 말이었고, 내가 극복해야 할 장애물일 뿐이었다. 그러나 나의 미래는 가난 때문에 극히 의심스러운 것이 되어 있었다. 변경을 벗어난다는 것은 가난한 소년에게는 너무도 버거운 꿈이었다. 고교 공부도 어려운 처지에, 과연 대학 공부를 하기 위해 저 수평선을 넘을 수 있을까? 나를 키운 모태인 바다가 도리어 비상하려는 나의 발목을 잡는 질곡이라는 뼈아픈 자각, 그랬다, 수평선은 내 목에 걸린 올가미였다.

이렇게 자신의 모태를 부정하면서, 격정과 불만으로 속 끓이던 나는 마침내 아버지와 정면으로 부딪치고 말았다. 욕망에 눈이 멀었던 나에게는 아버지 역시 내 진로를 가로막는 장애물일 뿐이라는 생각이었다. 나흘간의 단식. 아, 아비를 투쟁의 대상으로 삼다니, 나는 얼마나 무정한 놈이었던가. 그 사건은 아버지에게 지워지지 않는 상처를 남겼고, 그 때문에 아버지와 나는 평생 서로 서먹서먹한 사이로 지내지 않으면 안되었다. 대학에 들어간 후에 한번 무릎 꿇고 사죄했고, 편지에도 그렇게 썼지만, 그것은 이미 엎질러진 물이었다. 자신밖에 모르고, 자신의 말 외에는 누구의 말도 귀에 들리지 않는 그 아이를 생각하면 마음이 슬퍼진다.

아마도 문학이 아니었더라면 내 감정이 그토록 왜곡되지 않았을지도 모른다. 거기에는 분명히 문학과 독서가 끼친 악영향이 있을 것이다. 아무리 타고난 성미가 모질다고 해도, 문학의 세례가 아니었다면 그러한 파격적 행동을 저지르지 않았을 것이다. 문학을 신봉하기 시작한 나는 이상이나 까뮈 등을 내 식구보다 더 가까운 혈연처럼 생각했고, 그들이 가르친 파격·반항·불성실 같은 것들을 금과옥조로 삼고 있었으니까. 나는 그것을 성장이라고 생각했다. 그러나 인간 성장의 방정식에는 변수의 변화에도 불구하고 결코 변하지 않는 항수(恒數)가 내부에 있게 마련이다. 생성 최초의 것, 그 섬 고장의 풍토가 만들어놓은 깊은 속의 단단한 씨, 그 무엇으로도 변화시킬 수 없는 본질적인 것 말이다.

그 이듬해 대학 진학을 위해 어렵사리 고향을 떠난 이래 지금까지 서울생활을 해오고 있으니, 애초의 꿈이 이루어지긴 이루어진 셈이다. 그러나 그게 무엇이랴. 필생의 업으로 여겼던 문학은 또 무엇인가. 아버지가 돌아가신 지금, 나의 얼굴은 점점 내 방에 걸린 아버지의 영정 모습을 닮아가고 있다. 아버지의 죽음은 당신과 나 사이에 놓여 있던 세월의 간격은 물론 불편했던 여러 과정들을 일시에 제거하면서 나를 바로 아버지의 그 자리에 옮아가게 만들었다. 그리고 아버지를 잃음으로써 나는 아무 완충 없이 죽음과 직접 연관 지어졌다. 그러니까 내 얼굴 모습이 영정 속의 아버지를 닮아간다는 것은 그다음의 죽음은 내 차례라는 뜻이기도 한 것이다.

죽음이 궁극적으로 나를 자연으로 데려다줄 것이다. 이렇게 귀향 연습을 하는 것도 그 때문이다. 자연으로 돌아가기 위해 귀향 연습을 하고 있는 지금의 나에게는 그동안의 서울생활이란 부질없이 허비해버린 세월처럼 여겨진다. 저 바다 앞에 서면, 궁극적으로는 내가 실패했음을 자인할 수밖에 없다. 내가 떠난 곳이 변경이 아니라 세계의 중심이라고 저 바다는 일깨워준다. 나는 한시적이고, 저 바다는 영원한 것이므로. 그리하여 나는 그 영원의 말씀에 귀를 기울이기 위해 모태로 돌아가는 순환의 도정에 있는 것이다.

제 고향 제주도는 화산섬 특유의 아름다움을 지니고 있습니다. 그런데 그 아름다운 경관의 배후, 그 그늘 속에 4·3의 슬픔이 짙게 배어 있죠. 그래서 저는 꽤 오랫동안 그 슬픔을 증언하기 위해서 제주의 아름다운 자연까지 슬픔을 강조하기 위한 소도구로 사용하지 않으면 안되었습니다. 그렇게 저는 오랫동안 4·3의 투망에 갇혀 있었던 셈인데, 그러다가 나중에 1987년 민주화운동의 결과로 4·3의 금기 벽에 약간의 균열이 생기자, 나의 문학적 감수성에도 다소 변화가 생겼습니다. 저는 대참사 속의 인간 군상과 그것의 음산한 배경으로서의 자연 풍광이 아닌, 그 아름다움을 본연의 모습 그대로 보면서, 자연 속에서 자연의 일부로서 잔뼈를 굵히면서 성장을 꾀했던 나의 어린 시절을 그리고 싶었습니다.

그러한 의도에서 쓰인 것이 이 작품 『지상에 숟가락 하나』이죠. 4·3의 세계에서 벗어나 오직 한 아이의 성장 내력에만 골몰해보자고 생각했습니다. 그럴듯한 성장소설 하나 만들어보자는 것이 애초의 의도였던 것이죠. 그런데 글을 쓰다보니 그렇게 되지 않았습니다. 저의 성장과정에는 4·3이 중요하게 끼어 있어서, 그 사건에 대한 발언은 불가피한 것이었고, 게다가 그 발언이 좀 열정적이었던 탓에 이 작품은 또 하나의 4·3소설이 되고 말았습니다.

이 소설에서 저는 4·3을 '말로는 다 할 수 없는, 즉 언어절(言語節)의 참사'라고 썼습니다. 인간이 사용해온 언어로는 그 참사를 설명할 수도, 묘사할 수도 없기 때문입니다. 인간이 저지를 수 있는 어떤 악행도 그 악행에 필적할 수 없기에 인간의 언어로는 표현할 수 없다는 것이죠.

역대 독재정권들은 그 사건이 세상에 알려지지 않도록, 혹은 잊히도록 하기 위해 서슬 푸른 공포정치를 구사했습니다. 흔히 그것을 망각의 정치라고 하죠. 그런데 그 망각의 정치의 세뇌효과는 대단하여, 어느정도 민주화된 지금에도 국민의 상당수가 4·3을 모르거나 알아도 잘못 알고 있습니다. 잘못 알고 있으면서도 자기가 옳다고 막무가내로 우기는 사람들이 적지 않습니다. 더 나쁜 것은 4·3의 진실을 악의적으로 왜곡하는 정치세력이죠. 그리고 모르면 알려고 해야 하는데, 알면 마음이 편치 못하다고 아예 외면해버리는 사람들도 많습니다. 많은 사람들에게 4·3은 '불편한 진실'인 것이죠. 그러나 아무리 부정하고, 왜곡하고, 외면하려고 해도, 4·3은 엄연히 대한민국의 역사입니다. 4·3은 우리 자신의 또다른 모습이기도 하죠. 4·3의 진실을 바로 알고 기억하는 일, 그래요, 기억하지 않은 역사는 되풀이된다고 하지 않습니까.

제주4·3은 대한민국의 역사입니다, 이것은 올해로 70주년을 맞이하는 제주4·3의 슬로건입니다.

2018년 4월, 신생의 봄빛 속에서
현기영